U0638378

为了人民的名义

金杰 著

电视剧《人民的名义》
著作权案始末

中国民主法制出版社
全国百佳图书出版单位

图书在版编目（CIP）数据

为了人民的名义：电视剧《人民的名义》著作权案
始末/金杰著 . —北京：中国民主法制出版社，
2022. 10

ISBN 978-7-5162-2966-8

Ⅰ . ①为… Ⅱ . ①金… Ⅲ . ①纪实文学—中国—当代
Ⅳ . ①I25

中国版本图书馆 CIP 数据核字（2022）第 194179 号

图书出品人：刘海涛
责 任 编 辑：逯卫光

书名/为了人民的名义——电视剧《人民的名义》著作权案始末
作者/金 杰 著

出版·发行/中国民主法制出版社
地址/北京市丰台区右安门外玉林里 7 号 （100069）
电话/（010）63055259 （总编室） 63058068 63057714 （营销中心）
传真/（010）63055259
http：// www. npcpub. com
E-mail：mzfz@ npcpub. com
经销/新华书店
开本/32 开 880 毫米 ×1230 毫米
印张/15.375 字数/353 千字
版本/2023 年 1 月第 1 版 2023 年 1 月第 1 次印刷
印刷/北京天宇万达印刷有限公司

书号/ISBN 978-7-5162-2966-8
定价/68.00 元
出版声明/版权所有，侵权必究。

目　录

■ 后　记　　　／ 464

■ 作者其人　　　／ 467

■ 郑重鸣谢　　　／ 469

《人民的名义》台前幕后

2017 年 3 月，长篇小说《人民的名义》和电视剧《人民的名义》相继出版、播出后，在海内外引起了很大的反响，图书十天热销 100 万册，影视收视率连破纪录，引起了社会各阶层的密切关注和热烈讨论，构成了一种少见的文化现象。实话实说，这种反应有些出乎我的预料。更让我感到意外的是，一桩从天而降的诉讼官司也毫无征兆地迎面袭来：有人状告我和《人民的名义》的七家投资出品方抄袭了她的一部作品，索赔"损失"1800 万元。

著名作家、编剧，小说、电视剧《人民的名义》作者、编剧周梅森

这个消息是本剧责任编辑宋世明告诉我的。宋世明是我的朋友，系一家法治报的副总编，消息灵通。我以为是个恶作剧，未予理会。我没当回事——我一生从事中长篇小说和影视剧的创作，中长篇小说作品几十部，电影电视剧作品十余部，总字数超过 1000 万，尤其在当代现实题材创作方面独当一面。

可我想错了，一时间让你百口莫辩——现象级热剧《人民的名义》竟然涉嫌抄袭？这简直是无稽之谈！一夜间，国内许多报刊、网络许多平台均刊发了一些毫无根据、不负责任的一面之词，一下子弄得我目瞪口呆，这种事在我的人生经历中从未有过。

恰在这时，时任江苏省委常委、政法委书记王立科要求我们把正在播放的电视剧中对公安部门的鸣谢一律删除。也在当晚，一位公安系统的朋友打电话过来提醒我，要我注意安全，过马路时小心来往车辆。我惊出了一身冷汗，看来这部《人民的名义》得罪人了——只敢想是得罪人，不敢想是得罪了一些贪官。后来才知道，王立科就是从无信仰的贪腐分子。我由此悟到，这桩诉讼不是那么简单。

这场飞来横祸把我撂倒了，单位领导得知后，亲自安排把我送进了机关医院。我在医院里开始考虑怎么应对这场别有用心的诉讼，就让太太去买一本原告的"作品"翻一翻。不料网上网下全买不到，说是下架了。后来，好不容易才从二手市场花50元买到了一本复印本，我随手翻了几页就看不下去了，嘱咐太太努力看完。人家说你抄袭了她的"作品"，你起码得知道，她这是部什么"作品"吧？太太看完后评价道：这纯属"碰瓷"！此人的"作品"讲述了一个贪官和他的小三勾搭成奸的"爱情"故事，和《人民的名义》八竿子打不着。对方律师代表原告提出的1800万元赔偿，明摆着是诉讼敲诈。

一幕长达三年多的诉讼敲诈大剧就此拉开大幕。记者们纷纷打电话找我采访。我起草了一篇短文，统一发给了媒体，郑重声明：《人民的名义》小说和电视剧纯属我个人创作，我阅读的范围、时间和精力都非常有限，根本不知道原告的作品。我郑重向社会宣布，我的所有作品均出于原创。欢迎全社会对此进行举报。只要发现抄袭，查实一部，我个人奖励10万元。

至于索赔的那1800万元，我认定为敲诈，决定认真对付。不认真对付，万一让他们敲诈成功了，我是有倾家荡产风险的。这时，我面临一个抉择：是否放下创作中的新作《人民的财产》和"碰瓷"者打一场漫长无聊的浪费自己时间和精力的官司？《人民的财产》电视剧已在筹备拍摄，同名小说也在做定稿工作。放下这一切，和"碰瓷"者纠缠，值得吗？根本不值得！生命有限，时光如梭，我实在是耗不起！但"碰瓷"者现在躺在你车轮前了，非说你撞了他，你又不能不理睬，这事真是让我为难。

　　偏偏在这当口，又一个人在北京西城区法院把我和《人民的名义》小说的出版单位十月文艺出版社给告了，说小说抄袭了她的一部什么作品，她的作品就发表在《检察日报》上。我找到《人民的名义》的第一出品人最高人民检察院影视中心专职副主任范子文，让他安排人查实。范子文让相关编辑仔细对照两部小说看完后，作出结论——结论在我的意料之中：根本不存在任何抄袭。"抄袭"的"证据"可笑之极，比如，因为两部书都用了"猴子"和"幽幽"的词汇，原告就认为是抄袭，这让我很不理解。这种莫须有的事情法院一立案，老百姓并不理解，普遍以为立案就是犯事了。所以碰瓷者敢这么肆无忌惮，近年来几乎每部热播剧均有人来"碰瓷"。

　　此时，我的压力更大了，媒体和网络上炒作更厉害，和《人民的名义》的总制片人李学政、宋世明等朋友商量后，我决定分别应诉。南京、北京、上海等地大约十几个律师主动联系我，要为我代理，其中许多都是《人民的名义》的热心观众和读者。这些律师我和太太接触了几个，明显想蹭热点，一些律师不谈是非只谈关系，我都不是太满意。这时，李学政打电话过来，推荐了北京京都律所的高级合伙人金杰律师，我由此获得了权威而完善的法律支持，也由此结识了一位有格局，有情怀，头脑清醒，有预见和判断力的优秀律师。

　　金杰律师做过法官和检察官，办案经验丰富，有很强的正义感。尤其让我意外的是，金杰律师还是一位影视文学爱好者，是我影视和文学作品的忠实观众和读者，《人民的名义》从小说到电视剧他都认真看过，分析起里面的人物情节头头是道。嗣后，只要他到南京，或者我去北京，他和我谈影视文学的时间并不比谈诉讼少。这么一来，我完全放心了，有这么一个法律经验丰富，文学艺术内行的律师出面代理应诉，对方诉讼的难度就大多了，诉讼敲诈几无实现的可能。原告向其律师支付的律师费是 20 万元，1800 万元的诉讼标的，诉讼费也不是一笔小数目。而我这边呢，金杰律师和他的团队是免费诉讼，对我分文不取，完全是路见不平一声吼，该出手时就出手！

　　经李学政协调，同为被告的七家出品方也统一授权金杰为应诉代理人。而后来这起诉讼，则由我协调北京十月文艺出版社，也将代理权委托给金杰律师。这一来，我把所有应对责任全部转移到了金杰那里。我和他约定，不管是对法院，还是对媒体，一切由他和他的团队负责，我安心写作，不再搭理。嗣后三年多，金杰和他组建的《人民的名义》律师团队，为《人民的名义》的这两起"碰瓷"官司做了大量工作，不仅是法律研究，书稿比对，法庭应诉，还有媒体上的应对——对方律师的确擅长炒作，一直炒到央视上，金杰和其唇枪舌剑，大战了三五回合，厘清了这场"碰瓷"的法理事实。其中许多内幕我也是在这次审校书稿时才知道。著作权诉讼是一项专业性很强的诉讼，事实证明，金杰律师和京都律所《人民的名义》团队在这两起诉讼中的表现是令人信服的，他们不但赢了这两起官司，也向广大群众进行了一次生动的普法教育。正如田文昌大律师所言："……更是对著作权如何维权，如何正当使用诉权，如何保护原创作家合法权益，如何激励作家原创动力，保护优秀经典文学作品不受侵犯，以及如何遏制恶意诉讼等问题提出了独到的分析和见解，引人思考，给人启示。"

因此我觉得，这本书的出版是很有意义的。

真诚地感谢金杰律师和他的优秀律师团队。没有他们用法律的武器为我的创作遮风挡雨，就没有《人民的财产》电视剧和小说的顺利问世。感谢《人民的名义》第一出品人最高人民检察院影视中心专职副主任范子文，为诉讼出具证言，介绍情况；还要感谢《人民的名义》总制片人李学政，和《人民的名义》小说的责任编辑陈玉成，他们陪同金杰律师团队经历了诉讼的全过程，付出了大量的时间和心血！有这些朋友一路同行，风雨中也透着美好。

周梅森
2022 年 2 月 15 日

终生难忘周梅森老师深入生活
创作《人民的名义》的全过程

电视剧《人民的名义》发起人、第一出品人，
最高人民检察院影视中心专职副主任范子文

我作为最高人民检察院影视中心专职副主任、法定代表人，特别是作为电视剧《人民的名义》发起人和第一出品人，有幸亲历了周梅森老师原创电视剧及小说《人民的名义》全过程。周梅森老师尊重艺术创作规律，为人民奉献了《人民的名义》这样一部现象级文艺作品，实乃我个人及最高人民检察院影视中心之幸事。若没有周梅森老师亲自创作，也就没有《人民的名义》这部电视剧及小说，至今心怀感激，往事历历在目。同时，对周梅森老师无端卷入两起历时三年多的著作权侵权诉讼案感到十分难过，好在邪不压正，由北京市京都律师事务所高级合伙人金杰组建的律师团队经过针锋相对的较量，最终以法治的力量为《人民的名义》实现了人民的正义。

2014 年 11 月 29 日，为贯彻落实习近平总书记在文艺工作座谈会上的讲话精神，根据最高人民检察院关于加强检察影视宣传工作的要求，我到任最高人民检察院影视中心专职副主任岗位两个多月之际，怀着惴惴不安的心情带领我中心项目部主任项阳同志前往南京，拜见2002年曾与我（时任最高人民检察院政治部文化工作处处长）合作过电视剧及小说《国家公诉》的原创编剧、著名作家周梅森老师，诚邀他和其爱人孙馨岳老师能够为我中心创作一部检察机关反贪题材电视剧，之前我们电话沟通过两次他都没有答应。11月30日中午，周梅森老师、孙馨岳老师盛情安排我们午餐，江苏省人民检察院新闻办和南京市检察院政治部、检察日报社驻江苏记者站负责同志陪同参加。席前，周梅森老师、孙馨岳老师明确提出不谈创作电视剧事项，因为周梅森老师心脏搭了三个支架，听力也不太好。但席间，在座的人员通过讲述党的十八大以来检察机关办理的有关大案要案，激发起周梅森老师的创作冲动，终于答应为最高人民检察院影视中心再创作一部反腐题材电视剧，但前提是让我向国家新闻出版广电总局电视剧司领导确认反腐题材电视剧能不能写？再就是能够写到什么程度？

根据周梅森老师提出的问题，我回京后向国家新闻出版广电总局电视剧司领导作了专门汇报，司领导表示期待周梅森老师抓紧时间创作一部反映党的十八大以来从严治党、坚定推进反腐败斗争生动实践的电视剧，并提出五个字的创作要求：一要"反腐"，二要"正能量"。

2015年3月18日，经最高人民检察院领导批准，我陪同周梅森、孙馨岳夫妇前往江苏省人民检察院，参观办公、办案场所并与业务部门检察官进行座谈。时任江苏省人民检察院党组书记、检察长徐安等院领导亲切接见了周梅森一行，他希望周梅森聚焦检察工作，深入检察生活，借助文学艺术力量生动展示党的反腐败斗争，有力塑造新时代检察官的良好形象。期间，我还陪同周梅森夫妇赴南京浦口区检察院、南京钟山地区检察院驻浦口监狱检察室、浦口监狱等基层一线深入生活，大量地与办案检察官、监狱民警、服刑职务犯罪人员座谈，为创作收集相关素材。剧中很多剧情，比如欧阳菁用受贿银行卡购物、赵德汉家中搜查出巨额受贿现金、高小琴和高小芬"姐妹花"的人物塑造等，都是周梅森、孙馨岳老师在深入检察生活过程中听到的案例并艺术创作的。周梅森、孙馨岳老师还认真倾听基层检察干警心声，真切感受体验检察工作原生态，一方面为检察官点赞，另一方面表示一定要创作出贴近现实生活、贴近检察工作实际、贴近群众反腐心声的好作品，为党的反腐败斗争奋力鼓与呼，为人民群众奉献正能量作品。

应我的迫切请求，周梅森老师立即开始了电视剧《人民的名义》的剧本创作，期间周梅森老师每创作完成 5 集即发给我们中心和李路导演团队征求意见。2015 年 7 月初，周梅森、孙馨岳老师完成了该剧 20 集剧本及后 20 集故事大纲的创作工作。2015 年 7 月 10 日下午，最高人民检察院影视中心在最高人民检察院机关举办由检察人员参加的剧本创作研讨会，时任最高人民检察院政治部宣传部部长李辉、最高人民检察院反贪总局副局长詹复亮、检察日报社副总编辑王守泉、检察日报社文艺副刊部主任彭诚、最高人民检察院反贪总局业务指导处检察官彭艳霞等出席研讨会，他们从宣传、艺术、检察业务等角度对剧本提出建设性的意见和建议。2015 年 7 月 11 日下午，最高人民检察院在京举行文学、影视界专家出席的剧本研讨会，时任最高人民检察院党组成员、政治部主任王少峰出席会议并讲话，检察日报社党委副书记、总编辑钱舫主持会议，时任国家新闻出版广电总局电视剧管理司司长李京盛、最高人民检察院政治部副主任胡尹庐、政治部宣传部部长李辉、检察日报社副总编辑王守泉以及编剧周梅森、导演李路等参加会议。中宣部原副部长、中国作协原党组书记翟泰丰，中国作协副主席、书记处书记何建明，民盟中央副主席、中国作协副主席张平，中国文联原副主席、中国文艺评论家协会名誉主席李准，中国文联原副主席、中国文艺评论家协会主席仲呈祥，中国作协书记处原书记张胜友，山东省烟台市作协主席矫健，北京电影学院教授、中国电影评论学会理事黄式宪，微信公众号《影视独舌》主编、著名剧评人李星文等领导和专家相继发言，对于该剧的定位、选材及创作方向给予充分肯定的同时，也从历史、时代、全局和政治站位，从党的十八大以来党中央关于反腐败斗争的一系列决策部署的高度，提出了中肯的意见和建议。

我作为该剧发起人和第一出品人，组织并参加了上述两次剧本创作研讨会，也深深地为周梅森老师严谨的创作态度所折服。2015年10月8日，周梅森、孙馨岳老师完成了全剧40集的创作任务。2015年10月中旬，我中心将完整的40集剧本分别报送最高人民检察院政治部宣传部和国家新闻出版广电总局电视剧司征求意见，得到高度肯定和赞许，电视剧司领导进一步提出要在"反腐、正能量"五个字创作要求基础上，还要在"倡廉"方面浓墨重彩。之后，周梅森、孙馨岳老师认真落实"倡廉"的要求，重点塑造了干事且干净的区、县委书记易学习这个人物的形象。

以上是我亲历周梅森老师创作电视剧《人民的名义》的全过程。就我所知，周梅森老师曾挂职徐州市政府副秘书长，当过煤矿工人，炒过股票，做过房地产，有非常深厚的生活积累。在创作该剧过程中，他向我及李路导演一再强调，他和孙馨岳老师要亲自创作剧本，他要创造套路而不是按照剧本创作的老套路编剧，要创造桥段而不是沿用自己或国内外影视剧桥段。该剧剧本创作任务完成后，他才潜心完成了同名小说的创作工作。

我作为电视剧《人民的名义》发起人和第一出品人，非常感谢周梅森、孙馨岳两位老师对我工作的支持和帮助，我也因此荣立个人一等功和集体一等功。两位老师是德艺双馨、情系祖国的人民艺术家，他们坚持以人民为中心的创作导向，坚持文艺创作规律和检察工作规律，不辞辛苦认真深入检察生活，为党和国家的文艺事业树立了良好的榜样。也真切地感谢周梅森、孙馨岳两位老师为我们创作了这么一部无愧于党、无愧于国家、无愧于人民、无愧于时代的现象级电视剧本和同名长篇小说，他们严肃认真的创作态度和创造性创作精神，将继续激励我为人民文艺事业担当使命、攀登高峰。同时，深深地向北京市京都律师事务所高级合伙人金杰律师、杨文律师及京都所《人民的名义》代理诉讼团队致敬，他们不仅为周梅森老师和《人民的名义》电视剧出品方、小说出版方依法打赢了著作权侵权纠纷官司个案，更为我国著作权侵权纠纷官司诉讼代理提供了优秀样本。

范子文

2022 年 2 月 8 日

值得法律人的学习和借鉴

《为了人民的名义——电视剧〈人民的名义〉著作权案始末》一书，实录了金杰律师历时三年十个月代理《人民的名义》著作权纠纷案的诉讼过程。对于律师代理案件而言，结果的辉煌固然重要，但过程的精彩更值得回味。在三年多的诉讼历程中，金杰律师以全身心的投入，把这个案子真的是掰开了，

中华全国律师协会刑事专业委员会顾问、京都律师事务所创始人、名誉主任田文昌

揉碎了，嚼烂了，吃透了，将律师的作用发挥到了极致。

对于一个影响重大、备受关注的疑难案件，艰难的胜诉不仅体现了律师精深的法律功底和求真的敬业精神，而且彰显了法律的公正和对合法权益的正名。更是透过对一系列法律关系的精辟分析，解读了一种众目关注的社会现象。

本书的出版，不仅仅是金杰律师对代理《人民的名义》著作权纠纷案的总结，更是对如何维权，如何正当行使诉权，如何保护原创作家合法权益，如何激励作家原创动力，保护优秀经典文学作品不受侵犯，以及如何遏制恶意诉讼等问题，提出了独到的分析和见解，引人思考，给人启示。尤其是书后的诉讼材料和人民法院的生效裁判文书，使得这部书不仅是单纯的一部纪实文学，更是一部具有专业法律人学习和借鉴价值的工具书。因此，本书的出版更具有它独特的意义和作用。

金杰律师既是一名检察官出身的刑事业务专才，又具有多年从事民事审判活动的丰富经验，是律师界中难得的三栖人才。精于一种业务难得，精于两种不同的业务更难得。在我国当前刑民交叉案件频发的现状下，在律师的知识结构中对刑民两种法律知识的融会贯通更显得尤为重要。

希望律师界能够涌现出更多的如金杰律师这样的三栖人才！

田文昌

2022 年 2 月 14 日

精彩的诉讼 经典的回忆

京都金杰律师把《为了人民的名义——电视剧〈人民的名义〉著作权案始末》的书稿发给我，邀请我一定写点感想放到书里。说实话，《人民的名义》著作权的两场官司打了三年多，我始终策划和参与其中，由衷地体会到什么叫累心和劳神；所谓正义，不付出努力就不会拥有。

本书真实地记录了金杰律师历时三年十个月代理《人民的名义》著作权纠纷案的诉讼过程，看到书中描述的曲折和

电视剧《人民的名义》总监制、总发行，金盾影视中心主任，著名制片人李学政

起伏，历历在目，好像就在昨天。我作为电视剧《人民的名义》的总监制和总发行人，亲历了电视剧诞生的全过程，这样一部经典的反腐大剧，居然遭到他人起诉抄袭剽窃，既感到意外，更着实令人气愤。当时，成为被告的七家出品单位集体愤怒发声，力挺周梅森老师，我们甚至喊出了发自肺腑的声音，"与先生同为被告，我们也深感荣幸"，这是何等的气魄之声。这也许正应了那句话，"人红是非多""剧红遭人嫉"，但最终司法判决驳回了两个原告的诉讼请求，给了《人民的名义》正名，还了这部经典大剧的清白，也给了关心关注《人民的名义》的公众一个交代。

　　历时三年十个月的诉讼，金杰律师付出了很大的心血和精力，他不计成本的付出，不仅体现了金杰律师精深的法律功底和求真的敬业精神，也体现了一名中国律师的情怀和格局，是《人民的名义》真正的法律顾问。我作为《人民的名义》的总监制和总发行人，代表电视剧方，衷心地感谢金杰律师和他的律师团队。

　　《为了人民的名义——电视剧〈人民的名义〉著作权案始末》这部书，读来引人入胜，令人回味，对保护原创作家合法权益，激励作家原创动力，保护优秀经典文学作品不受侵犯，起到了很好的推动作用。本书不仅是一部精彩的诉讼纪实，更是一部法治教材，也是法律专业人学习的珍贵资料。真可谓是精彩的诉讼，经典的回忆。

李学政
2022 年 2 月 14 日

引 子

2017年3月28日晚7点30分，一部电视剧横空出世，迅速成为一部现象级的作品。有"史上尺度最大反腐剧"之称的电视剧《人民的名义》引起全民看剧热潮：湖南卫视"金鹰独播剧场"播出后，收视率突破8%，实际收看人数（包含网络平台在内）高达3.5亿人次；微博上，该剧话题被讨论21万余次，阅读量高达7800多万；播出到第八集时，豆瓣评分接近9分，在国产剧中非常罕见。该剧刷新了近十年省级卫视收视的最高纪录，堪称横扫老中青。不论是百姓群众，还是业内人士都盛赞电视剧《人民的名义》，贴近现实，颇有高度，更有深度，发人深省，其艺术欣赏价值获得了近年来少有的口碑。尤其在人物的设计和人物描写上，写出了人性善恶之间的转换，写出了人物的多面性和多面的人生，用艺术的手法再现了党和国家惩治腐败的决心和力度，尺度之大，突破想象，让人大呼过瘾。收视、口碑的双丰收带动了原著小说人气的爆棚，导致《人民的名义》原著小说纸质书热售脱销，付费电子书阅读量破亿。"达康书记"等关键词和表情包屡屡霸占热搜头部位置，全国大量"丁义珍"式窗口遭到举报和曝光，"丁义珍"式窗口整改问题成为当年公务员考试的热点问题。

俗话说"人红是非多""剧红遭人嫉"，《人民的名义》热播的余温还未散去，就有人将《人民的名义》编剧、原著作者周梅森告上了法庭。就是这样一部备受关注的作品，却接连引发了两起著作权侵权官司。历经三年十个月的诉讼，让亲历者疲惫不堪，让电视剧几经淬炼，曲折的诉讼也给人留下了深深的思索，回味之余，不禁令人发问，这是因何而来？《人民的名义》到底涉嫌侵犯著作权了吗？

上　篇

一、 黑色星期五？

北京的初冬
冷风吹在人的脸上
阴冷、干燥
预示着寒冷就要来了！

2017 年 11 月 3 日，星期五，一个普普通通的日子。

忙了一天的金杰律师刚得空坐下来，他就赶紧打开电脑，他在追看湖南卫视热播的横扫老中青的电视剧《人民的名义》。音箱里瞬间响起了韩磊的歌声，《人民的名义》主题曲《以人民的名义》：

男：与谁同搏 以肩上的职责

　　听一番枝繁叶落

　　看一抹烟霞交错

　　此时此刻 情同手足在侧

女：与谁同卧 以心中的执着

　　听一声青梅永乐

　　看一片繁星闪烁

　　此时此刻 爱意永续你我

男：以人民的名义 赋予你

　　生命的尊严 奉献的权利

女：当所有万马奔腾 扶摇升起

　　一口气直达心底 凛然正气

　　……

韩磊的声音大气中略带沙哑，沧桑感十足，他演绎过的主题曲都能真切地令人感受到气壮山河的磅礴景象，素有"正剧主题曲担当"之称。此次献声《人民的名义》用来向为祖国反腐事业奋勇战斗的卫士致敬。歌手江映蓉的声音细腻动人，走心的演绎与天生的好嗓音，与电视剧主题产生了有效呼应，让家国大爱在温情嗓音中得到升华。歌声让忙碌了一整天的金杰身心颇感舒畅，电视剧的主题曲让他一下子就进入了剧情之中。

电视剧《人民的名义》剧照（范子文/提供）

这段时间他一直在追剧，在追看湖南电视台正在热播的电视剧《人民的名义》，由于律师职业的特点，外出办案在时间上根本无规可循，用他自己的话说，他就是在"流窜作案"。他没有时间每天晚上定时追剧，只好等湖南卫视播完全集，他才上网回看，他感觉那样看电视剧连贯过瘾。检察官、法官出身的他，对司法工作始终情有独钟，他喜爱办案，一办上案件就特别上瘾，感觉在办案的海洋里，浑身的细胞都在跳跃。他做侦查处长时，思维活跃，思路发散，每当侦查遇到"山重水复疑无路"时，他总能开辟"柳暗花明又一村"。他离开检察院多年了，当年的检察院同事告诉他，检察长督促办案着急时还叨咕，案子办得太拖拉，这要是金杰在案子早拿下来了。他热爱司法工作，在司法界他也算是老司法了，为了从事司法工作，他放下了之前的一切爱好，原本是一个音乐人和新闻人，最后却生生地改学法律，一头扎进了检察院，从批捕起诉到反渎监所，从反贪侦查处长到副检察长，检察业务几乎干遍了，承办大案要案自然不必说，真可谓如鱼得水。

人的一生可能有许多转折，但这些转折并不是谁都能设计出来，也不是谁都能遇到机缘的。在金杰的司法生涯中，有一个人改变了他的人生轨迹，那就是著名"学者律师"，人称"刑辩第一人"的中华全国律师协会刑事专业委员会主任田文昌大律师。田文昌老师当年代理被害人状告"大邱庄禹作敏"一案，让全中国的老百姓都认识了他，当年的《法制日报》连篇累牍地报道了这位"第一个敲开土围子"的大律师。自从与田文昌相识，田文昌就劝金杰出来做律师，这一劝就是十年。十年间，金杰每当遇到疑难案件和法律问题，都向田文昌老师请教，田文昌老师"学者律师"的风范和出庭的魅力，深深地吸引了他，金杰的心里"长草了"。在田老师十年的"威逼利诱"之下，2005年2月，金杰终于被田文昌老师"拉下了水"，在司法机关正干得如日中天的时候，一个突然的转身跟着"刑辩第一人"当起了一个无职无权的律师，让司法界熟悉他的人一时没有反应过味儿来。最高人民检察院主办的《方圆律政》专访他，评价他为华丽转身的控辩审"三栖法律人"。无罪的当事人给他送来金匾——"德法双馨大律师"！

金杰爱好文学，对政法类文学作品，尤其是电视剧格外偏爱。他看电视剧入戏太快太深，但是真正能让他坐下来看完整剧的，却寥寥无几。常常是开始看时满怀期望，但是看着看着就放弃了，要么是看了几集就知道了结尾，要么就是看不下去了，觉得剧演得太假，剧本没有新意，更没有突破。现实中，纪委和检察院查处的腐败官员都到了省部级，而反腐剧里查处

无罪当事人给金杰律师送来的金匾（金杰/提供）

的最大腐败分子就是个副县长、副局长……都是一个模式，电视剧和现实悬殊的差距，吸引不了他继续看下去。然而，当电视剧《人民的名义》一经播出，就引起了他强烈的共鸣，牢牢抓住了他的兴奋点，让他眼前一亮。在电视剧里他找到了自己的影子，那些办案中的风雨兼程，千里追赃，坎坷执着；那些不辞辛劳，酸甜苦辣，他极少对人讲起，只有埋在心里，其中的感悟只有内心知道。检察情结似乎已经渗透到了他的骨子里，看电视剧《人民的名义》他是真入戏了，电视剧里的侯亮平，他怎么看都像是在演当年的自己，蹲坑守候，搜查追赃，预审熬夜，遭人算计，侦查受阻……剧情里的一幕幕都和自己当年办案时很相似。甚至感觉电视剧描写得还不够，现实中比剧里还要惊心动魄，人物的命运和剧情的推进，深深地触动了他内心那根敏感的神经，演绎了他想说而又不愿意说的内在情感。

　　他是电视剧《人民的名义》的编剧，著名作家周梅森老师的忠实粉丝，而且是"铁粉"。周老师之前的八部经典作品，他看了好几部。比如电视剧《人间正道》《我主沉浮》《国家公诉》等，都深深地吸引了他的关注，他爱看周老师的剧，感觉有滋味，有嚼头，但凡播出从不放过。对电视剧《人民的名

北京市京都律师事务所高级合伙人律师金杰

义》，他更感到这个剧写得更加真实，更贴近现实，更有高度，更有深度，更发人深省。尤其在人物的描写上，写出了人性的善恶之间的转换，写出了人物的多面性和多面的人生，用艺术的手法再现了党和国家惩治腐败的决心和力度，尺度之大，让人看了解渴、过瘾。网上称，"《人民的名义》自 3 月 28 日开播以来，关注度扶摇直上，连续 11 天蝉联双网收视冠军，网络总播放量破 19 亿，4 月 6 日该剧播出期间，市场占有率突破25%""《人民的名义》如今成为国民电视剧，不但成为流量担当，还扛起了收视率，成为 21 世纪收视最高的电视剧，网络点击率高达 220 亿以上"……该剧确实堪称"高大上"，创历史最高，无人超越。《人民的名义》是让金杰一气呵成看到底的唯一一部政法类电视剧，难怪电视剧一经播出，就横扫老中青，当然也把他扫了。

看完几集电视剧《人民的名义》已经很晚了。突然，他的手机微信上蹦出一条信息，让金杰颇感意外。金盾影视中心主任李学政发来信息："金杰兄弟赶快看，网上爆出消息，有人告电视剧《人民的名义》编剧周梅森抄袭剽窃他人的小说《暗箱》，你赶快看看怎么处理？"

电视剧《人民的名义》剧照，剧中王文革的扮演者李学政（李学政/提供）

李学政是金盾影视中心主任，著名制片人、监制、演员、发行人。最高人民检察院影视中心顾问，最近又被最高人民法院聘为"人民法院影视工作顾问"，还兼任中国电影家协会军事题材电影工作委员会副主任兼秘书长和影视产业促进与投资委员会副会长、中国电视艺术家协会影视机构委员会副会长和电视剧网剧制作播出艺术合作促进委员会副会长、中国文艺家理事会执行秘书长、中国文联《中国文艺家》执行总编、中国行为法学会理事、中国新闻舆论监督研究会副秘书长、中国红色革命后代优良传统文化联谊会秘书长、纪委监委廉政宣传顾问、中国传媒大学中国网络视频研究中心特邀研究员、四川文化艺术学院名誉校长。

李学政曾经担任多部红色电影、军旅片、谍战剧、检察剧总制片人，如《党的女儿尹灵芝》《特种兵王》《麻雀》《谍战深海之惊蛰》《巡回检察组》等。获 2017 年度工匠中国十大人物，尤其在 2017 年 3 月开播的反腐剧《人民的名义》担任总监制、总发行人。并在电视剧《人民的名义》中扮演"大风厂"的工人王文革。他在剧中手举火把，组织工人对抗违法拆迁，俨然有点工人领袖的派头，随着他的一声大喊"点火！"不慎火光冲天，那架势和眼神成为表情包，瞬间传遍网络，让人看一眼就难以忘却。

电视剧《人民的名义》剧照，"大风厂"工人王文革
扮演者李学政（李学政/提供）

李主任深夜给金杰发微信，那一定是发生了很重要的事情。金杰律师没有怠慢，立刻在网上搜寻，不搜则已，一搜让他更感到非常意外和震惊。

网上突然铺天盖地出现了电视剧《人民的名义》被诉抄袭的新闻，新浪新闻、头条、各种都市报、自媒体等，一个个表述抄袭剽窃的标题豁然醒目："被夸了大半年的《人民的名义》

陷抄袭风波""《人民的名义》被诉抄袭""《人民的名义》抄袭《暗箱》是真的?""周梅森被打脸,《人民的名义》涉抄袭《暗箱》?"……

甚至有的自媒体人还像模像样地列出了所谓"相似"的段落,称电视剧《人民的名义》完全抄袭了小说《暗箱》的第一章爆炸事故,第二章并购风波,第三章血债血偿,第四章三方谈判。甚至还称"每一段情节,甚至每句话,无法不让人联想到《人民的名义》。连人物的安排与性格,都可以挨个对号入座"。还摘选一段:

> 张天芳叹了口气:"当初,外贸集团是作了一个很漂亮的转产计划,可是五年过去了,那个计划很难实施。老国防厂,你也知道,光荣过,辉煌过,老工程师们,老工人们,视厂如命,集团和老厂人的关系就像定时炸弹。谁也没想到,这颗定时炸弹没炸,氯气罐这个炸弹却炸了。"
>
> 妻子李淑静轻轻推开刘云波卧室的门,见他已经起床就走了进来:"起来了?可以多睡一会儿的。天芳也刚来。"
>
> "噢?天芳。"刘云波听说张天芳来了,知道他是无事不走动的,赶紧开门下了楼。
>
> 李淑静跟着出来,一双眼睛关注着他身上:"汤刚炖好,洗完澡就吃点饭吧。"
>
> 刘云波躲开了她的关注,边下楼梯边扣衣扣,看见张天芳坐在客厅就打了招呼:"天芳,休息过来了?"

尽管列出的段落与电视剧《人民的名义》根本风马牛不相及,但仍然在网上睁着眼睛说瞎话,大肆煽情,让人感觉《人民的名义》抄袭剽窃已成定论。明眼人一看就知道,是别有用心的人在搬弄是非。

网络新闻中还披露了法院的"诉讼服务告知书"图片,告知书显示，2017 年 11 月 1 日，上海市浦东新区人民法院通知原告×某某，法院已经受理起诉周梅森等被告著作权侵权纠纷案。媒体在网络还披露，原告×某某起诉《人民的名义》编剧周梅森及制片单位等被告，侵犯其原创作品长篇小说《暗箱》著作权侵权案。×某某向周梅森及制片单位等八家被告索赔 1800 万元，律师费 20 万元，并要求停止电视剧的一切播出、复制、发行、信息网络传播以及小说出版、销售。目前该案已被上海浦东法院正式受理。

这突如其来的诉讼和突然爆发的炒作，在司法经验丰富的金杰脑海里立刻画起了问号：起诉《人民的名义》抄袭，究竟是出于维权，还是另有隐情？职业的敏感告诉他，不论是什么原因，一种有计划、有准备的诉讼和炒作开始了。

黑色星期五（The Black Friday）是美国圣诞大采购日。

美国的圣诞节大采购一般是从感恩节之后开始的。感恩节是每年 11 月的第四个星期四。因此它的第二天，也就是 11 月的第四个星期五也就是美国人大采购的第一天。在这一天，美国的商场都会推出大量的打折和优惠活动，以在年底进行最后一次大规模的促销。因为美国的商场一般以红笔记录赤字，以黑笔记录盈利，而感恩节后的这个星期五人们疯狂的抢购使得商场利润大增，因此被商家们称作黑色星期五。商家期望通过以这一天开始的圣诞大采购为这一年获得最多的盈利。

然而，对于起诉周梅森《人民的名义》等八家被告的原告方来说，又何尝不是为了某种利益呢？如果不是为了利益，又怎么能提出索赔 1800 万元的天价？还有律师费 20 万元？

这个普普通通的星期五，对于北京市京都律师事务所高级合伙人律师金杰和著名作家、编剧周梅森来说，的确是一个令人难忘的"黑色星期五"。这不仅让人产生了诸多疑问，这个"黑色星期五"，对于这场《人民的名义》被起诉侵犯著作权的诉讼来说，谁又是能获得更大盈利的赢家呢？

二、 周梅森愤怒了

11 月 3 日晚上，南京下着小雨，天气本不是很冷，但晚上却刮起了一阵风，让人感到有一丝丝凉意，街上华灯初放，路上行人匆匆而过，像是在躲避突然而来的冷风。

周梅森正在自己的书房里创作，他坐在电脑旁聚精会神地敲击着键盘，随着键盘的敲击声，一串串文字在电脑屏幕上蹦跳着："电视剧《人民的财产》第一集……"周老师正在创作继《人民的名义》小说和电视剧之后的又一部力作，电视剧《人民的财产》，刚写了不到一万字。他休息一下拿起手机，看到一个朋友给他发微信告诉他，有人告你《人民的名义》抄袭他人小说《暗箱》。周老师以为看错了，自问自答，谁抄袭谁？我抄袭别人的小说？《暗箱》是什么小说？从来没听说过呀？这不是胡说八道吗？他停止创作立刻上网搜了一下，网上连篇累牍报道他创作并担任编剧的《人民的名义》电视剧和小说抄袭他人《暗箱》的新闻。他一下子震怒了！周梅森拍案而起，愤怒地在地上来来回回走了好几圈，血压一下子就上来了。妻子担心他的身体，赶紧提醒他先别发火，身体要紧，先把情况搞清楚。周梅森怒吼道："我能不发火吗?！说我抄袭，你不抄袭我就不错了！《暗箱》是个什么小说，我怎么没听说过？"周梅森情绪异常激动和愤怒，一时无法平静下来，正在创作新剧的心境一下子就被搅乱了，他无法创作下去。

也难怪周梅森发怒。在中国作家里，周梅森是个传奇般的人物。他早年做过矿工，下井挖过煤，又在海南炒过房，曾经挂职当过官。他写了部小说曾惹来一堆麻烦，十几个厅官告他状，面对这些自动对号入座的现象，周老师无奈地解释道，那是小说，不是报告文学，怎么能自己对号入座呢？他是一位高产高质的作家，1978 年发表处女作《家庭新话》，1980 年调任《青春》杂志任编辑，1985 年成为江苏省作协专业作家。他早期创作的中篇小说集《庄严的毁灭》《沉沦的土地》《军歌》，长篇小说《黑坟》《大捷》至今都是精品。后来他又转向政治小说创作，由其创作的电视剧《忠诚》《人间正道》《中国制造》《至高利益》《绝对权力》《国家公诉》《我主沉浮》等作品，都深刻地反映现实，震撼人心。截至目前，已发表小说 60 余部，长篇电视连续剧 10 部，累计 1200 万字。其创作的作品多次荣获国家图书奖、全国五个一工程奖、庆祝新中国成立 50 周年 50 个重点献礼文艺项目、人民文学奖、紫金山文学奖、中国数字出版创新奖、中国电视飞天奖、中国电视金鹰奖等全国性大奖，与小说同名的电视剧曾经每播必火，霸屏了好几年。尤其是表现检察官的《国家公诉》，人们评价是中国最有影响力的检察题材影视作品。因此，在文学创作界周梅森被誉称是官场小说的"常青树"。

电视剧《人民的名义》海报，编剧周梅森（金杰/提供）

　　百度上这样评价他：创作追求一种气势磅礴的史诗效果，常常以当代意识投射和观照历史，从而在整体意义上的历史悲剧氛围中，笔饱墨酣地写出人的生态和心态。但可惜，后来涉案剧泛滥，特别是反腐题材剧粗制滥造，导致有关部门出台了种种规定，从此这类题材的影视作品沉寂了长达十年之久，周梅森也就不碰这类剧了。但涉及反腐题材的小说，他却一直写写停停，一写就是十年，只是放在抽屉里不愿意拿出来，他觉得已经不是时机了，拿出来也是发表不了。因此，积累如此丰厚的周梅森，说他抄袭，那简直是无稽之谈。

　　中国有句老话："三十年河东，三十年河西。"电视剧《人民的名义》的创作过程，并不是一帆风顺的，从创意的提出到剧本的创作，从尺度的论证到审核的通过，可以说是历经曲折，反反复复，个中磨难，鲜为人知。尽管如此，也完全不涉及抄袭之说。三国时刘备"三顾茅庐"拜诸葛，而今在《人民的名义》这部电视剧诞生的曲折路上，也有过一段范子文"三顾茅庐"的故事。

电视剧《人民的名义》第一出品人范子文（左）、
编剧周梅森（中）、金杰（金杰/提供）

金杰（左）与电视剧《人民的名义》中刘新建的扮演者高亚麟（金杰/提供）

　　范子文，最高人民检察院影视中心专职副主任。他兼任滇西科技师范学院亚洲微电影学院客座教授，中国电影评论学会第八届理事会理事。范子文曾任最高人民检察院机关团委书记、政治部宣传部文化工作处处长，检察日报社党委办公室（人事处）主任兼最高人民检察院影视中心副主任，检察日报社工会主席等职务。

　　范子文是著名的影视项目出品人、策划人，代表作有：电视剧《国家公诉》《人民的名义》《归去来》《因法之名》《巡回检察组》《突围》，电影《我是检察官》《青春检察官》《检察风云》《燃烧的玫瑰湖》，网络剧《真相》《今天不是最后一天》，网络电影《河豚》，微电影《心律》《起飞》《老树》《古寨新传》《公开听证》等。50 集电视剧《归去来》被国家广播电视总局列为庆祝改革开放 40 周年重点剧目，43 集电视剧《巡回检察组》受到人民群众的欢迎和中央领导同志的肯定，分别荣获"飞天奖""白玉兰奖""金鹰奖"等奖项。策划出品的微电影《起飞》《古寨新传》《公开听证》等先后荣获中央政法委"平安中国微电影微视频微动漫比赛"十大微电影奖、国家广播电视总局"弘扬社会主义核心价值观·共筑中国梦"主题原创网络视听节目征集推选和展播活动优秀节目奖、中国电视艺术家协会亚洲微电影艺术节"金海棠奖"最佳作品奖、中国潍坊(峡山)金风筝国际微电影大赛最佳作品奖等。范子文入选国家广播电视总局2018年6月编印的《中国电视剧60年大系·人物卷》,荣获中国电视艺术家协会第六届亚洲微电影艺术节"十佳影响力人物"称号、第三届中国潍坊(峡山)金风筝国际微电影大赛"最具影响力人物"称号。特别是由其发起并担任第一出品人的55集电视剧《人民的名义》,成为新时代现象级文艺作品,推动了现实题材影视剧高质量发展的步伐,为此荣立个人一等功和集体一等功,荣获"2017工匠中国年度影视策划奖"唯一殊荣。

范子文荣获"2017工匠中国年度影视策划奖"(金杰/摄)

"2017工匠中国年度影视策划奖"给范子文的颁奖词这样写道:

他不忘初心、牢记使命，始终坚持以人民为中心的创作导向，把中国精神和法治理念作为创作灵魂，努力从检察机关司法办案资源中汲取营养，组织创作了一系列检察影视精品，得到影视界高度认可和广泛赞誉，个人和所在的最高人民检察院影视中心分别获得一等功荣誉。其组织创作播出的影视作品《人民的名义》，获得收视和口碑"双丰收"，成为现象级文艺作品，为推动社会主义文化建设作出了重要贡献。

"没有范主任就没有这部剧。我们之前一起做过《国家公诉》，有共患难的基础，而且他坚信《人民的名义》可以做。在制作的各个过程中，他一直在默默地协调。这部戏有今天，范主任作出了非常大的贡献，而且是不可替代的贡献。"著名作家、编剧周梅森在接受《时代周报》记者采访时恳切地感慨道。

范子文（左四）和《人民的名义》导演李路（右三）在 2017 第
二届工匠中国年度影视策划奖颁奖盛典上（范子文/提供）

周梅森与范子文是老朋友，2003 年，根据周梅森同名小说创作的电视剧《国家公诉》，那是周梅森与时任最高人民检察院政治部宣传部文化工作处处长的范子文的第一次合作。2004 年，国家广电总局整治涉案剧，反腐剧受到牵连，从此退出电视台黄金档，进入十年沉寂。

2014 年，范子文走马上任，担任最高人民检察院影视中心专职副主任。最高检影视中心隶属于最高人民检察院，是全国检察机关的影视制作机构，担负策划、拍摄和制作法治题材和检察题材电视专题片、电视栏目和电视剧及影视宣传报道。

范子文在接受《时代周报》记者采访时回忆道："2014 年我到任的时候，属于涉案题材的反腐剧还没有很明显的回归迹象。当时中央的反腐工作开展得如火如荼，但还是没有人敢做反腐题材。当时我们已经意识到，反腐工作肯定要有影视作品去呈现，也就是我们说的影视作品要反映现实。"

当年底，范子文代表最高检影视中心找到周梅森，他给周梅森打电话说："周老师，我们邀请您出山，再写一部能够反映社会现实和当下形势的反腐题材电视剧。"周梅森一听要写一部反腐大剧，二话没说一口拒绝了，他甚至连范主任的解释都不听。周梅森的拒绝并非没有理由，他对《国家公诉》电视剧的创作和审查记忆犹新，想当年他创作的《国家公诉》电视剧，在审查过程中被要求修改了八九百处，此前他编剧的另一部反腐题材电视剧《绝对权力》，更是经历了七次大的修改和八个月的严格审查，用周梅森的话说"差点

著名作家、编剧周梅森创作的电视剧《国家公诉》海报

（金杰/提供）

儿被毙"，如今还要创作反腐大剧，谈何容易？

周梅森不想再碰这类题材的电视剧，他对审查过关心力交瘁，剧里涉及哪类机关和哪类人员，都需要层层审查。本来是文学作品，可还是有人对号入座，只要有一方提出异议你就得改，否则你就别想过关，他不相信还能允许这样大的反腐题材的电视剧出笼。范子文自然吃了闭门羹，但他了解周梅森，他知道，周梅森是一个具有创作激情的作家，有好的题材他何尝不愿意创作呢？他也非常理解周梅森，可是理解归理解，最高检影视中心得有所作为啊，范子文只好再次拜见周梅森。周梅森连连摇头，他不客气地回绝范子文说，你脑子没发烧吧？别瞎耽误工夫了，这类剧根本就不可能写，费钱是小事，关键是费力、费时间，就是写出来了，到头来也不能过审，有什么用？周梅森对范子文说道，你来我这喝酒聊天都可以，要我写反腐电视剧免谈。范子文也不气馁，只好"三顾茅庐"，再次拜见周梅森，并反复向他介绍最高人民检察院领导的决心，传达中央纪委向相关部门提出的要求，希望能以文艺作品凝聚人心、汇集力量，推动反腐败斗争深入进行，强调了中央纪委宣传部调研组在最高人民检察院座谈会上，希望最高检影视中心加强反腐题材影视剧的创作和生产。

面对范子文的"三顾茅庐"，周梅森似乎感到范子文这次来所说的，好像是动真的了，不然范子文不会这么执着。同时，周梅森听到检察院的领导讲述查处案件的惊心动魄的故事，不禁又燃起了他的创作激情，他终于抱着试试看的态度答应了。此时，距离他创作《国家公诉》已经过去十多年了，检察院早已经不是原来的样子。另外，这里还要说的是电视剧《人民的名义》问世后，根据国家司法改革的部署，检察机关内部的反贪和反渎部门，都转隶归属新设立的国家监察委员会，电视剧《人民的名义》真是成了检察机关反贪污贿赂局的绝唱。

周梅森不是一个书斋里的作家，是一个历经风雨的社会观察家，是一个在严酷现实生活里淬炼出来的作家，是一个勤奋写作并用文学干预生活的人。

曾跟随周梅森采访和体验生活的记者宋世明介绍，周梅森老师创作《人民的名义》的"这些素材全是真实案例，我们没有看过任何一本别人的所谓官场小说，没有参考过任何一部影视作品，当时既无相似作品，也没时间去看。周老师曾经说，国内能让我去买书读的作家不超过十个。这话尽管有些傲气和伤人，但是对于他这个辈分的作家来说，是真心话。所以我出了书从不送他"。

周梅森（左）、导演李路（中）、范子文（右）
在电视剧《人民的名义》开机仪式上（范子文/提供）

《时代周报》这样报道：党的十八大以来，五年间，中国反腐从"依然严峻复杂"到"压倒性态势已经形成"，这样的变化离不开顶层设计，而中国反腐剧在历经十年沉寂之后再次高调复出，同样离不开自上而下的有力推动。

《时代周报》还称，李京盛、毛羽，前后两任国家新闻出版广电总局电视剧司司长；李学政，金盾影视中心主任；范子文，最高人民检察院影视中心专职副主任；翟泰丰，原中宣部副部长——这五位共同组成了《人民的名义》的"幕后推手圈"。以至于翟泰丰去世后，周梅森发自内心地撰文悼念他：翟老，一路走好！

2015年3月，身在美国的李路导演得到《人民的名义》的立项消息后，连忙赶回国内。他先找到周梅森，一番详谈后，在周梅森的支持下，李路向最高人民检察院毛遂自荐。有谁能知道，有关电视剧《人民的名义》剧本的论证会、研讨会又开了多少次？周梅森后来告诉记者："在电视剧送审之前，我告诉李路导演，做好删5集、修改1000处的准备，结果这次送到总局（国家新闻出版广电总局），十天全部审完，过程很顺利，获得的评价也不错。"这点确实出乎周梅森意料，审查专家给了八个字：石破天惊，荡气回肠。

周梅森创作严谨，积累丰厚，说他抄袭剽窃，对于一位爱惜羽毛的著名作家和编剧来说，那就是对他莫大的侮辱和诋毁。尤其是这部凝聚了周梅森以及众多人心血才播出的电视剧《人民的名义》，被人说成是抄袭和剽窃，他怎么能受得了？

周梅森忍无可忍，他要回击，他要质问对方，你有什么根据说我抄袭你的小说？此时，得到消息的记者也频繁地把电话打到了周梅森这里，欲采访他的记者接踵而至，周梅森的创作被彻底地搅乱了。

2017年11月4日，《新京报》记者这样报道："《人民的名义》被诉抄袭 编剧周梅森回应：作品纯属原创，保留反诉权利。

从昨晚开始，关于《人民的名义》被诉抄袭一事在网上流传。消息称……上海浦东法院已正式受理×某某起诉《人民的名义》编剧周梅森及制片单位等八被告，侵犯其原创作品长篇小说《暗箱》著作权侵权案……"

当周梅森在网络上看到这个消息后，他告诉《新京报》记者："这部作品纯属我个人创作,我阅读的范围、时间和精力都非常有限,我不知道《暗箱》是一部什么样的小说。"

电视剧《人民的名义》剧照（范子文/提供）

"所谓抄袭的说法不值一驳,我保留反诉的权利。"周梅森说。

周梅森公开发表声明:"我向社会宣布,我的作品均出于原创。欢迎全社会对我的作品进行举报。我的一切作品,只要是抄袭的,查实一部,我个人奖励10万元。"

一位积累丰厚,创作高产,出版多部经典作品的著名作家、编剧,不用发表声明,就已经得到业界和大众的公认。现在居然在媒体上发表声明,足见周梅森气愤至极,无法忍受这种毫无根据的滥诉。如果说《人民的名义》的播出让人看了荡气回肠,而此刻周梅森的声明,更是回应得霸气,回应得自信,回应得让人感到振奋。

三、 "和先生同列被告， 我们亦深感荣幸"

愤怒的又何止是周梅森一人？《人民的名义》被起诉的出品方七个被告，看到周梅森和《人民的名义》被起诉抄袭和剽窃，都愤怒了。2017 年 11 月 7 日，他们立刻联合发出反诬告维权声明，霸气回应如下。

从新闻上知道，我们上海利达公司、北京正和顺公司和现象级爆款电视连续剧《人民的名义》的编剧周梅森先生被诬抄袭成为被告，深感意外。我们两家公司在此郑重声明：无条件地支持周梅森先生的一切反诬反诉行动，并坚决维护我们公司的权益：

一、周梅森先生是我国当代有影响的重要作家和著名编剧，长篇小说《人民的名义》已经以世界各主要语种翻译出版，电视剧更创造了十年少见的收视奇迹，收视破八，引起罕见的全民追剧热潮。本剧播出后，产生了很好的社会影响：丁义珍式的窗口被改造了一千多个，各级公安机关下发有关禁止公安民警参与强拆截访文件二百多个，各级银行紧急修订民营贷款条例三十多个，剧中众多人物和情节已经成为经典。《人民的名义》实实在在地影响了世道人心，推动了社会的进步发展。作为这部优秀电视剧的投资制作单位，我们深感荣幸。

二、众所周知，周梅森先生长期以来一直密切关注中国的改革开放进程，此前创作了一系列杰出的当代反腐小说和同名电视剧。比如：《人间正道》、《中国制造》（央视播出时的电视剧改名《忠诚》）、《绝对权力》、《国家公诉》、《至高利益》、《我主沉浮》、《我本英雄》、《梦想与疯狂》等，其中四部剧作在央视一套黄金时段播出。我们两家公司对电视剧《人民的名义》作出投资和制作决策，就是基于对先生人品和创作能力的充分了解和信赖。和先生同列被告，我们亦深感荣幸。

三、决定投资前，我们从本剧组织方了解到，为创作这部优秀剧作，周梅森先生以严谨的态度，从基层检察院、省检察院，到国家反贪总局调查采访座谈，甚至深入监所向职务犯罪分子访问探讨，先生的敬业精神，深得本剧组织方和我们各投资方肯定。在本剧制作过程中，我们更亲眼看到先生在心脏装了三个支架的情况下，一次次拖着病躯到现场改稿。很多时候当天戏已经要拍了，文学统筹又把先生改过的台词、情节送来了。后期制作时，一切完成准备送审了，先生和导演精益求精，还觉得有不足之处，怕有些人物的心理活动观众不了解，商定加画外音解决，先生在出国的飞机上还在为本剧增写画外音，以致心脏病复发。据悉先生被诬后情绪愤懑激动，心脏病再度发作，在此我们向先生表示诚挚慰问，祝先生早日康复，为热爱您作品的读者和观众早日写出《人民的名义》的第二季《人民的财产》。

四、这么一部艰辛原创的优秀作品竟然被别有用心诬告为抄袭，我们极为吃惊。我们相信，神圣的法律会给周梅森先生和我们投资公司一个公正。我们都是在《人民的名义》最困难的时候，冒着血本无归的风险投资的，现在原告和其代理律师精心策划准备后，突然发起诬告，心机也令我们出品方惊疑。众所周知，《人民的名义》播出后，曾引起了一些误解。而此时电视剧二轮发行、播出在即，海外各国的电视剧出口也正在进行之时，原告精心选择在上海起诉，在诉讼中公然要求封杀这部深受人民喜爱的经典剧作，其用心昭然若揭。我们坚信，党的十九大后党的反腐败斗争决不会停止，反腐永远在路上，《人民的名义》永远在人民心中。

五、《人民的名义》从创作到播出，历尽风雨和艰难，如今又面对恶意诉讼可能造成的巨大经济损失，我们在此严正声明：坚决维权，保留反诉的权利。

　　"和先生同列被告，我们亦深感荣幸"，出品单位的发声是何等的自信和感人，这是对周梅森老师的敬重，是对经典剧目《人民的名义》的赞颂，这种底气十足的力挺，是近年来作为出品单位所罕见的。

编剧周梅森及主创人员在《人民的名义》
开机仪式上合影（范子文/提供）

四、 天降大任于斯人

对于这个突如其来的诉讼，金杰律师判断，尽管目前周梅森老师等八被告没有收到法院的送达材料，但从媒体披露的信息和法院的"诉讼服务告知书"来看，可以确认原告不仅起诉了，而且上海市浦东新区人民法院已经正式受理了。

可是，为什么作为被告方还没有收到法院应当送达的起诉材料时，网上就已经是一片抄袭剽窃的声音了呢？金杰立即与李学政主任商议，既然一场著作权的诉讼已经开战，那就应战吧！不管他是哪路神仙，也不管是什么背景，兵来将挡，水来土掩，维护法律的正义，维护著名作家、编剧周梅森的名誉，打他一场电视剧《人民的名义》保卫战！李学政立刻与周梅森联系应诉事宜，周梅森当即确定，委托金杰律师代理这场著作权诉讼。

2017 年 11 月 4 日，周梅森正式为金杰律师出具授权委托书，将《人民的名义》这场诉讼全部委托金杰律师代理。

针对这场突如其来的诉讼之战，李学政主任自然成了这场诉讼的策划和协调。鉴于原告将其他制作发行单位都列为了被告，为了便于方便诉讼，协调一致，经李学政协调，其他七家出品单位被告均委托金杰律师代理。考虑到这番著作权诉讼须有时日，短时间内难以结束，必然消耗律师的大量时间和精力，为此，李学政主任还悄悄地问过金杰："你代理《人民的名义》这个案件，工作量巨大，有什么条件，怎么收费？"金杰不假思索地回答："无条件，不收费，为了周梅森老师的名誉，为了《人民的名义》这部经典作品维权，我是心甘情愿，收费就不是我的性格了。"东北人的仗义和豪爽，在金杰身上充分体现出来。李学政听后连连赞叹，事后他逢人便讲："金杰律师

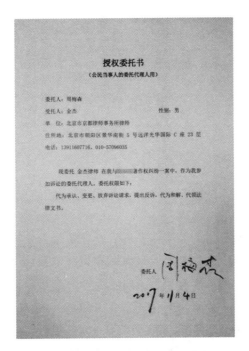

《人民的名义》作者、编剧周梅森
为金杰律师出具授权委托书（金杰/摄）

是一名有格局、有情怀的大律师，是我们《人民的名义》的
法律顾问。"金杰律师凭借资历、专业水准及影响力，受理重
大案件收费标准肯定不仅几十万元。但在金杰看来，律师收
费在涉及经典作品《人民的名义》的这场诉讼中毫无价值，
也是无法用律师费来衡量律师代理诉讼的价值。他从受理
《人民的名义》的诉讼案件那一刻起，根本就没有考虑过收什
么费，他不是为钱而来，他是出于对《人民的名义》这部作
品的偏爱，出于对周梅森老师的敬重，出于内心的正义感和
法律人的责任。在金杰律师看来，能得到周梅森老师的信赖，
能代理《人民的名义》诉讼案件的本身就价值千金，这岂能
是用律师费来衡量的？金杰发自内心地愿意为《人民的名义》

的诉讼付出，为《人民的名义》维权，付出精力和心血他感到值得。事后得知，当时还有一批热心维护正义的律师，要组成律师团为周梅森代理诉讼，还有的律师通过关系找到周梅森，想要介入代理诉讼，以期提高自己的知名度，均被周梅森婉言谢绝了。周梅森老师告诉李学政，金杰律师当过法官和检察官，办案经验丰富，为人正直，有很强的正义感，由金杰律师代理《人民的名义》的诉讼，我完全信赖。周梅森老师的信赖和委托，是金杰律师的最大动力。对于律师来说，没有什么比委托人的信赖更重要，更何况是周梅森老师呢！

　　一部影响巨大的经典作品诉讼，一场耐人寻味的著作权官司，一份事关著名作家、编剧周梅森和制作发行单位的声誉和利益的重任，就这样落在了京都律师事务所高级合伙人律师金杰身上。颇有点天降大任于斯人的感觉，正如《人民的名义》主题曲中唱到的那样，"以人民的名义，托付你"！

金杰获中国共产党成立100周年、新中国成立70周年、改革开放40周年"德法双馨大律师"奖牌（金杰/提供）

　　接受周梅森老师和其他出品方的委托，金杰感到肩上担子很沉重。单就诉讼而言，法官和检察官出身的金杰是再熟悉不过了，从事司法工作几十年，经手办理和指导研究的案件成千上万，专业水准在行业里也是公认的专家级别，代理一个著作权诉讼对于他来说不在话下。但接受周梅森老师的委托，代理

《人民的名义》案件后，金杰颇感与代理其他案件不同，感到有一种无形的压力。一方面，周梅森老师是中国著名的作家和编剧，其知名度和影响力之大有目共睹，本案的结果涉及周梅森的一世英名，维护著名作家和优秀作品的声誉，是一种法律人的责任和担当。另一方面，电视剧《人民的名义》是多少年来罕见的一部影响深远的经典剧目，周梅森用艺术的手法再现了党和国家着力反腐的力度和决心，并不是那种展现案件情节的剧目，他的深度和高度是其他剧目很难超越的。对方之所以能起诉《人民的名义》侵犯其著作权，肯定是有备而来，说不定还有某种复杂的背景因素，不能再给对手可乘之机。因此，为这样一部经典剧目代理诉讼，不仅要讲清不构成抄袭和剽窃的界限，更要让人们从这个案件诉讼中，感受到维权的正当性和法律的正义。金杰感到比代理其他案件的分量都重，唯有全力以赴，才能近乎完美。作为律师代理案件，有时也相当于一场战斗，来不得半点马虎，不能有任何闪失，不能给对手一点机会，不能留下任何遗憾，他满怀信心地正式披挂上阵了。

五、 应诉，悄然展开

《人民的名义》被诉侵权的案件信息被媒体炒作有一段时间了，但是周梅森一方仍然没有收到法院送达的原告材料。但金杰并没有等待这个，他心里清楚，既然法院已经正式受理了原告的起诉，向被告送达材料是迟早的事，不能消极等待，要抓紧介入准备。他立即带领助理杨文律师全身心地投入准备工作。为了加快工作进度，他组建了由杨文、常莎、李志广、王菲、高坤、刘洋、田纪华、关却卓玛、朱坤、王悠十人组成的京都《人民的名义》诉讼团队，分工协作，查找资料，查询案例，比对作品、论证研究……一场维护《人民的名义》著作权的应诉准备工作，有计划、有步骤地悄然展开了。

金杰律师带领京都律师事务所《人民的名义》
诉讼团队研究应诉（白绪玲/摄）

著作权诉讼，是一项专业性很强的诉讼。根据著作权法等相关规定，对于作品采取思想和表达两分法。也就是说，法律只保护表达，不保护思想，而且保护的是独创性的表达，如果属于公有领域的素材，即使是表达相似，也不受法律保护。因此，在著作权诉讼中，主要考察接触和实质性相似，而著作权诉讼的关键，是要看两部作品是否存在实质性相似。由于《人民的名义》一方尚未收到法院送达原告提交的起诉材料，对于原告究竟提交了哪些证据并做了哪些比对，并不清楚，但作品的比对工作在著作权诉讼中是不可逾越的。目前当务之急，是需要找到原告的作品，然后再将原告的作品与《人民的名义》进行详细比对，整理好比对材料，这也是为收到法院送达原告材料后，提出书面答辩意见做准备。作为著作权诉讼，必须要将详细的作品比对资料提供给法庭，这也是著作权诉讼的核心工作。

为此，杨文律师多方查找原告的小说《暗箱》，因为这部小说发行量非常小，从书上显示看印刷 1000 册，发行量不大，因此看过的人极少。杨文律师上网搜寻，多方联系查找，总算找到了原告小说《暗箱》的复制本。为了证明周梅森老师积累丰厚，作品高产，还将周梅森老师之前发表的八部经典作品《忠诚》《人间正道》《中国制造》《至高利益》《绝对权力》《国家公诉》《我主沉浮》《疯狂与梦想》全部找齐，为诉讼做证据准备。周梅森老师的妻子全力配合，要什么资料就找什么资料，简直就是《人民的名义》诉讼的证据资料库。

著名编剧周梅森创作的电视剧《绝对权力》
《至高利益》《国家公诉》海报（金杰/提供）

著名编剧周梅森创作的电视剧《绝对权力》中齐全盛的扮演者唐国强（左）
与田文昌律师（右）、金杰（中）（杨大民/摄）

最高检影视中心专职副主任范子文出具亲笔证言，鼎力相助；金盾影视中心主任李学政积极策划，协调各方，组织新闻发布会、答疑会等倾情力挺；亲随周梅森体验生活并协助整理资料的记者宋世明出具证言，陈述经过……准备工作在有条不紊地进行中。

比对是一项艰苦和细致的工作，需要具备一定的文学功底才能进行有效的比对，既要区分哪些属于具体的独创性表达，又要区分哪些属于公共领域的公知素材；既要区分哪些属于借鉴，也要区分哪些属于有限表达；等等。金杰、杨文以及律师团队，分头钻进了小说里，钻进了电视剧里。从那时起，京都所金杰的办公室和家里书房的灯光，常常是亮到深夜，有时金杰看到两部作品中存在完全不相似的关键情节，而原告却故意概括为相似的表述时，感到十分荒唐，他也不看是几点钟，禁不住拿起手机就打给杨文，在手机里发泄一番，方感心情舒畅。电话那边杨文也在挑灯夜战，两人在电话里发泄完，一看表已是凌晨 2 点，这种情境经常再现。

《人民的名义》编剧周梅森（左）与代理律师杨文（右）（金杰/摄）

　　杨文是一个稳重的年轻律师，他爱上律师职业也是几年前的事，几经奋斗，终于成为一名执业律师，作为金杰的助理，在北京市京都律师事务所，他除了钻研，还是钻研，他悟性高，肯吃苦，在这样一个中国知名律所的平台上，学做人、学做事、学业务。他跟着金杰在京都所的历练也是丰富的，被告人五十多个的重大涉黑案件办过，毒品案件办过，重大工程纠纷案件办过，刑事申诉人申诉三十一年，最高人民检察院提起抗诉的案件办过……律师实务提高很快，业务水平在同龄人里自然成为佼佼者。他承办的一起尚某涉嫌强奸案件，通过会见当事人，发现了不构成强奸的证据线索，立即收集和固定证据，及时提交给侦查机关，并形成书面律师意见与侦查人员交流，经过侦查人员核实，得到了侦查机关的采纳，尚某很快被取保候审，后续检察机关自然不会起诉。

电视剧《人民的名义》总监制、总发行李学政（右）
与《人民的名义》代理律师杨文（左）（金杰/摄）

这次杨文又参与代理周梅森老师《人民的名义》著作权诉讼，更是赶上了千载难逢的学习和锻炼机会，这也是其他律师可望而不可即的事，他自己当然也感到非常难能可贵，也非常珍惜这个学习提高的机会。当然他也是《人民的名义》的"铁粉"，也成为甘愿为《人民的名义》付出心血的法律人。比对小说，挑灯夜战，自然不在话下，再辛苦也动力十足。为此，金杰也感到，杨文跟着自己熬夜，比对两部小说和电视剧，在电脑上打字，一打就是几万字，辛苦自然不必多说。但金杰很少表扬他，金杰认为他现在需要的不是表扬，而是更多的鞭策，这样才能快马加鞭。金杰在发给杨文的新年祝福微信中只发了这样几个字："今年辛苦，明年继续，未来远大。"算是最高的以资鼓励吧！

说到看小说，金杰从上小学的时候就是个小说迷。他从小爱好文学，他看上小说，别人跟他说话，根本听不见。父亲怕影响他学习，不让他看小说。他就等父母睡着了，打着手电筒趴在被窝里看。《三国演义》《水浒传》《红楼梦》《西游记》《敌后武工队》等名著，他都是在被窝里打着手电筒看完的，以至于弄得家里手电筒的电池经常没电。后来他一看上电视剧，更是旁若无人，完全进戏了，甚至有时还激情评论，什么这个人物不能这么演，剧本这个地方不能这么写，等等，比比画画，评头论足，好像他是编剧或导演似的。家里人说他入戏太深，看个电视剧还能进入角色。此后，金杰已经好多年不看小说了，并不是不愿意看，主要是办理案件太忙，有点空就难得休息一会儿，很难有大块的时间来看小说。他常说，脑子能静静地不想案件休息一会儿，就是最大的放松和幸福。而为了《人民的名义》的诉讼，他只能坐下来认真地看小说。但是看了《人民的名义》小说和电视剧，又看了原告的小说《暗箱》，两相对比，感觉差距十分巨大。不论是在人物设置上、人物描写上，还是在故事情节设计上，以及故事情节发展的推进上，两部作品不仅不存在实质性相似，相反，完全不在一个文学层面上，根本就没有可比性。那么这就奇了怪了，这么两部完全不相似的作品，怎么就能认为抄袭呢？还不惜花 20 万元，请了俩专业律师代理诉讼，认认真真地准备了半年，随后又高调起诉周梅森《人民的名义》侵犯了其著作权呢？是看问题的角度不同吗？显然也不是。如果是当事人出于某种目的要起诉，那么作为专业律师也不懂吗？律师指导诉讼和法律咨询为什么不严格把关呢？据对方律师在《谈事说理》的视频中说，还组织了律师团队，进行交叉询问，准备了半年才起诉，难道真的看不出两部作品不存在实质性相似吗？还是有其他因素？或者……对此，金杰律师一时也搞不清楚这里面的内在缘由，找不到答案，也不想找答案。但事后却爆料，当时曾有"老虎"级别的人物试图阻止电视剧《人民的名义》播出，称电视剧影响了公安干警形象。为此，《人民的名义》电视剧在某电视台播出时，不得不把片尾的一些公安机关鸣谢单位删掉，以保播出顺利。这次原告在律师的支持下，大张旗鼓、来势汹汹地起诉电视剧《人民的名义》，是否迎合这个因素的影响，还是有什么隐情不得而知。谁也无法猜测，谁也不想去猜测，谁也没有必要猜测，只是令人有点匪夷所思。事后李学政主任还为此专门发了微博，对于阻止《人民的名义》播出，感慨万千。但不管怎么样，这么明显不存在实质性相似的作品，凡是专业人士都能看出来，唯独起诉的人和专业代理律师看不出来，似乎让人费解，也难免让人们浮想联翩。然而，世间的许多事常常是难以预料，谁也想不到若干年后，"老虎"向监察机关自首了，还传闻《人民的名义》播出时，对号入座过汉东省公安厅厅长祁同伟和政法委书记高育良。不仅如此，随之而来的又倒下一批"老虎"，这真实的戏剧性的一幕，这精彩的现实版的故事情节，哪个编剧也写不出来。颇有点电视剧《人民的名义》侯亮平一出手，"老虎"高育良被带走的味道。中央电视台为此还播出了专题片《零容忍》，真好像是现实版的《人民的名义》的续集。

六、 起诉有根据吗？

2017 年 12 月 6 日，金杰律师经过与上海浦东新区法院联系，此后的二十多天后，终于收到了浦东法院邮寄送达的传票和原告的起诉状等材料。后来得知，难怪周梅森等八被告一直没有收到起诉材料，原来是因为送达地址有误，法院送达给周梅森的起诉材料在邮寄道路上，整整转悠了一个月，又转回了法院。

随后，金杰和杨文律师及律师团队认真研究了原告提交给法院的起诉材料，有起诉状、两部作品比对表、部分证据。

根据原告的起诉状，以及原告方整理的厚厚一叠比对材料，金杰和杨文开始了认真的核对和比对。杨文针对原告提出的比对点，一个一个地与两部小说比对，当金杰和杨文认真研究了原告的起诉状和比对材料后，不得不让人产生疑问，原告在律师的帮助下，准备了半年才形成的起诉材料，居然没有任何根据，怎么就能提起诉讼呢？难怪周梅森在向媒体发表声明中称原告方"所诉内容极为荒唐"。

我们不妨看看原告的起诉状，原告在起诉状中表述：经比对，原、被告作品存在以下相似、抄袭、雷同、剽窃、模仿之处，已经构成对原告作品的侵权使用：第一，核心事件、叙事结构高度近似。被告将原告作品中引导故事主线的记者调查、省长回忆、省长家人介绍等，改编时替换成检察官侦查破案。其他情节板块"国企改制、收购""政府内部反腐""腐败集团反击"等情节，则高度近似抄袭，实质主线完全雷同。第二，多处故事桥段相似。其中戏剧性精彩的桥段，系原告在某某电视台某某栏目任职期间，接触到的真实的企业和访民投诉，并非公开、公知素材，具有独创性和原创性。第三，人物关系设计相似。原、被告作品均主要为三类人：政府官员、商人、国企职工。以省市两级官员为主要人物形象，围绕他们设计出相关的上下级、同事、夫妻、父子、情人、政商合作、政府与企业、职工三方关系等，以及对这些关系的串联、矛盾冲突的表达处理高度近似，凝结着整部作品最为闪光的独创表达。第四，人名相似。作家设计人名、地名、单位名称，均受个人写作习惯的影响，一般情况下不会发生雷同或近似的情况。两部作品的人名、地名存在诸多相似和意同，可以看出构思的原创性属于原告，被告只是不知其意地抄袭模仿。第五，特定暗扣可以证实抄袭模仿事实。被告在抄袭原告作品精华部分进行改编时，出现多处明显不合常理的情节设计，硬伤明显，可以看出抄袭的脉络。综上所述，原告作品的精华内容，包括但不限于具体的人物设置、人物关系、情节事件、人物与情节的交互关系、矛盾冲突，桥段与情节发展串联，以及因果联系的桥段组合，均融入作者的独创性智慧创作，凝结着整部作品最为闪光的独创表达，应当受著作权法保护。被告未经原告许可擅自使用，并改编成剧本、小说出版、摄制成电视剧进行复制、发行、传播，严重侵害了原告的合法权益。

原告认为，其独创在先的作品《暗箱》受著作权法保护。被告周梅森公开剽窃、抄袭、模仿和改编原告作品并加以侵权获利性利用，其行为已经构成著作权侵权。其余七被告对涉案侵权作品共同进行电视剧制作并获利，同样违反了著作权法中的改编权、摄制权、署名权、获得报酬权，应当承担侵权的民事责任。其中，被告周梅森负主要责任，其余各被告负无限连带责任。原告遂提起诉讼。

要求判令：1. 八被告停止侵权行为，停止侵权电视剧《人民的名义》的一切播出、复制、发行、信息网络传播的行为；2. 被告周梅森停止小说《人民的名义》出版、销售；3. 八被告在全国性媒体上刊登经原告和法院书面认可的致歉声明，消除侵权影响，恢复原告著作权益；4. 八被告赔偿原告经济损失1800万元，互负连带责任；5. 八被告承担原告为本案制止侵权、保护权益而花费的合理费用20万元。

2018年1月12日，金杰针对原告的起诉书，明确表达了被告方周梅森老师的答辩意见。金杰答辩状主要认为：

一、《人民的名义》与《暗箱》核心事件不同

《人民的名义》围绕着检察官侯亮平查办贪腐案件展开，重点展现当代检察官维护公平正义和法治统一的风采，弘扬党和国家着力反腐的决心和力度，反映了汉东省的官场政治生态。整部作品主要叙述的是以检察官侯亮平为代表的检察官查办腐败贪官的故事，反腐的主线贯穿作品全程。所涉及的"大风厂"股权丢失案，是由于山水集团的操纵，法院枉法裁判，致使股权丢失，企业转制并不构成《人民的名义》的核心事件。

《暗箱》围绕企业转制和记者季子川与省长刘云波之间的情人关系展开，重点是展示官商如何勾结、高官如何腐败的故事，记者季子川与省长刘云波之间的情人关系描写贯穿《暗箱》小说的全过程，与企业转制构成作品的核心事件和内容。不存在《人民的名义》核心事件与小说《暗箱》高度近似的事实。

二、《人民的名义》与《暗箱》叙事结构不同

《人民的名义》是以检察官侯亮平的侦查行动为叙事主线，由侯亮平查处小官巨贪赵德汉开篇，因泄露案情导致丁义珍出逃，牵出山水集团及"大风厂"股权丢失案，进而揭露了丁义珍、祁同伟、高育良等腐败贪官，同时揭示了汉东省官场政治生态存在的问题，讲述了检察官查办贪腐案件中艰辛和曲折的故事，展示了党和国家加大惩治腐败的力度，最终结局使贪官受到法律的惩罚，还汉东省一片蓝天。

《暗箱》小说是以官商勾结为背景，故事中只展示官商勾结和官员腐败，并没有描写如何惩治腐败。小说以"一石厂"氯气罐爆炸为开篇，将记者季子川与省长刘云波之间的情人关系作为小说的主线，通过企业转制过程的描写，详细表述了高官与情人之间情感的产生和发展过程，展示了在企业转制和项目开发中官商勾结的腐败人物和现象。不存在《人民的名义》叙事结构与《暗箱》高度近似的事实。

三、《人民的名义》与《暗箱》人物关系设计不同

《人民的名义》中设计的人物有检察官侯亮平、陈海、季昌明、陆亦可、林华华等，有省委书记沙瑞金、政法委书记高育良、市委书记李达康、公安厅厅长祁同伟、公安局局长赵东来、市长丁义珍，以及易学习、欧阳菁、高晓琴等七十多位有名有姓、性格鲜明的人物。围绕人物设计的人物关系描写，各有千秋。

小说《暗箱》的人物相对较少，在人物关系的设计上，小说《暗箱》与《人民的名义》比较，相对比较简单。二者在人物经历、人物的特征、行为表现、命运结局等描写不同，人物关系的具体描写区别明显，不存在《人民的名义》的人物关系设计与《暗箱》相似的事实。

四、《人民的名义》与《暗箱》人名不同

《人民的名义》中的人名与小说《暗箱》中的人名没有任何关联性。原告的比对完全是根据主观臆想，硬性套搬的结果。如《人民的名义》中的人物蔡成功，与小说《暗箱》中的人物陈思功和陈思成，完全不是同一类型人物，原告将功和成组合成蔡成功，没有任何故事情节和人物描写的关联依据。至于其他名字的比对，更是毫无根据。《人民的名义》与《暗箱》不

存在人名相似的事实。

综上，被告认为，原告起诉没有事实依据，不能证明被告抄袭原告小说《暗箱》，请人民法院依法驳回原告的诉讼请求，维护被告的合法权益。

为了应对原告的起诉状，根据法院的要求，金杰很快将答辩状邮寄给了法院。答辩状仅仅是初步的答辩意见，在法律程序上，先表达一下《人民的名义》被告方对原告起诉状的意见和观点，给法院一个明确的态度，具体意见待开庭时再详细论述。仅从原告提交的起诉状上，就看不出起诉《人民的名义》有什么事实依据，但毕竟还是进入诉讼程序了，作为《人民的名义》的被告方只能见招拆招了。

七、 金杰，"向我开炮"！

网络时代，信息传播的速度惊人，《人民的名义》被诉侵犯著作权的消息，一经爆出，立即在网络上传播，引发了媒体的格外关注，速度之快，令人咂舌。一时间，网上评论铺天盖地，不断有媒体记者致电周梅森，询问情况，预约采访，跟踪报道。导致周梅森正在创作的电视剧《人民的财产》受到了严重干扰，不得不暂时停下来，应对诉讼和外界的干扰，难以再集中精力搞创作，周梅森一时陷入了焦虑和烦恼。金杰了解情况后，敏锐地意识到，《人民的名义》被诉侵犯著作权一案，备受社会和媒体关注，这个很正常，尤其是原告方大张旗鼓地起诉和宣扬，自然吸引了众多媒体和记者，跟踪采访报道接踵而至也不奇怪。但周梅森老师创作电视剧《人民的财产》正在关键时刻，时间和精力都非常宝贵，如果陷入《人民的名义》的诉讼中，再不断接受媒体的跟踪采访，必然影响电视剧《人民的财产》的创作，如果不能按期完成，这损失可就大了，必须让周梅森老师从诉讼和媒体跟踪的旋涡中解脱出来。金杰决定，必须采取对策，把涉及诉讼以及媒体方面的一切事务都接过来，既保障周梅森完成电视剧《人民的财产》的创作，又要掌控网络上的不当炒作。金杰与周梅森、李学政商议后，确定了应对方案，运用谋略，连出多招，打出了一套"组合拳"。

第一招，吸引火力，掩护周梅森创作。金杰与周梅森老师商定，周梅森老师已经对外公开发表声明，表明了态度，此后，一切有关《人民的名义》诉讼的具体事务，周梅森一概不介入，一切有关媒体采访和协调之事，都由金杰应对，确保周梅森老师静下心来，集中精力创作电视剧《人民的财产》。对此，周梅森斩钉截铁地对金杰说："老弟，案件诉讼的事我不管了，全权交给你处理，媒体采访的事也都交给你了，对外你就代表我，该发声你就发声。"至此，周梅森老师闭门谢客，跳出三界外，专心致志创作电视剧《人民的财产》。此后，许多媒体记者要采访周梅森，都由金杰应付，一切来自外界的干扰，都被金杰吸引到自己身上，这不禁让人想起了电影《英雄儿女》中王成喊出的那句话："向我开炮！"

第二招，以静制动，不迎合炒作。金杰仔细分析了应诉初期的双方态势，原告方起诉后利用媒体大肆炒作，无非就是几种企图，借着《人民的名义》吸引公众眼球，引起外界对案件的关注，为自己打造影响，扩大知名度，尤其是可以为自己的小说扩大影响，吸引更多的读者去关注小说或者购买电子书。细心的网友查了一下，原告起诉《人民的名义》后，网上原告的电子书确实增加了销量。此外，也许还有一层企图，那就是借着抄袭剽窃的诉讼，起到贬低著名作家、编剧周梅森以及《人民的名义》这部大剧的作用，这也许是某些人最想达到的效果。要不然怎么选择在《人民的名义》横扫老中青大火的时候起诉和炒作呢？代理律师也无非是利用起诉电视剧《人民的名义》来扩大影响力，仅此而已。要不然，这么一个索赔1800万元的著作权大案，怎么就仅仅收了区区20万元律师费呢？收个百八十万元也属于正常。但是作为《人民的名义》的一方，其本身就具有很强的知名度，不需要炒作，影响力就已经足够了。如果再迎合炒作，无疑是等于配合对方炒作。于是，军人出身的金杰审时度势，果断采取了以静制动的策略，相当于大战之前的无线电静默。你愿意炒你就炒，我不陪你浪费时间，对于媒体的采访，仅做明确、简洁的回复，不做过多的解读。一时间，网上的炒作似乎失去了对手的迎合，摸不清《人民的名义》一方的意图。想找周梅森吧，周梅森答复，一切有关

《人民的名义》诉讼和采访的事宜，均由金杰律师处理。找金杰律师吧，金杰仅仅明确回复，起诉毫无依据，正在准备应诉，并不迎合炒作。这样一来，让炒作方找不到炒作的点，找不到具体的炒作方向，炒作孤掌难鸣，抄袭剽窃之声逐渐减弱了。

第三招，适时出击，以正视听。随着网络炒作热度的降温，原告方似乎也意识到了，炒作的力度并不理想。于是，新一轮的炒作又上演了。2018年1月4日，原告方在央视的《谈事说理》栏目，做了一期27分钟的节目，在网络上又发布了视频，再次公布有关起诉情况，针对网友的质疑，一再解释不是炒作，不是"碰瓷"，也不是"蹭热度"，一再强调《暗箱》比《人民的名义》发表在先，一再强调《人民的名义》抄袭了《暗箱》，但具体哪些地方抄袭了，在节目中并没有阐述。看了这个节目，给人的感觉就是在有意大造声势，而对于作品究竟什么地方抄袭了、剽窃了，一带而过。对此，金杰与《人民的名义》的总监制、总发行李学政主任，做了认真的分析。一致认为，原告方居然联系了央视的《谈事说理》栏目做节目，说明对方还是要加大炒作的力度，很明显还是在误导公众，让外界感到电视剧和小说《人民的名义》就是抄袭剽窃了原告的小说《暗箱》。金杰与李学政决定，是该把握时机回击一下了，用正确的声音来引导公众判断是非，用正确的分析来告诉公众谁是谁非，用传播正能量去影响公众不人云亦云。总之，希望可以起到以正视听，维护作家声誉，澄清事实的作用。

2018年1月15日，在《人民的名义》总监制、总发行李学政主任主持下，在北京召开了有在京部分媒体等人员参加的"《人民的名义》被诉侵权案答疑会"，金杰和杨文律师出席答疑会。答疑会上播放了原告方在央视《谈事说理》栏目的节目，随后李学政主任介绍了《人民的名义》被诉侵权的发生以及网络上的炒作情况，李学政不客气地说道："《人民的名义》是周梅森老师创作的一部经典剧目，它凝聚了周梅森老师和全体演职员以及出品单位的心血，对于网上那些故意抹杀《人民的名义》的不当言论，必须进行坚决的回击。"随后，由金杰律师介绍了电视剧《人民的名义》与小说《暗箱》不存在实质性相似的主要方面。

京都律师事务所金杰律师和《人民的名义》总监制、
总发行李学政在答疑会上（金盾影视中心/提供）

答疑会刚刚结束，央视的《谈事说理》栏目就主动联系金杰，诚恳地表示，刚刚知道是金杰律师代理《人民的名义》案件，一定要做一期深度节目，正面回应大众关心的《人民的名义》究竟是否抄袭和剽窃的问题。时机来的真是恰到好处，于是金杰与《人民的名义》的总监制、总发行李学政主任又联手做客央视《谈事说理》栏目，同时著名剧评人李星文，央视特约评论员张荆教授站台助阵，《谈事说理》栏目由叶美毅女士主持。

在《谈事说理》现场，金杰律师直奔主题，就两部作品不存在实质性相似问题，明确表达了自己的观点：《人民的名义》和《暗箱》之间在人物设置、人物关系，故事情节等方面，存在实质性区别，完全没有可比性。

主持人叶美毅（左）、李学政（中）、金杰（右）在央视
《谈事说理》栏目现场（来源：中央电视台《谈事说理》栏目）

比如，《人民的名义》中设计的人物有检察官侯亮平等70多位有名有姓、性格鲜明的人物。在人物关系的设计上，小说《暗箱》中找不到相同的人物，二者天壤之别。如原告比对称，小说《暗箱》中的省长刘云波，在《人民的名义》里被改写成高育良和李达康两人。对此，金杰表示完全没有根据。《人民的名义》中的高育良是先做教授后做官，与高小凤是合法夫妻，不是情人关系。侯亮平、祁同伟、陈海是高育良的三个学生，但三个学生三个命运，最终高育良被学生侯亮平查办了。祁同伟派人杀害陈海，导致陈海昏迷至故事结尾才苏醒。李达康是作风霸道的官员，一心扑在工作上，忽视了对家庭的关心，导致夫妻离婚。《暗箱》中的省长刘云波虽然也是教授出身，但没有教授的描写，他是上级派下来任职的，小说里并没有学生的人物设计，刘云波与女记者季子川是情人关系，虽然对妻子李淑静缺少关爱，但妻子李淑静却深爱着刘云波。至于学者从政是常见现象，属于公共领域的素材，不

具有独创性，也不受法律保护。

另外，《人民的名义》和《暗箱》在核心事件上完全不同。《人民的名义》是围绕检察官侯亮平为代表的检察官查办赵德汉等贪官展开。侯亮平临危受命，调任汉东省检察院任反贪局长，与腐败分子进行了殊死较量，展现了检察官的风采与党和国家反腐高压下中国的政治生态，查办丁义珍、祁同伟和高育良等腐败案件，是《人民的名义》的核心事件，"大风厂"股权丢失只是其中的案件，并不构成核心事件。《暗箱》则是围绕"一石厂"企业改制和省长刘云波与女记者季子川之间的情人关系展开，是这个小说的核心事件。

再比如，小说的叙事结构完全不同。《人民的名义》是从检察官侯亮平查处赵德汉入手，牵连出丁义珍等腐败案件，进而让大风厂股权丢失案浮出水面，《人民的名义》是展现如何查处腐败。《暗箱》的叙事结构，主要展示官商勾结和官员腐败，并没有投入笔墨描写反腐败。这是两个小说区别最突出的一个特征，一个反腐败，一个展示腐败。

值得一提的是，原告居然认为《人民的名义》里面的人物蔡成功，是《暗箱》里面陈思成和陈思功两个人名最后两个字组合而来。从两部作品的对比看，《人民的名义》里的蔡成功是大风厂的董事长，《暗箱》里面陈思成是省委书记，陈思功是骗子吴胜利冒充的。这三个人物没有任何描写上的内在和外在联系，更没有人物描写的延续，原告方怎么就认为两个人的名字的尾字组成了蔡成功的名字？单纯考查作品中的人名，是不受法律保护的，这样的对比实在非常荒唐。

《人民的名义》的总监制、总发行李学政主任更是直击敏感词"碰瓷"和"蹭热度"。李学政表示，我们都不知道有《暗箱》这部小说，是因为原告起诉了之后才知道的。我作为《人民的名义》的总监制、总发行人，对于原告律师为了否定"碰瓷"，提到没有在《人民的名义》播放的时候起诉，如果起诉《人民的名义》就有可能被停播的说法，予以了坚决反驳。对于原告方说不是"蹭热度"的说法，李学政反问："如果不是为了炒作，不是为了'蹭热度'，那我就问一句，起诉之后为什么在我们没有收到任何材料的情况下，突然间在媒体上公布？"

著名剧评人李星文表达了自己观点，他认为，《人民的名义》有三个特点：一是这是涉及反腐层级最高的一部剧；二是电视剧演绎的是一场自上而下的、居高临下的反腐行动，引发了一连串事件；三是非常深入地描述了现在的一些官场生态。这三个特点是属于周梅森老师非常独创性的部分。李星文说："周梅森老师是一个骄傲的人，这个骄傲来自著作本身的成就，来自他始终跟腐败现象不屈不挠的斗争，来自他的正气。抄袭这件事情，对他来说，第一，完全不存在；第二，他是完全不屑于去做这样一件事情的人。"

著名剧评人李星文（右二）、主持人叶美毅（左二）、CCTV 特邀评论员张荆教授（左一）、金杰（右）在央视《谈事说理》栏目现场（来源：中央电视台《谈事说理》栏目）

央视特邀评论员张荆教授也表示："我们还是要讲民法或者说是著作权法，还是要讲证据，证据是著作权法之王，或者证据是民法之王，要根据双方的证据，经过法院公平的审理最后得出一个结论。"

央视《谈事说理》主持人叶美毅最后表示："我们尊重每一位艺术创作者，尊重每一部作品，同时，我们也尊重中国的法律。我们期待这个案件最终法律会给出一个真相大白的那一刻。"

著名剧评人李星文（左二）、主持人叶美毅（左三）、CCTV 特邀评论员张荆教授（左一）、金杰（右）在央视《谈事说理》栏目现场（来源：中央电视台《谈事说理》栏目）

开庭尚需时日，庭外战事连连。庭前的这种网络大战也无法避免，该出手时就出手。随着金杰这一套组合拳，很快网络上对于《人民的名义》被诉侵权案的炒作，逐渐趋于平稳，网友的议论也趋于理性。周梅森老师的书房里，又响起了轻快的敲击键盘的声音，电脑屏幕上，一集接着一集的电视剧本文字，注墨如泼般地宣泄出来。

2018 年 9 月 10 日，电视剧《人民的财产》在南京正式开机，开机仪式和晚宴上，最高检影视中心专职副主任范子文致辞，金盾影视中心主任李学政致辞。金杰作为电视剧《人民的财产》的法律顾问到场，有幸与《人民的财产》导演沈严合影，与剧中纪委书记李学习的扮演者著名演员黄品沅合影，当然更少不了与范子文、周梅森、李学政敬酒，四人碰杯的瞬间，那喜怒哀乐写在脸上，酸甜苦辣都在酒里。

创作中的周梅森（周梅森/提供）

周梅森（左）与金杰（右）在《人民的财产》开机仪式上（金杰/提供）

沈严导演（左）与金杰律师（右）在
电视剧《人民的财产》开机仪式上（金杰/提供）

最高人民检察院影视中心专职副主任范子文
在电视剧《人民的财产》开机仪式上致辞（金杰/摄）

金盾影视中心主任李学政在开机仪式上致辞（金杰/摄）

李学政（左二）、周梅森（左三）、孙馨岳（右三）、范子文（右二）、
金杰（右一）在《人民的财产》开机现场（《人民的财产》剧组/提供）

金杰律师在《人民的财产》开机晚宴现场（金杰/提供）

金杰律师（左）与《人民的名义》中易学习扮演者黄品沅（金杰/提供）

　　2018 年 12 月 26 日，电视剧《人民的财产》拍摄如期杀青。在答谢晚宴上，剧中齐本安的扮演者靳东、石红杏的扮演者闫妮、林满江的扮演者黄志忠、秦小冲的扮演者陈晓等一拨主要演员悉数出席。金杰作为电视剧《人民的财产》的法律顾问，自然被特邀出席，晚宴上那顿酒喝得开心，喝得酣畅淋漓，喝得千杯不醉。

金杰律师（左）与周梅森（右）在电视剧《突围》
答谢晚宴现场（金杰/提供）

金杰律师（左）与《突围》中齐本安扮演者靳东（金杰/提供）

《突围》中林满江扮演者黄志忠（左）与金杰律师（金杰/提供）

杨文律师（左）与《人民的名义》编剧周梅森（金杰/摄）

　　此后，尽管电视剧《人民的财产》审核过程历尽曲折，但最终在 2021 年 10 月 21 日，改名《突围》正式播出。该剧由靳东、黄志忠、闫妮、黄品沅等实力派演员主演，人们评价该剧，是一部深层次反映国企反腐的大戏。金杰律师作为电视剧《突围》的法律顾问，也实实在在地品尝到了一部大剧创作过程的艰辛。周梅森创作完成后曾说，金杰律师在《人民的名义》官司的前线独当一面，为我抵挡了许多干扰，我才能静下心来搞创作，保障了《人民的财产》这部剧能顺利创作完成，我衷心地感谢他。

八、是"维权"，还是"碰瓷"？

不知道从何时起，社会上突然出现了一种怪现象，有人在大街上故意制造事端，造成自己被他人碰撞的"事实"，以此讹人，向他人索赔，人们称之为"碰瓷"。甚至有一段时间出现了助人为乐被误解，有人摔倒了不敢扶，扶起来就被讹，人们感叹"扶不起"。网上也时有视频爆料，某人在道路上有意倒在他人车前，讹人索赔。

"碰瓷"究竟起源于何时？无从考证。"碰瓷"一词，属于北京方言，泛指一些投机取巧、敲诈勒索的行为。例如，故意和机动车辆相撞，骗取赔偿。有关"碰瓷"的来源有两种说法：一种说法是，"碰瓷"是古玩业的一句行话，意指个别不法之徒在摊位上摆卖古董时，常常别有用心地把易碎裂的瓷器往路中央摆放，专等路人不小心碰坏，他们便可以借机讹诈。还有一种说法是，"碰瓷"是清朝末年的一些没落的八旗子弟"发明"的。这些人平日里游手好闲、无所事事，手捧一件赝品，冒充"名贵"的瓷器，行走于闹市街巷。瞅准机会，故意让行驶的马车不小心"碰"他一下，他手中的瓷器随即落地摔碎，于是瓷器的主人就"义正词严"地缠住车主，要求按名贵瓷器的价格给予赔偿，瓷器主人抓住某人急于赶时间的焦急心理，对其进行讹诈，据说成功的概率很高。久而久之，人们就称这种行为是"碰瓷"。

"碰瓷"现象伴随着社会发展而不断演化。尤其是进入21世纪以来，形成了某些专业"碰瓷"的骗子，它的花样不断地翻新。如"拾金平分""倒打一耙""狗咬人""你轧我脚了""你碰掉了我的挖耳勺了"，等等。现代的"碰瓷"已呈现团伙作案的趋势，在一些大城市的人，叫"职业碰瓷党"。"碰瓷"其实质属于诈骗违法犯罪的一种表现形式，严重扰乱了社会治安和社会秩序。为此，2020年9月22日，为依法惩治"碰瓷"违法犯罪活动，保障人民群众合法权益，维护社会秩序，根据刑法、刑事诉讼法、治安管理处罚法等法律规定，最高人民法院、最高人民检察院、公安部联合印发《关于依法办理"碰瓷"违法犯罪案件的指导意见》。对"碰瓷"的定义和处罚作出明确规定。

但花样翻新的"碰瓷"，有时让人很难防范。近些年，又出现了有人为了出名，专找名人名著起诉，人们也把这称之为文化"碰瓷"。文学创作领域的"碰瓷"，真是令人避之不及，甚至出现了只要有作品一出名，就有人告你抄袭剽窃的现象。是"人红是非多"，还是"剧红遭人嫉"？抑或是"树大招风""挡了别人的饭碗"？不论出于什么原因和目的，这种新出现的文化"碰瓷"，深深地挫伤了作家的原创力，一旦作品出名，就让你陷入著作权官司当中，让你官司缠身，让你无暇顾及再创作。又因为凡是著作权诉讼，都涉及大量的比对和审查，诉讼过程相当长，少则二年，多则三四年。在加上申诉，一个著作权诉讼，一打就是三五年，使作家陷入漫长的诉讼之中，牵扯了作家的大量精力，这也是现实的状况。周梅森在接受记者采访时曾说过："我是认认真真写作的人，这种恶意诉讼如果得不到公正的审查，对于原创者的创作是沉重的打击。"

也许在某些借"碰瓷"出名的人看来，起诉名人名著，比做广告划得来，吸引大众眼球也更快。做广告所花的成本很大，起诉名人名著成本低多了，一纸诉状递到法院，官司一打三年，不管胜诉败诉，都会网上有名，视频露脸，公众知晓，瞬间刷屏，点击率攀升，流量大赚，出名的目的就达到了，这也许就是文化"碰瓷"人的心态吧。甚至可以说，胜诉、败诉对于"碰瓷"者来说都是胜诉。因为"碰瓷"者诉讼的目的也不在结果上，而是通过诉讼过程和不断的炒作，使自己扬名。

《民主与法制周刊》（2020年第44期），曾撰文抨击了"碰瓷"的现象。文章谈到，"碰瓷"大热剧，并不是我们国家的"专利"。迪士尼2016年卖座的动画《疯狂动物城》也惹上过类似的官司。《疯狂动物城》因取得10亿美元票房的佳绩，外加获得2016年奥斯卡最佳动画长片奖，使得此案引发不少关注。好莱坞编剧兼制片人加里·戈德曼将迪士尼告上法庭，自称曾经将类似的电影项目两次推介给迪士尼高层，而《疯狂动物城》无论是片名、背景设定、角色设定还是对白，都抄袭了他的电影创意。审理此案的加州联邦法院法官驳回原告方加里·戈德曼（Gary L. Goldman）的诉讼请求，认为原告方并没有提供足够的证据，证明《疯狂动物城》抄袭了他的电影创意。

就诉权而言，这是法律赋予权利受到侵害的人，采用诉讼方式维护自身合法权益的一种权利，但如果为了实现某种不正当的目的，采取诉讼方式状告他人侵犯著作权，这不仅是滥用诉权，也浪费了大量的司法资源，不仅严重侵害了他人正当权益，也误导了公众，扰乱了视听，这种浑水摸鱼的做法，是极其不道德的。但法律对此也是无奈，任何人以自己的权利受到侵害为由起诉，人民法院都得受理和审判。在法院没有判决之前，谁也无法对两部作品是否构成抄袭和剽窃作出法定的结论。这就是"碰瓷"之人在滥用诉权方面，还有一定市场的缘故吧！如何区分和惩罚恶意诉讼，目前在法律上还是个盲区。

《人民的名义》被诉侵权的信息被发到网上后，一时间，褒贬不一，说长道短，各种评论充斥网络。网络上有些网友对《人民的名义》涉嫌抄袭持怀疑态度，认为这样一部经典的大剧目，不是抄袭几个片段就能撑起来的，剧中的案例和人物在现实中都能找到原型，说电视剧《人民的名义》抄袭他人小说不可信。但也有的网友认为，天下文章一大抄，看你会抄不会抄，对电视剧《人民的名义》涉嫌抄袭产生质疑。对此，网上的议论、评价和报道，呈现出多样化。这也难怪，近些年，网上也不断爆出，某某作家抄袭他人作品，被法院判决构成侵犯著作权，责令停止侵权，赔礼道歉，赔偿损失。这种现象也不是个别的，有的甚至连成名作都是抄袭他人的，这也给公众的内心留下了深深的伤痕，让人们对创作领域的"德行"嗤之以鼻，甚至有司空见惯、见怪不怪的趋势。

因此，《人民的名义》被诉侵权的信息，在网上的关注度，显然是一波未平，一波又起，看来原告方对此也是下了一番功夫。

2017 年 11 月 7 日投黑马在网上这样报道：被夸了大半年的《人民的名义》陷抄袭风波。

报道中表述："正所谓'人红是非多'，2017 年这部席卷中华大地的反腐剧《人民的名义》，在火爆了多半年之后，因涉抄袭被起诉。

电视剧《人民的名义》海报（金杰／提供）

原告×某某起诉《人民的名义》编剧周梅森及制片单位等被告，侵犯其原创作品长篇小说《暗箱》著作权侵权案。原告×某某向周梅森及制片单位等八被告索赔1800万元，并要求停止电视剧的一切播出、复制、发行、信息网络传播以及小说出版、销售。目前该案已被上海浦东法院已正式受理。"

报道称，原告的律师向媒体确认，原告方认为"2015年开始创作的《人民的名义》文字剧本和影视连续剧，完全模仿抄袭了原告2010年6月发表的《暗箱》，两部作品在总体结构和故事演进脉络上，完全雷同模仿"。

报道具体表述了原告的观点，原告表示《人民的名义》中许多桥段与《暗箱》极为相似，主线完全雷同，涉嫌抄袭如下：

1. 核心事件、叙事结构高度近似

原告作品《暗箱》围绕"一石厂"的改制、收购展开。一石厂氯气罐爆炸事件，暴露出工人、企业、政府的三方矛盾，一石厂并购及江东半岛开发过程中暗箱操作的内幕一步步被揭开，真正的幕后黑手——崔市长、南岭省长、老首长等层级递增，官商勾结关系网逐渐浮出水面。

被告剧本、小说和电视剧作品《人民的名义》，使用了原告作品中核心的、独创性戏剧性功能的表达，围绕老国营企业"大风厂"的改制、收购、破产、重建，暴露出幕后的——副市长丁义珍、省公安厅厅长祁同伟、省委副书记兼政法委书记高育良等官员，官商勾结贪腐事件内幕。

从原告作品与被告作品情节整体比对看，将引导故事主线的记者调查、省长回忆、省长家人介绍等，改编时替换成检察官侦查破案。

2. 多处故事桥段相似

被告作品与原告作品有多处故事桥段相似，其中戏剧性精彩的桥段，系原告在某电视台《东方时空》栏目任职期间，接触到的真实的企业和访民投诉，独有的创作事实素材。原告将工作中接触、获得的独家现实题材，积累并进行艺术加工，最终首次形成《暗箱》这部描写铺陈高层次首长级贪官的写实性作品并发表。这是全国首次写到这一级别高官，罕见的、具有原创性和独创性的作品。

3. 人物关系设计相似

被告作品在人物关系的设计上，与原告作品基本相似。主要为三类人：政府官员、商人、国企职工。以省市两级官员为主要人物形象，围绕他们设计出相关的上下级关系、同事关系、夫妻关系、父子关系、情人关系、政商合作关系、政府与企业、职工三方关系等，以及对这些关系的串联、矛盾冲突的表达处理高度近似。各被告作品，对这些进行了直接参照、抄袭和模仿，并在此基础上进行演绎、修改、变通和掩盖。

报道称，《人民的名义》编剧周梅森向腾讯娱乐发来声明，否认抄袭一说，并指责对方"所诉内容极为荒唐"。

周梅森在声明中写道，自己是一个"视创作声誉为生命的作家和编剧，平生最痛恨的就是抄袭模仿，编剧过程中我甚至连所谓'桥段'都不允许出现"，而对方起诉抄袭，给自己造成了重大的名誉损失，"本人将反诉，进行法律维权"。

周梅森还表示，欢迎大家一起审视自己的作品，如果被法律认定为抄袭，"本人除接受法律处罚之外，另重奖举报者人民币 10 万元"。

报道还表述，周梅森还质疑了起诉者的目的："《人民的名义》电视剧二轮播出在即，海外各国的电视剧出口也正在进行中，此时进行的诉讼用心极为险恶。"

报道全文刊登了周梅森的声明：

"11 月 4 日，从新闻上知道自己和七家《人民的名义》出品和出版单位成了被告，极为吃惊。迄今为止，我与七家被告单位还未接到诉讼书，只能就新闻报道的内容为自己维权。

一、在未接法院送达的起诉书，甚至在所有八家被告全都不知情的情况下，有人在新闻媒体上突然对这起恶意诉讼大肆炒作，指控本人的小说和电视剧本《人民的名义》抄袭某作者的某本文字读物，本人深感意外。

二、从新闻中得知，这位作者所诉内容极为荒唐。中国的国企改革三十年了，因为体制的原因，历史的原因，特有国情的原因，全国各地的国企改革所遇到的问题、困境、处理的方法及官商勾结产生的腐败，都具有极大的相似性，这位作者不能因为自己写过一部这样的文字就不让其他作家再写。

三、我本人并非心血来潮突然写了一部《人民的名义》，三十年来我一直密切关注中国的国企改革，在我此前的许多长篇小说和同名电视剧中都涉及了国企改革，有几部就是以国企改革官商勾结为核心事件的，比如——《人间正道》、《中国制造》（央视播出时的电视剧改名《忠诚》）、《绝对权力》、《国家公诉》、《至高利益》、《我主沉浮》、《我本英雄》、《梦想与疯狂》。这些小说和电视剧的问世时间从1996年至2008年。其中四部剧在央视一套黄金时段播出，按这位作者的诉讼逻辑，他（她?）的这部习作是否抄袭了我此前的众多作品呢?

四、我是一个视创作声誉为生命的作家和编剧，平生最痛恨的就是抄袭模仿，编剧过程中我甚至连所谓'桥段'都不允许出现，而这位作者却以抄袭之名将我告上法庭，严重损害了本人的名誉权，对这种恶意诉讼与诽谤给本人造成的重大名誉损失，本人将反诉，进行法律维权。

五、《人民的名义》及我的其他部分长篇小说，目前已经以世界各主要语种——22种语言在海外翻译出书，同时，《人民的名义》电视剧二轮播出在即，海外各国的电视剧出口也正在进行中，此时进行的诉讼用心极为险恶。

六、在此我严正声明，欢迎全国和世界各地读者一起审视我的小说和影视作品，向所在地法院举报我的任何一部作品的

'抄袭'问题，只要中国境内、世界任何一个国家的任何一家法院作出'抄袭'裁决，本人除接受法律处罚之外，另重奖举报者10万元。"

这应该是周梅森《人民的名义》被起诉后，第一篇网络报道。

随之而来的，就是连篇累牍了。只要在网上搜索周梅森，或者《人民的名义》，立刻就会出现无数条关于周梅森和《人民的名义》被诉侵权的新闻和跟帖评论，一时间，周梅森及《人民的名义》被诉侵权的新闻霸屏，至今仍然在网上留存。

以下是《青年报》发表的独家专访，题目是：《青年报独家专访舆论旋涡之中的周梅森》。

独家专访报道，周梅森《人民的名义》涉嫌抄袭一案，依然是最近的热门话题。这部小说在几个月前因为同名电视剧的热播而大火，而现在竟然被诉抄袭，而且法院已经立案，这本身就很让人震惊。处于舆论旋涡中心的周梅森日前接受了《青年报》的独家专访，回应了一些疑点。

《人民的名义》和《暗箱》核心不同

因为《人民的名义》刚刚大红大紫很长一段时间，所以此事一出，立刻引起了人们的高度关注。

原告在起诉证据中列出了人名、地名雷同，如《人民的名义》中的"大风厂"，这对应到《暗箱》中的"一石厂"；《暗箱》围绕国防厂改制、收购展开，《人民的名义》在核心情节、矛盾演化上使用了这一核心表达，构成了著作侵权。对此，周梅森在接受《青年报》记者专访时引用了著名编剧赵冬苓的一段话："以一起爆炸性事件起势，调查一步步深入，揭出一个个幕后黑手，随着矛盾的进一步激化，大老板身份越来越高。如果这种最基本的故事模式算抄袭的话，那么世界上所有的政治剧、涉黑剧，破案剧，无一不抄。"

看到报道的表述，人们不难理解，周梅森引用的一席话，说得再明白不过了。很显然，类似这种电视剧或小说的叙事结构和方式，并不具有独创性，也不是某个人独创的，当然也不能成为某个人单独享有的写作方式，更不能成为著作权法保护的对象。

周梅森对《青年报》记者说，知道自己被立案，他从私人卖家手上花钱买了《暗箱》的复印本来看。他认为两部小说的核心是截然不同的，《暗箱》是黑幕小说，而《人民的名义》谈的主要是"对政治生态的清理"。周梅森说，《人民的名义》的叙事视野更为宏大，不是《暗箱》一部黑幕小说能撑得起来的。

……

周梅森说，《人民的名义》很多情节都是自己的亲身经历。在《人民的名义》之前，周梅森将全部家当都借给了朋友进行企业改制，结果血本无归。他将这些都写进了《人民的名义》之中。但是现在凭借一部《人民的名义》，输光家产的周梅森又重新站起来了。本来想就此缓一口气的周梅森，现在又成了抄袭案的被告，这让周梅森开始思索中国作家的写作环境。

周梅森在接受《青年报》专访时感慨道，如今社会的宽容度、能见度，给作家提供的写作条件"都是很不理想的"。"文学站在社会改革的现场，进行文学写作的这帮作家，我认为是最困难的作家，非常困难，当风险大于收获的时候，谁还愿意做呢？"

除了媒体的报道。网友们的评论更是各抒己见。有网友认为，同为写作之人，是不是抄袭应当非常清楚，哪个搞写作的人不知道自己的作品创作的来源？哪个作品中创作的人物没有生活原型？谁也不是神仙，说创作没有来源，甚至人物没有原型，那都是妄言。起诉他人抄袭，显然是为了自己扬名，这不是"碰瓷"是什么？有网友更是直言不讳地表述，自己的小说不出名，告一个名人创作的小说和热播剧，不就让人关注了？这就是"蹭热度"，就是"碰瓷"嘛！当然，也有网友认为，天下文章一大抄，看你会抄不会抄，现在文学领域的高级抄也是大有人在，既然告你抄袭，肯定就有根据。网友的议论都是从个人的感受来议论，并不代表专业的认定和评价。

对此，金杰律师有他自己作为法律人的见解，他认为，任何人独立创作的小说和电视剧等作品，只要不是抄袭或剽窃他人的作品，都属于我国著作权法保护的范围，当然会受到著作权法的保护。任何侵犯他人作品权利的行为，作为权利人都有权通过正当、合法的途径维护自己的合法权益，其目的就是要遏制侵权行为。但是，对于一部作品是否侵犯了他人作品的著作权，包括抄袭和剽窃等，都需要一个复杂且专业的分析判断过程。因此，有的人很可能对法律的理解有偏差，有的人也许举证能力受到限制，因而达不到预期的诉讼目的，但法律并不会限制任何人行使正当的诉讼权利。相反会鼓励权利人运用法律武器维护自己的合法权益。这既是对自身权利的保护，也是一种维护公平正义的社会责任。当然，这里也难免会出现明知道他人的作品不侵权，而滥用诉权的不理性、不诚信的所谓维权，以期实现个人不正当的目的，对此司法经过审查确认，也不会支持这种滥诉行为。

那么，究竟是为了维权，还是"碰瓷"或"蹭热度"？其实当事人和代理律师自己心里最清楚，只是不能明说而已，不过找个正当的借口和由头起诉罢了，明眼人谁会看不出来呢？是非自有公论！

九、 一丝迷雾

2018年3月5日，上海。

上海作为中国的大都市，历史悠久，世界闻名，尤其是著名的上海滩，曾经是冒险家的乐园，自然有着迷人的魅力，到上海来的人，都要去游览上海滩，观景黄浦江，登顶东方明珠。3月5日，正赶上学雷锋的纪念日，街头不时看见有"向雷锋同志学习"的图片和牌匾，让人感觉雷锋还在，雷锋精神还在。上海的天气虽不寒冷，但穿多了感到热，穿少了却仍感到一丝丝的阴冷。

著作权纠纷诉讼，涉及作品比对和证据质证的工作量很大，法庭在正式开庭前，都要通过庭前会议，进行庭前交换证据材料，交换质证意见，以减轻正式开庭审理时的压力，节省正式开庭审理的时间。今天法院要组织原告和被告双方进行庭前交换证据，这也是法院第一次组织庭前交换证据，此前金杰已经接到上海市浦东新区人民法院的传票通知。

上海市浦东新区人民法院（来源：中央电视台《法治天下》栏目）

为此，金杰和杨文提前一天下午赶到上海，但是他们没有时间去领略上海滩的风光，也无暇参观黄浦江边的东方明珠。为了工作方便，直接住进法院斜对面的商务宾馆。金杰没有在上海浦东法院代理过案件，按照法院通知的时间，早上他和杨文律师带着两大拉杆箱材料，赶到上海浦东法院门口，在诉讼当事人的通道排队等候进入。待出示律师证准备进入时被法警告知，律师凭律师证走法院正门右侧的通道登记进入法院，二人赶快退出来又来到法院正门右侧的通道，登记后领取胸牌。由于进入法院大门时审查证件，登记信息，领取通行牌，再乘电梯上楼耽误了时间，二人走进法庭时，比法院通知的到庭时间整整迟到了 28 分钟，原告及二名代理律师已经到庭。

法庭上，法官向金杰提出了警示。

法官："被告代理人不遵守法庭时间，开庭迟到，法庭提出批评。"

金杰："法官抱歉，因第一次来浦东法院开庭，进大门走错通道，耽误了时间。"

法官："希望下不为例。"

法庭的警示让金杰感觉过于严苛，金杰不想再做解释，尽管法院门口没有"律师通道"的标识，但谁让咱迟到了呢！作为民事案件，当事人应当按照法庭规定的时间准时到庭，无正当理由不能迟到，否则要受到法庭的批评。但是毕竟庭前会议与正式开庭还有一定的区别，无非是交换个证据和意见，如果解释清楚了，是不是也可以得到法庭的包容呢？我们常说，法庭也是有温度的，不能一概都板着面孔吧！

原告方正襟危坐，似乎给人一副胜利者的姿态。

紧接着，法官开始主持庭前会议。

法官："原告确认一下诉讼请求。"

原告代理人："1. 八被告停止侵权行为，停止侵权电视剧《人民的名义》的一切播出、复制、发行、信息网络传播的行为；2. 被告周梅森停止小说《人民的名义》出版、销售；3. 八被告在全国性媒体上刊登经原告和法院书面认可的致歉声明，消除侵权影响，恢复原告著作权益；4. 八被告赔偿原告经济损失1800万元，互负连带责任；5. 八被告承担原告为本案制止侵权、保护权益而花费的律师费用20万元。"

法官："原告向法庭陈述，被告侵犯了原告著作权的哪些具体权利？"

原告代理人："被告侵犯了原告的署名权、摄制权、改编权、获得报酬权。"

法官主持原告和被告双方进行庭前交换证据。法官核对完原告和被告身份及代理人身份后，先由原告方向法庭提交起诉状和证据材料，原告方提交了两部作品比对表和有关的证据材料。被告方也提交了针对原告方的比对表，结合作品描写的实际，整理完整的比对表及相关证据，包括周梅森老师在原告小说《暗箱》发表前几年出版的《中国制造》《绝对权力》等八部经典小说，其中四部改编成电视剧已经播出。

法庭主持双方发表质证意见，先由原告方代理人陈述原告认为两部作品相似的具体比对问题。由于原告代理人陈述时占用法庭时间较长，等到《人民的名义》被告方陈述证据意见时，已临近中午。因此，法庭没有让被告方代理人金杰再陈述具体意见，只允许简要地陈述观点，将具体的书面质证意见提交法庭，双方交换了证据材料和质证意见，法庭随即宣布结束第一次庭前交换证据。

说到周梅森老师之前创作的八部经典作品，还是要特别提一句，那可都是在原告小说《暗箱》之前发表的。周梅森的这八部反腐经典小说的出版发表时间是：《人间正道》（1996年）、《中国制造》（1998年）、《至高利益》（2000年）、《绝对权力》（2001年）、《国家公诉》（2002年）、《我主沉浮》（2004年）、《我本英雄》（2005年）、《梦想与疯狂》（2008年）。

　　从出版发行时间上看，原告的小说《暗箱》出版于 2011 年，周梅森的这八部反腐经典小说出版于 1996 年至 2008 年，其中的三部在《收获》上发表，另外三部在《小说界》发表，这两家刊物是中国顶级文学刊物，读者众多。从出版发行数量上看，原告的小说《暗箱》标记是发行 1000 册，而周梅森的这八部反腐经典小说发行量大得惊人。小说首版发行量一般都在 10 万册以上，而且年年加印，至 2011 年原告小说《暗箱》发表时，周梅森累计印数已逾 400 万册。从作品影响力上看，两者更是差距巨大。周梅森的八部反腐经典小说改成的电视剧，均是轰动一时、家喻户晓的热剧，这里要特别指出的是，《人间正道》、《中国制造》（央视播出时改名《忠诚》）、《至高利益》都是在央视黄金时间播出的。而据原告介绍曾服务于某某电视台黄金时间的新闻节目，如果按照原告起诉的逻辑，是不是更具有天然接触的条件？涉及的类似人物、事件和情节是不是也有抄袭的条件呢？难怪细心的网友将周梅森这八部经典作品与《暗箱》用原告方的逻辑，从"谋篇布局、情节推进，到人物设置"进行比较后，认为"惊人相似"。当然，网友的分析意见既不能代表法院判决，也不属于专家解读，仅仅是网友的一管之见罢了。

　　结束交换证据，金杰拽着拉杆箱走出法院，他抬头仰望天空，雾蒙蒙的天空一点也不透明。他隐隐约约感到案件似乎蒙上一丝迷雾，是什么？他也说不清楚。法官出身的他心里有点压抑感，也许是过去当法官时一直坐在审判长的位置主持庭审的缘故吧。回想在法庭上交换证据，准备好的意见也没让多说，总感觉法庭上，双方发表意见似乎不平衡，怎么法庭让原告方发言时间那么长，到了被告就简要陈述观点了？双方发言也要有个平衡吧？是对金杰庭前会议迟到的警示？还是给被告方一个下马威？总之，让金杰感到，事先准备得挺充分，由于法庭的限制却没有发挥出来。他感觉言犹未尽，仅仅是交换证据，而对于质证意见却只交换书面意见，没有过多陈述。好在还没到正式开庭，等到那时再一吐为快吧！金杰这样安慰自己。跟在旁边的助理杨文律师看着金杰阴着脸不说话，只管拉着箱子往前走，只好轻声提示到，师傅咱们去哪吃饭？金杰这才感觉肚子咕咕叫唤，他回头看了一眼杨文，忽然想起了当年在安徽黄山办案时吃过的"臭鳜鱼"，那是安徽名菜，非常有味道，不知为什么又突然想吃这口儿了。"走，找个安徽菜馆去吃臭鳜鱼。"杨文立刻用手机搜索到了附近一个"安徽菜馆"，随即叫了"滴滴"直奔"安徽菜馆"。菜馆空间不算很大，但装修别致，许多细节体现着徽派的建筑风格，此时正是饭点，客人熙熙攘攘，上菜的服务员穿梭在餐桌之间。服务员迎上来，正巧还有座位，安排二人坐下递过菜单，金杰看都没看，直接点了"臭鳜鱼""冬笋炒腊肉"、两碗米饭。上菜很快，二人一顿狼吞虎咽，经过品尝，你还别说，这里"臭鳜鱼"的味道的确正宗，难怪叫"安徽菜馆"。金杰边吃边说，这里可以作为"保留曲目"，值得再来。

值得一提的是，原告方起诉时，仅仅是把周梅森和被告利达影业公司、嘉会传媒公司、正和顺传媒公司、大盛传媒公司、凤凰传奇影业公司、弘道影业公司和湖南广播电视台七家出品方公司列为被告，而对于《人民的名义》第一出品方的最高人民检察院影视中心和江苏省委宣传部却没有列为被告。在上海浦东法院第一次庭前会议交换证据时，法官向原告方核对起诉的被告。

法官："原告，《人民的名义》的出品方还有最高人民检察院影视中心和江苏省委宣传部，原告是否将其列为被告？"

原告律师："我们不列为被告。"

……

法官："原告方是否申请对两部作品对比进行司法鉴定。"

原告律师："我们不申请鉴定。"

法官："被告方是否申请鉴定？"

被告律师："《人民的名义》不构成侵权，不申请鉴定。"

法官之所以要核对原告起诉的被告，因为作为《人民的名义》的出品方，如果要承担侵权赔偿责任的话，是应当都要承担责任的，另外，还有一个重量级的出品方也没列为被告，那就是金盾影视中心。从法律的角度上讲，诉权，是法律赋予当事人起诉的权利，原告起诉是可以选择被告的，想告谁就可以把谁列为被告，想不告谁也可以不列为被告，这是原告方的权利。但对于起诉《人民的名义》侵权这个案件来说，不得不让人们对这种选择性的起诉被告产生些许疑问。既然是正当维权，并大张旗鼓地提起诉讼，还提出巨额索赔 1800 万元，为什么不都列为被告呢？是不敢吗？还是出于什么考虑？是害怕吗？你怕什么呢？是心虚吗？还是有什么顾虑？当然，究竟为什么，无人知晓，恐怕只有原告方内心自己知道了，别人无法猜测，这都是后话。

第一次交换证据回来后，经过对原告提交的比对表和证据材料认真审查，原告方仅仅是提交了能够证明自己创作小说《暗箱》的证据，并没有提供能够证明被告方抄袭剽窃的证据。金杰感到，在没有交换证据之前，对原告方究竟有什么证据材料不是十分了解，交换证据后，看到原告方没有提供任何对诉讼有价值的证据，更谈不到有能够证明被告方抄袭和剽窃原告小说的证据。那么，原告究竟是根据什么来起诉周梅森老师创作的《人民的名义》侵权呢？这不得不又让人联想起网友质疑的"碰瓷"和"蹭热度"了。

十、 出尔反尔

距第一次庭前会议交换证据三个月后，2018 年 6 月 5 日，接到上海市浦东新区人民法院通知，说原告方又提交了部分新的材料，法院要组织原告和被告双方进行第二次交换证据。为此，金杰和杨文再次赶往上海。

经过第一次交换证据，金杰已经摸到了对方的脉搏，洞察了法庭的风格。这次金杰改变了策略，只接受材料，轻易不表态，不就是交换材料嘛，随机应变，少说为佳，反正又不是正式开庭。法官出身的金杰熟悉法官的心态，熟悉法院的工作流程，掌握法庭的规律。其实，庭前会议法官组织交换证据和书面意见，也就是走个程序为开庭做准备，双方各自交换证据材料，有意见要发表留在开庭时再说，法官也没那么多时间在交换证据时听当事人过多陈述意见。至于第一次交换证据时，原告方代理人陈述意见占用了法庭的大量时间，其实也就是法官给原告方多点说话的时间而已，说明不了什么。这次交换证据，因原告方提交的证据，或者没有原件，或者没有当事人签字的白件，或者是纸质媒体与本案没有关联性，金杰对此均提出了异议，不予认可。对方又提交了针对原告方证据的质证意见。但就在原告方代理律师将纸质质证意见交给被告方后，突然又将其撤回去了，不予交换。对此，金杰深感意外，既然到法院由法官主持交换证据和意见，怎么又突然撤回去？不交换了？这是怎么个套路？他当即向法官提出异议，要求原告方按照法庭要求交换证据和书面意见，否则将考虑对原告方的证据不予质证。法官及时向原告方律师释明，双方交换证据，必须要交换质证意见，如果不交换质证意见，视为原告方对被告方证据无意见。在法官的主持要求下，原告方代理律师只好又将质证意见交给被告方。原告方代理人的出尔反尔，又给第二次庭前会议交换证据材料，掀起点小波澜，这也成了诉讼中的小插曲。

第二次交换证据回来后，金杰和杨文又认真研究了原告方提交的质证意见，感到既没有实质性的证据，也没有实质性的意见，仅仅是对周梅森一方提交的证据不认可，相反有些意见实在是离题太远，文字表述也存在错误，这也许是原告方代理律师要撤回的原因吧！

经过两次交换证据和意见，金杰看到，原告方再没有什么新的证据材料了，也不可能提出什么新的证据材料。《人民的名义》的创作过程，也证明原告方起诉提出的抄袭和剽窃，完全都是无稽之谈。但毕竟还要正式开庭审理，还要公开审判，做好出庭准备是不能马虎和懈怠的。必须要给法庭一个清晰的比对，必须分析原告比对的错误所在，必须让旁听人员听懂不存在抄袭的表达情节，必须让媒体清楚原告起诉的错误和荒唐之处。为此，杨文反复认真地整理比对了情节点，金杰开始起草一审代理提纲，庭前准备工作进入了倒计时。

等待开庭的期间，其实是挺熬人的。金杰期盼法院能够尽快开庭，希望法院能够尽快判决，希望能够给公众一个正确的引导，也给《人民的名义》侵权案一个认定。但是期盼还是期盼，希望还是希望，法院何时能够开庭，在没有接到法院开庭传票之前，谁也不知道，催促法院显然也不太合适。因为现在的法院案件繁多，特别是著作权诉讼，审理周期长是常态，催促也没用，只能等待，除了等待，还是等待。这种等待难免有些让人焦虑。

十一、 腹背受敌

世间的事情有时真是很难预料，谁也不知道明天会发生什么，谁也无法预料顺利和曲折哪个先来，有些事情常常是不以人的意志为转移的。

就在金杰一方抓紧准备《人民的名义》应诉材料，等待上海浦东法院开庭时，突然传来一个消息，着实让周梅森和金杰感到了一点意外，也打破了网上媒体炒作暂时的平静。北京市西城区人民法院通知，又有一人×某在西城区法院提起诉讼，状告周梅森《人民的名义》和出版单位北京出版集团有限责任公司侵犯其著作权。这突如其来的又一场诉讼，的确让周梅森《人民的名义》一方无法在心理上接受。原告×某起诉称，电视剧和小说《人民的名义》在人物设置、人物关系、关键情节、一般情节、场景描写、语句表达等方面大量抄袭、剽窃其小说《生死捍卫》一书且未给其署名，侵犯其享有的著作权，故诉至法院请求判令：北京出版集团有限责任公司立即停止对涉案侵权作品的出版发行；周梅森、北京出版集团有限责任公司在《检察日报》、新浪网首页向其赔礼道歉，消除影响；周梅森赔偿其经济损失150万元，北京出版集团有限责任公司赔偿其经济损失50万元，二者共同承担其为制止侵权所支出的合理费用；周梅森赔偿其精神损害抚慰金10万元。

一时间，舆论再次哗然。网络上有关《人民的名义》被诉侵权的报道和网络议论刚刚趋于平稳，又开始了新一轮的热议。网上接连出现新的报道：《重磅，周梅森再被诉侵权》《热剧〈人民的名义〉再陷被抄袭风波》……连续不断的报道和信息，就像涨潮的海水，一波又一波地袭来，周梅森《人民的名义》

再一次被推上了热搜，成了那段时期的热点。

这个世界真是很精彩，谁也没有想到还有这种事儿，这种概率也太低了吧。金杰和杨文正全力以赴备战上海浦东法院的庭审，结果这儿又冒出一炮，这真是让金杰感到，《人民的名义》有腹背受敌，前后夹击的意味。

周梅森立即给金杰打来电话："金律师，不知道是什么人又起诉我了，我不委托其他人，仍然委托你代理，辛苦老弟把北京西城法院这个诉讼都接过来吧，我已经跟出版社说了，都由你代理诉讼。"金杰来不及思考，二话没说就接手了。为了统一应诉方便，在周梅森老师的协调下，北京出版集团有限责任公司也委托金杰代理，同时又派出《人民的名义》小说的编辑，北京十月文艺出版社的陈玉成协助金杰代理诉讼。为此，金杰和杨文在准备上海案出庭的同时，又踏上了新的战场，开始应诉北京西城法院的案件，南北两案同时代理开战，真是有点"南征北战"的味道，《人民的名义》诉讼的火药味越来越浓了。

据了解，这个原告与之前上海案的原告经历不同，上海的原告曾经是媒体人，这个原告却是法律人。根据原告提供的资料显示，原告做过检察官、法官和司法局工作。对于做过司法工作的人提起的诉讼，金杰格外慎重对待，毕竟从经历上看人家懂法啊！按照常理来推断，懂法的人起诉，应当不同于平常人，怎么也得有充分的事实和法律依据，而不能随意乱来，否则就与司法工作的身份不相称了。于是，当金杰收到北京西城法院送达的原告起诉材料后，又和杨文全身心地投入《人民的名义》和小说《生死捍卫》两部作品对比中。

金杰又开始硬着头皮看小说了，杨文则开始整理两部作品的比对表。然而，当对两部作品进行认真的对比后，结果却让人大跌眼镜。两部作品的题材相同，都是反映检察题材的作品，但两部作品的人物设计和故事情节差距十分巨大，完全不存在实质性相同和相似。那么，这又奇了怪了，怎么身为司法人员的原告，又是搞写作之人，为什么也以抄袭剽窃为由起诉周梅森《人民的名义》呢？难道也是像网上说的那样，是"碰瓷"？那"碰瓷"的意义在哪里？是"蹭热度"？那"蹭热度"的目的是什么？或者是……？有些事真是很难判断，也无法分析，究竟当事人的内心世界是什么？怎么想的？谁也猜不透，谁也摸不透，谁也搞不明白。但不管原告方是什么目的，反正是正式进入诉讼了，对于《人民的名义》一方来说，不管你是高兴也好，不高兴也罢，反正都得应诉了。

十二、 荒唐与笑话

北京市西城区法院确定，在进行庭前交换证据后，进行两部作品的比对。鉴于原告本人没有参与庭前交换证据，西城区法院只好组织双方代理律师，开始了两部作品的比对。法院先后于 2018 年 4 月 10 日、4 月 18 日、5 月 9 日等四次召开庭前会议，组织原被告代理人交换证据、发表质证意见、进行作品比对。经法庭主持证据交换，原告方仅提供了三份公证书及九份图表，原告没有提供能够证明被告方侵犯其著作权的证据。谁知，原告方的一诉三变，也让金杰一方浪费了不少精力，为了诉讼也只好随机应变了。

第一次庭前会议，原告方就变更了诉讼请求，将原来起诉请求周梅森赔偿其经济损失 150 万元，北京出版集团有限责任公司赔偿其经济损失 50 万元，变更为由周梅森和出版方共同赔偿 100 万元；周梅森向原告赔偿精神损害抚慰金 10 万元。庭前会议上的意思是可以少交点诉讼费，这变化也太快了，刚起诉还没进行比对呢，诉讼请求就变了。可是有谁能知道，这才是刚刚变化的开始，接下来的变数，又让人不知道是何缘由了。

在主审法官温同奇的主持下，就原告方起诉提出的相同和相似部分，在法庭上对着两部小说开始了一段一段的比对，用法官的话说，双方拿着小说划书。随着两部作品比对的进行，原告提出的相同和相似的部分，很显然被一一地否定了。原告方的有些比对，并不是表达的比对，而是抽象概括的对比。比如，法官主持双方代理律师比对时，原告方的比对意见认为"河流描写相似"，原告的小说描写道，"天香河在万家灯火的映照下宛如一条彩带，缠着、绕着，追着大路，缓缓流向远方。"但小说《人民的名义》中却是这样描写道，"轿车很快出了城。车窗外，银水河伴路并行，河水清明透彻，不时翻起一些小浪花"。经过比对，原告小说描写的是市委大院外的天香河景象。《人民的名义》小说描写的是，山水集团高小琴接侯亮平赴"鸿门宴"时车窗外的景象，一条银水河伴路并行。两部小说在语言、场景上的描写完全不同。试问，哪条河不是伴路而行？哪条河能离开陆地？除非是"黄河之水天上来"，或者"疑似银河落九天"了。不能因为两部小说都描写了河与路并行就是相似或相同，当然更不属于实质性相似。原告的比对方法，实质是混淆了思想和表达的界限，而且原告的这种抽象提炼后的比对，无法得出相似的结论，在著作权诉讼的对比中也毫无意义。

紧接着，对方代理律师在第二次庭前会议上，又接连变更了起诉时提交的部分比对表。之前提交的部分比对材料又作废了。这也是怪了，作为原告在起诉之前不是都准备好了吗？怎么一进入作品比对就又变更比对材料了？金杰和杨文只好又根据新的比对表，重新准备比对意见。原告新的比对表认为，原告的小说有两条线：一条是检察线；一条是政治线。《人民的名义》抄袭了原告小说的两条线。如果真是按照原告的说法，《人民的名义》不仅仅是两条线，除了政治线、检察线，还有大风厂一条企业线。但是，即使存在这三条线，在故事情节和人物的具体描写等方面也完全不同。另外，像原告的这种抽象的提炼比对，是无法得出相似结论的。

随着比对的深入进行，在第三次庭前会议上，原告方又变卦了，按照原告方的作品比对意见，比着比着就把《人民的名义》电视剧和小说搞混淆了。对此，法官明示原告方代理律师，究竟是针对电视剧，还是针对小说？毕竟电视剧和小说在故事情节等的表达上还有差异。原告方律师只好征得原告同意，不得不表示放弃了对《人民的名义》电视剧的起诉，仅针对《人民的名义》小说起诉了。

这正应了那句老话，没有比较就没有鉴别。比对进行到两部小说的后半部，原告方代理律师似乎有些坐不住了，也不想再继续比对了。很显然随着比对的进行，原告方代理律师已经失去了信心，一再要求庭前会议不再继续比对了，由法官自己审查判断，由法院审查后就判决吧。法官原想组织双方代理律师通过几次庭前会议，把两部小说比对完，开庭时不再进行详细比对，只是发表意见。但原告方代理律师明确表示不继续比对了，搞得主审法官一脸的无奈，主审法官温同奇也是很随和，只好结束两部小说的比对。看来，法官有时也有法官的无奈，只好回去自己看小说辛苦去了！

然而，就是这几次庭前会议的比对，却比对出了两部作品不存在实质性相似，比对出了荒唐甚至笑话。原告方为了达到让人感到两部作品实质性相似的诉讼目的，竟然错误地概括、抽象比对，甚至存在大量非独创性比对，并不是客观和系统的实质性比对。

在原告方新提交的比对表中，有专门篇幅列举了特殊情节的相似，原告方很看重这个比对，甚至在几次审理中，始终坚持这个比对意见。但是经过比对，原告方所列举的所谓特殊情节，要么属于公知素材，要么属于单纯的个别文字相同，要么不存在逻辑对应关系，要么具体人物和情节不同，均不构成实质性相似。这种比对的方式，不是著作权意义上的实质性相似的比对内容，在此不妨举几例，即窥一斑而知全豹。

比如，原告认为，两部作品在描写"玉兰花"场景上相似。我们看到原告的小说《生死捍卫》中描写的是，检察长杨天翔与张立言"走在校园的林荫道上，白玉兰花的幽香沁人心脾"。杨天翔和张立言促膝而坐，"夜色中暗香浮动，仍然是白玉兰花沁人心脾的芬芳"。杨天翔与张立言握手，"只听到玉兰花开裂的声音"。而小说《人民的名义》中描写的是，在省委大院1号楼门，侯亮平和季昌明下了车。"白色路灯映照着几棵高大的玉兰树，院内宁静安谧，一对石狮子蹲在台阶旁"。小说还描写了王大路送的帝豪园别墅，是欧阳菁的栖身之地。"她（欧阳菁）经常站在花园里发呆，或抬头仰望玉兰树上皎洁的花朵，或低头凝视篱笆下盛开的玫瑰，一站就是半天"。

经过比对，我们看出原告小说《生死捍卫》描写的是白玉兰花的幽香，选取"玉兰花"这一植物，用"白玉兰花的幽香（芬芳）"描绘校园里的独特气息，用"玉兰花开裂的声音"反衬周围环境的寂静。小说《人民的名义》中描写的是高大的玉兰树，还描写了欧阳菁抬头仰望玉兰树上皎洁的花朵。《人民的名义》使用"高大的玉兰树"描写省委大院的环境，使用"玉兰树上皎洁的花朵"烘托欧阳菁幻想、渴望爱情的人物形象。两部小说虽然都提到了玉兰花，但不同的环境氛围与人物形象的描写，形成了完全不同的表达，不构成实质性相似。

再比如，原告方认为，关于"气息"的情节相似。原告小说《生死捍卫》描写的是检察长杨天翔做了一口深呼吸，有了一种陶醉感："多美的夜晚！静谧、安宁，睡了都透出文化的气息。"小说《人民的名义》描写的却是，反贪局长陈海用手机向陆亦可发出指令后，站在大院里长长吐了一口气。省委大院草坪刚修剪过，空气中弥漫着浓郁的青草香气，这是陈海最喜欢的气息。经过比对，两部小说虽然都出现了"气息"二字，但一个是描写校园里"文化的气息"意境，一个是描写"青草香气"，二者描写的人物心理活动和情节内容完全不同，怎么就能得出描写相似的意思呢？仅仅写了"气息"二字就是抄袭了？

更让人啼笑皆非的是，原告方认为，关于"幽幽"情节相似。原告小说《生死捍卫》中描写道，"在地灯微弱光线的照射下，小草发出幽幽的绿"，"幽幽"含义是"声音、光线等微弱的样子"，使用"幽幽"营造出环境幽暗的氛围。《人民的名义》中的文字描写"（李达康）并没有让他马上走的意思，幽幽地问了一句：怎么？你见到那位侯局长了？"此处的"幽幽"是表达人物的语气，含义是"人物神态悠闲"，使用"幽幽"呈现了李达康悠闲的问话场景。两处虽然都使用了"幽幽"二字，但在描写的对象、表现的场景与氛围，以及表达的含义上完全不同，单纯的"幽幽"二字不具有专属性。

此外，还有更荒唐的比对。原告方认为，关于"猴性大发"情节相似。原告小说《生死捍卫》描写的是，"没等检察长杨天翔反应过来，儿子噌的一下，一个猴子上树，搂住了他的脖子"。而小说《人民的名义》描写的是，陈海说侯亮平外号是"猴子"，我只要睡了下铺，他就猴性大发。前者描写的是动作，后者描写的是外号和性情，二者毫无对应关系，怎么能够联系在一起呢！

当然还有很多类似这样荒唐的比对，难怪对方代理律师提出不在庭前会议上继续比对了，实在是得不出相似的结论。很显然这是混淆了系统比对和零散比对的界限，混淆了实质性比对和抽象概括比对的界限，混淆了独创性表达和公知素材的界限，原告方竟然连两部作品中引用的"揣着明白装糊涂"都认为是抄袭。如果按照原告方的理论，原告方的这句"揣着明白装糊涂"又是抄自哪里呢？

十三、"热身"在西城

2018年5月31日，北京。

北京的5月，天气已经转暖，尤其是临近六一儿童节，阳光更显明亮，天空出现了北京少有的蓝天白云，很多人都穿着半袖衣服了，街上已经有了儿童节的气氛。

今天，《人民的名义》小说的作者周梅森和出版该书的北京出版集团有限责任公司被诉侵权案将在西城区人民法院开庭。金杰和杨文都感到，这相当于在上海案开庭前的"热身赛"。

在北京，上下班高峰时堵车是出了名的，你要是不错开高峰时间，你就得忍耐亦步亦趋的感觉。法院开庭可不管你这些，曾经有一案件的原告因堵车开庭迟到时间较长，法庭裁定按照撤诉处理。原告不服提出异议，法官回答，在北京堵车不是正当理由，知道上班高峰堵车你为什么不提前早走？法庭不能因为你堵车就一直等你。为了避免堵车耽误开庭，金杰和杨文清晨一大早就驱车来到北京西城法院门口，找好车位停好车。离开庭时间还早，金杰放下靠背躺在车里就睡着了。杨文知道，这几天他们一直在准备开庭材料，每天都休息很晚，没办法，谁让咱们是为了《人民的名义》呢！

上午9时，北京市西城区人民法院正式公开开庭审理原告×某诉《人民的名义》小说的作者周梅森和北京出版集团有限责任公司侵犯著作权案。在法院门前等待安检时，看到原告在西城法院标识前举着手机自拍留影，看来今天原告心情不错。

法庭内，旁听席上座无虚席，来自人大、政协及社会各界群众的部分代表参与此案的旁听。原告席上，原告本人及聘请的两名律师到庭参与诉讼。被告席上，金杰、杨文、陈玉成分别受周梅森老师委托和北京出版集团有限责任公司委托出庭，周梅森老师因忙于创作自然无法到庭。谁也没太注意，上海案的原告却悄悄坐在旁听席上，很显然是来见习一下著作权诉讼的庭审，也是来看看《人民的名义》一方究竟是如何发表意见的，总之，是来探听虚实的。

金杰（左）、杨文（中）、陈玉成（右）在北京西城法院一审
法庭上（金杰/提供）

根据原告起诉和被告方答辩，法庭归纳了双方的争议焦点：即两部小说《生死捍卫》与《人民的名义》是否存在实质性相似。围绕法庭归纳的争议焦点，双方举证质证，原告方自然没有证据证明小说《人民的名义》抄袭剽窃了原告的小说《生死捍卫》。金杰律师向法庭提供了周梅森在原告小说发表之前，就已经出版的八部经典作品，证明周梅森积累丰厚，尤其是涉及国企改制、检察题材等作品，均已拍摄成电视剧播出，都是《人民的名义》的参考素材和积累，没有抄袭他人作品的可能性。此后，双方发表辩论意见。

有趣的是，在庭审辩论阶段，原告方的代理律师在上面发言，原告本人则在下面小声提示，搞得代理律师不得不一边发言，一边还要转头听原告说话，时断时续，让旁听人看来，似乎给人一种在法庭上唱双簧的感觉。法庭为此郑重提示，原告可以单独发言。

原告的另一名代理律师则认为，《人民的名义》抄袭原告的小说，不是简单的抄袭，而是全方位的抄袭，但又不能具体说出哪些地方构成了抄袭。原告方提供给法庭的比对表，经过多次详细比对两部小说，比对表上原告认为相似的部分，非常明显完全不成立。这显然仅仅是主观上的认为，没有客观证据或小说比对的事实来证明。在法庭上，类似这种毫无根据的代理意见，无论说得多好听，无论说多少，无非是痛快痛快嘴巴，让委托人听着舒服点而已。既得不到法庭的采纳，也不能获得当事人的认可，对代理案件没有任何实质性的帮助。事后也证明，原告接下来的诉讼也没有再委托一审律师代理。但让人没有想到的是，原告本人竟然在法庭上，用自己创作小说两年多的周期，来质疑周梅森《人民的名义》的创作周期，甚至在法庭上发言说，小说《人民的名义》在这么短的时间就写出来，还拍成电视剧播出，除了抄袭别无选择。

金杰（左）、杨文（右）在北京西城法院一审法庭上（金杰/提供）

　　原告的这番发言，只能说让人无语了。专业作家和业余作家以及业余写作之人，在创作周期上是不能同日而语的，再者也不能将创作周期作为比对相似的根据呀！对于作家创作周期来说，因人而异，因作品不同，有长有短。有的人积累丰厚，厚积薄发，创作周期可能就短；有的人虽有积累，但创作水平有限，创作周期可能就长；即使积累丰厚的作家，创作周期也不一定就短。原告怎么能根据创作周期短，就认为除了抄袭别无选择呢？这看法也太荒唐了吧！这真是说不出道理就开始胡说八道了。这也让人明显感到，原告在思想与表达的比对上走进了一个理解的误区，甚至使用不恰当的语言来表达意见，而且很难自拔。对此，金杰给予了有力的反驳。

　　金杰表示，周梅森老师是中国著名的专业作家和编剧，多年的创作经历，积累丰厚，作品高产，尤其是检察题材的作品，在原告的小说发表之前不仅出版了小说《国家公诉》，还拍成了电视剧，在央视黄金时段播出，且影响很大。《人民的名义》小说的创作更是曲曲折折，耗费了多年的时间，《人民的名义》电视剧就是周梅森根据自己创作的同名小说改编，由出品方拍摄完成的。只不过小说选择电视剧开播的时机同期发表，更具有发行的影响力。原告用自己的创作周期来衡量周梅森老师的创作周期，毫无任何根据，甚至可以说是非常荒谬。从两部小说的比对来看，小说《人民的名义》创作所涵盖的深度、广度和高度，以及文学艺术创作的欣赏价值等方面，两者差距巨大，完全没有可比性，这在业界和公众视野内是有目共睹的，也是得到大家首肯的，这一点毋庸置疑。

　　金杰就原告的起诉发表辩论意见，认为两部作品在各方面均存在实质性区别，描写的是两个完全不同的故事，不存在抄袭和剽窃的事实，请求法院驳回原告的全部诉讼请求。为了让法庭和旁听人员更加明晰两部作品不存在实质性相似，金杰针对原告认为的相似点，概括性地发表了代理意见。

金杰（左）、陈玉成（右）在北京西城法院一审法庭上（金杰/提供）

金杰认为，原告虽然一再主张被告抄袭和剽窃原告的作品，但原告提交法庭的材料与原告提出的主张完全不符，不仅不能证明原告的主张，相反却充分证明周梅森的小说《人民的名义》不存在任何抄袭的事实。他重点强调了几点意见。

第一，人物设置不相似。《人民的名义》中设置的人物有检察官侯亮平等70多位有名有姓、性格鲜明的人物。在人物的设置上，虽然两部作品都存在检察长、反贪局长、处长、省委书记、市委书记、市长等人物的设置，但这些都是检察机关和政府机构设置的固定模式，属于公知素材，原告认为的人物设置相似，显然不受法律保护。被告作品在人物设置的具体描写上与原告小说具有实质性区别。比如，人物的经历描写不相似。原告小说中设置的人物和经历，与《人民的名义》的设置完全不同。如原告小说中描写主人公杨天翔，17岁以全省高考文科第一名的成绩考入西京政法大学法律系，毕业后进入西京省人民检察院公诉处，曾是留美博士，加入一家国际律师事务所。后又回国任母校西京政法大学副校长、博士生导师。不久作为访问学者，应邀到英国进行学术交流。2007年3月，被省委提前电召回国，出任云都市人民检察院党组书记、检察长。而小说《人民的名义》描写的主人公侯亮平，毕业于汉东大学政法专业，高育良的学生，毕业后到汉东省人民检察院工作，后到最高人民检察院反贪总局任侦查处处长。因汉东省人民检察院反贪局长陈海被人制造车祸陷害昏迷，临危受命接替陈海任反贪局局长。两者除了都是政法大学毕业外，其他均不相同，而政法专业毕业，并不是独创性的表达，而是公知领域的素材。

第二，人物关系设置不相似。原告在人物关系上提出了8个相似点，经过比对，原告提炼的抽象人物关系不具有独创性。原告列举的师生关系、学长关系、发小关系、情侣关系、家庭关系、裙带关系、秘书关系，均是现实生活和工作中的普遍现象，属于公知领域素材，不具有文学作品的独创性特征。原告对人物关系的比对是表面化的抽象比对，不是实质性的比对，两部小说在具体描写上完全不同。比如，师生关系的具体描写不相似。原告小说中描写的叶知秋是退休教授，两个学生一个杨天翔任检察长，一个晏秋任公诉处处长，同在检察院是上下级关系。小学班主任门下的晏秋与银行行长白无瑕，儿时相伴，形影不离，同入大学，毕业后相约一同回家乡工作，白无瑕进了银行，晏秋进了检察院，二人职业不同。

而《人民的名义》中描写的高育良是学者官员，汉东省省委副书记兼政法委书记，曾经是汉东大学政法系主任、教授。侯亮平、祁同伟和陈海都是他当年的学生。但高玉良欺上瞒下，离婚后为了各自的利益假做夫妻；暗地娶了高小琴的胞妹高小凤为妻；为了获得更大的权力讨好老领导赵立春，滥用职权为赵立春的儿子赵瑞龙敛财铺路，最终得到法律的制裁。

《人民的名义》中描写的侯亮平是高玉良的学生，担任最高人民检察院反贪总局侦查处处长，后临危受命任汉东省人民检察院反贪局局长。为人睿智正直，不徇私情，最终查办了老师高玉良等腐败官员，并以身涉险，与位高权重的腐败分子展开了殊死较量。

《人民的名义》中描写的祁同伟是高玉良的学生，汉东省公安厅厅长，侯亮平和陈海的学长。与山水集团高小琴是情人关系，有私生子，充当利益集团的"保护伞"。为了上位副省长，不择手段，一意孤行，为了阻止检察机关侦查，不惜制造车祸加害陈海，又企图暗杀侯亮平，最后走投无路举枪自杀。

《人民的名义》中描写的陈海是高玉良的学生，汉东省人民检察院反贪局局长。忠于职守，为抓捕丁义珍，情急之下，不怕担责直接下达抓捕命令，但在幕后黑手操控下丁义珍脱逃。因接到证人刘庆祝的举报电话，要汇报内情被祁同伟制造车祸撞伤昏迷。

原告仅仅将这种抽象的师生关系进行比对，而不是比对具体的人物关系描写，这种比对毫无疑问不能达到实质性相似的比对目的，也没有比对的实质意义。

第三，故事情节不相似。原告提出 10 个情节相似点，但经过比对，都不构成实质性相似。《人民的名义》是以检察官侯亮平查处赵德汉入手，以侯亮平的侦查行动为叙事主线，讲述了检察官查办贪腐案件中的艰辛和曲折故事。由丁义珍出逃牵出山水集团和大风厂股权丢失事件，通过检察官侯亮平查处案件，揭露了高育良、祁同伟、丁义珍等腐败贪官和利益集团，同时揭示了汉东省官场政治生态存在的问题，最终使贪官受到法律的惩罚。

原告小说是以检察长杨天翔为主人公，从描写杨天翔出任云都市人民检察院检察长当日检察院发生爆炸案入手，带领检察官查处贪腐案件，开展公益诉讼，维护弱势群体利益，忠实履行检察机关的法律监督职能，经受住亲情、友情和金钱的考验，捍卫了党和人民的利益。

两部作品的故事情节差距巨大，不存在实质性相似或相同。

比如，商场刷卡购物的情节不相似。原告小说中描写的银行行长白无瑕商场购物刷卡，是反感田军军的母亲（腐败分子贺鹏程的情人）购买名牌女士包时表现出的张狂，故意提高声音购物结账，以压制田军军母亲的张狂气焰。而《人民的名义》中描写的银行行长欧阳菁商场高档购物刷卡，是欧阳菁使用了受贿的银行卡，由此被检察院侦查锁定了受贿证据，之后被抓捕，是故事推进的重要情节。两个情节虽然都有刷卡的描写，但在人物的具体描写、整体行为内容描写，以及刷卡在故事发展的推进作用上，都完全不同，不构成实质性相似或相同。

再比如，讲战役的情节不相似。原告小说中描写的讲战役，是耿支书带杨天翔等人到佛手村给李月娥母女送耿顺开的遗物，路过坨坨峰战役纪念碑，耿支书顺便向大家讲述了当年红四方面军与国民党军激战的坨坨峰战役。而《人民的名义》中描写的讲战役，是在省委常委会上，省委书记沙瑞金邀请陈岩石为省委参会领导上党课，讲述战争年代岩台攻坚战，共产党员以抢炸药包为荣，重温党的历史，进行传统教育。二者虽然都有讲战役的描写，但在时间、地点、对象、内容和在故事中的推进作用上完全不同。原告这种抽象性和枝节性的比对，完全没有比对的实质意义。

此外，对原告起诉涉及的场景描写的比对，同样得出场景描写不相似的结论。原告列举了省（市）委召开会议，听取案情汇报等6个场景相似点，但经过比对，都不存在实质性相似的情形。比如，天气描写不相似。原告小说描写道："雨，紧一阵慢一阵，下了整整一个上午不停。一声惊雷炸响，天空突然放晴，一道雨后彩虹齐天横跨。"但《人民的名义》描写的却是："来到省公安厅招待所，下了一上午的秋雨停了，一道彩虹横跨天际。"二者虽然都是对雨后彩虹的描写，但二者在人物前提、场景描写、情节推进等描写完全不同。虽然都描写了"彩虹"和"横跨"，但均不具有独创性，不能说你写了

"彩虹",别人就不能写"彩虹"了。

中国有句老话,叫作"会说的不如会听的"。法庭审理讲究的是证据,在法庭上的辩论,任何没有证据支持的意见,很难得到法庭的采纳。尽管原告和代理律师仍然坚持抄袭的观点,但没有作品比对支撑的主观认为,在法庭辩论中,令人感到非常的空洞和乏味。

金杰律师在北京西城法院法庭上发表辩论意见（杨小嘉/摄）

庭审结束前,审判长询问双方是否同意调解,原告方表示愿意和解。被告方代理律师金杰回应道:"和解是经过庭审和比对能够认定侵权,才有和解的可能。本案不存在侵权,原被告双方意见差距巨大,不具备和解的基础,无法和解。"

庭审一直进行到中午12点,法庭宣布休庭,择日宣判。

正午的阳光格外的明媚、灿烂,虽然温度较高,但微风轻抚,让人感觉不是很热。金杰三人走出法院,出版社《人民的名义》小说的编辑陈玉成感慨地说:"我这是第一次参加这样的法庭庭审,对方说得毫无根据,两部小说里的人物描写和故事情节根本就不相似,怎么硬说相似呢?真是太可笑了。"

陈玉成转头对金杰说:"金老师,中午给我个机会,我请您和杨律师吃顿便餐吧。"金杰一脸的疲惫,他现在是哪都不想去，什么也不想吃，就想赶紧找个地方睡一觉，可他看到陈玉成一脸的诚恳，又不好意思拒绝，毕竟刚刚一同并肩出了庭，"就附近快餐厅吃点儿吧，等找时间咱们再好好聚"，金杰爽快地答应道。

陈玉成，历史学硕士。北京十月文艺出版社副总经理、第一编辑室主任。编辑出版有《人民的名义》《北上》《我们的老院》《流俗地》《西海固笔记》等文学类图书数十种，责编图书曾获中宣部精神文明建设"五个一工程"奖、茅盾文学奖、"中国好书"奖等奖项。个人获"北京出版集团首届优秀中青年编辑奖""文工委＆文编委首届文学好编辑奖"等荣誉。

北京十月文艺出版社副总经理、第一编辑室主任陈玉成

为了准备《人民的名义》被诉侵权案，陈玉成找资料，刻光盘，还整理了《人民的名义》和《生死捍卫》两部作品的比对线索，为诉讼准备提供了很大帮助。可以说，金杰、陈玉成、杨文三人配合默契。今天一审开庭顺利，陈玉成自然心情也愉快。三人来到西城法院斜对面的快餐厅，正值中午，就餐的人很多，餐厅装修简欧样式，菜品还是很有点特色。三人各自选择点餐，这顿饭吃得有滋有味，要不是下午都有事要处理，非得整点酒不可。临别时，陈玉成一再地说，"等找时间一定请金老师好好喝几杯"。金杰却说："还是我请你吧，到时电话联系。"可遗憾的是，这一句话过后，直到今天也没找到时间聚餐，无奈金杰和杨文到处"流窜作案"，时间老是碰不上，只能再找时间吧！不过留点念想也好，总是惦记着还有顿饭没吃呢！

十四、 法槌的回响

2018 年 12 月 11 日，清晨。北京出现了少有的暖阳，耀眼的阳光铺洒在长安街上，远远望去，路上的标志线好似五线乐谱，移动的车辆和行人，又好似跳动的音符，交通警察站在岗亭上指挥交通，红绿灯在不时地变换颜色，给人一种演奏京城交响乐的场景。

距西城法院开庭七个月后的今天，北京市西城区人民法院敲响了宣判的法槌，对原告×某起诉周梅森《人民的名义》和北京出版集团有限责任公司侵犯著作权纠纷一案作出了（2017）京 0102 民初 32282 号一审判决。尽管是一审判决，但在上海案开庭之前判决，对《人民的名义》两个被诉案件都具有相当的影响力，对两个相同案件的原告是一种权威、专业的著作权法教育和指引，起到了对公众的正确引导作用。

一审法院的主审法官温同奇着实很辛苦，自从庭前会议原告方律师不坚持比对后，脾气好、为人随和的温法官就只好回去自己看小说了。两部小说他得认真阅读，仔细比对，再形成判决书，七个月过去了，一审判决千呼万唤始出来，终于宣判了。判决书凝结着法官的心血，也体现着法官裁判的公平和正义。

西城法院一审判决在两部作品比对的基础上，对原告主张的所谓相似问题逐一进行了论述和评价。判决的行文有概括，有举例，让人读来逻辑清晰，一目了然。

电视剧《人民的名义》公安局局长赵东来
扮演者张海峰（左）与金杰律师（金杰/提供）

电视剧《人民的名义》赵瑞龙扮演者冯雷（中）与演员马元（左）、
金杰律师（右）（金杰/提供）

庭审中，原告主张破案线索推进及逻辑编排相同或者相似。对此，一审判决采取了对比的方式进行了分析认定：判决书首先从两部小说的故事开篇上论述二者表述完全不同。原告的小说一开始就描写了检察院发生一起爆炸案，矿主耿顺开引爆捆绑在身上的雷管，与云都市人民检察院反贪局局长段明仁同归于尽，通过反贪局长被炸身亡，引出矿产纠纷，将案件线索引向白无瑕主管的农业银行违法放贷，并暗示案件牵扯的人员情况复杂。《人民的名义》是以侯亮平查办赵德汉案件为开篇，当检察官打开赵德汉的别墅柜子，发现满柜子的钞票时，令人惊诧不已。由于赵德汉检举京州市副市长丁义珍行贿，引出丁义珍因有人通风报信而出逃，汉东省人民检察院反贪局局长陈海接到举报电话，与侯亮平通话汇报情况时被车撞重伤昏迷，引出侯亮平接替陈海出任省反贪局长，并暗示检察工作的危险性。随后，判决书又从两部小说在核心案件的设置上陈述二者的不相同。原告小说的核心案件是，为骗取银行贷款收购国有工厂，空手套白狼，致使国有资产流失，发生群体性事件。《人民的名义》的核心案件是，为将股权抵押而借高利贷，从而使股权丢失，工人为保护自己的股权自发地护厂，与拆迁人员发生冲突。接下来，判决书从破案线索中的具体设置上分析了二者不相同。

为了说明二者的实质性区别，一审判决列举了7个有代表性的情节。比如：

情节一：两部小说中均有反贪局局长遇害的情节，但反贪局局长遇害的原因、过程、结果、描述以及在两部作品中所起到的作用并不相同。

情节二：两部小说中都设计有通过录音和账本推动剧情发展的环节，但使用录音或者账本推动故事发展在文学作品中较为常见，单纯的比对录音或者账本并不具有实质意义，关键在于对录音或者账本的来源、内容、所起作用的描述是否相同。通过庭审比对，原告小说中的录音和账本为矿主耿顺开与段明仁同归于尽所留，是耿顺开的妻子和女儿交给晏秋的。磁带中的录音是耿顺开与段明仁的对话，录音的作用是将案件线索指向农业银行的副行长白无瑕。账本则是花石湾矿的收支明细，对小说后续发展并无推动作用。

《人民的名义》中的录音是赵东来从重伤昏迷的陈海手机里恢复的，是举报人的举报电话，只描述录音中有账本要交给陈海，没有描述其他的录音内容。通过调查确定举报电话中的举报人是山水集团的财务总监刘庆祝，最终没有找到账本，将案件线索引向山水集团。

两部小说中录音和账本的来源、内容的描述不同，在所涉及的案件中所起的作用也不同。

情节三：两部小说都有寻人的情节设计，原告小说是通过查找逃犯万昌情妇的藏身地，并通过情妇抓捕了万昌。《人民的名义》是山水集团财务总监刘庆祝已经死亡，侯亮平等人到刘庆祝老婆吴彩霞家想了解更多情况，并不是单纯寻人。

一审判决认为，两部作品在具体表达上完全不同，一个是灭口未遂，直接从万昌口中获取了段明仁、向荣华、白无瑕、贺鹏程违法犯罪的事实。一个是灭口既成事实，没有从刘庆祝的身上直接获取对案件有价值的信息，由此导致山水集团更加引起检察机关的注意。

情节四：原告小说中只向读者交代了商人向荣华跳楼自杀的结果，没有叙述自杀过程。《人民的名义》中油气集团董事长刘新建扬言要跳楼抗拒抓捕，书中详细描述了侯亮平破门抓捕、刘新建用行为语言抵抗、侯亮平劝导、刘新建内心变化、放弃抵抗的过程。

情节五：原告小说中由于工人不满情绪的蓄积，黑三宣布国光厂易主的消息成为工人宣泄不满的导火索。《人民的名义》中，护厂队为阻止拆迁，将汽油倒入壕沟，双方都知道一旦着火后果严重，拆迁的推土机在推倒围墙后停止了推进，工人也没有点火。之所以发生火灾，是护厂队员刘三毛过于紧张犯下致命错误，导致意外发生。国企改制过程中工人利益受损的情节是否受到保护，在于对此情节是否有独创性的艺术加工，不能仅仅将"工人利益受到损害"作为情节主张权利。诸如此类，两部小说中对此情节的设计与表达不同。

对于原告主张破案线索推进及逻辑编排相同或者相似问题，一审判决进行了论理分析。

对于检察题材的反腐小说，故事情节的推进往往与案件的查办过程紧密相连。小说中的人物及人物关系、情节及情节串联等核心要素，也往往随着案件的查办过程得以展现和推进。而案件查办过程中，核心案件的设置以及破案线索的选择和结构安排等，是作者个性化判断和取舍的结果，最能体现作者的独创性。对此，一审判决认定，在破案线索推进及逻辑编排的整体设计上，两部小说差异明显。

对于原告主张人物设置相同或近似问题，一审判决一针见血地指出了原告比对方式的错误之处。

一审判决认为，原告把两部作品中的检察机关人物，按照职务对应的关系进行比对，并不是实质性的表达比对，由此陷入了思想层面的比对，作品的思想不受法律保护，当然也不可能得出实质性相似的结论。一审判决对两部作品中的人物进行了比对分析。

比如，原告提出秦汉民与季昌明同为省检察院检察长，有着高超的政治谋略和斗争经验，决断力非凡，关键时刻挺身而出，男主办案中遇到困难时，给予兄长般的支持，尤其在遭遇诬告陷害时，以退为进。

对此，一审判决分析认为，原告小说中的省检察院检察长秦汉民，为人正派、作风严谨、处事果断，坚决捍卫党的事业、国家法律和人民的利益。曾因坚持自己的办案意见，被拖延提拔。其提名杨天翔为云都市检察院检察长，是杨天翔查办贪腐案件的坚强后盾。《人民的名义》中的省检察院检察长季昌明，老练稳重，性格外柔内刚，略显圆滑。侯亮平上任之后，作为侯亮平的直接领导，在工作中逐渐了解，给予其诸多支持。在侯亮平遭陷害被停职时，敢于表达自己的意见。两部小说在该人物性格的塑造上存在较大差异。

再如，原告提出杨天翔与侯亮平在个人背景、家庭结构、社会关系、履职经历、办案遭遇方面皆为相似。

一审判决结合两部作品中的描写进行了对比分析。原告小说中的杨天翔学习成绩优异，大学毕业后分配至西京省检察院公诉处，然后深造、任教、再出国交流。被省委提前电召回国出任检察院党组书记、检察长；家庭结构方面，杨天翔的妻子是大学教授，育有一子，还有一外甥与其共同生活，该外甥后被陷害；社会关系方面，老师是退休教授，师妹晏秋是公诉处处长；办案遭遇方面，杨天翔主要查办了检察院爆炸案、国光厂国有资产流失案、高阳油茶树案、田军军抢劫猥亵案。

《人民的名义》中的侯亮平，H 大学毕业，最高人民检察院任职，因陈海被撞，空降 H 省检察院任反贪局局长；家庭结构方面，侯亮平的妻子在纪委工作，除此之外并无其他家庭成员。社会关系方面，老师是学者官员，侯亮平、陈海、祁同伟均系高育良学生。蔡成功是侯亮平的发小；办案遭遇方面，侯亮平查办了赵德汉受贿案，围绕大风厂股权丢失案，使腐败的利益链条浮出水面，曾遭到陷害。

一审判决的分析和对比，让人清楚地看到，杨天翔与侯亮平在个人背景、家庭结构、社会关系、履职经历方面描写明显不同。

另外，原告提出的吕子风与陈岩石级别相同，都是退休检察长，工农干部出身，熟悉情况，群众基础良好，能坚守底线，两人都提供案件线索，推动案情进展。但经过开庭审理的对比，结果却与原告的对比大相径庭。

一审判决对此进行对比分析，原告小说中的吕子风圆滑世故，明哲保身，其在任期内对国光厂改制过程中的种种案件线索睁一只眼，闭一只眼。因自己的人事安排，对上级不满，托病住进医院。国光厂群体性事件发生后，吕子风受到震动，交出了当年万昌一案的侦查卷宗。

《人民的名义》中的陈岩石曾任 H 省检察院常务副检察长，资助省委书记沙瑞金大学毕业。离休后，帮助大风厂解决困难，同各种腐败风气做斗争。

一审判决认定，吕子风与陈岩石的人物刻画、党性原则、所起作用的描写差异明显。

一审判决还针对原告提出的张施义和与肖钢玉两人的作用相同；陈正宇和陈清泉两人姓氏相同，同为法院负责人，枉法徇私；高育良以赵长青为原型，两人均被女色俘获，对权力的依恋远远胜过对金钱的追求等 21 个人物相似点，进行了系统的比对和分析。

对于一部作品的人物设计和对比，一审判决给予了深度的评价，在小说创作中，人物需要通过叙事来刻画，叙事又要以人物为中心。无论是人物的特征，还是人物关系，都是通过相关联的故事情节塑造和体现的。单纯的人物特征，如人物的职位、相貌、外形等，或者单纯的人物关系，如恋人关系、同学关系等，属于公有领域的素材，不属于著作权法保护的对象。一部具有独创性的作品，如果以相应的故事情节及语句，赋予了这些"人物"独特的内涵，则这些人物及人物关系可以与故事情节和语句一起成为著作权法所保护的对象。因此，所谓的人物特征、人物关系，以及与之相应的故事情节都不能简单割裂开来，人物和叙事应为有机融合的整体。一审判决认为原告主张的人物设置不近似。

一审判决的分析和评价，给人一种涓涓流水的感觉，在舒缓流淌的分析中，让人感受到了法官的裁判功底，也让人解读了独创性作品中人物设计和对比的内涵。

对于原告提出的人物关系相同或近似的问题，一审判决阐述了人物关系的对比方法和界限：文学作品中，人物关系是否相同或者近似应当结合特定人物所涉的特定情节进行对比。如果人物关系结合基于特定人物之间发生的故事情节高度相似，则可以认定为人物关系相似。需要强调的是，在人物关系的比对中，不能脱离情节而单独就人物关系进行比较，否则可能会构成在思想层面或者公知素材层面的对比。

接下来，一审判决概括分析了原告提出的人物关系相同的问题。

一审判决认为，原告主张两部小说中均有师生关系、学长关系、同学兼发小关系、裙带关系、姐妹关系、帮派关系、秘书关系、家庭关系、情侣关系。但原告并未结合具体情节说明人物关系如何相似，原告仅在思想层面或者公知素材层面进行了比对。原告主张的所有人物关系，要么属于单纯的人物关系，不受著作权法保护，要么在特定人物所涉及的具体情节与内在表达上与被告小说不同，不构成相似。

一审判决针对原告提出的三类人物关系进行比对，其结果自然是不相同。

比如，原告提出的师生关系。原告小说中的叶知秋与杨天翔、晏秋为师生关系。叶知秋为西京大学退休教授，是杨天翔和晏秋的老师，高阳油茶树案诉讼代理人。杨天翔和晏秋，一个为云都市检察院检察长，一个为云都市检察院公诉处处长，两人在同一单位工作，上下级关系。杨天翔带领晏秋等检察官查办了一系列案件。《人民的名义》中高育良与侯亮平、祁同伟、陈海为师生关系。高育良为 H 省委副书记兼政法委书记，曾任 H 大学政法系主任。高育良表面上为人正派，背后却欺瞒组织，同时滥用职权为赵瑞龙敛财，诬陷侯亮平受贿，最终受到法律的制裁。侯亮平原为最高人民检察院反贪总局侦查处处长，后任 H 省检察院反贪局局长。最终查办了老师高育良，学长祁同伟等。祁同伟为 H 省公安厅厅长，为非法利益制造车祸加害陈海，企图暗杀侯亮平，最后自杀。陈海为 H 省检察院原反贪局局长，因车祸被撞昏迷。

再如，原告提出的亲姐妹关系。原告小说中的柳絮为荣华集团总经理，帮助向荣华管理荣华集团，同时也是向荣华的情人。柳眉被安排在杨天翔的外甥可儿身边，诱骗可儿挪用公款，向荣华以此威胁杨天翔停止查案。《人民的名义》中的高小琴和高小凤为双胞胎姐妹，被赵瑞龙和杜伯仲作为工具使用。高小琴成为祁同伟的情人，两人台前幕后，巧取豪夺聚敛财富。高小凤则与高育良结为夫妻并育有一子。

至于原告提出的发小关系等其他人物关系，一审判决结合相关情节进行比对，均认为两部小说人物关系描写不同。

对于原告主张的故事情节相同或者相似问题，一审判决进行了详细的梳理和总结。一审判决的梳理和总结，犹如电视剧中的一幅幅画面，清晰地展现在人们眼前，结论不言自明。

其一，与工人冲突的情节比对。原告小说中的黑三在国光厂宣布工厂易主时，导致工人不满后被打。《人民的名义》中的蔡成功是脚下一绊，摔了个大马趴，额头磕在台阶上。原因、过程、结果不同。

其二，发小情深的情节比对。原告小说中儿时的白无瑕保护晏秋不受欺负，大学毕业后，晏秋在市检察院，白无瑕在市农业银行，姐妹情深一直延续。白无瑕成为赵长青的情人，因受贿罪被判刑。而《人民的名义》中的蔡成功像狗皮膏药一样黏着侯亮平，沾他点威信，也使得少年侯亮平的虚荣心得到极大满足。长大后蔡成功经商，侯亮平从政，两人交集不多。蔡成功还受人胁迫，诬陷侯亮平受贿。两部作品描写的都是儿时的玩伴，但感情的表现描写不同，不存在相同或相似。

其三，查案受阻的情节比对。原告小说中的杨天翔在审讯林业局局长谢谦时，谢谦因"心肌梗死"意外死亡，市委书记钟良考虑到涉案人员及背景复杂，决定终止该案侦查。《人民的名义》中的高育良为了阻止侯亮平查办案件，策划侯亮平受贿案，暂时停止了侯亮平的职务，但案件侦查工作并没有停止。两部作品中关于查案受阻情节的表达不同。

其四，公安局长相助的情节比对。原告小说中因房屋漏水发现了巨额现金呈报省公安厅，致曾红革被立案侦查，刘剑冰打电话告诉了杨天翔，是一个意外因素引发的。《人民的名义》中的赵东来秘密调查陈海车祸案，通过侦查手段查到了举报人刘庆祝，推动案件进展。一个是公安局局长主动查案；一个是意外发现案情，公安局局长告知，两个情节的描写不相同。

此外，一审判决对原告另外提出的7个"情节方面"相似问题作了对比分析。一审判决认为，单纯以下棋、喝咖啡、内部刊物、拜佛、不雅照片、讲战役、帮派山头、回乡省亲、商场购物刷卡、车祸、杀人灭口、家访、宴请、入股分红、行贿、官商勾结等情节而论，属于公知素材，不为某人专有。一审判决通过对"情节方面"列明的内容比对，两部小说在原告起诉主张的所有情节上的具体描述、细节设置以及在各自小说中的作用上均存在明显差异。

对于原告提出的具体描写的相同或者相似问题，一审判决在对比分析后，对"具体描写方面"也进行了概括的列举和分析。比如，关于办公室鱼缸、书架的描写，办公室鱼缸、书架是生活中真实存在的趣味，不属于作者的创作，是否相同，要看表达。原告小说中描写的是人与鱼的互动，同时也描写鱼缸"仿佛一个微缩的海洋世界"；《人民的名义》中直接描写的是一缸金鱼，悠然自得地漫游。原告小说中描写道，"书架上则摆满了马、恩、毛全集和中外名著，一本本线装古书显衬出主人的儒商品位"；《人民的名义》中描写了"书柜里摆着不少经典书、流行书和线装书，竟然还有一套马、恩全集"。二者具体描写上存有差异。

再如，关于喝咖啡的描写。原告小说中描写道，"一条僻静的小街尽头，一个名叫'伊人吧'的咖啡屋里赵长青与白无瑕相视而坐，两杯刚刚煮出的咖啡，缭绕着赭色的水雾，在两人的眼前聚散离合，盘旋交织""白无瑕本来心不在焉地舀着咖啡"；《人民的名义》中写道，"二人来到街口拐角处，推门进入一家咖啡厅。灯光幽暗，音乐袅袅，咖啡香气四下弥漫""街灯照着陆亦可的侧影，她低头搅拌饮品，神情忧郁"。二处的文字、意境不同，描写各不相同。

其余的具体描写，除了"揣着明白装糊涂""混蛋（混账东西）找死"句式相同外，在文字表达上均存在较大差异。而"揣着明白装糊涂""混蛋（混账东西）找死"属于生活中发泄不满的俗语，不具有独创性。

一审判决针对原告提出的相同或相似的诸多问题，在对比分析的基础上，给了人们一个明晰的展示，让人们在对比中看到了两部作品的差异，在分析中领悟了实质性区别的内涵。

一审判决最后认为：

涉案两部小说在原告主张的破案线索的推进及逻辑编排、角色设置、人物关系、情节、具体描写5个方面，通过具体比对，在表达上不构成实质性相同或者相似，《人民的名义》不构成对《生死捍卫》的抄袭，×某关于周梅森、北京出版集团有限责任公司侵犯其著作权的主张不能成立。

一审判决依据《中华人民共和国著作权法》第十一条，《最高人民法院关于审理著作权民事纠纷案件适用法律若干问题的解释》第十五条，《中华人民共和国民事诉讼法》第六十四条第一款，《最高人民法院关于适用〈中华人民共和国民事诉讼法〉的解释》第九十条之规定判决：

驳回原告×某的全部诉讼请求。

案件受理费14700元，由原告×某负担。

西城法院一审宣判了，敲响的法槌，在每一个关注和关心《人民的名义》著作权案的人们心里回响。它对于著作权法只保护作品的表达，不保护思想，给出了专业和权威的解读。

　　人们至今仍然品味着一审法院的判决论理。所谓作品，指的是作者对思想、情感、主题等方面的具体表达，不是指抽象的思想、情感或者主题等本身。著作权法只保护表达，不保护思想。在判断两部作品是否构成实质性相似时，首先需要判断，权利人主张的作品要素是否属于著作权法保护的表达。只有被控侵权作品与原告主张权利作品中的表达相似，才可能认定为著作权侵权。如果只有思想相似，表达不相似，则不应认定为侵权。西城法院一审判决认定事实清楚，适用法律正确，分析论理充分，判决原告败诉，也是自然。但是，作为原告是否能接受一审法院的判决呢？

十五、 法官足够耐心

西城法院一审宣判后，相关媒体自然跟踪报道，因为有了法院的裁判，网络和纸质媒体的报道更吸引人了，人们更关注这起《人民的名义》被诉侵权案件的结果。

2018 年 12 月 12 日，中国新闻网以《〈人民的名义〉被诉侵权 法院认定周梅森未涉抄袭》为题进行了报道。

"周梅森《人民的名义》著作权案通气会"在北京市
京都律师事务所举办（高凯/摄）

中新网记者高凯在报道中表述，12 月 11 日，长篇小说《人民的名义》作者、作家周梅森《人民的名义》被诉抄袭案，已一审宣判，北京市西城区人民法院驳回原告的全部诉讼请求。12 日，周梅森的诉讼代理人、北京市京都律师事务所律师金杰在接受媒体采访时表示："从法律人角度来说，此类案件专业性很强，我建议权利人在诉讼之前应该持谨慎态度，咨询专家，要进行法律咨询和法律审查，这个在当前形势下很有必要，否则对原创作者造成伤害的同时也会误导公众。"

　　报道称，最终的法院判决书显示，两部小说在表达上不构成实质性相同或相似，《人民的名义》不构成对《生死捍卫》的抄袭，原告关于周梅森、北京出版集团有限责任公司侵犯其著作权的主张不能成立。

　　为了回应公众对《人民的名义》被诉侵权案的关心和关注，也让大众了解这个案件的诉讼过程，12月12日，"周梅森《人民的名义》著作权纠纷案通气会"在北京市京都律师事务所举办，参加通气会的有在京的部分媒体，有《人民的名义》的总监制、总发行，金盾影视中心主任李学政，有北京出版集团有限责任公司代理人编辑陈玉成。通气会还专门特约了中国人民大学法学院教授、博导，中国人民大学知识产权研究院研究员张广良，就著作权法保护的对象、作品的独创性以及著作权诉讼中的实质性相似等问题，进行了专家解读。通气会由周梅森委托诉讼代理人金杰律师主持，金杰回顾了应诉的过程，并就案件进行了分析，李学政主任介绍了《人民的名义》出品发行的曲折过程，让媒体了解了更多的鲜为人知的背后故事。《民主与法制》记者张志然在报道中尖锐地指出："周梅森面临缠诉的处境让我们不得不思考，谁来保护真正的原创者？谁能够让他们少一些不安全感，多一些创作热情？显然，良好的司法环境是一个根本条件，而正确行使诉权也是一项值得我们注意的内容。"

"周梅森《人民的名义》著作权案通气会"在北京市京都律师事务所举办（北京市京都律师事务所/摄）

金盾影视中心主任李学政在"周梅森《人民的名义》著作权案通气会"上发言（北京市京都律师事务所/摄）

中国人民大学法学院教授张广良当日接受记者采访表示，近年来，热门文化作品被诉侵权的案件颇多，从《激情燃烧的岁月》到《梦里花落知多少》再到《宫锁连城》，当一部电视剧很火爆的时候，常常会有侵权案件的发生。对于此类案件，他指出："同样的题材，如果是公有领域中的表达，任何人都是可以用的。所谓独创性，作者是要有独立性的创作，不是抄袭别人而来的。如果是已经在公有领域中，比如喝咖啡等日常的表述，即便是你书中写出来的，因为不具有独创性，也不受著作权法的保护。""作者仅仅对自己作出独创性的表达享有权利，要求故事的线索、组成故事发展脉络的情节要有独创性。事实上，类似语言的表达的风格就不属于著作权保护的内容。"

北京出版集团有限责任公司代理人、小说《人民的名义》的编辑陈玉成向记者表示："《人民的名义》是近年来深受各界读者喜爱的一部现实主义力作。其无端被诉抄袭侵权，对于作者周梅森老师与北京出版集团有限责任公司来说，都是一次创作出版与名誉上的极大伤害，也由此带来了网络舆论上的许多纷扰。西城区法院对此案作出的公正判决，还原了本书创作出版过程中的客观事实，对于这部精品的原创力也是最好的正名。

对于著作权与原创力的保护，相信这个案件也是一次很好的法律普及。"

一审虽然宣判了，但原告并不接受法院的判决结果，向北京知识产权法院提出了上诉。对此，金杰早有准备，这也是预料之中的事。因为在一审的整个审理过程中，已经非常明显地看出了原告方对错误认知的坚持。尽管经过多次庭前会议的比对，甚至在法官的主持下，采用比对两部小说原文的方式，展示了两部作品不存在实质性相似，尤其是一审判决，对两部作品不存在实质性相似的诸多问题，进行了有理有据的分析和比对，但遗憾的是，这丝毫没能改变原告方的认知，上诉也就不可避免了。

在金杰的办案生涯中，接触过的当事人无数，也经常遇到一类情形，当一个人陷入在自己的错误认知里不能自拔时，是很难在短时间内改变的。在人的思维深处，对一种现象的认识，由于受到某种思维定式的束缚，很难跳出来。也许在他看来，怎么看怎么相似，怎么看怎么相同，别人怎么说也不接受，甚至于周围人都看明白了，唯独他看不明白，颇有点"疑人偷斧"的意味。其实，这也不完全是当事者迷，也有一种类型的人，这在心理学上称之为偏执型人格。心理学上对偏执型人格是这样定义的，偏执型人格又叫妄想型人格，表现固执，敏感多疑，过分警觉，对自己的能力估计过高，惯于把问题和责任归咎于他人。这种类型的人之所以不承认错误，最主要的原因是无法信任他人。他们习惯了猜疑一切，常将他人无意的、非恶意的甚至友好的行为误解为敌意或歧视，或即使没有足够根据，也会怀疑被人利用或伤害，因此过分警惕与防卫。他们会忽视或不相信与自己想法不相符合的客观证据，而将发生的一切解释为不符合实际情况的"阴谋"，如果承认自己错了就是中了"阴谋"。因此，一旦与人产生矛盾冲突的时候就会归咎于他人动机不良，总认为自己是正确的。由此看来，只有保持健康的心理，才能看问题客观辩证，不走极端。

在涉及《人民的名义》是否构成侵权问题上，对于原告方来说提出上诉也很正常，毕竟著作权诉讼专业性太强，并不是所有的当事人都熟悉这个比对专业。如果再得不到好的专业律师的指导和帮助，甚至推波助澜，诉讼起来当然就会不着边际，只要看着相似的地方，就都拿出来比对，费时费力还费钱。但是，上诉毕竟是法律赋予当事人的一项权利，权利可以放弃，也可以不放弃，上诉才有希望，不上诉就没有希望，从这个角度来说，选择上诉也没有错误。

金杰、杨文、陈玉成在北京知识产权法院二审法庭上（寄予文/摄）

2019 年 6 月 13 日上午，北京知识产权法院开庭审理了《人民的名义》被诉侵权原告上诉一案，北京电视台等相关媒体参与了二审的全程旁听并予以报道。旁听席上，又出现了上海案原告的身影，从一审跟踪到二审，可见上海案原告的执着，显然十分关注北京同类案件的庭审和进展。二审法庭开庭审理案件与一审不同，二审是围绕上诉人的上诉请求进行审理。法庭上，上诉的原告独自一人出庭，没有再委托一审的代理律师，《人民的名义》一方仍然是金杰、杨文、陈玉成三人联手，代理周梅森和北京出版集团有限责任公司出庭应诉。相比之下，原告似乎显得有些孤单，但孤单的还不是人少，而是上诉的理由不成立。

开庭后，上诉方表示"一审后有一些新的侵权事实发现"。对一审判决认定的事实有异议，认为《人民的名义》与自己的作品 78 处文字表达存在相似，以及数十处细节和人物设置相似，上诉方似乎又强化了比对的部分。二审法官为了充分保障上诉人的权利，在庭审中非常注意倾听上诉方的意见，表现了足够的耐心。为了引导上诉方围绕上诉请求陈述意见，让上诉方陈述自己的小说具有独创性的情节。主审法官表示，为了让合议庭以及旁听人员更直观地了解上诉焦点问题，建议双方当事人，用带领大家阅读的方式，讲出各自对两本书是否构成相似的理由。"让听的人有一种读者的体验。"

金杰在二审中表达对一审判决的认可，同时针对原告上诉提出的意见，有理有据地进行了答辩。

金杰认为，一审判决认定事实清楚，不存在认定偏差。

在涉及两部小说在破案线索推进上的不相似问题，金杰认为一审判决认定事实清楚，证据充分。为此，金杰重点回应了三个焦点问题。

焦点一：两部小说开篇设置不同。原告小说以检察院发生反贪局长段明仁爆炸案开始，《人民的名义》以查办赵德汉受贿案为开端，两部小说使用了完全不同的故事开篇。

焦点二：两部小说核心案件的设置不同。原告小说设置为，骗取银行贷款收购国有工厂，空手套白狼，致使国有资产流失，发生群体性事件。《人民的名义》设置为，大风厂为将股权抵押而借高利贷，因法院枉法裁判，致使股权丢失，工人为保护自己的股权自发护厂，与拆迁人员发生冲突，导致人员伤亡。

焦点三：两部小说在破案线索中的具体情节设置上具有实质性区别。为了进一步说明两部小说在破案线索中的实质性区别，金杰着重列举了检察院反贪局长遇害的情节设置不同，

"电话录音"和"账本"的情节设置不同等5个具体情节。

比如，原告上诉提出污点证人的情节设置相同问题，金杰结合两部作品的比对，进一步分析了二者存在明显区别。

原告小说中设置了一个所谓的污点证人万昌，抓捕万昌归案，对破案起到了证明作用。《人民的名义》中设置的刘庆祝，是山水集团的财务总监，因知道山水集团大量的犯罪事实，被安排外出旅游时被人杀害。高小琴谎称其死于心肌梗死，并给刘庆祝的妻子200万元抚恤金，让其不要对外说刘庆祝的死，对刘庆祝并没有污点证人的描写；

再如，"家中寻人"的情节设置不同。

原告小说中万昌脱逃，为了寻找万昌，周海波和姚笑笑找歌厅小姐了解万昌是否回过云都，又去万昌情妇欧燕的母亲家，冒充欧燕的朋友，向欧燕的母亲打探。最后通过欧燕约万昌见面的方式，将万昌抓捕归案。

在《人民的名义》中，刘庆祝妻子吴彩霞向公安机关交代了其知道的有关情况。在确认刘庆祝已经死亡后，侯亮平等人到吴彩霞家，想要进一步了解情况，并不是家中寻人。至于上诉人描写的检察人员到证人家调查的做法，属于公有领域素材，不具有独创性。一审判决对此情节的认定符合两部作品的表达。

另外，上诉人在上诉状中提出，关于向荣华与刘新建的情节设置相同问题，在一审的基础上又增加了3个比对点，金杰认为均不构成实质性相似。对此，金杰详细阐述了4个情节的实质性差异。

一是跳楼情节不相似。原告小说中向荣华为逃避法律的制裁，跳楼自杀，没有描述跳楼的过程。

《人民的名义》中刘新建为了抗拒抓捕，手持水果刀站在紧靠窗户的大办公桌上扬言要跳楼，经过侯亮平的细致劝导，刘新建内心发生变化，被侯亮平乘机带走，交代了违法犯罪的事实。

二是书架（橱）摆设不构成实质性相似。原告小说中描写的是荣华大厦图书室，书架上摆满了马、恩、毛全集和中外名著，一本本线装古书显衬出主人的儒商品味。

《人民的名义》中描写的是刘新建的办公室，"办公室的书橱里摆满了马列经典著作，抬眼望去一排排精装本，犹如闪光的长城"。

尽管两者都提到了马列著作，但两者描写的场景和侧重点不同：一个是大厦的图书室，一个是主人的办公室；一个描写为"显衬出主人的儒商品味"，一个描写为马列经典著作摆放的壮观场景，"犹如闪光的长城"。

三是兴趣爱好不构成实质性相似。两部作品在人物涉及摆放马列著作，以及表述有关言论方面进行描写，并没有作为人物兴趣和爱好的特定情节来投入笔墨描写，上诉人的概括与两部小说中的文字表达不符。

原告小说中向荣华在与杨天翔对话中，把马克思商品交换原理，表述为"货币和权力的交换，"书中并没有描写向荣华能熟读背诵运用，向荣华只是威胁杨天翔"手中的权力是金不换，还是亲不换？"，遭到杨天翔的拒绝。

《人民的名义》中侯亮平抓捕刘新建时，刘新建表示自己从没丧失过信仰，甚至能把《共产党宣言》背下来。说罢，张口就背诵《共产党宣言》，这个情节的描写与《生死捍卫》中向荣华威胁杨天翔的对话完全不同。

四是两人身份不构成实质性相似。原告小说中，对向荣华是民营企业董事长身份的设置，不具有独创性，与《人民的名义》中国营企业董事长的刘新建的身份设置，并不能构成实质性相似。同为董事长的身份属于思想范畴，在涉及人物形象、经历特点、情节结局等方面的描写，具有实质性区别。

原告小说中的向荣华为荣华集团董事长，其领导的荣华集团从最初的校办工厂，逐步发展成为云都民营经济的航母，缔造了"荣华神话"。赵长青一手缔造了向荣华的财富，向荣华也粉饰了赵长青的政绩，两人为利益共同体。在国光厂改制中，向荣华空手套白狼，侵吞国有资产。后来，国光厂改制骗局暴露，向荣华与赵长青决裂。向荣华威胁杨天翔未得逞，试图撞死万昌未遂后，自感走投无路，跳楼自杀。

《人民的名义》中的刘新建原为省委书记赵立春的秘书，官至省委办公厅副主任兼秘书一处处长，后被赵立春安排到省油气集团担任董事长。刘新建被赵立春安排进油气集团后，向赵家输送了巨额非法利益。刘新建被抓后，交代了赵立春和赵瑞龙父子的全部问题。

在涉及两部作品在人物设置上的不相似问题，金杰认为一审判决认定事实清楚，证据充分。

因为是二审开庭，不可能也不需要面面俱到的详细阐述，只能是针对原告方上诉的焦点问题进行论述。为此，金杰概括了两部小说在人物设置上存在实质性区别，随后，仅列举有代表性的两对人物进行了对比说明。

比如，"白无瑕"与"欧阳菁"人物设置不同。

原告小说中的白无瑕，是云都市农业银行行长，晏秋的发小，赵长青的情人。白无瑕向段明仁违规放贷，在国光厂的收购中，与向荣华里应外合，骗取银行资金，最终以受贿罪、巨额财产来源不明罪、违法发放贷款罪被判处死刑。

《人民的名义》中的欧阳菁，是京州城市银行主管信贷的副行长，是京州市市委书记李达康的妻子。欧阳菁是个具有小资心态的女子，心底渴望爱情，但在工作狂李达康身上得不到梦想中的爱情，她把情感寄托在韩剧《来自星星的你》，夫妻分居八年后离婚，欧阳菁因涉嫌受贿被抓，供出过桥款来自H省油气集团，由此引出油气集团董事长刘新建。

原告方上诉提出白无瑕与欧阳菁同为女性，同有少女心，同在银行系统担任负责人职务，同为金融腐败，放贷受贿。这些雷同属于思想范畴，不属于实质性相似的范围，不受法律保护。在表达上，小说中两个人的人物形象、社会关系、渴望爱情的具体表现，以及收受贿赂所涉案情的描写并不相似。

再如，"安毅"与"老林"不同。

原告小说中的安毅是云都市人民检察院纪检组组长，在检察院爆炸案和双规贺鹏程的过程中出现。

《人民的名义》中的老林为省检察院副检察长。在侯亮平被诬陷受贿，沙瑞金要求侯亮平停止工作时，其将肖钢玉挡在指挥中心门外。两人的身份不同，在小说中所涉情节与所起到的作用描写不同。

在两部作品有关人物关系不相似问题上，金杰认为，一审判决认定事实清楚，证据充分。

原告上诉仍然主张两部小说中涉及的师生关系、学长关系、同学兼发小关系、裙带关系、姐妹关系、帮派关系、秘书关系、家庭关系、情侣关系。但并未结合具体情节说明人物关系如何相似，原告上诉中归纳的人物关系，仅仅停留于在思想层面或者公知素材层面进行的比对。这样的比对不难看出，上诉人主张的所有人物关系，有些属于单纯的人物关系，不受著作权法保护，有些在特定人物所涉及的具体情节与内在表达上与《人民的名义》小说不同，当然不构成相似。为此，金杰仅列举两例予以说明。

其一，晏秋和白无瑕的发小关系，与侯亮平和蔡成功，在具体情节与内在表达上不相同。

原告小说中描写的晏秋和白无瑕，儿时形影不离，中学和大学均在一起，毕业后返乡，晏秋到检察院、白无瑕到银行工作，交往依然密切。白无瑕对晏秋帮助多，白无瑕因涉嫌犯罪被判刑，但晏秋忠实履行职责，未徇私情。

《人民的名义》中描写的侯亮平和蔡成功。少年时，侯亮平学习优秀，同学蔡成功学习较差，平时顽劣，蔡成功借助侯亮平的威信抬高自己，侯亮平的虚荣心也得到满足。长大后蔡成功经商，侯亮平从政，蔡成功因借高利贷，寻求侯亮平的保护。被抓后，蔡成功受人胁迫，诬陷侯亮平受贿。蔡成功被判处有期徒刑。

其二，叶知秋和杨天翔的师生关系，与高育良和侯亮平，在具体情节与内在表达上也不相同。

原告小说中的叶知秋与杨天翔为师生关系。叶知秋为西京大学退休教授，是杨天翔的老师，高阳油茶树案诉讼代理人。杨天翔大学暑期住在叶知秋家，叶知秋给了杨天翔学习和生活上很多关怀，后杨天翔担任云都市人民检察院检察长。

《人民的名义》中高育良与侯亮平为师生关系。高育良为H省委副书记兼政法委书记，曾任H大学政法系主任，教授，法学专家。高育良表面上为人正派，背后却欺瞒组织，同时滥用职权为赵瑞龙敛财，策划诬陷侯亮平受贿，最终受到法律的制裁。侯亮平读书期间经常来高育良家下围棋，顺便蹭饭，对高老师一直怀有敬重之心。侯亮平担任最高人民检察院反贪总局侦查处处长，后任H省检察院反贪局局长。最终查办了老师高育良，学长祁同伟等。

对于在两部作品的故事情节和情节点上的不相似问题，金杰认为一审判决认定事实清楚，证据充分。

鉴于一审判决对上诉人主张的情节和情节点相似问题，均作了具体的分析和评价，二审中金杰列举了两个有代表性的故事情节进行了说明。

比如："公安局局长相助"情节不相似。

原告小说中，因房屋漏水发现了巨额现金而报警，经上报省公安厅，致使曾红革的贪腐问题暴露被立案侦查。公安局局长刘剑冰打电话将此事告诉了杨天翔。

在《人民的名义》中，公安局局长赵东来秘密调查陈海车祸案，通过侦查手段查到了举报人刘庆祝，由此推动案件进展。

两相比对，一个是意外发现案情，公安局长告知，一个是公安局长主动查案，两个情节的描写不同，至于说都起到了相助的作用，则属于思想层面的素材，不构成实质性相似。

再如："拜佛"的情节不相似。

原告小说中的向荣华董事长拜佛，是到寺庙找其出家的妻子麦荻。

《人民的名义》中高育良与肖钢玉到佛光寺，是想找个安静不被发现的地方谈事情，并不是去拜佛。

此外，原告上诉主张的作品中是否存在法盲语言和荒诞情节，不属于本案中进行审查的范围。考查《人民的名义》小说，也不存在法盲语言和荒诞情节，至于出书的经过与是否侵权无关。一审判决认定，单纯的人名不属于著作权法保护的范围完全正确。金杰表示，一审审判程序合法，认定事实清楚，证据充分，不存在程序瑕疵，至于被上诉人周梅森老师是否到庭不影响本案的审理。

最后，金杰强调，《人民的名义》与原告的小说存在实质性区别，上诉人提出被上诉人《人民的名义》作者采取"整体抬升""移花接木""细节扩充""恶意拆卸、肢解上诉人原创作品"的主张，与两部作品的比对结果不符。也就是说，没有两部作品表达上的事实证明，属于主观上的认识错误、概括错误和比对错误，错误的比对方式必然得出错误的结论，请二审法院驳回上诉，维持原判。

《新京报》记者以《〈人民的名义〉被诉侵权案二审，非独创表达不受法律保护》为题，报道了二审的庭审过程。

报道称，在双方展示两本小说的过程中，法官多次提醒上诉人："请在有限的时间内，向法庭陈述具有独创性的表达，而不是素材，任何人对生活素材不享有垄断。"法官举例说，比如上诉人认为自己书中人物设置了一对姐妹花，而在《人民的名义》中，姐妹花高小琴、高小凤的设置被作为侵权的例证提交。"在我看来，姐妹花的设置属于素材，你要说出你设置的人物玄机在哪里，你的独创性表达是什么。"法官表示，只有独创性的表达，未经许可被他人使用，才有可能被认定构成侵权。

金杰（左）在二审法庭发表意见，杨文（中）、陈玉成（右）在二审法庭上（寄予文/摄）

但是，因在法庭上作为上诉人的一审原告方没有围绕争议焦点举证以及阐述两本小说是否构成实质性相似，审判长先后七次提示上诉方，向法庭陈述其具有独创性表达的部分。尽管审判长屡次提示，但上诉人仍然没能说清楚，哪些属于自己独创性的表达。在上诉方难以配合的情况下，审判长建议当事双方用阅读的方式，讲出各自对两本书是否构成相似的理由。"让旁听的人有一种读者的体验"。此种方式也征得了双方当庭同意，并且留给了上诉方充足发表意见的时间，达到了庭审效果。经过庭审，同样进一步证明了两部小说，不存在实质性相似和相同。

《新京报》还报道了二审中的庭审比对。"《生死捍卫》开场，检察官坐车上任伊始便遇到爆炸，一名反贪局长身亡，随后其接到举报信，情节随即展开……这些与《人民的名义》中开场侯亮平坐飞机上任，反贪局长陈海在车祸中变成植物人，侯亮平随后接到举报展开调查是相似的；同时两本书的核心案件来自大型企业，两本书中反贪局长均作为影子人物设置，一个爆炸身亡，一个车祸变成植物人，为案件侦破埋下伏笔，进而牵扯出相似的人物和关系，包括后续的出场人物和情节……"在40分钟内，上诉方对两本书的数段情节和故事进行了比对。

"上诉人的比对存在错误，两部小说题材虽然相同，在具体的表达中存在实质区别。"周梅森的代理律师金杰称，两部小说在破案的线索推进上不同，两部小说开篇和主要情节也不相同：《生死捍卫》以爆炸案为开端，《人民的名义》以查办"小官巨贪"案为开端；《生死捍卫》骗银行贷款空手套白狼致使国有资产流失，《人民的名义》为股权质押而借高利贷，致股权丢失，导致冲突；"在破案线索方面"周梅森代理人金杰举例反驳上诉方的说法，"《生死捍卫》通过反贪局局长被杀身亡，将线索引向银行；《人民的名义》则是通过小官巨贪的查处，供出丁义珍涉嫌犯罪，丁义珍畏罪潜逃，陈海发生车祸，将山水集团和大风厂案件线索牵出，并不是像上诉方所说的小说开篇相似，《人民的名义》中陈海车祸并未发生在小说开篇。"

随后，在二审法官耐心的引导下，双方就两本小说的其他情节，诸如战场风波、约定暗语、分散贷款等数十个情节进行比对。

庭审从早上9点半进行至下午1点。

2020年5月26日，北京知识产权法院作出（2019）京73民终225号终审判决。二审判决在认定事实上与一审判决一致。但二审判决针对原告上诉提出的诸多问题，进行了重点梳理；对于上诉方新增加的问题，进行了深度分析和论述。

原告在二审上诉中，仍然坚持一审的观点，对此，二审判决对两部作品是否涉及实质性相似问题，不惜笔墨，进行再论述。二审判决开篇就提道，是否构成实质性相似是认定是否构成剽窃的前提，进而认为，判断《人民的名义》与《生死捍卫》是否构成实质性相似即为本案的焦点问题。

北京知识产权法院庭审现场（金杰/提供）

二审判决在认定事实上与一审是一致的。对于两部篇幅较长的小说而言，认定是否构成实质性相似往往以当事人认可的抽查比对方式进行。此类案件的审理也通常依据主张构成实质性相似的一方当事人的举证进行梳理和比对。虽然×某在二审中主张两部小说的相似性体现在故事结构、18 处人物设置、50 处具体情节、78 处文字表达等方面，与一审时其认为相似性体现在破案线索的推进及逻辑编排、角色设置、人物关系、情节、具体描写等方面有所不同，但是并未改变认定两部小说是否构成实质性相似这一焦点问题。鉴于原告上诉中又调整了一些内容，因此，将以×某二审调整的比对内容为脉络进行审理认定。

为了让当事人更熟悉著作权法律保护的对象问题，二审判决对此进行了深度论述，二审判决认为，著作权制度的目的在于促进文学、艺术和科学领域的创新与繁荣。为实现这一目的，著作权法应维护激励作者创作与满足社会对知识和信息的需求之间的平衡。为达到这种平衡，必须恰当确定著作权客体的范围，而著作权客体的范围取决于对作品的认定。为此，在司法实践中产生了思想与表达二分法的法律原则，即著作权法只保护表达、不保护思想。这意味着只有表达才能构成作品，而思想不能构成作品。但是，并不是所有的表达都能构成作品，只有具备独创性的表达才能被认定为作品进而获得著作权法的保护。那些属于公有领域的表达不能被个人所独占，因而并不属于著作权法的保护范畴。

二审判决再次强调了法律只保护作品中的独创性表达，不保护思想，思想不能成为作品。所以，在著作权诉讼中，抽象的比对思想，是不能得出实质性相似结论的。

对于小说表达的构成范围，二审判决也进行了必要的论述：小说属于以文字形式表现的文字作品，由题材、主题、结构、人物、情节、背景等内容构成。小说中的表达不局限于遣词造句层面的文字性内容，故事结构、故事情节、人物设置同样是小说表达的组成部分。判断请求保护小说中的哪些表达属于具有独创性的表达，是对两部小说进行实质性相似认定的前提。只有当被诉侵权小说中的相应内容与请求保护小说中的独创性表达部分构成相同或相似时，才有可能认定为构成剽窃。

二审判决对于《人民的名义》与上诉人小说在故事结构、18处人物设置、50处具体情节、78处文字描写等方面是否构成实质性相似，分别进行了阐述。

两部小说的故事结构是否构成实质性相似？

二审判决分析认为，"开端、发展、高潮、结局"是小说故事结构的基本模式。×某在本案中请求保护的"故事结构"并非这种高度概括的故事结构模式，而是将包含着小说的线索设置与情节发展等具体内容的"故事结构"作为比对内容。对于这种"故事结构"是否受到著作权法的保护，取决于它是否构成具有独创性的表达。当小说中通过故事情节的前后衔接、逻辑编排呈现出了个性化的故事发展脉络、有独创性的谋篇布局展现时，这样的故事结构是受到著作权法保护的。

二审判决对两部小说在故事脉络、主要故事情节、故事线索推演与逻辑编排等谋篇布局、整体构思上的具体内容进行了梳理和总结。二审判决认为：

小说《生死捍卫》是以检察官调查为叙事主线，以案件侦破为叙事演绎，设置了主线检察线、副线政治线，两条线交叉推进的故事架构。……小说《人民的名义》在故事架构上同样设置双线线索，主线是检察官的案件侦查，副线是错综复杂的官场关系，两条线索交叉共进。但是，与《生死捍卫》不同，《人民的名义》在故事脉络上没有相对独立的案件阐述，整个故事推演与谋篇布局通过前后情节与线索的铺设，使人物塑造、主题表现、故事发展环环相扣、一气呵成。……通过比对可知，两部小说经由各自的故事发展脉络、侦破线索推演、前后逻辑编排、故事情节推进等设置内容，呈现出了个性化的具体故事结构表达，有着较为明显的差异性。虽然《生死捍卫》在故事结构层面有其独创性表达，应当受到著作权法的保护，但是，《人民的名义》的故事结构与之相较并未构成实质性相似。尽管两部小说均采取了主线检察线、副线政治线的双线线索设置，但这是反腐题材小说常用的结构模式，并非《生死捍卫》的独创性表达内容，不属于《生死捍卫》这部作品著作权保护的范围。

两部小说的人物设置是否构成实质性相似？

人物塑造是小说创作的核心。情节设置和环境描写都围绕人物塑造而展开。人物与情节、环境相互交融，不可分割。人物设置构成实质性相似之所以会导致阅读体验中的雷同感，是由于与人物有关的特定故事情节和环境描写段落中的人物经历、人物矛盾、人物对故事情节发展的作用等具体内容所刻画、塑造、呈现出的具有独创性的人物设置表达构成了相似。二审判决不仅充分论理，而且同时针对×某主张的两部小说存在 18 处构成实质性相似的人物设置进行了评价。仅以三组人物设置予以分析比对。

其一，段明仁与陈海。

虽然《生死捍卫》中的段明仁这一人物设置有其独创性表达，应当受到著作权法的保护，但是，《人民的名义》中的陈海与其相比有着完全不同的人物形象、社会关系，参与不同的故事情节，有着不同的剧情作用。二人唯有相似的是同为反贪局局长、均涉及录音和账本元素。但这些相同的元素在各自小说中发挥着不同的作用，与不同情节、环境相联系产生了完全不同的读者阅读体验，并没有雷同感。

其二，白无瑕与欧阳菁。

虽然《生死捍卫》中的白无瑕这一人物设置有其独创性表达部分，但《人民的名义》中的欧阳菁与其相比有着不同的社会关系、人物经历、形象刻画、故事情节，在剧情发展中起到不同的作用，有着差异化的人物设置内容和意义。两人相似之处是均面容姣好、气质出众，内心渴望与追求爱情，作为银行系统领导参与收受贿赂违法放贷、试图阻碍案件调查，曾在商场刷卡等。但是，上述层面的人物设置与选择编排并非《生死捍卫》的独创性表达部分，这些抽象出来的要素虽然是相同或者相似的，但当其与各自小说中的其他大量不同的表达融合在一起时，对于读者来说即有着完全不同的阅读感受，并未构成实质性相似。

其三，柳絮、柳眉与高小琴、高小凤。

虽然《生死捍卫》对姐妹花柳絮、柳眉的人物设置体现了一定的独创性，但《人民的名义》中的双胞胎姐妹高小琴、高小凤与之相比，在人物形象的具体设置、故事情节的参与及剧情推动作用等方面存在显著差异。尤其是《人民的名义》对高小凤这一人物设置与其情节安排非常独特，如小说在描写了高小琴与祁同伟是情人关系，但未铺垫高小琴有双胞胎妹妹高小凤，且二人外貌完全相同的背景下，通过侯亮平收到三张高育良与高小琴（实为高小凤）的亲密照片设置疑问和悬念，后通过赵瑞龙、杜伯仲二人回忆当年如何利用高小凤的美色让高育良腐败的往事解答照片疑惑，并通过祁同伟与高小琴在穷途末路之时，安排金蝉脱壳之计留下高小凤顶替高小琴拖住侯亮平而设法逃亡的情节，巧妙地运用了高小凤与姐姐高小琴外貌相同的特质，令读者获知真相后恍然大悟，感到既在意料之外又在情理之中。两部小说中相应人物的相似之处，在于美貌与气质俱佳的姐妹花均是反面人物，妹妹均出现在小说尾声、均曾利用美色设计权谋，但这些相同元素并非《生死捍卫》的独创性表达内容，不属于著作权法的保护范畴。

二审判决认为，虽然通过《生死捍卫》的具体故事情节和环境描写段落体现的人物经历等方面有其独创性部分，属于著作权法的保护范围。但是，《人民的名义》的相应人物设置与之相较并未构成实质性相似。尽管两部小说在某些人物设置上选取了相同或相似的素材，但这些素材都属于日常生活中常见的，并非《生死捍卫》的独创性表达，不应被某一部作品所独占。当这些属于公有领域的素材被使用在不同小说中，与不同的人物、情节、环境相结合创作出给予读者完全不同阅读体验的作品时，并不会构成实质性相似。

两部小说的具体情节是否构成实质性相似？

故事情节除了在故事结构上的作用外，同时也为塑造人物、表现主题服务。特定故事情节构成实质性相似之所以会导致阅读体验中的相仿感受，是因为体现着作者独特的素材选取、人物安排、事件编排、逻辑关联等细节设置的具体情节表达呈现出了相似性。二审判决在针对×某在本案中主张两部小说存在50处构成实质性相似的具体情节，进行了梳理和分析，以三处为例。

其一，录音、账本情节。

两部小说虽然都有录音、账本元素且账本在小说故事发展中未起到实质作用。但是，《生死捍卫》中的录音、账本情节是在重点描写田军军抢劫猥亵幼女案、高阳县苗木受贿案时出现，磁带录音指向的农业银行行长白无瑕线索为后续核心案件国光厂国资流失案的侦破埋下伏笔，也为后来晏秋与白无瑕二人发小情谊的决裂作出铺垫；而《人民的名义》中的录音、账本情节则在侯亮平三堂会审失败、线索中断之时提供了山水集团的线索突破，加深了侯亮平与赵东来的盟友关系，同时也与小说前文赵东来逼迫蔡成功录制举报电话的情节相呼应，而查清举报人的过程既制造悬念又增加了故事情节的跌宕起伏。由此可见，《人民的名义》对录音、账本情节的具体编排，该情节对人物形象的刻画和塑造作用、对其他情节发展的服务作用、在整体故事结构中的串联作用等内容与《生死捍卫》的独创性表达存在明显差异。两部小说在相关情节中的唯一相同之处是均选取了录音、账本元素，但这些元素本身不属于某一部作品的独创性表达，不受著作权法的保护。

其二，证人死亡情节。

虽然《生死捍卫》结合其相应描写呈现的证人死亡情节是具有独创性的表达，但《人民的名义》中的证人死亡情节与之相较在具体情节安排、对人物的刻画和塑造作用、对案件侦破和整个故事发展的作用等方面截然不同。二者唯有相同的是均选取了证人死亡的素材。但是，当故事情节抽象到证人死亡的程度时，已经属于日常生活中的公有领域素材范畴而非《生死捍卫》的独创性表达，并不属于著作权法的保护范围。

其三，商场刷卡情节。

两部小说虽然都设置了在商场购物刷银行卡的情节。但是，《生死捍卫》中的商场刷卡情节主要用于塑造人物形象，刻画了田军军母亲招摇过市、拜金显富的人物形象，表现了白无瑕、柳絮对田军军母亲的反感和厌恶，也侧面烘托出贺鹏程的反面形象，但对故事情节发展、主题深化没有作用；而《人民的名义》中的商场刷卡情节成为给欧阳菁定罪的关键，呼应了小说前文蔡成功举报欧阳菁但未有确凿证据的情节安排，也为后续欧阳菁乘坐李达康专车外逃途中被带走传唤、欧阳菁被捕后供述贪腐犯罪团伙黑幕的情节设置作出铺垫。二审判决分析认为，在商场购物时刷银行卡的生活素材并不能被某一部作品所独占。而商场刷卡这一日常生活场景在两部小说中经过不同作者的描写呈现出了完全不同的表达，并未构成实质性相似。

二审判决将×某主张的其他 47 处具体情节亦分别置于各自小说之中，通过《生死捍卫》中相应情节的具体描述、情节设置以及该情节在塑造人物、表现主题、推动故事发展等方面的作用可知，其中的特定情节表达有其独创性部分，应当受到著作权法的保护。但是，《人民的名义》的相应情节内容与《生死捍卫》相比并未构成实质性相似。

两部小说的文字描写是否构成实质性相似？

二审判决对此分析细腻：文字组合、遣词造句层面的形式表达是文学作品最直接的呈现样式。文字描写是展现不同语言风格和思想内容的基本载体，最能体现作品的语言魅力和作者的创作风格。×某在本案中主张两部小说存在 78 处构成实质性相似的文字描写，二审判决对此作了分析，以三处为例。

其一，关于"幽幽"的文字描写。

两部小说使用了"幽幽"一词的不同含义、表现出不同的场景与氛围：《生死捍卫》中的"幽幽"含义是"声音、光线等微弱的样子"，使用"幽幽"营造出环境幽暗的氛围；《人民的名义》中的"幽幽"含义是"人物神态悠闲"，使用"幽幽"呈现了李达康问话时的悠闲场景。两部小说相应文字描写段落的唯一相同之处就是都使用了"幽幽"一词，但"幽幽"这个词本身属于常用词汇，并非《生死捍卫》的独创性表达。

其二，关于"玉兰花"与"玉兰树"的文字描写。

两部小说文字描写中的相同之处仅是夜晚的玉兰花（树）或静谧的环境，而这并非《生死捍卫》的独创性表达部分。两部小说将相同的植物玉兰花（树）选取、编排、加工在不同的场景，烘托不同的环境氛围与人物形象，创作形成了完全不同的表达，并未构成实质性相似。

其三，关于"警车""车屁股""扔石块（头）"的文字描写。

两部小说在文字描写中的相同之处仅是均出现了"警车""车屁股""扔石块（头）"这些词语。在完全不同的场景中，两部小说各自创作了含有"警车""车屁股""扔石块（头）"等词语的具有独创性的文字描写段落，并未构成实质性相似。

结合文字比对，二审判决分析认为，将原告×某上诉主张相似的其他75处文字描写亦分别置于各自小说之中可知，×某请求保护的文字描写中的一部分，属于常用词汇、固定搭配、俗语俚语、生活语言、特定情境的常用表达等日常生活中的文字描写，其本身并不属于著作权法的保护范畴。结合日常生活中的常见文字描写，《生死捍卫》形成了一部分自己的独创性表达，但《人民的名义》中的相应文字描写段落与其相同之处仅是选取了相同或相似的公有领域素材，或者出现了几处相同或相似的词语，二者相比较并未构成实质性相似。

二审判决认定，小说《人民的名义》与《生死捍卫》在故事结构、18处人物设置、50处具体情节、78处文字描写等方面并未构成实质性相似，而且存在明显的差异性，并不会导致读者对两部小说产生相同或相似的欣赏体验。因此，周梅森创作小说《人民的名义》并不构成对×某小说《生死捍卫》的剽窃，并未侵犯×某享有的改编权和署名权。

至于周梅森创作小说《人民的名义》是否侵犯×某小说享有的保护作品完整权，二审法院判决认为，侵犯保护作品完整权的前提是对原作品进行了有违作者本意，并歪曲、割裂了作者"烙印"在作品中的精髓，这样的歪曲、篡改式的改动或使用。而根据《最高人民法院关于审理著作权民事纠纷案件适用法律若干问题的解释》第十五条规定："由不同作者就同一题材创作的作品，作品的表达系独立完成并且有创作性的，应当认定作者各自享有独立著作权。"经过比对分析，小说《人民的名义》与《生死捍卫》系由各自作者就检察反腐这一相同题材独立创作并各自享有独立著作权的作品，读者对两部小说不会产生相同或相似的阅读感受。因此，周梅森创作的小说《人民的名义》并不构成对×某小说《生死捍卫》的歪曲、篡改，并未侵犯×某享有的保护作品完整权。基于上述认定，北京出版集团有限责任公司出版小说《人民的名义》也并未侵犯×某的复制权、发行权。

最终，二审判决认定，×某的上诉请求不能成立，本院不予支持。依照《中华人民共和国著作权法》第四十七条第（三）（四）（五）项、《最高人民法院关于审理著作权民事纠纷案件适用法律若干问题的解释》第十五条、《中华人民共和国民事诉讼法》第一百七十条第一款第（一）项的规定判决：驳回上诉，维持原判。

二审案件受理费 14700 元，由×某负担。

本判决为终审判决。

北京知识产权法院终于落下了终审的法槌，案件尘埃落定了。二审法院的开庭确实别开生面，二审法官的耐心也着实令人点赞。二审判决属于终审判决，但作为本案的原告是否能真的终结诉讼呢？

十六、 原告大爆粗口

北京知识产权法院作出终审判决，这意味着周梅森《人民的名义》在北京的被诉侵犯著作权案，尘埃落定了。然而，深陷自己错误认知里不能自拔的原告，仍然不接受北京知识产权法院的终审判决，不仅在网络上发表了严重损害他人名誉的言论，而且在申诉状中表述了带有人身攻击性的语言，大骂二审法官。

2020年11月22日，原告不服一审和二审判决，又向北京市高级人民法院申请再审。申诉状中，除了重复一审和二审的观点外，居然出现了损害他人名誉的语言文字，申诉状中专门剑指二审法官破口大骂。这个行为着实令人惊讶！如果是一般的当事人，发泄点不满言论，甚至言语过激点也无人计较。但这可是司法机关内部的人啊，看到这份申诉状大爆粗口，让人无语了，法律的底线呢？道德的底线呢？……字里行间一瞬间似乎都荡然无存了。

2021年2月25日，北京市高级人民法院通知双方，采取网上法庭约谈的方式，就原告坚持申诉提出的《人民的名义》抄袭和剽窃问题，组织双方再次进行了有重点的核对。网上法庭，申诉的原告，仍然重复着一、二审的观点，法官主持双方针对申诉的主要观点和事实进行了核对。此后，北京市高级人民法院于2021年3月16日作出（2020）京民申5814号民事裁定。

北京市高级人民法院的再审裁定从故事结构、人物设置、具体情节、文字描写等方面综合分析了两部作品，特别是对×某主张两部小说存在多处构成实质性相似的具体情节，进行了重点分析。再审裁定以其中一处为例进行分析：两部小说中都出现了证人死亡情节，《生死捍卫》中的证人死亡情节，出现在检察机关对高阳县苗木受贿案中涉嫌受贿的林业局局长谢谦进行审讯时，谢谦意外心梗，在临终前有悔罪之心，拼尽最后一点力气供出高阳县县长曾红革涉嫌受贿。《人民的名义》中的证人死亡情节，出现在山水集团财务总监刘庆祝向检察机关举报山水集团违法行为后，于旅游途中蹊跷死亡，后查实其被谋杀。两部小说中的证人死亡情节在塑造人物、推动整个故事发展等方面均不同。关于×某主张的构成实质性相似的其他具体情节，两部小说中出现的下棋、喝咖啡、官商勾结、拜佛等情节属于公有领域素材范畴，两部小说在这些具体情节上的描述、细节设置以及在各自小说中推动故事发展的作用方面均存在差异。

再审裁定认为，二者在表达上均不构成实质性相似，×某关于周梅森、北京出版集团有限责任公司侵犯其著作权的相关主张不能成立。同时，周梅森本人虽未参加一、二审开庭，但其委托的诉讼代理人已参加庭审并发表意见。关于×某提出的二审审理程序违法等相关主张，缺乏事实及法律依据，本院不予支持。×某的再审申请不符合《中华人民共和国民事诉讼法》第二百条规定的人民法院应当再审的情形。依照《中华人民共和国民事诉讼法》第二百零四条第一款、《最高人民法院关于适用〈中华人民共和国民事诉讼法〉的解释》第三百九十五条第二款之规定，裁定如下：驳回×某的再审申请。

至此，原告×某诉周梅森和北京出版集团有限责任公司《人民的名义》侵犯著作权案似乎是告一段落了。此时距离原告起诉《人民的名义》时的 2017 年 11 月，已经过去了整整三年四个月。

十七、 专家如是说

　　北京著作权案诉讼的进行，成了上海案的实战演练。应当说，北京案的这几场诉讼，案件中涉及的同类问题，都认认真真地过了几回堂，也为上海案的诉讼奠定了坚实的基础。然而，办案认真的金杰还是不满足于目前的准备，他还像当年搞侦查时那样的思维方式，总是思考着哪里还有漏洞，哪里还需要再完善一下。他打算聘请权威的知识产权专家做一次专家论证，他把想法与金盾影视中心李学政主任进行了交流。李学政一听，马上回复，你准备得已经相当不错了，北京的官司打得这么好，可以考虑不再搞专家论证。可是金杰不这样认为，他的办案习惯是：想到了，有条件就努力一下，避免留有遗憾。他要求自己在上海案的诉讼中，要努力做到万无一失。于是，专门聘请了四位中国知识产权领域的权威专家进行了专家论证，对小说《暗箱》的原告主张的实质性相似问题，再做一次深入的论证和探讨。

　　2018年2月22日，北京的天气仍然透着寒冷，但在京都律师事务所的会议室里，却热情洋溢。《人民的名义》著作权案专家论证会在北京市京都律师事务所举行，到会专家有北京大学知识产权学院常务副院长、教授、博士生导师，中国法学会知识产权研究会副会长，中国文字著作权协会副会长郑胜利；中国知识产权法学研究会副会长，中国政法大学教授、博士生导师，知识产权法研究所所长，中国政法大学无形资产管理研究中心主任冯晓青；中国人民大学法学院教授、博导，中国人民大学知识产权研究院研究员张广良；北京大学知识产权学院教授杨明。到会的还有始终热心支持和关注《人民的名义》案的《中国知识产权报》主编冯飞。与会专家针对电视剧和小说《人民的名义》与小说《暗箱》涉及的叙事结构、人物设置、人物关系、核心事件等问题，进行了认真的分析和论证。

金杰律师出示了原告认为两部作品相似的比对表，同时结合两部作品的文字表达，进行了详细的介绍和展示。为了更好地界定两部作品是否存在实质性相似，与会专家非常认真和敬业，针对原告起诉提出的相似点，逐一分析比对。尤其是对于有些重点片段，到会专家要求阅读原文，进行对比分析并发表意见。

张广良教授："桥段在我们国家著作权侵权的案件当中，前期根本没有出现过桥段的表述。桥段的表述，根据我的观察最早出现在北京三中院判决的琼瑶诉于正的案件当中，原被告的起诉和答辩出现了桥段的描述，法院判决认定，桥段是具体的一种情节。从著作权的角度讲，只有构成有独创性的情节才可能成为著作权法保护的对象。原告列举的省委大院描述相似，但仅仅是描述一个场景，这样的场景不是情节，不能受到保护。如果仅仅是常见的一种表现手法，比如闪电、暴雨来表现一个人的心情，这种是常见的，属于公有领域的，根本不具有任何独创性，不应该受到法律保护。"

冯晓青教授："张老师讲的我完全同意。我看了原告的书，再看被告的书，电视剧也看过，总体的感觉完全不是一个类型。法律保护的是思想表达，而不是保护思想本身，这是著作权根本性的原则。原告把特定的故事情节认为是抄袭，如原告作品描述省委书记晚上回家怕影响妻子休息，小心地进屋去，《人民的名义》里面也有类似的情节。但这些事件的描述反映了日常生活中某种行为，这个行为是非常惯常，是太普遍不过了。不是原告描述的情景或者行为所特有的，每个情节反映的是否雷同，是讲表达的雷同，而不是说通过这个表达体现了某种思想，或者某个主题、某个题材、某个事实的雷同或者相同，这是著作权的基本原则。属于思想范围的绝对不能由在先的著作权所垄断。所谓惯常，就不是你原告独有的，具有个性化、特定化的场景。即使被告里面的某个情节或者某一些桥段与原告的相雷同，也不能说被告侵权，因为被告的文字表达是不一样的，看不到任何文字表达相同或者近似，我看两部作品在文字表达上完全不搭界。我们不能把惯常的纳入保护范围，那就乱套了，这一点是要牢固坚守的。因为某种模式、某种题材这种情节已经公开了，我为什么不能用自己的话表达呢？著作权的表达是多样性的，你反映某种观点，我用我的方法独特地表达某种思想、某种观点，不能认定侵犯著作权。因为思想是不能禁锢的，否则就会违背著作权立法的初衷。因为思想要自由，要传播，社会才能进步，文化才能繁荣。它保护的是表达的多样性，而不是表达思想由发表作品在先的人所独占。权利跨越了著作权该保护的范围，就是滥用权利了，不利于社会的发展，不利于文化的进步。"

杨明教授："张老师、冯老师的观点我是同意的。著作权法核心的问题是保护的对象有没有独创性，它必须是一个表达，然后才有独创性。这种桥段一旦受到保护，不仅违背著作权法基本原理，而且文学艺术创作领域没有办法开展，导致所有人没有办法进行创作。著作权法强调的独创性是一种自己智慧的产物，很多人忽略了或者没有去注意到这个问题，所谓要保护的这个客体，一旦用著作权法去保护的时候，不会成为其他人创作上的障碍。"

郑胜利教授："刚才三位老师说的意见我都同意。只有具体的情节是独创的，著作权法才保护。如果是一个惯用的表现手法和情节，不受著作权法保护。比如，大家都看过好多宫廷戏，皇帝赐谁死，或者是被迫要自杀，自杀有几种，一个是白绫一条，还有一个是毒酒一杯，故事都是这样，这就是一个惯用的方法。刚才杨明老师谈到了知识产权保护的时候，就是洛克非常有名的一句话，要给其他人留下足够多并且同样好的素材。第一个人可以创作，第二个人还可以利用这些素材创作。还有表现手法的多样性，很多故事里面，当感情非常激烈的时候，紧接着是大海波浪，当一个惊人的事件突然发生的时候，一个霹雷炸响，很多都是这么描述，你这么描述了，不能不让我描述，这是一种惯用的描述方法，不受著作权法保护。我看《暗箱》的情节跟《人民的名义》的情节，不是高度近似，是根本就不近似。核心事件不近似，叙事结构不近似，人物设定不近似，人物关系不近似，都是不近似。原告提出的人名相似，作品中有一个人物叫吴胜利，那我叫郑胜利，跟我同名的，我是抗战之前出生的，肯定比他们要早，那这样的话，是否侵犯我的姓名权？判断人物是不是近似，要着重考证这个人物在故事里的角色和情节是否相联系。"

与会专家一致认为，原告的作品和被告的作品讲的是两个不同的故事，一个是讲如何腐败的，一个是讲如何反腐败；里面的人物角色也不同，发展的线索也不同。从核心事件和故事结构这两个角度而言，不构成实质性的相似。比如，原告主张《暗箱》中的刘云波在《人民的名义》中被改写成高玉良和李达康，两个人的形象集于一个人身上的比对方式，这本身就证明被告作品的人物形象和原告不构成实质性相似。

与会专家们最终作出专家论证结论：

电视剧和小说《人民的名义》与小说《暗箱》不仅仅是不相似，是完全不相似，不构成侵犯《暗箱》的著作权。在人物设置上，两部作品区别明显，从人物的刻画、行为描写、命运结局等均存在实质性区别；在叙事结构上，两部作品区别明显，从故事开篇到情节推进，从叙事主线到故事结局等都存在实质性区别；在人物关系上，虽然也存在同学关系、发小关系、夫妻关系等，但这些关系的具体描写区别明显，单纯的人物关系属于公有领域的素材，不具有独创性。还有涉及的其他方面，同样不构成实质性相似。

专家的论证再一次印证了电视剧和小说《人民的名义》不构成对小说《暗箱》著作权的侵犯。这次专家论证会，是一次非常难得的高层次水平的专家课，尤其在有关如何判断两部作品是否构成实质性相似问题上，专家的解读让金杰感到受益匪浅。

周梅森《人民的名义》著作权案专家论证会在北京市京都
律师事务所召开（金杰/摄）

中国人民大学法学院教授张广良在《人民的名义》著作
权案专家论证会上阐述意见（北京市京都律师事务所/摄）

金杰律师在向与会专家介绍两部作品的比对情况（金杰/提供）

论证会后，金杰和杨文结合之前的诉讼，把《人民的名义》小说和电视剧梳理了好几遍，把诉讼涉及的人物设置、人物关系、故事情节、叙事结构、故事推进等方面的文字表达、具体描写，反复地进行比对，整理出的文字比对材料有十多万字。不客气地说，完全可以应对任何针对《人民的名义》的著作权诉讼，可以说是万事俱备，只待开庭。

十八、 浦东， 风云突变

　　时光飞转，一眨眼又过去了十个月。北京案二审开庭后不久，终于接到了上海浦东新区法院的开庭通知，上海案一审诉讼定于 2018 年 12 月 27 日下午，在上海浦东新区法院正式开庭。这个时间距离原告起诉立案的 2017 年 11 月 1 日，已经过去了一年一个月二十六天。这期间金杰经历了北京同类案件的一审、二审，经历了上海浦东新区法院两次交换证据，现在终于要正式开庭了。

　　然而，天有不测风云。诉讼中的变数很大，有时变化得让你意想不到，你就是准备得再充分，也有意想不到的地方。

　　2018 年 12 月 26 日，金杰和杨文在南京参加完电视剧《人民的财产》停机的答谢晚宴，连夜赶到上海。在宾馆里，金杰无意间点开自己的邮箱，想查看一下有无重要的邮件。突然，一个新收到的法院发来的邮件引起了金杰的注意，当他打开后才发现，是原告方更换了全部的比对材料，重新提交了 9 份比对表和比对意见，文字量涉及几万字。这无疑是给了金杰一个突然袭击。按照民事诉讼的规则，当事人变更诉讼材料，必须提前提交法院，法院也必须提前交给对方，必须给对方必要的审查和准备时间，或者再组织双方交换证据材料，延期审理，但这些统统没有。明天就要开庭了，这么多比对材料全部更换了，为什么不提前发给我们呢？也没接到法院的电话告知呀？这么多材料不可能是一天形成的，怎么才发给我们呢？原告全部更换的比对材料和意见，按照法院的惯例也得开庭前会议交换一下啊？之前不是原告有点材料就组织交换吗？这回怎么无声无息了？这不就是民事诉讼中的突袭吗？究竟是谁在搞名堂？

金杰气得狠狠敲了一下桌子。他来不及多想，立即让杨文将原告方新提交的材料打印出来，经过审查后发现，原告方新的比对材料，在比对意见、比对顺序、比对部位上都有了变化，甚至有些部分的题目和概括都改成古人的诗句，比如，"人生若只如初见""岁月流光情已负""夜阑人静寒霜雪"……让人看了有一种云里雾里的感觉，因为原告小说里并没有这个文字表述，这种抽象的提炼不符合诉讼比对的表述方式。

作为法官和检察官出身的金杰非常清楚，既然原告方更换了出庭的材料，就意味着明天下午开庭，必须针对原告方新提交的比对材料发表意见，金杰一方之前准备的出庭意见就基本不能再用了，需要针对原告方新提交的比对表，重新准备出庭意见。但涉及比对的材料需要做很大的调整，文字量很大，很显然已经没有时间再重新准备了。怎么办？金杰内心不免有些纠结。

金杰站起身走到宾馆窗前，窗外夜上海的浦东，仍然灯火闪烁，路上的车辆穿梭不止，行驶中的车灯划出的道道光线，宛如一条条彩带，时而交叉，时而并行，在夜色下显得更加扑朔迷离。金杰敏感地意识到，从第一次庭前会议开始，到现在的庭前突变，似乎有一层潜在的迷雾弥漫在案件中，伴随着诉讼的进行，现在看来这丝丝迷雾，越发浓厚了。是什么？金杰一时还琢磨不透，但是他现在已经没有时间去猜测那些无聊的迷雾了，当务之急是要立刻拿出决策，应对眼前突发的变故。金杰心里明白，这种突袭的目的就是让你来不及准备，开庭时在庭上打你个措手不及，在庭审中将你置于不利的境地。所有这些无非是给《人民的名义》一方设置点障碍，制造点麻烦，形成点被动，给原告方挽回点面子，但是解决不了诉讼中实质性问题。其实，对于原告方在诉讼中可能发生的变化，实战经验丰富的金杰早有防备，他不止一次地与杨文说过，要提防原告方的诉讼变化和突然袭击，要做两手准备，要有备用方案。这种做法也是某些诉讼参与人为了诉讼目的和效果，而采取的自作聪明的小伎俩、小套路，不是什么新发明。所以，尽管原告方突然变化，也在金杰的预测之中，只不过没有想到对方材料变化得这么大。如果提出延期审理，固然能够得到法院的允许，但案件就要拖到2019年。漫长的诉讼已经耗费了《人民的名义》一方大量宝贵的时间，不能再拖了，延期开庭，只能给原告方借机炒作提供机会。他权衡利弊，决定不申请延期，连夜准备材料。毕竟对两部作品的比对已经很熟悉了，万变不离其宗，法庭上发表意见，根本的依据还是两部作品的比对，只要把需要比对的主要表达部分重新调整组合，就可以应对原告方的变化。

金杰果断地对杨文说，"今晚别睡了，加班吧"。杨文自然心领神会，二人说干就干，打开电脑，分工协作，针对原告的变化，调整比对，有分有合。这一晚，宾馆里房间的灯亮了一宿，二人战斗了整整一个通宵，这真是今夜无眠哪！当二人把比对材料调整完毕时，天边已经泛起鱼肚白，二人度过了一个难忘的不眠之夜。

27日上午9时，接到法院通知，为了保证下午开庭顺利进行，上海浦东新区法院法官又组织原告和被告双方律师对证据材料的出示问题再次核对。被告方金杰律师不露声色地提出，原告方临时更换了全部比对材料，法庭质证以哪次提交的为准？之前起诉时提交的比对表和比对意见是否还作为材料提交法庭质证？法官明确表示，下午开庭以新提交的比对材料为准。但原告方代理律师却表示，以新提交的比对表和比对意见为准，但原来起诉时提交的比对材料也不撤回。按照正常诉讼规则来说，原告方提出比对意见要明确，比对材料要确定，既然已经全部更换了比对材料，就应当以新的比对材料为准，否则被告方针对哪个发表意见呢？看来原告方律师的打法，很显然就是在扰乱《人民的名义》一方的质证方向。采取新旧交叉，乱箭齐发，打不中也搅和你，这种死缠烂打、孤注一掷的打法也并不新鲜，毕竟对于原告来说，一审的机会只有一次。当原告方律师离开法院办公室后，金杰非常严肃地与法官交流了意见，郑重地指出了这种搞突然袭击的不当做法，面对金杰有理有节的态度，法官对金杰也表示了歉意。看到法官的诚恳，金杰还能说什么呢？毕竟他也做过法官哪！总得理解法官吧！他向法官明确表示，"我们知道是在搞突袭，但我们不申请延期审理，今天下午照常开庭，请法庭让《人民的名义》被告一方充分发表意见"，法官对此表示赞同。

金杰走出法院，雾蒙蒙的天空，让人有点透不过气来，只有天边露出的一丝阳光，给人一点曙光在前的感觉。

27 日下午 2 时，金杰律师带着助理杨文律师身着律师袍，准时到庭参加庭审。

金杰（左）、杨文（右）在上海浦东新区法院一审
法庭上（来源：中国庭审公开网）

庄严的法庭，国徽高悬。书记员宣布："全体起立，请审判长、审判员入庭。"合议庭人员走进法庭，上海浦东新区法院副院长金民珍担任审判长，与法官徐俊、主审法官倪红霞组

成合议庭，法官助理王潇担任记录。旁听席上有部分专家学者、媒体记者和社会关注《人民的名义》被诉侵权案的人员，还有专程赶来学习的院校学生。原告席上坐着原告和两名代理律师。金杰律师凭着对《人民的名义》小说和电视剧的反复研读和阅看，凭着对原告《暗箱》小说的详细比对，凭着自己深厚的专业功底，以不变应万变。

　　果然不出所料，开庭伊始，原告方代理人律师就利用庭审播放系统展示事先准备好的 PPT 图片，画面上显示着原告方律师归纳的两部作品相似的比对图表，展示出了临场突袭的架势。看来对方准备得很充分，既有电子版，又有视频，这绝不是一天两天就能准备好的，难怪庭前给了《人民的名义》一方来个突然袭击。随着视频图表的移动，原告方律师依据新提交的比对材料发表了一大段比对意见。看到这个状态，假如你没有看过两部小说，而是单纯看原告方归纳的视频图表和听原告方律师的意见，一定会得出两部作品相似的结论。但金杰却听得很明白，尽管原告方律师滔滔不绝地发表意见，却与两部小说文字表达的对比相距甚远。这更印证了之前的判断，原告方就是采取混淆是非，扰乱视线的办法，企图把水搅浑，以期能在诉讼中挽回那么一点点面子。开庭审理的情况也证明，原告方原来起诉时提交的比对材料与更换后的材料差距很大，原告方之所以反复更换比对材料和比对意见，说明原告方并不是系统和整体的实质性比对，而是将零散的比对点进行拼凑组合，再加上抽象的归纳对比，既混淆了思想和表达的界限，又混淆了公有领域和独创性的界限。

　　金杰一方已经来不及重新准备 PPT 了，但这丝毫没有影响庭审发表意见。金杰针对原告方新的比对意见，紧紧围绕两部作品的具体表达，有重点地分析了两部作品在结构走向、人物设置、人物关系、故事情节、各方细节等方面的实质性区别。说到关键之处，为了强调两部作品在故事情节上的不同，金杰当庭宣读原告《暗箱》小说的一段故事描写，让法庭和旁听人员都听得明明白白，这正应了那句老话，"让事实说话"。金杰在庭上发表意见声音浑厚，有板有眼，发言节奏有张有弛，这种稳重和具有冲击力的出庭风格，给法庭和旁听人留下了深刻的印象。那可不是一日之功，那是金杰做检察官公诉人多年练就的功底，在法庭上辩论想与他对阵不是那么容易。一番比对下来，让法庭和旁听人有了一个清晰的对比，会说的不如会听的，谁还能听不明白两部作品之间不存在实质性相似呢！尤其在人物设置方面，原告小说《暗箱》人物设置有 31 个，《人民的名义》中仅有名有姓的人物就有 70 多个，原告方主张人物设置近似，涉及 15 个比对点，经过金杰逐一比对分析，均不存在相似或相同。对两部小说的主人公，原告方竟然提出，原告小说中主人公刘云波，被《人民的名义》拆分为高育良和李达康，这种说法与两部作品中的具体描写完全不符，这种说法本身既不符合人物创作的规律，也自相矛盾。按照原告方的说法，既然人物都拆分了，还能构成抄袭吗？况且拆分一说完全不存在，对此金杰依据两部作品的描写，将三个人物进行了比对。

两部作品中除刘云波与高育良都有学者官员的特点外，其他均具有实质性区别，而学者从政是公知领域的素材，不具有独创性。原告方把刘云波与高育良归纳为教授从政相似，但两部作品对此的描写却完全不同。

金杰在法庭上侃侃而谈。第一是任职经历描写不同。《暗箱》中描写的刘云波原是大学老师，并没有教授的描写，从中央调任地方，任南岭省省长。而《人民的名义》中的高育良曾是汉东大学政法系主任、教授和法学家，此后担任汉东省省委副书记兼政法委书记，属于学者型官员。李达康则是京州市市委书记，曾任县委书记，原是省委老书记赵立春的秘书。第二是人物特征描写不同。《暗箱》中的刘云波有较高的政治理想，深谙从政之道。《人民的名义》中的高育良稳重老练，给人以

金杰（左）、杨文（右）在上海浦东新区法院一审法庭上（金杰/提供）

德高望重的印象。李达康为人刚正无私，坚持原则，积极推行城市发展改革。第三是家庭和社会关系描写不同。《暗箱》中的刘云波与商人李玉庭结为亲家，女儿嫁给李玉庭的儿子，将儿子送出国，与女记者季子川发展成情人关系。《人民的名义》中的高育良，在汉东省很多党员干部都是他一手培养提拔的，被外界称为"汉大帮"。侯亮平、祁同伟和陈海都是他当年的学生。他欺瞒组织，暗地里娶了山水集团高小琴的同胞妹妹高小凤为妻，为了相互利益与前妻吴惠芬离婚不离家，对外假做夫妻。李达康为了工作和抱负，牺牲了家庭，妻子欧阳菁埋怨他不通人情，讽刺他是"工作狂"，二人的信念不同，分居八年后离婚。欧阳菁涉嫌犯罪受到刑事处罚。第四是违法行为描写不同。《暗箱》中对刘云波除与女记者季子川发展婚外情，保持情人关系外，没有其他具体的描写，也没有定性为腐败官员。《人民的名义》中高育良为了获得更大的权力而讨好老省长赵立春，滥用职权为赵瑞龙敛财铺路，对其违法犯罪行为故作不知。为阻止侦查，指使肖钢玉陷害侯亮平，最终受到法律制裁，是作品中的反面人物。李达康没有违法行为描写，是正面人物。两部作品在人物塑造、人物经历、具体情节、家庭关系、社会关系、人物结局等方面，均具有明显的实质性区别。

原告方还重点谈到作品中的人物李淑静与吴惠芬、欧阳菁相近似。对此，金杰结合作品中的具体描写，分析了三个人物的实质性区别。

《暗箱》中的李淑静是刘云波的妻子，虽然刘云波因为工作繁忙对她关爱少，但李淑静仍然爱着刘云波，她用小说弥补内心爱情的空虚，在作品中没有贪腐的描写。《人民的名义》中的吴慧芬是明史专家，与高育良早已离婚，为了相互的利益，假做夫妻，不存在原告方所提出的"婚姻名存实亡"，是婚姻早就死亡了，李淑静与吴惠芬区别明显。《人民的名义》中的欧阳菁是具有小资心态的女子，她渴望爱情，却得不到李达康的关爱，喜欢看韩剧《来自星星的你》，以此寄托自己的情感。她利用职务便利贪赃枉法，在去机场的路上被侯亮平拦截，最终受到法律的制裁。李淑静与欧阳菁的描写也具有实质性区别。至于原告方提出的李淑静与欧阳菁同怀少女心，均对爱情抱有幻想问题，属于思想范畴，不受法律保护。两部作品在人物行为、人物形象、社会关系、渴望爱情的描写上，均存在实质性区别。

至于原告方谈到的《暗箱》中的女记者季子川与《人民的名义》中的高小琴、高小凤、陆亦可相似，更是毫无根据。

庭审中，原告方认为故事结构安排相近似，金杰对此进行了反驳。《暗箱》是以"一石厂"爆炸事件开篇，把国企转制的矛盾和省长刘云波与女记者季子川之间的情人关系作为小说的主线。《人民的名义》是以男主人公检察官侯亮平查办赵德汉作为故事的开篇，把查处贪腐案件作为主线来描写，由丁义珍出逃，牵出"大风厂"股权丢失案件，使山水集团浮出水面。《暗箱》充分细致地描写了高官刘云波与女情人记者季子川的情感，同时穿插展现了官商勾结的黑幕，并没有重点描写如何反腐败。《人民的名义》通过检察官侯亮平查处案件，揭露了高育良、祁同伟、丁义珍等腐败贪官，揭示了汉东省官场政治生态存在的问题，最终使贪官受到法律的惩罚。

有趣的是，原告方在细节上居然提出领导打篮球的情节相似。《暗箱》中描写了刘云波向张天芳介绍自己过去打过篮球，在中学、大学、插队时是篮球队的主攻前锋。《人民的名义》电视剧描写了省委书记沙瑞金在省委院里打篮球锻炼身体。这一情节是由于演员张丰毅自己会打篮球，提出增加的戏份。一个是介绍过去曾经打过篮球，一个是描写现实的打篮球，二者在人物刻画、具体情节等方面区别明显。再说了，领导打篮球是常见的体育运动方式，属于公有领域素材，不具有独创性，何来相似呢？

此外，原告方还认为《人民的名义》中"大风厂"的名字也是抄袭来自《暗箱》中的"一石厂"。其实，"大风厂"一名来自汉朝刘邦的《大风歌》："大风起兮云飞扬，威加海内兮归故乡，安得猛士兮守四方！"一句"大风起兮云飞扬"信手拈来"大风厂"，原告居然把汉朝诗词与现代文学的一句话联系在一起，实在让人感到风马牛不相及。

金杰（左）和杨文律师（右）在上海浦东新区法院一审
法庭上（来源：中国庭审公开网）

上海浦东新区法院一审开庭审理《人民的名义》
著作权案（金杰/提供）

事，越说越清；理，越辩越明。随着法庭上你来我往的较量，是非曲直自然明了，就是再不懂著作权法的人也能听明白，更何况法官和律师都是法律人呢！金杰的精练分析给了法庭一个清晰的比对。《暗箱》与《人民的名义》不仅不存在实质性相似，也根本无法比拟，达到了协助法庭查清事实的目的，为法庭准确认定和判决奠定了坚实的基础。

庭审一直进行到晚上 6 点半，审判长宣布休庭，择日宣判。

金杰和杨文拉着两拉杆箱材料走出法庭，此时天色已经见晚，天边燃起了火烧云，云朵相叠显得远处的晚霞格外漂亮。金杰来不及欣赏，他感到肚子饿了，又渴又饿，饿极了，他和杨文直奔之前那个"安徽菜馆"，这顿饭两人喝了四瓶啤酒，吃了两条"臭鳜鱼"。回到宾馆金杰倒头便睡，这一觉睡得香甜，睡得踏实，居然一觉睡到第二天上午 9 点半。也难怪，两人头一天晚上加班一夜未眠，这回是真困了，困极了。

十九、 宣判， 一锤定音

2019 年 4 月 24 日，临近世界知识产权日，上海浦东新区法院作出（2017）沪 0115 民初 84551 号一审判决。

宣判现场，法院邀请了人大代表、政协委员，以及上海媒体的记者近 50 人旁听，体现出了法院的公开透明和司法公信力。法庭上，身着法官袍的仍然是审判长金民珍、法官徐俊、主审法官倪红霞，法官助理王潇担任记录。

金杰因有其他案件开庭，分身无术，只好由杨文律师一人到庭参与法院宣判，也留下一点遗憾！

《人民的名义》著作权案上海浦东新区法院的
一审宣判现场（来源：《中国日报》）

各界人士旁听《人民的名义》著作权案一审
宣判（来源：《中国日报》）

上午 9 时，审判长金民珍敲响了宣判的法槌：

审判长金民珍宣判的声音在法庭内回荡：原告小说《暗箱》与被告小说及同名电视剧《人民的名义》既不存在文字表达上的字面相似，也不存在作品整体结构、具体情节、人物关系等具体表达上的非字面相似。故原告主张各被告侵犯其改编权、署名权、摄制权、获得报酬权没有事实和法律依据，本院不予支持。据此，依照《中华人民共和国民事诉讼法》第六十四条第一款、《最高人民法院关于适用〈中华人民共和国民事诉讼法〉的解释》第九十条之规定，判决如下：

驳回原告的诉讼请求。

案件受理费 131000 元，由原告负担。

宣判后，到场的媒体记者采访了法官、现场专家学者等。当我们收到上海浦东新区法院的一审判决书时，法官宣判的声音仍然在耳边回响。按理说，案件胜诉了，是一件高兴的事，可是金杰想笑却笑不出来。当仔细阅读判决书时，人们对《人民的名义》与原告的小说不构成著作权法意义上的实质性相似问题，有了一种更深刻的理解。

纵观浦东法院一审判决书，给人们感觉最突出的特点，就是在仔细比对的基础上，精准分析，充分说理。让人们在比对中看到区别，在分析中得出结论，在说理中理解法律，虽洋洋万言，但条理清晰，对全案作出了精准的评判。

面对一审判决人们似乎要问，究竟两部作品各自讲述一个怎样的故事？有什么值得原告和代理律师这样大张旗鼓地投入精力去诉讼？案件争议的焦点是什么？人们都希望在判决书中找到答案。

一审判决书这样概括原告小说《暗箱》。一石厂是国营军工企业，在国企改革背景下先后易手三家企业进行经营，因在关键性条款上的分歧与官员的贪腐，一石厂改革陷入停滞，故事以此为背景展开。主人公刘云波是一名学者型官员并曾任南岭省旧城市市长，在任期间因"于县假祖"风波而与对此次风波进行报道的记者季子川产生交集。后刘云波转任北京某部长，川汇集团董事长、天和集团大股东李玉庭欲得到半岛项目的开发权，尝试以季子川作为诱饵吸引刘云波，通过麦立先的居中安排，该计划初步取得成功。季子川与刘云波互生情愫后，李玉庭又继续安排两人四次见面。刘云波最终对李玉庭的好意敞开大门，但为了免受李玉庭控制，刘云波安排季子川回到南岭继续做记者，转而通过麦立先作为居间人以刘云波儿子刘大茅获得天和集团股份和出国为对价，与李玉庭交换半岛项目的开发权。在刘云波与李玉庭的交互过程中，刘云波认识并欣赏李玉庭的儿子外贸集团董事长姚依山，随后，刘云波与李玉庭结为儿女亲家。刘云波回到南岭担任省长后，开始推动一石厂改制，将一石厂交由川汇集团接手。一石厂工人因为政府安居工程没有落实以及工资、医保得不到保障而对国营厂改制进行激烈抵抗，川汇集团对一石厂进行转产的计划由此搁置。在一石厂氯气罐爆炸事故后，政府、川汇集团与一石厂工人获得三方会谈的契机但没有取得会谈成果。省委书记指示并敲打刘云波妥善处理好爆炸事故的善后工作，减少政府与工人的对立，据此，刘云波督促旧城市市长崔长青改变爆炸事故中死亡烈士的追悼会举行方式。但因崔长青市长的错误处置方式，工人与政府的冲突升级，爆发了礼堂枪击事件。刘云波亲自前往市委礼堂平息动乱，崔长青市长因错误的事故处置方式和贪腐败露而潜逃。刘云波察觉此次一石厂改制中的系列矛盾直指自己，开始安排家人出国。崔长青被捕后要求与刘云波见面，指责刘云波将一石厂变卖给自己的亲家李玉庭，帮助女婿姚依山获得江东半岛地块，并暗示其包庇麦立先的违法活动，刘云波巧妙予以化解。随后，作为刘云波与李玉庭之间的居间人和两人交易的证人，麦立先遭遇意外车祸去世，刘云波情人季子川坚信刘云波的清白。最终，涉及国营厂改制的三方达成和解协议。

很显然，原告小说的主要内容是反映官商勾结和官员腐败，揭露腐败是原告小说的突出特征，用周梅森的话说，是一部黑幕小说。

对比原告的小说，一审判决书描述了《人民的名义》的故事梗概。国家能源局某处处长赵德汉经人举报涉嫌贪污受贿，国家反贪总局侦查处处长侯亮平就此案展开调查。在调查过程中，侯亮平通知京州反贪局局长陈海关注与此案关系紧密的汉东省京州市副市长丁义珍，但因汉东省省委的抓捕会议经汉东省公安厅厅长祁同伟泄密，丁义珍成功出逃至加拿大。丁义珍出逃后，侯亮平至汉东省老检察长陈岩石处了解丁义珍主管的光明湖项目与大风厂问题。同时，京州市市委书记李达康担心因丁义珍的出逃引发投资商撤退，抓紧推进大风厂拆迁项目，从而引发大风厂拆迁危机"一一六"大火事件。此次事件后，汉东省反贪局局长陈海围绕大风厂股权变动展开调查，在掌握初步线索后遭到暗害，成为植物人。侯亮平被派往汉东省接替陈海职务，继续围绕大风厂股权质押案件展开调查。到任后，侯亮平得到新任汉东省省委书记沙瑞金的支持，并根据其发小蔡成功的举报以京州市市委书记李达康的妻子、城市银行副行长欧阳菁和山水集团为切入点进行调查。随着调查的深入，侯亮平挖出了盘根错节的利益链条，同时也打破了以往汉东省的政治生态平衡。汉东省省委副书记高育良、省公安厅厅长祁同伟开始对侯亮平进行遏制与反击，侯亮平遭到停职审查的处理。在汉东省老检察长陈岩石、现任检察长季昌明、京州市公安局局长赵东来的帮助下，侯亮平摆脱陷构，最终查实高育良、祁同伟等违规违法事实。

至于《人民的名义》的电视剧和小说的区别，一审判决在肯定了电视剧剧情内容与小说基本一致的基础上，也归纳了33个情节上的差别。比如，检察官陆亦可钟情陈海，陈海出事后受到打击，赵东来非常欣赏陆亦可，对她展开各种追求；陆亦可的妈妈吴心仪为陆亦可的婚姻大事找侯亮平，季昌明帮侯亮平躲吴心仪，侯亮平明白后没有回避而是和吴心仪聊了陆亦可的婚姻大事；丁义珍在海外生存艰难，在旧金山餐馆洗碗时向侦查员周正求救，但被黑社会警告后选择去非洲避难，等等。

随着一审判决书的描述，人们的脑海里不断闪现着《人民的名义》电视剧的场景和画面，这些画面和故事情节，很难在原告小说《暗箱》中找到相似的地方。相反，却令人明显地看到，《人民的名义》的主要内容是着力反腐败，传播正能量，判决书的概括是在讲述着两个完全不同故事，有一种风马牛不相及的感觉。难怪周梅森创作的《人民的名义》电视剧播出后，影响巨大，家喻户晓，成为现象级的经典作品。

凡是著作权的诉讼，都必然涉及著作权法所保护的对象问题，一审判决对"思想"和"表达"两分法同样进行了阐述。我国著作权法第三条规定，作品是指文学、艺术和科学领域内具有独创性并能以一定形式表现的智力成果。"能以一定形式表现"意味着必须有外在表达。著作权法所保护的是作品中作者具有独创性的表达，即思想或情感的表现形式，不包括作品中所反映的思想或情感本身。在文学作品中，表达不仅体现在文字上，也体现在作品的具体内容中，包括作者对素材、情节等的设计、编排和取舍，同时还要排除公有领域的内容及表达方式有限的表达。

一审判决归纳本案的主要争议焦点在于，涉案小说《人民的名义》及同名电视剧与原告的小说《暗箱》是否构成实质性相似。一审判决围绕原告起诉的 4 个方面的内容逐一进行分析和认定。

上海市浦东新区人民法院宣判现场（来源：中央电视台《法治天下》栏目）

原告认为，原、被告作品描写的故事都是两次易主的老国营厂发生爆炸，引出背后的官场腐败的故事。从整体结构的情节比对，被告作品中有 18 处情节与原告作品完全相似，为整体结构的框架性相似。

被告认为，原告概括的作品整体结构、线条情节不准确，两部小说在结构走向、布局谋篇、情节推进上存在实质性区别。

这里涉及故事结构和故事情节区别的理论问题，对此，一审判决进行阐述。小说的故事结构是指故事的构建方式，是整部作品的组织和构造，即作者按照自己的意志，根据确定的主题，将作品中的事件、人物关系等依据线索、逻辑关系、发展脉络进行统一安排。故事结构一般包括开端、冲突、高潮和结局。结构不同于情节，它是对情节的处理和安排。作品从塑造的意图或主题出发，挑选出各种情节并组织在一起，这就是结构的工作。作品结构的形成有三个原则：一是要服从表现主题的需要，对素材进行选择、裁剪和组织安排；二是要发挥作者从生活素材中提炼出来的题材要素的价值；三是要符合生活经验的逻辑，以现实的时空结构和因果关系作为基准和参照。在作品相似性比对中，对结构的分析往往与情节相互交织。著作权法保护的是思想的表达而不是思想本身，缺乏情节支撑的故事结构是对作品布局的高度抽象和概括，因不存在具体的表达，属于思想的范畴，故如果仅是结构、主题相似，而缺少事件、情节和人物等细节的相似，则无法简单地归入著作权法的保护范围。只有当故事的主题和结构通过故事情节的设计、发展，按照逻辑顺序、前后衔接关系贯穿起来，形成足够具体的、个性化的表达后，才受著作权法的保护。

在充分论理的基础上，一审判决明确指出了原告提炼抽象情节进行比对的错误。原、被告作品的主题不同，从原告主张的作品结构看，其并没有准确地概括原、被告作品的整体结构并进行比较，而是从两部作品中概括提炼出相似的抽象情节进行比对，这些情节并不能完整、准确反映作品的结构和事件的发展顺序。经比对，原、被告作品有着不同的创作路径、主题、情节脉络，在整体结构上难谓相似。

一审判决结合庭审比对，对两部作品的整体结构是否构成实质性相似问题，进行了详细的梳理和分析。

在作品的主题方面，一审判决认为：作品的主题属于思想范畴，不属于著作权法的保护范围。但作品的主题直接影响作品的结构、情节的展开方式。相同主题下的作品结构、情节比对与不同主题下的作品结构、情节比对存在差异。作品主题的比对虽不同于结构、情节的比对，但可以为结构、情节的相似性比对提供线索与参考。

一审判决结合作品比对，进一步分析两部作品的相同和不同之处。一审判决认为，原告小说《暗箱》围绕企业转制，以川汇集团收购一石厂为明线，通过各种回忆连接起江东项目的暗线，从中暴露出官商勾结和官员的腐败，但并未过多地描写如何反腐。被告作品《人民的名义》从查处贪官赵德汉入手，以最高检反贪总局侦查处处长侯亮平为主的检察官办案历程为主线，以大风厂的股权争夺为辅线，通过环环相扣的追查情节，展现汉东省各种触目惊心的官商勾结贪腐现象，进而展示国家反腐败的坚定决心和力度，反腐主题贯穿了作品的全过程，是作品的重点。两部作品主题的相似之处仅能抽象到国营企业改革、官商勾结、官员腐败、官员博弈，其对于上述相似之处赋予了不同的篇幅、情节、逻辑顺序和重要性，从而传达出不同的思想和主题。如同样是描写"商人通过美色引诱官员腐败"的情节中，原告作品《暗箱》通过第三章"血债血偿"、第五章"清荣斋叙旧"、第十一章"老首长来电"、第十二章"四次'邂逅'"、第十三章"半岛钓蟹"等，大量描写省长刘云波与情人季子川之间的话语共鸣与惺惺相惜，同时反映出刘云波利用自己的政治智慧，不仅圆满了爱情，也能够摆脱商人李玉庭的控制，重点在于传达刘云波与季子川之间的真挚情感。被告作品《人民的名义》则在最后的第四十四章才指明高小凤是杜伯仲与赵瑞龙设计的圈套，通过将渔家女高小凤塑造成知书达理、善解人意的美人，引诱高育良审批项目，传达的是高育良的虚伪和道貌岸然。

不能不说，一审判决对此的分析既精准，又清晰，由于两部作品主题不同，在不同主题下的作品进行结构、情节比对，存在差异是必然的，当然也不存在实质性相似。

原告为了证明两部作品在整体结构上相似，归纳了18处情节内容，并主张这些情节串联起来形成作品的整体结构。对此，一审判决进行了层层剥茧，分析梳理，同时明确指出了原告提炼的错误。一审判决认为，整体结构的相似须以准确提炼情节为前提，而原告所提炼的抽象的情节并不恰当，且这些情节没有完整反映作品的整体结构。判决书则仔细剖析了两部作品中哪些情节能够反映作品的整体结构，如"教授从政"，"教授从政"表明了《暗箱》中的省长刘云波和《人民的名义》中的省政法委书记高育良在从政前从事的职业。《暗箱》中，刘云波提道："天芳，像一石厂这样的事故要是再出一次，我看我还是回学校当我的教授去吧。"原告据此提炼出所谓的"教授从政"情节，只有这简短的一段话，暗示刘云波的文人性格，后续并无具体的情节支撑，更没有刘云波曾经当过教授的描写，准确地说，还不能界定刘云波是"教授从政"。而《人民的名义》中关于"教授从政"有多处描写，通过层层表达提取并最终能够抽象出"教授从政，成政法系靠山"的情节，该情节包含了基本的逻辑结构，其作用在于通过描述"汉大帮"与"秘书帮"之间的隔阂与斗争，推动故事的发展。如描写"高育良年近六十……其实呢，他是一位学者型干部、法学家，早年曾任 H 大学政法系主任。""张树立认定，正是高育良的政法系抓了李达康前妻，才促使李达康盯上了高育良和政法系的人。一场内斗怕是在所难免了。""侯亮平坐在湖景茶楼等自己的老师高育良。他一直想请老师客，可老师很谨慎，提醒他说，自己不光是他老师，还是他领导，吃吃喝喝容易给人落话把儿，又要让人说政法系。""高育良坦承：没错，若不是梁书记当年亲自点将，我现在也许还在 H 大学教书呢！但我绝不是出于报恩之心就提拔梁书记的女婿！""肖钢玉是地道的政法系干部，毕业于 H 大学政法系，是高育良一手提拔起来的，高育良就把他调到京州市院当了检察长。"又如"遭遇下属腐败危机"，原、被告作品中虽均有"下属腐败"的描写，但对该情节的具体表达有不同的逻辑结构。《暗箱》中，"下属腐败"并没有对刘云波造成实质性影响，刘云波反而调任某部委，完全不存在所谓的"危机"。而《人民的名义》中，"下属腐败"的影响是实质性的，导致李达康没有能够进入省委常委。"李达康任林城市委书记，林城副市长兼开发区主任受贿被抓，一夜之间，投资商逃走了几十个，许多投资项目就此搁浅。林城的GDP指标从全省第二，一下滑到了全省第五！高育良的话意味深长，如果稳住了GDP，李达康当时就是省委常委了。"再如"亲临现场，亲民形象"，这是"发生爆炸事故"情节下提炼出来的更为具体的情节，该情节并不足以达到作为故事结构的层面。且两部作品对于这一情节的具体表达完全不同，原告作品《暗箱》中，"亲民形象"的展开是在爆炸几天后的追悼会中发生的，刘云波在雨中送烈士、为家属让伞，电视台跟拍并播放。刘云波在电视上看到后感叹季子川的手笔和看透自己的心思。被告作品《人民的名义》中，描写李达康在强拆现场慰问大风厂工人，给老工人送包子、给女工递稀饭和向工人发表阳光讲话的情景，电视台跟拍并播放。同时，如前所述，被告作品《人民的名义》中还存在更多的关键情节，但原告撇开这些情节而仅将部分情节组合后作为作品的结构进行比对，显然是片面的，不完整的。

从一审判决中看出，原告的归纳是为了实现两部作品相似的诉讼目的，而进行抽象提炼，抛开《人民的名义》更多的关键情节，片面组合进行比对。这种错误的比对方式很显然不符合实质性相似的比对，当然也不能得到法院的支持。

在形成作品整体结构的情节发展顺序方面，一审判决认为，由于原告提炼的整体结构下的情节不准确、不完整，因此原告归纳的情节发展顺序亦不准确，无法得出原、被告作品在情节发展顺序上相似的结论。一审判决对两部作品整体结构的情节发展顺序进行比对，原告作品《暗箱》的故事情节发展顺序可概括为：刘云波任旧城市市长，期间与季子川产生交集；刘云波调任某部委；季子川被安排与刘云波四次邂逅；刘云波违规审批江东项目；刘云波与李玉庭缔结姻亲；刘云波任省长；亲家接手一石厂；一石厂爆炸；并购双方及市政府三方谈判；雨中追悼会；礼堂枪案；刘云波妻子出国；市长崔长青出逃；权力寻租曝光；麦立先遇车祸；三方和解。上述顺序中多处情节采用了回忆倒叙的方式。

被告作品《人民的名义》的故事情节发展顺序可概括为：高育良、李达康搭班吕州；李达康调任林城；李达康调任京州；高育良离婚与高小凤结婚；蔡成功遭遇断贷；抓捕赵德汉扯出市长丁义珍；抓捕丁义珍失利；工人护厂引发"一一六"大火事件；陈海、刘庆祝遇害；省委开会定风向；蔡成功举报欧阳菁；新大风厂成立；欧阳菁出国被拦截；法院副院长陈清泉被抓；高育良试图营救；侯亮平调查刘庆祝死因；刘新建、高小琴被查；肖钢玉栽赃侯亮平；高育良"艳照门"事件；侯亮平重获清白；抓捕高小琴；孤鹰岭劝降祁同伟；高育良露出真面目；各方结局。判决认定，原、被告作品在形成作品结构的情节发展顺序上完全不同。

"小说的故事结构由情节支撑，各种情节串联起来推动故事结构的展开，通过不同层次的情节安排，起到推动故事发展的作用。"涉及作品整体结构的情节层次作用方面，一审判决在论理的基础上，分析了两部作品的区别，一审判决认为：

原告作品《暗箱》的情节安排较为单一，通过回忆倒叙对于故事的人物、背景进行了介绍，并依靠一石厂爆炸案后续串联起整个故事。被告作品《人民的名义》的情节层次较为丰富，存在多个转折与反复。如获取举报线索到陈海遇难，到再次获取举报线索但发现作用有限调查进入僵局，再到欧阳菁被拘捕打开突破口。虽然两部作品可以抽象出一些相似的情节如"工人占厂引发危机""知情人被害""官商勾结"等，但基于作品不同的逻辑关系，这些相似的情节在推动故事的发展上所起的作用完全不同。如"工人占厂引发危机"这一情节，原告作品《暗箱》中的故事始于南岭省旧城一石厂氯气泄漏发生爆炸，此后故事高潮发生在第二十二章"礼堂突发枪案"，结尾于最后一章"三方和解"，整个故事都依靠一石厂爆炸案的发生及事故善后工作进行推动。被告作品《人民的名义》中，大风厂工人护厂与"一一六"大火事件只是作为故事的引子，在第九章（总共五十四章）之后，大风厂纠纷基本告一段落，只是散落在此后的少部分章节中，整个故事主要依靠侯亮平主导的反腐调查继续展开和推进。

一审判决基于上述的梳理和分析，对于作品整体结构是否相似问题作出认定：原、被告作品反映的主题不同，形成作品整体结构的情节组成内容、发展顺序、层次作用均不同，原告所作的作品整体结构对比，是基于其主观需要对两部作品中的部分情节进行了不当的概括和拼凑，人为造成两部作品整体结构相似的假象，故原告在本案中主张的作品整体结构相似没有事实依据，本院不予支持。

故事结构与故事情节紧密相连，一审判决评价了整体结构不相似问题，紧接着对两部作品的具体情节是否构成实质性相似问题，进行了详细的论理和分析，也构成了判决的核心观点。

"作品的思想不属于著作权法的保护范围，著作权法保护的是作品的独创性表达。作品的思想通过表达反映出来，表达是思想的外在表现。在著作权侵权判定中，思想与表达二分法是区分作品中的要素是否受著作权法保护的基本方法。判断作品是否构成实质性相似，首先要判断权利人主张的元素属于思想还是属于受著作权法保护的、具有独创性的表达，同时还要剔除属于公有领域的表达和表达方式有限的表达，然后再就受著作权法保护的元素进行比对。文学作品中除了作品文字本身属于表达外，由文字展现的作为小说灵魂和精华的故事情节、人物关系等要素也是重要的表达。"

　　究竟怎样把握文学作品相似性的比对？文学作品相似性比对的关键内容是什么？结合本案，一审判决进行了清晰的解答。"文学作品的相似性比对中，故事情节是关键的比对内容。故事情节可以分为具体情节和抽象情节、主要情节和次要情节。抽象情节是从具体情节中概括、提炼出来的，与具体的人物没有关联，在相同的抽象情节下可以有各种不同的具体情节表达。作品中的主要情节能反映出作品的主线，对作品中的故事走向起决定性的作用，而次要情节围绕主要情节展开，是对主要情节的丰富和补充。如果两部作品在主要情节的具体细节描述、事件的逻辑关系以及人物角色的重要特征与相互关系上相似，而不是停留在抽象情节和次要情节上的相似，则可以认定构成实质性相似。同时，判定作品构成实质性相似还应当将确定的相似之处结合全文进行整体比对，而不是孤立地对相似之处进行一对一的比对。"

　　一审判决对原告主张作品相似的具体情节4个方面，包括：老国营厂命运发展；男主人公腐败变迁过程；男主人公夫妻关系变化；其他相似情节。逐一进行比对分析。

　　关于老国营厂命运发展相似问题，一审判决在查清事实的基础上，分析了22个情节比对点。

　　一审判决认为，原、被告作品仅仅停留在具有相同的"国营厂改制"主题层面，在具体情节的设计、发展上则完全不同。首先，在该情节的参与主体上不同，原告小说中的一石厂与政府、川汇集团三方签订合同，各自承担义务，改制尚在进行中。而《人民的名义》中的大风厂则是集中于蔡成功与山水集团的股权纠纷，国企改制已经完成，政府没有直接参与其中。其次，引发矛盾的原因不同，一石厂是因为工人不能得到工资医保及拆迁安置房而组织抵抗，而大风厂则是因为工人的股权被蔡成功私自质押，面临股权丧失而抵抗。最后，矛盾的结局不同，一石厂最终以达成三方协议为结局，而大风厂则是进入破产清算程序，同时工人们重新入股成立新大风公司进行生产，并持续对索要旧大风厂股权向政府施压。

因此，人们不难得出结论，原、被告作品在上述情节的具体表达、逻辑关系上完全不同。虽然原告从22个具体情节中主观抽象出两者的相似之处，但原告将具体表达剥离后抽象出的情节属于思想范畴或是常见的素材，在具体表达和逻辑关系不同的情况下，仅是高度抽象和概括的情节难以受到著作权法的保护。

显然，离开了具体的表达和逻辑关系，仅仅为了达到相似的目的，从情节中主观抽出高度抽象和概括的情节，属于思想范畴和常见素材，不具备实质性相似的特征，当然也不受法律保护。对此，一审判决列举了原告举出的22个情节，分析认定，原告主张的"老国营厂命运"情节无论是具体表达，还是老国营厂的发展走向均不构成实质性相似。试举其中情节如下。

情节1：老国营厂改制。在脱离具体情节表达的情况下，"老国营厂改制"属于思想范畴。……小说中描写国营企业改制也是常见的文学素材，只有围绕"老国营厂改制"展开的具体情节的表达才具有独创性受著作权法保护。……被告作品中对老国营厂的股份制改革通过陈岩石的讲述一笔带过，更多的是讲述老国营厂的股权纠纷，两者完全不同。

情节2：第二任投资方通过权力腐败强占老厂。原、被告作品在该情节下的具体表达不同，原告作品中描写的是省长刘云波通过发文件的方式对老国营厂改制在政策上放宽，在程序上特事特办，将一石厂低价转至其女婿所在的外贸公司名下。被告作品中描写的是省公安厅长祁同伟指使法院在诉讼中走"简易程序"，以此解决大风厂的股权纠纷，涉及司法腐败。

情节3：工人拒绝搬迁护厂及黑社会强拆引发重大事故和人员伤亡。上述两个情节应属具有前后关系的同一个情节。原、被告作品确均存在上述情节，但上述抽象的情节属于公有领域，在具体情节的表达上则完全不同。原告作品中描写了工人们组成人墙保护现场，一群打手与工人发生恶战，造成多人受伤。被告作品中描写工人们组成人墙保护现场，将汽油注入战壕，与一群流氓和一群假冒的警察组成的强拆队伍发生冲突，工人的烟头不小心引燃汽油造成大火，致多人伤亡。

情节 4：亲临现场，亲民形象。该情节由"强拆发生事故"情节下提炼出来，并未达到"老国营厂命运"的情节层面。且两部作品对于这一情节的具体表达完全不同。原告作品中"亲民形象"的展开是在爆炸几天后的追悼会中发生的，刘云波在雨中送烈士、为家属让伞，电视台跟拍并播放。被告作品中描写李达康在强拆现场慰问大风厂工人，给老工人送包子、给女工递稀饭和向工人发表阳光讲话的情境。

情节 5：事故完毕，发出感慨。原告作品中，描写刘云波走到窗前，旧城的夜色迷人。被告作品中，描写李达康在大火熄灭后感慨太平世界最美。两者描写完全不同。其该情节属于常见素材，也未达到"老国营厂命运"的情节层面。

情节 6：事件并未画上句号。该情节也不能进入"老国营厂命运"层面的情节对比。且事件的对象不同，原告作品中描述的是刘云波由电视台播放的爆炸事故处理完毕而引发的感叹。而被告作品中则是李达康相对于"黑社会拆迁"引起的大火事件处理完毕后的担忧。

情节 7：部分工人牵头转产。该情节的提炼不准确。原告作品中存在"转产"，即利用一石厂的设备和原料，办起洗衣机厂，工人牵头"转产"是在"化学事故"发生前。被告作品中并无"转产"的概念，而是在拆迁事故之后，以大风厂破产为背景，工人进行再创业，成立新企业。

情节 8：政府毁约再生矛盾。该情节提炼不准确。两本小说中都不存在"政府毁约再生矛盾"的情节。原告作品中，政府与川汇集团就之前政府与外贸集团签订的免税条款产生争议，而非政府毁约。在被告作品中，政府不承认山水集团与丁义珍的签约但并没有引发矛盾。

情节9：再次发生暴力事件。原告作品中描写的是一石厂员工在礼堂静坐与警察发生冲突，警察的枪走火导致孙武死亡，警察被工人痛打。被告作品中难以提炼出与原告作品中礼堂"流血冲突"同一层面上的"暴力事件"，描写的是大风厂下岗工人王文革为了要回自己的股权劫持蔡成功的儿子。

情节10：政府垫资先行安置及政府变相向企业追偿安置款。该情节提炼不准确。原告作品中描写市政府承诺补齐拖欠的工资，抓紧启动安居工程，并无政府垫资的情节。被告作品中描写政府决定先期垫付下岗职工的安置费用。

关于男主人公腐败变迁过程的对比分析，一审判决针对原告主张的17处相似情节，进行了如下分析认定。

一审判决认为，"男主人公腐败变迁过程"的情节中，包含了原告作品中的刘云波、崔长青两个人物，被告作品中的高育良、李达康、祁同伟、丁义珍4个人物，其中主要人物分别是刘云波和高育良。与前一情节相同，原告在本情节中提炼的相似情节亦是抽象的情节，虽然表面上看两个故事都是因官员沉溺美色而导致腐败，似乎有一定的相似性，但原、被告作品中填充该情节的具体人物设置、人物关系、具体情节及桥段的表达却完全不同。首先，在引发腐败的原因上，原告作品中刘云波明知商人李玉庭想与其进行权色交易，其能够巧妙接招，避免受制于李玉庭；而在被告作品中，高育良则是陷于商人为其精心设计的美人圈套之中不能脱身，完全与商人进行了利益捆绑。其次，在腐败的实施方式上，原告作品中，刘云波的腐败最直接体现在其通过半岛项目开发权与李玉庭进行利益交换，使得自己的儿子刘大茅能够顺利出国并获得资金。在整个利益交换的过程中刘云波始终掌握着主动权，并不断敲打李玉庭，呈现一种索贿的姿态；而被告作品中，高育良的腐败则始终呈现被动姿态，并没有直接的权钱交易。最后，在腐败的结局上，刘云波安排家人出国，对于自身的结局却没有进行描述；而高育良则被某纪委带走，受到查处。

同时，原告对于本情节的提炼仍然是不准确的，大量的情节并非基于和"腐败变迁过程"同一层面进行的抽象与提取。如"下属腐败"，比对的是刘云波和李达康分别对下属贪赃枉法的感受，而在作品中李达康并无腐败的情节描述，与本情节无关。又如"信念崩塌"，并非是对具体情节的提炼，刘云波和高育良走向腐败本身就说明其信念已经崩塌，该情节已不能再进一步抽象。再如，原告主张，原告作品中的刘云波被拆分成被告作品中的高育良的反面性格和李达康的正面性格进行比对，所谓的"腐败轨迹"针对的应是特定的人物和事件，文学作品中通常会有正面人物和反面人物，而将人物拆分后进行比对对于著作权的侵权判定是不恰当的。

有时诉讼中当事人和代理律师的表现，很难给出一个恰如其分的评价，甚至找不到合理的解释，谁也说不清楚当事人为什么会采取这种奇葩的比对方式，如果真的如原告提出的那样，一个人物被拆分成两个人物去描写，那还存在人物相似吗？只能说是荒唐至极。

一审判决认为，原告主张的内容缺少具体的相似情节支撑，其主张的抽象情节属于思想范畴，不受著作权法保护。而原、被告作品对于本情节的表达也不相同。所谓的"男主人公腐败变迁过程"针对的应是对应的特定主体和特定的情节轨迹，而原告将多个人物及故事情节集合在一个轨迹中，拼凑痕迹明显，更说明原、被告的作品在该情节表达上的不同。故本院对原告的该主张不予支持。

在关于男主人公夫妻关系变化的对比分析，一审判决针对原告主张的6处相似情节，进行如下分析认定。

上海市浦东新区人民法院一审宣判现场（来源：《国际金融报》）

　　一审判决认为，原、被告作品所呈现的从早年夫妻恩爱到若干年后的感情淡漠，夫人为排解感情而寻求寄托，是描写夫妻感情变化的常见素材组合。与"老国营厂命运"主题的对比相似，原、被告作品在本情节中都只是共同拥有"官员与其妻子感情淡漠，婚姻关系名存实亡"的主题，难以进一步提炼出相同的情节设计，对情节进行填充的表达更不相同。原告作品中，刘云波与妻子李淑静相识于乡村，感情破裂于婚姻生活的平淡与性格各异，李淑静在单位任闲职，对丈夫较为包容，始终没有离婚。被告作品中，高育良与吴慧芬相识于大学，感情破裂于高育良的出轨，两人旋即离婚，只是出于各自不同的需要而分居于同一个屋檐之下，并继续对外界扮演恩爱夫妻的假象。李达康与欧阳菁相识于山区小县城，感情破裂于李达康只顾自己的工作而对家庭缺少关心。欧阳菁在银行做领导且有受贿行为，性格独立，因获取不到爱情对李达康较为怨恨。两人最终离婚。

　　一审判决再次指出了原告比对方式的错误。判决认为，与"男主人公腐败变迁过程"相同，原告在本情节中将被告作品中李达康的婚姻状况和高育良的婚姻状况裁剪拼凑后，与原告作品中的刘云波进行比对。男主人公的夫妻关系变化在原、被告作品中并不是主线，也没有反映主题，只是为了烘托人物，在整部作品中起次要作用。在人物关系和事件的逻辑关系完全不同的情况下，这样的比对没有任何意义，无助于作品的著作权侵权判定。

原告在其他相似情节的比对中，列举了"领导打篮球"等16个情节相似，一审判决同样进行了清晰的评判。判决认为，原告提炼的领导打篮球等上述16个相似情节均为单个的抽象情节，原、被告作品在这些情节的表达上完全不同。如领导打篮球，原告作品中描写的是刘云波向其秘书介绍自己曾经是篮球队的前锋，而被告作品（电视剧）中描写的是沙瑞金在秘书的陪伴下打篮球锻炼身体。同时，原告主张的上述16个相似情节或属于公有领域的素材，如领导打篮球；或属于思想的范畴，如书记狠抓官员腐败，在该情节下并未对书记如何狠抓官员腐败做进一步的具体描述；或是在文字表达中出现了相同的词语，但原、被告作品中出现该词语的语言环境、表述完全不同。如原告作品中描述张扬像一个天天都在找鸡蛋缝的人，被告作品中高育良把陈清泉比喻成是有缝的蛋，是坏蛋、混蛋。一审判决认定，原告主张的双方作品上述4个方面的具体情节，均不构成实质性相似。

人物设置和人物关系是构成作品要素的重要方面，原告提出两部作品在人物关系和人物设置上相似，一审判决对此着重进行如下分析和评判。

一审判决认为，人物是小说作品中必不可少的构成要素，人物和人物关系通过故事情节来刻画、塑造和充实，同时又推动故事情节的发展。抽象的人物关系如夫妻关系、父母与子女的关系、朋友关系、上下级关系等都属于公有领域的素材，也属于思想范畴，不受著作权法保护。人物、人物关系的比对不能脱离具体的情节，只有与情节结合形成足够具体的、有个性化的特征，才能作为有独创性的表达，纳入著作权法的保护范围。

原告提出，在"人物关系"这一主题下，原、被告作品存在4处共15组人物关系的相似，侵害了原告的改编权。比如，原告认为，原告作品中的刘云波与《人民的名义》中的高育良、李达康相似；李淑静与欧阳菁、吴慧芬相似；季子川与高小凤、高小琴、陆亦可相似；李玉庭与高小琴相似；麦立先与祁同伟相似；吴胜利与蔡成功相似；等等。

一审判决对此进行了细致的分析。首先，被告作品中的人物设置远多于原告作品，人物关系也比原告作品复杂。原告作品主要反映老国营厂改制过程中暴露出的官商勾结，以及官员与情人之间惺惺相惜的情感。被告作品包含了三条主线：第一条线是检察机关查处贪腐事件，第二条线是围绕贪腐事件反映政府领导班子中"汉大帮"与"秘书帮"之间的权力斗争，第三条线是一个普通工人家庭随着工厂的命运变化而变化，在每一条线上均附着有多个人物和人物关系。因此原、被告作品中围绕各自的主线设置的人物及人物关系在整体数量上相差悬殊。且原告主张的人物和人物关系并未涵盖被告作品中的所有主要人物。其次，原告主张人物关系相似，但并未将原、被告作品中的具体人物关系进行分析比对，如上下级关系、父子关系、同学关系等，而仅是单独比对了各个对应的人物特征的相似性，这种脱离了具体情节的抽象的人物特征属于思想，并不受著作权法的保护。再次，在题材类似的情况下，单纯的人物和人物关系设置相似不可避免。原告主张的人物关系和人物设置分别为政府官员、女人、资方、企业方4个方面，由于原、被告作品均涉及国企改制和官员贪腐，因此在人物的身份上存在相似是不可避免的，如作品中均存在老首长、省委书记、市长、公安局长、妻子、情人、商人、工人等，但人物和人物关系属于思想，并不受著作权法保护。人物的性格、行事作风等在脱离具体情节的情况下也难以受著作权法的保护。如原告将刘云波与高育良、李达康对比，认为刘云波和高育良均是大学教授从政，有政治理想、老谋深算，该三人均作风果断强硬、不贪财。但原告陈述的人物特点是抽象的，任何人均不能垄断这种人物特点。最后，原告从相似人物中提取的比对内容依然是抽象的，原、被告作品中基于人物和人物关系产生的具体情节并不相似。如李玉庭与高小琴对比，李玉庭为了利益与刘云波结为儿女亲家，而高育良与高小凤结婚是赵瑞龙与杜伯仲设下的美人计，且非高小琴安排。又如，原告将季子川与高小凤、高小琴、陆亦可 3 个人物进行比对，将 3 个人物的特征集合在另一个人物身上，而这 3 个人物各有自己的角色使命，原告这种比对方式显然是不恰当的。一审判决认为，原告主张的人物关系和人物设置相似没有事实依据，本院不予采纳。

此外，关于人名等其他细节的比对更显荒唐，比如，原告主张陈思功、陈思成对应蔡成功，蔡成功的名字是各取一字的组合；吴胜利对应郑胜利；川汇集团对应东汇集团；等等。对此，一审判决认为，作者在创作过程中对人物角色取名时可能会根据其所处的年代、性格特征等作一定的考虑，但从思想和表达二分法的角度来分析，由于人物的名称一般由两到四个字组成，过于简短，不能体现作者的个性化选择，无法反映作者的思想，也很难构成有别于思想的表达，因此不符合作品的独创性要求，无法获得著作权法的保护。原告主张名称相似的人物与被告作品中对应的人物在故事中的角色、人物性格、人物特征、经历等方面均不相同，没有关联性也没有延续性，因此完全没有可比性。

一审判决最后论述道："著作权法保护的是作品的表达，而不延及作品的思想。被控侵权作品只有在接触并与权利人的作品在表达上构成相同或实质性相似的情况下，才构成侵权。"

"小说、影视作品大多数来源于现实生活，不同的人创作的作品存在一定的相近情节、场景等均属正常。同时为鼓励作品的创作，还应允许合理的借鉴。在作品著作权侵权判定时，先要判断权利人主张的元素是属于不受著作权法保护的思想，还是属于受著作权法保护的具有独创性的表达，同时要剔除属于公有领域的表达和表达方式有限的表达。在过滤了不受著作权法保护的内容之后，作品是否构成侵权的关键就要看两部作品的整体结构、具体情节、人物关系以及场景等方面的表达是否相同或实质性相似。在作品实质性相似的比对中，对结构、人物等的分析往往与情节相互交织。只有当作品的结构、人物等通过故事情节的设计、发展，按照一定的顺序前后衔接并贯穿起来，形成足够具体的、个性化的表达后，才受著作权法的保护。"

上海市浦东新区人民法院的一审宣判现场（来源：《民主与法制》周刊）

当我们仔细研读上海浦东新区法院的一审判决书时，由衷地感到，一审判决书不仅是法院对《人民的名义》著作权案作出的裁判文书，而更像一篇分析如何判断作品实质性相似的论文。我们不禁对法官审理得清晰，评判得精准，论述得透彻，分析得专业而产生敬意。如果我们法院的判决书，都能增强说理性，减少简单性，是不是更能让当事人息诉服判，减少诉累呢？

二十、周梅森：判决具有标杆意义

上海浦东新区法院的一审宣判了，对于关心和关注《人民的名义》被诉侵犯著作权案的各方来说，既有振奋和激动，也有安慰和释放，当然对于想借机诋毁电视剧《人民的名义》这部经典作品的某些人来说，也难免有点"既生瑜，何生亮"的沮丧。一审判决书中的经典评价，也成为媒体引用的金句。

伴随着一审判决，始终关注跟踪本案诉讼结果的媒体一下子又热起来。关于上海浦东新区法院作出一审判决的信息，接连不断地在网络等媒体上爆出。2019年4月25日腾讯新闻一线和《扬子晚报》这样报道，周梅森谈《人民的名义》胜诉：判决公正，具有标杆性意义。《扬子晚报》报道称，《人民的名义》原著小说及电视剧本作者、著名作家周梅森表示："认真研读并高度赞赏上海浦东法院依法作出的公正判决，此案在世界知识产权日宣判，具有标杆性意义。"周梅森说："该案的审理过程和判决结果体现了法官高超的职业水准和严谨的敬业精神。2017年11月，上海市浦东新区人民法院正式受理此案，并于次年12月27日公开开庭审理。我虽然忙于创作没有到庭，但是从庭审直播视频可以感受到，法官们归纳争议焦点、主持庭审的能力相当高超。事后我也从媒体报道中得知，合议庭法官都是在知识产权审判领域相当资深和权威的专家型法官。此次宣判，现场还邀请了人大代表、政协委员和新闻记者旁听，体现出了法院的公开透明和司法公信。判决书长达64页，体现出了法官的敬业精神和专业水准，对此，我表示由衷的敬意。""该案的判决以事实为依据，以法律为准绳，公正客观，分析有据，说理透彻，让人信服。"

报道直言，抄袭或相似之处是多么荒唐可笑。报道称，通过法官的详细比对分析，可以看出原告所谓的《人民的名义》抄袭或者与其作品相似之处是多么荒唐可笑。二者不仅没有相似之处，而且完全不相干。仅举一例，通过法院的比对，可以看出原告所谓的侵权和相似多么荒唐。

报道举例称，原告的《暗箱》中，写到了一个省长刘云波和妻子李淑静，写到了他们感情淡漠，夫妻关系名存实亡。《人民的名义》中，有两对夫妻关系，都是貌合神离。一对是李达康和妻子欧阳菁，另一对是高育良和妻子吴慧芬。原告就据此认为，《人民的名义》中的李达康和高育良就是刘云波的拆分，"男主人公夫妻关系变化"情节相似，因此就是后者抄了前者。对此，法院指出，原被告作品所呈现的从早年夫妻恩爱到若干年后的感情淡漠，夫人为排解感情而寻求寄托，是描写夫妻感情变化的常见素材组合。"原告在本情节中将被告作品中李达康的婚姻状况和高育良的婚姻状况裁剪拼凑后，与原告作品中的刘云波进行比对。在人物关系和事件逻辑关系完全不同的情况下，这样的比对没有任何意义，无助于作品的著作权侵权判定。"

报道呼吁，社会应关注滥用诉权恶意诉讼。周梅森也表示，此案从成为被告到今日宣判，费时近两年，极大地影响了他的身体健康和创作心境。当初听说被诉侵权，气得住进了医院。好在法院公平公正审理，还了自己一个公道。但是，这种胜诉也给自己和司法造成了很大损失，对司法资源更是极大的浪费。如果说原告主观臆断，不熟悉著作权法，那么，作为其专业代理律师也缺乏著作权的基本法律常识吗？明知二者作品毫无关联，明知两部作品不构成实质性相似，为何不客观理性地告诉当事人事实真相，而非要推波助澜一诉到底，浪费当事人的财物呢？周梅森看到本案判决书上显示，原告仅起诉费就131000元，律师费20万元，很是感慨。他呼吁社会各界不仅要关注知识产权保护，也要关注知识产权保护过程中出现的滥用诉权和恶意诉讼等问题。

2020 年 10 月 19 日，南京。

深秋的南京气温不冷不热，和煦的阳光铺洒在南京路上，暖洋洋的，繁华的南京路，人流熙熙攘攘，不时有戴着执勤标志的人员成对的走过，给人一种安全、祥和之感，不禁让人联想起"霓虹灯下的哨兵"和"南京路上好八连"的故事。

为了报道《人民的名义》著作权案的专题，《民主与法制》周刊记者张志然，先在上海浦东新区法院采访完承办法官倪红霞，随后，又马不停蹄，风尘仆仆赶到南京，她来不及领略六朝古都金陵的风采，对小说和电视剧《人民的名义》作者编剧周梅森进行专访。记者张志然能够采访到周梅森，实在是不容易，这也得益于金杰律师的穿针引线。因为周梅森老师实在是太忙了，电视剧《人民的名义》著作权诉讼三年多，正是周梅森创作新剧的紧张时刻，他谢绝了所有媒体的采访，创作出了两部大剧《人民的财产》（后改名《突围》播出）和电视剧《大博弈》。这次面对《民主与法制》周刊记者张志然，说起电视剧《人民的名义》的创作过程，周梅森真是如数家珍，一直没有时间接受媒体采访的周梅森竟然滔滔不绝地介绍了《人民的名义》诞生的曲折过程，并说"自己一不留神成了网红"。采访整整进行了一个下午，采访结束时，周梅森这样评价《人民的名义》里的主要人物设计：从剧本的角度来看，这三个人以后将会留在影视画廊里面。李达康是这个时代为我们国家改革开放创造辉煌成就，书写下浓墨重彩一笔的党员干部形象；高育良代表了很长一段历史时期里一部分干部的形象，是典型的双面人；祁同伟的身上有路遥《人生》中高加林的影子，也有《红与黑》中于连的影子，但他既不是高加林也不是于连，他要"胜天半子"。

《人民的名义》在人物创作上的鲜明和深度，实实在在地给人们留下了难以忘却的深刻印象，这是看过电视剧《人民的名义》的人们的共同评价。当问及如何能够创作出打动人心的作品时，周梅森深有感触地谈道："文学确实是来源于生活，只要深深扎根在生活中，生活会给你回馈的。血管流出的是血，水管流出的是水。不要指望今天采访一个谁，明天采访一个谁，就能写出一部伟大的作品，《人民的名义》也是十年磨一剑。"随后出版的《民主与法制》周刊对《人民的名义》著作权案的系列报道，字里行间，浸透着法制记者的心血和正义情感，读来既令人振奋，又引人思考。

2020 年《民主与法制》周刊第 44 期，对金杰和杨文律师代理的小说和电视剧《人民的名义》著作权案，以《从〈人民的名义〉到法律的正义》为题，进行了较为详尽的系列报道，展示了《人民的名义》著作权诉讼的争议焦点、法官评价和曲折过程。回味五篇系列报道的文章题目，颇具个性之感。

上海市浦东新区人民法院开庭审理《人民的名义》著作权案（金杰/提供）

一波三折：以剧本名义之争；

一锤定音：以法官名义之判；

一针见血：以律师名义之辩；

一言难尽：以创作名义之思；

一字千秋：以热播名义之问。

著名作家、编剧周梅森（左）接受《民主与法制》
记者张志然专访（金杰/摄）

2020 年《民主与法制》周刊第 44 期（金杰/提供）

2020 年元月 10 日晚 7：30，中央电视台《法治天下》栏目以《热播剧侵权官司》为题，对金杰律师代理的著名作家、编剧周梅森《人民的名义》被诉侵权案进行了专题播出。

央视《法治天下》记者鹿璐在开庭现场，采访了上海市浦东新区人民法院副院长、《人民的名义》著作权案审判长金民珍，法官徐俊，主审法官倪红霞，以及旁听的专家学者和律师。法官、学者和律师从不同角度对《人民的名义》著作权发表了各自的意见。金杰律师在接受央视记者采访时，就《人民的名义》究竟是否存在侵权问题和本案诉讼的意义发表了见解。

上海市浦东新区人民法院《人民的名义》著作权案
审判长、副院长金民珍在央视《法治天下》栏目接受采访
（来源：中央电视台《法治天下》栏目）

上海市浦东新区人民法院《人民的名义》著作权案法官徐俊在央视
《法治天下》栏目接受采访（来源：中央电视台《法治天下》栏目）

上海市浦东新区人民法院《人民的名义》著作权案主审法官倪红霞在央视
《法治天下》栏目接受采访（来源：中央电视台《法治天下》栏目）

华东政法大学于波教授在央视《法治天下》栏目接受采访
（来源：中央电视台《法治天下》栏目）

金杰律师在央视《法治天下》栏目接受专访
（来源：中央电视台《法治天下》栏目）

金杰律师在上海市浦东新区人民法院一审出庭发表意见

（来源：中央电视台《法治天下》栏目）

2020 年 10 月 14 日，《中国知识产权报》维权周刊主编孙芳华先后就本案的相关问题，专访北京市京都律师事务所金杰律师和上海浦东新区法院知识产权庭副庭长、主审法官倪红霞，并刊发了题为《〈暗箱〉诉〈人民的名义〉侵权案尘埃落定》的《维权对话》文章，金杰律师和倪红霞法官从各自的角度，围绕司法审判中，判定著作权侵权需要考量哪些因素，该案中为何法院认定《人民的名义》未构成对《暗箱》的抄袭，当事人如何看待法院的判决等相关问题，阐述了各自的观点。

针对该案结果，被告代理人、北京市京都律师事务所高级合伙人律师金杰接受《中国知识产权报》记者采访时表示，两部作品在人物设置、人物关系、主要情节、故事细节、人名和名称等方面，不存在实质性相似，《人民的名义》电视剧和小说不构成对《暗箱》的剽窃和抄袭，不侵犯小说《暗箱》的著作权。

金杰认为，一审判决比对系统、分析透彻、论理充分，尤其在关于如何判断实质性相似问题上，判决书中对此进行了精辟的阐述。当事人周梅森评价说，《人民的名义》案件的判决，对于如何区分实质性相似和公有素材的判断上，具有标杆性的意义。一审主审法官倪红霞针对案件的焦点，在专访中回答了《中国知识产权报》记者提出的问题，这相当于法官在《人民的名义》著作权案审结后所做的最后评判吧！

记者：该案双方的争议焦点是什么？

倪红霞：该案中，原告主张涉案小说及电视连续剧《人民的名义》（以下称被告作品）抄袭了其创作在先的小说《暗箱》（以下称原告作品），构成对其作品改编权、摄制权、署名权等权利的侵犯。原告认为，被告擅自使用原告作品的关键核心、精华内容（包括但不限于具体的人物设置、人物关系、故事主线、具体情节及桥段，以及由情节串联而成的剧情、因果联系的桥段组合）等进行肆意改编和嫁接演绎，在原告作品基础上，再加工创作完成了被告作品。两部作品在整体结构、具体情节（包括老国营厂命运发展、男主人公腐败堕落过程、男主人公夫妻关系变化和某些单个情节）、人物设置等存在众多相似之处，不仅与对应相似人物形成交互关系，而且在情节之间的内在逻辑与情节推演上也高度近似，导致作品相似的读者欣赏体验。被告认为，两部作品在主线和核心事件、叙事结构、故事情节、人物设置、人名等方面均不相同，原告的比对完全是根据主观臆想，硬性套搬的结果，被告作品不存在抄袭模仿原告作品。因此，根据原、被告的诉辩意见，该案的争议焦点在于：原告主张的相似内容是否具有独创性，是否属于受著作权法保护的表达，并能否据此认定原、被告作品构成著作权法意义上的实质性相似。

记者：该案判决书长达 64 页，该案的审理难点是什么？

倪红霞：该案基础事实的查明并不复杂，因原告主张被告作品系对其创作在先作品的抄袭，因此该案的重点在于两部作品的相似性比对。由于两部作品在字面上的表达并不相同，因

177

此增加了作品相似性比对的难度。原、被告作品在作品题材上有一定的相似之处，其中均涉及企业改制过程中双方发生冲突，并从中暴露出官商勾结、官员贪污腐败等内容，也存在如工人护厂发生重大事故、教授从政、市长逃跑、杀人灭口等一些类似的设置。原告为此归纳出整体结构有18处、具体情节有61处以及15组人物关系和8处名字存在相似。由于原告主张的相似之处较多，必须仔细分析两部作品，在故事脉络、细节描述以及情节之间、人物之间、情节与人物之间的逻辑关系等方面对作品进行比对。其中，情节的相似性比对是核心，也最复杂，难度最大。在著作权侵权比对中我们一般采用三步检验法，首先要判断权利人主张相似的部分属于思想还是属于受著作权法保护的、具有独创性的表达，其次别除属于公有领域的表达和表达方式有限的表达，最后将剩余的部分进行实质性相似比对。

记者：司法审判中，认定是否存在著作权侵权行为主要考量哪些因素？

倪红霞："接触＋实质性相似"是判断作品是否构成抄袭的原则。"接触"是指被诉侵权人通过正常途径可以接触、了解到权利人的作品。只要权利人将作品公之于众，被诉侵权人存在接触的可能，就可以推定其接触过权利人的作品。如作品的公开发表即可以达到公之于众的效果。实质性相似是指在后作品与在先作品相比在具体表达上存在相似，使读者产生相同或相似的欣赏体验。作品的相似可以是整部作品的相似，也可以是部分内容的相似。小说属于文字作品，主要由故事的结构、环境、人物（包括人物特征、人物性格、人物关系、人物对白等）、情节等要素组成。判断小说作品是否构成实质性相似，可从文字的表达、上述各要素的具体表达以及各要素之间有机融合的整体进行比对后进行综合判定。

记者：根据我国著作权法的相关规定，著作权法只保护作品的表达，不保护思想。具体到该案，法官如何进行区分并最终认定《人民的名义》未侵犯原告对《暗箱》享有的著作权？

倪红霞：我国著作权法规定，作品是指文学、艺术和科学领域内具有独创性并能以有形形式复制的智力成果。"能以有形形式复制"意味着必须有外在表达。著作权法所保护的是作品中作者具有独创性的表达，即思想或情感的表现形式，判断作品实质性相似应比较两部作品的表达是否相同或相似，而不包括作品中所反映的抽象的思想或情感本身。作品的思想通过一定形式的表达反映出来，表达是思想的外在表现。在文学作品中，表达不仅体现在文字上，也体现在作品的具体内容中，包括作者对素材、情节等的设计、编排和取舍等。该案中，原告罗列了近百处情节作为表达，主张受著作权法的保护。经过分析，我们发现原告虽将两部作品从结构、人物、情节等方面进行了详细的比对，但其比对存在三个方面的问题。一是提炼不准确，如原告在"作品整体结构"中列举的"教授从政"这一情节，"教授从政"表明了原告作品中的省长刘云波和被告作品中的省政法委书记高育良在从政前从事的职业。原告作品中的"教授从政"情节，只有刘云波讲的"我看我还是回学校当我的教授去吧"这简短的一句话，后续并无具体的情节支撑。而被告作品中有多处关于"教授从政"的描写，通过层层表达提取出"教授从政，成政法系靠山"的情节，并贯穿整部作品，又通过描述"汉大帮"与"秘书帮"之间的隔阂与斗争，推动整个故事的发展。二是情节完全不相同也不相似。如原告提炼的"第二任投资方通过权力腐败强占老厂"，原告作品中描写的是省长刘云波通过发文件的方式对老国防厂改制在政策上放宽，在程序上特事特办，将一石厂低价转至其女婿所在的外贸公司名下。被告作品中描写的是省公安厅厅长祁同伟指使法院在诉讼中走"简易程序"解决大风厂的股权纠纷，涉及司法腐败。两个情节完全不同。三是混淆了思想与表达。比如，两部作品中均存在上下级关系、同学关系、家庭成员关系等，同时由于两部作品均涉及官场和企业转制，又不可避免地都存在厂长、工人、省委书记、市委书记等角色的设定，原告还将被告作品中多个人物的性格结合起来与原告作品中的一个人物进行比对，这种脱离了具体情节的单纯人物和人物关系属于思想范畴，不应被任何人垄断，亦不受著作权法的保护。又如，原告提炼的"老国营厂改制"的情节。改革开放以来，我国很多国营企业进行了改制，"老国营厂改制"是文学作品中常见的素材。围绕"老国营厂改制"这一主题，不同的人进行创作可以写出完全不同的情节。因此在脱离了具体情节表达的情况下，"老国营厂改制"只能属于思想范畴，而只有围绕"老国营厂改制"展开的具体情节的表达才具有独创性，才受著作权法的保护。因此，原告的比对仅是零碎地提取出其中抽象的内容，这种比对方法不符合作品的实质性相似比对原则。由于原、被告作品有着完全不同的创作路径、主题、具体情节及情节脉络，因此法院认定被告作品未侵犯原告作品的著作权。

记者： 有观点认为，原告的行为是"蹭热点""碰瓷"，并不是真维权，您如何看待这种说法？

倪红霞： 原告创作的小说属于我国著作权法保护的作品，受著作权法的保护，对于任何侵犯原告作品权利的行为，原告均有权通过正当、合法的途径遏制侵权行为，以维护自己的合法权益。而被控侵权作品是否侵犯了权利人作品的著作权是一个复杂且专业的判断过程，权利人很可能因为对法律的理解发生偏差或举证能力等原因而达不到诉讼预期。但司法并不会限制任何正当的诉讼权利，我们鼓励权利人积极拿起法律武器维护自己的合法权益，从小的方面讲是对权利人自身权利的保护，从大的方面讲这也是一种社会责任。当然司法也不会支持任何不理性、不诚信的维权。司法保护是知识产权保护的最后一道屏障，也是知识产权权利人维护自身合法权益的最后手段，法院在审判过程中会依法公正、平等地保护每一位当事人的合法权益。

一部现象级的作品《人民的名义》得到了人民大众的认可和欣赏，一场旷日持久的著作权官司，吸引了无数人的关注和评说，一份令人期待已久的判决，给人们上了一堂生动、理性的法治教育和著作权专业课，该案意义已经超出了判决书的本身。不论是看热闹的百姓群众，还是著作权领域的专业人士，不论是代理律师，还是从事审判的司法人员，都能从中受到一定启示。

《人民的名义》这部近年来罕见的经典作品，岂能是原告的小说可以比拟的？一位资深文化界领导在上海的会议上对《人民的名义》是这样评价的：观看电视剧《人民的名义》，成为人民大众的热切关注，"它迅速地普及了党的十八大以来治国理政的战略。全民都在通过一部剧关心国家的发展和命运，它帮助人民树立了'四个自信'，道路自信、理论自信、制度自信和文化自信。"

"《人民的名义》的主创，对党的十八大发展脉搏的把握和回答时代问题的把握特别到位。以前写反腐剧，站在第三者角度批判，这是不对的；这一次是融入了时代的发展，理解了反腐战斗的意义……《人民的名义》对时代重大问题的回答是观众和中央认可的，该剧始终能够让人相信光明能够驱散黑暗，真善美能够战胜假恶丑，让人看到美好和希望。"毫无疑问，一部只揭露官商勾结黑幕的小说，是无法具有这么宏大和深远意义的。

二十一、 最后的较量

上海浦东新区法院作出一审宣判后，掀起了一阵不小的波澜。一审判决后不久，原告方提出了上诉，上诉至上海知识产权法院，《人民的名义》一方收到上诉状显示的时间是 2019 年 5 月 2 日、5 月 7 日。但上诉状却改成了仅针对周梅森一人上诉，索赔金额由 1800 万元，减少到 500 万元，称之为著作权损失及精神损失费。原告在 5 月 16 日变更上诉理由中称，上诉人了解到编剧周梅森与制片方、导演及投资方签有绝不抄袭合约，故二审期间只对编剧周梅森提起上诉。但仅仅时隔三个月二十七天，即 9 月 7 日，上诉状又改了，上诉状又改成了针对周梅森等八家被告了。这究竟是怎么个意思？频繁变更上诉状，一时让人摸不清意图，也许是为了少交点上诉费吧，毕竟一审诉讼费原告缴纳了 131000 元，一审败诉这 10 多万元诉讼费就让法院收去了。如果上诉的话还应该再缴纳 131000 元，这是个不小的数字，二审败诉了，就又让法院收去了。降低点索赔数额，能少交点上诉费，这样既可以达到上诉的目的，又能在败诉的情况下，少损失点诉讼费，两全其美，大概其应该是这个意思吧。然而，变化的还不止这一点点。很显然，原告方真的是乱了阵脚。

2019 年 8 月 30 日，上海。

天气并不是很明朗，给人一种阴冷的感觉。

在一审判决宣判的四个月后，终于接到上海知识产权法院的二审开庭通知，金杰和杨文又五进上海参加二审开庭。

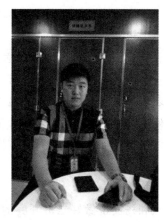

金杰律师在上海知识产权法院
等待二审开庭（金杰/提供）

杨文律师在上海知识产权法院
等待二审开庭（金杰/摄）

这次二审开庭，原告和之前委托的代理律师没有出现，坐在法庭上的，是原告重新聘请的两名律师。谁料想，原定的二审开庭审理，却突然又发生了变化。

法官：上诉人庭前提供了召开庭前会议申请书，今天组织进行庭前会议。双方是否申请回避？……

均回答：不申请。

法官：上诉人庭前提供了司法鉴定申请，一审没有提出？

上诉人：没有提出。

金杰：一审法庭明确询问是否申请司法鉴定，他们不申请鉴定。

法官：二审上诉人申请司法鉴定的理由？

上诉人：一审笔录没有记载。

……

法官：一审上诉人没有提申请？

上诉人：没有提。

法官：上诉人认为鉴定机构会给出客观的结果？

上诉人：是的。

法官：被上诉人是否同意鉴定？

金杰：不同意。一审法官询问过双方是否申请司法鉴定，对方表示不申请，且一审原告起诉提供了一套比对材料，开庭前两天做了全部更换，故法庭核对了以新材料还是老材料为准，其明确以新材料为准，但老材料不撤回，我们认为鉴定没有必要。

这变化来得也太突然了，法院传票明明通知的是开庭审理，金杰和杨文也做好二审开庭的准备，结果到了法庭却变成了庭前会议。对方新委托的代理律师又提出了司法鉴定申请，这又是什么套路？再说了，民事诉讼是有规则的，法庭保障当事人充分行使诉讼权利，但当事人行使权利并不是随意的，是要按照法律规定和诉讼规则进行的。原告方在一审中不申请对作品进行司法鉴定，属于放弃申请鉴定的权利，也就是放弃主张权利，二审中没有正当理由，或者说没有法定事由，法庭是不允许再申请鉴定的。毕竟法院不是你家开的，你想鉴定就鉴定？对于当事人来说，权利可以放弃，但义务不能免除，遵守法律规定和诉讼程序，是诉讼参与人的责任和义务。一审中，对于两部小说和电视剧，法庭组织双方交换证据和比对意见，进行了详细的比对。庭审中，双方又充分发表了意见，二审上诉方再提出鉴定申请，既没有法律依据，也没有必要性。上诉方提出司法鉴定申请的理由，居然是"一审笔录没有记载"。这个理由有点太离谱了。一审中，没有申请就是没有申请，一审笔录没有记载，也不能成为二审申请司法鉴定的正当理由啊！接下来，上诉方提出的请求就更离谱了。

法官：上诉人有无新证据？

上诉人：我们申请调取《人民的名义》剧本。

法官：剧本和小说差异是否大？

上诉人：有差距，具体多少差异不清楚。

法官：上诉人认为剧本也侵权？

上诉人：是的。

法官：被上诉人能否提供剧本？

金杰：对方起诉的是电视剧，不是剧本，书店也有公开售卖剧本，可以去买。

……

一审原告方起诉针对的是《人民的名义》电视剧和小说，并没有针对电视剧本。况且正式播出的电视剧画面，与剧本是有差距的，对方要电视剧本，不仅不能作为比对的蓝本，与本案的诉讼也没有实质意义。对此，法庭进一步核对。

法官：上诉人申请将其他当事人均变更为被上诉人周梅森，庭后提供新的上诉状。

上诉人：好的。

法官：被上诉人有无答辩意见？

金杰：上诉状没有就表达方式提出实质性上诉意见，都是抽象的上诉意见……不符合著作权法意义上实质性相似的要求。请求二审驳回上诉，维持原判。我们认为一审判决认定事实清楚、适用法律正确。一审起诉主要针对《人民的名义》小说和《人民的名义》电视剧，不是针对电视剧剧本起诉和比对，其先后提供了两套比对材料，都是针对小说和电视剧画面的描写比对。一审审理中经法庭核对，其认为就是以小说和电视剧比对，故上诉期间是对一审判决不服的上诉，应仅就不服部分裁决。

法官：如果鉴定，上诉人是否同意以一审材料进行比对，不再以剧本进行比对？

上诉人：同意。

法官：上诉人对原审查明的事实有无异议？

上诉人：庭后提供书面意见。

法官：对于上诉人提供书证的申请，法庭认为剧本上诉人可以从市面上获得，《人民的名义》剧本本身与本案审理无关，故不同意其申请。关于司法鉴定申请，虽然被上诉人不同意，合议庭会对上诉人申请评议，上诉人向法庭提供鉴定机构名称……

法官：上诉人庭前提供了两份上诉状，以哪份为准？

上诉人：庭后十天内整理新的上诉状提供法庭。

法官：鉴于上诉人须准备新的上诉状，今天的庭前会议到此结束。

法庭采纳了金杰一方的意见，认为《人民的名义》剧本本身与本案审理无关，当庭驳回了对方调取《人民的名义》剧本的申请。鉴于对方代理律师提出了鉴定申请，金杰一方不同意，法官表示，经合议庭合议后再作决定，法官没有当庭作出裁决，随即宣布休庭。

金杰走出法庭，心里似乎有些烦闷。金杰看着杨文说："这对方究竟搞什么名堂，从上诉开始到二审开庭，拖了将近一年时间都干什么了？这么长时间里为什么不提出鉴定申请？怎么双方大老远地跑来上海，到了二审刚要开庭，又突然提出申请鉴定？早干什么去了？"杨文也有同感："这真是太能折腾了，这明摆着就是故意拖延开庭时间。"其实，通过一审和上诉的变化，金杰判断，不管原告方上诉的目的是什么，拖延时间不是实质性问题，对方还是寄希望于通过对作品的鉴定，能使败诉有所转机，对鉴定抱有一线希望，否则二审败诉无疑。但参与过诉讼的人都非常清楚，即使鉴定也没有实质意义，存在决定思维，本来就不存在实质性相似，再怎么鉴定，也不能得出实质性相似的结论哪！不然，一审的代理律师怎么不来了？诉讼也做了，炒作也搞了，影响也造了，再继续代理也没有什么新意了，及时撤场是明智之举。其实，对方新委托的二审代理律师也不一定就不清楚，司法鉴定是唯一可能争取的途径，除此之外，没有任何机会和可能，如果不能鉴定，二审代理也是毫无实质意义。这着实给人一种山穷水尽的感觉，用东北话来形容，那就是再最后嘚瑟一下罢了！

2020 年 8 月 31 日，上海知识产权法院告知，采纳金杰一方的意见，认为没有鉴定必要，驳回对方的鉴定申请，并通知2020 年 9 月 4 日二审正式开庭，二审法院不同意鉴定是正确的。

金杰和杨文买好机票，准备六战上海。然而，老话说得好，计划没有变化快，诉讼中的变化真是随时出现，有时变化的速度让人来不及准备。就在金杰一行即将登机的前一天，接到上海知识产权法院的正式通知，对方撤回上诉了，原定二审开庭取消。买好的机票只好办理退票，因临近登机，退票手续费损失是机票的一半还多。

上海知识产权法院于 2020 年 9 月 2 日作出（2019）沪 73民终 268 号民事裁定书，裁定表述：准许上诉人撤回上诉，一审判决自本裁定书送达之日发生法律效力。

当金杰收到上海知识产权法院的民事裁定书时，看到诉讼费的缴纳和收取令人费解，一审起诉索赔 1800 万元，一审诉讼费 131000 元。二审上诉改成索赔 500 万元，上诉费居然变成了50 元，减半收取 25 元？即使是索赔 500 万元，按照人民法院诉讼费计算公式，500 万元的诉讼费是 46800 元，也不可能是 50元。而撤诉的理由，竟然是因法院不对涉案作品进行司法鉴定，向法院申请撤回上诉。但这些仅仅是《人民的名义》诉讼中的一点小插曲，相对于整个诉讼来说，自然不值得一提。但是，直到上海知识产权法院作出二审裁定，金杰一方也没有收到对方的最后一份上诉状。

至此，著名作家、编剧周梅森的经典之作，电视剧和小说《人民的名义》被诉侵犯著作权的上海一案，涉及被告七家出品公司，起于 2017 年 11 月 1 日，历时二年十个月的漫长诉讼，北京一案历时三年四个月，终于以《人民的名义》胜诉的结局落下了帷幕。当然谁也不会预见，上海这场诉讼是以二审对方撤诉，一审判决生效的方式画上句号的，金杰和杨文为此五战上海，七战北京。

"青山遮不住，毕竟东流去"，诗人辛弃疾的这句诗不仅让人对《人民的名义》这场诉讼由衷地感慨，经典的毕竟是经典，优秀的永远是优秀，瑕不掩瑜。尽管有人一再想通过某种方式，包括诉讼抄袭的方式，来贬低《人民的名义》这部罕见的反腐作品，但仍然无法降低人们对这部经典作品的高度评价，无法损害这部经典作品在人们中的声誉。《人民的名义》胜诉了，胜得那样曲折、那样漫长、那样经典。它给了作

小说《人民的名义》

（金杰／提供）

家、编剧周梅森以及所有为了《人民的名义》付出心血的导演、演员、出品发行方等，包括《人民的名义》忠实粉丝，一份支持、一份鼓舞、一份安慰。《人民的名义》被诉侵犯著作权一案，在金杰和杨文的律师生涯中，无疑留下了浓墨重彩的一笔，成为中国著作权纠纷领域的经典案例。每当回想起这两场诉讼，都令人感慨万千，回味悠长。

2018 年 9 月 10 日，周梅森郑重地为金杰签署了法律顾问聘书，上面写道，"特聘请北京市京都律师事务所金杰律师为本人创作及发表作品等著作权领域的终身法律顾问"。从此，周

梅森有关著作权领域的法律事务均由金杰律师全权代理。这是周梅森老师创作和发表作品以来签署的唯一一个著作权终身法律顾问，这也是一名著名作家和编剧对金杰律师的极大信任和委托，对于金杰律师来说——委托如山。

周梅森在发给金杰的微信中，发自内心地表示："我和剧方感谢你，老弟辛苦了！"话虽不多，但饱含深情，没有亲身经历过《人民的名义》诉讼的人，很难体会到周梅森老师此刻的心情，两个官司打了三年多，周梅森一句"老弟辛苦了"，饱含了太多太多的酸甜苦辣，也饱含着无限感激之情。金杰微信回复道："《人民的名义》是您的经典，无人超越，我能为此倾力维权，也沾光了，这也是缘分，既是您的委托，也是《人民的名义》的委托，更是历史的选择。"每次周梅森夫妇来北京，都要约金杰相见，金杰只要去南京，周梅森和夫人孙馨岳都请金杰到家里做客，还得去吃"多佐"的自助海鲜，周梅森说："我最喜欢吃这个，味道好，补脑啊！"

纵观本案的诉讼过程，这是一场从"人民的名义"到法律的正义的较量，是一次如何正当维权的法治教育，是为加强保护作家原创力的再次呐喊，也让人们不得不对这场蹭热度的碰瓷闹剧产生质疑。近年来，知识产权案件数量迅速攀升。全国法院受理各类知识产权一审案件从 2013 年的 10.1 万件增长到 2020 年的 46.7 万件，年均增长 24.5%，比全国法院受理案件总量年均增幅高出 12.8 个百分点，反映出经济社会高质量发展对知识产权保护需求明显增长。梳理法院判决的知识产权案件，著作权案件占到约 65% 的比例，成为知识产权案件中的绝对多数。著作权案件又是知识产权案件中一个比较复杂的类别，其复杂性不在于像专利案件一样技术难懂，也不在于像商标案件一样商标近似、商品/服务类似认定困难。而是著作权本身的权利约束更为复杂，"专有权利控制专有行为"，著作权法第十条第一款规定了 17 项权利，"侵犯著作权"从来不是一个案由，如著作权人身权包括：发表权、署名权、修改权、保护作品完整权。再有著作权财产权包括：复制权、发行权、出租权、展览权、表演权、放映权、广播权、信息网络传播权、摄制权、改编权、翻译权、汇编权、获得报酬权……确定具体纳入何种权利规制的范围是一个难题。

回顾电视剧和小说《人民的名义》这场漫长的诉讼，连带着不断的炒作，不仅损害了作家的声誉，误导了公众，混淆了视听，而且浪费了司法资源，耗费了周梅森以及金杰律师的大量精力，对此也看出法律在某些方面的无奈！维护原创作家的合法权益，维护文学创作市场的秩序，维护社会的公平和正义，维护社会主义法治，对于法律人来说，更加任重道远，法治永远在路上！

这不仅又让人想起电视剧《人民的名义》的主题曲：

以人民的名义 托付你
权杖的重量 勋章的意义
当一切尘埃落定 喧嚣归隐
一颗心情归故里 潇洒落笔……

金 杰

2021 年 12 月 31 日于北京

下　篇

二十二、 留给未来的经典

1. 电视剧小说《人民的名义》著作权案一审代理词
——原告×某某诉被告周梅森等八被告

审判长、审判员：

北京市京都律师事务所接受被告周梅森等八被告的委托，由金杰、杨文作为本案的委托代理人，围绕本案的争议焦点，发表如下代理意见，请法庭予以采纳。

经过庭前交换证据和质证意见以及庭审调查，事实充分证明，两部作品讲述了两个完全不同的故事，没有可比性。

《暗箱》从"一石厂"氯气罐爆炸及排险入手，引出女记者季子川与省长刘云波之间的情人关系，展示官商勾结，把国企转制作为核心事件，并不是查办贪腐案件。川汇集团从外贸集团手中收购"一石厂"，四年未搬迁。季子川因报道"于县假祖案"产生风波，刘云波控制舆论，致使季子川受到停职处分，季子川维护刘云波的政治声誉，没有辩解辞职离开电视台。刘云波任省长后立即将季子川调回，二人情人关系不断深化，刘云波视季子川为红颜知己，二人的情人关系作为主线贯穿始终。季子川不给刘云波出难题，放弃职责不提问题，拍摄省长雨中大展亲民形象新闻。工人维权静坐，礼堂突发枪案。崔市长腐败及其儿子与吴胜利收购"一石厂"，倒卖化工指标及军用板材牟取暴利暴露。最终崔长青逃跑未成被纪委审查，麦立先机场高速肇事死亡，政府、资方、企业三方和解，刘云波感叹"还是子川懂我"，并没有重点描写反腐败。

《人民的名义》主要讲述的是最高检反贪总局侦查处处长侯亮平在查处某部委处长赵德汉受贿案时，赵德汉举报京州市副市长丁义珍向其行贿。抓捕丁义珍的过程中，有人通风报信，丁义珍潜逃出境。汉东省检察院反贪局局长陈海在去和举报人见面的路上遭遇车祸，被撞昏迷。侯亮平接替陈海出任汉东省检察院反贪局局长，顶着巨大压力开展工作。围绕"大风厂"股权争夺，有工人护厂风波、有离休检察长陈岩石的奔走呼吁、有各种利益的纠缠，在新任省委书记沙瑞金的支持下，侯亮平同其他检察人员一道发现并查处了一系列违法犯罪分子。最终，祁同伟自杀，高育良、刘新建、陈清泉、赵瑞龙、高小琴、欧阳菁等均得到了法律的制裁。作品以侯亮平的侦查行动为叙事主线，讲述了当代检察官维护公平正义、查办贪腐案件的故事。

被告方代理人认为，作品，是作者对思想、情感、主题等方面的具体表达，不是指抽象的思想、情感或者主题等本身。著作权法只保护表达，不保护思想。在判断两部作品是否构成实质性相似时，首先需要判断权利人主张的作品要素是否属于著作权法保护的表达。只有被诉作品与原告主张权利作品中的表达相似，才可能构成著作权侵权。如果只有思想相似，表达不相似，则不构成侵权。

原告方在起诉时提交法院5份比对表，在12月27日开庭前2日又重新提交了6份比对表，经法院27日上午组织核对，原告方表示，以新提交的比对材料为准，但对原来提交的比对材料不撤回。为了便于法庭查明事实，准确认定，被告方代理人对原告提交的全部比对材料做以下分析比对。

一、《暗箱》与《人民的名义》结构走向不近似

原告主张小说《暗箱》与电视剧和小说《人民的名义》结构走向近似，提出了20个比对点，经过比对两部作品，现分析如下。

1. 教授从政不近似

原告主张两部作品在教授从政上近似。

经过比对，小说《暗箱》描写的省长刘云波原是大学老师，没有国际政治学教授的描写，从政前不是教授。"一石厂"事故后，刘云波曾表示，这样的事故要是再出一次，还是回学校去当教授，没有教授从政的描写。《人民的名义》电视剧和小说中描写的高育良，曾任汉东大学政法系主任、法学家、教授，后任汉东省省委副书记兼政法委书记，属于教授从政。二者除了在学者官员这一点上相似外，在人物塑造、人物经历、具体情节、家庭关系、社会关系、人物结局等方面，均具有实质性区别。同时，教授从政属于学者官员类型，现实中常见，均属于公有领域素材，原告《暗箱》的描写不具有独创性，不受著作权法保护。

2. 下属腐败危机不近似

原告主张两部作品在下属腐败危机上近似。

经过比对，小说《暗箱》描写刘云波在旧城任职时，提拔的旅游局局长张扬因贪腐被查处，刘云波利用张扬贪腐事件大肆宣扬，掩盖了"于县假祖案"给其带来的政治影响，张扬贪腐案不仅没有给刘云波带来危机，相反却转移了公众视线，避免了危机。《人民的名义》电视剧和小说描写省委书记沙瑞金视察工作时，市委书记李达康陪同并汇报工作，谈到前进中的挫折时，曾回忆当时的副市长李为民像丁义珍一样腐败掉了，引发了投资商撤资，留下许多烂尾工程，导致政府在招商引资工作上出现被动，也没有描写因李为民的腐败出现危机。二者具有实质性区别。同时，下属腐败属于公有领域素材，原告的描写不具有独创性，不受著作权法保护。

3. 美人计不近似

原告主张两部作品在美人计的描写上近似。但利用美色拉拢腐蚀官员，自古有之，是官场腐败的常见现象，原告主张的情节不具有独创性，属于公有领域素材，不受著作权法保护。

经过比对，《暗箱》描述省长刘云波与女记者季子川早在"于县假祖案"时就已产生情人感情，为维护刘云波的政治声誉，季子川辞职离开，后二人经常约会，感情不断深化。刘云波回到省里任职后，即把季子川调回省电视台。川汇集团谢子华是想利用季子川钓刘云波的大鱼，但季子川并没有被他人利用作为美人计工具，而是自己与刘云波发展情人关系。《人民的名义》电视剧和小说描写的杜伯仲，则为了拉拢高育良，设计圈套，利用高小凤，施展美人计，使高育良一步步上钩。两部作品对此的具体描写区别明显。

4. 和投资方缔结姻亲不近似

原告主张两部作品在和投资方结为姻亲关系上近似。但姻亲关系属于思想层面，不受著作权法保护。

经过比对，《暗箱》中的刘云波与商人李玉庭结为儿女亲家。《人民的名义》中的高育良和高小凤之所以结为夫妻，是杜伯仲为了拉拢高育良设计的美人计，并不是单纯的姻亲关系，高小凤的双胞胎姐姐高小琴虽然是山水集团的董事长，但高小凤并不是投资方。二者在起因、事件、性质和人物结局上均具有实质性区别。

5. 违规审批项目不近似

原告主张两部作品在违规审批项目上近似。

经过比对，《暗箱》描写的是，市长崔长青被审查后质问刘云波，并没有明确认定刘云波违规审批项目，仅仅描写为"特事特办"。《人民的名义》电视剧和小说描写的是，山水集团和丁义珍合谋，以低价将工业用地拿下，改变土地性质，存在违规行为。二者区别显著。

6. 儿子出境，银行存款不近似

原告主张两部作品在儿子出境，银行存款上近似。但官员的子女出境，境外银行有存款的现象，属于公有领域素材，原告的描写不具有独创性，不受著作权法保护。

经过比对，《暗箱》描写的是商人麦立先、李玉庭为了拿下江东项目才给刘云波的儿子刘大矛在国外瑞士银行开立账户。《人民的名义》电视剧和小说描写的是，检察官侯亮平在高育良办公室向他摊牌，山水集团高小琴在香港特区给祁同伟的私生子及高育良和高小凤的儿子设立两笔基金，此后高育良被查处。二者在原因、事件、经过和人物结局等方面具有实质性区别。

7. 国企改制，陷入困境不近似

原告主张两部作品在国企改制、陷入困境上近似。

经过比对，《暗箱》中描写的是，骗子吴胜利假冒省委书记陈思成的兄弟陈思功，勾结市长崔长青的儿子，利用可利公司倒卖一石厂违禁化学品指标和军用板材，非法牟取暴利，后伪造假账申请破产，使企业陷入困境。《人民的名义》电视剧和小说描写的是，"大风厂"改制后，董事长蔡成功使用油气集团刘新建提供的过桥钱，拿企业股权抵押高利贷被骗，并没有与丁义珍勾结买煤投资的描写，企业被银行查封是不能偿还贷款的。此外，《暗箱》中对国企改制，陷入困境的描写也不具有独创性，不受著作权法的保护。

8. 姻亲介入，接手改制国企不近似

原告主张两部作品在姻亲介入，接手改制国企上近似。姻亲关系是日常生活常见的社会关系，属于思想层面，不属于著作权法保护的范围。

经过比对，《暗箱》描写的是，外贸集团姚依林接手一石厂时，还不是刘云波的女婿，是后来成了刘云波的女婿。姚依林接手一石厂后，又转给了川汇集团，川汇集团由刘云波的亲家李玉庭控股。《人民的名义》电视剧和小说描写的是，山水集团高小琴通过刘新建的过桥资金，欺骗了"大风厂"董事长蔡成功，经法院枉法裁判，获得了"大风厂"的股权。高小琴的妹妹高小凤在他人的设计之下，与高育良结婚，但与"大风厂"没有任何关系。二者在事件、情节、人物结局等方面，具有实质性区别。

9. 贪腐事发，市长逃跑不近似

原告两部作品在贪腐事发，市长逃跑上近似。

经过比对，《暗箱》描写省长刘云波问张天芳和梁明，市长崔长青跑什么，死人和工作失误也不至于跑，崔长青贪腐事发，逃跑未遂，是故事的结局之一。《人民的名义》电视剧和小说描写副市长丁义珍，因向赵德汉行贿案暴露，在检察院准备抓捕时，因有人通风报信逃往国外，沦为苦工，后在非洲想做金矿生意时被赵瑞龙雇佣的国际杀手花斑虎暗杀。副市长丁义珍逃跑情节，是查处赵德汉受贿案牵出来的，由此引出"大风厂"股权转让和山水集团高小琴等利益集团，并为通风报信的情节埋下伏笔，是《人民的名义》根据作品故事结构走向需要设置的，具有独创性。二者虽然都是贪腐事发逃跑，但逃跑的起因、时机、情节、人物结局等方面，均具有实质性区别。

10. 工人护厂，引发事故不近似

原告主张两部作品在工人护厂，引发事故上近似。

经过比对，《暗箱》对违法强拆的描写不具有独创性。违法强拆是在中国一个时期的特定背景下发生的社会现象，强拆的做法，无论是新闻报道还是文学作品，都有大量类似情节的描述，属于公有领域素材，不受著作权法保护。

经过比对，一是强拆的组织者不同。《暗箱》描写的组织者是商人麦立先。《人民的名义》电视剧和小说中的组织者开始是山水集团的高小琴，发生人员伤亡事故后，演变为市委书记李达康和祁同伟等也要强拆，后受到陈岩石和省委领导的阻止。二是强拆的实施者不同。《暗箱》描写的强拆的实施者是麦立先找的黑社会拆迁公司的苏老板。《人民的名义》电视剧和小说的强拆实施者是高小琴找的京州出了名的拆迁大王，没有黑社会的定性描写。三是强拆的情节和后果不同。《暗箱》描写的是工人和小瘪子拼命导致工人受伤。当晚四个人重伤，轻伤无数，幸好没有死亡。《人民的名义》电视剧和小说描写的是火星掉到沙包上引发大火。二者在强拆的起因、具体情节、故事结局等方面区别显著。

11. 亲临现场，亲民形象不近似

原告主张两部作品在亲临现场，亲民形象的描写上近似。

经过比对，领导亲临现场表现亲民形象，属于公有领域，不具有独创性，不受著作权法保护。《暗箱》描写的是刘云波在办公室看到电视中播出的自己雨中送烈士为家属让伞的镜头，感叹季子川的手笔和看透自己的心思。《人民的名义》电视剧描写李达康在"大风厂"向工人表态，向陈岩石鞠躬。《人民的名义》小说描写李达康慰问"大风厂"工人，给老工人送包子、给女工递稀饭和向工人发表阳光讲话的情境，电视台记者跟拍并播放。二者虽然都有领导亲民形象的描写，但在人物塑造、故事情节，具体事件和结局等具体表达上，具有实质性区别。

12. 书记现身，倍感压力不近似

原告主张经过比对，《暗箱》描写老首长与刘云波通电话，暗指省委书记陈思成，将"一石厂"的事故和刘云波与"一石厂"收购企业的关系情况报告了老首长，对刘云波回答的在用人上一碗水端平等提出质疑，刘云波研究陈思成盯上他的原因。《人民的名义》是省委书记沙瑞金让李达康陪同到开发区搞调研、研究工作时，李达康向沙瑞金汇报自己与欧阳菁的婚姻状态，沙瑞金表示，对李达康夫妻分居的情况都知道，并同意二人离婚，不仅没有压力，反而帮助李达康减轻了在夫妻关系问题上的负担，并没有书记现身，倍感压力的描写。二者区别明显。

13. 工人继续维权，引发暴力不近似

原告主张两部作品在工人继续维权，引发暴力上近似。

经过比对，《暗箱》在工人维权，引发暴力事件上的描写，属于公有领域，不具有独创性，不受著作权法保护。《暗箱》描写的是"一石厂"员工在礼堂静坐与警察发生冲突，枪走火导致孙武死亡，枪走火的警察被工人痛打。《人民的名义》电视剧描写的是"大风厂"下岗工人王文革为了要回自己的股权劫持蔡成功儿子。二者没有相似之处。

14. 贪腐事发，市长逃跑（未遂）不近似

原告主张市长逃跑的情节近似，仅是结果好而前后顺序不同，《暗箱》此章节压后，《人民的名义》章节提前。

经过比对，二者完全不同，具体分析意见详见分析9。

15. 政府垫资，老厂转型不近似

原告主张两部作品在政府垫资和老厂转型上描写近似。

经过比对，政府垫资先行安置均属于公有领域，不具有独创性，不受著作权法保护。二者具体描写不同。《暗箱》描写刘云波代表政府承诺补齐拖欠工资，启动安居工程，并没有垫资和先行安置的描写。《人民的名义》电视剧和小说明确描写政府为了妥善安置下岗工人，为山水集团垫付了安置费4000多万元。

16. 形势危急，夫人出国不近似

原告主张两部作品在形势危急，夫人出国上描写近似。

经过比对，《暗箱》描写的李淑静出国，是刘云波感到形势对自己不利，而主动让司机林子开车送夫人李淑静出国。《人民的名义》电视剧和小说描写的欧阳菁出国，是欧阳菁感到形势不利，为了躲避追捕，在与李达康办理离婚手续后，利用李达康的车做掩护去机场，途中被侯亮平截住。并不是形势对李达康不利而主动送欧阳菁出国，而且欧阳菁临出国前已经不是李达康的夫人，李达康对欧阳菁出国的真正目的并不知情。

二者在出国的起因、情节及出国的目的等方面的描写，具有实质性区别。

17. 环境污染，曝出当年权力寻租不近似

原告主张两部作品在环境污染，曝出当年权力寻租上描写近似。

经过比对，企业污染环境，权力寻租是一个社会现象，属于公知素材，原告的描写不具有独创性。《暗箱》描写的是省长刘云波和秘书张天芳，在江东开发区的资料里发现，陈思功的制药企业污染高尔夫球场的植被和球场的人造湖。《人民的名义》描写吕州的风景区月牙湖被大量的饭店、工厂、生活小区污水污染成了污水坑，180 家餐馆饭店都拆迁了，但赵家的美食城拆不掉。二者区别明显。

18. 政治切割，杀人灭口不近似

原告主张两部作品在政治切割，杀人灭口上描写近似。

经过比对，《暗箱》中麦立先在去机场的路上因一般性车辆肇事死亡，没有刘云波与市长崔长青切割，杀死麦立先的描写。《人民的名义》电视剧和小说中，描写法院副院长陈清泉原是高育良的秘书，并没有高育良切割法院副院长陈清泉的描写。杀死会计刘庆祝是山水集团为了阻止侯亮平侦查实施的，没有与高育良直接联系的描写。二者区别明显。

19. 政府垫资，老厂转型不近似（政府垫资在后）

原告主张两部作品在政府垫资，老厂转型上描写近似。

经过比对，原告关于政府垫资问题，属于公有领域，不具有独创性，不受著作权法保护。《暗箱》描写刘云波代表政府承诺补齐拖欠工资，启动安居工程，并没有"一石厂"转型的描写。《人民的名义》电视剧和小说明确描写了政府替山水集团垫付安置费。但"大风厂"只是员工自己成立了新"大风厂"，还是生产服装，也没有转型的描写。至于该情节放在作品前部，属于作品结构走向的设置，二者完全不同。

20. 留下伏笔不近似

原告主张两部作品在留下伏笔上描写近似。

经过比对，二者完全不同。一是陈海和麦立先车辆肇事原因不同。《暗箱》中麦立先在去机场的高速路上因车辆肇事死亡，死前给同学女记者季子川打电话，虽然提到"云波"名字，但不构成伏笔的描写，小说并没有腐败分子迫害麦立先的描写。《人民的名义》中的陈海，是因为接到蔡成功的举报电话，在接近真相时被人为车祸陷害以致昏迷，留下伏笔。二是陈海和麦立先两个人物特点不同。《暗箱》中的麦立先是学者商人，川汇集团的老板，也是省长刘云波的朋友，既不是反腐败的人物，也不是"腐败集团反击"的对象。《人民的名义》中的陈海是汉东省检察院反贪局局长，是腐败分子反击的对象。三是陈海和麦立先肇事的时机不同。《暗箱》中的麦立先车祸发生时，贪腐官员的代表市长崔长青已被带走审查，故事接近尾声，并没有原告提出的"预埋疑点"的描写。《人民的名义》中陈海被害时是故事刚开始，以此引出侯亮平接替陈海担任反贪局局长。

综上，小说《暗箱》与《人民的名义》电视剧和小说，在结构走向，布局谋篇，情节推进等诸多方面，具有实质性区别。

二、《暗箱》与《人民的名义》人物设置不近似

原告小说《暗箱》的人物有 31 个，被告《人民的名义》中仅有名有姓的人物就有 70 多个，原告主张人物设置近似，涉及 15 个比对点，现就主要的人物逐一分析如下。

1. 老首长与赵立春不近似

原告主张《暗箱》中的老首长与《人民的名义》中的赵立春近似。

经过比对，二者区别明显。一是两个人物身份职位不同，二是两个人物个性描写不同。《暗箱》中的老首长没有过多描

写，仅描写老首长与省委书记陈思成有联系，与刘云波用电话沟通工作情况，暗示陈思成汇报了刘云波的情况。《人民的名义》中的赵立春则描写比较多，曾经的改革先锋，利用手中权力，为其子赵瑞龙疯狂敛财提供权力支持，不顾人民利益，最终没有逃脱法律制裁。

2. 刘云波与高育良和李达康不近似

原告主张《暗箱》中的刘云波被《人民的名义》拆分为高育良和李达康。

经过比对，两部作品中除刘云波与高育良都有学者官员特点外，其他具有实质性区别。一是任职经历不同。《暗箱》中的刘云波是南岭省省长，从某处调任，原是大学老师。《人民的名义》中的高育良是汉东省省委副书记兼政法委书记，学者型党员干部、法学家，曾任汉东大学政法系主任、教授。李达康是京州市市委书记，曾任县委书记，原是省委老书记赵立春的秘书。二是性格特征描写不同。《暗箱》中刘云波有较高的政治理想，深谙从政之道。《人民的名义》中的高育良稳重老练，德高望重。李达康为人刚正无私，坚持原则，积极推行城市发展，为了 GDP 有一些不择手段，过于爱惜自己的政治羽毛。三是家庭和社会关系不同。《暗箱》中刘云波与商人李玉庭结为亲家，女儿嫁给李玉庭儿子，将儿子送出国，与女记者季子川发展情人关系。《人民的名义》中的高育良，在汉东省很多党员干部都是他一手培养提拔的，被外界称为"汉大帮"。侯亮平、祁同伟和陈海都是他当年的学生。他欺瞒组织，暗地里娶了高小琴的同胞妹妹高小凤为妻，为了相互利益与前妻吴惠芬离婚不离家，做名义上的夫妻。李达康为了工作和抱负，牺牲了家庭，妻子欧阳菁埋怨他不通人情，讽刺他是"工作狂"，二人的信念不同，分居八年后离婚。四是违法行为不同。《暗箱》中对刘云波除与女记者季子川发展婚外情，保持情人关系外，没有其他具体的描写，也没有定性为腐败官员。《人民的名义》中高育良为了获得更大的权力而讨好老省长赵立春，滥用职权为赵瑞龙敛财铺路，对其违法犯罪行为故作不知。为阻止侦查，指使肖钢玉陷害侯亮平，最终受到法律制裁，是作品中的反面人物。李达康没有违法行为描写。

3. 崔长青与丁义珍不近似。

原告主张《暗箱》中的崔长青与《人民的名义》中的丁义珍近似。

经过比对，二者完全不同。首先，原告主张崔长青与丁义珍同为腐败官员属于思想范畴，不受著作权法保护。其次，人物具体描写不同。《暗箱》中的崔长青，赌博、受贿、玩弄女人，利用主管"一石厂"改制的权力，纵容儿子侵吞"一石厂"资产，是整部小说中最大的贪腐官员和反面人物，在小说结尾部分被查办。《人民的名义》中的丁义珍，因向赵德汉行贿案败露逃往国外，沦为苦工，在非洲想做金矿生意时，被赵瑞龙雇佣的国际杀手花斑虎暗杀。

4. 尚局长与赵东来不近似

原告主张《暗箱》中的尚局长与《人民的名义》中的赵东来近似。

经过比对，《暗箱》中的尚局长是旧城公安局局长，在书中没有对尚局长的个性和工作的具体描写。《人民的名义》中的赵东来，是汉东省京州市公安局局长，工作沉着冷静、胆大心细。充满强烈正义感，在熟悉侯亮平后互相信任，主动调查陈海车祸案和刘庆祝死亡案，给予侯亮平诸多配合和帮助。两个人物区别明显。

5. 郑队长与程度不近似

原告主张《暗箱》中的郑队长与《人民的名义》中的程度近似。

经过比对，二者区别明显。一是两人职位不同，一个是队长，一个是原京州公安局光明区分局局长，后被调到省公安厅任办公室副主任。二是两人具体描写不同。《暗箱》中的郑队长在书中没有过多描写。《人民的名义》中的程度是反面人物，因为滥用职权，差点被李达康清除出公安队伍。后被祁同伟调到省公安厅，听从赵瑞龙指示监视李达康、侯亮平等人，后被绳之以法。

6. 李玉庭、麦立先与高小琴不近似

原告主张《暗箱》中的李玉庭、麦立先与《人民的名义》中的高小琴近似。

经过比对，二者在个人背景、身份地位、角色形象以及人物结局等方面描写具有实质性区别。《暗箱》中的李玉庭，是天和集团掌门人，精明强干的女商人。经麦立先牵线和刘云波结为儿女亲家，川汇集团在书中是以正面角色出现。《人民的名义》中的高小琴为山水集团董事长，是赵瑞龙的搭档杜伯仲，利用她的姿色进行培养，被赵瑞龙和杜伯仲作为腐蚀官员的工具使用，高小琴成为公安厅厅长祁同伟的情人，借助山水集团，违法聚敛财富，最终受到法律制裁。麦立先这一人物原告在《人民的名义》中没有找到相似人物。

7. 谢子华与杜伯仲不近似

原告主张《暗箱》中谢子华与《人民的名义》中的杜伯仲近似，二人同为商人，均通过送女人的方式摆平高官。

经过比对，《暗箱》中的谢子华是李玉庭的下属，与麦立先联合，创造刘云波与季子川见面的机会，想借助季子川钓刘云波这条大鱼，并不是培养了季子川去色诱刘云波。季子川与刘云波早就产生情人情感，当年季子川报道"于县假祖案"一事，就是为了维护刘云波的政治声誉，辞职离开，并不是谢子华送给刘云波的女人。《人民的名义》中的杜伯仲与赵瑞龙是合作伙伴，发现并培养高小琴和高小凤，其目的就是让她们去色诱男人为自己所用。二者具有实质性区别。

8. 崔朝阳与赵瑞龙不近似

原告主张《暗箱》中崔朝阳与《人民的名义》中的赵瑞龙近似。

经过比对，首先，虽然两人同为利用父亲的权力谋利，但是两人父亲职位不同，《暗箱》中崔朝阳的父亲崔长青是市长，《人民的名义》中赵瑞龙的父亲是省委领导。另外，两人敛财的方式不同，《暗箱》中的崔朝阳是买到了"一石厂"的经营权后，倒卖违禁化学品和军用板材敛财。《人民的名义》中的赵瑞龙是建立了山水集团捞钱洗钱。再次，两人违法行为的严重程度不同。《暗箱》中的崔朝阳仅仅是与骗子吴胜利勾结，坑害企业。《人民的名义》中的赵瑞龙则是与祁同伟勾结，雇凶手要杀掉侯亮平，后受到阻止。二者区别明显。

9. 吴胜利与蔡成功不近似

原告主张《暗箱》中吴胜利与《人民的名义》中的蔡成功近似。

经过比对，首先，两人身份背景不同。《暗箱》中的吴胜利是小老板，出身普通。《人民的名义》中的蔡成功是汉东省"大风厂"董事长、法定代表人，侯亮平的发小。其次，两个人物形象刻画完全不同。《暗箱》中的吴胜利是假借省委书记陈思成的兄弟（陈思功）之名招摇撞骗，攀附市长儿子崔朝阳，倒卖"一石厂"化工原料指标和军用板材牟取暴利。《人民的名义》中的蔡成功并不能被称为奸商，他虽然非法抵押股份、贿赂政府官员、煽动服装厂员工武力护厂，但他也真心对待朋友，真心为"大风厂"员工谋福利。被山水集团董事长高小琴同人联手骗走"大风厂"所有股份后，导致"大风厂"股权易主，引起工人维权。两人的个人背景、社会关系、人物形象刻画以及在书中所起的作用完全不同。

10. 孙武、孙强与王文革不近似

原告主张《暗箱》中孙武、孙强与《人民的名义》中王文革在"保守派"与"改革派"上相似。

经过比对，《暗箱》中的孙武、孙强因拒绝改制而与资方、政府方对抗。《人民的名义》中的"大风厂"已完成改制，不存在因改制而出现的所谓"保守派"与"改革派"。《人民的名义》中的王文革护厂的目的，是守护属于自己的股权和权益，没有保守和拒绝改革的描写。三个人物在所涉情节、人物形象、结局等方面的描写均不相同。

11. 刘晚秋与郑西坡不近似

原告主张《暗箱》中刘晚秋与《人民的名义》中郑西坡近似。

经过比对，《暗箱》中的刘晚秋是"一石厂"的工人，顺应时势，开设洗衣厂致富，但不幸在爆炸中丧生。《人民的名义》中的郑西坡是"大风厂"的工会主席，为维护工友的利益做出各种努力及牺牲，最终领导大家重新建厂，迎来新生活的圆满结局。《人民的名义》中"大风厂"没有因改制而出现"改革派"的描写，郑西坡的行为中也没有体现改革的描写。两个人物在所涉情节、人物形象、结局等方面的描写均不相同。

12. 孙菲与郑胜利不近似

原告主张《暗箱》中的孙菲与《人民的名义》中的郑胜利近似。

经过比对，二者区别明显。一是两人身份不同。孙菲是原"一石厂"的工人，后随丈夫刘晚秋开了洗衣厂致富。郑胜利并不是"大风厂"的工人，是"大风厂"工会主席郑西坡的儿子。二是两个人物在所涉情节、人物形象、结局等方面的描写均不相同。《暗箱》中的孙菲是刘晚秋的妻子，崇尚金钱，曾被老厂人所不齿，最后作为老厂新兴面貌的代表参与政府谈判。《人民的名义》中的郑胜利与整部作品的反腐主题关系不大，代表着社会现实中，通过自己努力挣钱的年轻人，不是"大风厂"重建的核心力量，最终被父亲郑西坡感化，成为"大风厂"的新董事长。

13. 季子川与高小琴、高小凤、陆亦可不近似

原告主张《暗箱》中的季子川与《人民的名义》中的高小琴、高小凤、陆亦可近似。

经过比对，二者具有实质性区别。一是季子川与高小琴、高小凤不相似。《暗箱》中的季子川是女记者，刘云波的情人，为了维护刘云波放弃记者职责。《人民的名义》中的高小琴和高小凤是同胞姐妹，是杜伯仲发现并培养出来腐蚀官员的工具。高小琴成为祁同伟的情人，高小凤被送给高育良结为夫妻。二是季子川与陆亦可不相似。《人民的名义》中的陆亦可是检察干部，协助侯亮平开展侦查工作，对陈海有爱慕之情。

14. 李淑静与吴惠芬、欧阳菁不近似

原告主张《暗箱》中的李淑静与《人民的名义》中的吴惠芬、欧阳菁近似。

经过比对，《暗箱》中的李淑静是刘云波的妻子，虽然刘云波因为工作繁忙对她关爱少，但李淑静仍然爱着刘云波，她用小说弥补内心爱情的空虚，在作品中没有贪腐的描写。《人民的名义》中的吴慧芬是明史专家，与高育良早已离婚，为了相互的利益，离婚不离家，对外做名义夫妻，不存在原告所主张的"婚姻名存实亡"，李淑静与吴惠芬区别明显。《人民的名义》中的欧阳菁是具有小资心态的女子，渴望爱情，却得不到李达康的关爱，喜欢看韩剧《来自星星的你》，寄托自己的情感，利用职务便利贪赃枉法，最终受到法律的制裁。李淑静与欧阳菁具有实质性区别。至于原告主张的李淑静与欧阳菁同为少女心，均对爱情抱有幻想问题，属于思想范畴。在人物具体表达上，两人的人物形象、社会关系、渴望爱情的具体描写，均存在实质性区别。

三、《暗箱》与《人民的名义》人物关系设置不近似

原告起诉时提交的比对表主张的力量结构、政府内部结构、企业内部结构、资方内部结构、政资关系、企资关系，仅在思想层面和公有领域层面进行比对，没有结合相应的故事情节和特定的人物关系进行比对，没有具体的描写指向，不受著作权法保护。比如，原告只是将领导职务级别进行类比，没有结合特定人物的描写进行实质性比对，政府内部结构是国家行政和司法机关的固定设置模式，属于公有领域素材，不受著作权法保护。代理人仅就原告方明确的人物关系进行分析。

1. 企业内部结构比对不近似

经过比对，一是《暗箱》中对肖正芝和儿子孙武、孙强没有关于保守派的描写，对刘晚秋和孙菲也没有关于改革派的描写。《人民的名义》中"大风厂"已完成改制，厂内矛盾是由于山水集团违法侵占股权产生的，并非国企改制，也没有所谓"保守派"与"改革派"的描写。二是《人民的名义》中王文革护厂，主要是为了自己的股权和权益，没有"保守派"的形象描写。三是郑西坡是一身正气、两袖清风的基层干部，为维护工友利益做出各种努力及牺牲，也没有"改革派"的形象描写。两部作品在此存在实质性区别。

2. 资方内部结构比对不近似

经过比对，一是资方的描写不同。《暗箱》中"一石厂"的第一任小老板是吴胜利，假借省委书记陈思成的兄弟（陈思功）之名招摇撞骗，攀附市长儿子崔朝阳，倒卖"一石厂"化工原料指标和军用板材牟取暴利。《人民的名义》中的蔡成功，是"大风厂"的董事长，没有投资方身份的描写，也没有关于蔡成功勾结市长的描写。蔡成功注册公司的工商档案显示，丁义珍占有15%股份，是蔡成功为了借丁义珍的名声好办事，丁义珍本人并不知情。两者描写完全不同。二是原告主张的核心

人物一女二男不具有相似性。《暗箱》中的李玉庭是川汇集团掌门人，麦立先是川汇集团独立董事，是李玉庭的下属，刘云波的密友。谢子华也是李玉庭的下属，三人是同一集团的上下属关系。《人民的名义》中的商人的代表是山水集团的高小琴和赵瑞龙。赵瑞龙是省委领导赵立春的儿子，仗着自己父亲的身份为所欲为，建立山水集团，捞钱洗钱。高小琴是山水集团董事长，赵瑞龙看重她的姿色，重点培养，目的是用高小琴的美色攻下高官。祁同伟是汉东省公安厅厅长，不属投资方。三是原告所谓投资方与领导关系深厚，是反腐文学作品中常见的情节，属于思想层面和公有领域素材，不具有独创性。

3. 政资关系比对不近似

经过比对，原告主张的姻亲关系、家臣关系、旧友关系等，均属于思想层面，不受著作权法保护。涉及具体描写区别明显。

首先以姻亲关系为例。原告主张的姻亲关系不相似。《暗箱》中的刘云波与李玉庭结为儿女亲家。《人民的名义》中的高育良和高小凤之所以结为夫妻，是杜伯仲为了拉拢高育良设计的美人计，并不是单纯的姻亲关系。二者不相同。

其次以家臣关系为例。原告主张的家臣关系不相似。《暗箱》中刘云波与麦立先是朋友关系，没有麦立先是刘云波家臣的描写。《人民的名义》中高育良是汉东省委副书记兼政法委书记，祁同伟是汉东省公安厅厅长，两人既是上下级关系，又是师生关系，也没有祁同伟是高育良家臣的描写。

再次以政资关系为例。原告主张资方用女人打动大反派不相似。《暗箱》中在麦立先与季子川联系前，刘云波与季子川早已情人关系交往，季子川并不是被他人送给刘云波的美人计，刘云波在整部作品中也未被定义为反派。《人民的名义》中高育良与高小凤结为夫妻，两人之间是真情实感，高小凤的双胞胎姐姐高小琴虽然是山水集团的董事长，但高小凤并不是投资方。

4. 企资关系比对不近似

经过比对，《暗箱》中刘晚秋是"一石厂"工人，在麦立先的策划组织下办起了小型洗衣机厂致富，在氯气罐爆炸中丧生。《人民的名义》中郑西坡是"大风厂"的工会主席，陈岩石是汉东省人民检察院原常务副检察长，既不是企业方，也不是投资方，更不是政府，是退休老干部。二者具有实质性区别。

原告主张两部小说中设计有相同的关系，结合相关情节进行比对，两部小说人物关系所涉及的人物设置、人物关系、故事情节等的描写均不相同，具有实质性区别。

四、《暗箱》与《人民的名义》电视剧和小说情节不相似

原告主张小说《暗箱》与电视剧和小说《人民的名义》在小说情节中，涉及老国营厂命运、男主腐败轨迹、男主夫妻关系近似比对点 45 个，现逐一分析比对如下。

第一，关于原告新提交的"老国营厂命运"的比对表。

1. 老国营厂改制的描写不相似

经过比对，一是国企改制是国家企业改制的普遍现象，属于公有领域素材，不受著作权法保护。《暗箱》描写的是财政局局长在三方谈判的会议上，介绍"一石厂"的改制历史。《人民的名义》电视剧剧情是退休检察长陈岩石到高育良家院内花园赏花聊天，陈岩石询问起高育良山水集团与"大风厂"股权纠纷的事，引出了当年陈岩石主持"大风厂"股份制改革的回忆。《人民的名义》小说描写的是反贪总局侦查处处长侯亮平对"大风厂"举报信感兴趣，在陈岩石家，饭后让陈岩石向他举报，陈岩石对当年自己主持"大风厂"股份制改革的回忆。二者区别明显。

2. 第一任投资方勾结官员掏空企业假装受害者不相似

经过比对，一是资方的描写不同。《暗箱》中"一石厂"

的第一任小老板是吴胜利，假借省委书记陈思成的兄弟（陈思功）之名招摇撞骗，攀附市长儿子崔朝阳，倒卖"一石厂"化工原料指标和军用板材牟取暴利。《人民的名义》电视剧和小说中的蔡成功，是"大风厂"的董事长，没有投资方身份的描写，也没有关于蔡成功勾结市长的描写。蔡成功煤炭公司的工商档案显示，丁义珍占有的股份，是蔡成功为了借丁义珍的名声好办事，丁义珍本人并不知情。二是《暗箱》中描写的可利公司非法牟取暴利，没有假装受害者的描写。《人民的名义》电视剧和小说中蔡成功在接受讯问时成功地把自己装扮成了受害者。二者描写区别显著。

3. 老厂地皮大幅增值不相似

经过比对，一是企业地皮增值是正常的市场变动情况，属于公有领域，不具有独创性，不受著作权法保护。二是《暗箱》中描写的是崔市长在三方谈判会议上，对"一石厂"转制过程的回忆，认为地皮升值是肯定的。《人民的名义》电视剧描写的是，退休副检察长陈岩石到高育良家看盆景时，向高育良反映"大风厂"股权质押纠纷，山水集团借机拿走了股权和厂区的地，这块地值10个亿。《人民的名义》小说描写的是，反贪总局侦查处处长侯亮平到养老院看望老领导陈岩石，对"大风厂"举报信感兴趣，要求陈岩石向他举报，陈岩石向侯亮平介绍"大风厂"股权纠纷，股权被法院判给山水集团，厂子那块地价值10个亿。两者在人物语言、事件起因、语言环境、表达目的等描写具有实质性区别。

4. 第二任投资方通过权力腐败强占老厂不相似

经过比对，《暗箱》描写的是腐败市长崔长青被审查后见到刘云波的对话，并没有明确描写外贸集团入主"一石厂"是通过腐败权力强占老厂。《人民的名义》电视剧和小说中描写的"大风厂"股权转让一案，是因法院枉法裁判导致的。二者截然不同。

5. 工人护厂的描写不相似

经过比对，工人拒绝搬迁护厂属于公有领域，不具有独创性，不受著作权法保护。一是描写的情节不同。《暗箱》中描写的是麦立先看到工人换班护厂，在被撞碎的厂大门前站成了双层人墙，眼睛湿润引发了感慨。《人民的名义》小说和电视剧中描写的是郑西坡基于员工拥有了这家工厂百分之四十九的股权，是工厂的主人，要领导主人们捍卫自己的合法权益，才和手下员工保卫工厂。二是描写的原因不同。《暗箱》描写的麦立先"爱厂如家"的表述，是基于之前发生了打砸车间的事件。《人民的名义》中对"他们是这里的主人"的描述，是基于员工取得了"大风厂"的股权，"大风厂"的命运与员工的合法权益息息相关。三是《暗箱》"爱厂如家"的表述是中国国有企业中常有的说法，工人站成双层人墙的描写是常见的自然现象，不具有独创性。二者区别明显。

6. 黑社会强拆引发重大事故和人员伤亡不相似

经过比对，二者区别明显，详见前述。

7. 现场存在更大安全隐患的描写不相似

原告代理人主张，被告为了模仿原告《暗箱》，把氯气罐爆炸替换为汽油库和增加了运输队。

经过比对，现场存在安全隐患属于思想层面，不受著作权法保护。在具体情节描写上，氯气罐与汽油和运输队均属于实体物，相互之间没有任何联系，原告主张的替换一说没有任何事实和法律依据。《暗箱》中描写没有爆炸的氯气罐，随时可能再次发生昨天晚上的惨剧。《人民的名义》电视剧和小说中，是拆迁大王常成虎将"大风厂"工会主席郑西坡控制时，郑西坡要求必须放他回去，因厂里还有个25吨的汽油库，容易出大事。二者描写完全不同。

8. 事故消息通过网络迅速扩散不相似

经过比对，事故消息通过网络迅速扩散不具有独创性。

《暗箱》中"一石厂"氯气罐爆炸后，消息被通讯社等媒体和网站传播。几大媒体记者要冲过警戒线，省长刘云波瞪着崔长青责问为什么挡不住。《人民的名义》电视剧中描写的是侯亮平在网络上看到"大风厂"突发事件，给高育良打电话报告情况。市公安局网监处希望阻止群众拍摄。《人民的名义》小说描写的是摄影爱好者尤会计，在失火现场用手机拍照传到互联网上。二者完全不同。

9. **场面失控权威发声不相似**

经过比对，《暗箱》并没有场面失控的描写，只是因为记者要越过警戒线采访，司马局长向刘省长建议召开现场新闻发布会，消息以发布会为准，统一报道口径。《人民的名义》电视剧没有场面失控的描写，是"大风厂"失火平息后，沙瑞金指示李达康针对传言和谣言委托权威媒体发声，以正视听，不是统一报道口径。

10. **亲临现场亲民形象描写不相似**

经过比对，领导亲临现场表现亲民形象，属于公有领域，不具有独创性，不受著作权法保护。详见前述一。

11. **事故完毕发出感慨不相似**

经过比对，《暗箱》小说是景色描写，不是刘云波感慨。《人民的名义》电视剧和小说是李达康的内心感慨。

12. **抚恤金争端不相似**

经过比对，《暗箱》描写的是麦立先接到集团通知，集团要拿出140万元对遇难者家属给予补偿。刘晚秋的前妻突然推倒孙菲，抢走支票，描写有争抢的意思。《人民的名义》电视剧描写蔡成功在医院里，将存有10万元的银行卡交给郑西坡，让分给受伤工人。郑西坡每人发2000元，有人嫌少，但是没有争端的描写。

13. **启动法律途径解决问题不相似**

经过比对，启动法律途径解决问题属于思想层面，不具有独创性，不受著作权法保护。《暗箱》描写刘云波针对"一石厂"转制引发工人不满，提出找律师问问情况，没有明确启动法律途径。张天芳介绍麦立先只接受法律程序，没有越轨行为，没有启动法律程序的描写。《人民的名义》电视剧是李达康组织开会，从法律层面研究"大风厂"持股问题，并怀疑"大风厂"股权转让牵扯司法腐败，市委给"大风厂"员工请律师帮助研究，准备启动法律程序的描写。二者完全不同。

14. 已经支付的安置款被占用不相似

经过比对，《暗箱》描写的是省委书记陈思成，分析政府给安居工程项目拨款，恐怕被崔长青的儿子使用。《人民的名义》电视剧和小说描写的是高小琴告诉陆亦可，山水集团花3500万元安置费，刚一到账就被民生银行划走，并不是占用。二者完全不同。

15. 工人出路在哪里不相似

经过比对，工人出路在哪里属于思想层面，工人下岗安置费不足属于公有领域，不具有独创性，不受著作权法保护。《暗箱》描写工人认为厂就要不在了，补偿钱总有一天会花完的担心。《人民的名义》电视剧描写工人想要股权，担心政府派来的援助律师和山水集团打不赢官司。《人民的名义》小说描写政府替山水集团垫付了4000多万元安置费，多数工人拿到钱走了，少数人拿到钱心中忐忑。二者区别明显。

16. 事件并未画上句号不相似

经过比对，《暗箱》中描写刘云波看到季子川拍摄的电视新闻，问自己，"一石厂"事件是否真的画上句号，在接到季子川的短信后回复的是省略号，描写不明。《人民的名义》电视剧描写"大风厂"事件已经结束，李达康在办公室与孙连成谈话，担心可能反复甚至翻船，没有表达出未画句号。《人民的名义》小说对此没有描写。二者具有显著区别。同时，原告关于事件并未画上句号的主张，属于思想层面，不受著作权法保护。

17. 部分工人牵头转产不相似

经过比对，《暗箱》描写的是刘晚秋带头转产。《人民的名义》电视剧和小说没有描写转产。"大风厂"最后是建立了"新大风厂"，但仍然生产服装，并没有转产的描写。二者完全不同。

18. 政府毁约再生矛盾不相似

经过比对，《暗箱》描写政府和外贸协议免税，麦立先接手后认为免税协议应当延续，与政府产生分歧，没有政府毁约的描写。《人民的名义》电视剧和小说描写丁义珍外逃后，光明区政府不承认丁义珍在位时与山水集团签下的合同，目的是妥善安置"大风厂"下岗职工。二者区别显著。

19. 再次发生暴力事件不相似

经过比对，再次发生暴力事件属于思想层面，工人下岗安置费不足属于公有领域，不具有独创性，均不受著作权法保护。《暗箱》描写的是"一石厂"员工在礼堂静坐与警察发生冲突，枪走火导致孙武死亡，枪走火的警察被工人痛打。《人民的名义》电视剧描写的是"大风厂"下岗工人王文革为了要回自己的股权劫持蔡成功儿子。《人民的名义》对此没有描写。二者具有实质性区别。

20. 关于政府垫资，先行安置不相似

经过比对，政府垫资和先行安置属于公有领域，不具有独创性，不受著作权法保护。《暗箱》描写刘云波代表政府承诺补齐拖欠工资，启动安居工程，并没有垫资和先行安置的描写。《人民的名义》电视剧和小说明确描写了政府为山水集团垫付安置费。二者完全不同。

21. 关于政府变相向企业追偿安置款不相似

经过比对，《暗箱》中描写的是张天芳表示，安居工程款被崔长青挪用，难以追回，省长刘云波提示张天芳向商人谢子华要钱，并没有政府变相向企业追偿安置款的描写。《人民的名义》电视剧描写市委书记李达康表态，政府垫付的安置费向山水集团追偿。《人民的名义》小说对此没有描写。

22. 下一代接班企业重生不相似

经过比对，《暗箱》描写的是在三方和解会议上，"一石厂"员工推举肖正芝的女儿孙菲代表"一石厂"参加会谈，孙菲仅是代表"一石厂"参加会谈，并没有明确是接肖正芝的班，也没有企业重生的描写。《人民的名义》电视剧和小说描写的是，郑西坡的儿子郑乾当选新一届董事长，很快恢复了代工生产。郑乾也不是接郑西坡的班。"大风厂"只是恢复生产，也不能理解为是企业重生。二者具有实质性区别。

第二，关于原告新提交的"男主腐败轨迹"的比对表。

1. 教授从政不相似

经过比对，教授从政属于公有领域素材，不具有独创性，不受著作权法保护。详见前述。

2. 政治抱负的描写不相似

经过比对，政治抱负属于思想层面，不受著作权法保护。《暗箱》中描写省长刘云波向商人朋友麦立先表示，对权、钱没有兴趣，对弄权反感。留在官场的唯一理由就是实现自己年轻时的政治理想。《人民的名义》电视剧和小说描写祁同伟评价高育良爱权不爱钱，要的是江山。市委书记李达康对妻子欧阳菁表示，不能用人民给的权力做违法的事。二者区别明显。

3. 下属腐败不相似

经过比对，下属腐败属于公有领域素材，不具有独创性，不受著作权法保护。详见前述。

4. 官网密布的描写不相似

经过比对，官网密布属于公有领域素材，不具有独创性，不受著作权法保护。《暗箱》描写的是刘云波与张天芳谈话，认为官场是一张密织着的网，每个人都是网上的一个结，他答应老首长力挽狂澜。《人民的名义》电视剧描写的北京老领导赵立春与高育良通话，交代他祁同伟不能倒，祁同伟要是倒了台，你我脱不了干系。《人民的名义》小说描写李达康和高育良开会遇见，李达康主动谈起了赵瑞龙，赵瑞龙说老书记赵立春让他们要团结。二者描写完全不同。

5. 信念崩塌不相似

经过比对，信念崩塌属于思想层面，不受著作权法保护。

《暗箱》中描写刘云波做梦后，情人季子川解梦，没有信念崩塌的描写。《人民的名义》电视剧描写高育良的内心活动，明确表达出信念彻底崩溃。二者区别明显。

6. 美人如玉的描写不相似

经过比对，一是人物设置和人物关系不同。《暗箱》中的季子川本身就是才女记者，与省长刘云波是情人关系。《人民的名义》中的高小凤，是杜伯仲从渔家女培养出来的知书达理、善解人意的小可人，专门用来套官员的美色工具。二是人物会面的目的不同。《暗箱》中季子川与省长刘云波会面，虽然是刘云波的朋友麦立先安排的，但实际上是刘云波与季子川的第三次情人会面，二人情人关系深入发展。《人民的名义》中描写杜伯仲设计圈套，利用高小凤，施展美人计，使高育良上套，最终高育良与高小凤结为夫妻。三是二者虽然在描写红色立领旗袍一点上相似，但中国旗袍的设计样式和颜色，均为固定的模式类型，属于公有领域素材。《人民的名义》电视剧描写赵瑞龙的瑞龙公司开业典礼，高小凤作为礼宾人员，着红色立领旗袍并别花，是根据剧中的环境和情节需要设计的。《暗箱》小说的描写，并没有结合特定的人物个性、人物关系、故事情节来描写，不具有独创性，不属于著作权法保护的范围。二者在人物个性、人物经历、人物关系、人物会面目的、故事情节以及人物结局等方面，均具有实质性区别。其他分析详见前述。

7. 国外账户不相似

经过比对，官员亲属在国外有账户，属于公有领域素材，《暗箱》的描写不具有独创性，不受著作权法保护。《暗箱》描写的是，麦立先、李玉庭为了拿下江东项目才给刘云波的儿子刘大矛在国外瑞士银行开立账户。《人民的名义》电视剧描写的是，侯亮平在侦查工作接近尾声时，在高育良办公室向他摊牌，出示了高育良和高小凤亲近的三张照片。钟晓艾在调查高小凤时，谈到了山水集团高小琴在香港特区给自己和祁同伟的私生子，以及高育良和高小凤的儿子设立两笔基金。《人民的名义》小说与之不同的是，均由侯亮平向高育良摊牌的描写。两部作品描写完全不同。

8. 结为姻亲关系比对不相似

经过比对，原告主张的姻亲关系属于思想层面，不受著作权法保护。涉及具体描写区别明显。详见前述。

9. 约束家人不相似

经过比对，约束家人属于公有领域素材，不具有独创性，不受著作权法保护。《暗箱》描写刘云波在订婚宴上给未来的女婿姚依山提要求，不能向刘云波提出和他的权力有关的任何要求，表达了约束姚依山的意思。《人民的名义》电视剧描写高小凤在高育良案发后，向办案人员交代高育良对她要求严格，不允许她参与山水集团的任何生意和公司挂名，是想保护高小凤。《人民的名义》小说没有描写。二者在人物设置、情节安排、人物结局等方面，均区别明显。

10. 违规拿地不相似

详见前述。

11. 老国营厂（略）

详见前述。

12. 重大事故（略）

详见前述。

13. 是否坦承不相似

经过比对，是否坦承属思想层面，不受著作权法保护。《暗箱》描写省长刘云波与书记陈思成谈话，刻意回避了和李玉庭是亲家的事实。《人民的名义》电视剧高育良回忆陈海被害、侯亮平怀疑祁同伟放走丁义珍及梁璐汇报祁同伟亲属轮奸少女等事，想向沙瑞金汇报，但走到沙瑞金办公室门口良久，又转身离去。二者在人物设置、事件经过、故事情节、人物结局等方面，均区别明显。

14. 夫人出国（略）

详见前述。

15. 市长逃跑描写不相似

经过比对，《暗箱》描写省长刘云波问秘书长张天芳和市委书记梁明，崔长青为什么跑？崔长青逃跑未遂。《人民的名义》电视剧和小说描写丁义珍因向赵德汉行贿案败露逃往国外，沦为苦工，在非洲想做金矿生意时被赵瑞龙雇佣的国际杀手花斑虎暗杀。二者虽然都有逃跑的描写，但单纯的逃跑现象描写，不具有独创性。二者在人物设置、故事情节、人物结局等诸多方面，均具有实质性区别。

16. 打着领导旗号的描写不相似

经过比对，原告"我是化身"的表述不具有独创性，这种现象在官场是司空见惯的现象。《暗箱》中没有描写"我是化身"的语句。《人民的名义》描写纪委书记张树立在常委会上，因副市长丁义珍出事，猛烈批判丁义珍，说他背后干啥事都打着李书记的旗号。二者描写完全不同。

17. 杀人灭口不相似

经过比对，陈海和麦立先车辆肇事原因不同。《暗箱》中麦立先在去机场的路上因一般性车辆肇事死亡，没有杀人灭口的原因描写。《人民的名义》电视剧和小说中反贪局局长陈海，是因为接到山水集团会计刘庆祝的举报电话，在接近真相时，被祁同伟派人制造车祸陷害昏迷，属于杀人灭口。二者在人物设置、故事情节、死亡原因等方面均存在实质性区别。

第三，关于原告新提交的"男主夫妻关系"的比对表。

原告主张的人生若只如初见（早年夫妻恩爱）、岁月流光情已负（感情逐渐淡漠）、夜阑人静寒霜渡（无处寻求寄托）、脉脉此情向谁诉（夫妻事实分居）、茶烟轻飏落花风（享受夫人待遇）、满天风雨下西楼（仓皇出走国外），均属于思想层面和公知领域，不属于著作权法保护的范围。要么属于单纯的人物关系，不受著作权法保护，要么在特定人物所涉及的具体情节与内在表达上与被告小说不同，不构成相似。结合两部作品的描写进行对比分析，均存在实质性区别。

1. 人生若只如初见（早年夫妻恩爱）描写不相似

经过比对，夫妻恩爱属于思想层面和公有领域，不受著作权法保护。在具体描写上，《暗箱》描写刘云波从南岭最北边一个县的乡村代课老师，变成了南岭省长。李淑静怀念与刘云波当初虽贫困但却稳固温暖的岁月。《人民的名义》电视剧描写了欧阳菁被捕后，向办案人员讲述，当年因为她喜欢吃海蛎子，李达康挖了一晚上，浑身都是泥，背了一袋海蛎子，她觉得是世界最幸福的女人。《人民的名义》小说描写欧阳菁很晚回家与李达康一起回忆李达康在山区任副县长时，母女两人陪他度过颠簸的岁月。两部作品虽然都描写了夫妻恩爱的过去，但在涉及特定人物、具体情节、内在表达和人物结局等方面具有实质性区别。

2. 岁月流光情已负（感情逐渐淡漠）描写不相似

经过比对，感情逐渐淡漠属于思想层面，两者表述的方式和内容并不相同。《暗箱》描写的是由刘云波说出妻子李淑静对他的评价，评价他为天下最无情无趣的男人。《人民的名义》电视剧和小说是欧阳菁在审讯中，对丈夫李达康的评价，评价他也不出去玩，有点无趣、自私，欧阳菁亲弟弟的事也不帮忙，随着李达康地位的提高，显现出自私的毛病。二者在人物刻画、具体情节等方面完全不同。

3. 夜阑人静寒霜渡（无处寻求寄托）描写不相似

经过比对，原告关于无处寻求寄托的主张，属于思想层面，原告对比的内容主要是夫妻分居问题。《暗箱》描写的是省长刘云波与女记者季子川聚会回家晚了，担心影响家人休息轻声走到自己与李淑静的卧室，并没有分居。《人民的名义》中描写的高育良与吴惠芬早已离婚分居，李达康与欧阳菁，夫妻感情早已破裂，分居八年。二者描写完全不同。

4. 脉脉此情向谁诉（夫妻事实分居）描写不相似

经过比对，原告主张的夫妻事实分居属于思想层面，不受著作权法保护。

首先，关于女性心里的描写不相似。一是描写的场景不同。《暗箱》描写李淑静房间堆满了小说。《人民的名义》电视剧与小说对欧阳菁没有相同的描写。二是描写的情节不同。《暗箱》描写李淑静二十多年来由小说陪伴，消化和释放了丰富的内心，爱着小说中的人物，伴着他们流泪。《人民的名义》电视剧和小说描写欧阳菁，深爱韩剧《来自星星的你》，病态般地一遍一遍看，浪漫的爱情故事与她的白日梦化为一体。三是描写的结局不同。《暗箱》描写李淑静回到现实中面对自己的丈夫时，有了恍若隔世的距离感。她把规律简约的关怀给了丈夫，把真实的自己交给了小说。《人民的名义》电视剧和小说描写欧阳菁，把自己变成了剧中的女主角，夫妻分居八年，最终在出国前离婚。

其次，关于女人年轻的描写不相似。《暗箱》描写的是李淑静的外表年轻，《人民的名义》电视剧与小说描述的是欧阳菁的心理年轻，虽然都是展现女人年轻，但在人物个性、描写内容和具体情节等，均具有实质性区别。

再次，关于常青藤里的风铃和花的描写不相似。一是描写的景物不同。《暗箱》描写的是常青藤里的风铃。《人民的名义》描写的是玉兰树上的花朵和篱笆下盛开的玫瑰。二是描写的人物行为不同。《暗箱》对李淑静没有描写。《人民的名义》描写欧阳菁经常站在花园里望着花发呆，一站就是半天。三是描写的人物心境不同。《暗箱》描写风铃声响起，李淑静就自觉地关闭了听觉，也关闭了思维。《人民的名义》描写美丽的花儿使欧阳菁暂时忘却了尘世烦恼，融入花丛之中。两者在人物刻画、场景描写、行为表现、具体情节等方面，均具有实质性区别。

5. 茶烟轻飏落花风（享受夫人待遇）描写不相似

经过比对，《暗箱》描写公司采取灵活机制，李淑静不坐班，对她很适合，是公司规定的。《人民的名义》描写欧阳菁约了美容不去上班，李达康妹妹说她，要不是沾李达康市委书记的光，哪能这么随便。一个是公司规定，一个是欧阳菁主动不上班，二者区别明显。

6. 满天风雨下西楼（仓皇出走国外）描写不相似

两部作品都有夫人出国的描写，但区别明显。详见前述。

代理人认为，文学作品中，人物关系是否相同或者近似应当结合特定人物所涉的特定情节进行比对。如果人物关系结合基于特定人物之间发生的故事情节高度相似，则可以认定为人物关系相似。需要强调的是，在人物关系的比对中，不能脱离情节而单独就人物关系进行比较，否则可能会构成在思想层面或者公知素材层面的比对。原告的主张显然不能成立。

五、《暗箱》与《人民的名义》电视剧和小说各方细节不相似

原告新提交的"各方面细节"的比对表，主张有 16 个细节相似，现一一分析如下。

1. 领导打篮球不相似

经过比对，原告主张的领导打篮球，是常见的体育运动方式，属于公有领域素材，不具有独创性。《暗箱》中描写的是，刘云波向张天芳介绍自己过去打过篮球，在中学、大学、插队时是篮球队的主攻前锋。《人民的名义》电视剧描写省委书记沙瑞金在省委院里打篮球锻炼身体。这一情节是由于演员张丰毅自己会打篮球，提出增加的戏份。一个是介绍过去，一个是现实锻炼，二者在人物刻画、具体情节等区别明显。

2. 录像监控官员不相似

经过比对，《暗箱》描写省委书记陈思成亲自布置监视崔长青，市委书记梁明拿着录像带放给大家看，麻将桌上堆着钱。《人民的名义》电视剧描写省公安厅办公室副主任程度受赵瑞龙指使，监视李达康，他将监控的音像资料作为礼物送给祁同伟。一个是领导合法的监视，一个是违法监视，二者虽然都有监控的描写，但监控的原因、人物、具体情节和目的等，均具有实质性区别。

3. 书记狠抓官员腐败不相似

经过比对，书记狠抓腐败官员属于公有领域素材，原告的主张不具有独创性。《暗箱》描写省委书记陈思成与省长刘云波的对话，提出了应如何还人民一个公正的社会。《人民的名义》电视剧和小说描写省委常委会上，高育良发言后，沙瑞金表态，已经到了非解决不可的时候了……按党纪国法办。一个是两个领导对话，一个是常委会议上发言，二者在人物刻画、具体情节等区别显著。

4. 权力的话语权不相似

经过比对，原告主张的权力的话语权属于思想层面，不受著作权法保护。《暗箱》描写的是崔长青被抓后，在审查期间与刘云波的对话，崔长青认为，他的错误就是职位不够高。

《人民的名义》电视剧和小说中描写的是高育良在常委会上，自己把辩证法搞成了诡辩论，激起了众怒。高育良却认为是权力效应，因为他不是"一把手"，权力不够大。二者对同一个问题的认识相同，属于思想层面，不属于著作权法保护范围，在人物刻画、语言环境、具体情节等描写上区别明显。

5. 臭鸡蛋官员不相似

经过比对，《暗箱》描写张扬像一个找臭鸡蛋的人，不是说他像臭鸡蛋。《人民的名义》电视剧把陈清泉比喻成就是有缝的蛋。二者完全不同。

6. 扫黄不相似

经过比对，原告主张的扫黄问题，属于公有领域素材，不具有独创性，不受著作权法保护。在具体描写上，《暗箱》描写小仙岛是色情场所，麦立先也装修一个戏楼子，里面有南美艳舞，刘云波告诉张天芳找公安局晚上把康莱大酒店的那个戏楼子查封掉。《人民的名义》电视剧和小说描写陈清泉在山水庄园嫖娼时被抓。二者在事件起因、具体情节、故事结局等具有显著区别。

7. 官员子女建污染企业描写不相似

经过比对，一是企业污染环境是一个社会问题，属于公知素材，不具有独创性。二是描写事件不同。《暗箱》描写的是刘云波和张天芳，在江东开发区资料里发现陈思功的制药企业，污染高尔夫球场的植被和球场的人造湖。《人民的名义》描写的是吕州的风景区，月牙湖被大量的饭店、工厂、生活小区污水污染成了污水坑，180家餐馆饭店都拆迁了，但赵家的美食城拆不掉。一个是查询资料发现污染环境企业，一个是污染环境的企业拆迁遇困难，二者区别明显。

8. 假装官员亲戚不相似

经过比对，《暗箱》中描写的吴胜利，是小老板，出身普通，假借省委书记陈思成兄弟（陈思功）之名招摇撞骗，攀附市长儿子崔朝阳，有假借官员亲属的嫌疑描写。《人民的名义》电视剧和小说中描写的是，蔡成功向侯亮平举报时，提到高小琴是高育良的亲侄女，实际上高小琴是高育良的大姨子。外界虽有传闻，但与实际不符。一个是骗子假装官员亲戚，一个是真实的亲属，二者描写完全不同。

9. 英雄的堕落不相似

经过比对，原告主张的英雄的堕落，属于思想层面，不受著作权法保护。《暗箱》描写的麦立先当过兵参过战，自己认为是从战斗英雄腐朽堕落，但是小说中没有实际堕落描写。《人民的名义》电视剧和小说描写的祁同伟，曾经是缉毒英雄，后堕落为腐败官员。二者在人物刻画、具体情节、故事结局等区别明显。

10. 独善其身的理念不相似

经过比对，原告主张的独善其身的理念，也属于思想层面，不受著作权法保护。《暗箱》描写的是麦立先与女记者季子川对话，麦立先说，你是大人，大人为道，自己是小人，小人只能谋事，没有独善其身的描写。《人民的名义》电视剧描写的是祁同伟与高育良对话，涉及祁同伟的婚姻问题，祁同伟表示了达则兼济天下，穷则独善其身。二者在人物刻画、语言表达、情节环境等区别明显。

11. 对爱情不求回报不相似

经过比对，原告主张对爱情不求回报，属于思想层面，不受著作权法保护。《暗箱》中描写刘云波与女记者季子川两人交流情感，没有不求回报的描写。《人民的名义》电视剧描写祁同伟与高小琴交流情感，高小琴只求爱她，不求回报。二者虽然都有描写情人之间的情感交流，但在人物刻画、具体情节、语言表述、人物结局等方面具有实质性区别。

12. 对底层人民的悲悯不相似

经过比对，《暗箱》描写了肖正芝是时代的牺牲品。《人民的名义》电视剧和小说描写高小琴与陆亦可的对话，没有对底层人民悲悯的描写。二者区别显著。

13. 出生和阶层的差异不相似

经过比对，《暗箱》描写季子川（记者）和同学麦立先（商人）交流人生看法，季子川认为自己是普通百姓，麦立先叱咤商界，不是一路人。《人民的名义》电视剧和小说描写高小琴（商人）和陆亦可（检察官）交流家庭背景差距。一个是同学交流，一个是办案对象交流，二者在人物刻画、语言描述、具体情节，人物结局等区别明显。至于涉及人生和阶层的表述，属于思想层面，不受著作权法保护。

14. 穷女子蜕变的描写不相似

经过比对，《暗箱》描写孙菲收到他人送的高档化妆品后，讲述她对"一石厂"部分人高消费、乱消费的看法，并没有表达出孙菲"穷女子蜕变"的意思。《人民的名义》描写赵瑞龙、杜伯仲对高小琴、高小凤姐妹的改造，从渔家女变成繁华都市的女人，高小琴第一次穿上高跟皮鞋，连路也不会走了。也没有表达出"蜕变"的意思。二者在人物设置、具体情节、语言内容、人物结局等方面，存在实质性区别。

15. 包围汽车不相似

经过比对，《暗箱》中描写的是，工人上访将崔市长的车围住。《人民的名义》电视剧是愤怒的工人将拆迁大王常成虎的车包围了。同是包围汽车，但包围的原因、包围的对象、具体事件不同，二者区别明显。

16. 省政府家属楼环境描写不相似

经过比对，单纯描写省领导居住的大院不具有独创性，两部作品对省政府和省委大院环境及房屋特征的描写完全不同，在文字表达上也毫无相同之处。

六、《暗箱》与《人民的名义》人名和名称不近似

原告主张两部作品的部分人名和名称相似，提出了 11 个比对点。代理人认为，人物的姓名不享有著作权，两部作品涉及的人物姓名和名称也不相似。小说《暗箱》中人名与《人民的名义》中的人名和名称没有任何关联性，原告的比对没有任何故事情节和人物设置的根据。例如，原告主张《人民的名义》中的蔡成功名字，是《暗箱》中陈思功和陈思成名字后两个字组合而成。《人民的名义》中的人物蔡成功与小说《暗箱》中的人物陈思成和陈思功，没有任何关联性。蔡成功是"大风厂"的董事长，行贿副市长丁义珍，后被胁迫陷害发小侯亮平。小说《暗箱》中的陈思成是南岭省委书记，陈思功是骗子吴胜利捡的身份信息，假冒省委书记陈思成的兄弟行骗，与腐败市长崔长青的儿子合谋收购企业，实施违法行为。至于其他名字的比对，更是毫无根据。

再如，原告主张《人民的名义》电视剧中"东汇集团"与《暗箱》"川汇集团"名称相似。"东汇集团"是《人民的名义》的赞助商，电视剧多处出现"东汇集团"的镜头，是属于贴片广告。再比如，原告主张《人民的名义》中"尖刀班""尖刀连"与《暗箱》中"尖刀兵"相似。《人民的名义》中陈岩石为省委常委讲党课，提到战役攻坚战中，"尖刀连"的十六名党员战士组成"尖刀班"，身背炸药包冲锋的故事。"尖刀班""尖刀连"是我军组建的战斗力很强的战斗单位，属于公有领域，原告小说对"尖刀兵"的表述不具有独创性，不受法律保护。

七、《暗箱》与《人民的名义》其他情节不近似

原告在起诉时提交的比对表中主张，《暗箱》与《人民的名义》主要故事情节近似，提出了 10 个比对情节点，按照原告

的比对，被告方仅就与新提交的比对表不重复的 6 个问题进行归纳分析。

1. 叙事方式及核心事件不近似

经过比对，两部作品在布局开篇，主线设置、故事情节、核心事件、情节推进、小说结局等均不相同。

《暗箱》从"一石厂"氯气罐爆炸及国企转制入手，引出女记者季子川与省长刘云波之间的情人关系，展示官商勾结，把国企转制作为核心事件，并不是查办贪腐案件。尤其是将女记者季子川与省长刘云波之间的情人关系，作为小说的主线，详细描写了高官与情人之间情感的产生和发展过程，最终政府、投资方、企业三方和解，并没有重点描写反腐败。

《人民的名义》是从检察官侯亮平查处小官巨贪赵德汉入手，牵连出腐败副市长丁义珍，由于丁义珍外逃，引出"大风厂"改制后遗留的核心事件，导致"大风厂"事件。汉东省反贪局局长陈海被陷害，引出检察官侯亮平临危受命，接替陈海担任反贪局局长。检察官侯亮平的侦查行动是叙事主线，揭示了错综复杂的官场关系，揭露了丁义珍、高育良、祁同伟、陈清泉等腐败贪官，同时揭示了汉东省官场政治生态存在的问题，弘扬了党和国家反腐败的力度和决心，最终使贪官和利益集团受到了法律的惩罚。二者具有实质性区别。

2. 情感描写不近似

经过比对，一是《人民的名义》是以检察官侯亮平为男主人公。原告仅以李达康、高育良与《暗箱》小说中的刘云波进行比对，与两个小说中实际表达的人物情感不符。二是《暗箱》中刘云波与李淑静的情感描写，与《人民的名义》中李达康与欧阳菁、高育良与吴惠芬之间的情感描写完全不同。《暗箱》中的李淑静习惯了日夜繁忙的刘云波，平日里得不到刘云波过多的关爱，但却依然关爱着刘云波，对爱情存有幻想。《人民的名义》中的李达康与欧阳菁的婚姻名存实亡，欧阳菁对李达康失去信心。高育良与吴惠芬，为了相互利益，离婚不分家，婚姻是名义上的。吴惠芬是高育良的私人智囊，高育良是吴惠芬的权力"保护伞"，表面相敬如宾，实则是利益的联盟。三是《人民的名义》中祁同伟为了仕途与梁璐结婚，与高小琴是情人关系，且有私生子，而高育良与高小凤是合法夫妻。该故事情节与《暗箱》中刘云波与女记者季子川的情感描写毫无相似之处。

3. 故事结构安排不近似

经过比对，一是《暗箱》是以"一石厂"爆炸事件开篇，把国企转制的矛盾和省长刘云波与女记者季子川之间的情人关系作为小说的主线。《人民的名义》是以男主人公检察官侯亮平查办小官巨贪赵德汉作为故事的开篇，把查处贪腐案件作为主线来描写。二是《暗箱》充分细致地描写了高官与女情人的情感，同时穿插展现了官商勾结的社会黑幕，并没有重点描写如何反腐败。《人民的名义》通过检察官侯亮平查处案件，揭露了高育良、祁同伟、丁义珍等腐败贪官，揭示了汉东省官场政治生态存在的问题，最终使贪官受到法律的惩罚。三是《暗箱》中的国企改制和省长刘云波与女记者季子川之间的情人关系贯穿小说全过程，并没有原告比对中表述的，记者季子川的记者调查替换为检察官侦查的形式的描写。《人民的名义》中的检察官侯亮平的侦查行动贯穿故事的全过程。

4. 结局安排不近似

经过比对，《暗箱》的结局，仅仅是腐败市长崔长青被审查，麦里先车辆肇事死亡，政府、企业、商人三方和解，并没有表达出省长刘云波的结局，小说结尾着重表达了刘云波对情人季子川发自内心感慨："还是子川懂我啊！"描写了省长刘云波与女记者季子川之间的情人感觉，结尾是开放式的。

《人民的名义》的结局是，祁同伟自杀，高育良、刘新建、陈清泉、赵瑞龙、高小琴、欧阳菁等均得到了法律的制裁。彰显了党和国家惩治腐败的力度和决心，展示了检察机关查处案件的业绩，鲜明地表达了正义战胜邪恶，光明战胜黑暗，惩治腐败的主题，给了读者明确的反腐败交代。二者具有实质性区别。

5. 政府内部反腐不近似

经过比对，《暗箱》在故事描述中只是展示了政府内部腐败现象的存在，但并没有具体描写如何惩治腐败。《人民的名义》把反腐的主线贯穿作品全程，是作品的核心内容，整部作品体现了党和国家的反腐力度。二者具有实质性区别。

6. 记者调查与检察官侦查不近似

经过比对，一是原告表述的记者调查，在小说《暗箱》中没有明确体现。《暗箱》中对女记者季子川并没有实质性调查行为的描写，涉及季子川以记者身份出现的场景只有四次，每次都没有进行实质性的调查。季子川的工作并不是小说《暗箱》的主线，原告提交的比对，在小说《暗箱》中没有体现。二是原告的故事情节比对表恰恰证明，《人民的名义》是检察官在查办贪腐案件。三是小说《暗箱》中的季子川为了不给省长刘云波添乱，放弃记者职责，避实就虚，回避问题。为此，得到了省长刘云波的充分认可。与《人民的名义》中检察官侯亮平查办贪腐案件，具有实质性区别。

八、《暗箱》与《人民的名义》所谓的故事"桥段"不近似

原告在起诉时提交的比对表中主张，《暗箱》与《人民的名义》所谓的故事"桥段"近似，并列举了 30 个比对情节点。按照原告的比对，被告方仅就与新提交的比对表不重复的 10 个问题进行归纳分析。代理人认为，"桥段"一词，在文学界并没有一个确切的定义，也不是法律意义上的用语，其实质也是故事情节的描述，均不存在相似的事实。

1. "氯气罐"和"弹药库"的描写不相似

经过比对，《暗箱》中描写的"没有爆炸的氯气罐"，是指"一石厂"有个氯气罐的实体。《人民的名义》中描写的"弹药库"，是一个形容和比喻。形容当时"大风厂"内的人员情绪及气氛，好比一座随时可能沾火就爆炸的弹药库，并不存在"弹药库"的实体。二者区别明显。

2. 工人下岗的描写不同

经过比对，一是工人"下岗"的描写不具有独创性。工人"下岗"是我国特定历史时期和企业改制中出现的一种客观现象，属于公有素材。二是描写的情节不同。《暗箱》描写的是投资商川汇集团对下岗工人补偿。《人民的名义》描写的是政府先替山水集团垫付了4000多万元下岗安置费。三是工人"下岗"的前提和过程不同。《暗箱》描写的是川汇集团投资收购"一石厂"，导致工人下岗。《人民的名义》描写的是山水集团通过法院枉法裁判获得"大风厂"的股权，导致工人下岗。

3. 工人上访的描写不同

经过比对，二者都描写了工人上访，但上访是我国特定的历史时期出现的现象，属于公有素材，单纯的上访描写不具有独创性。一方面，上访的情节不同。《暗箱》描写1000多名"一石厂"老职工在市委市政府前的广场上拉起巨大的横幅。《人民的名义》仅描写了王文革递过一张纸牌子，郑西坡觉得不妥，坚决不举。另一方面，横幅和牌子内容不同。《暗箱》描写的横幅上写的是，誓死捍卫国防工业！还我家园，还我工厂！《人民的名义》描写的一块纸牌子上写的是，人民政府为人民，还我"大风厂"工人血汗钱！

4. "工贼"的描写不相似

"工贼"一词，是历史流传下来的特定词语，属于公有素材，不具有独创性。经过比对，小说《暗箱》是描写"一石厂"中的一个工人用工厂设备原料转产，厂里的人去"一石厂"被骂作工贼。《人民的名义》描写的是"大风厂"工会主席郑西坡，由于老工人安置不被人理解，儿子对象告诉他说，大伙儿背地里骂他工贼。一个是转产，一个是安置人员，两者描写的背景和故事情节不同。仅凭"工贼"二字不属于作品内容相同。

5.权力的描写不相似

经过比对，二者对角色刻画的描写完全不同。《暗箱》中描写刘云波自称对权、钱没有兴趣，对弄权反感。《人民的名义》中描写的是祁同伟评价高育良，要的是一片江山，是接近于无穷大的权力。高育良纠正侯亮平提到的祁同伟的话，不是江山，是党和人民交给我的工作和责任。

6.官场的描写不相似

经过比对，一是描写的内容不同。《暗箱》描写的是刘云波与张天芳谈话，认为官场是一张密织着的网，每个人都是网上的一个结，他答应老首长力挽狂澜。《人民的名义》描写李达康和高育良开会时遇见，李达康主动谈起了赵瑞龙，并告诉高育良，赵瑞龙说老书记赵立春让他们少打内战。二是描写的事件不同。《暗箱》描写的是季子川意识到麦立先暗示她透露给刘云波，此时保护川汇和老麦的利益也就是保护他自己。《人民的名义》描写省委书记沙瑞金问李达康和高育良，赵瑞龙怎么在我省有这么多生意，尤其是吕州的那个湖上美食城，天怒人怨！你们没听见？高育良回答，听见了也没办法，李达康也说，谁敢动赵家的印钞机啊？三是描写的情节不同。《人民的名义》描写的是祁同伟电话告诉高育良，赵立春来电话，说儿子赵瑞龙回不了家，请求祁同伟想办法。《暗箱》没有相似描写。

7.遵守党纪的描述不相似

经过比对，一是描写的内容不同。《暗箱》描写刘云波将党纪亮出，是为了给接受谢子华的贿赂留一条后路。《人民的名义》描写李达康提示妻子欧阳菁，不能用人民赋予的权力去谋私。二是描写的人物对象不同。《暗箱》描写的是刘云波与准备行贿的谢子华对话。《人民的名义》描写的是李达康与妻子欧阳菁对话。二者在人物的刻画上具有实质性区别。

8. 安居和拆迁的描写不相似

经过比对，一是描写的对象不同。《暗箱》描写的是刘云波与陈思成对话，所指地方是川汇集团的囤地。《人民的名义》描写的是沙瑞金与田国富的对话，所指的地方是美食城。二是描写的语言不同。《暗箱》描写刘云波问："为什么不启动旧城安居工程，这个问题崔长青是怎么解释的？"陈思成回答："这笔钱恐怕已经变成了他儿子在江东的地皮。"《人民的名义》描写沙瑞金问："这么一大片，为什么拆不掉啊？"田国富说："还有哪个赵公子？赵立春的儿子赵瑞龙呗！"二者完全不同。

9. 提拔干部腐败的描写不相似

提拔的干部出现腐败，是一种社会现象，属于公有素材。二者描写的语言和内容不同。经过比对，《暗箱》描写刘云波自述："旧城人常骂我养了一个贪官，自己却溜号了。""他们认为张扬的位置是我给的，这个机会就是我给的。"《人民的名义》描写陈海的心理活动："陈海想，丁义珍是李达康一手提拔重用的干部……他要是被北京方面带走了，这让市委书记情何以堪？"二者区别明显。

10. 错误和权力的描写不相似

经过比对，《暗箱》并没有文字表达"崔长青跳了起来"。原文字为"崔长青感到了绝望，坐回到椅子里，好像反倒冷静了……"《人民的名义》没有相同描写。另外是描写的前提不同。《暗箱》描写崔长青将要被查办时的挣扎。《人民的名义》描写高育良参加常委会时的内心活动思考。再者是人物语言表达不同。《暗箱》描写崔长青狠狠地说："我有什么错误？我的错误就是我的职位不够高，我的权力不够大，所以，没有人替我说话。"《人民的名义》描写高育良的内心活动："……再一想，又觉得不是他的错误，而是权力效应！因为他不是一把手啊，权重不够大嘛！"二者区别明显。

此外，周梅森先生八部经典作品也是创作《人民的名义》的参考素材。早在原告小说《暗箱》出版之前，周梅森先生就已经出版发行了八部反映反腐题材的经典作品。即小说《人间正道》《国家公诉》《中国制造》《绝对权力》《我主沉浮》《我本英雄》《梦想与疯狂》《至高利益》。小说在国企转制、股权争夺、破产重组、工人上访、环境污染、官商勾结、权钱交易等重要事件，以及主要人物设计等方面的描写，都成为创作《人民的名义》的参考素材。

周梅森先生深入考察，体验生活，为创作《人民的名义》收集了更鲜活的素材。周梅森到检察机关、驻监狱检察室、审讯现场等办案一线深入生活，与办案检察官、监狱干警、落马的厅局级职务犯罪服刑人员座谈。剧中很多剧情，比如欧阳菁用受贿银行卡购物、赵德汉家中搜查出巨额受贿现金、高小琴和高小凤"姐妹花"的人物塑造等，都是周梅森在深入检察生活过程中收集到的案例创作的。《人民的名义》中的主要故事素材原型是周梅森的亲身经历和现实案例。如小官巨贪赵德汉，亿元现金震撼观众，来源于现实案例；"大风厂"的故事原型，就是周梅森自己身边经历的人和事；"大风厂"工会主席郑西坡的原型，是现实中的一个老诗人，剧中那首催人泪下的《母亲的专列》就是老诗人写的诗歌，甚至郑西坡的妻子"二云"也是实际生活中老诗人妻子的原名。

被告周梅森先生正是凭着多年的丰厚积累，严谨细致的创作作风，遵循文学的创作规律，创作出了《人民的名义》，这部反映党的十八大以来从严治党、坚定推进反腐败斗争生动实践的小说和电视剧，传播了党的惩治腐败的正能量。

综上，代理人认为，在小说创作中，人物需要通过叙事来刻画，叙事又要以人物为中心。无论是人物的特征，还是人物关系，都是通过相关联的故事情节塑造和体现的。单纯的人物特征，如人物的职位、相貌、外形等，或者单纯的人物关系，如夫妻关系等，属于公有领域的素材，不属于著作权法保护的对象。一部具有独创性的作品，如果以相应的故事情节及语句，赋予了这些"人物"独特的内涵，则这些人物及人物关系可以与故事情节和语句一起成为著作权法所保护的对象。因此，所谓的人物特征、人物关系，以及与之相应的故事情节都不能简单割裂开来，人物和叙事应为有机融合的整体。原告提交法庭的比对表，并不是对作品整体和系统的比对，这些零散的抽象比对，不构成著作权法意义上的比对，因此，也不能得出相似或近似的结论。

经过交换证据，详细比对，庭审调查，原告没有证据证明被告《人民的名义》电视剧和小说，抄袭剽窃原告小说《暗箱》；没有证据证明被告《人民的名义》电视剧和小说侵犯原告小说《暗箱》的著作权；小说《暗箱》与电视剧和小说《人民的名义》具有实质性区别，不存在相同或雷同，相似或近似的事实。其他七名被告单位，制作发行了《人民的名义》这部经典反腐力作，尽到审查职责，不存在承担侵权责任的事实和法律依据。涉及著作权的诉讼，应当在诉讼前经过专业的法律审查，论证是否构成侵权，否则不仅浪费审判资源，影响被告的社会声誉，也误导了公众，不利于保护作家的原创力。请法庭依法驳回原告的全部诉讼请求，维护被告周梅森等八被告的合法权益。

被告周梅森等八被告委托代理人

北京市京都律师事务所律师

金　杰　杨　文

2018 年 12 月 27 日

2. 上海市浦东新区人民法院一审判决书
—— ×某某诉周梅森等《人民的名义》著作权侵权案

裁判要旨

著作权法保护的是作品的表达，而不延及作品的思想。被控侵权作品只有在接触并与权利人的作品在表达上构成相同或实质性相似的情况下，才构成侵权。

小说、影视作品大多数来源于现实生活，不同的人创作的作品存在一定的相近情节、场景等均属正常。同时为鼓励作品的创作，还应允许合理的借鉴。在作品著作权侵权判定时，先要判断权利人主张的元素是属于不受著作权法保护的思想，还是属于受著作权法保护的具有独创性的表达，同时要剔除属于公有领域的表达和表达方式有限的表达。

在过滤不受著作权法保护的内容之后，作品是否构成侵权的关键就要看两部作品的整体结构、具体情节、人物关系以及场景等方面的表达是否相同或实质性相似。在作品实质性相似的比对中，对结构、人物等的分析往往与情节相互交织。只有当作品的结构、人物等通过故事情节的设计、发展，按照一定的顺序前后衔接并贯穿起来，形成足够具体的、个性化的表达后，才受著作权法的保护。对作品结构是否相似可从作品的主题、情节组成内容、情节发展顺序以及情节层次作用等方面予以综合判断。

原告小说《暗箱》与被告小说及同名电视剧《人民的名义》既不存在文字表达上的字面相似，也不存在作品整体结构、具体情节、人物关系等具体表达上的非字面相似。故原告主张各被告侵犯其改编权、署名权、摄制权、获得报酬权没有事实和法律依据，本院不予支持。

裁判文书摘要

案号	一审 （2017）沪 0115 民初 84551 号
案由	著作权侵权纠纷
一审合议庭	审判长金民珍、审判员徐俊、审判员倪红霞
书记员	王潇
当事人	原告：×某某
当事人	被告：周梅森，作家
当事人	被告：上海利达影业有限公司，天津嘉会文化传媒有限公司，北京正和顺文化传媒有限公司，大盛国际传媒集团有限公司，凤凰传奇影业有限公司，弘道影业有限公司，湖南广播电视台
委托代理人	金杰、杨文 北京市京都律师事务所律师
一审裁判结果	驳回原告×某某的诉讼请求
一审裁判时间	2019 年 4 月 24 日
涉案法条	《中华人民共和国民事诉讼法》第六十四条第一款、《最高人民法院关于适用〈中华人民共和国民事诉讼法〉的解释》第九十条

上海市浦东新区人民法院
民事判决书

［（2017）沪 0115 民初 84551 号］

原告：×某某，女。

委托诉讼代理人：陈某某，浙江某某律师事务所律师。

委托诉讼代理人：王某某，浙江某某律师事务所律师。

被告：周梅森，男，作家。

被告：上海利达影业有限公司，住所地中国（上海）自由贸易试验区耀华路。

法定代表人：蒋炜，总经理。

以上两被告共同委托诉讼代理人：金杰，北京市京都律师事务所律师。

被告：天津嘉会文化传媒有限公司，住所地天津市滨海新区中新生态城中成大道以西、中滨大道以南生态建设公寓。

法定代表人：时玮，编剧部门负责人。

被告：北京正和顺文化传媒有限公司，住所地北京市海淀区北三环西路甲 18 号院。

法定代表人：陈静柱，总经理。

被告：大盛国际传媒集团有限公司，住所地深圳市前海深港合作区前湾一路 1 号（入驻深圳市前海商务秘书有限公司），主要经营地北京市朝阳区光华路 5 号院。

法定代表人：安晓芬，执行董事。

被告：凤凰传奇影业有限公司，住所地江苏省南京市六合区金牛湖风景区内银牛山路 1 号。

法定代表人：佘江涛，董事长。

被告：弘道影业有限公司，住所地江苏省无锡市蠡湖大道 2009 号。

法定代表人：王彬，总经理。

被告：湖南广播电视台，住所地湖南省长沙市长沙金鹰影视文化城金鹰大厦。

法定代表人：吕焕斌，党委书记、台长。

以上六被告共同委托诉讼代理人：金杰，北京市京都律师事务所律师。

以上六被告共同委托诉讼代理人：杨文，辽宁维权律师事务所律师。

审理经过：

原告×某某诉被告周梅森、上海利达影业有限公司（以下简称利达影业公司)、天津嘉会文化传媒有限公司(以下简称嘉会传媒公司)、北京正和顺文化传媒有限公司(以下简称正和顺传媒公司)、大盛国际传媒集团有限公司(以下简称大盛传媒公司)、凤凰传奇影业有限公司(以下简称凤凰传奇影业公司)、弘道影业有限公司(以下简称弘道影业公司)、湖南广播电视台(以下简称湖南广电)著作权侵权纠纷一案,本院于2017年11月1日立案受理后,依法适用普通程序,经庭前证据交换后,于2018年12月27日进行了公开开庭审理。本案原告×某某及其委托诉讼代理人、八被告的委托诉讼代理人均到庭参加诉讼。本案现已审理终结。

原告诉称:

原告×某某向本院提出诉讼请求,要求判令:1. 八被告停止侵权行为,停止侵权电视剧《人民的名义》的一切播出、复制、发行、信息网络传播的行为;2. 被告周梅森停止小说《人民的名义》出版、销售;3. 八被告在全国性媒体上刊登经原告和法院书面认可的致歉声明,消除侵权影响,恢复原告著作权益;4. 八被告赔偿原告经济损失1800万元,互负连带责任。5. 八被告承担原告为本案制止侵权、保护权益而花费的合理费用20万元。

事实和理由:原告×某某系作家,笔名某某,曾任《女友》杂志首席记者、中国新闻社《视点》月刊主编、《财神》周刊主编、从2001年开始与某电视台合作,2002年底正式受聘于某电视台新闻评论部《东方时空》,任新闻中心专题策划,担任多项大型专题片总策划及总撰稿人。早年是陕西省少年作家,1981年17岁时正式发表文学作品。现为陕西省作家协会会员,发表《新人类女性的迷失与自救》《一种姿态》及长篇小说《暗箱》等六篇文学作品,在中国读者中有广泛影响。

2010年6月23日,原告反映官场腐败的独创原著长篇小说

《暗箱》在网上连载，引起社会轰动。2011 年 1 月《暗箱》正式出版，拥有广泛的读者和社会影响面。

《暗箱》系取材于原告在某电视台担任记者和专题策划时积累的大量第一手素材，经艺术加工升华创作而成。2004 年开始动笔，历时五年，方才完稿。2010 年 6 月 23 日起，在天涯论坛文艺板块开始连载网络发表。因点击率高，被天涯作为推荐文章，不到两个月，仅在注册会员范围，点击即达 83365 次，评论 1688 条。后因出版而中止网上发表。2011 年 1 月，原告小说《暗箱》正式出版发行，首印 2 万册，畅销全国，每本定价 28 元。

被告周梅森是有广泛影响力的国内反腐败文艺作品作家，近年来一些作品在国内产生较大影响。尤其是 2017 年 3 月开始播出的电视剧《人民的名义》，其系编剧，并于同年 1 月出版同名小说，在社会上产生巨大影响。

2017 年 3 月 28 日，被告利达影业公司、嘉会传媒公司、正和顺传媒公司、大盛传媒公司、凤凰传奇影业公司、弘道影业公司和湖南广电等七个被告，作为共同出品人，根据被告周梅森的侵权剧本《人民的名义》，共同摄制的电视剧《人民的名义》在湖南电视台开始热播。原告经读者朋友提醒，发觉其权利可能被侵。随后，经本人追踪该剧认真审看，方才得知并确认被告周梅森和该剧各制片方，明知而故意地剽窃了原告长篇小说《暗箱》的独有的作品内容、结构、人物、情节、细节，直接侵犯了原告的著作权。

八被告未经原告许可，擅自使用原告作品的关键核心、精华内容（包括但不限于具体的人物设置、人物关系、故事主线、具体情节及桥段，以及由情节串联而成的剧情、因果联系的桥段组合）等进行肆意改编和嫁接演绎，在原告作品基础上，再加工创作完成了电视剧剧本《人民的名义》。被告周梅森还于 2017 年 1 月出版了以该电视剧剧本为基础的小说《人民的名义》。被告湖南广电独家买断涉案作品的电视播放权在

"金鹰独播剧场"进行首播，随后进行营利性转播权转让，由其他网站播放，获得巨大利益。2017 年 4 月 27 日获得 GMICX2017 非凡盛典上"互联网时代最具影响力影视作品奖"；6 月 16 日，获得"第 23 届上海电视节最佳配角奖"。涉案侵权电视剧共 52 集，累计收视达数十亿人次，根据被告周梅森自己接受采访和媒体的调查报道，各被告获得收益达 10 多亿元之巨。电视剧《人民的名义》投资 1 亿元，湖南卫视以 2.2 亿元的价格购买了该剧所有的独播权益，并将网络独家版权转授给了 PPTV，PPTV 再分销给爱奇艺、搜狐视频等网站，最后实现了全网播出。播出后，该剧单集首播全国网络收视第一，收视率 2.41，份额 7.37。据湖南卫视官方微博的数据，2017 年 4 月 4 日至 6 日，该剧在 CSM52 城市网和 CMS 全国网的单集收视率均破 2。该剧的主创人员、投资公司均获得了巨大的经济利益和良好的社会声誉，极大提升了业内的口碑和影响力。

经比对，原、被告作品存在以下相似、抄袭、雷同、剽窃、模仿之处，已经构成对原告作品的侵权使用：第一，核心事件、叙事结构高度近似。被告将原告作品中引导故事主线的记者调查、省长回忆、省长家人介绍等，改编时替换成检察官侦查破案。其他情节板块"国企改制、收购""政府内部反腐""腐败集团反击"等情节，则高度近似抄袭，实质主线完全雷同。第二，多处故事桥段相似。其中戏剧性精彩的桥段，系原告在某电视台《东方时空》栏目任职期间，接触到的真实的企业和访民投诉，并非公开、公知素材，具有独创性和原创性。第三，人物关系设计相似。原、被告作品均主要为三类人：政府官员、商人、国企职工。以省市两级官员为主要人物形象，围绕他们设计出相关的上下级、同事、夫妻、父子、情人、政商合作、政府与企业、职工三方关系等，以及对这些关系的串联、矛盾冲突的表达处理高度近似，凝结着整部作品最为闪光的独创表达。第四，人名相似。作家设计人名、地名、单位名称，均受个人写作习惯的影响，一般情况下不会发生雷同或近似的情况。两部作品的人名、地名存在诸多相似和意同，可以看出构思的原创性属于原告，被告只是不知其意地抄袭模仿。第五，特定暗扣可以证实抄袭模仿事实。被告在抄袭原告作品精华部分进行改编时，出现多处明显不合常理的情节设计，硬伤明显，可以看出抄袭的脉络。综上所述，原告作品的精华内容，包括但不限于具体的人物设置、人物关系、情节事件、人物与情节的交互关系、矛盾冲突，桥段与情节发展串联，以及因果联系的桥段组合，均融入作者的独创性智慧创作，凝结着整部作品最为闪光的独创表达，应当受著作权法保护。被告未经原告许可擅自使用，并改编成剧本、小说出版，摄制成电视剧进行复制、发行、传播，严重侵害了原告的合法权益。

在发现被告侵权之前，原告正在进行《暗箱》续集的创作，并已完成 15 万字写作，准备出版。被告的侵权行为，不仅是对原告作品的侵权，给原告造成了极大的精神伤害，还对原告作品续集的创作和出版销售造成了实质性妨碍和侵害，让原告的创作心血基本付诸东流，给原告造成了精神和财产上的巨大损失。

原告认为，其独创在先的作品《暗箱》受著作权法保护。被告周梅森公开剽窃、抄袭、模仿和改编原告作品并加以侵权获利性利用，其行为已经构成著作权侵权。其余七被告对涉案侵权作品共同进行电视剧制作并获利，同样违反了著作权法中的改编权、摄制权、署名权、获得报酬权，应当承担侵权的民事责任。其中被告周梅森负主要责任，其余各被告负无限连带责任。原告遂提起诉讼。

被告辩称：

八被告共同辩称：被告没有抄袭原告作品，被告作品《人民的名义》与原告作品《暗箱》完全不同，主要体现在以下方面：1. 作品主线和核心事件不同。《人民的名义》围绕检察官侯亮平查办贪腐案件展开，反映了汉东省的官场政治生态。反腐主线贯穿作品全程，是作品的核心事件和内容。展现了当代检察官维护公平正义和法治统一的风采，弘扬了党和国家着力反腐的决心和力度。《暗箱》围绕企业转制和记者季子川与省长刘云波之间的情人关系展开，该关系贯穿《暗箱》的全过程，是作品的核心事件和内容。重点展示官商勾结、高官腐败的故事。2. 叙事结构不同。《人民的名义》以检察官侯亮平的侦查行动为叙事主线，以大风厂为故事的辅助线索，讲述了检察官查办贪腐案件中艰辛、曲折的故事，揭露了高育良、祁同伟、丁义珍等腐败贪官，揭示了汉东省官场政治生态中存在的问题。由于党和国家加大惩治腐败的力度，使贪官受到法律的惩罚。而《暗箱》以官场和商场为背景，只展示官商勾结和官员腐败问题，并没有描写如何惩治腐败。通过企业转制过程的描写，将记者季子川与省长刘云波之间的情人关系作为小说的主线，详细表述了高官与情人之间情感的产生和发展过程，展示了在企业转制和项目开发中官商勾结的腐败人物和现象。3. 故事桥段不同。《暗箱》中涉及的桥段并不多，与《人民的名义》差距很大，两者描写的内容、语言、事件、人物、情节均不同。4. 人物关系设计不同。《人民的名义》中设计的人物有检察官侯亮平、陈海、季昌明、陆亦可、林华华等，有省委书记沙瑞金、政法委书记高育良、市委书记李达康、公安厅厅长祁同伟、市公安局局长赵东来、副市长丁义珍，以及易学习、欧阳菁、高晓琴等七十多位有名有姓、性格鲜明的人物，在人物关系的设计上与《暗箱》存在天壤之别，没有可比性。在人物职位和经历、性格描写、人物之间发生的联系及交往的过程等均完全不同。5. 人名不同。《人民的名义》中的人名与《暗箱》中的人名没有任何的关联性。原告的比对完全是根据主观臆想，硬性套搬的结果，毫无根据。6. 原告起诉状中提到的特定暗扣，同样不能证实抄袭模仿的问题。综上，被告认为，原告起诉被告依据不足，不能证明被告的作品抄袭了原告的小说，故请求依法驳回原告的诉讼请求。

举证质证：

当事人围绕诉讼请求依法提交了证据，本院组织当事人进行了证据交换和质证。对当事人无异议的证据，本院予以确认。对当事人有异议的证据，本院认定如下：原告提供的蒋庆同志先进事迹某采访团名单、国营第四五四二厂文件、山西省企业兼并破产和职工再就业工作协调小组文件、太原市人民政府办公厅会议纪要、老职工情况反映材料、工作笔录及《现代消费导报》的新闻报道等，以证明其工作经历和对反腐事件的高度关注，为创作小说《暗箱》积累了大量第一手素材。被告周梅森提供的（2015）苏商终字第000542号民事判决书、任职通知、挂职报告，及其创作的8部小说《中国制造》《人间正道》《我本英雄》《至高利益》《绝对权力》《国家公诉》《我主沉浮》《梦想与疯狂》，以证明其创作的涉案作品《人民的名义》中的部分素材来源于其亲身经历，并参考了其之前创作的8部小说，上述小说的创作、发表时间均早于原告作品《暗箱》。本院认为，文学创作来源于生活，原、被告在各自创作小说时必然会参考现实生活中的既有素材，也不排除被告以前创作的作品会对其创作涉案小说产生一定的影响，但原、被告的小说均非对生活中发生的事件的客观真实再现，被告也未照搬其之前创作的作品中的情节，认定被告作品是否侵犯原告的著作权还须结合两部作品相似性比对的情况进行综合判断。被告周梅森提供了《人民的名义》策划人宋世明出具的情况说明、最高人民检察院影视中心专职副主任、法定代表人范子文出具的证词，以证明《人民的名义》中高玉良、李达康、祁同伟等人物设计及部分故事情节均来源于真实原型和案例。本院认为，上述证人证言陈述了证人了解的被告周梅森的作品创作过程和素材来源，对此本院将结合其他在案证据予以综合认定，并结合具体内容对被告的作品是否构成侵权进行分析判断。

一审法院查明：

根据本院确认的证据及原、被告在庭审中的陈述，本院经审理查明以下事实：

一、关于原告及其小说《暗箱》创作、发表的情况

原告×某某，笔名南嫫，系陕西省作家协会会员，曾在某电视台《东方之子》栏目任记者，担任编导制作完成专题节目《应对气候变化中国在行动》（碟片），担任杂志《财神周刊》《视点》执行主编、《女友》杂志社记者，担任 2001 年某电视台中国经济年度人物产生阶段的评委。杂志《女子文学》曾对原告作了《南嫫：南方的丑丫头或者吸香烟的女作家》的采访报道。原告策划、撰写了关于环境保护的文章《特别视点：杀掉山羊 保卫北京》。

浙江省杭州市西湖公证处于 2017 年 8 月 23 日出具的（2017）浙杭西证民字第 7184 号公证书记载，2017 年 8 月 7 日，原告委托代理人韩英通过百度网站（www.baidu.com）在搜索栏输入"《暗箱》小说 天涯"，显示天涯论坛"舞文弄墨"板块下"官场"部分为涉案小说《暗箱》的简介及部分内容，帖子标题为"深层揭秘官商交易内幕：《暗箱》（出版中）"的小说内容。楼主为"南嫫"，发布时间为"2010-06-23 15：33：00"，点击量"83401"，回复量"1688"。

2010 年 7 月 20 日，原告与北京千喜鹤文化传播有限责任公司签订《图书出版合同》，授权该公司在中国大陆地区以图书形式出版、发行小说《暗箱》简体中文本。2011 年 1 月小说《暗箱》一书出版，署名"南嫫"，出版单位为云南出版集团公司、云南人民出版社，发行单位为云南人民出版社，2011 年 1月第 1 次印刷。该书共 39 章，32 万字。在该书"作者简介"中介绍南媆本名×某某，诗人、作家、电视策划人、资深媒体人。历任《女友》首席记者、中国新闻社《视点》主编、《财神》主编、某电视台新闻专题节目策划。著有《一种姿态》《上帝保佑谁》《这次注定要昏倒》《路上的孩子》《花案》《大师之哭》《情感的记忆》等。该书在"内容简介"中介绍：有着五十多年辉煌历史的国防厂被残留的氯气罐炸成一片瓦砾，省长刘云波万万没有想到他到南岭后启动的国企改制竟如此惨烈收场。国防厂的老工人拉出了"血债血还"的标语在市政府前示威游行，政府、厂方工人和收购国防厂的投资方展开了艰难的谈判。此时，真正的幕后推手已经悄然无声地打扫干净门前雪。在女记者季子川面前，国防厂并购以及江东半岛开发中暗箱操作的内幕一步步被揭开，然而，越接近真相，她越感到恐慌，也许更让她感到恐慌的是：她不得不面临天理与情感的抉择。

二、小说《暗箱》的故事梗概

一石厂是国营军工企业，在国企改革背景下先后易手三家企业进行经营，因在关键性条款上的分歧与官员的贪腐，一石厂改革陷入停滞，故事以此为背景展开。主人公刘云波是一名学者型官员并曾任南岭省旧城市市长，在任期间因"于县假祖"风波而与对此次风波进行报道的记者季子川产生交集。后刘云波转任北京某部部长，川汇集团董事长、天和集团大股东李玉庭欲得到半岛项目的开发权，尝试以季子川作为诱饵吸引刘云波，通过麦立先的居中安排，该计划初步取得成功。季子川与刘云波互生情愫后，李玉庭又继续安排两人四次见面。刘云波最终对李玉庭的好意敞开大门，但为了免受李玉庭控制，刘云波安排季子川回到南岭继续做记者，转而通过麦立先作为居间人以刘云波儿子刘大茅获得天和集团股份和出国为对价，与李玉庭交换半岛项目的开发权。在刘云波与李玉庭的交互过程中，刘云波认识并欣赏李玉庭的儿子外贸集团董事长姚依山，随后，刘云波与李玉庭结为儿女亲家。刘云波回到南岭担任省长后，开始推动一石厂改制，将一石厂交由川汇集团接手。一石厂工人因为政府安居工程没有落实以及工资、医保得不到保障而对国营厂改制进行激烈抵抗，川汇集团对一石厂进行转产的计划由此搁置。在一石厂氯气罐爆炸事故后，政府、川汇集团与一石厂工人获得三方会谈的契机但没有取得会谈成果。省委书记指示并敲打刘云波妥善处理好爆炸事故的善后工作，减少政府与工人的对立，据此，刘云波督促旧城市市长崔长青改变爆炸事故中死亡烈士的追悼会举行方式。但因崔长青市长的错误处置方式，工人与政府的冲突升级，爆发了礼堂枪击事件。刘云波亲自前往市委礼堂平息动乱，崔长青市长因错误的事故处置方式和贪腐败露而潜逃。刘云波察觉此次一石厂改制中的系列矛盾直指自己，开始安排家人出国。崔长青被捕后要求与刘云波见面，指责刘云波将一石厂变卖给自己的亲家李玉庭，帮助女婿姚依山获得江东半岛地块，并暗示其包庇麦立先的违法活动，刘云波巧妙予以化解。随后，作为刘云波与李玉庭之间的居间人和两人交易的证人，麦立先遭遇意外车祸去世，刘云波情人季子川坚信刘云波的清白。最终，涉及国营厂改制的三方达成和解协议。

三、被告周梅森及其小说、电视剧《人民的名义》出版、发行的情况

被告周梅森系中国当代作家、编剧，中国作家协会主席团委员，江苏省作家协会副主席，中国作家协会第九届全国委员会委员。著有《人民的名义》《人间正道》《中国制造》《绝对权力》《至高利益》《国家公诉》《我主沉浮》等小说，并有《绝对权力》《至高利益》《国家公诉》等小说被改编为电视剧。

其创作的作品多次荣获国家图书奖、全国"五个一工程"奖、庆祝新中国成立 50 周年 50 个重点献礼文艺项目、人民文学奖、紫金山文学奖、中国数字出版创新奖、中国电视飞天奖、中国电视金鹰奖等奖项。

被告周梅森创作的小说《人民的名义》由北京出版集团公司、北京十月文艺出版社出版，新经典发行有限公司发行，2017 年 1 月第 1 版，2017 年 3 月第 6 次印刷，定价 46.90 元。该书共 54 章，30 万字。

电视剧《人民的名义》系根据被告周梅森同名小说改编，于 2017 年 3 月 28 日在湖南卫视"金鹰独播剧场"播出，编剧为周梅森、孙馨岳，由最高人民检察院影视中心、中共江苏省委宣传部、某军委后勤保障部金盾影视中心、湖南广电、嘉会传媒公司、正和顺传媒公司、利达影业公司、大盛国际传媒公司、凤凰传奇影业公司和弘道影业公司出品。

（2017）浙杭西证民字第 7184 号公证书记载，2017 年 8 月 7 日，原告委托代理人韩英通过百度网站（www.baidu.com）搜索《〈人民的名义〉曾吓跑几十家投资方　被小公司捡漏》（2017 年 4 月 10 日）一文，文中称《人民的名义》自 3 月 28 日开播以来，关注度扶摇直上，连续 11 天蝉联双网收视冠军，网络总播放量破 19 亿，4 月 6 日该剧播出期间，市场占有率突破 25%。搜索《〈人民的名义〉究竟赚了多少？为什么江苏卫视会被骂了个狗血淋头》一文，文中称《人民的名义》由江苏省委宣传部指导拍摄，耗资 1 亿元，湖南台以 2.2 亿元购买了 5 年全国独家播放权，后以每个省台 5 亿元对外开放播放权，成功地以 2 亿元撬回 100 亿元。搜索《〈人民的名义〉网络点击高达 220 亿，隐藏商机！》一文，文中称《人民的名义》如今成为国民电视剧，不但成为流量担当，还扛起了收视率，网络点击率高达 220 亿以上。搜索"2017 第 11 届作家收入榜周梅森 1400 万元版税"，在《周梅森 1400 万元居编剧作家收入榜首》（2017 年 4 月 14 日）一文中，称第 11 届作家收入榜正式发布，周梅森以 1400 万元版税收入雄踞榜首；在《2017 第 11 届作家收入榜公布周梅森跃居编辑榜首》（2017 年 4 月 13 日）一文中，显示被告周梅森版税 1400 万元。

四、小说《人民的名义》及其同名电视剧的故事梗概

（一）小说《人民的名义》故事梗概

国家能源局某处处长赵德汉经人举报涉嫌贪污受贿，国家反贪总局侦查处处长侯亮平就此案展开调查。在调查过程中，侯亮平通知京州反贪局局长陈海关注与此案关系紧密的汉东省京州市副市长丁义珍，但因汉东省省委的抓捕会议经汉东省公安厅厅长祁同伟泄密，丁义珍成功出逃至美国。丁义珍出逃后，侯亮平至汉东省老检察长陈岩石处了解丁义珍主管的光明湖项目与大风厂问题。同时，京州市市委书记李达康担心因丁义珍的出逃引发投资商撤退，抓紧推进大风厂拆迁项目，从而引发大风厂拆迁危机。此次危机后，汉东省反贪局局长陈海围绕大风厂股权变动展开调查，在掌握初步线索后遭到暗害，成为植物人。侯亮平被派往汉东省接替陈海职务，继续围绕大风厂股权质押案件展开调查。到任后，侯亮平得到新任汉东省省委书记沙瑞金的支持，并根据其发小蔡成功的举报以京州市市委书记李达康的妻子、城市银行副行长欧阳菁和山水集团为切入点进行调查。随着调查的深入，侯亮平挖出了盘根错节的利益链条，同时也打破了以往汉东省的政治生态平衡。汉东省省委副书记高育良、省公安厅厅长祁同伟开始对侯亮平进行遏制与反击，侯亮平遭到停职审查的处理。在汉东省老检察长陈岩石、现任检察长季昌明、京州市公安局局长赵东来的帮助下，侯亮平摆脱构陷，最终查实高育良、祁同伟等违规违法事实。

（二）电视剧《人民的名义》剧情内容

经比对，电视剧《人民的名义》剧情内容与小说《人民的

名义》基本一致。

　　情节上的主要差别在于：1. 蔡成功和高小琴曾有补充合同明确提出不安置工人，并有录音和视频；2. 检察官陆亦可钟情陈海，陈海出事后受到打击，赵东来非常欣赏陆亦可，对她展开各种追求；3. 郑胜利网络转发谣言帖子超过 500 条，警察上门调查；4. 郑乾（即郑胜利）咨询后得知持股职工不能告山水集团，只能告蔡成功，让他承认没有经过职工同意抵押股权。警察带走郑西坡，郑乾拍下传唤证和警察警号留证据。郑西坡提醒蔡成功诉讼的事情，蔡成功支持，并让郑西坡去拆车厂卖掉自己的奔驰车为职工请个好律师来告他；5. 常成虎的表哥是光明区公安分局的局长程度，程度决定市局不放常成虎他就不放郑西坡。赵东来得知郑西坡被传唤后非常生气，命令程度马上将郑西坡带到大风厂。李达康见到郑西坡被带来后穿着狱服，训斥程度；6. 程度知道李达康要把他清除出公安队伍，拿出对李达康监视的影像资料，祁同伟最后将程度调任省厅办公室主任。程度实际上是赵瑞龙的人，也监视高育良、侯亮平等人；7. 陆亦可的妈妈吴心仪为陆亦可的婚姻大事找侯亮平，季昌明帮侯亮平躲吴心仪，侯亮平明白后没有回避而是和吴心仪聊了陆亦可的婚姻大事；8. 丁义珍在海外生存艰难，在旧金山餐馆洗碗时向侦查员周正求救，但被黑社会警告后选择去非洲避难；9. 侯亮平得知陈海儿子小皮球花钱收买队长、副队长但不能上场踢球，在走廊踢球把墙弄脏了，马上找校长举报，并处罚了小皮球；10. 郑乾和王校长所谓的联合办学，实际是利用国家支农政策开设的办学项目，郑乾索钱未果；11. 钟小艾准备给儿子侯浩然报补习班学数学，让侯亮平考察老师，侯亮平拆穿老师的电工面目，化解假冒老师的围困后和侯浩然去玩 CS，钟小艾得知后生气，命令全家大扫除；12. 林华华找郑乾调查王校长诈骗的事情，得知两人是光明峰项目招标会上举假牌认识的，得知拿不到 6000 元招生费，郑乾将林华华赶出家门；

13. 易学习的老婆毛娅在沙瑞金考察时介绍易学习和自己家庭的情况；14. 梁璐因为祁同伟过于偏袒他的亲戚怒气冲冲，二人争吵后梁璐找高育良告状；15. 陆亦可相亲，遇到心思活络，爱走后门的林老师，断然拒绝；16. 刘珊得知网友"爱哭的毛毛虫"被骗子技术学校欺骗，向小姨夫侯亮平求救，侯亮平答应；17. 祁同伟最爱主人公能够"胜天半子"的作品《天局》；18. 刘珊在网上认识了郑乾，来到京州参加郑乾经营的阿尔法信息公司的招聘，参观了大风厂，林华华接到了刘珊，和郑乾及其女朋友一起吃饭，林华华继续索要举假牌的资料，郑乾介绍了自己以前的经历，包括赵瑞龙所在的宏大集团低价拿地。刘珊回北京，送别时郑乾提议刘珊仿造国际品牌朗姿的创意，想拥抱刘珊但刘珊跑开；19. 赵东来的卧底向赵东来报告，程度他们准备狙杀侯亮平然后嫁祸自己，赵东来迅速到山水庄园，但程度已经带着狙击手离开；20. 郑西坡接到电话得知王文革和工人要抱蔡成功的儿子跳楼，赶忙劝阻，但王文革不信。高小琴同意签订和解书，王文革仍要当面见到和解书。陈岩石用自己做人质交换了蔡成功的儿子；21. 吴心仪知道高育良外边有人但一直帮吴慧芬隐瞒，陆亦可为小姨打抱不平；22. 郑西坡随口取笑张宝宝取洋名惹怒了郑乾，郑乾要单方面撕毁阿尔法信息公司和新大风公司合作的合同，除非把郑西坡搞走，还建议召开股东大会开除郑西坡董事长职务。郑西坡向陈岩石解释矛盾原因是郑乾把蔡成功的车提出来和尤瑞星一起卖了，但钱不见了，郑西坡怀疑是郑乾他们合伙贪污。郑乾也很冤枉，好不容易车提出来尤瑞星和车都不见了，郑乾还遭到了一定的威胁；23. 王大路不知道是否应该接受大风厂的地，易学习建议不要接受；24. 赵瑞龙找刘生打探杜伯仲的消息并充当二人和平的中间人；25. 田国富收到高育良的三张艳照，和沙瑞金商议后又接到了省检察院纪检组吕梁的电话，称在侯亮平门口找到了相同的照片，田国富提议将照片又放到了侯亮平房间门口，看他的反应。吕梁从监控里看到是宿舍管理员丁秀萍，询问后是丁秀萍在上夜班的路上碰到的人哀求把照片带给侯亮平替厂里的人伸张正义，后来此人又给丁秀萍打过电话确认；26. 杜伯仲解密六张高育良的合影照片，三张匿名寄给了省纪委田国富和侯亮平；27. 张宝宝向郑乾汇报套牌被处罚，还要把奔驰车追回，郑乾的回答泄露了检察院的行动，除了关键地名其他都被程度监听到了；28. 祁同伟和肖钢玉通过监控调查认为郑乾去苑南接人，祁同伟在省内设卡拦截；29. 赵瑞龙得知丁义珍的行踪让海外追逃小组发现，准备给狙击手花斑虎 20 万美金，让丁义珍死于枪战。丁义珍带着非洲人找金矿的时候被花斑虎一枪毙命；30. 郑乾和张宝宝因为模仿朗姿的衣服被投诉，朗姿金先生找他们协商盗版问题，郑乾将责任推给郑西坡。金先生觉得大风厂工人活干得不错，决定和大风厂合作；31. 陈岩石看到儿子胡子长了要给陈海刮胡子，回忆往事非常激动，等妻子拿来剃须刀陈岩石已经与世长辞了；32. 张宝宝出版了郑西坡的诗集，郑乾也领证结婚；33. 小皮球和陈海说话，没想到陈海竟然醒了过来。

五、原告为本案支出的费用

原告为本案支付律师费 20 万元、公证费 1900 元、购买《人民的名义》DVD 光盘 438 元、购买图书的费用 337.60 元，及《应对气候变化 中国在行动》碟片刻录费用 150 元。

以上事实，由原告的相关介绍材料、原告与北京千喜鹤文化传播有限责任公司签订的图书出版合同、小说《暗箱》一书、小说《人民的名义》一书、电视剧《人民的名义》全套正版碟片、(2017) 浙杭西证民字第 7184 号公证书、律师费、公证费、购买 DVD 光盘及图书、刻录费的发票等证据予以佐证，本院予以确认。

一审法院认为：

本院认为，根据《中华人民共和国著作权法》第十一条规定，著作权属于作者，创作作品的公民是作者，如无相反证明，在作品上署名的公民、法人或者其他组织为作者。小说《暗箱》署名南嬷，在该书作者简介中介绍南嬷本名×某某，故可以认定原告×某某是小说《暗箱》的作者，其依法享有的著作权受法律保护。

被诉侵权小说《人民的名义》署名周梅森，故被告周梅森系该小说的作者。被诉侵权电视剧《人民的名义》系根据被告周梅森上述同名小说改编，编剧为周梅森、孙馨岳，由被告天津嘉会公司等单位共同出品。故原告可依法对上述涉案作品的作者及共同出品单位主张权利。

我国著作权法第三条规定，作品是指文学、艺术和科学领域内具有独创性并能以有形形式复制的智力成果。"能以有形形式复制"意味着必须有外在表达。著作权法所保护的是作品中作者具有独创性的表达，即思想或情感的表现形式，不包括作品中所反映的思想或情感本身。在文学作品中，表达不仅体现在文字上，也体现在作品的具体内容中，包括作者对素材、情节等的设计、编排和取舍，同时还要排除公有领域的内容及表达方式有限的表达。

本案中，原告×某某主张原、被告作品在"整体结构"及"老国营厂命运发展"、"男主人公腐败变迁过程"、"男主人公夫妻关系变化"等四个主题下存在众多相似情节，不仅与对应相似人物形成交互关系，而且情节之间的内在逻辑与情节推演上也高度近似；在"其他相似情节"主题下，虽然相互之间不存在内在逻辑串联关系，但属于改头换面式的抄袭，且与前四个主题下的情节相互印证。原告认为，上述所有相似情节构成了被告作品与原告作品整体外观上的相似性，导致作品相似的欣赏体验。而被告所提交的证据不足以否定原告作品的独创性，也不能证明被告作品的创作另有其他来源。因此可以认定被告未经其许可，以"改头换面"的方式使用了原告作品的精华内容，侵害了原告的改编权、署名权、摄制权和获得报酬权。

根据著作权法规定，未经著作权人许可，以改编的方式使用他人作品的，构成对原作品著作权人改编权的侵犯。著作权法第十条第一款第十四项规定，改编权即改变作品，创作出具有独创性的新作品的权利。改编作品需要利用原作品的表达，在保留原作品基本表达的基础上，增加符合独创性要求的新的表达，对原作品进行有限度的二次创作，使其区别于原作品而形成新的作品。因此改编作品与原作品之间各自具有其独创性，两者既各自独立，又紧密联系。改编所涉及的独创性修改可以是与原表达相同方式的再创作，也可以以不同的方式进行再创作，如将小说改编成影视剧等。判断作品是否构成侵犯他人作品的改编权，应当从被诉侵权作品的作者是否接触过权利人的作品、被诉侵权作品与权利人的作品之间是否构成实质性相似两个方面进行判断。"接触"是指被诉侵权人通过正常途径可以接触、了解到权利人的作品，只要权利人将作品公之于众，被诉侵权人存在接触的可能，就可以推定其接触过权利人的作品。作品的公开发表就可以达到公之于众的效果。原告的小说《暗箱》于 2011 年 1 月出版发行，被告周梅森的小说《人民的名义》于 2017 年 1 月出版发行，涉案同名电视剧于 2017 年 3 月在电视台首播，因此原告的小说公开发表的时间早于被告小说发表及电视剧首播的时间，本院认定被告周梅森存在接触原告作品的可能。故本案的主要争议焦点在于，涉案小说《人民的名义》及同名电视剧与原告的小说《暗箱》是否构成实质性相似。因此，本院将围绕原告指控的四个方面的内容对原、被告作品是否构成实质性相似进行逐一分析认定。

一、关于作品的整体结构比对

原告认为，原、被告作品描写的故事都是两次易主的老国营厂发生爆炸，引出背后的官场腐败的故事。从整体结构的情节比对，被告作品中有 18 处情节与原告作品完全相似，为整体结构的框架性相似，其中原告作品的情节及顺序为：教授从政（学者型官员）；遭遇下属腐败危机；美人计；和投资方缔结姻亲；违规审批项目；儿子出境、银行存款；国企改制、陷入困境；姻亲介入接手国企改制；工人护厂、引发事故；亲临现场、亲民形象；书记现身、倍感压力；工人继续维权引发暴力；贪腐事发、市长逃跑；形势危急、夫人出国；环境污染曝出权力寻租；政治切割、杀人灭口；政府垫资、老厂转型；留下伏笔。被告作品的结构顺序与原告的基本相同，仅将"贪腐事发、市长逃跑"前移至"姻亲介入接手国企改制"之后，将"政府垫资、老厂转型"前移至"工人继续维权引发暴力"之后。

被告认为，原告概括的作品整体结构、线条情节不准确，两部小说在结构走向、布局谋篇、情节推进上存在实质性区别。原告作品从企业转制入手，展示官商勾结，尤其是将女记者季子川与省长刘云波之间的情人关系作为小说的主线描写，贯穿始终，并没有重点描写反腐败。被告作品以检察官侯亮平的侦查行动为叙事主线，从贪官外逃牵出案件，以错综复杂的官场关系作为故事的辅助线索，揭露了丁义珍、高育良、祁同伟、陈清泉等腐败贪官，同时揭示了汉东省官场政治生态中存在的问题，弘扬了党和国家惩治腐败的力度和决心。

本院认为，小说的故事结构是指故事的构建方式，是整部作品的组织和构造，即作者按照自己的意志，根据确定的主题，将作品中的事件、人物关系等根据线索、逻辑关系、发展脉络进行统一安排。故事结构一般包括开端、冲突、高潮和结局。结构不同于情节，它是对情节的处理和安排。作品从塑造的意图或主题出发，挑选出各种情节并组织在一起，这就是结构的工作。作品结构的形成有三个原则：一是要服从表现主题的需要，对素材进行选择、裁剪和组织安排；二是要发挥作者从生活素材中提炼出来的题材要素的价值；三是要符合生活经验的逻辑，以现实的时空结构和因果关系作为基准和参照。在作品相似性比对中，对结构的分析往往与情节相互交织。著作权法保护的是思想的表达而不是思想本身，缺乏情节支撑的故事结构是对作品布局的高度抽象和概括，因不存在具体的表达，属于思想的范畴，故如果仅是结构、主题相似，而缺少事件、情节和人物等细节的相似，则无法简单地归入著作权法的保护范围。只有当故事的主题和结构通过故事情节的设计、发展，按照逻辑顺序、前后衔接关系贯穿起来，形成足够具体的、个性化的表达后，才受著作权法的保护。本案中，原、被告作品的主题不同，从原告主张的作品结构看，其并没有准确地概括原、被告作品的整体结构并进行比较，而是从两部作品中概括提炼出相似的抽象情节进行比对，这些情节并不能完整、准确反映作品的结构和事件的发展顺序。经比对，原、被告作品有着不同的创作路径、主题、情节脉络，在整体结构上难谓相似。

（一）关于作品的主题

作品的主题属于思想范畴，不属于著作权法的保护范围。但作品的主题直接影响作品的结构、情节的展开方式。相同主题下的作品结构、情节比对与不同主题下的作品结构、情节比对存在差异。作品主题的比对虽不同于结构、情节的比对，但可以为结构、情节的相似性比对提供线索与参考。本案中，《暗箱》围绕企业转制，以川汇集团收购一石厂为明线，通过各种回忆连接起江东项目的暗线，从中暴露出官商勾结和官员的腐败，但并未过多地描写如何反腐。《人民的名义》从查处贪官赵德汉入手，以最高人民检察院反贪总局侦查处处长侯亮平为主的检察官办案历程为主线，以大风厂的股权争夺为辅线，通过环环相扣的追查情节，展现汉东省各种触目惊心的官商勾结贪腐现象，进而展示国家反腐败的坚定决心和力度，反腐主题贯穿于作品的全过程，是作品的重点。两部作品主题的相似之处仅能抽象到国营企业改革、官商勾结、官员腐败、官员政治博弈，其对于上述相似之处赋予了不同的篇幅、情节、逻辑顺序和重要性，从而传达出不同的思想和主题。如同样是描写"商人通过美色引诱官员腐败"的情节中，原告作品《暗箱》通过第三章"血债血偿"、第五章"清荣斋叙旧"、第十一章"老首长来电"、第十二章"四次'邂逅'"、第十三章"半岛钓蟹"等，大量描写省长刘云波与情人季子川之间的话语共鸣与惺惺相惜，同时反映出刘云波利用自己的政治智慧，不仅圆满了爱情，也能够摆脱商人李玉庭的控制，重点在于传达刘云波与季子川之间的真挚情感。被告作品《人民的名义》则在最后的第四十四章才指明高小凤是杜伯仲与赵瑞龙设计的圈套，通过将渔家女高小凤塑造成知书达理、善解人意的美人，引诱高育良审批项目，传达的是高育良的虚伪和道貌岸然。

（二）关于作品整体结构的情节组成内容

原告归纳了前述 18 处情节，并主张这些情节串联起来形成作品的整体结构。整体结构的相似须以准确提炼情节为前提，而原告所提炼的抽象的情节并不恰当，且这些情节没有完整反映作品的整体结构。如"教授从政"，"教授从政"表明了《暗箱》中的省长刘云波和《人民的名义》中的省政法委书记高育良在从政前从事的职业。《暗箱》中，刘云波提道："天芳，像一石厂这样的事故要是再出一次，我看我还是回学校当我的教授去吧。"原告据此提炼出所谓的"教授从政"情节，只有这简短的一段话，暗示刘云波的文人性格，后续并无具体的情节支撑。而《人民的名义》中关于"教授从政"有多处描写，通过层层表达提取并最终能够抽象出"教授从政，成政法系靠山"的情节，该情节包含了基本的逻辑结构，其作用在于通过描述"汉大帮"与"秘书帮"之间的隔阂与斗争，推动故事的发展。如描写"高育良年近六十……其实呢，他是一位学者型干部、法学家，早年曾任 H 大学政法系主任。""张树立认定，正是高育良的政法系抓了李达康前妻，才促使李达康盯上了高育良和政法系的人。一场内斗怕是在所难免了。""侯亮平坐在湖景茶楼等自己的老师高育良。他一直想请老师客，可老师很谨慎，提醒他说，自己不光是他老师，还是他领导，吃吃喝喝容易给人落话把儿，又要让人说政法系。""高育良坦承：没错，若不是梁书记当年亲自点将，我现在也许还在 H 大学教书呢！但我绝不是出于报恩之心就提拔梁书记的女婿！""肖钢玉是地道的政法系干部，毕业于 H 大学政法系，是高育良一手提拔起来的，高育良就把他调到京州市院当了检察长。"又如"遭遇下属腐败危机"，原、被告作品中虽均有"下属腐败"的描写，但对该情节的具体表达有不同的逻辑结构。《暗箱》中，"下属腐败"并没有对刘云波造成实质性影响，刘云波反而调任某部委，完全不存在所谓的"危机"。而《人民的名义》中，"下属腐败"的影响是实质性的，导致李达康没有能够进入省委常委。"李达康任林城市委书记，林城副市长兼开发区主任受贿被抓，一夜之间，投资商逃走了几十个，许多投资项目就此搁浅。林城的 GDP 指标从全省第二，一下滑到了全省第五！高育良的话意味深长，如果稳住了 GDP，李达康当时就是省委常委了。"再如"亲临现场，亲民形象"，这是"发生爆炸事故"情节下提炼出来的更为具体的情节，该情节并不足以达到作为故事结构的层面。且两部作品对于这一情节的具体表达完全不同，原告作品《暗箱》中，"亲民形象"的展开是在爆炸几天后的追悼会中发生的，刘云波在雨中送烈士、为家属让伞，电视台跟拍并播放。刘云波在电视上看到后感叹季子川的手笔和看透自己的心思。被告作品《人民的名义》中，描写李达康在强拆现场慰问大风厂工人，给老工人送包子、给女工递稀饭和向工人发表阳光讲话的情景，电视台跟拍并播放。同时，如前所述，被告作品中还存在更多的关键情节，但原告撇开这些情节而仅将部分情节组合后作为作品的结构进行比对，显然是片面的。

（三）关于形成作品整体结构的情节发展顺序

原告按照事件发展的时间顺序归纳了前述其认为形成结构的18处相同情节，并认为原、被告作品在构成结构的这18处情节的发展顺序上也相同。由于原告提炼的整体结构下的情节不准确、不完整，因此原告归纳的情节发展顺序亦不准确，无法得出原、被告作品在情节发展顺序上相似的结论。原告作品《暗箱》的故事情节发展顺序可概括为：刘云波任旧城市市长，期间与季子川产生交集；刘云波调任某某部；季子川被安排与刘云波四次邂逅；刘云波违规审批江东项目；刘云波与李玉庭缔结姻亲；刘云波任省长；亲家接手一石厂；一石厂爆炸；并购双方及市政府三方谈判；雨中追悼会；礼堂枪案；刘云波妻子出国；市长崔长青出逃；权力寻租曝光；麦立先遇车祸；三方和解。上述顺序中多处情节采用了回忆倒叙的方式。被告作品《人民的名义》的故事情节发展顺序可概括为：高育良、李达康搭班吕州；李达康调任林城；李达康调任京州；高育良离婚与高小凤结婚；蔡成功遭遇断贷；抓捕赵德汉扯出副市长丁义珍；抓捕丁义珍失利；工人护厂引发"一一六"大火事件；陈海、刘庆祝遇害；省委开会定风向；蔡成功举报欧阳菁；新大风厂成立；欧阳菁出国被拦截；法院副院长陈清泉被抓；高育良试图营救；侯亮平调查刘庆祝死因；刘新建、高小琴被查；肖钢玉栽赃侯亮平；高育良艳照门事件；侯亮平重获清白；抓捕高小琴；孤鹰岭劝降祁同伟；高育良露出真面目；各方结局。从上述内容可以看出，原、被告作品在形成作品结构的情节发展顺序上完全不同。

（四）关于作品整体结构的情节层次作用

小说的故事结构由情节支撑，各种情节串联起来推动故事结构的展开，通过不同层次的情节安排，起到推动故事发展的作用。原告作品《暗箱》的情节安排较为单一，通过回忆倒叙对故事的人物、背景进行了介绍，并依靠一石厂爆炸案后续串联起整个故事。被告作品《人民的名义》的情节层次较为丰富，存在多个转折与反复。如获取举报线索到陈海遇难，到再次获取举报线索但发现作用有限调查进入僵局，再到欧阳菁被拘捕打开突破口。虽然两部作品可以抽象出一些相似的情节如"工人占厂引发危机""知情人被害""官商勾结"等，但基于作品不同的逻辑关系，这些相似的情节在推动故事的发展上所起的作用完全不同。如"工人占厂引发危机"这一情节，原告作品《暗箱》中的故事始于南岭省旧城一石厂氯气罐泄漏发生爆炸，此后故事高潮发生在第二十二章"礼堂突发枪案"，结尾于最后一章"三方和解"，整个故事都依靠一石厂爆炸案的发生及事故善后工作进行推动。被告作品《人民的名义》中，大风厂工人护厂与"一一六"大火事件只是作为故事的引子，在第九章（总共五十四章）之后，大风厂纠纷基本告一段落，只是散落在此后的少部分章节中，整个故事主要依靠侯亮平主导的反腐调查继续展开和推进。

综上，原、被告作品反映的主题不同，形成作品整体结构的情节组成内容、发展顺序、层次作用均不同，其所作的作品整体结构比对是基于其主观需要，对两部作品中的部分情节进行了不当的概括和拼凑，人为造成两部作品整体结构相似的假象，故原告在本案中主张的作品整体结构相似没有事实依据，本院不予支持。

二、关于作品具体情节的比对

作品的思想不属于著作权法的保护范围，著作权法保护的是作品的独创性表达。作品的思想通过表达反映出来，表达是思想的外在表现。在著作权侵权判定中，思想与表达二分法是区分作品中的要素是否受著作权法保护的基本方法。判断作品是否构成实质性相似，首先要判断权利人主张的元素属于思想还是属于受著作权法保护的、具有独创性的表达，同时还要剔除属于公有领域的表达和表达方式有限的表达，然后再就受著作权法保护的元素进行比对。文学作品中除了作品文字本身属于表达外，由文字展现的作为小说灵魂和精华的故事情节、人物关系等要素也是重要的表达。文学作品的相似性比对中，故事情节是关键的比对内容。故事情节可以分为具体情节和抽象情节、主要情节和次要情节。抽象情节是从具体情节中概括、提炼出来的，与具体的人物没有关联，在相同的抽象情节下可以有各种不同的具体情节表达。作品中的主要情节能反映出作品的主线，对作品中的故事走向起决定性的作用，而次要情节围绕主要情节展开，是对主要情节的丰富和补充。如果两部作品在主要情节的具体细节描述、事件的逻辑关系以及人物角色的重要特征与相互关系上相似，而不是停留在抽象情节和次要情节上的相似，则可以认定构成实质性相似。同时，判定作品构成实质性相似还应当将确定的相似之处结合全文进行整体比对，而不是孤立地对相似之处进行一对一的比对。

本案中，原告将其主张作品相似的具体情节分为四个方面，包括：老国营厂命运发展；男主人公腐败变迁过程；男主人公夫妻关系变化；其他相似情节。

（一）关于老国营厂命运发展

原告主张，在"老国营厂命运发展"这一主题下，原、被告作品存在 22 处相似情节，且有些细节明显不符合常理。如，被告作品中大风厂是服装厂，厂里不可能有这么大隐患的汽油库，也不需要车队，这些情节完全脱离了生活，而是跟随原告作品的写法，暴露了抄袭的问题。

1. 老国营厂改制。原告作品：20 世纪 90 年代，老国营军工厂"一石厂"在政府组织下改造重组成为股份制企业，小企业主吴胜利成为老厂的大老板。被告作品：20 世纪 90 年代，老国营服装厂"大风厂"在政府组织下改造重组成为股份制企业，小企业主蔡成功成为老厂的大老板。

2. 掏空企业假装受害者。原告作品：老板吴胜利在企业尚能正常运转的情况下，勾结市长之子崔朝阳，倒买倒卖违禁化学品指标，掏空一石厂后，为逃避责任，假装受害者申请破产开溜。被告作品：老板蔡成功在企业尚能正常运转的情况下，勾结副市长丁义珍，贷款购买煤矿，掏空大风厂后，为逃避责任，假装受害者找发小侯亮平举报贪官开溜。

3. 老厂地皮大幅增值。原告作品：一石厂位于南岭新开发区所在地，是虹山开发工程的用地，地皮升值，值几个亿。被告作品：大风厂位于京州市光明湖开发项目所在地，地价据称值10个亿。

4. 权力腐败强占老厂。原告作品：省长刘云波通过省政府发文件的方式，在程序上特事特办，把一石厂低价"合法"地转到刘云波女婿的公司——外贸集团名下。后外贸集团又把股权转给关联控股公司——川汇集团。被告作品：省公安厅厅长祁同伟通过股权质押诉讼的方式，指使法院在审判上走简易程序，把大风厂低价"合法"地转到了省政法委书记高育良大姨子高小琴的公司——山水集团名下。

5. 工人拒绝搬迁护厂。原告作品：川汇集团向旧城市政府提交了搬迁计划，但一石厂的工人誓死捍卫老厂，绝不搬迁。川汇集团的董事麦立先到一石厂，工人不让他进厂门。被告作品：山水集团和京州市政府签订了拆迁协议，但大风厂的工人誓死捍卫老厂，绝不搬迁。工人在厂门口挂上横幅，誓与厂区共存亡。山水集团的人到大风厂，工人不让他们进厂门。

6. 黑社会强拆引发事故。原告作品：川汇集团的董事麦立先，雇佣黑社会对一石厂进行强拆，一群打手开着三辆重型推土机撞开厂门，砸烂车间门窗。工人们组成多道人墙护厂，恶战一个多小时。警察赶到，向天鸣枪，阻止了恶战。当晚，四人重伤，轻伤无数。被告作品：山水集团的副总雇佣黑社会对大风厂进行强拆。一群打手开着推土机、铲车等大型机械，推倒工厂大门，撞得墙壁摇摇欲坠。工人们把汽油注入战壕，站成多道人墙，捏着打火机和拆迁队对峙。警察鸣枪示警，武力清场。工人手中烟头的火花掉落，引起熊熊大火，三十多人烧伤。

7. 现场存在更大安全隐患。原告作品：一石厂发生氯气罐爆炸事故，非常惨烈。但还有两个没有爆炸的氯气罐，随时可能再次发生爆炸惨剧。被告作品：大风厂发生汽油爆燃事故，非常惨烈。但大风厂里还有一个25吨的汽油库，随时可能再次发生爆炸惨剧。

8. 消息通过网络迅速扩散。原告作品：一石厂爆炸事故的消息在各大网站循环滚动，迅速扩散到全国，而省长刘云波却以为消息还在控制之中。在现场的省长秘书张天芳喊成了公鸭嗓。被告作品：大风厂汽油爆燃事故的消息被传到网上，迅速扩散到世界各地，而高育良却还毫不知情，被侯亮平电话惊醒后才知道。

9. 场面失控，权威发声。原告作品：针对一石厂爆炸事故，国家安监司马副局长对省长刘云波提议召开现场新闻发布会，通过权威媒体发声，以正视听。被告作品：针对大风厂爆燃事故，省委书记沙瑞金要求市委书记李达康，针对国内外网上的传言和谣言，委托权威媒体发声，以正视听。

10. 亲临现场，亲民形象。原告作品：省长刘云波亲自到事故现场指挥，并参加逝者追悼会，在大雨中和烈属握手，让伞给烈属，并承诺若有困难政府应当帮助他们。旧城电视台的摄像及时跟进，以镜头打动人心。被告作品：市委书记李达康亲自到事故现场指挥，并把包子、稀饭等递给工人。京州电视台的摄像镜头及时跟进，拍下了这感人的场景，惨烈的血火强拆，变成了一幕有图有真相的亲民秀。

11. 事故完毕，发出感慨。原告作品：省长刘云波在爆炸事故结束后，走到窗边，感慨旧城的夜色是迷人的。被告作品：

市委书记李达康在爆燃事故结束后，在心里想，什么最美？太平世界最美。

12. 抚恤金争端。原告作品：川汇集团给一石厂在爆炸事故中遇难的每位死难者家属发 10 万元抚恤金，刘晚秋的妻子和前妻因为抚恤金发生冲突，在追悼会现场争夺现金。被告作品：蔡成功请工会主席郑西坡给大风厂在爆燃事故中受伤的工人发放共 10 万元抚恤金。工人家属认为钱太少，在医院和郑西坡发生争吵。

13. 启动法律途径解决问题。原告作品：一石厂爆炸事故发生后，省长刘云波要求找律师，从法律途径分析解决一石厂转制中的问题。经分析，发现川汇集团并购步骤规范，签署过有效合同，没有越轨行为。被告作品：大风厂爆燃事故发生后，市委书记李达康要求找律师，从法律途径分析解决大风厂转制中的问题。经分析，发现山水集团并购步骤规范，签署过有效合同，没有越轨行为。

14. 已付安置款被占用。原告作品：省政府拨了专项资金用于启动搬迁工人安居工程，但资金被一石厂改制后的第一任老板吴胜利伙同市长之子崔朝阳侵吞。被告作品：市政府要求山水集团出资 3500 万元安置搬迁工人，但资金被大风厂改制后的第一任老板蔡成功的债权人民生银行划走。

15. 工人出路在哪里。原告作品：一石厂工人对川汇集团给出的安置条件不满意，即使给予一次性补偿，但失去了工作，工人从心底感到恐慌。被告作品：大风厂工人对市政府给出的安置条件不满意，虽然拿到了 3 万至 5 万元不等的安置费，但失去了工作，股权也没有说法，工人从心底感到恐慌。

16. 事故并未画上句号。原告作品：一石厂爆炸事故处理完毕，刘云波在电视上展示了亲民形象，但他心里暗暗担忧，此事并没有真的画上句号，他给季子川回了个省略号，表示事情尚未结束。被告作品：大风厂爆燃事故处理完毕，市委书记李达康在电视上展示了亲民形象，但他心里暗暗担忧，此事并没有真的画上句号，他让手下人不能掉以轻心。

17. 部分工人牵头转产。原告作品：一石厂老工人刘晚秋带头转产，用一石厂的设备和原料，办起了一个洗衣机厂，但是老一石厂的人骂他是工贼。被告作品：大风厂的老工人郑西坡带头转产，用大风厂的设备和机器，建立新的大风厂，但是大风厂的人骂他是工贼。

18. 政府毁约，再生矛盾。原告作品：旧城市政府和外贸集团签署协议，由外贸集团接管一石厂，并给予免税五年。后外贸集团将股权转让给川汇集团，旧城市政府不承认免税协议，认为川汇集团逃税上千万元，要追究川汇集团的责任。并以此为借口，未按约支付政府应当承担的工人的 50% 工资医保。川汇集团因此和旧城市政府产生矛盾，也加剧了工人和企业、政府的矛盾。被告作品：光明区政府和山水集团签署合同，由山水集团出资 3500 万元作为工人安置费用，后该笔钱被大风厂的债权人划扣。爆燃事故之后，光明区政府不承认当初的协议，要求山水集团再次支付安置费用，双方因此产生矛盾。

19. 再次发生暴力事件。原告作品：一石厂爆炸事故结束后，工人因生计问题没有得到妥善解决而到礼堂静坐，与警察发生肢体冲突，发生暴力事件。被告作品：大风厂爆燃事故结束后，工人的股权问题并没有得到妥善解决，大风厂工人王文革绑架了老板蔡成功的儿子，发生暴力事件。

20. 政府垫资，先行安置。原告作品：旧城市政府为了解决一石厂的问题，先行垫付资金，补齐拖欠的工资，启动安居工程，解决工人安置问题。被告作品：京州市政府为了解决大风厂的问题，先行垫付资金，解决工人安置问题。

21. 政府变相向企业追偿安置款。原告作品：秘书张天芳担心，政府垫资启动安居工程，钱从哪里来？省长刘云波告诉他，动动脑筋，向川汇集团要。被告作品：京州市市委书记李达康要求收回垫付的安置费，光明区区长孙连城问钱从哪里收，李达康让他想办法，向山水集团要。

22. 下一代接班人，企业重生。原告作品：爱厂老工人肖正芝的女儿孙菲是一石厂的另类，爱财叛逆，做过模特，行事做派和一石厂格格不入，与母亲关系不好。但是，在一石厂经历了一系列的事故后，她被推选为一石厂的代表和政府谈判，成为一石厂下一代的接班人。被告作品：爱厂老工人郑西坡的儿子郑胜利是大风厂的另类，他爱财叛逆，有一个模特女朋友，行事做派和大风厂格格不入，与父亲关系紧张。但是，在大风厂经历了一系列的事故以后，他被改选为大风厂的董事长，成为大风厂下一代的接班人。

被告认为，原告主张相似的上述情节属于公有领域，不具有独创性，且原、被告作品在具体情节上也完全不同，不构成相似。

根据查明的事实，原告作品《暗箱》中的一石厂的发展过程为：南岭省国营军工厂一石厂在国企改革的背景下转型，先是由可利公司在1998年注资收购经营权，可利公司拿到经营权后通过倒卖违禁化学品获取非法利益。2000年国企改革深化，一石厂的违禁化学品指标被取消。可利公司意图转让一石厂，并通过虚假账本制造一石厂亏损严重，可利公司无力负担一石厂债务与工人工资的假象。刘云波同年至南岭省担任省长，为了推动国有企业改革，给出了优惠条件包括免税五年、允许土地开发、允许土地转产，企业把市政府每年支付给一石厂工人的工资承担一半并维持一石厂正常运转，从而促成其女婿姚依山担任董事长的外贸集团接手一石厂。但外贸集团接手后，对一石厂的开发和转产都遭到了工人的反对和阻止。2001年底一石厂再度转让给姚依山的母亲李玉庭控股的川汇集团，川汇集团与政府达成协议，包括政府启动安居工程，川汇集团负担一半的一石厂工人工资及保险。但该项协议未取得进展，主要原因是崔长青市长的贪腐，以及政府与川汇集团就之前约定的免税条款是否继续有效发生争议，使川汇集团面临逃税责罚。最终矛盾在一石厂遭强拆、氯气罐泄漏引发工厂爆炸后集中爆发。故事最后，川汇集团、一石厂与政府三方达成和解协议，政府承诺补齐拖欠的工资，抓紧启动安居工程；川汇集团将为一石厂的改造、转型作出贡献。

被告作品《人民的名义》中大风厂的发展过程为：国营企业大风厂在时任京州市副市长的老检察长陈岩石主持的股份制改革顺利完成后，工厂工人集体获得 49% 的股权并由工会代持股，老板蔡成功持有 51% 的股份。蔡成功因负债而伪造持股凭证将大风厂股份全部质押，向山水集团借款 5000 万元作为过桥款。在银行断贷而导致资金链断裂后，山水集团诉诸法院并经法院判决"合法"取得大风厂的股权，大风厂就此易主。山水集团遂与光明区政府签订拆迁协议意图获取大风厂的地块，蔡成功鼓动工人占厂拒绝拆迁，并最终引发"一一六"火灾事件。大风厂破产后，工人们用政府垫资的下岗安置费作为股权投资成立了新大风服装公司。

经比对，原、被告作品仅仅停留在具有相同的"国营厂改制"主题层面，在具体情节的设计、发展上则完全不同。首先，在该情节的参与主体上，一石厂与政府、川汇集团三方签订合同，各自承担义务，改制尚在进行中。而大风厂则是集中于蔡成功与山水集团的股权纠纷，国企改制已经完成，政府没有直接参与其中。其次，引发矛盾的原因不同，一石厂是因为工人不能得到工资医保及拆迁安置房而组织抵抗，而大风厂则是因为工人的股权被蔡成功私自质押，面临股权丧失而抵抗。最后，矛盾的结局不同，一石厂最终以达成三方协议为结局，而大风厂则是进入破产清算程序，同时工人们重新入股成立新大风公司进行生产，并持续对索要旧大风厂股权向政府施压。

原告在"老国营厂命运"方面概括了 22 个相似情节，经比对，原、被告作品在上述情节的具体表达、逻辑关系上完全不同。虽然原告从 22 个具体情节中主观抽象出两者的相似之处，但原告将具体表达剥离后抽象出的情节属于思想范畴或是常见的素材，在具体表达和逻辑关系不同的情况下，仅是高度抽象和概括的情节难以受到著作权法的保护。

情节 1　老国营厂改制。在脱离具体情节表达的情况下，"老国营厂改制"属于思想范畴。改革开放以来，我国很多国营企业进行了改制，因此在小说中描写国营企业改制也是常见的文学素材。而只有围绕"老国营厂改制"展开的具体情节的表达才具有独创性，受著作权法保护。原告作品中"老国营厂改制"描写了财政局局长在三方会议上讲述了老国营厂几次被收购易主的过程，国营企业改制还在进行中。被告作品中对老国营厂的股份制改革通过陈岩石的讲述一笔带过，更多的是讲述老国营厂的股权纠纷，两者完全不同。

情节 2　第一任投资方勾结官员掏空企业假装受害者。该情节提炼不准确。在小说《暗箱》中，可利公司作为第一任投资方变卖一石厂违禁化学品，非法牟取暴利，后为逃脱法律的制裁，伪造假账，申请破产，确实存在掏空企业的情节。在《人民的名义》中，所谓的第一任资方是指蔡成功。蔡成功主要的经济账有两笔：一笔是投机于煤炭生产借的高利贷，并给予副市长丁义珍干股以获得便利，该笔高利贷与大风厂没有任何关系，不存在掏空企业的情节；第二笔是由大风厂作为借款人，向城市银行的借款。蔡成功负债是为了扩大企业生产，也不存在任何掏空企业的情节。

情节 3　老厂地皮大幅增值。"地皮增值"本身并无具体的情节支撑，该抽象的情节只有在与其他情节结合的情况下才发挥作用，且"地皮增值"属于公有领域的素材，任何作品均可使用。

情节 4　第二任资方通过权力腐败强占老厂。原、被告作品在该情节下的具体表达不同，原告作品中描写的是省长刘云波通过发文件的方式对老国防厂改制在政策上放宽，在程序上特事特办，将一石厂低价转至其女婿所在的外贸公司名下。被告作品中描写的是省公安厅厅长祁同伟指使法院在诉讼中走"简易程序"解决大风厂的股权纠纷，涉及司法腐败。

　　情节5　情节6　工人拒绝搬迁护厂及黑社会强拆引发重大事故和人员伤亡。上述两个情节应属具有前后关系的同一个情节。原、被告作品的确均存在上述情节，但上述抽象的情节属于公有领域，在具体情节的表达上则完全不同。原告作品中描写了工人们组成人墙保护现场，一群打手与工人发生恶战，造成多人受伤。被告作品中描写工人们组成人墙保护现场，将汽油注入战壕，与一群流氓和一群假冒的警察组成的强拆队伍发生冲突，工人的烟头不小心引燃汽油造成大火，致多人伤亡。

　　情节7　现场存在更大的安全隐患。此情节提炼不准确。原告作品中，氯气罐的爆炸是一场没有交代原因的化学事故，"现场存在安全隐患"是"化学事故"的核心，且爆炸的发生晚于黑社会强拆事件。被告作品中，现场的安全隐患存在于强拆引发的火灾事故现场。同时，被告作品中的安全隐患是相对于"黑社会拆迁引发事故"的具体表达，该表达并不能成为"老国营厂命运"中的情节。

　　情节8　情节9　事故消息通过网络迅速扩散及场面失控权威发声。该情节的提炼并未达到"老国营厂命运"的情节层面，而是事故发生后的具体表达的内容。同时消息通过网络扩散和召开新闻发布会是公有领域极为常见的素材。

　　情节10　亲临现场，亲民形象。该情节由"强拆发生事故"情节下提炼出来，并未达到"老国营厂命运"的情节层面。且两部作品对于这一情节的具体表达完全不同，原告作品中"亲民形象"的展开是在爆炸几天后的追悼会中发生的，刘云波在雨中送烈士、为家属让伞，电视台跟拍并播放。被告作品中描写李达康在强拆现场慰问大风厂工人，给老工人送包子、给女工递稀饭和向工人发表阳光讲话的情境。

情节 11　事故完毕，发出感慨。原告作品中，描写刘云波走到窗前，旧城的夜色迷人。被告作品中，描写李达康在大火熄灭后感慨太平世界最美。两者描写完全不同。其该情节属于常见素材，也未达到"老国营厂命运"的情节层面。

情节 12　抚恤金争端。该情节提炼不准确。被告作品中描写山水集团要给 14 户人家发 140 万元抚恤金，刘晚秋的前妻突然推倒孙菲，抢走支票。被告作品中则不存在"争端"，在电视剧中仅有蔡成功向工人送抚慰金的情节，并没有发生"争端"。而小说中则没有该情节描写。

情节 13　启动法律途径解决问题。原、被告作品均提到要通过法律程序解决问题，但并没有具体情节的展开，因此尚未达到情节的层面。

情节 14　已经支付过的安置款被占用。该情节的提炼不准确，被告作品中不存在"安置款被占用"的情节或表达。山水集团支付的安置款被民生银行转走，是被用于清偿蔡成功的贷款而并非"占用"。

情节 15　工人出路在哪里。该情节是相对于上述"工人拒绝搬迁护厂"情节的具体表达，描写的是工人们拿了安置费后担心以后的日子怎么过，由此提炼出的"工人出路在哪里"完全不能进入"老国营厂命运"层面。

情节 16　事件并未画上句号。该情节也不能进入"老国营厂命运"层面的情节比对。且事件的对象不同，原告作品中描述的是刘云波由电视台播放的爆炸事故处理完毕而引发的感叹。而被告作品中则是李达康相对于"黑社会拆迁"引起的大火事件处理完毕后的担忧。

情节 17　部分工人牵头转产。该情节的提炼不准确。原告作品中存在"转产"，即利用一石厂的设备和原料，办起洗衣机厂，工人牵头"转产"是在"化学事故"发生前。被告作品中并无"转产"的概念，而是在拆迁事故之后，以大风厂破产为背景，工人进行再创业，成立新企业。

情节18 政府毁约再生矛盾。该情节提炼不准确。两本小说中都不存在"政府毁约再生矛盾"的情节。原告作品中，政府与川汇集团就之前政府与外贸集团签订的免税条款产生争议，而非政府毁约。在被告作品中，政府不承认山水集团与丁义珍的签约但并没有引发矛盾。

情节19 再次发生暴力事件。原告作品中描写的是一石厂员工在礼堂静坐与警察发生冲突，警察的枪走火导致孙武死亡，警察被工人痛打。被告作品中难以提炼出与原告作品中礼堂"流血冲突"同一层面上的"暴力事件"，描写的是大风厂下岗工人王文革为了要回自己的股权劫持蔡成功的儿子。

情节20 情节21 政府垫资先行安置及政府变相向企业追偿安置款。该情节提炼不准确。原告作品中描写市政府承诺补齐拖欠的工资，抓紧启动安居工程，并无政府垫资的情节。被告作品中描写政府决定先期垫付下岗职工的安置费用。

情节22 下一代接班企业重生。此情节提炼不准确。原告作品中，孙菲仅仅是作为工人代表参加三方会谈，并非"企业重生"的接班人。被告作品中郑西坡的儿子郑乾实际参与了工人下岗后再创业的工作，并当选为董事长。

综上，原告主张的"老国营厂命运"情节无论是情节的具体表达还是老国营厂的发展走向均不构成实质性相似，本院对原告的该主张不予支持。

（二）关于男主人公腐败变迁过程

原告认为，在"主人公腐败变迁过程"这一主题下，原、被告作品存在17处相似情节，其中2处与"老国营厂命运发展"线索重合，1处与"男主人公夫妻关系变化"线索重合。

1. 教授从政。原告作品：刘云波原是大学教授，后从政成为旧城市市长，南岭省省长。被告作品：高育良原是大学教授，后从政成为吕州市市委书记、汉东省政法委书记。

2. **政治抱负。**原告作品：刘云波有着远大的政治抱负，不贪财，希望做个"封疆大吏"，有一片天地可以实现自己的政治理想。被告作品：高育良有着远大的政治抱负，不贪财，希望拥有"一片江山"，用权力改变现实，实现理想和责任。

3. **下属腐败。**原告作品：刘云波担任旧城市长时，下属旅游局局长张扬贪赃枉法，并制造"于县假祖案"，影响极坏。刘云波承认自己有很大失误，羞愧难当。被告作品：李达康担任林城市市长时，下属副市长兼开发区主任李为民贪赃枉法，事发被捕后引发投资商大规模撤资，影响极坏。李达康感到无比心痛。

4. **官网密布。**原告作品：张扬出事以后，老首长给刘云波打电话，告诉他官场是一张密织的网，每个人都是网上的一个结，结散了断了，网就破了。刘云波听后，就开始处理张扬，保全自己及老首长在内的整张关系网。被告作品：祁同伟出事以后，老省委书记给高育良打电话，告诉他祁同伟不能倒，否则大家都脱不了干系。高育良听后，就出手挽救祁同伟，保全自己及老省委书记在内的整张关系网。

5. **信念崩塌。**原告作品：一向为官公正的刘云波为私利进行权力寻租，帮助李玉庭审批半岛项目，李玉庭为刘云波之子刘大矛办妥出国手续，并在瑞士银行为其存款 200 万元。事后，刘云波高升，到南岭担任省长。期间刘云波理想信念崩塌，走上与原来完全不同的道路。被告作品：一向为官公正的高育良为私利进行了权力寻租，帮助赵瑞龙审批美食城项目，赵瑞龙帮助高育良赶走政敌李达康。事后，高育良高升，进入省委常委班子。期间高育良理想信念彻底崩溃，走上与原来完全不同的道路。

6. **美人如玉。**原告作品：李玉庭和其手下麦立先为拉拢刘云波，投其所好精心设计了"美人计"——和才女季子川的偶遇，并给季子川赠送房子和股票。两人见面，大谈苏东坡，朗诵其作品，而身着水红色立领旗袍的季子川在刘云波眼中如月光般干净纯然。被告作品：赵瑞龙和其手下杜伯仲为了拉拢高育良，投其所好，精心设计了"美人计"——和"才女"高小凤的偶遇，并给高小凤赠送别墅。两人见面，大谈黄仁宇的《万历十五年》，而身着水红色立领旗袍的高小凤在高育良眼中是一位清纯天使。

7. 国外账户。原告作品：川汇集团女老板李玉庭是刘云波的亲家，为刘云波的儿子刘大矛在瑞士银行开设账户，存款200万元。被告作品：山水集团女老板高小琴是高育良的姨姐，为高育良的儿子在香港特区开设信托账户，存款2个亿。

8. 官商联姻。原告作品：川汇集团女老板李玉庭和刘云波结为姻亲，刘云波的女儿嫁给李玉庭的儿子。被告作品：山水集团女老板高小琴和高育良结为姻亲，高小琴的妹妹嫁给了高育良。

9. 约束家人。原告作品：刘云波和李玉庭缔结姻亲以后，对女婿姚依山的要求十分严格，不允许他提出和岳父权力有关的任何要求。被告作品：和高小琴缔结姻亲以后，高育良对妻子高小凤的要求十分严格，不允许她参与山水集团的任何生意。

10. 违规拿地。原告作品：通过刘云波的暗中相助，其女婿姚依山在江东以每亩150元的价格，拿下1200亩地，启动半岛开发项目，其中一半用于建设高尔夫球场。几年以后，地价上涨至每亩2000元。被告作品：通过祁同伟出面，高育良的姨姐高小琴在京州以每亩5万元的价格，拿下500亩地，建立山水庄园，其中建有高尔夫球场。几年以后，地价上涨至每亩60万元。

11. 老国营厂（前文已阐述）。

12. 重大事故（前文已阐述）。

13. 是否坦承。原告作品：一石厂爆炸事故后，问题重重，矛盾激化，省委书记陈思成掌握了相当的情况，刘云波知道女婿姚依山和一石厂有千丝万缕的关系，经过激烈的思想斗争，决定不向书记坦承。被告作品：大风厂爆燃事故后，问题重重，矛盾激化，省委书记沙瑞金掌握了相当的情况，高育良知道祁同伟和大风厂事件有千丝万缕的关系，经过激烈的思想斗争后，决定不向书记坦承。

14. 夫人出国。原告作品：情势危急，刘云波安排司机把妻子送往机场，出逃外国。李淑静早就办有护照，顺利出关。被告作品：情势危急，欧阳菁要求李达康亲自送她去机场，出逃外国。欧阳菁早就办有护照，因被侯亮平在高速出口成功拦截，未能成功出逃。

15. 市长逃跑。原告作品：市长崔长青预感大事不妙，在被查处之前逃跑。此时刘云波尚不清楚崔长青贪污腐败问题的严重性，好奇他为什么要逃跑？被告作品：副市长丁义珍预感大事不妙，在被查处之前逃跑。此时李达康尚不清楚丁义珍贪污腐败问题的严重性，好奇他为什么要逃跑？

16. 我是化身。原告作品：市长崔长青是刘云波旧城改制工作的拥护者和执行者，总是对外宣称他是刘云波的人。被告作品：副市长丁义珍是李达康京州老城改造工作的拥护者和执行者，总是对外宣称他是李达康的化身。

17. 杀人灭口。原告作品：一石厂爆炸事故把黑幕交易层层揭露出来，麦立先掌握了大量内幕信息，对刘云波形成了巨大威胁，于是制造了"意外"车祸，撞死了麦立先，杀人灭口。被告作品：大风厂爆燃事故把黑幕交易层层揭露出来，陈海掌握了有力证据，对高育良形成巨大威胁。祁同伟于是制造"意外"车祸撞飞陈海，企图杀人灭口。

此外，原告作品中的省长刘云波一角，在被告作品中被拆成政法委书记高育良（反面）和市委书记李达康（正面），腐败主角是刘云波和高育良的比对。

被告认为，原告主张的上述情节或属于公有领域的素材，或属于思想层面，故不受著作权法保护。且原、被告作品对上述情节的描写完全不相似。

本院认为，"男主人公腐败变迁过程"的情节中，包含了原告作品中的刘云波、崔长青两个人物，被告作品中的高育良、李达康、祁同伟、丁义珍四个人物，其中主要人物分别是刘云波和高育良。与前一情节相同，原告在本情节中提炼的相似情节亦是抽象的情节，虽然表面上看两个故事都是因官员沉溺美色而导致腐败，似乎有一定的相似性，但原、被告作品中填充该情节的具体人物设置、人物关系、具体情节及桥段的表达却完全不同。首先，在引发腐败的原因上，原告作品中刘云波明知商人李玉庭想与其进行权色交易，其能够巧妙接招，避免受制于李玉庭；而在被告作品中，高育良则是陷于商人为其精心设计的美人圈套之中不能脱身，完全与商人进行了利益捆绑。其次，在腐败的实施方式上，原告作品中，刘云波的腐败最直接体现在其通过半岛项目开发权与李玉庭进行利益交换，使得自己的儿子刘大才能够顺利出国并获得资金。在整个利益交换的过程中刘云波始终掌握着主动权，并不断敲打李玉庭，呈现一种索贿的姿态；而被告作品中，高育良的腐败则始终呈现被动姿态，并没有直接的权钱交易。最后，在腐败的结局上，刘云波安排家人出国，对于自身的结局却没有进行描述；而高育良则被某纪委带走，受到查处。

同时，原告对于本情节的提炼仍然是不准确的，大量的情节并非基于和"腐败变迁过程"同一层面进行的抽象与提取。如"下属腐败"，比对的是刘云波和李达康分别对下属贪赃枉法的感受，而在作品中李达康并无腐败的情节描述，与本情节无关。又如"信念崩塌"，并非是对具体情节的提炼，刘云波和高育良走向腐败本身就说明其信念已经崩塌，该情节已不能再进一步抽象。再如，原告作品中的刘云波被拆分成被告作品中的高育良的反面性格和李达康的正面性格进行比对，所谓的"腐败轨迹"针对的应是特定的人物和事件，文学作品中通常会有正面人物和反面人物，而将人物拆分后进行比对对于著作权的侵权判定是不恰当的。

综上，原告主张的内容缺少具体的相似情节支撑，其主张的抽象情节属于思想范畴，不受著作权法保护。而原、被告作品对于本情节的表达也不相同。所谓的"男主人公腐败变迁过程"针对的应是对应的特定主体和特定的情节轨迹，而原告将多个人物及故事情节集合在一个轨迹中，拼凑痕迹明显，更说明原、被告的作品在该情节的表达上的不同。故本院对原告的该主张不予支持。

（三）关于男主人公夫妻关系变化

原告认为，在"男主人公夫妻关系变化"这一主题下存在6处相似情节。

1. 人生若只如初见。原告作品：二十多年前，刘云波和妻子在南岭最北边的一个县相识结婚。刘云波在村小学当代课教师，日子贫困艰难，但是夫妻感情和睦。被告作品：二十多年前，李达康在汉东西部山区任副县长时与欧阳菁相识结婚。李达康的工作在山区调来调去，妻子女儿跟着他东跑西颠遭了很多罪，但是夫妻感情和睦。

2. 岁月流光情已负。原告作品：时间一晃而过，刘云波从乡村的代课教师变成了南岭省省长，但在妻子眼中，却变得无情无趣，温情不再。被告作品：时间一晃而过，李达康从小县的副县长变成了京州市市委书记，但在妻子眼中，却变得无情无趣，温情不再。

3. 夜阑人静寒霜渡。原告作品：刘云波和妻子分房而居。夜深了，刘云波回到家中，妻子的房间房门紧闭，刘云波轻声走进自己的卧室。被告作品：高育良和妻子分居（实已离婚），夜深了，高育良和妻子互道晚安，各自走进自己的房间。

4. 脉脉此情向谁诉。原告作品：李淑静无法从丈夫刘云波处取得情感关怀，却又幻想爱情的美好，于是转向小说中寻求心灵安慰和释放，为小说中的角色流泪，沉浸在自己幻想的小说世界里。被告作品：欧阳菁无法从丈夫李达康处得到情感关怀，却又幻想爱情的美好，于是转向韩剧中寻求心灵安慰和释放，为剧中的角色流泪，幻想自己就是剧中的女主角。

5. 茶烟轻飏落花风。原告作品：刘云波妻子李淑静在省博物馆下属公司工作，因为丈夫是省长，她的工作轻松自由，不坐班。被告作品：李达康妻子欧阳菁担任京州城市银行的副行长，因为丈夫是市委书记，她的工作轻松自由，想不上班就不上班。

6. 满天风雨下西楼。原告作品：情势危急，刘云波安排司机把妻子送往机场，出逃外国。李淑静早就办有护照，顺利出关。被告作品：情势危急，欧阳菁要求李达康亲自送她去机场，出逃外国。欧阳菁早就办有护照，因被侯亮平在高速出口成功拦截，未能成功出逃。

被告认为，原告主张的"男主人公夫妻关系变化"情节均属于思想层面和公知领域，不属于著作权法保护范围。且原告描述的夫妻关系有的属于单纯的人物关系，不受著作权法保护；有的在特定人物所涉及的具体情节与内在表达上与被告作品不同，不构成相似。因此，原、被告作品在此情节上存在实质性区别。

本院认为，原、被告作品所呈现的从早年夫妻恩爱到若干年后的感情淡漠，夫人为排解感情而寻求寄托，是描写夫妻感情变化的常见素材组合。与"老国营厂命运"主题的比对相似，原、被告作品在本情节中都只是共同拥有"官员与其妻子感情淡漠，婚姻关系名存实亡"的主题，难以进一步提炼相同的情节设计，对情节进行填充的表达更不相同。原告作品中，刘云波与妻子李淑静相识于乡村，感情破裂于婚姻生活的平淡与性格各异，李淑静在单位任闲职，对丈夫较为包容，始终没有离婚。被告作品中，高育良与吴慧芬相识于大学，感情破裂于高育良的出轨，两人旋即离婚，只是出于各自不同的需要而分居于同一个屋檐之下，并继续对外界扮演恩爱夫妻的假象。李达康与欧阳菁相识于山区小县城，感情破裂于李达康只顾自己的工作而对家庭缺少关心。欧阳菁在银行做领导且有受贿行为，性格独立，因获取不到爱情对李达康较为怨恨。两人最终离婚。

同时，与"男主人公腐败变迁过程"相同，原告在本情节中将被告作品中李达康的婚姻状况和高育良的婚姻状况裁剪拼凑后，与原告作品中的刘云波进行比对。男主人公的夫妻关系变化在原、被告作品中并不是主线，也没有反映主题，只是为了烘托人物，在整部作品中起次要作用。在人物关系和事件的逻辑关系完全不同的情况下，这样的比对没有任何意义，无助于作品的著作权侵权判定。

（四）关于其他相似情节

原告认为，在前述三个主题之外，还存在其他 16 处相似情节。其中大部分情节和人物可以形成交互对应关系，少数情节被采用张冠李戴、移花接木的手法，将人物和情节的交互对应关系打乱，即相似情节并不是由对应的相似人物来完成。

1. 领导打篮球。原告作品：刘云波和秘书聊天，说起他以前爱打篮球，是篮球队的主攻前锋。秘书建议组织一次篮球赛，刘云波不同意，认为他一上场没人敢防他。被告作品：沙瑞金和秘书一起打篮球，沙瑞金技术很好。秘书建议建一支篮球队，由书记担任队长，沙瑞金同意了。

2. 录像监控官员。原告作品：省委书记陈思成安排人对旧城市市长崔长青进行监视，刘云波对于自己下属受到监视而自己毫不知情非常震惊，并感受到来自省委书记的巨大压力。被告作品：京州公安局程度受人之托，对京州市市委书记李达康进行监视，祁同伟对于省委常委受到监视而自己竟然毫不知情非常震惊，并感受到来自发出监视指令的未知者的巨大压力。

3. 书记狠抓官员腐败。原告作品：省委书记陈思成认为，南岭干部队伍中依然存在不少崔长青这样的人，刘云波感觉到省委书记辐射一大片，把他也纳入其中的危险。被告作品：省委书记沙瑞金认为，汉东干部队伍的问题，已经到了非解决不可的时候。高育良和李达康等人感觉到了沙氏寒流带来的惊恐和不安。

4. 权力的话语权。原告作品：崔长青和刘云波谈判遭遇挫败后，认为不是他的错，因为他职位不够高，权力不够大。被告作品：高育良与众同僚辩论失败后，认为不是他的错，因为他不是一把手，权力不够大。

5. 臭鸡蛋官员。原告作品：旧城旅游局局长张扬贪污腐败，刘云波称他为"一个天天都在找臭鸡蛋缝的人"。被告作品：京州市法院副院长陈清泉贪污腐败，被称为"是个有缝的蛋，坏蛋、混蛋、王八蛋"。

6. 扫黄。原告作品：川汇集团董事麦立先装修了一个戏楼子，旧城的有钱人都来登堂露面，影响很差，后被市公安局查封。被告作品：山水集团董事长高小琴修建了山水庄园，京州很多官员都来吃喝玩乐，影响极坏。后京州市公安局突击扫黄，一把扫出了陈清泉。

7. 官员子女建污染企业。原告作品：市长崔长青的儿子崔朝阳勾结小老板吴胜利兴建的制药厂污染严重，部分污水流入高尔夫球场的人造湖。刘云波有心想动这家制药厂，却被老板是省委书记弟弟的假身份欺骗，不敢下手。被告作品：老省委书记赵立春的儿子赵瑞龙兴建的美食城污染严重，污水排入月牙湖。开发区主任易学习有心拆除美食城，却碍于老板是老省委书记儿子的身份，不敢下手。

8. 假装官员亲戚。原告作品：制药厂的法定代表人陈思功真名吴胜利，故意盗用了省委书记陈思成弟弟陈思功的身份信息，让人误以为他有强大的后台。被告作品：山水集团里挂着高育良和高小琴的合影，坊间盛传高小琴是高育良的侄女。高小琴从不澄清，让人误以为她有强大的后台。

9. 英雄的堕落。原告作品：麦立先从小当兵，参加过对越自卫反击战，落下一身伤。转业后成为川汇集团的独立董事，自嘲自己的故事是一个从战斗英雄堕落腐化的典型故事。被告作品：祁同伟自愿进了危险性极大的缉毒队，参加缉毒行动时差点丢了命。但英雄的身份没有把他调到心爱的人身边，他认识到英雄在权力面前不过是工具。结识高小琴以后，他为高小琴的山水集团站台，成为其幕后黑势力。

10. 独善其身的理念。原告作品：季子川指责麦立先压榨一石厂工人，麦立先作投降状，对季子川说："你是大人，大人为道；我是小人，小人只能谋事，我喜欢就事论事。"被告作品：高育良批评祁同伟不如陈阳，祁同伟说："达则兼济天下，穷则独善其身，人家（陈阳）是要拯救天下人，我想的呢也就是救我自个儿了。"

11. 对爱情不求回报。原告作品：刘云波和季子川真心相爱，但不能结婚，刘云波对此深感愧疚。季子川安慰他，认为两人在一起的时间短暂，时光宝贵，只要相爱就足矣。被告作品：祁同伟和高小琴真心相爱，但不能结婚，祁同伟对此深感愧疚。高小琴安慰他，认为两人在一起的时间短暂，时光宝贵，只要相爱就足矣。

12. 对底层人民的悲悯。原告作品：季子川和麦立先讨论社会底层人民的贫困生活状态，季子川质问麦立先把一石厂的地低价买进高价卖出，工人却失去工厂陷入贫困。麦立先认为，把地拿来用于开发，企业有赢利后能够给工人创造再就业的机会，这才是真正地对工人有利。被告作品：陆亦可和高小琴讨论社会底层人民的贫困生活状态，陆亦可认为山水集团巧取豪夺、浸透着失地农民下岗员工的血泪。高小琴认为，山水集团拿土地，不仅做了赔偿，还给下岗的工人提供了就业，对工人有利。

13. 出身与阶层的差异。原告作品：麦立先要和季子川喝茶谈人生，季子川认为两人人生观差异太大，没法谈。被告作品：陆亦可好奇为什么高小琴这么老练？高小琴解释说，她是一个普通的老百姓，而陆亦可出生于能为她安排一切的权贵家庭。

14. 穷女子蜕变。原告作品：穷家女孩孙菲遇到了洗衣机厂老板刘晚秋，刘晚秋给她一套高级化妆品。孙菲包里装着这么贵的化妆品，都不知道怎么走出商场的。被告作品：穷家女高小琴和高小凤被赵瑞龙的手下带到吕州市，在百货大楼里，高小琴第一次穿上高跟皮鞋，连路都不会走了。

15. 包围汽车。原告作品：崔长青的车被一石厂工人们围住后不敢下车，赶紧拨通刘云波的电话，告知自己被困。这是要闹"文化大革命"吗？被告作品：常成虎的车被大风厂工人们围住后不敢下车，赶紧打电话告知自己被困。常成虎大骂工人唯恐天下不乱。

16. 省府家属楼环境。原告作品：刘云波住在省政府大院的南院，即领导的家属院。院内有十多家独门独院的小二楼建筑，小院间绿荫掩映，空间阔绰。卫兵站岗，戒备森严。被告作品：高育良住在省委大院东北角，即副省级以上领导住宅区。区域内有一座座异国情调的小楼，小楼间绿荫排映，独立封闭。设有门岗，戒备森严。

被告认为，原告主张的上述情节均属于公有领域的素材，不具有独创性。且原、被告作品在事件起因、语言环境、人物关系和具体情节的刻画上存在实质性区别。

本院认为，原告提炼的领导打篮球等上述 16 个相似情节均为单个的抽象情节，原、被告作品在这些情节的表达上完全不同。如领导打篮球，原告作品中描写的是刘云波向其秘书介绍自己曾经是篮球队的前锋，而被告作品（电视剧）中描写的是沙瑞金在秘书的陪伴下打篮球锻炼身体。同时，原告主张的上述16个相似情节或属于公有领域的素材，如领导打篮球；或属于思想的范畴，如书记狠抓官员腐败，在该情节下并未对书记如何狠抓官员腐败作进一步的具体描述；或是在文字表达中出现了相同的词语，但原、被告作品中出现该词语的语言环境、表述完全不同。如原告作品中描述张扬像一个天天都在找鸡蛋缝的人，被告作品中高育良把陈清泉比喻成是有缝的蛋。

综上，原告主张的双方作品上述四个方面的具体情节，均不构成实质性相似。

三、关于人物关系和人物设置的比对

人物是小说作品中必不可少的构成要素，人物和人物关系通过故事情节来刻画、塑造和充实，同时又推动故事情节的发展。抽象的人物关系如夫妻关系、父母与子女的关系、朋友关系、上下级关系等都属于公有领域的素材，也属于思想范畴，不受著作权法保护。人物、人物关系的比对不能脱离具体的情节，只有与情节结合形成足够具体的、有个性化特征的，才能作为有独创性的表达，落入著作权法的保护范围。

原告认为，在"人物关系"这一主题下，原、被告作品存在4处共15组人物关系的相似。这15组人物关系涵盖了原告作品中的所有主要人物和关系，不仅体现为人物身份设置、人物关系的对应，更与作品的特定情节、故事发展形成不可分割的交互关系，这种内在联系为原告独创。而被告几乎全盘套用了原告的人物和人物关系的设置，进行作品改编和再创作，侵害了原告的改编权。

（一）政府官员

1. 刘云波与高育良、李达康。原告作品：刘云波原系高校

283

国际关系学教授，后从政，历任旧城市市长、南岭省省长。有政治理想，不贪财，看似温和，实则作风果断强硬。被告作品：高育良原系高校政法系教授，后从政，历任吕州市市委书记、汉东省省委常委、省政法委书记。有政治理想，不贪财，看似温和，实则作风果断强硬。李达康系京州市市委书记，作风果断强硬，不贪财，讲原则。

2. 老首长与赵立春。原告作品：老首长是省委领导干部，刘云波的老上级，两人关系亲密，提示刘云波危机自救，告诉他官场是一张网，不能破。老首长只闻其声不见其人，通过电话和刘云波联系。被告作品：老省委书记赵立春系高育良和李达康的老上级，和二人关系亲密，提示高育良救祁同伟，告诉他谁也脱不了干系。老书记只闻其声不见其人，通过电话和高育良联系。

3. 陈思成与沙瑞金。原告作品：陈思成系南岭省省委书记，新到南岭省，对刘云波的底细摸得清清楚楚，从一石厂事故、崔长青市长逃跑等事件中总结出干部队伍建设问题。刘云波经过思想斗争，没有向书记坦承自己和川汇集团的关系。被告作品：沙瑞金系汉东省省委书记，新来到汉东省，对高育良、李达康的底细摸得清清楚楚，从大风厂事故、丁义珍副市长逃跑等事件中总结出干部队伍建设问题。高育良经过思想斗争，没有向书记坦承自己和山水集团的关系。

4. 崔长青与丁义珍。原告作品：崔长青是旧城市市长，腐败贪官，对外宣称是省长刘云波的人，利用主管一石厂改制的权力，纵容儿子勾结一石厂第一任投资方老板吴胜利侵吞资产，掏空一石厂，最终导致一石厂劳资矛盾大爆发。事情败露后仓皇出逃，而刘云波对此毫不知情。被告作品：丁义珍是京州市副市长，腐败贪官，对外宣称是市委书记李达康的化身，利用主管光明湖项目的权力，勾结大风厂第一任投资方老板蔡成功侵吞大风厂资产，掏空大风厂，最终导致大风厂矛盾大爆发。

事情败露后仓皇出逃，而李达康对此毫不知情。

5. 尚志立与赵东来。原告作品：尚志立是旧城市公安局局长，和刘云波步调一致，办事能力强。被告作品：赵东来是京州市公安局局长，和李达康步调一致，办事能力强。

（二）女人

1. 李淑静与欧阳菁、吴慧芬。原告作品：李淑静是刘云波妻子，南岭省博物馆工作人员。二十多年前与刘云波在小县城结婚，日子艰苦但感情和睦。随着岁月流逝，夫妻关系日趋冷淡，孩子出国、夫妻分居，关系名存实亡。李淑静对丈夫依然关爱，对现实隐忍不语，转向小说中寻求感情的安慰与释放，逃避现实。在刘云波贪腐事发之前，被刘云波送往国外。被告作品：欧阳菁是李达康的妻子，京州城市银行副行长。二十多年前与李达康在小县城结婚，日子艰苦但感情和睦。随着岁月流逝，夫妻关系日趋冷淡，孩子出国、夫妻分居，关系名存实亡。欧阳菁无处发泄，转向电视剧中寻求感情的安慰与释放，逃避现实。在受贿事发之前，企图让李达康专车送她逃往国外。吴慧芬是高育良的妻子，汉东大学历史系老师。孩子出国，夫妻分居，关系名存实亡。吴慧芬对丈夫依然关爱，对现实隐忍不语。在高育良出事以后去往国外。

2. 季子川与高小凤、高小琴、陆亦可。原告作品：季子川是女记者，刘云波的情人，漂亮、有才气，与刘云波诗歌唱和。麦立先为了拉拢刘云波，故意设计二人偶遇，在刘云波动心后，赠送房产股权给季子川。后二人真心相爱，季子川不求名分。季子川受过良好教育，精神独立，对底层人民怀有悲悯之心。被告作品：高小凤是高育良的情人，漂亮，和高育良诗文唱和。赵瑞龙为了拉拢高育良，故意设计二人偶遇，在高育良动心后，赠送房产给高小凤。后二人结为夫妻。高小琴是山水集团老总，祁同伟的情人，二人真心相爱，不求名分。陆亦可是女检察官，受过良好教育，精神独立，对底层人民怀有悲悯之心。

3. 李玉庭与高小琴。原告作品：李玉庭是川汇集团掌门人，精明强干的女商人，和刘云波结为姻亲，让儿子迎娶刘云波的女儿。刘云波表面上制止女婿不得向他提任何与他权力相关的要求，实际上为川汇集团提供稀缺资源，一是低价拿地建高尔夫球场，二是通过省政府发文、走"简易程序"公开合法地收购老国营厂，老厂拆迁即可得到最大利益。李玉庭安排刘云波的儿子出国，为他在瑞士银行开设账户存入 200 万元。在一石厂事故爆发后，及时安排儿子媳妇撤往国外。被告作品：高小琴是山水集团掌门人，精明强干的女商人，和高育良结为姻亲，把妹妹嫁给了高育良。高育良表面上制止高小凤不得参与企业经营管理，实际上为山水集团提供稀缺资源，一是低价拿地建高尔夫球场和山水庄园，二是通过京州法院判决质押股权，走"简易程序"公开合法地收购老国营厂，老厂拆迁即可得到最大利益。高小琴安排高育良的儿子常住香港特区，为他设定 2 个亿的信托基金。在事故爆发后，及时撤往香港特区。

（三）投资方

1. 麦立先与祁同伟。原告作品：麦立先是川汇集团独立董事，和刘云波相识多年，是其家臣，也是川汇集团和刘云波沟通的关键中间人物，曾经是参加过对越自卫反击战的战斗英雄。被告作品：祁同伟是汉东省公安厅厅长，和高育良相识多年，是其学生兼家臣，也是山水集团和高育良沟通的关键中间人物。

2. 谢子华与杜伯仲。原告作品：谢子华是李玉庭的下属，精明的商人，通过送季子川的方法摆平刘云波。被告作品：杜伯仲是赵瑞龙的下属，精明的商人，培养了高家姐妹，并将她们分别送给祁同伟和高育良，以此摆平了二人。

3. 崔朝阳与赵瑞龙。原告作品：崔朝阳是市长崔长青的儿子，利用父亲权力牟取不正当利益。开办污染企业制药厂，东窗事发被查出真相。被告作品：赵瑞龙是老省委书记赵立春的儿子，利用父亲权力牟取不正当利益。开办美食城，污染月牙湖，后被易学习坚决拆除。

4. 吴胜利与蔡成功。原告作品：吴胜利是小老板，出身普通，假借省委书记兄弟之名招摇撞骗，攀附市长儿子崔朝阳。从政府手中收购一石厂，倒卖厂里化工原料指标牟取暴利，掏空一石厂后，假装受害者宣布破产开溜。在川汇集团接手一石厂后，因吴胜利导致工人生活困难，引起了强拆、爆炸等一系列事故。查清真相后，吴胜利被逮捕归案。被告作品：蔡成功是小老板，出身普通，以反贪局局长发小的名义招摇撞骗，攀附副市长丁义珍。从政府手中收购大风厂后，以大风厂资产作抵押大量借贷去买矿。投资失败掏空大风厂后，假装受害者四处举报开溜。在山水集团接手大风厂后，因蔡成功导致工人生活困难，引起了强拆、爆燃等一系列事故。查清真相后，蔡成功被逮捕归案。

（四）企业方

1. 刘晚秋与郑西坡。原告作品：刘晚秋是一石厂老工人，改良派，带头转产，用老一石厂的设备和原料，建立了洗衣机厂。被告作品：郑西坡是一石厂老工人，改良派，带头转产，用老大风厂的机器设备，组织老工人入股，建立了新大风厂。

2. 孙武、孙强与王文革。原告作品：孙武、孙强是一石厂工人，顽固派，和投资方、政府对抗。其生活贫困，买房、儿子上学都没有钱。后发生暴力事件，在和警察的冲突中，孙武中枪身亡。被告作品：王文革是大风厂工人，顽固派，和投资方、政府对抗。其生活贫困，买房、儿子上学都没有钱。后发生暴力事件，绑架了蔡成功的儿子。

3. 孙菲与郑胜利。原告作品：孙菲是一石厂老工人的第二代，是老厂中的异类，崇尚金钱，早年做裸体模特，和父母兄弟关系不好。最后成为老厂新兴力量的代表，参与政府谈判，带领企业重生。被告作品：郑胜利是大风厂老工人的第二代，是老厂中的异类，崇尚金钱，玩互联网经济，女朋友是模特，和父亲三观相冲。最后成为改革创新的新生力量，参与企业谈判，带领企业重生。

被告认为，人物的特征、人物关系都是通过相关联的故事情节来体现的，两者是有机融合体，不能简单割裂。原、被告作品在上述人物关系上没有相似之处，在人物形象、性格、结局等方面都有实质性区别。

本院认为，首先，被告作品中的人物设置远多于原告作品，人物关系也比原告作品复杂。原告作品主要反映老国营厂改制过程中暴露出的官商勾结以及官员与情人之间惺惺相惜的情感。被告作品包含了三条主线：第一条线是检察机关查处贪腐事件；第二条线是围绕贪腐事件反映政府领导班子中"汉大帮"与"秘书帮"之间的权力斗争；第三条线是一个普通工人家庭随着工厂的命运变化而变化，在每一条线上均附着有多个人物和人物关系。因此原、被告作品中围绕各自的主线设置的人物及人物关系在整体数量上相差悬殊。且原告主张的人物和人物关系并未涵盖被告作品中的所有主要人物。其次，原告主张人物关系相似，但并未将原、被告作品中的具体人物关系进行分析比对，如上下级关系、父子关系、同学关系等，而仅是单独比对了各个对应的人物特征的相似性，这种脱离了具体情节的抽象的人物特征属于思想，并不受著作权法的保护。再次，在题材类似的情况下，单纯的人物和人物关系设置相似不可避免。原告主张的人物关系和人物设置分为政府官员、女人、资方、企业方四个方面，由于原、被告作品均涉及国企改制和官员贪腐，因此在人物的身份上存在相似是不可避免的，如作品中均存在老首长、省委书记、市长、公安局局长、妻子、情人、商人、工人等，但人物和人物关系属于思想，并不受著作权法保护。人物的性格、行事作风等在脱离具体情节的情况下也难以受著作权法的保护。如原告将刘云波与高育良、李达康比对，认为刘云波和高育良均是大学教授从政，有政治理想，该三人均作风果断强硬、不贪财。但原告陈述的人物特点是抽象的，任何人均不能垄断这种人物特点。最后，原告从相似人物中提取的比对内容依然是抽象的，原、被告作品中基于人物和人物关系产生的具体情节并不相似。如李玉庭与高小琴比对，李玉庭为了利益与刘云波结为儿女亲家，而高育良与高小凤结婚是赵瑞龙与杜伯仲设下的美人计，且非高小琴安排。又如，原告将季子川与高小凤、高小琴、陆亦可3个人物进行比对，将3个人物的特征集合在另一个人物身上，而这3个人物各有自己的角色使命，原告这种比对方式显然是不恰当的。综上，原告主张的人物关系和人物设置相似没有事实依据，本院不予采纳。

四、关于人名等其他细节的比对

原告主张，原、被告作品在人物名称上也存在相似，暴露出抄袭的痕迹，包括：1. 陈思功、陈思成对应蔡成功。2. 吴胜利对应郑胜利。3. 常姐、陈思成、虎子对应常成虎。4. 张天芳对应张天峰。5. 刘大矛对应刘三毛。6. 梁明、王心吕对应吕梁。7. 刘云波对应刘省长。8. 谢子华、庄少华、林子对应林华华。8. 其他名称：（1）川汇集团对应东汇集团；（2）南岭省对应云岭汽油；（3）排雷尖刀兵对应尖刀班、尖刀连。

被告认为，原、被告作品中的人名、公司名均不相同，且人名、公司名不属于著作权法的保护范围。原告将其作品中多个人物的名字拆分拼凑与被告作品中的一个人物名进行比对，该比对完全没有关联性。

本院认为，作者在创作过程中对人物角色取名时可能会根据其所处的年代、性格特征等作一定的考虑，但从思想和表达二分法的角度来分析，由于人物的名称一般由两到四个字组成，过于简短，不能体现作者的个性化选择，无法反映作者的思想，也很难构成有别于思想的表达，因此不符合作品的独创性要求，无法获得著作权法的保护。本案中，原告主张相似的人物名称和公司名称使用的都是常见的汉字，在我国人名、企业名称相同是常见现象，有时也具有时代特征。因此，人物和企业名称的相同或相似并不能证明侵权的成立，更何况原、被告作品中的名称并没有完全相同的，只有其中一个或两个字相同。同时，原告主张名称相似的人物与被告作品中对应的人物在故事中的角色、人物性格、人物特征、经历等方面均不相同，没有关联性也没有延续性，因此完全没有可比性。

原告还提出被告作品中存在的不合理情节也暴露出其抄袭之痕迹，如"教授从政"、"汽油库和车队"以及"高尔夫球场"这三个情节点，具有明显的浓厚的时代特征，与原告作品中的时代的特定社会环境完全贴合，而被告作品中同样存在的上述情节晚了十年。原告作品中设计的"药厂排污"情节，来源于真实的社会事件，而被告为了抄袭原告，设计改编成美食城污染，明显不合常理。此外，被告作品中股权质押的情节不符合法律规定，根本不可能通过法院判决直接取得大风厂股权，且标的 6000 万元的判决适用简易程序，属于法律适用错误。还有，根据推算陈岩石退休时蔡成功只有 18 岁。不可能成为一家大型服装厂的老总，而侯亮平此时 16 岁，也不可能已经大学毕业。山水集团会计刘庆祝因给反贪局局长陈海打电话而被灭口，而其打电话的原因并未交代。高育良因为高小凤怀孕与其结婚不符合常理。原告认为，正因为被告要在故事结构中安排与原告作品的相似情节，承担同样的功能，所以被告要刻意调整，导致被告作品中出现了这些明显错误的情节。

本院认为，被告作品中的上述情节并无不合理之处，如"教授从政"在任何年代都可能发生，企业有汽油库和车队在现阶段也有存在，围绕高尔夫球场发生纠纷、美食城污染等也是常见的素材，未交代打电话原因、奉子成婚等更无不合常理之处。同时，文学作品源于生活又高于生活，需要作者的创造和加工，文学作品的创作并不要求描写的事件必须遵循现实。生活中存在大量的可能性和必然性，小说作为对现实生活的反映，不能要求作者以理性的思考来衡量生活中的千姿百态。因此，原告以所谓的不合理情节来证明被告存在抄袭行为完全没有事实和法律依据，本院不予采纳。

综上所述，本院认为，著作权法保护的是作品的表达，而不延及作品的思想。被控侵权作品只有在接触并与权利人的作品在表达上构成相同或实质性相似的情况下，才构成侵权。

小说、影视作品大多数来源于现实生活，不同的人创作的作品存在一定的相近情节、场景等均属正常。同时为鼓励作品的创作，还应允许合理的借鉴。在作品著作权侵权判定时，先要判断权利人主张的元素是属于不受著作权法保护的思想，还是属于受著作权法保护的具有独创性的表达，同时要剔除属于公有领域的表达和表达方式有限的表达。

在过滤了不受著作权法保护的内容之后，作品是否构成侵权的关键就要看两部作品的整体结构、具体情节、人物关系以及场景等方面的表达是否相同或实质性相似。在作品实质性相似的比对中，对结构、人物等的分析往往与情节相互交织。只有当作品的结构、人物等通过故事情节的设计、发展，按照一定的顺序前后衔接并贯穿起来，形成足够具体的、个性化的表达后，才受著作权法的保护。

原告小说《暗箱》与被告小说及同名电视剧《人民的名义》既不存在文字表达上的字面相似，也不存在作品整体结构、具体情节、人物关系等具体表达上的非字面相似。故原告主张各被告侵犯其改编权、署名权、摄制权、获得报酬权没有事实和法律依据，本院不予支持。据此，依照《中华人民共和国民事诉讼法》第六十四条第一款、《最高人民法院关于适用〈中华人民共和国民事诉讼法〉的解释》第九十条之规定，判决如下：

驳回原告×某某的诉讼请求。

案件受理费 131000 元，由原告×某某负担。如不服本判决，可在判决书送达之日起十五日内，向本院递交上诉状，并按对方当事人的人数提出副本，上诉于上海知识产权法院。

审判长　　金民珍
审判员　　徐　俊
审判员　　倪红霞
二〇一九年四月二十四日
书记员　　王　潇

3. 上海知识产权法院二审裁定书

[（2019）沪 73 民终 268 号]

上诉人（原审原告）：×某某，女。

委托诉讼代理人：吴某某，北京市某某律师事务所律师。

委托诉讼代理人：赵某某，北京市某某律师事务所律师。

被上诉人（原审被告）：周梅森，男。

被上诉人（原审被告）：上海利达影业有限公司，住所地上海市中国（上海）自由贸易试验区耀华路 251 号一幢一层。

法定代表人：蒋炜，总经理。

被上诉人（原审被告）：天津嘉会文化传媒有限公司，住所地天津市滨海新区中新生态城中成大道生态建设公寓 8 号楼 1 层 135 房。

法定代表人：时玮，策划。

被上诉人（原审被告）：北京正和顺文化传媒有限公司，住所地北京市海淀区北三环西路甲 18 号院 2 号楼 10 层 10028。

法定代表人：陈静柱，总经理。

被上诉人（原审被告）：大盛国际传媒集团有限公司，住所地广东省深圳市前海深港合作区前湾一路1号A栋201室。

法定代表人：安晓芬，执行董事。

被上诉人（原审被告）：凤凰传奇影业有限公司，住所地江苏省南京市六合区金牛湖风景区内银牛山路1号。

法定代表人：余江涛，董事长。

被上诉人（原审被告）：弘道影业有限公司，住所地江苏省无锡市蠡湖大道2009号。

法定代表人：王彬，总经理。

被上诉人（原审被告）：湖南广播电视台，住所地湖南省长沙市长沙金鹰影视文化城金鹰大厦。

法定代表人：吕焕斌，台长。

上述八被上诉人的共同委托诉讼代理人：金杰，北京市京都律师事务所律师。

上述八被上诉人的共同委托诉讼代理人：杨文，北京市京都律师事务所律师。

上诉人×某某因与被上诉人周梅森、上海利达影业有限公司、天津嘉会文化传媒有限公司、北京正和顺文化传媒有限公司、大盛国际传媒集团有限公司、凤凰传奇影业有限公司、弘道影业有限公司、湖南广播电视台著作权侵权纠纷一案，不服上海市浦东新区人民法院（2017）沪0115民初84551号一审民事判决，向本院提起上诉。本院依法组成合议庭对本案进行了审理。

本案审理过程中，上诉人×某某于2020年8月20日以本院不对涉案作品进行司法鉴定为由，向本院申请撤回上诉。

本院认为，×某某在本案审理期间提出撤回上诉的情况，不违反法律规定，本院予以准许。依照《中华人民共和国民事诉讼法》第一百七十三条之规定，裁定如下：

准许上诉人×某某撤回上诉。一审判决自本裁定书送达之日发生法律效力。

二审案件受理费 50 元，减半收取为 25 元，由上诉人 × 某某负担。

本裁定为终审裁定。

审判员　胡　宓

审判员　易　嘉

审判员　杜灵燕

二〇二〇年九月二日

法官助理　陶冠东

书记员　沈晓玲

4. ×某诉小说《人民的名义》侵犯著作权案一审代理词
——原告×某诉被告周梅森、北京出版集团著作权案

北京市京都律师事务所金杰律师，作为被告周梅森和被告北京出版集团委托代理人参与本案诉讼。现就本案涉及的主要问题发表如下代理意见，请法庭予以采纳。

代理人认为，原告×某起诉主张被告周梅森的作品《人民的名义》侵犯其小说《生死捍卫》的著作权，经法庭主持证据交换，原告×某仅提了三份公证书及九份图表，原告没有提供能够证明被告侵犯其著作权的证据。原告虽然一再主张被告抄袭和剽窃原告的作品，但原告提交法庭的材料与原告提出的主张完全不符，不仅不能证明原告的主张，相反却充分证明被告不存在任何侵权行为。根据谁主张，谁举证的举证责任分配原则，原告没有完成举证责任。具体意见如下：

一、《人民的名义》与《生死捍卫》人物设置不相似

《人民的名义》中设置的人物有检察官侯亮平等七十多位

有名有姓、性格鲜明的人物。在人物的设置上，与小说《生死捍卫》具有实质性区别。

1. 人物的经历描写不相似。小说《生死捍卫》中对人物经历的描写，与《人民的名义》的描写完全不同。如小说《生死捍卫》中主人公杨天翔，17 岁以全省高考文科第一名的成绩考入西京政法大学法律系，毕业后进西京省检察院公诉处，曾是留美博士，加入一国际律师事务所。后又回国任母校西京政法大学副校长、博士生导师。不久作为访问学者，应邀到英国进行学术交流。2007 年 3 月，被省委提前电召回国，出任云都市人民检察院党组书记、检察长。《人民的名义》的主人公侯亮平，毕业于汉东大学政法专业，高育良的学生，毕业后到汉东省检察院工作，后到最高人民检察院反贪总局任侦查处处长。因汉东省检察院反贪局局长陈海被人为制造车祸陷害昏迷，临危受命接替陈海任反贪局局长。二者描写不同。

2. 人物的个性特征描写不相似。小说《生死捍卫》中对人物个性特征的描写，与《人民的名义》的描写完全不同。如小说《生死捍卫》中描写的云都市检察院反贪局局长段明仁，为取得非法利益徇私枉法，与法院串通枉法裁判，引发了村民耿顺开不满，耿顺开以自杀式爆炸方式在检察院与段明仁同归于尽，这既是小说《生死捍卫》开篇的事件，也是破案的开始。小说《人民的名义》中的汉东省检察院反贪局局长陈海，高育良的学生，侯亮平、祁同伟的同学。陈海不惧风险，忠于职守，在丁义珍事件中，陈海意识到情况紧急，刻不容缓，不怕担责任直接下达抓捕罪犯命令。但最后还是在幕后黑手的操控下，让丁义珍成功脱逃。因接到刘庆祝的举报电话，要向最高人民检察院汇报案情，遭到祁同伟派人制造车祸暗害，昏迷不醒。反贪局局长陈海被害事件，既不是小说《人民的名义》的开篇，也不是侦破案件的开始。

3. 人物之间的冲突描写不相似。小说《生死捍卫》中对人物之间发生的故事冲突描写，与《人民的名义》的描写完全不同。如小说《生死捍卫》中的主人公杨天翔，上任伊始即发生了检察院反贪局局长段明仁被村民耿顺开自杀式爆炸死亡的事件，接待上访中了解到"油茶树"事件，随着高阳县"苗木"案件的调查，涉及了高阳县县长曾红革，以及当年主抓"油茶树"项目的副省长赵长青、商人向荣华的威胁等复杂背景，形成了与相关人员及领导的矛盾冲突。小说《人民的名义》主人公侯亮平，因反贪局局长陈海被害昏迷，临危受命接替陈海担任反贪局局长，随着案件的侦查，腐败市长丁义珍，利益集团高晓琴、赵瑞龙，学长祁同伟，以及当年的老师、省政法委书记高玉良等浮出水面，又被诬陷受贿停职，形成了与多方复杂关系和情感的矛盾冲突考验。

至于检察机关和行政机关的设置，以及检察、行政人员等职务设置的部分雷同，属于司法和行政机关设置的固定模式，属于公知领域的素材，不属于著作权法意义上的雷同，不构成侵权。

二、《人民的名义》与《生死捍卫》人物关系设置不相似

原告的小说在人物关系的设置上不具有独创性。原告列举的师生关系、学长关系、发小关系、情侣关系、家庭关系、裙带关系、秘书关系，均是现实生活和工作中的普遍现象，属于公知领域素材，不具有文学作品的独创性特征。原告对人物关系的比对是表面化的抽象比对，不是实质性的比对。两部小说在人物关系的具体描写上完全不同。比如：

1. 师生关系具体描写不相似。小说《生死捍卫》中描写的叶知秋是退休教授，两个学生杨天翔任检察长，晏秋任公诉处处长，同在检察院是上下级关系。小学班主任门下的晏秋与白无瑕，儿时相伴，形影不离，同入大学，毕业后相约一同回家乡工作，白无瑕进了银行，二人职业不同。

《人民的名义》中描写的高育良是学者官员，汉东省省委

副书记兼政法委书记，曾经是汉东大学政法系主任、教授。侯亮平、祁同伟和陈海都是他当年的学生。但高育良欺上瞒下，与发妻离婚，为了各自的利益假做夫妻；暗地娶了高小琴的胞妹高小凤为妻；为了获得更大的权力讨好老领导赵立春，滥用职权为赵立春的儿子赵瑞龙敛财铺路，最终得到法律的制裁。

描写的侯亮平是高育良的学生，担任最高人民检察院反贪总局侦查处处长，后临危受命任汉东省检察院反贪局局长。为人睿智正直，不徇私情，最终查办了老师高育良等腐败官员，并以身涉险，与位高权重的腐败分子展开了殊死较量。

描写的祁同伟是高育良的学生，汉东省公安厅厅长，侯亮平和陈海的学长。与山水集团高小琴是情人关系，有私生子，充当利益集团的保护伞。为了当上副省长，一意孤行，为了阻止检察机关侦查，不惜制造车祸加害陈海，又企图暗杀侯亮平，最后走投无路举枪自杀。

描写的陈海是高育良的学生，汉东省检察院反贪局局长。忠于职守，为抓捕丁义珍，情急之下，不怕担责直接下达抓捕命令，但在幕后黑手操控下丁义珍脱逃。因接到证人刘庆祝的举报电话，要汇报内情被祁同伟制造车祸撞伤昏迷。两部小说完全不同。

2. 学长关系具体描写不相似。小说《生死捍卫》中描写的白无瑕是晏秋的学长，仅仅是小学班主任门下的学生。

《人民的名义》中描写的祁同伟虽然也是侯亮平和陈海的学长，但三人是汉东大学政法系的学生。在小说中三人性格特征和命运描写完全不同，侯亮平是刚正不阿的检察官，祁同伟腐败后自绝于人民，陈海被祁同伟所害一直昏迷。

3. 发小关系具体描写不相似。小说《生死捍卫》描写的晏秋与白无瑕儿时形影不离，上小学时保护和照顾晏秋，二人同上大学，工作后交往密切。《人民的名义》中描写的侯亮平学习优秀，同学蔡成功学习较差，平时顽劣，靠近侯亮平是想提高自己威信，长大后侯亮平从政，蔡成功经商，二人极少来往。

蔡成功担任大风厂董事长后，参与行贿，被胁迫诬陷侯亮平受贿。两部小说对发小的描写完全不同。

4. 情侣关系具体描写不相似。小说《生死捍卫》描写侦查处长周海波与书记员姚笑笑产生男女朋友关系，后确定结婚。周海波任侦查处处长，后担任云都市云都区检察院检察长。《人民的名义》中描写的反贪局周正和林华华虽是男女朋友关系，但对周正描写很少，林华华认为周正为人小气，在二人关系发展和人物个性等方面的描写完全不同。

5. 家庭关系具体描写不相似。小说《生死捍卫》描写的杨天翔是检察长，妻子没有过多描写，儿子还小，其侄可儿被向荣华诱骗上班，后被陷害以此胁迫杨天翔停止侦查。《人民的名义》中描写的侯亮平是最高人民检察院反贪总局侦查处处长，后任省检察院反贪局局长，妻子是纪委办公室副主任，儿子尚小，侄女无业平时玩电脑，家庭关系描写完全不同。

6. 裙带关系具体描写不相似。小说《生死捍卫》描写的副省长赵长青与云都市云都区检察院检察长贺鹏程是远房侄女婿，贺鹏程为人贪腐好色，受白无瑕指使放走万昌，收受向荣华贿赂，受到法律制裁。《人民的名义》中描写的高玉良与祁同伟夫妇，不是裙带关系。两者描写完全不同。

7. 秘书关系具体描写不相似。小说《生死捍卫》描写的曾红革原是副省长赵长青的秘书，后任高阳县县长，为了"茶油树"项目收受贿赂，因房屋漏水，被物业开门发现了巨额现金被抓。《人民的名义》中描写的原省委书记赵立春有两个秘书。一个是市委书记李达康正直敬业，另一个是油气集团董事长刘新建，依靠赵立春的关系获得提拔，后参与腐败集团被查办。两部小说对此描写完全不同。

三、《人民的名义》与《生死捍卫》故事情节不相似

《人民的名义》是以检察官侯亮平查处小官巨贪赵德汉入

手，以侯亮平的侦查行动为叙事主线，讲述了检察官查办贪腐案件中的艰辛和曲折故事。将大风厂作为故事的辅助线索来描写，通过检察官侯亮平查处案件，揭露了高育良、祁同伟、丁义珍等腐败贪官和利益集团，同时揭示了汉东省官场政治生态存在的问题，最终使贪官受到法律的惩罚。

小说《生死捍卫》是以杨天翔为主人公，从描写杨天翔出任云都市检察院检察长当日，检察院发生爆炸案入手，带领检察官查处贪腐案件，开展公益诉讼，维护弱势群体利益，忠实履行检察机关的法律监督职能，经受住亲情，友情和金钱的考验，捍卫了党和人民的利益。

两部作品虽然在总体上都是描写检察机关查办案件，但在故事情节上存在实质性区别。仅列举10例说明：

1. 与工人冲突比对不相似。小说《生死捍卫》中的黑三是向荣华的手下，黑三被打是因为违法收购国光厂的商人向荣华为了转移侦查视线，将国光厂转让给了黑三，黑三在国光厂宣布此事时引起了工人的愤怒被打。《人民的名义》中的蔡成功是大风厂的董事长，蔡成功并没有被工人打，是因为蔡成功将大风厂的股权质押，工人们质问蔡成功时，被性急的人推搡摔倒，额头磕在石台阶上流血。

2. 发小情深比对不相似。小说《生死捍卫》中的晏秋与白无瑕同岁同校同班，是校园里最引人注目的"姐妹花"。从认识那天起，形影相随，白无瑕保护晏秋不受欺负。两人又同时报考了省城大学，一个学法律，一个学金融。按照约定，毕业后同返家乡，晏秋被分配在市检察院，白无瑕被分配在市农业银行，姐妹情深一直延续。《人民的名义》中的侯亮平从小是优等生，蔡成功是劣等生，蔡成功像狗皮膏药一样老黏着侯亮平，抄他作业，沾他点威信，好在同学们中间抬得起头来。长大后蔡成功经商，侯亮平从政，两人没有多少来往。

3. 录音带、账本比对不相似。小说《生死捍卫》中村民耿顺开与反贪局局长段明仁同归于尽后，留下的录音带是耿顺开与段明仁的通话记录，通话内容牵出白无瑕涉嫌犯罪的案情。《人民的名义》中刘庆祝并没有留下录音带，小说提到的录音是刘庆祝给陈海打电话的举报录音，但只是声称有账本要交给陈海，没有实质举报内容，没有账本的实际描写。

4. 商场购物比对不相似。小说《生死捍卫》中描写白无瑕商场购物，是反感田军军的母亲（贺鹏程的情人）购买名牌女士包的张狂，故意提高声音购物结账，以压制田军军母亲的张狂表现。《人民的名义》中欧阳菁在高档商场购物刷卡，是使用了受贿的银行卡，由此被检察院侦查锁定了受贿证据，之后被抓捕，是故事推进的重要情节。

5. 查案受阻比对不相似。小说《生死捍卫》中描写杨天翔查办高阳"苗木案"，在审讯高阳县林业局长谢谦时，谢谦因"心肌梗死"意外死亡，引起多方非议，市委书记钟良考虑到涉案人员复杂，决定停止该案一切侦查活动。《人民的名义》中侯亮平，在审讯油气集团董事长刘新建的关键时刻被诬陷受贿，是高育良等策划的阻止侯亮平继续侦查预审的违法行动，高育良亲自抓侯亮平"受贿"案，并上报沙瑞金书记，致使侯亮平暂停职务，接受审查，但案件侦查工作并没有停止。

6. 检察院里都有腐败比对不相似。小说《生死捍卫》中描写云都市检察院副检察长施义和，曾收受商人向荣华的贿赂，受向荣华的指使作为内线，泄露了检察院内部查案情况。《人民的名义》中的肖钢玉是受高育良指使捏造证据，协同高育良、祁同伟陷害侯亮平受贿，并不涉及"里应外合"。

7. 跳楼比对不相似。小说《生死捍卫》中的商人向荣华自感无路可走，沮丧绝望的情绪交织，为逃避法律的制裁，最后选择跳楼自杀。《人民的名义》中的刘新建是在侯亮平突袭汉东油气集团抓捕他时，因惧怕抓捕，情绪激动跨在窗台上，一边背诵《共产党宣言》，一边扬言要跳楼，并没有想真正跳楼，最终被侯亮平用计抓捕。

8. 车祸比对不相似。小说《生死捍卫》中描写的车祸发生在小说的末尾，向荣华为掩盖罪行，杀人灭口，指使黑三制造车祸，企图撞死农业银行信贷处处长万昌。但在检察官张立言与周海波拼死保护下万昌毫发无损。《人民的名义》中描写的车祸发生在小说侦查过程中，陈海因接到刘庆祝的举报电话，要向最高人民检察院汇报，遭到祁同伟制造车祸陷害，昏迷在医院，侯亮平因此受命到汉东省检察院任反贪局局长。

9. 讲战役比对不相似。小说《生死捍卫》中描写的讲战役，是耿支书带杨天翔等人去村民耿顺开家途中，路过坨坨峰战役纪念碑，耿支书顺便介绍当年与国民党激战的坨坨峰战役。《人民的名义》中描写的陈岩石讲战役，是应省委书记沙瑞金的邀请为省委领导干部上党课，讲述战争年代共产党员以抢炸药包为荣。二者完全不同。

10. 回乡省亲比对不相似。小说《生死捍卫》中描写副省长赵长青回乡探亲，作为亲戚的赵春桃的爷爷看到赵长青回乡感动得流泪。《人民的名义》中描写的赵立春回乡上坟，祁同伟陪同。祁同伟到了赵家坟头跪倒就哭，眼泪鼻涕全下来了，描写的是祁同伟为当官讨好省委原书记赵立春。

此外，原告涉及此处的其他多处比对，都不存在相似的事实。

四、《人民的名义》与《生死捍卫》场景描写不相似

两部作品对于故事场景的描写上均存在实质性区别。仅列举几例：

1. 省（市）委召开会议，听取案情汇报不相似。小说《生死捍卫》描写的市委书记钟良主持召开市委常委扩大会议的场景和气氛。会议室的气氛沉闷得令人窒息，市委书记钟良表面看来异常平静，但内心却翻涌着铺天盖地的波涛。《人民的名

义》中描写季昌明扼要汇报情况。高育良和李达康神情严肃地听着。气氛沉重压抑。陈海很清楚，每位领导肚子里都有一本难念的经，但表面上千篇一律，永远都是没有表情的表情。二者都是描写会议场景，但人物的心理描写上完全不同。

2. 办公室鱼缸摆设描写不相似。小说《生死捍卫》描写的是商人向荣华在看鱼缸里的鱼。比如此刻，向荣华正站在办公室里的鱼缸前，目不转睛地盯着穿梭的鱼群，里面全是名贵的鱼种，仿佛一个微缩的海洋世界。《人民的名义》中描写的是陈海办公室养着一缸金鱼，各品种的鱼儿色彩绚丽，悠然自得地漫游。二者完全不同。

3. 房间摆设不相似。小说《生死捍卫》描写的是商人向荣华的荣华大厦中，图书室的书架上则摆满了马、恩、毛全集和中外名著，一本本线装古书显衬出主人的儒商品位。《人民的名义》中描写的是，侯亮平在山水庄园高小琴的大套间书柜上，发现竟然还有一套马、恩全集，有意外之感。如小说描写，摆着不少经典书、流行书和线装书，竟然还有一套马、恩全集。

4. 天气描写不相似。小说《生死捍卫》描写为，雨，紧一阵慢一阵，下了整整一个上午不停。一声惊雷炸响，天空突然放晴，一道雨后彩虹齐天横跨。《人民的名义》中描写的是，来到省公安厅招待所，下了一上午的秋雨停了，一道彩虹横跨天际。二者虽然都是对雨后彩虹的描写，但二者描写的环境不同，前提不同，语言表达不同。

5. 河流描写不相似。小说《生死捍卫》描写的是杨天祥走出市委大院看到的景象，"天香河在万家灯火的映照下宛如一条彩带，缠着、绕着，追着大路，缓缓流向远方"。《人民的名义》中描写的是，山水集团高小琴接侯亮平赴"鸿门宴"，小说表述为"轿车很快出了城。车窗外，银水河伴路并行，河水清明透彻，不时翻起一些小浪花"。二者表达完全不同。

6. 人走雪地描写不相似。小说《生死捍卫》描写的是晏秋受杨天翔指派踏雪去见商人向荣华出家的妻子麦获。"茫茫白雪中有一点醒目的红在移动。"《人民的名义》中描写的是侯亮平顶着雪花找到了潜逃的祁同伟,"侯亮平身上落满了白雪,几乎成了一个移动的雪人"。二者描写完全不同,没有可比性。

五、被告十月文艺出版社不构成侵权

1. 《人民的名义》是一部反腐败的经典作品

小说反映以侯亮平为代表的检察官查处腐败贪官的艰辛和曲折故事。揭露了高育良、祁同伟、丁义珍等腐败贪官和利益集团,同时揭示了汉东省官场政治生态存在的问题,体现了党和国家惩治腐败的决心和力度。对小说《生死捍卫》不知晓。

2. 小说《生死捍卫》与《人民的名义》没有可比性

经过庭前比对和交换证据,以及庭审调查,小说《生死捍卫》在人物设置、人物关系、故事情节等方面,完全不相似,没有可比性。

3. 被告作为出版社尽到了必要的审查职责

在出版小说《人民的名义》的过程中,从接受委托到审批审核,从编辑审查到排版印刷,都尽到了作为出版社必要的审查职责。

综上,《人民的名义》与小说《生死捍卫》描写的是两个完全不同的故事,在表达方式上具有实质性区别,不存在抄袭和剽窃的事实,请法院依法驳回原告的诉讼请求,维护被告的合法权益。

被告周梅森委托诉讼代理人
被告北京出版集团委托诉讼代理人
北京市京都律师事务所律师
金 杰 杨 文
2018 年 5 月 31 日

5. 北京市西城区人民法院一审判决书

[（2017）京 0102 民初 32282 号]

原告：×某，女。

委托诉讼代理人：××，北京市某律师事务所律师。

委托诉讼代理人：×××，北京市某律师事务所律师。

被告：周梅森，男，作家。

委托诉讼代理人：金杰，北京市京都律师事务所律师。

委托诉讼代理人：杨文，辽宁维权律师事务所律师。

被告：北京出版集团有限责任公司，住所地北京市西城区北三环中路 6 号。

法定代表人：乔玢，董事长。

委托诉讼代理人：金杰，北京市京都律师事务所律师。

委托诉讼代理人：陈玉成，男，北京出版集团有限责任公司编辑。

原告×某与被告周梅森、北京出版集团有限责任公司（以下简称北京出版集团）著作权权属、侵权纠纷一案，本院于 2017 年 11 月 24 日受理后，依法适用普通程序，公开开庭进行了审理。原告×某及委托诉讼代理人××、×××，被告周梅森的委托诉讼代理人金杰、杨文，被告北京出版集团的委托诉讼代理人金杰、陈玉成到庭参加了诉讼。本案现已审理终结。

原告×某向本院提出诉讼请求，要求判令：1. 被告北京出版集团立即停止对涉案侵权作品的出版发行；2. 二被告在《检察日报》、新浪网首页向原告赔礼道歉，消除影响；3. 被告周梅森向原告赔偿经济损失人民币 80 万元，被告北京出版集团向原告赔偿经济损失人民币 20 万元；4. 被告周梅森向原告赔偿精神损害抚慰金人民币 10 万元；5. 二被告共同承担原告为本案制止侵权，维护权益所支出的相关合理费用；6. 二被告共同承担本案诉讼费用。

原告×某主张的事实与理由：×某先后在法院、检察院、司法行政机关等政法部门工作。原告根据自身长期的检察工作经历，于 2008 年 6 月开始创作小说《生死捍卫》。该小说于 2010 年 9—11 月在《检察日报》连载刊登，并于 2010 年 11 月由海南出版社出版。2017 年 1 月，周梅森撰写的小说《人民的名义》由北京出版集团出版发行。原告经比对分析发现，小说《人民的名义》在人物设置、人物关系、关键情节、一般情节、场景描写、语句表达等方面大量抄袭、剽窃原告《生死捍卫》一书，且未给原告署名，侵犯了原告享有的著作权，故诉至法院。

被告周梅森、北京出版集团辩称：第一，《人民的名义》与《生死捍卫》两部小说的人物和人物关系设置不同。《人民的名义》中设置的人物有检察官侯亮平等七十多位有名有姓、性格鲜明的人物。在人物和人物关系的设计上，与小说《生死捍卫》有实质性区别：一是人物的经历描写不同；二是人物的个性特征描写不同；三是人物之间发生的故事冲突不同；四是人物之间交往和联系不同。至于检察机关和行政机关的设置，以及检察、行政人员等职务设置的部分雷同，属于司法和行政机关设置的固定模式，不构成侵权。第二，《人民的名义》与《生死捍卫》两部小说的故事情节不同。《人民的名义》是以检察官侯亮平查处小官巨贪赵德汉入手，以侯亮平的侦查行动为叙事主线，讲述了检察官查办贪腐案件中的艰辛和曲折的故事。将大风厂作为故事的辅助线索来描写，通过检察官侯亮平查处案件，揭露了高育良、祁同伟、丁义珍等腐败贪官和利益集团，同时揭示了汉东省官场政治生态存在的问题，最终使贪官受到法律的惩罚。小说《生死捍卫》是以杨天翔为主人公，从描写杨天翔出任云都市检察院检察长当日，检察院发生爆炸案入手，带领检察官查处贪腐案件，开展公益诉讼，维护弱势群体利益，忠实履行检察机关的法律监督职能，经受住亲情，友情和金钱的考验，捍卫了党和人民的利益。两部作品虽然在总体上都是描写检察官查办案件，但在故事情节上存在实质性区别。第三，《人民的名义》与《生死捍卫》两部小说的场景描写不同。《人民的名义》在场景描写上跨度很大。从检察官查处小官巨贪赵德汉，到牵出京州市市副市长丁义珍外逃；从反贪局局长陈海被撞昏迷，到揭露山水集团高晓琴的利益集团黑幕；从查处公安厅厅长祁同伟，到逐渐发现高育良；从查处赵立春的儿子赵瑞龙，到揭露腐败官员与利益集团的勾结；等等。小说《生死捍卫》从访问学者杨天翔奉调回国，到出任云都市检察院检察长；从上任当日遇到爆炸案，到牵连出反贪局局长为获取非法利益，徇私枉法；从杨天翔接待上访群众，到发现弱势群体的利益遭受严重侵害；从开展公益诉讼，到查处腐败官员等腐败案件；等等。两部作品对于故事场景的描写上均存在实质性区别。在语句表达和其他内容方面，两部作品同样存在实质性区别。综上，《人民的名义》与《生死捍卫》描写的是两个完全不同的故事，在表达方式上具有实质性区别，不存在抄袭和剽窃的事实，请法院依法驳回原告的诉讼请求。

原告提交的证据及被告的质证意见：

一、权属证据

证据一：（2017）广恒信内证字第 285 号公证书，在检察日报社多媒体数字报刊平台查询《生死捍卫》。证明原告创作的小说《生死捍卫》于 2010 年 9—11 月在《检察日报》连载刊登；

证据二：小说《生死捍卫》图书，证明该书由原告创作完成；

证据三：（2017）广恒信内证字第 277 号公证书，证明小说《生死捍卫》于 2010 年 11 月由海南出版社出版。

二、侵权证据

证据四：（2017）广恒信内证字第 407 号公证书，证明原告于 2017 年 7 月 24 日在新华文轩广元书城购买了小说《人民的名义》；

证据五：小说《人民的名义》图书，证明该书侵犯原告的著作权。

二被告对原告提供的上述证据的真实性、合法性无异议，对证明目的有异议，认为不能证明被告侵权。

二被告提交的证据及原告的质证意见：

证据 1：2016 年 12 月 3 日的中国作家网网页截图，内容为中国作家协会第九届全国委员会主席、副主席、主席团委员名单；

证据 2：2017 年 6 月 15 日的中国作家网网页截图，内容为中国作家协会第九届全国委员会委员名单；

证据 3：2015 年 4 月 29 日的江苏作家网网页，内容为江苏省作家协会第八届理事会主席团成员名单；

证据 4：1997 年，《人间正道》获中宣部颁发的精神文明建设"五个一工程"第六届"入选作品奖"；

证据 5：1999 年，《中国制造》获中宣部颁发的精神文明建设"五个一工程"第七届"入选作品奖"；

证据 6：1999 年，因《中国制造》荣列庆祝中华人民共和国成立 50 周年 50 个重点献礼文艺项目，中国作家协会颁发嘉奖状；

证据 7：1999 年，《中国制造》获国家新闻出版署颁发的第四届国家图书奖；

证据 8：1998 年，中国电视剧制作中心颁发荣誉证书，《人间正道》电视剧获第 18 届"飞天奖"长篇一等奖；

证据 9：2001 年，人民文学出版社颁发获奖证书，《人间正道》《天下财富》《中国制造》荣获第三届人民文学奖；

证据10：2008年，江苏省作家协会颁发获奖证书，《我本英雄》获江苏省第三届（2005—2007）紫金山文学奖长篇小说奖；

证据11：2017年，中国数字出版创新论坛组委会颁发奖牌，《人民的名义》获数字出版创新奖。

二被告以证据1—证据11证明周梅森为作家、编剧。中国作家协会主席团委员、江苏省作家协会副主席。中国作家协会第九届全国委员会委员。著有《人间正道》《中国制造》《绝对权力》《至高利益》《国家公诉》《我主沉浮》《人民的名义》等政治小说，这些小说均被其亲自改编成影视剧。这些文学和影视作品在海内外有广泛影响。

原告认为上述证据1—证据3均来源于网上资料，真假难辨，因此不认可该证据真实性，且该等证据也与本案没有关联性，因此，对该证据的证明目的不认可。

原告对证据4—证据11的真实性、合法性认可，但认为被告作品曾经获奖与本案涉案作品是否构成侵权是两回事，与本案没有关联性，不认可证明目的。

证据12：江苏省高级人民法院于2016年5月26日作出的（2015）苏商终字第000542号民事判决书，原告为周梅森，被告为江苏丰裕粮油实业集团有限公司、徐州淮海农村商业银行股份有限公司，第三人徐州市隆硕米业有限公司，案由为股权转让合同纠纷。证明《人民的名义》中"大风厂"股权纠纷的素材来源，人物蔡成功的设计原型源自周梅森的实际生活。股权纠纷案中的自然人是周梅森的发小，二人的特殊经历是蔡成功的设计素材。

原告对证据12的真实性、合法性认可，不认可关联性，不认可证明目的。

证据13：徐州市人民政府（徐政干〔1996〕3号）关于周

梅森任职的通知，"任命周梅森为市人民政府副秘书长"。

原告对证据 13 的真实性认可，不认可关联性，不认可证明目的。

证据 14：江苏省作家协会党组文件（苏作党字〔97〕2号），"关于推荐周梅森到交通厅挂职体验生活的报告"。证明周梅森在政府挂职，经历官场体验，为其创作政治小说积累了丰富的素材。

原告对证据 14 的真实性不认可，认为该证据资料标题为"关于推荐周梅森到交通厅挂职体验生活的报告"，只是推荐的报告，与实际挂职交通厅不是一回事，不认可关联性，不认可证明目的。

证据 15：小说《人间正道》，证明其中改革历程中发生的一系列矛盾斗争以及胜利煤矿改制等故事，是创作《人民的名义》的参考素材；

证据 16：小说《中国制造》，证明其中以新老书记接班、平轧厂改制、烈山县腐败、特大洪峰来袭这四条线为主，也是创作《人民的名义》的参考素材；

证据 17：小说《至高利益》，证明小说围绕国际工业园排污泄漏事件和红峰服装厂官司的群访事件，突出人民利益是最高利益。这是周梅森创作《人民的名义》中蔡成功的服装厂及易学习处理园区污染的参考素材来源之一；

证据 18：小说《绝对权力》，其中关于官商结合，通过操纵股权的方式掏空国有企业，再以收购、破产重组的名义，收购国有企业，借壳上市等，从中获利的桥段，是周梅森创作《人民的名义》的参考素材来源之一；

证据 19：小说《国家公诉》，其中关于反腐败及反腐败代价的描述，是周梅森创作《人民的名义》的参考素材来源之一；

证据 20：小说《我主沉浮》，其中关于资本运作、市场经济、权力经济的描述，是周梅森创作《人民的名义》的参考素材来源之一；

证据 21：小说《我本英雄》，其中关于官场的描述是周梅森创作《人民的名义》的参考素材来源之一；

证据 22：小说《梦想与疯狂》，小说中有三个典型人物孙和平、杨柳、刘必定，展现了国家发展和社会正义的博弈，各种社会力量在利益和精神两个层面上的博弈，产业资本和金融资本的融合与博弈，财富欲望与道德坚守的博弈。《人民的名义》中侯亮平、陈海、祁同伟三兄弟的定位和关系，参考了《梦想与疯狂》里孙和平、杨柳、刘必定三兄弟，甚至侯亮平和孙和平的绰号都叫猴子。这是参考素材之一。

被告认为证据 15—证据 22 这八部小说是在原告小说发表之前发表的，八部小说涉及的人物情节和事件有相当一部分是被告小说《人民的名义》创作素材来源，和原告小说没有实质性相似的地方。

原告对证据 15—证据 22 的真实性、合法性认可，不认可关联性，不认可证明目的。本案诉的侵权小说是《人民的名义》，和其他图书无关。

证据 23：小说《人民的名义》，证明《人民的名义》是以检察官侯亮平查处腐败官员为叙事主线，讲述了当代检察官维护公平正义和法治统一、查办贪腐案件的故事。与×某的作品《生死捍卫》内容有本质区别。

原告对证据 23 的真实性认可，对其关联性认可，不认可证明目的。

证据 24：情况说明（宋世明证人证言）；

证据 25：亲历周梅森创作《人民的名义》过程（范子文证人证言）。

原告认为证人依法应当出庭作证并接受质询，本案证人未出庭接受质询，因此，无法确认其真实性，也不认可其关联性及证明目的。

证据交换过程中，被告未提交其他证据佐证周梅森为中国作家协会主席团委员、江苏省作家协会副主席、中国作家协会第九届全国委员会委员。亦未提交周梅森实际到交通厅挂职体验生活的证据，且不申请证人出庭。原告不提交合理支出证据。

当事人围绕诉讼请求依法提交了上述证据，本院组织当事人进行了证据交换和质证。对当事人无异议的证据，本院予以确认并在卷佐证。

一、对原告提交的证据认定

二被告对原告提供的全部证据的真实性、合法性无异议，故本院对原告提供的全部证据的真实性、合法性予以认定。

二、对被告提交的证据认定

1. 原告对被告提供的证据4—证据13、证据15—证据23的真实性、合法性认可，故本院对上述证据的真实性、合法性予以认定。

2. 原告认为证据1—证据3为网上资料，因此不认可该证据真实性。而被告提供证据1、证据2、证据3的目的是证明周梅森为中国作家协会主席团委员、江苏省作家协会副主席、中国作家协会第九届全国委员会委员。因周梅森在作家协会曾出任的职务只能说明其具有一定声望，与本案所诉侵权是否成立无关，在与本案无关联性的情况下，本院对该3份证据不予认定。

3. 证据14是江苏省作家协会的"关于推荐周梅森到交通厅挂职体验生活的报告"，该报告没有批复件，被告亦未提交周梅森实际到交通厅挂职体验生活的证据，故本院对该报告不予认定。

4. 证据24、证据25是证人证言。原告认为证人未出庭接受质询，因此，无法确认其真实性，也不认可其关联性及证明目的。由于原告所持证人有义务出庭作证的观点符合法律规定，故在被告不申请证人出庭的情况下，本院对证据 24、证据 25 的证人证言不予认定。

根据当事人陈述和经审查确认的证据，本院认定事实如下：

2010 年 9 月至 11 月，×某创作完成的小说《生死捍卫》在《检察日报》连载刊登。

2010 年 11 月，《生死捍卫》一书由海南出版社出版发行，署名×某，书号：ISBN978-7-5443-3489-1，239 千字，定价 37.00 元。

《生死捍卫》主要讲述的是以访问学者身份在国外进修的杨天翔，被省委电召回国，出任云都市检察院检察长。杨天翔上任当日，云都市检察院楼内发生爆炸案，检察院分管反贪的副检察长张立言提出辞职，老检察长吕子风托病住进医院，紧接着国光厂国有资产流失案浮出水面，高阳苗木受贿案引发大规模上访。内外交困中的杨天翔带领张立言、晏秋、周海波等检察官冲破重重阻力，与以赵长青为代表的腐败分子做斗争，维护社会的公平正义；检察官们开展公益诉讼、维护弱势群体的利益，经受各种考验，用忠诚乃至生命捍卫法律、捍卫党的事业、捍卫人民的利益。

2017 年 1 月北京出版集团出版发行了署名周梅森著的图书《人民的名义》；ISBN978-7-5302-1619-4；300 千字；定价 46.90 元。

《人民的名义》主要讲述的是最高检反贪总局侦查处处长侯亮平在查处某部委处长赵德汉受贿案时，赵德汉举报京州市副市长丁义珍向其行贿。抓捕丁义珍的过程中，有人通风报信，丁义珍潜逃出境。H 省检察院反贪局局长陈海在去和举报人见面的路上遭遇车祸，被撞昏迷。侯亮平接替陈海出任 H 省检察院反贪局局长，顶着巨大压力开展工作。围绕大风厂股权争夺，有工人护厂风波、有离休检察长陈岩石的奔走呼吁、有各种利益的纠缠，在新任省委书记沙瑞金的支持下，侯亮平同其他检察人员一道发现并查处了一系列违法犯罪分子。以侯亮平的调查行动为叙事主线，讲述了当代检察官维护公平正义、查办贪腐案件的故事。

原告在庭审中主张被告周梅森和北京出版集团共同侵犯了其署名权、保护作品完整权、改编权，北京出版集团侵犯了其复制权和发行权。

关于图书《人民的名义》是否侵犯原告著作权的问题，原、被告均未提交向鉴定机构进行鉴定的申请，故本院组织双方对图书进行比对。原告主张《人民的名义》在破案线索的推进及逻辑编排、角色设置、人物关系、情节、具体描写五个方面抄袭了原告的作品，原、被告提供了比对表。因原告指控图书《人民的名义》存在抄袭、剽窃的内容均为图书中的人物、情节、场景、语句，故本院依原告的主张及图书的内容进行梳理总结。

一、破案线索推进及逻辑编排方面

1. 两部图书的破案线索推进及逻辑编排

《生死捍卫》以云都市检察院发生爆炸案开篇，讲述原花石湾矿主耿顺开携带自制爆炸物，冲进反贪局局长段明仁办公室，段明仁被炸身亡。爆炸案引出花石湾矿转让纠纷，反贪局局长段明仁为矿山的实际买受人，二审法官汪毓敏枉法裁判。耿顺开遗留磁带和账本，磁带中段明仁让耿顺开去银行贷款的对话，将案件线索引向农业银行行长白无瑕。汪毓敏因枉法裁判罪被判处有期徒刑一年，服刑期间，检举了携款潜逃的农业银行信贷处处长万昌给段明仁违法放贷的情况。

《生死捍卫》以国光厂转制，国有资产流失案为核心案件，主要讲述了：参加云都夏季商品交易会的常务副省长赵长青等官员在酒店宴会时，被国光厂的下岗工人围堵，国光厂改制中存在的问题浮出水面。赵长青临时决定，率云都市四大班子和检法两院的主要领导前去国光厂同工人见面。董事长向荣华将国光厂转赠给打手黑三。黑三通过高音喇叭将国光厂易主的消息播放出去，引发工人不满，黑三被打，工人冲击前来维持秩序的公安武警，引发群体性突发事件。省委将国光事件定性为因国资流失而导致的群体性事件，宣布由赵长青代表省委赶赴云都市，对国光厂问题进行彻查。政府与向荣华就国光厂问题谈判陷入僵局。国光厂原财务副厂长宋光昭在杨天翔及国光厂工人韩师傅等人的安排和保护下秘密回到云都市，揭露了向荣华收购国光厂的骗局和更多内幕，提供了向荣华收购国光厂的预付款几乎全部来自农业银行的重要线索。老检察长吕子风受到国光厂群体性突发事件影响，通过激烈思想斗争，勇敢地交出了当年农业银行信贷处处长万昌一案的侦查卷宗，万昌在讯问笔录中供述违规给向荣华放贷是经行长白无瑕同意的事实。云都区检察院检察长贺鹏程被双规。云都市副检察长施义和将准备抓捕万昌的办案机密泄露给向荣华。张立言和周海波赶赴云南抓捕万昌。向荣华设圈套，杨天翔的外甥被抓，向荣华以此威胁杨天翔，让其停止对国光厂的调查。向荣华出家的妻子麦获将向荣华多年来向赵长青、白无瑕等官员行贿的记录藏在画轴里交给晏秋。检察员到万昌的情妇欧燕家去寻找线索，欧燕约万昌见面，万昌被成功抓捕，返程的路上遭遇黑三开车撞击，张立言负重伤，万昌无生命危险。万昌交代了给段明仁、向荣华等人违法发放贷款，受白无瑕指使，在国光厂收购中与向荣华里应外合，骗取套取数千万银行资金，以及如何在白无瑕的安排下，贺鹏程帮助其从看守人员的眼皮底下脱逃等犯罪事实。向荣华跳楼自杀。赵长青、白无瑕、贺鹏程等落网受审。

《人民的名义》以最高人民检察院反贪总局侦查处处长侯亮平查处某部委项目处处长赵德汉受贿案开篇，赵德汉举报京州市副市长丁义珍行贿。在抓捕丁义珍的过程中，有人通风报信，丁义珍潜逃出境。H省检察院反贪局局长陈海在去和举报人见面的路上遭遇车祸，被撞昏迷。侯亮平接替陈海出任 H 省检察院反贪局局长，顶着巨大压力开展工作。公安机关从陈海的被轧坏手机中提取了一段举报人的录音，其中提到一个账本（没有其他举报内容），市公安局局长赵东来根据陈海车祸前后京州人口情况，确定车祸同一天出国旅游的山水集团会计刘庆祝是录音中的举报人，但没有找到账本。将案件线索引向山水集团。

《人民的名义》以大风厂股权案为核心案件，大风厂老板蔡成功主动揭发自己向京州城市银行副行长欧阳菁行贿被抓。欧阳菁刷卡购物，暴露受贿证据。离休检察长陈岩石到反贪局提交举报材料，将矛头指向高小琴和山水集团。京州市中级人民法院副院长陈清泉嫖娼被抓，前省委书记赵立春的儿子赵瑞龙斡旋捞人，赵瑞龙、高小琴以及山水集团的利益链浮出水面。欧阳菁供出省油气集团及其董事长刘新建，交代大风厂的过桥款其实来自高小琴找来的省油气集团，蔡成功把大部分利息打给了山水集团。蔡成功交代大风厂的过桥款是山水集团的财务总监刘庆祝帮其从省油气集团拉来的。刘庆祝的妻子吴彩霞反映了高小琴称刘庆祝死于心肌梗死，并给了其 200 万元抚恤金，赵立春的儿女在山水集团有股份以及刘庆祝给丁义珍等高官打钱等情况。刘新建欲持刀跳楼拒捕，在侯亮平的斡旋感召下放弃抵抗。公安厅厅长祁同伟和赵瑞龙在山水庄园摆下鸿门宴，预谋对侯亮平拉拢不成则暗杀，祁同伟承认其在山水集团有股份，侯亮平脱险。赵瑞龙和高小琴外逃香港特区。高育良安排京州市检察院检察长肖钢玉陷害侯亮平，蔡成功受人胁迫举报侯亮平受贿，侯亮平被停职接受审查。赵瑞龙的前生意合伙人杜伯仲为了向赵瑞龙索要利益，向侯亮平抛出三张高育良与高小琴胞妹高小凤亲密照片。赵瑞龙和杜伯仲和解，引出二人当年如何利用美色让高育良腐败的往事。侯亮平被诬陷受贿的关键证人找到，侯亮平获得清白，重新工作。刘新建全部交代赵立春、赵瑞龙等人的违法犯罪事实。祁同伟自杀，高小琴、赵瑞龙、高育良、赵立春等人最终均被查处。

2. 破案线索中的具体设置

（1）检察院反贪局局长遇害的情节

《生死捍卫》中反贪局局长遇害的情节安排为：检察长杨天翔上任当天，原花石湾矿主耿顺开引爆捆绑在身上的雷管，与云都市检察院反贪局局长段明仁同归于尽。其作用是通过反贪局局长被炸身亡，引出矿产纠纷，将案件线索引向白无瑕主管的农业银行违法放贷，并暗示案件牵扯人员的情况复杂。

《人民的名义》中反贪局局长遇害的情节安排为：陈海接到举报电话，在接近案件真相时，遭遇不明车祸，被撞昏迷。其作用是通过反贪局局长被撞昏迷，引出侯亮平接替陈海出任省反贪局局长，并暗示检察工作的危险性。

（2）关于录音和账本的情节

《生死捍卫》中的录音和账本为耿顺开所留，是耿顺开的妻子和女儿交给晏秋的。磁带中的录音是耿顺开与段明仁的对话，录音的作用是将案件线索指向农业银行的副行长白无瑕。账本则是花石湾矿的收支明细，对小说后续发展并无推动作用。

《人民的名义》中的录音是赵东来从陈海手机里恢复的，是举报人的举报电话，只描述录音中有账本要交给陈海，没有描述其他的录音内容。通过调查确定举报电话中的举报人是山水集团的财务总监刘庆祝，最终没有找到账本，将案件线索引向山水集团。

（3）关于寻找污点证人的情节

《生死捍卫》中，万昌脱逃，为寻找万昌，周海波和姚笑笑找歌厅小姐了解万昌是否回过云都，又去万昌情妇欧燕的母亲家，冒充欧燕的朋友，向欧燕的母亲打探。最后通过欧燕约万昌见面的方式，将万昌抓捕归案。

《人民的名义》中，刘庆祝老婆吴彩霞向公安机关交代了其知道的有关情况。在确认刘庆祝已经死亡后，侯亮平等到刘庆祝老婆吴彩霞家，想要进一步了解情况。

（4）杀人灭口的情节

《生死捍卫》中万昌被成功抓捕后，向荣华为掩盖罪行指使黑三在万昌返程的路上制造车祸，黑三及司机死亡，张立言为保护万昌受重伤，万昌未受到伤害。

《人民的名义》中山水集团的财务总监刘庆祝，知道山水集团大量的犯罪事实，在旅游时被人杀害。高小琴谎称其死于心肌梗死，并给了刘庆祝的妻子 200 万元抚恤金，让其不要对外谈起刘庆祝的死。

（5）关于跳楼的情节

《生死捍卫》中向荣华为逃避法律的制裁，跳楼自杀，没有描述跳楼的过程。

《人民的名义》中刘新建为了抗拒抓捕，手持水果刀站在紧靠窗户的大办公桌上扬言要跳楼，经过侯亮平的细致劝导，刘新建内心发生变化，被侯亮平带走，交代了违法犯罪的事实。

（6）工人权益受损情节

《生死捍卫》中，国光厂改制过程中，因官商勾结导致国有资产流失，工人下岗，权益受损。

《人民的名义》中，职工所持大风厂股权被山水集团侵占，工人利益受损。

（7）与工人发生冲突的情节

《生死捍卫》中向荣华想从国光厂中脱身，将国光厂转赠给手下黑三。黑三在国光厂宣布此事，引发工人不满，黑三被打，工人与前来维持秩序的警察发生冲突。

《人民的名义》中，大风厂股权被法院判给山水集团，拆迁队要强拆大风厂，护厂队为阻止拆迁，将汽油倒入壕沟与拆迁队对峙，意外发生，护厂队员刘三毛被烧死，没有发生正面冲突。

（8）逃亡厂长举报的情节

《生死捍卫》中，以财务副厂长的身份进入国光改制领导小组，参与破产清算、资产评估和重组工作的宋光昭，发现向荣华收购国光厂的骗局后，踏上了上访之路，遭到威胁恐吓，被挑断脚筋。为了家人的安全，悄悄离开。后在杨天翔等人的安排下，回到云都揭发了国光厂改制的黑幕。

《人民的名义》中，大风厂董事长蔡成功，并未逃亡，其因股权丢失上访，因无力还款及警方调查火灾死人事件而东躲西藏。蔡成功主动要求归案，但为了自身利益，使尽各种油滑，奸商形象毕现。

（9）工人代表的情节

《生死捍卫》中的韩师傅，是国光厂一名职工，曾获得全国"五一劳动奖章"，作为工人代表参与了与赵长青的见面。在书中主要的描写是生活困难到菜市场捡菜，跟杨天翔一道安排接应宋光昭的秘密归来。

《人民的名义》中的郑西坡，是大风厂的工会主席，大风厂被判给山水集团后，临时被推选为大风厂的负责人，带领工人生产，积极保卫工厂。

二、人物设置方面

1. 秦汉民与季昌明

《生死捍卫》中的省检察院检察长秦汉民，为人正派、作风严谨、处事果断，坚决捍卫党的事业、国家的法律和人民的利益。其在担任省检察院反贪局局长时，曾因执意办理一起厅长受贿案，导致副检察长的任命被搁置三年。在提拔其为检察长的关键时刻，却因办理一起省部级高官受贿案，再次被拖延。秦汉民提名杨天翔为云都市检察院检察长，并将涉及国光厂国有资产流失、涉及副省长赵长青的匿名举报信交给杨天翔，是杨天翔查办贪腐案件的坚强后盾。

《人民的名义》中的省检察院检察长季昌明，老练稳重，性格外柔内刚。侯亮平上任之后，作为侯亮平的直接领导，在工作中给予其诸多支持。在侯亮平遭陷害被停职时，仍敢于表达自己的意见。

2. 杨天翔与侯亮平

《生死捍卫》中的杨天翔，17 岁时以全省高考法科类第一名的成绩考入西京政法大学法律系，大学毕业后分配进西京省检察院公诉处，一年后考上北大研究生，后来留美读博，加入一国际律师事务所。之后回国任母校西京政法大学副校长、博士生导师。作为访问学者，应邀到英国进行为期两年的学术交流。学术交流未满前，被省委提前电召回国，出任云都市人民检察院党组书记、检察长；家庭结构方面，杨天翔的妻子是一名大学教授，二人育有一子，还有一外甥跟其共同生活，该外甥落入向荣华的圈套，被陷害职务侵占；社会关系方面，老师叶知秋是退休教授，师妹晏秋是公诉处处长；办案遭遇方面，杨天翔主要查办了检察院爆炸案、国光厂国有资产流失案、高阳油茶树案、田军军抢劫猥亵案。

《人民的名义》中的侯亮平，毕业于 H 大学政法专业，任最高人民检察院反贪总局侦查处处长。后因陈海被撞昏迷，侯亮平空降 H 省检察院任反贪局局长；家庭结构方面，侯亮平的妻子在纪委工作，除此之外并无其他家庭成员。社会关系方面，老师高育良是学者官员，任 H 省委副书记兼政法委书记，曾经是 H 大学政法系主任，侯亮平、陈海、祁同伟均系其学生。蔡成功是侯亮平的发小；办案遭遇方面，侯亮平查办了赵德汉受贿案，围绕大风厂股权丢失案，使腐败的利益链条浮出水面。

3. 吕子风与陈岩石

《生死捍卫》中的吕子风是杨天翔的前任，云都市检察院原检察长，是云都政坛难以撼动的"指标性"人物。吕子风圆滑世故，明哲保身，其在任期内对国光改制过程中的种种案件线索睁一只眼，闭一只眼。因自己的人事安排对上级不满，托病住进医院。国光群体性事件发生后，吕子风受到震动，交出了当年万昌一案的侦查卷宗。

《人民的名义》中的陈岩石曾任 H 省检察院常务副检察长，是陈海的父亲，省委书记沙瑞金是由其资助大学毕业。陈岩石离休后，帮助大风厂解决困难，并在阻止大风厂被强拆，帮助建立新大风厂等过程中发挥了重要作用。陈岩石一生坚持党性原则，执着举报省委领导干部赵立春。陈岩石生前将唯一一套房改房变卖，住进自费养老院，房款全部捐给慈善基金。

4. 施义和与肖钢玉

《生死捍卫》中的云都市检察院副检察长施义和，为人阿谀奉承，施义和给向荣华泄露了检察院准备追捕万昌的办案机密。

《人民的名义》中的肖钢玉，为人自私自利，到处钻营。肖钢玉在省检察院待不下去后，高育良将其安排到京州市检察院任检察长。肖钢玉受高育良的指使，捏造了侯亮平受贿的证据。

5. 段明仁和陈海

《生死捍卫》中的反贪局局长段明仁为反派人物，段明仁在小说的开篇就被以自杀式爆炸的方式炸死，引出其与耿顺开的矿产纠纷，耿顺开留下的录音，将案件线索指向白无瑕。

《人民的名义》中的反贪局局长陈海为正面人物，因接到举报电话遭到车祸暗害，一直昏迷不醒，侯亮平接替其任职。手机中的录音为调查举报人的线索。

6. 安毅与老林

《生死捍卫》中安毅为云都市检察院纪检组组长，在检察院爆炸案和双规贺鹏程的过程中有出现。

《人民的名义》中的老林为省检察院副检察长。在侯亮平被诬陷受贿，沙瑞金要求侯亮平停止工作时，其将肖钢玉挡在指挥中心门外。

7. 贺鹏程与肖钢玉

《生死捍卫》中的贺鹏程为云都区检察院检察长，赵长青的远房侄女婿。为人贪腐好色，收受向荣华的贿赂，是向荣华在检察院中的内线，受白无瑕指使放走万昌。

《人民的名义》中的肖钢玉为京州市检察院检察长，曾在省检察院工作，为人自私自利。肖钢玉受高育良的指使，捏造侯亮平受贿，致使侯亮平被停职接受审查。

8. 陈正宇与陈清泉

《生死捍卫》中的陈正宇为云都市中级人民法院院长，曾因与前检察长吕子风不睦，导致法院与检察院的工作关系不顺。在段明仁与耿顺开的矿产纠纷中，法官汪毓敏在陈正宇的暗示下，枉法裁判，偏向了段明仁。在高阳油茶树案中，主动登门与杨天翔沟通，但双方意见存在分歧。

《人民的名义》中的陈清泉为京州市中级人民法院副院长，曾是高育良的秘书。在大风厂股权纠纷中，贪赃枉法，让山水集团胜诉。在山水庄园中嫖娼被抓，被开除党籍开除公职。

9. 汪毓敏、杜副院长与金月梅、法官甲

《生死捍卫》中的汪毓敏是云都市中级人民法院民庭庭长。其在耿顺开与段明仁的矿产纠纷中徇私枉法，被抓后供出万昌违规放贷给段明仁。杜副院长是区法院分管刑事审判的副院长，在贺鹏程为田军军案请客时替陈正宇出席宴请。

《人民的名义》中的金月梅是京州市中级人民法院的法官，陈清泉的情人。在陈清泉的授意下，违法判案。法官甲在小说中没有具体描写，与原告小说中的杜副院长没有对应关系。

10. 刘剑冰与赵东来

《生死捍卫》中的云都市公安局局长刘剑冰业务能力强，履历丰富。在政治上不结盟，在最初与杨天翔接触时刻意保持距离。因房屋漏水，曾红革收受巨额现金暴露，刘剑冰将消息告诉了杨天翔。

《人民的名义》中的赵东来为京州市公安局局长，为人正派，业务能力强。赵东来与侯亮平的初次见面，给各自留下了不错的印象。随着了解的深入，两人都有一种相见恨晚的感觉，二人相互配合彻查了陈海车祸案和刘庆祝死亡案等。

11. 周海波、姚笑笑与周正、张华华

《生死捍卫》中的周海波为云都市检察院反贪局侦查处处长，为人风趣幽默，业务能力强，抓捕了高阳苗木案行贿人蒋宣以及脱逃的万昌，后任云都区检察院检察长。姚笑笑为云都市检察院公诉处书记员，性格开朗、活泼，配合周海波查到了万昌情妇欧燕的下落，与周海波系情侣关系。

《人民的名义》中的周正和林华华均为省检察院检察官。丁义珍在两人的盯守下溜走，周正参与了对蔡成功的审讯，林华华参与了对欧阳菁的抓捕和审讯，和陆亦可一块找到了尤会计等。

12. 白无瑕与欧阳菁

《生死捍卫》中的云都市农业银行行长白无瑕，为晏秋的发小，赵长青的情人。白无瑕向段明仁违规放贷，在国光厂的收购中，与向荣华里应外合，骗取银行资金，最终以受贿罪、巨额财产来源不明罪、违法发放贷款罪被判处死刑。

《人民的名义》中的欧阳菁为京州城市银行主管信贷的副行长，是京州市市委书记李达康的妻子。欧阳菁心底渴望爱情，但在李达康身上得不到梦想中的爱情。欧阳菁因涉嫌受贿被抓，供出过桥款来自 H 省油气集团。

13. 赵长青与高育良

《生死捍卫》中的赵长青，曾主政云都市，与白无瑕系情人关系，任常务副省长。赵长青为了仕途，不顾人民的利益，大力推进国光厂改制和高阳油茶树项目，创造了所谓"农业学高阳，工业学国光"神话。其在土地划拨、国光厂改制等环节搞暗箱操作，滥用职权，收受贿赂，与向荣华互相输送利益，最终被判处死刑。

《人民的名义》中的 H 省委副书记兼政法委书记高育良，是一位学者型官员，早年曾任 H 大学政法系主任，侯亮平、祁同伟和陈海均是其学生。高育良在政法口工作的弟子众多，被称作"政法系"。高育良表面上为人正派，背后却欺瞒组织，和发妻离婚，暗地里娶了高小琴的双胞胎妹妹高小凤为妻。还为了获得更大的权力，讨好赵立春，滥用职权为赵瑞龙敛财铺路，最终得到法律的制裁。

14. 向荣华与刘新建

《生死捍卫》中的向荣华为荣华集团董事长，其领导的荣华集团从最初的校办工厂，逐步发展成为云都民营经济的航母，缔造了"荣华神话"。赵长青一手缔造了向荣华的财富，向荣华也粉饰了赵长青的政绩，两人为利益共同体。在国光厂改制中，向荣华侵吞国有资产。后来，国光厂改制骗局暴露，向荣华与赵长青决裂。向荣华威胁杨天翔未得逞，试图撞死万昌未遂后，自感走投无路，跳楼自杀。

《人民的名义》中的刘新建原为省委书记赵立春的秘书，官至省委办公厅副主任兼秘书一处处长，后被赵立春安排到省油气集团担任董事长。刘新建被赵立春安排进油气集团后，向赵家输送了巨额非法利益。后来刘新建被抓，交代了赵立春和赵瑞龙父子的全部问题。

15. 柳絮、柳眉与高小琴、高小凤

《生死捍卫》中的柳絮为荣华集团总经理，也是向荣华的情人。对柳絮的描写仅在油茶树加工厂失火，荣华集团召开新闻发布会；杨天翔和晏秋宴请叶知秋；陪白无瑕买包与田军军母亲显富斗气的情节中有出现。向荣华将柳絮的妹妹柳眉安排在杨天翔的外甥可儿身边，并成为可儿的女朋友。柳眉以母亲患尿毒症需要巨额手术费为由，骗可儿挪用公款，随后消失。

可儿落入圈套，向荣华以此威胁杨天翔停止查案。最后，柳眉落网，真相大白。

《人民的名义》中的高小琴和高小凤为双胞胎姐妹，赵瑞龙的搭档杜伯仲发现两人的姿色后，进行培训，被赵瑞龙和杜伯仲作为工具使用。高小琴成为祁同伟的情人，两人台前幕后，使用各种手段巧取豪夺，聚敛财富，共同打造了山水非法利益集团。高小凤则被作为礼物送给了时任吕州市市委书记的高育良，后与高育良结为夫妻，二人育有一子。

16. 杨天翔夫人、张立言夫人与高育良夫人、祁同伟夫人

《生死捍卫》中杨天翔的夫人，名玉苑。大学教授，为家庭无私付出。张立言的夫人，师范学院教授，讲授汉语言文学，在杨天翔到张立岩家拜访时出现。

《人民的名义》中的吴慧芬是高育良的前妻，明史专家，历史学教授，为了虚荣心，与高育良离婚不离家，假扮夫妻共同生活。梁璐为祁同伟的夫人，前省政法委书记梁群峰的女儿。大学期间，祁同伟拒绝了梁璐的追求。祁同伟大学毕业分配到乡镇司法所，看清了现实的祁同伟，为了权力追求梁璐。祁同伟有了情人高小琴，婚姻关系名存实亡。

17. 叶知秋和高育良

《生死捍卫》中的叶知秋为西京大学退休教授，杨天翔和晏秋的老师，高阳油茶树案诉讼代理人。

《人民的名义》中的高育良为H省委副书记兼政法委书记，是一位学者型干部，早年曾任H大学政法系主任，侯亮平、祁同伟和陈海均是其学生。高育良表面上为人正派，背后却欺瞒组织，讨好赵立春，滥用职权为赵瑞龙敛财铺路，最终得到法律的制裁。

18. 万昌和刘庆祝

《生死捍卫》中的万昌为农业银行信贷处处长，违法放贷，从检察院脱逃。最后被检察院从云南抓捕，返程途中遭暗杀，

在张立言保护下毫发无损，最后交代了全部案情。

《人民的名义》中山水集团的财务总监刘庆祝，掌握着山水集团大量的犯罪证据，因向陈海打了举报电话，祁同伟害怕山水利益集团暴露，将其杀害。

19. 宋光昭与蔡成功

在前文"逃亡厂长举报的情节"中，对宋光昭与蔡成功人物形象已有叙述。

20. 陆真与沙瑞金

《生死捍卫》中的陆真为省委书记，在小说中围绕其设计的故事情节不多。

《人民的名义》中的沙瑞金为 H 省省委书记，任职后反腐败，抓干部队伍建设。小说中对沙瑞金的描写较多，人物形象较丰富。

21. 钟良与李达康

《生死捍卫》中的钟良为云都市市委书记，大局意识强，具有政治谋略和胆识，对杨天翔的工作给予了支持。

《人民的名义》中的京州市市委书记李达康，在工作中有胆量，有魄力，不太听取别人的意见，喜欢一言堂，但其为人正直，坚持党性原则。李达康曾是原省委书记赵立春的秘书，但未向赵家输送非法利益。李达康过于爱惜自己的政治羽毛，为人无趣，与妻子欧阳菁感情不和，后离婚。

22. 易竟凡与丁义珍

《生死捍卫》中的易竟凡为云都市市长，小说中未提及易竟凡涉嫌腐败。

《人民的名义》中的丁义珍为京州市副市长兼光明峰改造项目总指挥，主管城市建设等工作。丁义珍向赵德汉行贿案发后，逃亡国外。

23. 关山、曾红革与易学习、李达康

《生死捍卫》中的关山为高阳县县委书记，书中没有对关山有过多的故事描写。曾红革为高阳县县长，在"油茶树"项目上收受贿赂，因楼房漏水，巨额现金暴露被抓。

《人民的名义》中的易学习清正廉洁，兢兢业业，多年来一直没有晋升。易学习有担当，曾主动担责，保护过县长李达康。

三、人物关系方面

两部小说中均有师生、同学、发小、姐妹、家庭等关系的描写。

四、情节方面

1. 与工人冲突

《生死捍卫》中对黑三挨打的情节安排为：向荣华想从国光厂中金蝉脱壳，所以将国光厂赠给手下黑三。黑三在国光厂宣布此事时，导致工人不满，被打。

《人民的名义》对蔡成功挨打的情节安排为：拆迁队要强拆大风厂，护厂队阻止拆迁，工人质问蔡成功，性急的人开始推推搡搡，蔡成功脚下一绊，摔了个大马趴，额头磕在台阶上。

2. 发小情深

《生死捍卫》中晏秋与白无瑕同岁，儿时白无瑕保护晏秋不受欺负。中学时两人同校同班，是校园里最引人注目的"姐妹花"。二人同时报考了省城大学，一个学法律，一个学金融。毕业后相约返乡，晏秋在市检察院，白无瑕在市农业银行，姐妹情深一直延续。白无瑕成为赵长青的情人，因受贿罪被判刑。

《人民的名义》中蔡成功像狗皮膏药一样老黏着侯亮平，抄他作业，沾他点威信，好在同学们中间抬得起头来，这也使得少年侯亮平的虚荣心得到极大满足。长大后蔡成功经商，侯亮平从政，两人没有多少来往。蔡成功因借高利贷，举报欧阳菁受贿，主动要求归案，需要侯亮平的保护。被抓后，蔡成功还受人胁迫，诬陷侯亮平受贿。蔡成功最后以行贿罪等罪被判处有期徒刑。

3. 商场购物刷卡

《生死捍卫》中白无瑕在商场因反感田军军的母亲购名牌包时的张狂，刷卡购物使田军军的母亲不再张狂。

《人民的名义》中欧阳菁使用了受贿的银行卡进行购物，被检察院锁定了受贿证据，被抓捕。

4. 查案受阻

《生死捍卫》中杨天翔查办高阳油茶树案，在审讯林业局局长谢谦时，谢谦因"心肌梗死"意外死亡，引起非议。市委书记钟良考虑到涉案人员及背景复杂，决定终止该案侦查活动。

《人民的名义》中高育良为了阻止侯亮平查办案件，策划侯亮平受贿案，并上报沙瑞金书记暂时停止了侯亮平的职务，但案件侦查工作并没有停止。

5. 公安局局长相助

《生死捍卫》中房屋漏水，物业打开房门后发现了巨额现金。因案情重大，直接呈报省公安厅，随后查到房屋的真正主人是曾红革，导致曾红革被立案侦查。该案情具有突发性，不是公安部门主动查办。

《人民的名义》中赵东来秘密调查陈海车祸案，通过侦查手段查到了举报人刘庆祝，帮助了侯亮平办案，推动了案件的进展。

6. 家访

《生死捍卫》中张天翔到张立言家拜访，是想了解其为何提出辞职。客厅悬挂的"淡泊明志　宁静致远"，从一定程度上反映了张立言的人生态度。

《人民的名义》中的沙瑞金到易学习家，是基于对易学习工作的肯定。客厅墙上挂的月牙湖规划图，反映的是易学习目前的工作重心和工作目标。

7. 官商勾结腐败

《生死捍卫》中荣华集团给大批官员及亲属干股、红利，《人民的名义》中山水集团给大批官员股份、分红。

8. 关键证人死亡

《生死捍卫》中的谢谦是在审讯中突发心肌梗死意外死亡。

《人民的名义》中的刘庆祝是被杀害，谎称死于心肌梗死。

9. 车祸

《生死捍卫》中的车祸是向荣华为掩盖罪行，指使黑三制造车祸撞死万昌。

《人民的名义》中的车祸是陈海因接到举报电话，祁同伟害怕事情暴露，故意制造了车祸。

10. 杀人灭口

《生死捍卫》中向荣华对万昌制造车祸的心态是，不希望黑三活着，万昌必须死亡，最好还有张立言、周海波，实施了杀人灭口的行动。

《人民的名义》中，有人希望刘新建死亡，但并未实施杀人灭口的行动。

11. 老师出面讲和

《生死捍卫》中晏秋与白无瑕去看望病危的小学班主任，"但老师显然已无力将二人的手拉在一起，只好将自己的手轻轻地覆盖在她们的手上"。

《人民的名义》中高育良出面讲和，目的是阻止侯亮平。

12. 男主登门拜访公安局局长

《生死捍卫》中杨天翔主动到刘剑冰办公室，要求提取爆炸现场耿顺开的残留物，想交给其家属，留作纪念。刘剑冰让杨天翔关注一起抢劫猥亵幼女案。杨天翔说"以后两家要加强配合，哪天专门抽个时间好好地交换交换意见"。

《人民的名义》中的侯亮平是在探望昏迷中的陈海时被保护陈海的警察错抓，在赵东来的办公室，两人交谈了对陈海车祸案、蔡成功、欧阳菁的意见，听了陈海手机中举报人的录音，加深了感情。

13. 宴请老师

《生死捍卫》中叶知秋完成了对油茶树案起诉前的最后一次调查取证，在返回省城前通知了杨天翔。杨天翔知道老师担任该案的诉讼代理人后喜出望外，在天香河上的豪华游轮设宴为叶知秋接风，并请来晏秋作陪。三人回忆了在校学习期间的过往，被柳絮搅局，才发现事前没有了解船家。

《人民的名义》中侯亮平请高育良喝茶，一是侯亮平到 H 省任职后，作为学生一直想请老师以尽点心意，二是想单独汇报京州市中院陈清泉副院长的严重违法乱纪问题，想给老师打个招呼。

14. 下棋

《生死捍卫》中杨天翔与张立言边下棋边交流了张立言就谢谦意外死亡主动递交处分申请的事，以及谢谦突然死亡对案件侦办可能造成的影响。

《人民的名义》中侯亮平读书期间经常到老师高育良家下棋，顺便蹭饭，吴慧芬让二人下棋是为了重温旧时的温馨场面。但侯亮平与高育良都没心思下棋，二人一直在讨论丁义珍逃跑事件。

15. 喝咖啡

《生死捍卫》中赵长青和白无瑕系情人关系，期间虽有谈及杨天翔查办案件的情况，但两人喝咖啡主要是为了重温旧日感情。

《人民的名义》中侯亮平和陆亦可系上下级关系，二人喝咖啡是谈工作，期间陆亦可向侯亮平汇报了欧阳菁的案件。

16. 内部刊物

《生死捍卫》中对此情节的安排为：杨天翔在《人民检察》上看到了张立言的文章，文章观点新颖，见解独到，杨天翔看完后觉得自己与对方有了一种神交，产生了尽快见他的冲动和挽留的决心。

《人民的名义》中对此情节的安排为：祁同伟潜逃后，侯亮平根据祁同伟在《公安通讯》中的讲述，推测出了祁同伟的藏身之地。

17. 拜佛

《生死捍卫》中对此情节的安排为：向荣华到小月庵找出家的妻子麦荻，经过灵佛寺，拜佛。

《人民的名义》中对此情节的安排为：高育良在佛光寺秘密安排肖钢玉诬陷侯亮平受贿，期间高育良烧香拜佛。

18. 不雅照片

《生死捍卫》中对此情节的安排为：云都区检察院检察长贺鹏程酒后与两个女子赤身裸体在水库游泳，引发舆情。纪检组组长安毅将新闻图片下载后交给了杨天翔。

《人民的名义》中对此情节的安排为：杜伯仲秘密拍下了高育良与高小凤的众多亲密照片。后来，杜伯仲将其作为与赵瑞龙谈和的筹码，其中的三张塞给了侯亮平。

19. 讲战役

《生死捍卫》中对此情节的安排为：杨天翔等人到佛手村给李月娥母女送耿顺开的遗物，耿支书向大家讲述了当年红四方面军与国民党军的坨坨峰战役。

《人民的名义》中对此情节的安排为：在省委常委会上，沙瑞金邀请陈岩石为参会人员讲述岩台攻坚战，重温党的历史，进行传统教育。

20. 回乡省亲

《生死捍卫》中副省长赵长青回乡探亲，作为亲戚的老贫协主席抖抖瑟瑟地挣扎着想从床上坐起，可越想起来越起不来，情急之下，一声"阿嚏"打了一个喷嚏，紧跟着鼻涕、口水、眼泪什么的全都出来了。

《人民的名义》中原省委书记赵立春回乡上坟，祁同伟陪同。祁同伟到了赵家坟头跪倒就哭，眼泪鼻涕全下来了。

21.帮派山头

《生死捍卫》中，赵长青说："据说这人（杨天翔）还独断专行，排除异己，只听有利于他和检察院的话，只做有利于他和检察院的事，听不进不同意见，在单位不是五湖四海，而是拉山头，搞派系，好像检察系统出了一个什么学院派，什么师兄妹，我看今后凡在云都市检察院工作，都必须是同宗同门，简直乱弹琴！"

《人民的名义》中，季昌明说，本省干部队伍的历史和现实状况都比较复杂，你一团，我一伙的。这么多年来，H省政法系统重要部门的干部，基本上都是来自H大学政法系。李达康给好几位大领导当过秘书，是秘书们的天然领袖，形成H省政界的一支重要力量，被人称为"秘书帮"。

五、具体描写方面

1.省（市）常委会召开会议，听取案件汇报

《生死捍卫》中有："会议室的气氛沉闷得令人窒息，很长时间没人开口讲话。市委书记钟良表面看来异常平静，但他的内心却翻涌着铺天盖地的波涛。""'应该不会出错'，陈正宇一个转体，巧妙地把球踢给了杨天翔。""众人纷纷起身，钟良单独叫住了杨天翔，但他说的却是市检察院副检察长张立言辞职一事"。

《人民的名义》中有："季昌明扼要汇报情况。高育良和李达康神情严肃地听着。气氛沉重压抑。陈海清楚，每位领导肚子里都有一本难念的经，但表面上千篇一律，永远都是没有表情的表情。""但老师就是老师，绝不会直接表露自己的意思，便把球传到省检察院这边来了。""高育良叫住祁同伟：哦，祁厅长，留一下，我还有事和你说。"

2. 办公室鱼缸摆设

《生死捍卫》中有："此刻，向荣华正站在办公室的鱼缸前，目不转睛地盯着穿梭的鱼群，里面全是名贵的鱼种，仿佛一个微缩的海洋世界。"

《人民的名义》中有："陈海办公室养着一缸金鱼，各品种的鱼儿色彩绚丽，悠然自得地漫游。"

3. 外形描写

《生死捍卫》中有："黑三忙不迭地俯身拾起碎片，轻手轻脚地拉上窗帘，他那如半截黑塔般的身躯，把窗外金色丝绸一样的黄昏，变成了一大块黑布。"

《人民的名义》中有："这家伙（王文革）比一般人高半头，又黑又粗，浑身腱子肉，看上去像一座铁塔。"

4. 房间摆设

《生死捍卫》中有："书架上则摆满了马、恩、毛全集和中外名著，一本本线装古书显衬出主人的儒商品位。"

《人民的名义》中有："书柜里摆着不少经典书、流行书和线装书，竟然还有一套马、恩全集。"

5. 发小描写

《生死捍卫》中有："这是她生命中的另一份庆幸，晏秋与无暇同岁，只小月份，这对自小长在一起的朋友，从认识的那天起就形影相随。"

《人民的名义》中有："主要是蔡成功像狗皮膏药一样老黏着他，抄他作业，沾他点威信，好在同学们中间抬得起头来。小学期间顽劣无比的蔡成功只听侯亮平的话。"

6. 天气描写

《生死捍卫》中有："雨紧一阵慢一阵，下了整整一个上午不停……一声惊雷乍响，天空突然放晴，一道雨后彩虹齐天横跨。"

《人民的名义》中有："下了一上午的秋雨停了，一道彩虹横跨天际。"

7. 河流描写

《生死捍卫》中有："天香河在万家灯火的映照下宛如一条彩带，缠着、绕着，追着大路，缓缓流向远方。"

《人民的名义》中有："银水河伴路并行。"

8. 夺厂描写

《生死捍卫》中有："一大清早黑三就通过高音喇叭将国光厂改弦易主的事播放出去。""随从们一律着黑色西服，黑布遮面。""面对成百上千个拳头，这个亡命之徒第一次有了害怕。""一堆辨不清原样的碳化物。"

《人民的名义》中有："厂内树干上的大喇叭及时响了起来。""打手们穿着一色黑衣黑裤。""性急的人们开始推推搡搡，蔡成功脚下一绊，摔了个大马趴。""（三毛）被当场烧死，最终变成一截无法辨认的黑炭。"

9. 酒色性格

《生死捍卫》中有："都知道这个'皇城根儿'检察长有两大爱好，一是酒，二是色，于是私底下又有人叫他'酒保检察长''蛇（色）胆'检察长。"

《人民的名义》中有："就是喜欢泡女干部嘛，晚上经常拉扯着一帮女干部四处喝酒。只要一喝，肯定要把一两个女干部喝倒，送去挂水，影响非常不好，背地里大家都称他花帅。"

10. 喝咖啡

《生死捍卫》中有："一条僻静的小街尽头，一个名叫'伊人吧'的咖啡屋里赵长青与白无瑕相视而坐，两杯刚刚煮出的咖啡，缭绕着赭色的水雾，在两人的眼前聚散离合，盘旋交织。""白无瑕本来心不在焉地呷着咖啡。"

《人民的名义》中有："二人来到街口拐角处，推门进入一家咖啡厅。灯光幽暗，音乐袅袅，咖啡香气四下弥漫。""街灯照着陆亦可的侧影，她低头搅拌饮品，神情忧郁。"

11. 人走雪地

《生死捍卫》中有："茫茫白雪中有一点醒目的红在移动。"

《人民的名义》中有："侯亮平身上落满了白雪，几乎成了一个移动的雪人。"

12. 老百姓对出事官员态度

《生死捍卫》中有："（曾红革被抓）老百姓开始燃放鞭炮，敲起锣鼓……口中大呼'共产党万岁'。"

《人民的名义》中有："（懒政官员学习班上）老百姓那是大放鞭炮，高呼苍天有眼啊。"

13. 人民表述

《生死捍卫》中有："无论是我们的审判机关还是检察机关，任何时候都不要忘记在我们名字的前面，冠有'人民'二字。""我们是人民的检察院，我们的大门为什么不向人民敞开？""我得提醒你，赵省长是西京人民的省长。""因为我手中的权力是人民给的，只能属于人民，只要人民不答应，它是金也不换，亲也不换。""只要还是人民当家做主，就绝不容许腐败有藏身之地。""从来没有绝对的权力，更没有拥有绝对权力的官员，因为真正的权力所有者是人民。"

《人民的名义》中有："你死了，他们就安全了，他们就可以继续以人民的名义夸夸其谈了！老同学，你说你在这里找到了人民，那就请你以人民的名义想一想。""我们是人民当家做主的国家，一切权力属于人民，我们要把人民赋予我们的权力真正用来为人民服务。""亮平，你要给我记住，我们的检察院叫人民检察院，我们的法院叫人民法院，我们的公安叫人民公安，所以我们要永远把人民的利益放在心上，永远，永远。"

14. 相同句式

《生死捍卫》中有："好个揣着明白装糊涂。""白无瑕突然骂了一句：贺鹏程这混蛋找死。"

《人民的名义》中有："他揣着明白装糊涂。""侯亮平低声骂了一句：混账东西，找死啊。"

15. 权力

《生死捍卫》中有："赵长青对权力的依恋远远胜过对金钱的追逐。"

《人民的名义》中有："你就是给咱老师一座金山，他也会把它转为权力。"

16. 国有财产

《生死捍卫》中有："国有财产，其实是不知道产权属于谁的财产，也往往是经营得最糟糕的财产。"

《人民的名义》中有："全民所有制，全民所有就是全民没有。"

17. 下棋

《生死捍卫》中有："双方炮马相争，相互捉吃，啪的一声，一子下去。"

《人民的名义》中有："高育良'啪'地拍下一颗棋子，语调严厉地说。"

本院认为，我国著作权法规定，著作权属于作者，如无相反证明，在作品上署名的公民、法人或者其他组织视为作者。《生死捍卫》一书的署名作者为×某，在无相反证据的情况下，×某对该作品享有著作权，有权对侵犯其著作权的行为提起诉讼。

作品指的是作者对思想、情感、主题等方面的具体表达，不是指抽象的思想、情感或者主题等本身。著作权法只保护表达，不保护思想。在判断两部作品是否构成实质性相似时，首先需要判断权利人主张的作品要素是否属于著作权法保护的表达。只有被控侵权作品与原告主张权利作品中的表达相似，才可能认定为著作权侵权。如果只有思想相似，表达不相似，则不应认定为侵权。

涉及作品抄袭的著作权侵权纠纷中，"接触"加"实质相似"是判断作品是否构成抄袭的基本规则。所谓"接触",是指被诉侵权人有机会接触到、了解到或者感受到原告享有权利的作品。"实质相似"是指在后作品与在先作品在表达上存在实质性的相似,使读者产生相似的欣赏体验。图书《生死捍卫》出版于 2010 年 11 月,《人民的名义》出版于 2017 年 1 月,被告在完成《人民的名义》的创作之前,理论上可以接触到《生死捍卫》,故本院只就两部图书是否在表达上实质性相似的问题进行论述。

一、关于原告主张破案线索推进及逻辑编排相同或者相似的问题

通过对破案线索推进及逻辑编排的对比,一个以检察院发生爆炸案开始,一个以查办小官巨贪案为引,涉案两部小说使用了完全不同的故事开篇。核心案件的设置,一个为骗取银行贷款收购国有工厂,致使国有资产流失,发生群体性事件。一个为将股权抵押借高利贷,使股权丢失、工人为保护自己的股权,自发的护厂,与拆迁人员发生冲突。在破案线索中的具体设置上,例如,1. 两部小说中均有反贪局局长遇害的情节,但反贪局局长遇害的原因、过程、结果、描述以及在两部作品中所起到的作用并不相同。2. 两部小说中虽然均设计有通过录音推动剧情发展的环节,但使用录音或者账本推动故事发展在文学作品中较为常见,关键在于对录音或者账本的来源、内容、所起作用的描述是否相同。通过比对,两部小说中录音和账本的来源、内容的描述不同,在所涉案件中所起的作用不同。3. 两部小说在寻人的情节设计上,一个是通过查找逃犯万昌情妇的藏身地,并通过情妇抓捕了万昌。一个是刘庆祝已经死亡,侯亮平等到刘庆祝老婆吴彩霞家想了解更多情况。在具体表达上不同,一个灭口未遂,直接从万昌口中获取了段明仁、向荣华、白无瑕、贺鹏程违法犯罪的事实;一个灭口既成事实,没

有从刘庆祝的身上直接获取对案件有价值的信息，但山水集团更加引起检察机关的注意。4.《生死捍卫》中只向读者交代了向荣华跳楼自杀的结果，没有叙述自杀过程。《人民的名义》中刘新建扬言要跳楼抗拒抓捕，书中详细描述了侯亮平破门抓捕、刘新建用行为语言抵抗、侯亮平劝导、刘新建内心变化、放弃抵抗的过程。5. 国企改制过程中工人利益受损的情节是否受到保护在于对此情节是否有独创性的艺术加工，不能仅仅将"工人利益受到损害"作为情节主张权利，并且在前文中对两部图书的核心案件进行过比对：一个是骗取银行贷款收购；一个是将股权抵押借高利贷，使股权丢失。二者描写的差异明显。6.《生死捍卫》中，由于工人不满情绪的蓄积，黑三宣布国光厂易主的消息成为工人宣泄不满的导火索。《人民的名义》中，护厂队为阻止拆迁，将汽油倒入壕沟，双方都知道一旦着火后果严重，拆迁的推土机在推倒围墙后停止了推进，工人也没有点火。发生火灾是护厂队员刘三毛过于紧张犯下致命错误，导致意外发生。两部小说中对此情节的设计与表达不同。7. 工人代表、逃亡厂长举报的情节在设计和表达上亦不相同。

对于检察题材的反腐小说，故事情节的推进往往与案件的查办过程紧密相连。小说中的人物及人物关系、情节及情节串联等核心要素，也往往随着案件的查办过程得以展现和推进。而案件查办过程中，核心案件的设置以及破案线索的选择和结构安排等，是作者个性化判断和取舍的结果，最能体现作者的独创性。通过比对，在破案线索推进及逻辑编排的整体设计上，两部小说差异明显。

二、关于原告主张人物设置相同或近似的问题

1. 原告认为秦汉民与季昌明同为省检察院检察长，有着高超的政治谋略和斗争经验，决断力非凡，关键时刻挺身而出，男主办案中遇到困难时，给予兄长般的支持，尤其在遭遇诬告

陷害时，以退为进。

通过比对，《生死捍卫》中的省检察院检察长秦汉民，为人正派、作风严谨、处事果断，坚决捍卫党的事业、国家法律和人民的利益。曾因坚持自己的办案意见，被拖延提拔。其提名杨天翔为云都市检察院检察长，是杨天翔查办贪腐案件的坚强后盾。《人民的名义》中的省检察院检察长季昌明，老练稳重，性格外柔内刚，略显圆滑。侯亮平上任之后，作为侯亮平的直接领导，在工作中逐渐了解，给予其诸多支持。在侯亮平遭陷害被停职时，敢于表达自己的意见。两部小说在该人物性格的塑造上存在较大差异。

2. 原告认为杨天翔与侯亮平在个人背景、家庭结构、社会关系、履职经历、办案遭遇方面皆相似。

通过比对，杨天翔学习成绩优异，大学毕业后分配至西京省检察院公诉处，然后深造、任教、再出国交流。被省委提前电召回国出任检察院党组书记、检察长；家庭结构方面，杨天翔的妻子是大学教授，育有一子，还有一外甥跟其共同生活，该外甥后被陷害；社会关系方面，老师是退休教授，师妹晏秋是公诉处处长；办案遭遇方面，杨天翔主要查办了检察院爆炸案、国光厂国有资产流失案、高阳油茶树案、田军军抢劫猥亵案。

《人民的名义》中的侯亮平，H 大学毕业，最高人民检察院任职，因陈海被撞，空降 H 省检察院任反贪局局长；家庭结构方面，侯亮平的妻子在纪委工作，除此之外并无其他家庭成员；社会关系方面，老师是学者官员，侯亮平、陈海、祁同伟均系高育良学生，蔡成功是侯亮平的发小；办案遭遇方面，侯亮平查办了赵德汉受贿案，围绕大风厂股权丢失案，使腐败的利益链条浮出水面。

杨天翔与侯亮平在个人背景、家庭结构、社会关系、履职经历方面描写不同。

3. 原告主张吕子风与陈岩石级别相同，都是退休检察长，工农干部出身，熟悉情况，群众基础良好，能坚守底线，两人都提供案件线索，推动案情进展。

通过比对，吕子风圆滑处世，明哲保身，其在任期内对国光厂改制过程中的种种案件线索睁一只眼，闭一只眼。因自己的人事安排，对上级不满，托病住进医院。国光厂群体性事件发生后，吕子风受到震动，交出了当年万昌一案的侦查卷宗。

《人民的名义》中的陈岩石曾任 H 省检察院常务副检察长，资助省委书记沙瑞金大学毕业。离休后，帮助大风厂解决困难，同各种腐败风气作斗争。

吕子风与陈岩石的人物刻画、人物性格，党性原则、所起作用的描写差异明显。

4. 原告主张施义和与肖钢玉两人的作用相同，均为隐藏在检察院的最后一颗棋子，里应外合。主张段明仁和陈海同为反贪局局长，均系影子人物，一个被炸死，一个被撞成植物人，作用相似，留下录音带和账本，牵扯出利益集团重要成员，成为重要证据。

通过比对，施义和与肖钢玉虽然均为检察院内部的反派人物，但一个为人阿谀奉承、泄露办案机密，一个为人自私自利，诬陷他人受贿。段明仁和陈海虽同为反贪局局长，但分别为正、反人物，录音和账本所起到的作用不同。人物形象刻画和在小说中所起到的作用不同。

5. 《生死捍卫》中安毅为云都市检察院纪检组组长，在检察院爆炸案和双规贺鹏程的过程中出现。《人民的名义》中的老林为省检察院副检察长。在侯亮平被诬陷受贿，沙瑞金要求侯亮平停止工作时，其将肖钢玉挡在指挥中心门外。两人的身份不同，在小说中所涉情节与所起到作用的描写不同。

6. 《生死捍卫》中的贺鹏程为云都区检察院检察长，赵长青的远房侄女婿。《人民的名义》中的肖钢玉为京州市检察院检察长，曾在省检察院工作。两人虽同为下级检察院检察长，但一个贪腐好色，一个自私自利，两人的人物性格、社会关系以及在小说中所起的作用不同。

7. 原告主张陈正宇和陈清泉两人姓氏相同，同为法院负责人，枉法徇私，违法裁判，引发公共事件，成为利益集团帮凶。

通过比对，陈正宇为云都市中级人民法院院长，在段明仁与耿顺开的矿产纠纷中，法官汪毓敏在陈正宇的暗示下，枉法裁判。陈清泉为京州市中级人民法院副院长，曾是高育良的秘书。在大风厂股权纠纷中，贪赃枉法，因嫖娼被抓。两人的职位不同，涉及的案件不同，结局不同。仅姓氏相同，不构成抄袭。

8. 关于汪毓敏、杜副院长与金月梅、法官甲。汪毓敏是云都市中级人民法院民庭庭长。杜副院长是区法院分管刑事审判的副院长。金月梅是京州市中级人民法院的法官，陈清泉的情人。法官甲，与杜副院长没有对应关系。汪毓敏与金月梅虽均有枉法裁判的情节，但因所涉案件不同，在各自小说故事发展中所起的作用也不相同。

9. 原告主张刘剑冰与赵东来同为正面人物，由成见到配合，再到关键时刻出手相助，涉及交往的场面、情境相似。

通过比对，两部小说中均不存在男主角之间有成见的描写。描写刘剑冰与杨天翔见面的场景较为正式，因为房屋漏水巨额现金暴露，刘剑冰在知道情况后告诉了杨天翔。赵东来和侯亮平则在交谈中加深了信任，通报了调查陈海车祸案和刘庆祝死亡案的情况，赵东来在工作中给予了侯亮平诸多的配合和帮助。

10. 原告主张周海波、姚笑笑与周正、张华华相似的地方在于同为检察院办案骨干、年轻情侣、喜欢打情骂俏。

通过比对，四人虽同为检察院办案骨干，但参与的案件不同，在其中所起的作用不同。《人民的名义》一书中没有关于周正和张华华的性格以及两人打情骂俏的描写。

11. 原告主张白无瑕与欧阳菁同为女性，同有少女心，同在银行系统担任负责人职务，同为金融腐败，放贷受贿。

通过比对，原告主张的相同属于思想范畴，在表达上，小说中两人的人物形象、社会关系、渴望爱情的具体表现，以及收受贿赂所涉案情的描写并不相似。

12. 原告主张高育良以赵长青为原型，两人均被女色俘获，对权力的依恋远远胜过对金钱的追求。

通过比对，赵长青和高育良相似的地方仅"喜欢权力大过喜欢金钱"。赵长青与白无瑕系情人关系，为了仕途，不顾人民的利益，创造了所谓"农业学高阳，工业学国光"的政绩。其搞暗箱操作，滥用职权，收受贿赂。高育良是一位学者型官员，在政法口工作的弟子众多，被称作"政法系"，其表面上为人正派，背后却欺瞒组织，和发妻离婚。两人与异性的关系、家庭结构、社会履历、人物性格等方面的描写不同。

13. 原告主张向荣华与刘新建均是商人，显著特点是不但书橱摆满马、恩、列、毛著作，还能熟读背诵运用。

首先，《生死捍卫》中向荣华的书架上摆满的马、恩、毛全集和中外名著，是为了显衬其儒商品位，书中并未描写向荣华可以熟读背诵运用。刘新建的书橱里的马列经典著作，是因为其对革命导师的理论有着非同一般的爱好，其也确实可以熟练背诵。其次，向荣华与赵长青为利益共同体，两人在政治和经济上双向渗透，各取所需。而赵立春安排刘新建到油气集团任职，是为了让其给赵瑞龙输送利益，刘新建实为赵家父子在企业的利益代言人。两人的个人背景、身份地位以及人物结局等方面描写不同。

14. 原告主张柳絮、柳眉与高小琴、高小凤均是两姐妹涉案，都是反派中的骨干成员、关键人物，高小琴的性格、外貌描写"江湖气中夹杂书卷气"参照自柳絮，两人的妹妹都以色相勾引，牵制关键人物。

经过比对，两对姐妹的角色形象不同。首先，小说中并无柳絮的性格、外貌具有与高小琴类似的"江湖气中夹杂书卷气"的描写。其次，高小琴为反派中的骨干，柳絮虽为向荣华的助手和情人，但核心事件其均未参与。柳眉和高小凤均被作为引诱的工具使用，一个诱使可儿违法威胁杨天翔，一个腐败了高育良。再次，柳眉和高小凤虽均在牵制关键人物的环节中起到一定作用，但手段、过程、结果的描写不同。

15. 原告主张杨天翔夫人、张立言夫人与高育良夫人、祁同伟夫人均为大学教授，人物设定相同。

通过比对，四人相同的地方仅在于都是大学教授，但大学教授这一身份称谓，属于公知素材。两部图书中对四个人物的性格、身份背景、夫妻关系的描写不同。

16. 原告主张高育良以叶知秋为原型，博学、风度翩翩，深受学生喜爱，在检察院有两个爱徒，对学生，尤其对男主角的成长产生影响。

通过比对，叶知秋是退休教授，担任公益诉讼代理人。高育良是弃学从政的省部级官员，欺骗组织，贪污腐败，人物形象的描写不同。至于教授法律课程的老师有优秀学生在政法部门担任领导职务，亦是生活中实际存在的现象。

17. 原告主张万昌和刘庆祝同为污点证人，检方到家中找人，都被反派追杀。

经过比对，周海波和姚笑笑寻找万昌的情妇欧燕的下落，通过欧燕抓捕万昌，并未到万昌家寻找万昌。侯亮平等到刘庆祝老婆吴彩霞家了解情况，并不是去找刘庆祝。两人的结局也不同，万昌在检察官的拼死保护下未被杀害，刘庆祝则被杀人灭口。对二人的描写不同。

18. 原告主张陆真与沙瑞金都坚持正义，有党性原则，把握全省政治方向。

通过比对，两部小说各自围绕省委书记设计的故事情节描写不同。本院认为，作为描写一省之内所发生故事的小说，省长是一省之班长，如果班长不能坚持党性原则，则后续的故事无法展开。在实际生活中，如果班长不能坚持党性原则，则全体工作会偏离方向，所以将故事中的班长定义为有党性原则，把握政治方向的正面人物，不属于表达方面的抄袭。

19. 原告主张钟良与李达康注重经济发展、支持检察机关办案，形象正面。

通过比对，钟良为云都市市委书记，大局意识强，具有政治谋略和胆识，对杨天翔的工作给予了支持。京州市市委书记李达康，在工作中有胆量，喜欢一言堂，李达康过于爱惜自己的政治羽毛，为人无趣，与妻子欧阳菁感情不和，后离婚。

两人都注重发展经济属于思想范畴，在表达层面，钟良与李达康的人物性格、履历背景、家庭结构等描写不同。《人民的名义》中无李达康支持检察机关办案的描述。

20. 原告主张易竟凡与丁义珍相似的地方同为"反面形象"。但《生死捍卫》中未提及易竟凡涉嫌腐败。丁义珍为京州市副市长，向赵德汉行贿案发后，逃亡国外。两个人物在所涉情节、人物形象、结局方面描写不同。

21. 原告主张关山、曾红革与易学习、李达康相似的地方都是县长强势，风头盖过书记。

《生死捍卫》中的关山为高阳县县委书记，书中没有对关山有过多的故事描写。曾红革为高阳县县长，在"油茶树"项目上收受贿赂，因楼房漏水，巨额现金暴露被抓。《人民的名义》中的易学习清正廉洁，兢兢业业，多年来一直没有晋升。易学习有担当，曾主动担责，保护过县长李达康。通过比对，人物在所涉情节、人物形象、结局方面描写不同。

在小说创作中，人物需要通过叙事来刻画，叙事又要以人物为中心。无论是人物的特征，还是人物关系，都是通过相关联的故事情节塑造和体现的。单纯的人物特征，如人物的职位、相貌、外形等，或者单纯的人物关系，如恋人关系、同学关系等，属于公有领域的素材，不属于著作权法保护的对象。一部具有独创性的作品，如果以相应的故事情节及语句，赋予了这些"人物"独特的内涵，则这些人物及人物关系可以与故事情节和语句一起成为著作权法所保护的对象。因此，所谓的人物特征、人物关系，以及与之相应的故事情节都不能简单割裂开来，人物和叙事应为有机融合的整体。通过上述比对，本院认为原告主张的人物设置不近似。

三、人物关系相同或近似的问题

文学作品中，人物关系是否相同或者近似应当结合特定人物所涉的特定情节进行比对。如果人物关系结合基于特定人物之间发生的故事情节高度相似，则可以认定为人物关系相似。需要强调的是，在人物关系的比对中，不能脱离情节而单独就人物关系进行比较，否则可能会构成在思想层面或者公知素材层面的比对。

原告主张两部小说中均有师生关系、学长关系、同学兼发小关系、裙带关系、姐妹关系、帮派山头关系、秘书关系、家庭关系、情侣关系。但原告并未结合具体情节说明人物关系如何相似，原告仅在思想层面或者公知素材层面进行了比对。本院经审查认为，原告主张的所有人物关系，要么属于单纯的人物关系，不受著作权法保护；要么在特定人物所涉及的具体情节与内在表达上与被告小说不同，不构成相似。

首先以师生关系为例。《生死捍卫》中叶知秋与杨天翔、晏秋为师生关系。叶知秋为西京大学退休教授，是杨天翔和晏秋的老师，高阳油茶树案诉讼代理人。杨天翔和晏秋，一个为云都市检察院检察长，一个为云都市检察院公诉处处长，两人在同一单位工作，上下级关系。杨天翔带领晏秋等检察官查办了一系列案件。《人民的名义》中高育良与侯亮平、祁同伟、陈海为师生关系。高育良为 H 省委副书记兼政法委书记，曾任 H 大学政法系主任。高育良表面上为人正派，背后却欺瞒组织，同时滥用职权为赵瑞龙敛财，诬陷侯亮平受贿，最终得到法律的制裁。侯亮平原为最高人民检察院反贪总局侦查处处长，后任 H 省检察院反贪局局长。最终查办了老师高育良、学长祁同伟等。祁同伟为 H 省公安厅厅长，为非法利益制造车祸加害陈海，企图暗杀侯亮平，最后自杀。陈海为 H 省检察院原反贪局局长，因车祸被撞昏迷。

其次以发小关系为例。《生死捍卫》中描写的晏秋和白无瑕。儿时形影不离，中学和大学均在一起，毕业后返乡，晏秋到检察院、白无瑕到银行工作，交往依然密切。白无瑕对晏秋帮助多。白无瑕因涉嫌犯罪被判刑，但晏秋忠实履责，未徇私情。《人民的名义》中描写的侯亮平和蔡成功。少年时，蔡成功借侯亮平的威信，侯亮平的虚荣心也得到满足。长大后蔡成功经商，侯亮平从政，蔡成功因借高利贷，寻求侯亮平的保护。被抓后，蔡成功受人胁迫，诬陷侯亮平受贿。蔡成功被判处有期徒刑。

再次以亲姐妹关系为例。《生死捍卫》中的柳絮为荣华集团总经理，帮助向荣华管理荣华集团，同时也是向荣华的情人。柳眉被安排在杨天翔的外甥可儿身边，诱骗可儿挪用公款，向荣华以此威胁杨天翔停止查案。《人民的名义》中的高小琴和高小凤为双胞胎姐妹，被赵瑞龙和杜伯仲作为工具使用。高小琴成为祁同伟的情人，两人台前幕后，巧取豪夺聚敛财富。高小凤则与高育良结为夫妻并育有一子。

原告主张两部小说中设计有相同的关系。本院结合相关情节进行比对，认为两部小说人物关系所涉情节上的描写不同。

四、关于情节相同或者相似的问题

在前文梳理总结的"情节方面"，对两部图书中情节的安排进行了列明，其中：

1. 与工人冲突的情节比对：黑三在国光厂宣布工厂易主时，导致工人不满，被打。蔡成功是脚下一绊，摔了个大马趴，额头磕在台阶上。原因、过程、结果不同。

2. 发小情深的情节比对：儿时白无瑕保护晏秋不受欺负。大学毕业后，晏秋在市检察院，白无瑕在市农业银行，姐妹情深一直延续。白无瑕成为赵长青的情人，因受贿罪被判刑。而蔡成功像狗皮膏药一样黏着侯亮平，沾他点威信，也使得少年侯亮平的虚荣心得到极大满足。长大后蔡成功经商，侯亮平从政，两人交集不多。蔡成功还受人胁迫，诬陷侯亮平受贿。都是儿时的玩伴，但感情的表现描写不同。

3. 查案受阻的情节比对：杨天翔在审讯林业局局长谢谦时，谢谦因"心肌梗死"意外死亡，市委书记钟良考虑到涉案人员及背景复杂，决定终止该案侦查。《人民的名义》中高育良为了阻止侯亮平查办案件，策划侯亮平受贿案，暂时停止了侯亮平的职务，但案件侦查工作并没有停止。两部图书中关于此情节的表达不同。

4. 公安局局长相助的情节比对：因房屋漏水发现了巨额现金呈报省公安厅，致曾红革被立案侦查。刘剑冰打电话告诉了杨天翔。赵东来秘密调查陈海车祸案，通过侦查手段查到了举报人刘庆祝，推动案件进展。一个是公安局局长主动查案；一个是意外发现案情，公安局局长告知，两个情节的描写不同。

5. 谢谦是在审讯中突发心肌梗死意外死亡。刘庆祝是被杀害，被谎称死于心肌梗死。对关键证人死亡的描写不同。

6. 晏秋与白无瑕去看望病危的小学班主任，老师并未说话，书中所写的"但老师显然已无力将二人的手拉在一起，只好将自己的手轻轻地覆盖在她们的手上"文字表达的含义，是对二人的看望表达感谢，还是希望二人保持友谊，又或者是……可由读者自己得出不同的结论。但书中没有交代小学老师知道二人存在的问题，所以不会有讲和的起因，而高育良出面讲和，目的是阻止侯亮平。

7. 杨天翔是主动到刘剑冰办公室，属于登门拜访。而侯亮平是被警察错抓到赵东来的办公室，是被动见面，没有登门拜访公安局长的描写。

本院认为，单以下棋、喝咖啡、内部刊物、拜佛、不雅照片、讲战役、帮派山头、回乡省亲、商场购物刷卡、车祸、杀人灭口、家访、宴请、入股分红、行贿、官商勾结等情节而论，属于公知素材，不为某人专有。通过对"情节方面"列明的内容比对，两部小说在原告指控的所有情节上的具体描述、细节设置以及在各自小说中的作用上均存在差异。

五、关于具体描写相同或者相似的问题

在前文梳理总结的"具体描写方面"，对两部图书中的"具体描写"进行了列明，在本节中不再将具体内容详述，只举例说明。

1. 关于召开会议，听取案件汇报的描写。两部中虽然都有会议气氛凝重、转移矛盾、会后留人谈话的情节表述，但一个是直接表述主人公的内心活动、行为表现，另一个是通过第三者的观察及内心想法表述出主人公的内心活动、行为表现，具体表达存在差异。虽然都有会后留人谈话，但谈话内容的描写不同。

2. 关于办公室鱼缸、书架的描写。办公室鱼缸、书架是生活中真实存在的趣味，不属于作者的创作，是否相同，要看表达。《生死捍卫》中描写的是人与鱼的互动，同时也描写鱼缸"仿佛一个微缩的海洋世界"；《人民的名义》中直接描写的是一缸金鱼，悠然自得地漫游。《生死捍卫》中"书架上则摆满了马、恩、毛全集和中外名著，一本本线装古书显衬出主人的儒商品位"。《人民的名义》中"书柜里摆着不少经典书、流行书和线装书，竟然还有一套马、恩全集"。具体描写上存有差异。

3. 关于夺厂的描写。《生死捍卫》中国光厂已完成改制，因国有资产流失，工人下岗而引发的风波，工人只是爆发了不满情绪，没有工人夺厂的场面。《人民的名义》中是工人的股权丢失，工人自发地保护工厂，才有与拆迁队争夺的场面。原告指控的内容起因不同、背景不同、描写不同。大喇叭、黑衣服装等词汇不属于个人独有。

4. 关于"人民"的表述。人民检察院、人民法院权力属于人民是固定名称、语句。两部书中关于"人民"的语句表述不同。

5. 关于身体外形的描写。（黑三）"他那如半截黑塔般的身躯"，（王文革）"看上去像一座铁塔"。虽然都有"塔"，但其他描写不同，不构成相似。

6. 关于发小的描写。"晏秋与无暇同岁，只小月份，这对自小长在一起的朋友，从认识的那天起就形影相随。""主要是蔡成功像狗皮膏药一样老黏着他，抄他作业，沾他点威信，好在同学们中间抬得起头来。小学期间顽劣无比的蔡成功只听侯亮平的话。"从用词、语句上比对，不是相同描写。

7. 关于喝咖啡的描写。《生死捍卫》中："一条僻静的小街尽头，一个名叫'伊人吧'的咖啡屋里赵长青与白无瑕相视而坐，两杯刚刚煮出的咖啡，缭绕着赭色的水雾，在两人的眼前聚散离合，盘旋交织。""白无瑕本来心不在焉地啜着咖啡。"《人民的名义》中："二人来到街口拐角处，推门进入一家咖啡厅。灯光幽暗，音乐袅袅，咖啡香气四下弥漫。""街灯照着陆亦可的侧影，她低头搅拌饮品，神情忧郁。"两处的文字、意境不同，描写不同。

其余的具体描写，除了"揣着明白装糊涂""混蛋（混账东西）找死"句式相同外，其余的描写在文字表达上均存在较大差异。而"揣着明白装糊涂""混蛋（混账东西）找死"属于生活中发泄不满的俗语，不具有独创性。

综上，涉案两部小说在原告主张的破案线索的推进及逻辑编排、角色设置、人物关系、情节、具体描写五个方面，通过具体比对，在表达上不构成实质性相同或者相似，《人民的名义》不构成对《生死捍卫》的抄袭，×某关于周梅森、北京出版集团侵犯其著作权的主张不能成立。

依据《中华人民共和国著作权法》第十一条，《最高人民法院关于审理著作权民事纠纷案件适用法律若干问题的解释》第十五条，《中华人民共和国民事诉讼法》第六十四条第一款，《最高人民法院关于适用〈中华人民共和国民事诉讼法〉的解释》第九十条之规定，判决如下：

驳回原告×某的全部诉讼请求。

案件受理费 14700 元，由原告×某负担（已交纳）。

如不服本判决，可在判决书送达之日起十五日内，向本院递交上诉状，并按对方当事人的人数提出副本，上诉于北京知识产权法院。

审判长　温同奇

人民陪审员　张玉成

人民陪审员　郑耀武

二〇一八年十二月十一日

法官助理　赵克楠

书记员　张　彬

6.《人民的名义》被诉侵犯著作权案二审答辩状
——×某与周梅森《人民的名义》著作权侵权案

答辩人（被上诉人、一审被告）：周梅森，男，作家。

被答辩人：（上诉人、一审原告）：×某，女。

被上诉人周梅森委托诉讼代理人金杰律师答辩如下：

被上诉人认为，一审判决认定事实清楚，不存在认识偏差。

一、一审判决认定两部小说在破案线索推进上不相似，事实清楚，证据充分

首先，两部小说开篇不同。《生死捍卫》以检察院发生反贪局长段明仁爆炸案开始，《人民的名义》以查办小官巨贪案赵德汉受贿案为开端，两部小说使用了完全不同的故事开篇。

其次，两部小说核心案件的设置不同。《生死捍卫》设置为骗取银行贷款收购国有工厂，空手套白狼，致使国有资产流失，发生群体性事件。《人民的名义》设置为将股权抵押借高利贷，使股权丢失、工人为保护自己的股权，自发护厂，与拆迁人员发生冲突，导致人员伤亡。

再次，两部小说在破案线索中的具体设置上具有实质性区别。

例1　检察院反贪局长遇害的情节设置不同。

《生死捍卫》中，将矿主耿顺开与云都市检察院反贪局局长段明仁同归于尽的爆炸案，作为小说的开篇，设置在检察长杨天翔上任当天，其作用是通过反贪局局长被炸身亡，引出矿产纠纷，将案件线索引向白无瑕主管的农业银行违法放贷。

《人民的名义》中，将最高检反贪总局侦查处处长侯亮平查处某部委项目处长赵德汉受贿案作为开篇，赵德汉举报京州市副市长丁义珍行贿。在抓捕丁义珍的过程中，有人通风报信，丁义珍潜逃出境。反贪局局长陈海遇害并不是作为开篇的情节，而是抓捕丁义珍失败后，陈海接到举报电话，在与侯亮平通话，接近案件真相时，遭遇不明车祸，被撞昏迷。其作用是通过反贪局局长被撞，引出侯亮平临危受命接替陈海出任省检察院反贪局局长，并暗示检察工作的危险性。一审对此认定与两部小说的表达完全一致。

例 2　"电话录音"和"账本"的情节设置不同。

《生死捍卫》中的录音和账本为矿主耿顺开所留，是耿顺开的妻子和女儿交给晏秋的。磁带中的录音是耿顺开与段明仁的对话，录音的作用是将案件线索指向农业银行的行长白无瑕。账本则是花石湾矿的收支明细，对小说后续发展并无推动作用。

《人民的名义》中的录音是赵东来从陈海手机里恢复的，是举报人的举报电话，只描述录音中有账本要交给陈海，没有描述其他的录音内容。通过调查确定举报电话中的举报人是山水集团的财务总监刘庆祝，最终没有找到账本，将案件线索引向山水集团。两部小说对录音的形成及提交方式、录音的内容、录音和账本对后续案件的推动作用完全不同。一审判决对此情节的认定，符合两部小说的文字表达。

例 3　污点证人的情节设置不同。

《生死捍卫》中设置了一个所谓的污点证人万昌，抓捕万昌归案，对破案起到了证明作用。

《人民的名义》中设置的刘庆柱，是山水集团的财务总监，因知道山水集团大量的犯罪事实，被安排在旅游时被人杀害。高小琴谎称其死于心肌梗死，并给刘庆祝的妻子 200 万元抚恤金，让其不要对外说刘庆祝的死，对刘庆祝并没有污点证人的描写。

例 4　"家中寻人"的情节设置不同。

《生死捍卫》中，万昌脱逃，为寻找万昌，周海波和姚笑笑找歌厅小姐了解万昌是否回过云都，又去万昌情妇欧燕的母亲家，冒充欧燕的朋友，向欧燕的母亲打探。最后通过欧燕约万昌见面的方式，将万昌抓捕归案。

《人民的名义》中，刘庆祝老婆吴彩霞向公安机关交代了其知道的有关情况。在确认刘庆祝已经死亡后，侯亮平等人到刘庆祝老婆吴彩霞家，想要进一步了解情况，并不是家中寻人。至于上诉人描写的检察人员到证人家调查的做法，属于公有领域素材，不具有独创性。一审判决对此认定符合两部作品的表达。

例5　向荣华与刘新建的情节设置不同。

上诉人在上诉状中的表述，在一审基础上又增加了三个对比点，被上诉人认为均不构成实质性相似。

一是跳楼情节不相似。《生死捍卫》中向荣华为逃避法律的制裁，跳楼自杀，没有描述跳楼的过程。

《人民的名义》中刘新建为了抗拒抓捕，手持水果刀站在紧靠窗户的大办公桌上扬言要跳楼，经过侯亮平的细致劝导，刘新建内心发生变化，被侯亮平趁机带走，交代了违法犯罪的事实。

二是书架（橱）摆设不构成实质性相似。《生死捍卫》中描写的是荣华大厦图书室，书架上则摆满了马、恩、毛全集和中外名著，一本本线装古书显衬出主人的儒商品位。

《人民的名义》中描写的是刘新建的办公室，"办公室的书橱里摆满了马列经典著作，抬眼望去一排排精装本，犹如闪光的长城"。

两者描写的场景和侧重点不同，一个是大厦的图书室，一个是主人的办公室，一个描写为"显衬出主人的儒商品味"，一个描写为马列经典著作摆放的壮观场景，"犹如闪光的长城"。

三是兴趣爱好不构成实质性相似。两部作品在人物涉及摆放马列著作，以及表述有关言论方面进行描写，并没有作为人物兴趣和爱好的特定情节来描写，上诉人的概括与两部小说中的文字表达不符。

《生死捍卫》中向荣华在与杨天翔对话中，把马克思商品交换原理，表述为"货币和权力的交换，"书中并没有描写向荣华能熟读背诵运用，向荣华只是威胁杨天翔"手中的权力是金不换，还是亲不换！"遭到杨天翔的拒绝。

《人民的名义》中侯亮平抓捕刘新建时，刘新建表示自己从没丧失过信仰，甚至能把《共产党宣言》背下来。说罢，张口就背诵《共产党宣言》，与《生死捍卫》中向荣华威胁杨天翔的对话完全不同。

四是两人身份不构成实质性相似。《生死捍卫》中，对向荣华是民营企业董事长身份的设置，不具有独创性，与《人民的名义》中国营企业董事长的刘新建的身份设置，并不能构成实质性相似，同为董事长的身份属于思想范畴，在涉及人物形象、经历特点、情节结局等方面的描写，具有实质性区别。

《生死捍卫》中的向荣华为荣华集团董事长，其领导的荣华集团从最初的校办工厂，逐步发展成为云都民营经济的航母，缔造了"荣华神话"。赵长青一手缔造了向荣华的财富，向荣华也粉饰了赵长青的政绩，两人为利益共同体。在国光厂改制中，向荣华空手套白狼，侵吞国有资产。后来，国光厂改制骗局暴露，向荣华与赵长青决裂。向荣华威胁杨天翔未得逞，试图撞死万昌未遂后，自感走投无路，跳楼自杀。

《人民的名义》中的刘新建原为省委书记赵立春的秘书，官至省委办公厅副主任兼秘书一处处长，后被赵立春安排到省油气集团担任董事长。刘新建被赵立春安排进油气集团后，向赵家输送了巨额非法利益。刘新建被抓后，交代了赵立春和赵瑞龙父子的全部问题。

二、一审判决认定两部作品在人物设置上不相似，事实清楚，证据充分

两部小说在人物设置上存在实质性区别。

例 1　"白无瑕"与"欧阳菁"人物设置不同。

《生死捍卫》中的白无瑕，是云都市农业银行行长，晏秋的发小，赵长青的情人。白无瑕向段明仁违规放贷，在国光厂的收购中，与向荣华里应外合，骗取银行资金，最终以受贿罪、巨额财产来源不明罪、违法发放贷款罪被判处死刑。

《人民的名义》中的欧阳菁，是京州城市银行主管信贷的副行长，是京州市市委书记李达康的妻子。欧阳菁是个具有小资心态的女子，心底渴望爱情，但在工作狂李达康身上得不到梦想中的爱情，她把情感寄托在韩剧《来自星星的你》，夫妻分居八年后离婚，欧阳菁因涉嫌受贿被抓，供出过桥款来自 H 省油气集团。

上诉人主张白无瑕与欧阳菁同为女性，同有少女心，同在银行系统担任负责人职务，同为金融腐败，放贷受贿。这些雷同属于思想范畴。在表达上，小说中两人的人物形象、社会关系、渴望爱情的具体表现，以及收受贿赂所涉案情的描写并不相似。

至于"欧阳菁"与"欧阳荣"，属于两个没有内在关联的人物姓名，不构成实质性相似。

例 2 "安毅"与"老林"不同。

《生死捍卫》中安毅为云都市检察院纪检组组长，在检察院爆炸案和双规贺鹏程的过程中出现。

《人民的名义》中的老林为省检察院副检察长。在侯亮平被诬陷受贿，沙瑞金要求侯亮平停止工作时，其将肖钢玉挡在指挥中心门外。两人的身份不同，在小说中所涉情节与所起到作用的描写不同。

贺鹏程与肖钢玉被带走的细节描写均不相同，至于两人的下场均被带走双规，属于公有领域素材。

三、一审判决认定两部作品在有关人物关系上不相似，事实清楚，证据充分

上诉人主张两部小说中均涉及的师生关系、学长关系、同学兼发小关系、裙带关系、姐妹关系、帮派关系、秘书关系、家庭关系、情侣关系。但并未结合具体情节说明人物关系如何相似，上诉人仅在思想层面或者公知素材层面进行了比对。因此，上诉人主张的所有人物关系，要么属于单纯的人物关系，不受著作权法保护；要么在特定人物所涉及的具体情节与内在表达上与被告小说不同，不构成相似。

例1 晏秋和白无瑕的发小关系，与侯亮平和蔡成功，在具体情节与内在表达上不同。

《生死捍卫》中描写的晏秋和白无瑕，儿时形影不离，中学和大学均在一起，毕业后返乡，晏秋到检察院、白无瑕到银行工作，交往依然密切。白无瑕对晏秋帮助多，白无瑕因涉嫌犯罪被判刑，但晏秋忠实履责，未徇私情。

《人民的名义》中描写的侯亮平和蔡成功。少年时，侯亮平学习优秀，同学蔡成功学习较差，平时顽劣，蔡成功借侯亮平的威信，侯亮平的虚荣心也得到满足。长大后蔡成功经商，侯亮平从政，蔡成功因借高利贷，寻求侯亮平的保护。被抓后，蔡成功受人胁迫，诬陷侯亮平受贿。蔡成功被判处有期徒刑。

例2 叶知秋和杨天翔的师生关系，与高育良与侯亮平，在具体情节与内在表达上不同。

《生死捍卫》中的叶知秋与杨天翔为师生关系。叶知秋为西京大学退休教授，是杨天翔的老师，高阳油茶树案诉讼代理人。杨天翔大学暑期住在叶知秋家，叶知秋给了杨天翔学习和生活上很多关怀，后杨天翔担任云都市检察院检察长。

《人民的名义》中高育良与侯亮平为师生关系。高育良为H省委副书记兼政法委书记，曾任H大学政法系主任、教授。高育良表面上为人正派，背后却欺瞒组织，同时滥用职权为赵瑞龙敛财，诬陷侯亮平受贿，最终得到法律的制裁。侯亮平读书期间经常来高育良家下围棋，顺便蹭饭，对高老师一直怀有敬重之心。侯亮平担任最高人民检察院反贪总局侦查处处长，后任H省检察院反贪局局长。最终查办了老师高育良、学长祁同伟等。

四、一审判决认定两部作品在情节和情节点上不相似，事实清楚，证据充分

一审判决对上诉人主张的情节和情节点相似问题，均作了具体的分析和评价。

例1 "公安局长相助"情节不相似。

《生死捍卫》中，因房屋漏水发现了巨额现金呈报省公安厅，致使曾红革被立案侦查。公安局长刘剑冰打电话告诉了杨天翔。

《人民的名义》中，公安局长赵东来秘密调查陈海车祸案，通过侦查手段查到了举报人刘庆祝，推动案件进展。

一个是公安局长主动查案；一个是意外发现案情，公安局长告知，两个情节的描写不同。

例2 "拜佛"的情节不相似。

《生死捍卫》中的向荣华董事长拜佛，是到寺庙找其出家的妻子麦获。

《人民的名义》中高育良与肖钢玉到佛光寺，是想找个安静不被发现的地方谈事情，不是拜佛。

此外，作品中是否存在法盲语言和荒诞情节，不属于本案审查的范围。《人民的名义》小说不存在法盲语言和荒诞情节，出书经过与是否侵权无关。一审判决认定单纯的人名不属于著作权法保护的范围完全正确。一审审判程序合法，不存在程序瑕疵，被上诉人是否到庭不影响本案的审理。

综上，《人民的名义》与《生死捍卫》两部小说，存在实质性区别。上诉人提出被上诉人采取"整体抬升""移花接木""细节扩充""恶意拆卸、肢解上诉人原创作品"的主张，没有两部作品表达上的事实依据，属于主观上的概括错误和认识错误，请二审法院驳回上诉，维持原判。

答辩人：周梅森委托诉讼代理人
北京市京都律师事务所律师　金　杰
2019 年 6 月 13 日

7. ×某诉周梅森、北京出版集团著作权案二审代理词

北京市京都律师事务所金杰律师，作为被上诉人周梅森及北京出版集团有限责任公司（以下简称北京出版集团）委托代理人，现就本案二审涉及的主要问题发表如下代理意见，请法庭采纳。

代理人认为，经过二审法庭主持对相关人物和情节等进行比对，小说《生死捍卫》与《人民的名义》在人物设置、人物关系、故事情节、具体细节以及人名等方面，不存在实质性相似的事实。上诉人虽然一再主张被上诉人抄袭和剽窃上诉人的作品，但上诉人提交法庭的比对材料，既存在概括上的错误，也存在认识上的错误，与两部小说的具体表达不符，不仅不能证明上诉人的主张，相反却充分证明被上诉人不存在任何侵权行为。具体意见如下：

一、两部小说在人物设置上不相似

两部小说均是反映检察题材的作品，在检察机关的人物职务的设置上，属于公知素材，同类机构人物职务的雷同，不构成实质性相似。利益集团及地方金融机构的人物职位设置上，也属于公知素材。两部小说均有省市委书记和市长，均有省市区检察院检察长，均有银行行长或副行长，均有企业厂长或董事长等职务设置。但《生死捍卫》对于检察机关人物职位和利益集团以及地方金融机构的人物职位设置上，不具有著作权法意义上的独创性。

一方面，两部小说在人物设置上不相似。两书有名有姓的人物各有几十个，他们职业身份相似是我国检察机关、金融机构等固定的职务设置，在人物特征、性格描写，以及从事活动、涉及的故事情节等完全不同。

比如，杨天翔与侯亮平人物设置不相似。

上诉人认为杨天翔与侯亮平在个人背景、家庭结构、社会关系、履职经历、办案遭遇方面皆相似。

经过对比，《生死捍卫》中描写的杨天翔学习成绩优异，大学毕业后分配至西京省检察院公诉处，然后深造、任教、再出国交流。被省委提前电召回国出任检察院党组书记、检察长；家庭结构方面，杨天翔的妻子是大学教授，育有一子，还有一外甥跟其共同生活，该外甥后被陷害；社会关系方面，老师是退休教授，师妹晏秋是公诉处处长；办案遭遇方面，杨天翔主要查办了检察院爆炸案、国光厂国有资产流失案、高阳油茶树案、田军军抢劫猥亵案。

《人民的名义》中描写的侯亮平，H省大学毕业，最高人民检察院任职，因陈海遭陷害被车撞昏迷，临危受命空降H省检察院任反贪局局长；家庭结构方面，侯亮平的妻子在纪委工作，除此之外并无其他家庭成员。社会关系方面，老师是学者官员，侯亮平、陈海、祁同伟均系高育良学生。蔡成功是侯亮平的发小；办案遭遇方面，侯亮平查办了赵德汉受贿案，围绕大风厂股权丢失案，使腐败的利益链条浮出水面。

杨天翔与侯亮平在个人背景、家庭结构、社会关系、履职经历方面描写不同。至于法学专业背景相似，上级下派干部，属于公知素材，不具有独创性，不构成实质性相似。

上诉人认为，《人民的名义》核心人物侯亮平外号"猴子"出自《生死捍卫》核心人物杨天翔充满猴性的儿子小嘀嗒的"猴子上树"。经过比对，《生死捍卫》中描写的"猴子上树"是形容杨天翔儿子搂住杨天翔急切的动作。《人民的名义》中描写的"猴子"是侯亮平的外号，显然是概括错误，二者毫不相干，没有任何对应关系。

比如，白无瑕与欧阳菁人物设置不相似。

《生死捍卫》中描写的白无瑕，为云都市农业银行行长，检察官晏秋的发小，副省长赵长青的情人。白无瑕向段明仁违规放贷，在国光厂的收购中，与向荣华里应外合，骗取银行资金，最终以受贿罪、巨额财产来源不明罪、违法发放贷款罪被判处死刑。

《人民的名义》中描写的欧阳菁，为京州城市银行主管信贷的副行长，是京州市市委书记李达康的妻子。欧阳菁心底渴望爱情，但在工作狂李达康身上得不到梦想中的爱情。欧阳菁把情感寄托在韩剧《来自星星的你》中的人物都教授，与李达康分居八年，因涉嫌受贿被抓，供出过桥款来自 H 省油气集团。

上诉人主张白无瑕与欧阳菁同为女性，同有少女心，同在银行系统担任负责人职务，同为金融腐败，放贷受贿。

通过比对，上诉人主张的相同属于思想范畴，在表达上，小说中两人的人物形象、社会关系、渴望爱情的具体表现、人物命运结局，以及收受贿赂所涉案情的描写并不相似。

再如，柳絮、柳眉与高小琴、高小凤人物设置不相似。

《生死捍卫》中描写的柳絮和柳眉为双胞胎姐妹。柳絮为荣华集团总经理，也是向荣华的情人。对柳絮的描写仅在油茶树加工厂失火，荣华集团召开新闻发布会；杨天翔和晏秋在游轮上宴请叶知秋；陪白无瑕买包与田军军母亲显富斗气的情节中有出现。向荣华将柳絮的妹妹柳眉安排在杨天翔的外甥可儿身边，并成为可儿的女朋友。柳眉以母亲患尿毒症需要巨额手术费为由，骗可儿挪用公款，随后消失。可儿落入圈套，向荣华以此威胁杨天翔停止查案。最后，柳眉落网，真相大白。

《人民的名义》中描写的高小琴和高小凤为双胞胎姐妹，赵瑞龙的搭档杜伯仲发现两人的姿色后，进行培训，被赵瑞龙和杜伯仲作为工具使用。高小琴成为祁同伟的情人，两人台前幕后，使用各种手段巧取豪夺，聚敛财富，共同打造了非法利益集团，即山水集团。高小凤则被作为礼物送给了时任吕州市市委书记的高育良，后与高育良结为夫妻，二人育有一子。

上诉人主张柳絮、柳眉与高小琴、高小凤均是双胞胎姐妹涉案，都是反派中的骨干成员、关键人物，高小琴的性格、外貌描写"江湖气中夹杂书卷气"参照自柳絮，两人的妹妹都以色相勾引，牵制关键人物。

经过比对，两对姐妹的角色形象不同。首先，小说中并无柳絮的性格、外貌具有与高小琴类似的"江湖气中夹杂书卷气"的描写。其次，高小琴为反派中的骨干，柳絮虽为向荣华的助手和情人，但核心事件其均未参与。柳眉和高小凤均被作为引诱的工具使用，一个被向荣华诱使可儿违法威胁杨天翔，一个被赵瑞龙和杜伯仲腐败了高育良。再次，柳眉和高小凤虽均在牵制关键人物的环节中起到一定作用，但手段、过程、结果的描写均不相同。

二、两部作品在人物关系上不相似

上诉人主张两部小说中均有师生关系、学长关系、同学兼发小关系、裙带关系、姐妹关系、帮派山头关系、秘书关系、家庭关系、情侣关系。但×某并未结合具体情节说明人物关系如何相似，仅在思想层面或者公知素材层面进行了比对。上诉人主张的所有人物关系，要么属于单纯的人物关系，不受著作权法保护，要么在特定人物所涉及的具体情节与内在表达上与《人民的名义》小说不同，不构成相似。《生死捍卫》在人物关系方面，并没有基于特定情节的发展描写出独创性的表达效果，结合相关情节进行比对，两部小说人物关系在涉及具体情节上的描写完全不同，并没有脱离公知素材。因此，不能纳入著作权法的保护范围。

比如，师生关系。《生死捍卫》中描写的叶知秋与杨天翔、晏秋为师生关系。叶知秋为西京大学退休教授，是杨天翔和晏秋的老师，高阳油茶树案诉讼代理人。杨天翔和晏秋，一个为云都市检察院检察长，一个为云都市检察院公诉处处长，两人在同一单位工作，上下级关系。杨天翔带领晏秋等检察官查办了一系列案件。《人民的名义》中描写的高育良与侯亮平、祁同伟、陈海为师生关系。高育良为 H 省委副书记兼政法委书记，曾任 H 大学政法系主任。高育良表面上为人正派，背后却欺瞒组织，同时滥用职权为赵瑞龙敛财，诬陷侯亮平受贿，最终得到法律的制裁。侯亮平原为最高人民检察院反贪总局侦查处处长，后任 H 省检察院反贪局局长。最终查办了老师高育良，学长祁同伟等。祁同伟为 H 省公安厅厅长，为非法利益制造车祸加害陈海，企图暗杀侯亮平，最后自杀。陈海为 H 省检察院原反贪局局长，因车祸被撞昏迷。

再如，发小关系。《生死捍卫》中描写的晏秋和白无瑕：儿时形影不离，中学和大学均在一起，毕业后返乡，晏秋到检察院、白无瑕到银行工作，交往依然密切。白无瑕对晏秋帮助多。白无瑕因涉嫌犯罪被判刑，但晏秋忠实履责，未徇私情。《人民的名义》中描写的侯亮平和蔡成功：少年时，蔡成功借侯亮平的威信，侯亮平的虚荣心也得到满足。长大后蔡成功经商，侯亮平从政，蔡成功因借高利贷，寻求侯亮平的保护。被抓后，蔡成功受人胁迫，诬陷侯亮平受贿。蔡成功被判处有期徒刑。

又如，亲姐妹关系。《生死捍卫》中的柳絮为荣华集团总经理，帮助向荣华管理荣华集团，同时也是向荣华的情人。柳眉被向荣华安排在杨天翔的外甥可儿身边，诱骗可儿挪用公款，向荣华以此威胁杨天翔停止查案。《人民的名义》中的高小琴和高小凤为双胞胎姐妹，被赵瑞龙和杜伯仲作为工具使用。高小琴成为祁同伟的情人，两人台前幕后，巧取豪夺聚敛财富。高小凤则与高育良结为夫妻并育有一子。

三、主要情节设置与故事发展过程不相似

1. 故事背景不相似

经过比对，故事背景属于思想范畴的抽象情节，不属于表

达，反腐不利也属于思想领域的公知素材，《生死捍卫》对此的描写不具有独创性，不属于著作权法所保护的"表达"范畴，而且两部小说在背景描写上并不相似，上诉人在此概括错误，且比对点不存在对应关系。一是人物不对应。《生死捍卫》描写的是省检察长秦汉民，不是主人公杨天翔；《人民的名义》描写的是主人公最高检反贪总局侦查处长侯亮平。二是人物关系不对应。《生死捍卫》描写的是省检察长秦汉民对云都市检察院检察长吕子风有看法，进而对云都市检察院工作不满意。《人民的名义》描写的是侯亮平因对 H 省政法系统熟悉，所以对 H 省检察工作有一份格外的牵挂。三是具体情节不对应。《生死捍卫》描写的是小说开篇的爆炸案之后，省委书记陆真指派秦汉民到云都市督办案件。《人民的名义》描写的是侯亮平因天气原因，飞机不能起飞，在机场候机时的心理活动。四是文字表达不相似。《生死捍卫》描写为，"反贪、反渎两项主打业务始终沉迷低谷"等。《人民的名义》仅描写为，"各地反腐风暴愈演愈烈，H 省平静异常，这些年来此起彼伏的传说大都止于传说"。两部小说都没有反腐不力，在全国处于劣势的文字描写。完全是上诉人为了达到证明相似的目的而自己错误概括的。

2. 故事发生由来不相似

经过比对，受理举报属于检察机关最常规的受案方式，上诉人的描写不具有独创性，属于公知素材，而且两部小说对此描写完全不同。

《生死捍卫》描写为，"在秦汉民的公文包里揣着一封来自外省某市的匿名举报信，信中举报云都荣华集团利用企业改制之机，侵吞国光机械厂上亿元的国有资产，信中还涉及现任常务副省长赵长青"。《人民的名义》描写为，侯亮平到 H 省见到陈海时，陈海告诉侯亮平，父亲陈岩石曾举报大风厂股权丢失，侯亮平去看望陈岩石，"侯亮平这才对陈岩石说明真正的来意

——他对大风服装公司那封举报信感兴趣""侯亮平便让陈岩石向他举报"。

3. 故事发展演绎不相似

经过比对，上诉人的概括完全错误，与两部小说描写不符。

一是两部小说的开篇和案件突破口不同。《生死捍卫》以爆炸案为开篇，作为案件的突破口展开调查。《人民的名义》则是以侯亮平查处小官巨贪赵德汉受贿案开篇，赵德汉检举了丁义珍行贿，成为小说全篇的突破口。《人民的名义》中的车祸案，是在丁义珍逃跑后，反贪局长陈海接到举报电话，在接近真相时被撞昏迷，由此引出侯亮平临危受命担任 H 省检察院反贪局局长。上诉人为了与其小说相似，将《人民的名义》中的陈海车祸案，与《生死捍卫》开篇的爆炸案认为同是小说故事的开篇，属于概括错误，与《人民的名义》小说表达不符。

二是两部小说的故事发展演绎完全不同。《生死捍卫》是以访问学者身份在国外进修的杨天翔，被省委电召回国，出任云都市检察院检察长。杨天翔上任当日，云都市检察院楼内发生爆炸案开篇，检察院分管反贪的副检察长张立言提出辞职，老检察长吕子风托病住进医院，紧接着国光厂国有资产流失案浮出水面，高阳苗木受贿案引发大规模上访。内外交困中的杨天翔带领张立言、晏秋、周海波等检察官冲破重重阻力，与以赵长青为代表的腐败分子做斗争，维护社会的公平正义；检察官们开展公益诉讼、维护弱势群体的利益，经受各种考验，用忠诚乃至生命捍卫法律、捍卫党的事业、捍卫人民的利益。

《人民的名义》是以最高检反贪总局侦查处处长侯亮平查处某部委处长赵德汉受贿案开篇，赵德汉举报京州市副市长丁义珍向其行贿。抓捕丁义珍的过程中，有人通风报信，丁义珍潜逃出境。H 省检察院反贪局局长陈海在去和举报人见面的路上遭遇车祸，被撞昏迷。侯亮平接替陈海出任 H 省检察院反贪局局长，顶着巨大压力开展工作。围绕大风厂股权争夺，有工人护厂风波、有离休检察长陈岩石的奔走呼吁、有各种利益的纠缠，在新任省委书记沙瑞金的支持下，侯亮平同其他检察人员一道发现并查处了一系列违法犯罪分子。以侯亮平的调查行动为叙事主线，讲述了当代检察官维护公平正义、查办贪腐案件的故事。

三是×某举出的破案图示与两部小说不符。

例如，上诉人认为核心情节"检察官上门寻人"相似，经过比对，属于上诉人概括错误，《生死捍卫》是上门寻人，《人民的名义》是上门寻事，二者并不相同。

（1）上门调查的人物不相似。《生死捍卫》描写的是检察院侦查处长周海波和检察官姚笑笑；《人民的名义》描写的是反贪局长侯亮平和处长陆亦可。至于两名检察官一男一女，是办案中常见的男女搭档办案，属于公知素材，并不是上诉人的独创。

（2）调查的对象不相似。《生死捍卫》描写找的是污点证人万昌情妇欧燕的母亲；《人民的名义》描写找的是证人刘庆祝分居的老婆吴彩霞，且对刘庆祝没有污点证人的描写。

（3）调查的地点不相似，《生死捍卫》描写的是万昌的情妇欧燕的母亲家中，《人民的名义》描写的是刘庆祝分居的老婆吴彩霞家中。

（4）调查目的不相似。《生死捍卫》描写的是去寻找证人万昌的下落；《人民的名义》描写的是因刘庆祝已经死亡，找其老婆吴彩霞了解一些情况。

（5）调查效果不相似。《生死捍卫》描写的是因查找到万昌情妇欧燕的藏身之处，非常高兴。《人民的名义》中是没能找到刘庆祝说的那个账本和关键证据，只是了解到刘庆祝的死与山水集团有关，以及刘庆祝为山水集团暗转了不少黑账。侯亮平据此判断刘庆祝是谋杀。

（6）个别相似地点的文字不构成情节相似。《生死捍卫》描写的"田军军抢劫猥亵案"被害人于虹家的住处是"城郊接合部民房"。《人民的名义》描写的刘庆祝与情妇小王的住处是"城乡接合部租赁的农民房"。两部小说都出现了"城乡接合部"的地点，但在人物和人物关系、故事情节和逻辑关系上均不对应，上诉人对"城郊接合部民房"的表述也不具有独创性，认为《人民的名义》中的"城乡接合部"是来自《生死捍卫》毫无根据。

4. 重要情节编排不相似

（1）看望退休老检察长情节不相似。看望老检察长属于公知素材，不是×某的独创。二者具体情节不同。《生死捍卫》中描写的杨天翔去医院看望退休老检察长吕子风，是慰问住院的检察院同事。《人民的名义》中描写侯亮平是听陈海说其父亲陈岩石退休后一直为真理而斗争，四处帮人告状而去探望。二者探望的目的不同。

（2）临走下达查办任务情节不相似。《生死捍卫》描写的是秦汉民临走交办查处荣华集团。《人民的名义》中描写的是侯亮平临走时与反贪局长陈海分析工作思路，并没有交办查处光明峰项目。对此上诉人为了相似而概括错误。

（3）播听通话录音情节不相似。《生死捍卫》中描写晏秋播听的是耿顺开留下的与段明仁的通话录音，以此牵出白无瑕非法房贷。《人民的名义》中描写侯亮平播听的是从陈海被撞通话时手机里恢复出的录音，以此确定录音中的举报人不是蔡成功。二者情节完全不同。

（4）提审涉案人，牵扯特定关系人情节不同。《生死捍卫》中描写的晏秋提审汪毓敏，是汪毓敏因枉法裁判被抓捕，汪毓敏交代了万昌经办给段明仁违法放贷。《人民的名义》中描写的陆亦可提审欧阳菁，是欧阳菁因受贿被抓，欧阳菁交代蔡成功的过桥款是油气集团刘新建提供。二者差异明显。

（5）上门到银行摸底贷款情节不同。检察机关去银行了解情况属于公知素材，二者在具体情节表达上不相似。

《生死捍卫》中描写杨天翔安排晏秋，会同纪检组去银行摸清万昌经办贷款的来龙去脉，引起白无瑕不满，但没有遭到白无瑕刁难的描写。《人民的名义》中描写侯亮平安排陆亦可，派林华华到银行询问部分民营企业的贷款情况，目的是要触动欧阳菁观察其动向，欧阳菁却把林华华丢在京州城市银行会客室一下午没见面，遭到欧阳菁刁难。上诉人为了相似对此概括错误。

（6）关键证人心肌梗死情节不同。《生死捍卫》中描写的谢谦，是预审中因内心悔罪加上内心压力，突发心肌梗死意外死亡。《人民的名义》中描写的刘庆祝，是在旅行中被山水集团谋杀，高小琴让其老婆吴彩霞对外称刘庆祝心肌梗死。二者并不对应。

（7）办案遇阻，停止侦查情节不同。《生死捍卫》中描写的是，鉴于预审中谢谦因"心肌梗死"意外死亡，引起多方非议，市委书记钟良考虑到涉案人员复杂，决定停止杨天翔对曾红革案的侦查活动，并不是办案受阻。《人民的名义》中描写的是侯亮平被诬陷受贿，是高育良等策划阻止侯亮平继续侦查预审的违法犯罪行动，高育良亲自抓侯亮平"受贿"案，并上报沙瑞金书记暂时停止了侯亮平的职务，但对刘新建案的侦查工作并没有停止。上诉人为了相似对此概括错误。

（8）商场刷卡（危险驾驶宝马）情节不相似。单纯的商场刷卡属于公知素材。经过比对，《生死捍卫》中描写的是白无瑕商场购物，因反感田军军的母亲（贺鹏程的情人）购名牌女士包时的张狂，提高声音购物结账以压制田军军的母亲的张狂表现，对故事情节的推进没有实质意义。《人民的名义》中描写的欧阳菁商场高档购物刷卡，是使用了受贿的银行卡，因此被检察院侦查锁定了受贿证据，后被抓捕，是小说故事推进的重要情节。至于《生死捍卫》中白无瑕驾驶宝马，朝城郊疯驶，是为了与晏秋去医院看望老师。《人民的名义》中描写的是，因欧阳菁商场购物刷卡被检察官发现，欧阳菁驾驶宝马横冲直撞向家里驶去。二者情节完全不同。

（9）摊牌抽身情节不相似。双方摊牌属于思想范畴的抽象情节，二者具体情节表达不相似。经过比对，《生死捍卫》中描写赵长青意欲抽身而退，遭到荣华集团董事长向荣华捆绑威胁。《人民的名义》中描写高育良找祁同伟谈话，是为了把这混蛋学生兼部下手上的一副烂牌看个仔细，即便输也输个清楚明白。高育良是摸底，不是摊牌，也没有抽身的描写。上诉人为了相似对此概括错误。

（10）工人护厂风波，省委定性事件情节不相似。经过比对，《生死捍卫》描写的是，向荣华将违法收购的国光厂转给了黑三，此事播放出去后，引起工人愤怒，面对成百上千个拳头，这个亡命之徒第一次有了害怕，但黑三没有挨打，省委定性为国资流失导致的群体性事件。《人民的名义》描写工人护厂，蔡成功没有挨打，小说描写为"性急的人开始推推搡搡，蔡成功脚下一绊，摔了个大马趴"。已经享有大风厂股权的山水集团雇用打手，冒充警察，开着铲车要强拆大风厂，后引起大火，造成人员伤亡。省委书记沙瑞金认为"一一六"事件不简单，并作出初步判断：它不是一般的拆迁矛盾，是腐败引发的恶性暴力事件。上诉人为了相似对此概括错误。

（11）下级院检察长被执行双规情节不相似。执行双规属于公知素材及思想范畴的抽象情节。经过比对，《生死捍卫》描写的是贺鹏程因网照事件与国光厂事件在家里被带走双规。《人民的名义》中肖钢玉因陷害侯亮平、受贿、渎职，纪检组长及检察干部代表省纪委向他宣布审查决定，在家门口被带走审查，没有明确描写是双规。具体情节并不相似，上诉人对此概括错误。

（12）分散贷款（办卡）情节不相似。经过比对，《生死捍卫》描写向荣华用不同人的名字或贷款方式贷款，是为了掩盖贷款数额巨大的问题；《人民的名义》描写尤会计用不同人的身份证，分散办卡是用于公司走账，防止企业对外欠款被查封。上诉人对此情节概括错误。

（13）胞妹搅局情节不相似。两部小说不存在搅局的文字描写。《生死捍卫》中描写的是，检察长杨天翔同晏秋在天香河上的游轮上请大学老师叶知秋吃饭，没想到是柳絮任游轮总经理，杨天翔自感缺少论证，并没有搅局的描写。《人民的名义》描写的是，抓捕高小琴时，误将其同胞妹妹高小凤当作高小琴抓捕，也不存在搅局的描写。上诉人对此情节概括错误。

（14）约定暗号不相似。经过比对，《生死捍卫》描写的是向荣华为将证人万昌杀人灭口，与打手黑三约定暗语，事情顺利以后用新卡挂电话并约定暗语。《人民的名义》描写的是祁同伟帮助高小琴外逃中，与高小琴约定短信暗号，一切顺利发"YES"，遭遇不测发"NO"。

约定暗语不是上诉人的独创，属于公知素材。一是两部小说人物不对应。一个是利益集团老板向荣华，一个是公安厅厅长祁同伟；一个是打手黑三，一个是山水集团的高小琴。二是人物关系不对应。向荣华与黑三是雇佣杀手的关系，祁同伟与高小琴是情人关系。三是具体情节不相似。《生死捍卫》是向荣华要杀人灭口，《人民的名义》是祁同伟要帮助高小琴外逃。

（15）讲战役情节不同。经过比对，《生死捍卫》中耿支书带杨天翔等人去耿顺开家的途中，路过坨坨峰战役纪念碑，耿支书顺便介绍当年与国民党激战的坨坨峰战役。《人民的名义》中陈岩石受沙瑞金的邀请，在省委常委会上为参会人员讲述岩台攻坚战共产党员冲锋在前，以抢炸药包为荣，重温党的历史，进行传统教育。一个是路过战争遗址顺便介绍当年战斗历史，一个是专门邀请进行传统教育。二者完全不同。

四、特殊情节设计不相似

上诉人认为，两部小说中，均存在着诸如玉兰花、猴性大发、危险驾驶宝马、村妇喝农药、饭局、下棋、寺院拜佛、吃烧烤、临省寻找证人、分散贷款（办卡）、讲战役、宴请、喝咖啡、商场刷卡购物、师生游轮（茶楼）相聚、赛事、家访、老师促和、跳楼、播听录音、查账、邻省找证人、上门寻人、银行摸底、车祸、追悼会、内部刊物、玻璃幕墙、约定暗号、云南办案等 30 余个极其细微、极具个性化的情节点发生相似。

经过比对，上诉人所列举的所谓特殊情节，要么属于公知素材，要么属于单纯的个别文字相同，要么不存在逻辑对应关系，要么具体人物和情节不同，均不构成实质性相似。仅举几例即窥一斑而知全豹。

（1）关于玉兰花情节不相似。经过比对，《生死捍卫》中描写的是，检察长杨天翔与张立言"走在校园的林荫道上，白玉兰花的幽香沁人心脾"。杨天翔和张立言促膝而坐，"夜色中暗香浮动，仍然是白玉兰花沁人心脾的芬芳"。杨天翔与张立言握手，"只听到玉兰花开裂的声音"。

《人民的名义》中描写的是，在省委大院 1 号楼门，侯亮平和季昌明下了车。"白色路灯映照着几棵高大的玉兰树，院内宁静安谧，一对石狮子蹲在台阶旁。"还描写了王大路送的帝豪园别墅，是欧阳菁的栖身之地。她经常站在花园里发呆，或抬头仰望玉兰树上皎洁的花朵，或低头凝视篱笆下盛开的玫瑰，一站就是半天。

《生死捍卫》描写的是白玉兰花的幽香。《人民的名义》中描写的是高大的玉兰树，还描写了欧阳菁抬头仰望玉兰树上皎洁的花朵。二者情节完全不同。

（2）关于"气息"情节不相似。经过比对，《生死捍卫》描写的是杨天翔做了一个深呼吸，有了一种陶醉感："多美的夜晚！静谧、安宁，睡了都透出文化的气息。"《人民的名义》描写的是，反贪局局长陈海用局手机向陆亦可发出指令后，站在大院里长长吐了一口气。省委大院草坪刚修剪过，空气中弥漫着浓郁的青草香气，这是陈海最喜欢的气息。一个是描写文化气息，一个是描写青草气息，二者完全不同

（3）关于"幽幽"情节不相似。经过比对，《生死捍卫》描写的是，在地灯微弱光线的照射下，小草发出幽幽的绿。《人民的名义》描写的是，李达康并没有让他马上走的意思，幽幽地问了一句：怎么？你见到那位侯局长了？一个是描写小草的颜色，一个描写的是文化的语气。二者毫无相似之处。

（4）关于猴性大发情节不相似。经过比对，《生死捍卫》描写的是没等杨天翔反应过来，儿子噌的一下，一个猴子上树，搂住了他的脖子。《人民的名义》描写的是陈海说侯亮平外号是"猴子"，我只要睡了下铺，他就猴性大发。前者描写的是动作，后者描写的是外号和性情，二者毫无对应和联系。

（5）关于危险驾驶宝马情节不相似。《生死捍卫》描写的是白无瑕开着宝马车拉着晏秋去医院看望小学老师。《人民的名义》描写的是欧阳菁在商场使用了受贿的银行卡消费，被检察院侦查锁定了受贿证据，开着宝马车横冲直撞逃离现场。二者并不相似。

（6）关于村妇喝农药情节不相似。《生死捍卫》描写的是朱屠夫在武超家门口破口大骂。……武妻不堪凌辱，当晚喝农药自杀，一气之下武超提斧血刃了朱屠夫。《人民的名义》描写的是李达康为了修路，在全县搞强行摊派，村村掏钱，人人捐款，为五块钱，把一个农妇逼得喝了农药。二者在人物和人物关系，以及故事情节等均不相同。

（7）关于内部刊物情节不相似。经过比对，《生死捍卫》描写的是杨天翔在《人民检察》上看到张立言的文章，是欣赏他的才干，产生了尽快见他的冲动和挽留他的决心。《人民的

名义》中描写的是，侯亮平在侦查祁同伟的去向时，想到了《公安通讯》中祁同伟受访文章里提到的孤鹰岭，以此判断推测祁同伟的藏身之地。二者完全不同。

（8）关于"滴答"情节不相似。《生死捍卫》描写的是杨天翔的儿子小名叫"嘀嗒"。《人民的名义》描写的是，小官巨贪赵德汉家中，"卫生间的马桶在漏水，隔上三两秒钟'滴答'一声。厨房里的水龙头也在滴水，但这似乎不是漏水，而是刻意偷水。"一个是描写名字，一个是描写滴水的声音，二者风马牛不相及，上诉人对此概括错误。

代理人认为，作品，指的是作者对思想、情感、主题等方面的具体表达，不是指抽象的思想、情感或者主题等本身。著作权法只保护表达，不保护思想。在判断两部作品是否构成实质性相似时，首先需要判断权利人主张的作品要素是否属于著作权法保护的表达。只有被控侵权作品与原告主张权利作品中的表达相似，才可能认定为著作权侵权。如果只有思想相似，表达不相似，则不应认定为侵权。

两部小说在上诉人主张的破案线索的推进及逻辑编排、角色设置、人物关系、情节、具体描写等方面，通过具体比对，在表达上不构成实质性相同或者相似，《人民的名义》不构成对《生死捍卫》的抄袭和剽窃，上诉人关于周梅森、北京出版集团侵犯其改编权、署名权等著作权的主张不能成立。一审判决认定事实清楚，证据确实充分，请二审法院，依据事实和法律，驳回上诉，维持原判。

被上诉人周梅森委托诉讼代理人
被上诉人北京出版集团委托诉讼代理人
北京市京都律师事务所律师
金 杰 杨 文
2019 年 6 月 13 日

8.《人民的名义》著作权案被申请人答辩状

答辩状

答辩人（被申请人）：周梅森，男，作家。

答辩人（被申请人）：北京出版集团有限责任公司，住所地北京市西城区北三环中路 6 号；

法定代表人：康伟，董事长。

委托代理人：金杰、杨文，北京市京都律师事务所律师。

被答辩人（申请人）：×某，女。

答辩请求

驳回申请人×某的再审请求

事实与理由

答辩人代理人认为，两部小说在申请人×某主张的破案线索的推进及逻辑编排、角色设置、人物关系、情节、具体描写等方面，通过具体比对，在表达上不构成实质性相同或者相似，《人民的名义》不构成对《生死捍卫》的抄袭，申请人×某关于答辩人周梅森、北京出版集团侵犯其改编权、署名权等著作权的主张不能成立，二审判决，认定事实清楚，证据确实充分，应驳回申请人的申诉请求。具体答辩意见如下：

一、二审法院认定事实正确

（一）申请人主张的《人民的名义》和《生死捍卫》中的 12 组人名不相似

1. 外号取名比对不相似

《生死捍卫》中的"猴子上树"是形容杨天翔儿子搂住杨天翔急切的动作。《人民的名义》中的"猴子"是侯亮平的外号。

2. "上下铺"描写不构成实质性相似

一是大学同学同寝室睡上下铺是大学生活常识，属于公知素材，不具有独创性。二是描写人物不同。《生死捍卫》中描写的是杨天翔与西京市院公诉处处长大学时睡上下铺。书中描写西京市院公诉处长仅出现一次，且没有姓名。《人民的名义》中描写侯亮平与陈海大学时睡上下铺。

3. 河流描写与王大路的取名来源不相似

《生死捍卫》描写的是市委大院外的天香河景象。《人民的名义》中的王大路只是人名，两者毫无关联性。

4. 周海波、姚笑笑与周正、张华华人名以及人物设置不相似

一是职务设置比对不相似。《生死捍卫》中的周海波是云都市检察院反贪局侦查处处长，小说最后描写调任为云都区检察院检察长。姚笑笑是云都市检察院公诉处书记员。《人民的名义》中的周正是汉东省检察院反贪局侦查员。汉东省人民检察院反贪局综合科科长林华华。二是取名不相似。人物姓名不享有著作权。三是情节比对不相似。《生死捍卫》中周海波、姚笑笑到万昌情人欧燕家询问万昌下落，并不是询问家属。《人民的名义》中，刘庆祝老婆吴彩霞向公安机关交代了其知道的有关情况。在确认刘庆祝已经死亡后，侯亮平等人到吴彩霞家，想要进一步了解情况，并不是家中寻人。

申请人主张其比对表所列人名名称相同或音相似或意相同，完全是将《生死捍卫》中人物与《人民的名义》中人物名称的恶意拼凑，牵强附会，毫无依据，更不能证明两部作品内容相同。其中申请人为了达到个人认为相似的目的，将两部作品中毫无联系的人物名字硬性牵扯在一起，多个比对中用了《生死捍卫》中两个人物甚至人物与自然景观的名字，映射与《人民的名义》中一个人物的名字相似，这种恶意拼凑的比对完全没有关联性。

（二）申请人主张的《人民的名义》和《生死捍卫》中的情节不相似

申请人主张的分散贷款（办卡）情节不相似。《生死捍卫》中回忆向荣华用不同人的名字或贷款方式贷款，是为了掩盖贷款数额巨大的问题。《人民的名义》中尤会计用不同人的身份证，分散办卡是用于公司走账，防止企业对外欠款被查封。由此可见，一个是分散贷款，一个是办卡走账，两者的独创性表达存在明显差异，两处表达的情节完全不同。

（三）申请人主张的《人民的名义》和《生死捍卫》中的文字表达不相似

1. 关于"警车""车屁股""扔石块（头）"的文字描写不相似

《生死捍卫》表达的文字为："看清是警车标志，更有人控制不住情绪，砰、砰、砰地击打车身……车子开出老远，一群小孩，还在对着车屁股方向扔石块"，描写了贺鹏程在水库裸泳引起民怨，村民看到贺鹏程开的是警车便愤而击打车身、扔石块以表达不满和气愤的场景。《人民的名义》表达的文字为："涌出厂门的工人便向警车扔石头，警车屁股冒着黑烟，狼狈逃窜"，描写的则是山水集团拆迁队冒充警察意图强拆大风厂，拆迁队被识破身份之后慌忙驾驶假警车狼狈逃窜，大风厂护厂工人愤而向警车扔石头追打的场景。虽然都使用了"警车""车屁股""扔石块（头）"的文字，但两者在故事情节、人物设置、事件经过和结局等方面的描写完全不同。

2. 关于"玉兰花"与"玉兰树"的文字描写不相似

《生死捍卫》表达的文字为："走在校园的林荫道上，白玉兰花的幽香沁人心脾""夜色中暗香浮动，仍然是白玉兰花沁人心脾的芬芳""天地间一片寂静，星光坠入草丛，只听到玉兰花开裂的声音"等，文字描写中，选取"玉兰花"这一植物，用"白玉兰花的幽香（芬芳）"描绘校园里的独特气息，用"玉兰花开裂的声音"反衬周围环境的寂静。但是,《人民的名义》表达的文字为:"白色路灯映照着几棵高大的玉兰树,院内宁静安谧,一对石狮子蹲在台阶旁""她（欧阳菁）经常站在花园里发呆,或抬头仰望玉兰树上皎洁的花朵"等。两者表达并不相同。《人民的名义》使用"高大的玉兰树"描写省委大院的环境,使用"玉兰树上皎洁的花朵"烘托欧阳菁幻想、渴望爱情的人物形象。两部小说不同的环境氛围与人物形象,形成了完全不同的表达,不构成实质性相似。

3. 关于"邻省"与"云南""城乡接合部"的描写不相似

"邻省""云南""城乡接合部"等均是生活中常用地名或地点,属于公有领域素材,不具有独创性,不构成实质性相似。

4. 关于"阳光照在玻璃上"描写不相似

《生死捍卫》描写的是阳光照在顶楼会议室两面巨大的玻璃墙上,形容的是室内玻璃反光情景。《人民的名义》描写的是山下是一幢高层现代建筑,玻璃幕墙在阳光下闪闪发光的室外景色,两处表达完全不同。

5. 关于帮派描写不相似

《生死捍卫》中描写赵长青为了袒护贺鹏程与市委书记钟良的对话。据说好像杨天翔拉山头,搞派系,检察系统出了一个什么"学院派"。《人民的名义》中描写省检察长季昌明对刚上任的侯亮平介绍汉东省的情况,谈到高育良在政法口弟子多,有"政法系"之说,对高育良的"学院派"不是指帮派,生活中人们把"学院派"了解为,是相对于实干家而言的理论派。两者在描写的人物、谈话内容和前提上均不相同。

6. 关于"心肌梗死"描写不相似

《生死捍卫》中的谢谦是预审中因内心悔罪加上内心压力,突发心肌梗死意外死亡。《人民的名义》中的刘庆祝是在旅行中被高小琴派人秘密杀害,谎称死于心肌梗死,两处虽然都使用了"心肌梗死"的医学名词,但在表达的情节、人物和事件上完全不同。

7. 关于"气息"描写不相似

《生死捍卫》中的描写的文字为"透出文化的气息"。《人民的名义》中描写的是"空气中弥漫着浓郁的青草香气"。两处表达的文字和场景以及含义完全不同。

8. 关于"幽幽"描写不相似

《生死捍卫》中的文字描写"在地灯微弱光线的照射下,小草发出幽幽的绿","幽幽"含义是"声音、光线等微弱的样子",使用"幽幽"营造出环境幽暗的氛围。《人民的名义》中的文字描写"(李达康)幽幽地问了一句:怎么?你见到那位侯局长了?"此处的"幽幽"是表达人物的语气,含义是"人物神态悠闲",使用"幽幽"呈现了李达康悠闲地问话场景。两处虽然都使用了"幽幽"二字,但在描写的对象,表现的场景与氛围,以及表达的含义上完全不同。单纯的"幽幽"二字不具有专属性。

9. 关于执行"双规"描写不相似

《生死捍卫》中贺鹏程因网照事件与国光事件被双规。《人民的名义》中肖钢玉因陷害侯亮平、受贿、渎职被纪检组长及检察干警带走接受审查,两处表达完全不同。

10. 关于"暧昧"描写不相似

《生死捍卫》中描写了赵长青与白无瑕在咖啡吧中相互暧昧。《人民的名义》中描写高育良与祁同伟二人气氛暧昧是描写了二人更为亲近,两处表达的场景与氛围完全不同。

(四)申请人主张的《人民的名义》和《生死捍卫》中的人物设置不相似

关于白无瑕与欧阳菁人物设置不相似,主要如下。

一是职务比对不相似。《生死捍卫》中的白无瑕为云都市农业银行行长。《人民的名义》中的欧阳靖为京州城市银行主管信贷的副行长。

二是性格特征不相似。《生死捍卫》中白无瑕是赵长青的情人，在赵长青的身上得到了梦想中的爱情。《人民的名义》中的欧阳菁心底渴望爱情，欧阳菁在李达康身上得不到梦想中的爱情，她把情感寄托在韩剧《来自星星的你》。

三是腐败行为不相似。《生死捍卫》中白无瑕向段明仁违规放贷，在国光厂收购中，与向荣华里应外合，骗取银行资金，最终以受贿罪、巨额资产来源不明罪、违法发放贷款罪被判处死刑。《人民的名义》中欧阳菁因涉嫌受贿罪被抓，供出过桥钱来自 H 省油气集团。二者虽都是金融系统领导，但涉及犯罪行为和具体情节的描写不同。

四是在情节编排方面不相似。

（1）商场刷卡情节不相似

《生死捍卫》中白无瑕商场购物刷卡，是反感田军军的母亲（贺鹏程的情人）购名牌女士包时的张狂，提高声音购物结账以压制田军军母亲的张狂表现，对故事情节的推进没有实质意义。《人民的名义》中欧阳菁商场高档购物刷卡，是使用了受贿的银行卡，因此被检察院侦查锁定了受贿证据，后被抓捕，是小说故事推进的重要情节。

（2）阻挠调查情节不相似

《生死捍卫》中杨天翔安排晏秋会同纪检组去银行摸清万昌经办贷款的来龙去脉，引起白无瑕不满。《人民的名义》中侯亮平安排陆亦可派林华华到银行询问部分民营企业的贷款情况，目的是要触动欧阳菁观察其动向，欧阳菁却把林华华丢在京州城市银行会客室一下午没见面。两者描写完全不同。

（3）开宝马横冲直撞情节不相似

《生死捍卫》中描写白无瑕开着宝马载上晏秋去医院是见老师。《人民的名义》中描写欧阳菁在商场使用受贿的银行卡消费，被检察院侦查锁定了受贿证据，开着宝马横冲直撞逃离现场。开宝马的描写不具有独创性，属于公知领域。二者虽然都描写了开宝马，但在具体情节和故事发展上的表达不相似。

二、二审法院审理程序合法

6月13日上午，本案二审在北京知识产权法院开庭审理。主审法官张晓霞总结本案争议焦点为"两本小说是否构成实质性相似"，申请人以及答辩人双方对争议焦点均表示同意。因在法庭上申请人没有围绕争议焦点举证以及阐述两本小说是否构成实质性相似，审判长先后7次提示申请人×某，向法庭陈述其具有独创性表达的部分。在审判长屡次提示申请人均不配合的情况下，主审法官建议当事双方用阅读的方式，讲出各自对两本书是否构成相似的理由。"让旁听的人有一种读者的体验"。此种方式也征得了申请人与答辩人双方当庭同意，并且留给了申请人以及答辩人充足发表意见的时间，达到了庭审效果，二审法院审理程序完全合法。现申请人以庭审内容不完整、庭审流程不规范等理由，称二审法院审理程序违法是不诚信的表现。申请人评价二审法官"具有主观枉法故意""胆大妄为"毫无根据，并且使用了损害人格和名誉的语言和言论来贬损二审法官，同时也使用了贬低答辩人人格的语言和文字，不仅没有任何事实依据，也与申请人从事司法工作的法律人身份极不相称。

三、二审法院适用法律正确

二审法院通过审理认定事实，小说《人民的名义》与《生死捍卫》在故事结构、人物设置、具体情节、文字描写等方面均未构成实质性相似，而且存在明显的差异性，并不会导致读者对两部小说产生相同或相似的欣赏体验。因此，周梅森创作小说《人民的名义》并不构成对×某小说《生死捍卫》的剽窃，并未侵犯×某享有的改编权和署名权。

二审法院依据以上事实，适用《中华人民共和国著作权法》第四十七条第（三）、（四）、（五）项、《最高人民法院关于审理著作权民事纠纷案件适用法律若干问题的解释》第十五条、《中华人民共和国民事诉讼法》第一百七十条第一款第（一）项等规定正确，驳回申请人的上诉，维持原判。完全符合以事实为依据，以法律为准绳的基本原则。

四、出版集团尽到了必要的审查义务

周梅森的小说《人民的名义》是一部经典的作品，答辩人按照出版规定的程序，进行了认真的审查编辑等工作，没有任何违规违法之处。

综上，基于以上的事实与理由，答辩人认为二审法院认定事实清楚，证据充分，适用法律正确，审判程序合法。

申请人的申诉理由没有事实和法律依据，不能成立，请法院驳回申请人的申诉请求，维护答辩人的合法权益。

此致
北京市高级人民法院

> 答辩人：周梅森委托诉讼代理人
> 北京出版集团有限责任公司委托代理人
> 北京市京都律师事务所律师 金杰 杨文
> 2021 年 1 月 13 日

9. 北京知识产权法院二审判决书

北京知识产权法院民事判决书

[（2019）京 73 民终 225 号]

上诉人（一审原告）：×某，女。

被上诉人（一审被告）：周梅森，男，作家。

委托诉讼代理人：金杰，北京市京都律师事务所律师。委托诉讼代理人：杨文，北京市京都律师事务所律师。

被上诉人（一审被告）：北京出版集团有限责任公司，住所地北京市西城区北三环中路6号。

法定代表人：乔玢，董事长。

委托诉讼代理人：金杰，北京市京都律师事务所律师。

委托诉讼代理人：陈玉成。

上诉人×某因与被上诉人周梅森、北京出版集团有限责任公司（以下简称北京出版集团）侵害著作权纠纷一案，不服北京市西城区人民法院（简称一审法院）作出的（2017）京0102民初32282号民事判决（以下简称一审判决），向本院提起上诉。本院于2019年1月30日受理后，依法组成合议庭，并于2019年6月13日公开开庭进行了审理。上诉人×某，被上诉人周梅森的委托诉讼代理人金杰、杨文，被上诉人北京出版集团的委托诉讼代理人金杰、陈玉成到庭参加了诉讼。本案现已审理终结。

×某上诉请求：撤销一审判决，改判支持其全部诉讼请求。事实和理由：小说《人民的名义》与《生死捍卫》构成实质性相似，一审判决认定错误。具体来说：一、故事结构相似。均是检察题材反腐长篇小说；均设置主线检察线、副线政治线，两条线交叉推进的叙事结构；主线均通过检察官调查叙事展开，分别围绕国光厂国资流失和大风厂股权丢失牵扯出官商勾结腐败黑幕的核心案件侦破为故事演绎，推动小说故事的发生、发展和结局；反腐形势低迷的故事背景相似，以男主人公检察官的侦查叙事呈现出的故事发生及人物出场顺序一致，以爆炸案和车祸案为突破口的故事发展及破案线索推进相似，以官商腐败窝案告破、犯罪团伙成员接受法律制裁的故事结局相似。二、18处人物设置相似。人物设置包含人物名称、人物性格、人物形象、人物身份、人物背景及人物关系等内容。两部小说的人物取名相似，人物背景、出身相似，人物身份相似且数量对等，主要人物的关系集中相似且数量众多，人物行为活动、构成故事情节相似。例如白无瑕与欧阳菁。1. 职务相似：白无瑕为云都市农行行长，欧阳菁为京州城市银行副行长。2. 外貌相似：两人都容貌姣好，善于保养。3. 性格相似：美貌、尊贵、傲慢，同时还有着与生理年龄不相称的心理状态。白无瑕有着一颗少女心，对赵长青的感情反映了对爱情的执着和向往；欧阳菁也有一颗少女心，追求浪漫、充满爱情的幻想。4. 二人腐败行为类型相似：都是在担任金融系统领导时，发放贷款收受贿赂。5. 二人有着相同的座驾宝马。6. 二人在商场刷卡、阻挠调查、开宝马横冲直撞等情节编排上相似。三、50 处具体情节相似。两部小说在极其细微、极具个性化的情节点上相似。例如录音、账本情节。《生死捍卫》中反贪局局长段明仁被乙炸死，耿顺开留下录音和账本成为破案关键，牵扯出荣华集团与白无瑕、赵长青案情。《人民的名义》中反贪局局长陈海被撞成植物人，刘庆祝留下录音和账本成为破案关键，牵扯出山水集团与刘新建、赵立春案情。四、78 处文字表达相似。两部小说有诸多细节上的、具有选择性的个性化表达相似。例如，玉兰花与玉兰树。《生死捍卫》精心选择了玉兰花并有如下描写："走在校园的林荫道上，白玉兰花的幽香沁人心脾""夜色中暗香浮动，仍然是白玉兰花沁人心脾的芬芳""天地间一片寂静，星光坠入草丛，只听到玉兰花开裂的声音"。《人民的名义》模仿《生死捍卫》对玉兰花的个性化选择而对玉兰树有如下描写："白色路灯映照着几棵高大的玉兰树，院内宁静安谧，一对石狮子蹲在台阶旁""她（欧阳菁）经常站在花园里发呆，或抬头仰望玉兰树上皎洁的花朵"。

周梅森、北京出版集团辩称：两部小说在表达上并未构成实质性相似，一审判决认定正确。实质性相似的比较对象是有独创性的表达，×某错误地将很多公知素材纳入比较范围。而且，×某为证明两部小说的相似性，在概括归纳时存在不准确之处。具体来说：一、故事结构不相似。两部小说虽然是相同的检察题材，但是讲述的是完全不同的故事，在具体表达中存在实质区别。1. 故事开篇不同。《生死捍卫》以检察院发生反贪局局长段明仁爆炸案开始，《人民的名义》以查办小官巨贪赵德汉受贿案为开端，两部小说使用了完全不同的故事开篇。×某错误地将反贪局局长陈海被撞昏迷归纳为《人民的名义》的故事开端，与小说的实际表达并不相符。2. 核心案件的设置不同。《生死捍卫》设置为空手套白狼骗取银行贷款收购国有工厂，致使国有资产流失、发生群体性事件。《人民的名义》设置为将股权抵押借高利贷使股权丢失，工人为保护自己的股权自发护厂，与拆迁人员发生冲突导致人员伤亡。3. 两部小说在破案线索的具体设置上也具有实质性区别。二、人物设置不相似。×某所称18处人物设置在两部小说中的具体人物形象、经历表现、涉及的故事情节、在案件中起的作用、结局完全不同。脱离特定情节的人物设置属于公知素材。例如，白无瑕与欧阳菁。《生死捍卫》中的白无瑕是云都市农业银行行长、晏秋的发小、赵长青的情人。白无瑕向段明仁违规放贷，在国光厂的收购中与向荣华里应外合骗取银行资金，最终被判处死刑。《人民的名义》中的欧阳菁是京州城市银行主管信贷的副行长、京州市市委书记李达康的妻子。欧阳菁是个具有小资心态的女子，心底渴望爱情，但在工作狂李达康身上得不到梦想中的爱情，把情感寄托在韩剧《来自星星的你》，夫妻分居八年后离婚，欧阳菁因涉嫌受贿被抓，供出过桥款来自 H 省油气集团的案情。×某所主张的白无瑕与欧阳菁同为女性、同有少女心，同在银行系统担任负责人职务，同为金融腐败、放贷受贿，这些相同之处属于思想范畴。在表达上，二人在两部小说中的人物形象、社会关系、渴望爱情的具体表现以及收受贿赂所涉案情的描写并不相似。三、具体情节不相似。×某主张的50处具体情节，有的属于公知素材，有的在两部小说中的具体情节设

置、结果、所起的作用并不相同，×某对相关情节的概括不完
整、不准确。例如录音、账本情节。《生死捍卫》中的录音和
账本为矿主耿顺开所留，是耿顺开的妻子和女儿交给晏秋的。
磁带中的录音是耿顺开与段明仁的对话，录音的作用是将案件
线索指向农业银行行长白无瑕。账本则是花石湾矿的收支明细，
对小说后续发展并无推动作用。4.《人民的名义》中的录音是
赵东来从陈海手机里恢复的，是举报人的举报电话，只描述录
音中有账本要交给陈海，没有描述其他的录音内容。通过调查
确定举报电话中的举报人是山水集团财务总监刘庆祝，最终没
有找到账本，将案件线索引向山水集团。两部小说对录音的形
成及提交方式、录音的内容，录音和账本对后续案件的推动作
用完全不同。四、文字表达不相似。×某主张的78处文字表
达，有的属于公知素材，有的仅几个字相同，这些文字表达放
在两部小说不同的具体情节中并不构成相似。例如，玉兰花与
玉兰树。玉兰花是生活常见的公知素材，描写情感时可使用。
玉兰花与玉兰树在两部小说中的适用场景、表达角度、用于表
达的人物及意境均不相同：《生死捍卫》描写的是校园林荫道
的环境，白玉兰花的幽香沁人心脾。《人民的名义》一处是描
写省委大院内的环境，有着几棵高大的玉兰树；另一处是描写
欧阳菁的帝豪园别墅场景，衬托欧阳菁对爱情的幻想。因此，
请求判决驳回×某的上诉请求。

　　×某向一审法院起诉请求：1. 北京出版集团立即停止
对涉案侵权作品的出版发行；2. 周梅森、北京出版集团在
《检察日报》、新浪网首页向×某赔礼道歉，消除影响；3.
周梅森向×某赔偿经济损失人民币80万元，北京出版集团
向×某赔偿经济损失人民币20万元；4. 周梅森向×某赔偿
精神损害抚慰金人民币10万元；5. 周梅森、北京出版集团
共同承担×某为本案制止侵权、维护权益所支出的相关合
理费用。

一审法院认定的事实：

2010年9月至11月，×某创作完成的小说《生死捍卫》在《检察日报》连载刊登。

2010年11月，《生死捍卫》一书由海南出版社出版发行，署名×某某，书号：ISBN 978-7-5443-3489-1，239千字，定价37.00元。

《生死捍卫》主要讲述的是以访问学者身份在国外进修的杨天翔，被省委电召回国，出任云都市检察院检察长。杨天翔上任当日，云都市检察院楼内发生爆炸案，检察院分管反贪的副检察长张立言提出辞职，老检察长吕子风托病住进医院，紧接着国光厂国有资产流失案浮出水面，高阳油茶树受贿案引发大规模上访。内外交困中的杨天翔带领张立言、晏秋、周海波等检察官冲破重重阻力，与以赵长青为代表的腐败分子做斗争，维护社会的公平正义；检察官们开展公益诉讼、维护弱势群体的利益，经受各种考验，用忠诚乃至生命捍卫法律、捍卫党的事业、捍卫人民的利益。

2017年1月北京出版集团出版发行了署名周梅森著的图书《人民的名义》；ISBN 978-7-5302-1619-4；300千字；定价46.90元。

《人民的名义》主要讲述的是最高检反贪总局侦查处处长侯亮平在查处某部委处长赵德汉受贿案时，赵德汉举报京州市副市长丁义珍向其行贿。抓捕丁义珍的过程中，有人通风报信，丁义珍潜逃出境。H省检察院反贪局局长陈海在去和举报人见面的路上遭遇车祸，被撞昏迷。侯亮平接替陈海出任H省检察院反贪局局长，顶着巨大压力开展工作。围绕大风厂股权争夺，有工人护厂风波、有离休检察长陈岩石的奔走呼吁、有各种利益的纠缠，在新任省委书记沙瑞金的支持下，侯亮平同其他检察人员一道发现并查处了一系列违法犯罪分子。以侯亮平的调查行动为叙事主线，讲述了当代检察官维护公平正义、查办贪腐案件的故事。×某在一审庭审中主张周梅森和北京出版集团共同侵犯其署名权、保护作品完整权、改编权，北京出版集团侵犯其复制权和发行权。

关于图书《人民的名义》是否侵犯×某著作权的问题，各方当事人均未提交向鉴定机构进行鉴定的申请，故法院组织双方对图书进行比对。×某主张《人民的名义》在破案线索的推进及逻辑编排、角色设置、人物关系、情节、具体描写五个方面抄袭其作品，各方当事人提供了比对表。因×某指控图书《人民的名义》存在抄袭、剽窃的内容均为图书中的人物、情节、场景、语句，故法院依×某的主张及图书的内容进行梳理总结。

一、破案线索推进及逻辑编排方面

1. 二部图书的破案线索推进及逻辑编排

《生死捍卫》以云都市检察院发生爆炸案开篇，讲述原花石湾矿主耿顺开携带自制爆炸物，冲进反贪局长段明仁办公室，段明仁被炸身亡。爆炸案引出花石湾矿转让纠纷，反贪局长段明仁为矿山的实际买受人，二审法官汪毓敏枉法裁判。耿顺开遗留磁带和账本，磁带中段明仁让耿顺开去银行贷款的对话，将案件线索引向农业银行行长白无瑕。汪毓敏因枉法裁判罪被判处有期徒刑一年，服刑期间，检举了携款潜逃的农业银行信贷处处长万昌给段明仁违法放贷的情况。

《生死捍卫》以国光厂转制，国有资产流失案为核心案件，主要讲述了参加云都夏季商品交易会的常务副省长赵长青等官员在酒店宴会时，被国光厂的下岗工人围堵，国光厂改制中存在的问题浮出水面。赵长青临时决定，率云都市四大班子和法检"两院"的主要领导前去国光厂同工人见面。董事长向荣华将国光厂转赠给打手黑三。黑三通过高音喇叭将国光厂易主的消息播放出去，引发工人不满，黑三被打，工人冲击前来维持秩序的公安武警，引发群体性突发事件。省委将国光事件定性为因国资流失而导致的群体性事件，宣布由赵长青代表省委赶赴云都市，对国光厂问题进行彻查。政府与向荣华就国光厂问题谈判陷入僵局。国光厂原财务副厂长宋光昭在杨天翔及国光厂工人韩师傅等人的安排和保护下秘密回到云都市，揭露了向荣华收购国光厂的骗局和更多内幕，提供了向荣华收购国光厂的预付款几乎全部来自农业银行的重要线索。老检察长吕子风受到国光厂群体性突发事件影响，通过激烈思想斗争，勇敢地交出了当年农业银行信贷处处长万昌一案的侦查卷宗，万昌在讯问笔录中供述违规给向荣华放贷是经行长白无瑕同意的事实。云都区检察院检察长贺鹏程被双规。云都市副检察长施义和将准备抓捕万昌的办案机密泄露给向荣华。张立言和周海波赶赴云南抓捕万昌。向荣华设圈套，杨天翔的外甥被抓，向荣华以此威胁杨天翔，让其停止对国光厂的调查。向荣华出家的妻子麦获将向荣华多年来向赵长青、白无瑕等官员的行贿的记录藏在画轴里交给晏秋。检察官到万昌的情妇欧燕家去寻找线索，欧燕约万昌见面，万昌被成功抓捕，返程的路上遭遇黑三开车撞击，张立言负重伤，万昌无生命危险。万昌交代了给段明仁、向荣华等人违法发放贷款，受白无瑕指使，在国光厂收购中与向荣华里应外合，骗取套取数千万元银行资金，以及如何在白无瑕的安排下，贺鹏程帮助其从看守人员的眼皮下脱逃等犯罪事实。向荣华跳楼自杀。赵长青、白无瑕、贺鹏程等落网受审。

《人民的名义》以最高检反贪总局侦查处处长侯亮平查处某昌部委项目处长赵德汉受贿案开篇，赵德汉举报京州市副市长丁义珍行贿。在抓捕丁义珍的过程中，有人通风报信，丁义珍潜逃出境。H省检察院反贪局局长陈海在去和举报人见面的路上遭遇车祸，被撞昏迷。侯亮平接替陈海出任H省检察院反贪局局长，顶着巨大压力开展工作。公安机关从陈海的被轧坏手机中提取了一段举报人的录音，其中提到一个账本（没有其他举报内容），市公安局局长赵东来根据陈海车祸前后京州人口情况，确定车祸同一天出国旅游的山水集团会计刘庆祝是录音中的举报人，但没有找到账本。将案件线索引向山水集团。

《人民的名义》以大风厂股权案为核心案件，大风厂老板蔡成功主动揭发自己向京州城市银行副行长欧阳菁行贿被抓。欧阳菁刷卡购物，暴露受贿证据。离休检察长陈岩石到反贪局提交举报材料，将矛头指向高小琴和山水集团。京州市中级人民法院副院长陈清泉嫖娟被抓，前省委书记赵立春的儿子赵瑞龙斡旋捞人，赵瑞龙、高小琴以及山水集团的利益链浮出水面。欧阳菁供出省油气集团及其董事长刘新建，交代大风厂的过桥款其实来自高小琴找来的省油气集团，蔡成功把大部分利息打给了山水集团。蔡成功交代大风厂的过桥款是山水集团的财务总监刘庆祝帮其从省油气集团拉来的。刘庆祝的妻子吴彩霞反映了高小琴称刘庆祝死于心肌梗死，并给了其二百万元抚恤金，赵立春的儿子在山水集团有股份以及刘庆祝给丁义珍等高官打钱等情况。刘新建欲持刀、跳楼拒捕，在侯亮平的斡旋感召下放弃抵抗。公安厅厅长祁同伟和赵瑞龙在山水庄园摆下鸿门宴，预谋对侯亮平拉拢不成则暗杀，祁同伟承认其在山水集团有股份，侯亮平脱险。赵瑞龙和高小琴外逃香港特区。高育良安排京州市检察院检察长肖钢玉陷害侯亮平，蔡成功受人胁迫举报侯亮平受贿，侯亮平被停职接受审查。赵瑞龙的前生意合伙人杜伯仲为了向赵瑞龙索要利益，向侯亮平抛出三张高育良与高小琴胞妹高小凤亲密照片。赵瑞龙和杜伯仲和解，引出二人当年如何利用美色让高育良腐败的往事。侯亮平被诬陷受贿的关键证人找到，侯亮平获得清白，重新开始工作。刘新建全面交代赵立春、赵瑞龙等人的违法犯罪事实。祁同伟自杀，高小琴、赵瑞龙、高育良、赵立春等人最终均被查处。

2. 破案线索中的具体设置

（1）检察院反贪局长遇害的情节

《生死捍卫》中反贪局长遇害的情节安排为：检察长杨天

翔上任当天，原花石湾矿主耿顺开引爆捆绑在身上的雷管，与云都市检察院反贪局局长段明仁同归于尽。其作用是通过反贪局局长被炸身亡，引出矿产纠纷，将案件线索引向白无瑕主管的农业银行违法放贷，并暗示案件牵扯人员的情况复杂。

《人民的名义》中反贪局局长遇害的情节安排为：陈海接到举报电话，在接近案件真相时，遭遇不明车祸，被撞昏迷。其作用是通过反贪局局长被撞昏迷，引出侯亮平接替陈海出任省反贪局局长，并暗示检察工作的危险性。

（2）关于录音和账本的情节

《生死捍卫》中的录音和账本为耿顺开所留，是耿顺开的妻子和女儿交给晏秋的。磁带中的录音是耿顺开与段明仁的对话，录音的作用是将案件线索指向农业银行的副行长白无瑕。账本则是花石湾矿的收支明细，对小说后续发展并无推动作用。

《人民的名义》中的录音是赵东来从陈海手机里恢复的，是举报人的举报电话，只描述录音中有账本要交给陈海，没有描述其他的录音内容。通过调查确定举报电话中的举报人是山水集团的财务总监刘庆祝，最终没有找到账本，将案件线索引向山水集团。

（3）关于寻找污点证人的情节

《生死捍卫》中，万昌脱逃，为寻找万昌，周海波和姚笑笑找歌厅小姐了解万昌是否回过云都，又去万昌情妇欧燕的母亲家，冒充欧燕的朋友，向欧燕的母亲打探。最后通过欧燕约万昌见面的方式，将万昌抓捕归案。

《人民的名义》中，刘庆祝老婆吴彩霞向公安机关交代了其知道的有关情况。在确认刘庆祝已经死亡后，侯亮平等到刘庆祝老婆吴彩霞家，想要进一步了解情况。

（4）杀人灭口的情节

《生死捍卫》中万昌被成功抓捕后，向荣华为掩盖罪行指使黑三在万昌返程的路上制造车祸，黑三及司机死亡，张立言为保护万昌受重伤，万昌未受到伤害。

《人民的名义》中山水集团的财务总监刘庆祝，知道山水集团大量的犯罪事实，在旅游时被人杀害。高小琴谎称其死于心肌梗死，并给了刘庆祝的妻子两百万元抚恤金，让其不对外谈起刘庆祝的死。

（5）关于跳楼的情节

《生死捍卫》中向荣华为逃避法律的制裁，跳楼自杀，没有描述跳楼的过程。

《人民的名义》中刘新建为了抗拒抓捕，手持水果刀站在紧靠窗户的大办公桌上扬言要跳楼，经过侯亮平的细致劝导，刘新建内心发生变化，被侯亮平带走，交代了违法犯罪的事实。

（6）工人权益受损情节

《生死捍卫》中，国光厂改制过程中，因官商勾结导致国有资产流失，工人下岗，权益受损。

《人民的名义》中，职工所持大风厂股权被山水集团侵占，工人利益受损。

（7）与工人发生冲突的情节

《生死捍卫》中向荣华想从国光厂中脱身，将国光厂转赠给手下黑三。黑三在国光厂宣布此事，引发工人不满，黑三被打，工人与前来维持秩序的警察发生冲突。

《人民的名义》中，大风厂股权被法院判给山水集团，拆迁队要强拆大风厂，护厂队为阻止拆迁，将汽油倒入壕沟与拆迁队对峙，意外发生，护厂队员刘三毛被烧死，没有发生正面冲突。

（8）逃亡厂长举报的情节

《生死捍卫》中，以财务副厂长的身份进入国光改制领导小组，参与破产清算、资产评估和重组工作的宋光昭，发现向荣华收购国光厂的骗局后，踏上了上访之路，遭到威胁恐吓，被挑断脚筋。为了家人的安全，悄悄离开。后在杨天翔等人的安排下，回到云都揭发了国光厂改制的黑幕。

《人民的名义》中，大风厂董事长蔡成功，并未逃亡，其因股权丢失上访，因无力还款及警方调查火灾死人事件而东躲西藏。蔡成功主动要求归案，但为了自身利益，使尽各种油滑，奸商形象毕现。

（9）工人代表的情节

《生死捍卫》中的韩师傅，是国光厂一名职工，曾获得全国"五一劳动奖章"，作为工人代表参与了与赵长青的见面。在书中主要的描写是生活困难到菜市场捡菜，跟杨天翔一道安排接应宋光昭的秘密归来。

《人民的名义》中的郑西坡，是大风厂的工会主席，大风厂被判给山水集团后，临时被推选为大风厂的负责人，带领工人生产，积极保卫工厂。

二、人物设置方面

1. 秦汉民与季昌明

《生死捍卫》中的省检察院检察长秦汉民，为人正派、作风严谨、处事果断，坚决捍卫党的事业、国家的法律和人民的利益。其在担任省检察院反贪局局长时，曾因执意办理一起厅长受贿案，导致副检察长的任命被搁置三年。在提拔其为检察长的关键时刻，却因办理一起省部级高官受贿案，再次被拖延。秦汉民提名杨天翔为云都市检察院检察长，并将涉及国光厂国有资产流失、涉及副省长赵长青的匿名举报信交给杨天翔，是杨天翔查办贪腐案件的坚强后盾。

《人民的名义》中的省检察院检察长季昌明，老练稳重，性格外柔内刚。侯亮平上任之后，作为侯亮平的直接领导，在工作中给予其诸多支持。在侯亮平遭陷害被停职时，敢于表达自己的意见。

2. 杨天翔与侯亮平

《生死捍卫》中的杨天翔，17岁时以全省高考法科类第一名的成绩考入西京政法大学法律系，大学毕业后分配进西京省检察院公诉处，一年后考上北大研究生，后来留美读博，加入一国际律师事务所。之后回国任母校西京政法大学副校长、博士生导师。作为访问学者，应邀到英国进行为期两年的学术交流。学术交流期限未满前，被省委提前电召回国，出任云都市人民检察院党组书记、检察长；家庭结构方面，杨天翔的妻子是一名大学教授，二人育有一子，还有一外甥跟其共同生活，其外甥落入向荣华的圈套，被陷害职务侵占；社会关系方面，老师叶知秋是退休教授，师妹晏秋是公诉处处长；办案遭遇方面，杨天翔主要查办了检察院爆炸案、国光厂国有资产流失案、高阳油茶树案、田军军抢劫猥亵案。

《人民的名义》中的侯亮平，毕业于H大学政法专业，任最高人民检察院反贪总局侦查处处长。后因陈海被撞昏迷，侯亮平空降H省检察院任反贪局局长；家庭结构方面，侯亮平的妻子在纪委工作，除此之外并无其他家庭成员。社会关系方面，老师高育良是学者官员，任H省委副书记兼政法委书记，曾经是H大学政法系主任，侯亮平、陈海、祁同伟均系其学生。蔡成功是侯亮平的发小；办案遭遇方面，侯亮平查办了赵德汉受贿案，围绕大风厂股权丢失案，使腐败的利益链条浮出水面。

3. 吕子风与陈岩石

《生死捍卫》中的吕子风是杨天翔的前任，原云都市检察院检察长，是云都政坛难以撼动的"指标性"人物。吕子风圆滑世故，明哲保身，其在任期内对国光改制过程中的种种案件线索睁一只眼，闭一只眼。因自己的人事安排，对上级不满，托病住进医院。国光群体性事件发生后，吕子风受到震动，交出了当年万昌一案的侦查卷宗。

《人民的名义》中的陈岩石曾任H省检察院常务副检察长，是陈海的父亲，省委书记沙瑞金是由其资助大学毕业。陈岩石离休后，帮助大风厂解决困难，并在阻止大风厂被强拆，帮助建立新大风厂等过程中发挥了重要作用。陈岩石一生坚持党性原则，执着举报老干部赵立春。陈岩石生前将唯一一套房改房变卖，住进自费养老院，房款全部捐给慈善基金。

4. 施义和与肖钢玉

《生死捍卫》中的云都市检察院副检察长施义和，为人阿谀奉承，施义和给向荣华泄露了检察院准备追捕万昌的办案机密。

《人民的名义》中的肖钢玉，为人自私自利，到处钻营。肖钢玉在省检察院待不下去后，高育良将其安排到京州市检察院任检察长。肖钢玉受高育良的指使，捏造了侯亮平受贿的证据。

5. 段明仁和陈海

《生死捍卫》中的反贪局长段明仁为反派人物，段明仁在小说的开篇就被自杀式爆炸的方式炸死，引出其与耿顺开的矿产纠纷，耿顺开留下的录音，将案件线索指向白无瑕。

《人民的名义》中的反贪局局长陈海为正面人物，因接到举报电话遭到车祸暗害，一直昏迷不醒，侯亮平接替其任职。手机中的录音为调查举报人的线索。

6. 安毅与老林

《生死捍卫》中安毅为云都市检察院纪检组组长，在检察院爆炸案和双规贺鹏程的过程中有出现。

《人民的名义》中的老林为省检察院副检察长。在侯亮平被诬陷受贿，沙瑞金要求侯亮平停止工作时，其将肖钢玉挡在指挥中心门外。

7. 贺鹏程与肖钢玉

《生死捍卫》中的贺鹏程为云都市云都区检察院检察长，赵长青的远房侄女婿。为人贪腐好色，收受向荣华的贿赂，是向荣华在检察院中的内线，受白无瑕指使放走万昌。

《人民的名义》中的肖钢玉为京州市检察院检察长，曾在省检察院工作，为人自私自利。肖钢玉受高育良的指使，捏造侯亮平受贿，致使侯亮平被停职接受审查。

8. 陈正宇与陈清泉

《生死捍卫》中的陈正宇为云都市中级人民法院院长，曾因与前检察长吕子风不睦，导致法院与检察院的工作关系不顺。在段明仁与耿顺开的矿产纠纷中，法官汪毓敏在陈正宇的暗示下，枉法裁判，偏向了段明仁。在高阳油茶树案中，主动登门与杨天翔沟通，但双方意见存在分歧。

《人民的名义》中的陈清泉为京州市中级人民法院副院长，曾是高育良的秘书。在大风厂股权纠纷中，贪赃枉法，让山水集团胜诉。在山水庄园中嫖娼被抓，被开除党籍开除公职。

9. 汪毓敏、杜副院长与金月梅、法官甲

《生死捍卫》中的汪毓敏是云都市中级人民法院民庭庭长。其在耿顺开与段明仁的矿产纠纷中徇私枉法，被抓后供出万昌违规放贷给段明仁。杜副院长是区法院分管刑事审判的副院长，在贺鹏程为田军军案请客时替陈正宇出席宴请。

《人民的名义》中的金月梅是京州市中级人民法院的法官，陈清泉的情人。在陈清泉的授意下，违法判案。法官甲在小说中没有具体描写，与×某某小说中的杜副院长没有对应关系。

10. 刘剑冰与赵东来

《生死捍卫》中的云都市公安局长刘剑冰业务能力强，履历丰富。在政治上不结盟，在最初与杨天翔接触时刻意保持距离。因房屋漏水，曾红革收受巨额现金暴露，刘剑冰将消息告诉了杨天翔。

《人民的名义》中的赵东来为京州市公安局长，为人正派，业务能力强。赵东来与侯亮平的初次见面，都给各自留下了不错的印象。随着了解的深入，两人都有一种相见恨晚的感觉，二人相互配合彻查了陈海车祸案和刘庆祝死亡案等。

11. 周海波、姚笑笑与周正、张华华

《生死捍卫》中的周海波为云都市检察院反贪局侦查处长，为人风趣幽默，业务能力强，抓捕了高阳苗木案行贿人蒋宣以及脱逃的万昌，后任云都市云都区检察院检察长。姚笑笑为云都区检察院公诉处书记员，性格开朗、活泼，配合周海波查到了万昌情妇欧燕的下落，与周海波系情侣关系。

《人民的名义》中的周正和张华华均为省检察院检察官。丁义珍在两人的盯守下溜走，周正参与了对蔡成功的审讯，张华华参与了对欧阳菁的抓捕和审讯，和陆亦可一块找到了尤会计等。

12. 白无瑕与欧阳菁

《生死捍卫》中的云都市农业银行行长白无瑕，为晏秋的发小，赵长青的情人。白无瑕向段明仁违规放贷，在国光厂的收购中，与向荣华里应外合，骗取银行资金，最终以受贿罪、巨额财产来源不明罪、违法发放贷款罪被判处死刑。

《人民的名义》中的欧阳菁为京州城市银行主管信贷的副行长，是京州市市委书记李达康的妻子。欧阳菁心底渴望爱情，欧阳菁在李达康身上得不到梦想中的爱情。欧阳菁因涉嫌受贿被抓，供出过桥款来自 H 省油气集团。

13. 赵长青与高育良

《生死捍卫》中的赵长青，曾主政云都市，与白无瑕系情人关系，任常务副省长。赵长青为了仕途，不顾人民的利益，大力推进国光厂改制和高阳油茶树项目，创造了所谓"农业学高阳，工业学国光"神话。其在土地划拨、国光厂改制等环节搞暗箱操作，滥用职权，收受贿赂，与向荣华互相输送利益，最终被判处死刑。

《人民的名义》中的 H 省委副书记兼政法委书记高育良，是一位学者型官员，早年曾任 H 大学政法系主任，侯亮平、祁同伟和陈海均是其学生。高育良在政法口工作的弟子众多，被称作"政法系"。高育良表面上为人正派，背后却欺瞒组织，和发妻离婚，暗地里娶了高小琴的双胞胎妹妹高小凤为妻。还为了获得更大的权力，讨好赵立春，滥用职权为赵瑞龙敛财铺路，最终得到法律的制裁。

14. 向荣华与刘新建

《生死捍卫》中的向荣华为荣华集团董事长，其领导的荣华集团从最初的校办工厂，逐步发展成为云都民营经济的航母，缔造了"荣华神话"。赵长青一手缔造了向荣华的财富，向荣华也粉饰了赵长青的政绩，两人为利益共同体。在国光厂改制中，向荣华空手套白狼，侵吞国有资产。后来，国光厂改制骗局暴露，向荣华与赵长青决裂。向荣华威胁杨天翔未得逞，试图撞死万昌未遂后，自感走投无路，跳楼自杀。

《人民的名义》中的刘新建原为省委书记赵立春的秘书，官至省委办公厅副主任兼秘书一处处长，后被赵立春安排到省油气集团担任董事长。刘新建被赵立春安排进油气集团后，向赵家输送了巨额非法利益。后来刘新建被抓，交代了赵立春和赵瑞龙父子的全部问题。

15. 柳絮、柳眉与高小琴、高小凤

《生死捍卫》中的柳絮为荣华集团总经理，也是向荣华的情人。对柳絮的描写仅在油茶树加工厂失火，荣华集团召开新闻发布会；杨天翔和晏秋宴请叶知秋；陪白无瑕买包与田军军母亲显富斗气的情节中有出现。向荣华将柳絮的妹妹柳眉安排在杨天翔的外甥可儿身边，并成为可儿的女朋友。柳眉以母亲患尿毒症需要巨额手术费为由，骗可儿挪用公款，随后消失。可儿落入圈套，向荣华以此威胁杨天翔停止查案。最后，柳眉落网，真相大白。

《人民的名义》中的高小琴和高小凤为双胞胎姐妹，赵瑞龙的搭档杜伯仲发现两人的姿色后，进行培训，被赵瑞龙和杜伯仲作为工具使用。高小琴成为祁同伟的情人，两人台前幕后，使用各种手段巧取豪夺，聚敛财富，共同打造了山水非法利益集团。高小凤则被作为礼物送给了时任吕州市市委书记的高育良，后与高育良结为夫妻，二人育有一子。

16. 杨天翔夫人、张立言夫人与高育良夫人、祁同伟夫人

《生死捍卫》中杨天翔的夫人，名玉苑。大学教授，为家庭无私付出。张立言的夫人，师范学院教授，讲授汉语言文学，在杨天翔到张立岩家拜访时出现。

《人民的名义》中的吴慧芬是高育良的前妻，明史专家，历史学教授，为了虚荣心，与高育良离婚不离家，假扮夫妻共同生活。梁璐为祁同伟的夫人，前省政法委书记梁群峰的女儿。大学期间，祁同伟拒绝了梁璐的追求。祁同伟大学毕业分配到乡镇司法所，看清了现实的祁同伟，为了权力追求梁璐。祁同伟有了情人高小琴，婚姻关系名存实亡。

17. 叶知秋和高育良

《生死捍卫》中的叶知秋为西京大学退休教授，杨天翔和晏秋的老师，高阳油茶树案诉讼代理人。

《人民的名义》中的高育良为 H 省委副书记兼政法委书记，是一位学者型干部，早年曾任 H 大学政法系主任，侯亮平、祁同伟和陈海均是其学生。高育良表面上为人正派，背后却欺瞒组织，讨好赵立春，滥用职权为赵瑞龙敛财铺路，最终得到法律的制裁。

18. 万昌和刘庆祝

《生死捍卫》中的万昌为农业银行信贷处长，违法放贷，从检察院脱逃。最后被检察院从云南抓捕，返程途中遭暗杀，在张立言保护下毫发无损，最后交代了全部案情。

《人民的名义》中山水集团的财务总监刘庆祝，掌握着山水集团大量的犯罪证据，因向陈海打了举报电话，祁同伟害怕山水利益集团暴露，将其杀害。

19. 宋光昭与蔡成功

在前文"逃亡厂长举报的情节"中，对宋光昭与蔡成功人物形象已有叙述。

20. 陆真与沙瑞金

《生死捍卫》中的陆真为省委书记，在小说中围绕其设计的故事情节不多。

《人民的名义》中的沙瑞金为 H 省省委书记，任职后反腐败，抓干部队伍建设。小说中对沙瑞金的描写较多，人物形象较丰富。

21. 钟良与李达康

《生死捍卫》中的钟良为云都市市委书记，大局意识强，具有政治谋略和胆识，对杨天翔的工作给予了支持。

《人民的名义》中的京州市市委书记李达康，在工作中有胆量，有魄力，不太听取别人的意见，喜欢一言堂，但其为人正直，坚持党性原则。李达康曾是原省委书记赵立春的秘书，但未向赵家输送非法利益。李达康过于爱惜自己的政治羽毛，为人无趣，与妻子欧阳菁感情不和，后离婚。

22. 易竟凡与丁义珍

《生死捍卫》中的易竟凡为云都市市长，小说中未提及易竟凡涉嫌腐败。

《人民的名义》中的丁义珍为京州市副市长兼光明湖改造项目总指挥，主管城市建设等工作。丁义珍向赵德汉行贿案发后，逃亡国外。

23. 关山、曾红草与易学习、李达康

《生死捍卫》中的关山为高阳县县委书记，书中没有对关山有过多的故事描写。曾红草为高阳县县长，在"油茶树"项目上收受贿赂，因楼房漏水，巨额现金暴露被抓。

《人民的名义》中的易学习清正廉洁，兢兢业业，多年来一直没有晋升。易学习有担当，曾主动担责，保护过县长李达康。

三、人物关系方面

两部小说中均有师生、同学、发小、姐妹、家庭等关系的描写。

四、情节方面

1. 与工人冲突

《生死捍卫》中对黑三挨打的情节安排为：向荣华想从国光厂中金蝉脱壳，所以将国光厂赠给手下黑三。黑三在国光厂宣布此事时，导致工人不满，被打。

《人民的名义》对蔡成功挨打的情节安排为：拆迁队要强拆大风厂，护厂队阻止拆迁，工人质问蔡成功，性急的人开始推推搡搡，蔡成功脚下一绊，摔了个大马趴，额头磕在台阶上。

2. 发小情深

《生死捍卫》中晏秋与白无瑕同岁，儿时白无瑕保护晏秋不受欺负。中学时两人同校同班，是校园里最引人注目的"姐妹花"。二人同时报考了省城大学，一个学法律，一个学金融。毕业后相约返乡，晏秋在市检察院，白无瑕在市农业银行，姐妹情深一直延续。白无瑕成为赵长青的情人，因受贿罪被判刑。

《人民的名义》中蔡成功像狗皮膏药一样老黏着侯亮平，抄他作业，沾他点威信，好在同学们中间抬得起头来，这也使得少年侯亮平的虚荣心得到极大满足。长大后蔡成功经商，侯亮平从政，两人没有多少来往。蔡成功因借高利贷，举报欧阳菁受贿，主动要求归案，需要侯亮平的保护。被抓后，蔡成功还受人胁迫，诬陷侯亮平受贿。蔡成功最后以行贿罪等罪被判处有期徒刑。

3. 商场购物刷卡

《生死捍卫》中白无瑕在商场因反感田军军的母亲购名牌包时的张狂，刷卡购物使田军军的母亲不再张狂。

《人民的名义》中欧阳菁使用了受贿的银行卡进行购物，被检察院锁定了受贿证据，被抓捕。

4. 查案受阻

《生死捍卫》中杨天翔查办高阳油茶树案，在审讯林业局局长谢谦时，谢谦因"心肌梗死"意外死亡，引起非议。市委书记钟良考虑到涉案人员及背景复杂，决定终止该案侦查活动。

《人民的名义》中高育良为了阻止侯亮平查办案件，策划侯亮平受贿案，并上报沙瑞金书记暂时停止了侯亮平的职务，但案件侦查工作并没有停止。

5. 公安局长相助

《生死捍卫》中房屋漏水，物业打开房门后发现了巨额现金。因案情重大，直接呈报省公安厅，随后查到房屋的真正主人是曾红革，导致曾红革被立案侦查。该案情具有突发性，不是公安部门主动查办。

《人民的名义》中赵东来秘密调查陈海车祸案，通过侦察手段查到了举报人刘庆祝，帮助了侯亮平办案，推动了案件的进展。

6. 家访

《生死捍卫》中杨天翔到张立言家拜访，是想了解其为何提出辞职。客厅悬挂的"淡泊明志，宁静致远"，从一定程度上反映了张立言的人生态度。

《人民的名义》中的沙瑞金到易学习家，是基于对易学习工作的肯定。客厅墙上挂的月牙湖规划图，反映的是易学习目前的工作重心和工作目标。

7. 官商勾结腐败

《生死捍卫》中荣华集团给大批官员及亲属干股、红利。

《人民的名义》中山水集团给大批官员股份、分红。

8. 关键证人死亡

《生死捍卫》中的谢谦是在审讯中突发心肌梗死意外死亡。《人民的名义》中的刘庆祝是被杀害，谎称死于心肌梗死。

9. 车祸

《生死捍卫》中的车祸是向荣华为掩盖罪行，指使黑三制造车祸撞死万昌。

《人民的名义》中的车祸是陈海因接到举报电话，祁同伟害怕事情暴露，故意制造了车祸。

10. 杀人灭口

《生死捍卫》中向荣华对万昌制造车祸的心态是，不希望黑三活着，万昌必须死亡，最好还有张立言、周海波，实施了杀人灭口的行动。

《人民的名义》中，有人希望刘新建死亡，但并未实施杀人灭口的行动。

11. 老师出面讲和

《生死捍卫》中晏秋与白无瑕去看望病危的小学班主任，"但老师显然已无力将二人的手拉在一起，只好将自己的手轻轻地覆盖在她们的手上"。

《人民的名义》中高育良出面讲和，目的是阻止侯亮平。

12. 男主登门拜访公安局长

《生死捍卫》中杨天翔主动到刘剑冰办公室，要求提取爆炸现场耿顺开的残留物，想交给其家属，留作纪念。刘剑冰让杨天翔关注一起抢劫猥亵幼女案。杨天翔说"以后两家要加强配合，哪天专门抽个时间好好地交换交换意见"。

《人民的名义》中的侯亮平是在探望昏迷中的陈海时被保护陈海的警察错抓，在赵东来的办公室，两人交谈了对陈海车祸案、蔡成功、欧阳菁意见，听了陈海手机中举报人的录音，加深了感情。

13. 宴请老师

《生死捍卫》中叶知秋其完成了对油茶树案起诉前的最后一次调查取证，在返回省城前通知了杨天翔。杨天翔知道老师担任该案的诉讼代理人后喜出望外，在天香河上的豪华游轮设宴为叶知秋接风，并请来晏秋作陪。三人回忆了在校学习期间的过往，被柳絮搅局，才发现事前没有了解船家。

《人民的名义》中侯亮平请高育良喝茶，一是侯亮平到 H 省任职后，作为学生一直想请老师尽点心意；二是想单独汇报京州市中院陈清泉副院长的严重违法乱纪问题，想给老师打个招呼。

14. 下棋

《生死捍卫》中杨天翔与张立言边下棋边交流了张立言就谢谦意外死亡主动递交处分申请的事，以及谢谦突然死亡对案件侦办可能造成的影响。

《人民的名义》中侯亮平读书期间经常到老师高育良家下棋，顺便蹭饭，吴慧芬让二人下棋是为了重温旧时的温馨场面。但侯亮平与高育良都没心思下棋，二人一直在讨论丁义珍逃跑事件。

15. 喝咖啡

《生死捍卫》中赵长青和白无瑕系情人关系，期间虽有谈及杨天翔查办案件的情况，但两人喝咖啡主要是为了重温旧日感情。

《人民的名义》中侯亮平和陆亦可系上下级关系，二人喝咖啡是谈工作，期间陆亦可向侯亮平汇报了欧阳菁的案件。

16. 内部刊物

《生死捍卫》中对此情节的安排为：杨天翔在《人民检察》上看到了张立言的文章，文章观点新颖，见解独到，杨天翔看完后觉得自己与对方有了一种神交，产生了尽快见他的冲动和挽留的决心。

《人民的名义》中对此情节的安排为：祁同伟潜逃后，侯亮平根据祁同伟在《公安通讯》中的讲述，推测出了祁同伟的藏身之地。

17. 拜佛

《生死捍卫》中对此情节的安排为：向荣华到小月庵找出家的妻子麦获，经过灵佛寺，拜佛。

《人民的名义》中对此情节的安排为：高育良在佛光寺秘密安排肖钢玉诬陷侯亮平受贿，期间高育良烧香拜佛。

18. 不雅照片

《生死捍卫》中对此情节的安排为：云都区检察院检察长贺鹏程酒后与两个女子赤身裸体在水库游泳，引发舆情。纪检组长安毅将新闻图片下载后交给了杨天翔。

《人民的名义》中对此情节的安排为：杜伯仲秘密拍下了高育良与高小凤的众多亲密照片。后来，杜伯仲将其作为与赵瑞龙谈和的筹码，其中的三张塞给了侯亮平。

19. 讲战役

《生死捍卫》中对此情节的安排为：杨天翔等人到佛手村给李月娥母女送耿顺开的遗物，耿支书向大家讲述了当年红四方面军与国民党军的坨坨峰战役。

《人民的名义》中对此情节的安排为：在省委常委会上，沙瑞金邀请陈岩石为参会人员讲述岩台攻坚战，重温党的历史，进行传统教育。

20. 回乡省亲

《生死捍卫》中副省长赵长青回乡探亲，作为亲戚的老贫协主席抖抖索索地挣扎着想从床上坐起，可越想起来越起不来，情急之下，一声"阿嚏"打了一个喷嚏，紧跟着鼻涕、口水、眼泪什么的全都出来了。

《人民的名义》中原省委书记赵立春回乡上坟，祁同伟陪同，祁同伟到了赵家坟头跪倒就哭，眼泪鼻涕全下来了。

21. 帮派山头

《生死捍卫》中，赵长青说："据说这人（杨天翔）还独断专行，排除异己，只听有利于他和检察院的话，只做有利于他和检察院的事，听不进不同意见，在单位不是五湖四海，而是拉山头，搞派系，好像检察系统出了一个什么学院派，什么师兄妹，我看今后凡在云都市检察院工作，都必须是同宗同门，简直乱弹琴！"

《人民的名义》中，季昌明说，本省干部队伍的历史和现实状况都比较复杂，你一团，我一伙的。这么多年来，H省政法系统重要部门的干部，基本上老师来自 H 大学政法系。国内其他政法大学的毕业生，没有哪家比 H 大学政法系毕业生吃得开的。所以有人就说了，蒋介石当年有个黄埔军校，造就了一个黄埔系，高育良呢，有个政法系，弟子门生遍天下。李达康给好几位大领导当过秘书，是秘书们的天然领袖，形成 H 省政界的一支重要力量，被人称为"秘书帮"。

五、具体描写方面

1. 省（市）常委会召开会议，听取案件汇报

《生死捍卫》中有："会议室的气氛沉闷得令人窒息，很长时间没人开口讲话。市委书记钟良表面看来异常平静，但他的内心却翻涌着铺天盖地的波涛。""'应该不会出错'，陈正宇一个转体，巧妙地把球踢给了杨天翔。""众人纷纷起身，钟良单独叫住了杨天翔，但他说的却是市检察院副检察长张立言辞职一事"。

《人民的名义》中有："季昌明扼要汇报情况。高育良和李达康神情严肃地听着。气氛沉重压抑。陈海清楚，每位领导肚子里都有一本难念的经，但表面上千篇一律，永远都是没有表情的表情。""但老师就是老师，绝不会直接表露自己的意思，便把球传到省检察院这边来了。""高育良叫住祁同伟：哦，祁厅长，留一下，我还有事和你说"。

2. 办公室鱼缸摆设

《生死捍卫》中有："此刻，向荣华正站在办公室的鱼缸前，目不转睛地盯着穿梭的鱼群，里面全是名贵的鱼种，仿佛一个微缩的海洋世界"。

《人民的名义》中有："陈海办公室养着一缸金鱼，各品种的鱼儿色彩绚丽，悠然自得地漫游"。

3. 外形描写

《生死捍卫》中有："黑三忙不迭地俯身拾起碎片，轻手轻脚地拉上窗帘，他那如半截黑塔般的身躯，把窗外金色丝绸一样的黄昏，变成了一大块黑布"。

《人民的名义》中有："这家伙（王文革）比一般人高半头，又黑又粗，浑身腱子肉，看上去像一座铁塔"。

4. 房间摆设

《生死捍卫》中有："书架上则摆满了马、恩、毛全集和中外名著，一本本线装古书显衬出主人的儒商品位"。

《人民的名义》中有："书柜里摆着不少经典书、流行书和线装书，竟然还有一套马、恩全集"。

5. 发小描写

《生死捍卫》中有："这是她生命中的另一份庆幸，晏秋与无暇同岁，只小月份，这对自小长在一起的朋友，从认识的那天起就形影相随"。

《人民的名义》中有："主要是蔡成功像狗皮膏药一样老黏着他，抄他作业，沾他点威信，好在同学们中间抬得起头来。小学期间顽劣无比的蔡成功只听侯亮平的话"。

6. 天气描写

《生死捍卫》中有："雨紧一阵慢一阵，下了整整一个上午不停…一声惊雷乍响，天空突然放晴，一道雨后彩虹齐天横跨"。

《人民的名义》中有："下了一上午的秋雨停了，一道彩虹横跨天际"。

7. 河流描写

《生死捍卫》中有："天香河在万家灯火的映照下宛如一条彩带，缠着、绕着，追着大路，缓缓流向远方"。

《人民的名义》中有："银水河伴路并行"。

8. 夺厂描写

《生死捍卫》中有："一大清早黑三就通过高音喇叭将国光厂改弦易主的事播放出去。""随从们一律着黑色西服，黑布遮面。""面对成百上千个拳头，这个亡命之徒第一次有了害怕。""一堆辨不清原样的碳化物"。

《人民的名义》中有："厂内树干上的大喇叭及时响了起来。""打手们穿着一色黑衣黑裤。""性急的人们开始推推搡搡，蔡成功脚下一绊，摔了个大马趴。""（三毛）被当场烧死，最终变成一截无法辨认的黑炭"。

9. 酒色性格

《生死捍卫》中有："都知道这个'皇城根儿'检察长有两大爱好，一是酒，二是色，于是私底下又有人叫他'酒保检察长''蛇（色）胆检察长'"。

《人民的名义》中有："就是喜欢泡女干部嘛，晚上经常拉扯着一帮女干部四处喝酒。只要一喝，肯定要把一两个女干部喝倒，送去挂水，影响非常不好，背地里大家都称他花帅"。

10. 喝咖啡

《生死捍卫》中有："一条僻静的小街尽头，一个名叫'伊人吧'的咖啡屋里赵长青与白无瑕相视而坐，两杯刚刚煮出的咖啡，缭绕着赭色的水雾，在两人的眼前聚散离合，盘旋交织。""白无瑕本来心不在焉地啜着咖啡"。

《人民的名义》中有："二人来到接街口拐角处，推门进入一家咖啡厅。灯光幽暗，音乐袅袅，咖啡香气四下弥漫。""街灯照着陆亦可的侧影，她低头搅拌饮品，神情忧郁"。

11. 人走雪地

《生死捍卫》中有："茫茫白雪中有一点醒目的红在移动"。《人民的名义》中有："侯亮平身上落满了白雪，几乎成了一个移动的雪人"。

12. 老百姓对出事官员态度

《生死捍卫》中有："（曾红革被抓）老百姓开始燃放鞭炮，敲起锣鼓……口中大呼'共产党万岁'"

《人民的名义》中有："（懒政官员学习班上）老百姓那是大放鞭炮，高呼苍天有眼啊"。

13. 人民表述

《生死捍卫》中有："无论是我们的审判机关还是检察机关，任何时候都不要忘记在我们名字的前面，冠有'人民'二字。""我们是人民的检察院，我们的大门为什么不向人民敞开。""我得提醒你，赵省长是西京人民的省长。""因为我手中的权力是人民给的，只能属于人民，只要人民不答应，它是金也不换，亲也不换。""只要还是人民当家做主，就绝不容许腐败有藏身之地。""从来没有绝对的权力，更没有拥有绝对权力的官员，因为真正的权力所有者是人民"。

《人民的名义》中有："你死了，他们就安全了，他们就可以继续以人民的名义夸夸其谈了！老同学，你说你在这里找到了人民，那就请你以人民的名义想一想。""我们是人民当家做主的国家，一切权力属于人民，我们要把人民赋予我们的权力真正用来为人民服务。""亮平，你要给我记住，我们的检察院叫人民检察院，我们的法院叫人民法院，我们的公安叫人民公安，所以我们要永远把人民的利益放在心上，永远，永远"。

14. 相同句式

《生死捍卫》中有："好个揣着明白装糊涂。""白无瑕突然骂了一句：贺鹏程这混蛋找死"。

《人民的名义》中有："他揣着明白装糊涂。""侯亮平低声骂了一句：混账东西，找死啊"。

15. 权力

《生死捍卫》中有："赵长青对权力的依恋远远胜过对金钱的追逐"。

《人民的名义》中有："你就是给咱老师一座金山，他也会把它转为权力"。

16. 国有财产

《生死捍卫》中有："国有财产，其实是不知道产权属于谁的财产，也往往是经营得最糟糕的财产"。

《人民的名义》中有："全民所有制，全民所有就是全民没有"。

17. 下棋

《生死捍卫》中有："双方炮马相争，相互捉吃，啪的一声，一子下去"。

《人民的名义》中有："高育良'啪'地拍下一颗棋子，语调严厉地说"。一审法院认为：

我国著作权法规定，著作权属于作者，如无相反证明，在作品上署名的公民、法人或者其他组织视为作者。《生死捍卫》一书的署名作者为×某，在无相反证据的情况下，×某对该作品享有著作权，有权对侵犯其著作权的行为提起诉讼。

作品指的是作者对思想、情感、主题等方面的具体表达，不是指抽象的思想、情感或者主题等本身。著作权法只保护表达，不保护思想。在判断两部作品是否构成实质性相似时，首先需要判断权利人主张的作品要素是否属于著作权法保护的表达。只有被控侵权作品与×某主张权利作品中的表达相似，才可能认定为著作权侵权。如果只有思想相似，表达不相似，则不应认定为侵权。

涉及作品抄袭的著作权侵权纠纷中，"接触"加"实质相似"是判断作品是否构成抄袭的基本规则。所谓"接触"，是指被诉侵权人有机会接触到、了解到或者感受到×某享有权利的作品。"实质相似"是指在后作品与在先作品在表达上存在实质性的相似，使读者产生相似的欣赏体验。图书《生死捍卫》出版于 2010 年 11 月，《人民的名义》出版于 2017 年 1 月，周梅森在完成《人民的名义》的创作之前，理论上可以接触到《生死捍卫》，故法院只就二部图书是否在表达上实质性相似的问题进行论述。

一、关于×某主张破案线索推进及逻辑编排相同或者相似的问题

通过对破案线索推进及逻辑编排的对比，一个以检察院发生爆炸案开始，一个以查办小官巨贪案为引，涉案二部小说使用了完全不同的故事开篇。核心案件的设置，一个为骗取银行贷款收购国有工厂，空手套白狼，致使国有资产流失，发生群体性事件。一个为将股权抵押借高利贷，使股权丢失、工人为保护自己的股权，自发地护厂，与拆迁人员发生冲突。在破案线索中的具体设置上，例如，1. 两部小说中均有反贪局局长遇害的情节，但反贪局局长遇害的原因、过程、结果、描述以及在两部作品中所起到的作用并不相同；2. 两部小说中虽然均设计有通过录音推动剧情发展的环节，但使用录音或者账本推动故事发展在文学作品中较为常见，关键在于对录音或者账本的来源、内容、所起作用的描述是否相同。通过比对，两部小说中录音和账本的来源、内容的描述不同，在所涉案件中所起的作用不同；3. 两部小说在寻人的情节设计上，一个是通过查找逃犯万昌情妇的藏身地，并通过情妇抓捕了万昌。一个是刘庆祝已经死亡，侯亮平等到刘庆祝老婆吴彩霞家想了解更多情况。在具体表达上不同，一个灭口未遂，直接从万昌口中获取了段明仁、向荣华、白无瑕、贺鹏程违法犯罪的事实。一个灭口既成事实，没有从刘庆祝的身上直接获取对案件有价值的信息，

但山水集团更加引起检察机关的注意；4.《生死捍卫》中只向读者交代了向荣华跳楼自杀的结果，没有叙述自杀过程。《人民的名义》中刘新建扬言要跳楼抗拒抓捕，书中详细描述了侯亮平破门抓捕、刘新建用行为语言抵抗、侯亮平劝导、刘新建内心变化、放弃抵抗的过程；5. 国企改制过程中工人利益受损的情节是否受到保护在于对此情节是否有独创性的艺术加工，不能仅仅将"工人利益受到损害"作为情节主张权利。并且在前文中对两部图书的核心案件进行过比对，一个是骗取银行贷款收购，空手套白狼；一个是将股权抵押借高利贷，使股权丢失。二者描写的差异明显；6.《生死捍卫》中，由于工人不满情绪的蓄积，黑三宣布国光厂易主的消息成为工人宣泄不满的导火索。《人民的名义》中，护厂队为阻止拆迁，将汽油倒入壕沟，双方都知道一旦着火后果严重，拆迁的推土机在推倒围墙后停止了推进，工人也没有点火。发生火灾是护厂队员刘三毛过于紧张犯下致命错误，导致意外发生。两部小说中对此情节的设计与表达不同；7. 工人代表、逃亡厂长举报的情节在设计和表达上亦不相同。

对于检察题材的反腐小说，故事情节的推进往往与案件的查办过程紧密相连。小说中的人物及人物关系、情节及情节串联等核心要素，也往往随着案件的查办过程得以展现和推进。而案件查办过程中，核心案件的设置以及破案线索的选择和结构安排等，是作者个性化判断和取舍的结果，最能体现作者的独创性。通过比对，在破案线索推进及逻辑编排的整体设计上，两部小说差异明显。

二、关于×某主张人物设置相同或近似的问题

1. ×某认为秦汉民与季昌明同为省检察院检察长，有着高超的政治谋略和斗争经验，决断力非凡，关键时刻挺身而出，男主办案中遇到困难时，给予兄长般的支持，尤其在遭遇诬告

陷害时，以退为进。

通过比对，《生死捍卫》中的省检察院检察长秦汉民，为人正派、作风严谨、处事果断，坚决捍卫党的事业、国家法律和人民的利益。曾因坚持自己的办案意见，被拖延提拔。其提名杨天翔为云都市检察院检察长，是杨天翔查办贪腐案件的坚强后盾。《人民的名义》中的省检察院检察长季昌明，老练稳重，性格外柔内刚，略显圆滑。侯亮平上任之后，作为侯亮平的直接领导，在工作中逐渐了解，给予其诸多支持。在侯亮平遭陷害被停职时，敢于表达自己的意见。两部小说在该人物性格的塑造上存在较大差异。

2. ×某认为杨天翔与侯亮平在个人背景、家庭结构、社会关系、履职经历、办案遭遇方面皆相似。

通过比对，杨天翔学习成绩优异，大学毕业后分配至西京省检察院公诉处，然后深造、任教、再出国交流。被省委提前电召回国出任检察院党组书记、检察长；家庭结构方面，杨天翔的妻子是大学教授，育有一子，还有一外甥跟其共同生活，其外甥后被陷害；社会关系方面，老师是退休教授，师妹晏秋是公诉处处长；办案遭遇方面，杨天翔主要查办了检察院爆炸案、国光厂国有资产流失案、高阳油茶树案、田军军抢劫猥亵幼女案。

《人民的名义》中的侯亮平，H大学毕业，最高人民检察院任职，因陈海被撞，空降H省检察院任反贪局长；家庭结构方面，侯亮平的妻子在纪委工作，除此之外并无其他家庭成员。社会关系方面，老师是学者官员，侯亮平、陈海、祁同伟均系高育良学生。蔡成功是侯亮平的发小；办案遭遇方面，侯亮平查办了赵德汉受贿案，围绕大风厂股权丢失案，使腐败的利益链条浮出水面。

杨天翔与侯亮平在个人背景、家庭结构、社会关系、履职经历方面描写不同。

3.×某主张吕子风与陈岩石级别相同，都是退休检察长，工农干部出身，熟悉情况，群众基础良好，能坚守底线，两人都提供案件线索，推动案情进展。

通过比对，吕子风圆滑世故，明哲保身，其在任期内对国光厂改制过程中的种种案件线索睁一只眼，闭一只眼。因自己的人事安排，对上级不满，托病住进医院。国光厂群体性事件发生后，吕子风受到震动，交出了当年万昌一案的侦查卷宗。

《人民的名义》中的陈岩石曾任日省检察院常务副检察长，资助省委书记沙瑞金大学毕业。离休后，帮助大风厂解决困难，同各种腐败风气作斗争。

吕子风与陈岩石的人物刻画、人物性格，党性原则、所起作用的描写差异明显。

4.×某主张施义和与肖钢玉两人的作用相同，均为隐藏在检察院的最后一颗棋子，里应外合。主张段明仁和陈海同为反贪局局长，均系影子人物，一个被炸死，一个被撞成植物人，作用相似，留下录音带和账本，牵扯出利益集团重要成员，成为重要证据。

通过比对，施义和与肖钢玉虽然均为检察院内部的反派人物，但一个为人阿谀奉承、泄露办案机密，一个为人自私自利，诬陷他人受贿。段明仁和陈海虽同为反贪局局长，但分别为正、反人物，录音和账本所起到的作用不同。人物形象刻画和在小说中所起到的作用不同。

5.《生死捍卫》中安毅为云都市检察院纪检组组长，在检察院爆炸案和双规贺鹏程的过程中出现。《人民的名义》中的老林为省检察院副检察长。在侯亮平被诬陷受贿，沙瑞金要求侯亮平停止工作时，其将肖钢玉挡在指挥中心门外。两人的身份不同，在小说中所涉情节与所起到作用的描写不同。

6.《生死捍卫》中的贺鹏程为云都区检察院检察长，赵长青的远房侄女婿。《人民的名义》中的肖钢玉为京州市检察院检察长，曾在省检察院工作。两人虽同为下级检察院检察长，但一个贪腐好色，一个自私自利，两人的人物性格、社会关系以及在小说中所起的作用不同。

7. ×某主张陈正宇和陈清泉两人姓氏相同，同为法院负责人，枉法徇私，违法裁判，引发公共事件，成为利益集团帮凶。

通过比对，陈正宇为云都市中级人民法院院长，在段明仁与耿顺开的矿产纠纷中，法官汪毓敏在陈正宇的暗示下，枉法裁判。陈清泉为京州市中级人民法院副院长，曾是高育良的秘书。在大风厂股权纠纷中，贪赃枉法。因嫖娼被抓。两人的职位不同，涉及的案件不同，结局不同。仅姓氏相同，不构成抄袭。

8. 关于汪毓敏、杜副院长与金月梅、法官甲。汪毓敏是云都市中级人民法院民庭庭长。杜副院长是区法院分管刑事审判的副院长。金月梅是京州市中级人民法院的法官，陈清泉的情人。法官甲，与杜副院长没有对应关系。汪毓敏与金月梅虽均有枉法裁判的情节，但因所涉案件不同，在各自小说故事发展中所起的作用也不相同。

9. ×某主张刘剑冰与赵东来同为正面人物，由成见到配合，再到关键时刻出手相助，涉及交往的场面、情境相似。

通过比对，两部小说中均不存在男主角之间有成见的描写。描写刘剑冰与杨天翔见面的场景较为正式，因为房屋漏水巨额现金暴露，刘剑冰在知道情况后告诉了杨天翔。赵东来和侯亮平则在交谈中加深了信任，通报了调查陈海车祸案和刘庆祝死亡案的情况，赵东来在工作中给予了侯亮平诸多的配合和帮助。

10. ×某主张周海波、姚笑笑与周正、张华华相似的地方在于同为检察院办案骨干、年轻情侣、喜欢打情骂俏。

通过比对，四人虽同为检察院办案骨干，但参与的案件不同，在其中所起的作用不同。《人民的名义》一书中没有关于周正和张华华的性格以及两人打情骂俏的描写。

11. ×某主张白无瑕与欧阳菁同为女性，同有少女心，同在银行系统担任负责人职务，同为金融腐败，放贷受贿。

通过比对，×某主张的相同属于思想范畴，在表达上，小说中两人的人物形象、社会关系、渴望爱情的具体表现，以及收受贿赂所涉案情的描写并不相似。

12. ×某主张高育良以赵长青为原型，两人均被女色俘获，对权力的依恋远远胜过对金钱的追求。

通过比对，赵长青和高育良相似的地方仅"喜欢权利胜过喜欢金钱"。赵长青与白无瑕系情人关系，为了仕途，不顾人民的利益，创造了所谓"农业学高阳，工业学国光"的政绩。其搞暗箱操作，滥用职权，收受贿赂。高育良，是一位学者型官员，在政法口工作的弟子众多，被称作"政法系"其表面上为人正派，背后却欺瞒组织，和发妻离婚。两人与异性的关系、家庭结构、社会履历、人物性格等方面的描写不同。

13. ×某主张向荣华与刘新建均是商人，显著特点是不但书橱摆满马、恩、毛著作，还能熟读背诵运用。

首先，《生死捍卫》中向荣华的书架上摆满的马、恩、毛全集和中外名著，是为了显衬其儒商品味，书中并未描写向荣华可以熟读背诵运用。刘新建的书橱里的马、恩经典著作，是因为其对革命导师的理论有着非同一般的爱好，其也确实可以熟练背诵。其次，向荣华与赵长青为利益共同体，两人在政治和经济上双向渗透，各取所需。而赵立春安排刘新建到油气集团任职，是为了让其给赵瑞龙输送利益，刘新建实为赵家父子在企业的利益代言人。两人的个人背景身份地位以及人物结局等方面描写不同。

14. ×某主张柳絮、柳眉与高小琴、高小凤均是两姐妹涉案，都是反派中的骨干成员、关键人物，高小琴的性格、外貌描写"江湖气中夹杂书卷气"参照自柳絮，两人的妹妹都以色相勾引，牵制关键人物。

经过比对，两对姐妹的角色形象不同。首先小说中并无柳絮的性格、外貌具有与高小琴类似的"江湖气中夹杂书卷气"的描写。其次，高小琴为反派中的骨干，柳絮虽为向荣华的助手和情人，但核心事件其均未参与。柳眉和高小凤均被作为引诱的工具使用，一个诱使可儿违法威胁杨天翔，一个腐败了高育良。再次，柳眉和高小凤虽均在牵制关键人物的环节中起到一定作用，但手段、过程、结果的描写不同。

15. ×某主张杨天翔夫人、张立言夫人与高育良夫人、祁同伟夫人均为大学教授，人物设定相同。

通过比对，四人相同的地方仅在于都是大学教授，但大学教授这一身份称谓，属于公知素材。两本图书中对四个的人物性格、身份背景、夫妻关系的描写不同。

16. ×某主张高育良以叶知秋为原型，博学、风度翩翩，深受学生喜爱，在检察院有两个爱徒，对学生，尤其对男主角的成长产生影响。

通过比对，叶知秋是退休教授，担任公益诉讼代理人。高育良是弃学从政的省部级官员，欺骗组织，贪污腐败，人物形象的描写不同。至于教授法律课程的老师有优秀学生在政法部门担任领导职务亦是生活中实际存在的现象。

17. ×某主张万昌和刘庆祝同为污点证人，检方到家中找人，都被反派追杀。

经过比对，周海波和姚笑笑寻找万昌的情妇欧燕的下落，通过欧燕抓捕万昌，并未到万昌家寻找万昌。侯亮平等到刘庆祝老婆吴彩霞家了解情况，并不是去找刘庆祝。两人的结局也不同，万昌在检察官的拼死保护下未被杀害，刘庆祝则被杀人灭口。对二人的描写不同。

18. ×某主张陆真与沙瑞金都坚持正义，有党性原则，把握全省政治方向。

通过比对，两部小说各自围绕省委书记设计的故事情节描写不同。法院认为，作为描写一省之内所发生故事的小说，省长是一省之班长，如果班长不能坚持党性原则，则后续的故事无法展开，在实际生活中，如果班长不能坚持党性原则，则全体工作会偏离方向，所以将故事中的班长定义为有党性原则，把握政治方向的正面人物，不属于表达方面的抄袭。

19. ×某主张钟良与李达康注重经济发展、支持检察机关办案，形象正面。

通过比对，钟良为云都市市委书记，大局意识强，具有政治谋略和胆识，对杨天翔的工作给予了支持。京州市市委书记李达康，在工作中有胆量，喜欢一言堂，李达康过于爱惜自己的政治羽毛，为人无趣，与妻子欧阳菁感情不和，后离婚。两人都注重发展经济属于思想范畴，在表达层面，钟良与李达康的人物性格、履历背景、家庭结构等描写不同。《人民的名义》中无李达康支持检察机关办案的描述。

20. ×某主张易竟凡与丁义珍相似的地方同为"反面形象"。但《生死捍卫》中未提及易竟凡涉嫌腐败。《人民的名义》中的丁义珍为京州市副市长，向赵德汉行贿案发后，逃亡国外。两个人物在所涉情节、人物形象、结局方面描写不同。

21. ×某主张关山、曾红革与易学习、李达康相似的地方都是县长强势，风头盖过书记。

《生死捍卫》中的关山为高阳县县委书记，书中没有对关山有过多的故事描写。曾红革为高阳县县长，在"油茶树"项目上收受贿赂，因楼房漏水，巨额现金暴露被抓。《人民的名义》中的易学习清正廉洁，兢兢业业，多年来一直没有晋升。易学习有担当，曾主动担责，保护过县长李达康。通过比对，人物在所涉情节、人物形象、结局方面描写不同。

在小说创作中，人物需要通过叙事来刻画，叙事又要以人物为中心。无论是人物的特征，还是人物关系，都是通过相关联的故事情节塑造和体现的。单纯的人物特征，如人物的职位、相貌、外形等，或者单纯的人物关系，如恋人关系、同学关系等，属于公有领域的素材，不属于著作权法保护的对象。一部具有独创性的作品，如果以相应的故事情节及语句，赋予了这些"人物"独特的内涵，则这些人物及人物关系可以与故事情节和语句一起成为著作权法所保护的对象。因此，所谓的人物特征、人物关系，以及与之相应的故事情节都不能简单割裂开来，人物和叙事应为有机融合的整体。通过上述比对，法院认为×某某主张的人物设置不近似。

三、人物关系相同或近似的问题

文学作品中，人物关系是否相同或者近似应当结合特定人物所涉的特定情节进行比对。如果人物关系结合基于特定人物之间发生的故事情节高度相似，则可以认定为人物关系相似。需要强调的是，在人物关系的比对中，不能脱离情节而单独就人物关系进行比较，否则可能会构成在思想层面或者公知素材层面的对比。

×某主张两部小说中均有师生关系、学长关系、同学兼发小关系、裙带关系、姐妹关系、帮派山头关系、秘书关系、家庭关系、情侣关系。但×某并未结合具体情节说明人物关系如何相似，×某仅在思想层面或者公知素材层面进行了比对。一审法院经审查认为，×某主张的所有人物关系，要么属于单纯的人物关系，不受著作权法保护，要么在特定人物所涉及的具体情节与内在表达上与周梅森小说不同，不构成相似。

首先以师生关系为例，《生死捍卫》中叶知秋与杨天翔、晏秋为师生关系。叶知秋为西京大学退休教授，是杨天翔和晏秋的老师，高阳油茶树案诉讼代理人。杨天翔和晏秋，一个为云都市检察院检察长，一个为云都市检察院公诉处处长，两人在同一单位工作，上下级关系。杨天翔带领晏秋等检察官查办了一系列案件。《人民的名义》中高育良与侯亮平、祁同伟、陈海为师生关系。高育良为 H 省委副书记兼政法委书记，曾任 H 大学政法系主任。高育良表面上为人正派，背后却欺瞒组织，同时滥用职权为赵瑞龙敛财，诬陷侯亮平受贿，最终得到法律的制裁。侯亮平原为最高人民检察院反贪总局侦查处处长，后任 H 省检察院反贪局局长。最终查办了老师高育良，学长祁同伟等。祁同伟为 H 省公安厅厅长，为非法利益制造车祸加害陈海，企图暗杀侯亮平，最后自杀。陈海为 H 省检察院原反贪局局长，因车祸被撞昏迷。

其次以发小关系为例，《生死捍卫》中描写的晏秋和白无瑕。儿时形影不离，中学和大学均在一起，毕业后返乡，晏秋到检察院、白无瑕到银行工作，交往依然密切。白无瑕对晏秋帮助多。白无瑕因涉嫌犯罪被判刑，但晏秋忠实履责，未徇私情。《人民的名义》中描写的侯亮平和蔡成功。少年时，蔡成功借侯亮平的威信，侯亮平的虚荣心也得到满足。长大后蔡成功经商，侯亮平从政，蔡成功因借高利贷，寻求侯亮平的保护。被抓后，蔡成功受人胁迫，诬陷侯亮平受贿。蔡成功被判处有期徒刑。

再次以亲姐妹关系为例，《生死捍卫》中的柳絮为荣华集团总经理，帮助向荣华管理荣华集团，同时也是向荣华的情人。柳眉被安排在杨天翔的外甥可儿身边，诱骗可儿挪用公款，向荣华以此威胁杨天翔停止查案。《人民的名义》中的高小琴和高小凤为双胞胎姐妹，被赵瑞龙和杜伯仲作为工具使用。高小琴成为祁同伟的情人，两人台前幕后，巧取豪夺聚敛财富。高小凤则与高育良结为夫妻并育有一子。

×某主张两部小说中设计有相同的关系。法院结合相关情节进行比对，认为两部小说人物关系所涉情节上的描写不同。

四、关于情节相同或者相似的问题

在前文梳理总结的"情节方面"，对两部图书中情节的安排进行了列明，其中：

1. 与工人冲突的情节比对：黑三在国光厂宣布工厂易主时，导致工人不满，被打。蔡成功是脚下一绊，摔了个大马趴，额头磕在台阶上。原因、过程、结果不同。

2. 发小情深的情节比对：儿时白无瑕保护晏秋不受欺负。大学毕业后，晏秋在市检察院，白无瑕在市农业银行，姐妹情深一直延续。白无瑕成为赵长青的情人，因受贿罪被判刑。而蔡成功像狗皮膏药一样黏着侯亮平，沾他点威信，也使得少年侯亮平的虚荣心得到极大满足。长大后蔡成功经商，侯亮平从政，两人交集不多。蔡成功还受人胁迫，诬陷侯亮平受贿。都是儿时的玩伴，但感情的表现描写不同。

3. 查案受阻的情节比对：杨天翔在审讯林业局局长谢谦时，谢谦因"心肌梗死"意外死亡，市委书记钟良考虑到涉案人员及背景复杂，决定终止该案侦查。《人民的名义》中高育良为了阻止侯亮平查办案件，策划侯亮平受贿案，暂时停止了侯亮平的职务，但案件侦查工作并没有停止。两部图书中关于此情节的表达不同。

4. 公安局长相助的情节比对：因房屋漏水发现了巨额现金呈报省公安厅，致曾红革被立案侦查。刘剑冰打电话告诉了杨天翔。赵东来秘密调查陈海车祸案，通过侦察手段查到了举报人刘庆祝，推动案件进展。一个是公安局长主动查案；一个是意外发现案情，公安局长告知。两个情节的描写不同。

5. 谢谦是在审讯中突发心肌梗死意外死亡。刘庆祝是被杀害，被谎称死于心肌梗死。对关键证人死亡的描写不同。

6. 晏秋与白无瑕去看望病危的小学班主任，老师并未说话，书中所写的"但老师显然已无力将二人的手拉在一起，只好将自己的手轻轻地覆盖在她们的手上"文字表达的含义，是对二人的看望表达感谢，还是希望二人保持友谊，又或者是……，可由读者自己得出不同的结论。但书中没有交代小学老师知道二人存在的问题，所以不会有讲和的起因，而高育良出面讲和，目的是阻止侯亮平。

7. 杨天翔是主动到刘剑冰办公室，属于登门拜访。而侯亮平是被警察错抓到赵东来的办公室，是被动见面，没有登门拜访公安局长的描写。

一审法院认为，单以下棋、喝咖啡、内部刊物、拜佛、不雅照片、讲战役、帮派山头、回乡省亲、商场购物刷卡、车祸、杀人灭口、家访、宴请、入股分红、行贿、官商勾结等情节而论，属于公知素材，不为某人专有。通过对"情节方面"列明的内容比对，两部小说在×某指控的所有情节上的具体描述、细节设置以及在各自小说中的作用上均存在差异。

五、关于具体描写相同或者相似的问题

在前文梳理总结的"具体描写方面"，对两部图书中的"具体描写"进行了列明，在本节中不再将具体内容详述，只举例说明。

1. 关于召开会议，听取案件汇报的描写，二书中虽然都有会议气氛凝重、转移矛盾、会后留人谈话的情节表述，但一个是直接表述主人公的内心活动、行为表现，另一个是通过第三者的观察及内心想法表述出主人公的内心活动、行为表现，具体表达存在差异。虽然都有会后留人谈话，但谈话内容的描写不同。

2. 关于办公室鱼缸、书架的描写，办公室鱼缸、书架是生活中真实存在的趣味，不属于作者的创作，是否相同，要看表达。《生死捍卫》中描写的是人与鱼的互动，同时也描写鱼缸"仿佛一个微缩的海洋世界"；《人民的名义》中直接描写的是一缸金鱼，悠然自得地漫游。《生死捍卫》中"书架上则摆满了马、恩、毛全集和中外名著，一本本线装古书显衬出主人的儒商品位"《人民的名义》中"书柜里摆着不少经典书、流行书和线装书，竟然还有一套马、恩全集”。具体描写上存有差异。

3. 关于夺厂的描写，《生死捍卫》中国光厂已完成改制，因国有资产流失，工人下岗而引发的风波，工人只是不满情绪的爆发，没有工人夺厂的场面。《人民的名义》中是工人的股权丢失，工人自发地保护工厂，才有与拆迁队争夺的场面。×某指出的内容起因不同、背景不同、描写不同。大喇叭、黑衣服装等词汇不属于个人独有。

4. 关于“人民”的表述，人民检察院，人民法院、权力属于人民是固定名称、语句。二书中关于“人民”的语句表述不同。

5. 关于身体外形的描写，（黑三）“他那如半截黑塔般的身躯”，（王文革）“看上去像一座铁塔”。虽然都有“塔”，但其他描写不同，不构成相似。

6. 关于发小的描写，“晏秋与无暇同岁，只小月份，这对自小长在一起的朋友，从认识的那天起就形影相随”“主要是蔡成功像狗皮膏药一样老黏着他，抄他作业，沾他点威信，好在同学们中间抬得起头来。小学期间顽劣无比的蔡成功只听侯亮平的话”。从用词、语句上比对，不是相同描写。

7. 关于喝咖啡的描写，《生死捍卫》中：“一条僻静的小街尽头，一个名叫‘伊人吧’的咖啡屋里赵长青与白无瑕相视而坐，两杯刚刚煮出的咖啡，缭绕着赭色的水雾，在两人的眼前聚散离合，盘旋交织。”“白无瑕本来心不在焉地舀着咖啡”。《人民的名义》中：“二人来到接街口拐角处，推门进入一家咖啡厅。灯光幽暗，音乐袅袅，咖啡香气四下弥漫。”“街灯照着陆亦可的侧影，她低头搅拌饮品，神情忧郁”。二处的文字、意境不同，描写不同。

其余的具体描写，除了“揣着明白装糊涂”“混蛋（混账东西）找死”句式相同外，其余的描写在文字表达上均存在较大差异。而"揣着明白装糊涂""混蛋（混账东西）找死"属于生活中发泄不满的俗语，不具有独创性。

综上，涉案两部小说在×某主张的破案线索的推进及逻辑编排、角色设置、人物关系、情节、具体描写五个方面，通过具体比对，在表达上不构成实质性相同或者相似，《人民的名义》不构成对《生死捍卫》的抄袭，×某关于周梅森、北京出版集团侵犯其著作权的主张不能成立。

依据《中华人民共和国著作权法》第十一条，《最高人民法院关于审理著作权民事纠纷案件适用法律若干问题的解释》第十五条，《中华人民共和国民事诉讼法》第六十四条第一款，《最高人民法院关于适用〈〈中华人民共和国民事诉讼法〉的解释》第九十条之规定，一审法院判决如下：驳回原告×某的全部诉讼请求。

二审审理中，各方当事人对一审法院查明的事实没有异议。但是，×某认为一审法院查明的事实遗漏了部分其所主张构成实质性相似的具体情节，并在二审审理期间将小说《生死捍卫》与《人民的名义》之间的比对内容进行了调整，体现在故事结构、18 处人物设置、50 处具体情节、78 处文字表达等方面，同时明确主张周梅森创作小说《人民的名义》侵犯其改编权、署名权、保护作品完整权，北京出版集团出版小说《人民的名义》侵犯其复制权、发行权。具体陈述如下：

（一）故事结构

《生死捍卫》是检察题材反腐长篇小说，以检察官调查为叙事主线，以案件侦破为叙事演绎，设置主线检察线、副线政治线，两条线交叉推进。具体来说：第 1 章：2007 年 4 月 5 日清明节清晨，云都市新任检察长杨天翔赴任。刚下车，清明爆炸案发生，市检察院反贪局长段明仁与佛手村村民耿顺开双双被炸身亡。市委书记钟良召开紧急会议，听取公安局长刘剑冰和市法院院长陈正宇案情汇报，散会后钟良留下杨天翔单独说事。退休老检察长吕子风托病住院，杨天翔前去看望，后又去提出辞职的副检察长张立言家，张妻接待（云都师范学院汉语语言文学教授），杨天翔刚到云都就陷入开局不利的困境。第2章：省检察院检察长秦汉民到云都处理爆炸案，向杨天翔亲手移交国光厂国资流失案举报信，内容涉及云都最大民营企业荣华集团侵吞国光厂，直指当时主持国光改制的常务副省长赵长青，临走时下达查办任务。（检察院的调查开始围绕着荣华集团展开，清明爆炸案成为案件突破口）第3章：杨天翔主动上门找公安局长刘剑冰沟通，要回爆炸现场的残留物，刘剑冰态度转变，分手时托杨天翔过问田军军抢劫猥亵幼女案，牵扯出赵长青的侄女婿云都市检察院检察长贺鹏程。第4章：杨天翔与张立言、晏秋一起去佛手村看望耿顺开家人，途中听村支书讲坨坨峰战役，张立言选择留下。第7章：贺鹏程为田军军案件，请副检察长施义和与法院杜副院长吃饭，席间借歌曲《十八不亲》，发泄对杨天翔的不满。第9章：耿顺开女儿向晏秋交出父亲生前与段明仁的一段通话录音和账本成为破案线索（账本没有作用）。晏秋播听通话录音，内容是云都农业银行成为段明仁的私家票号，而农行行长白无瑕正是常务副省长赵长青的情妇，也是女检察官晏秋的发小。第11章：杨天翔和晏秋的大学老师叶知秋代理高阳苗木案，二人在天香河豪华游轮上宴请老师。第12章：晏秋提审爆炸案枉法法官汪毓敏，录音内容得到证实，扯出农业银行信贷处长万昌潜逃失踪与荣华集团巨额放贷有关。同期间国光厂的矛盾不断激化，向荣华一心想拆迁开发老厂职工宿舍，遭到工人抵制。常务副省长赵长青回到曾经主政地云都主持凤射节赛事，与情妇白无瑕在咖啡屋见面，得知国光厂下岗工人在豪绅大酒店围堵市政府欢迎宴，杨天翔重新启动高阳油茶树案件调查，曾经的秘书县长曾红革牵扯其中，赵长青明确表示不管曾红革的事。并临时取消了出席向荣华的剪彩仪式，更改行程，率领四大班子去国光厂看望工人，仍难平息事态。第 13 章：查办曾红革时，杨天翔遭到赵长青利益集团的疯狂反扑，涉案林业局长谢谦心肌梗死，市委书记钟良为保护杨天翔停止其侦查工作，曾红革案一度中止。第 14 章：晏秋向杨天翔汇报耿顺开通话录音情况，重提万昌在检察院眼皮底下逃跑的案子，并汇报国光厂副厂长宋光昭伤害案，杨天翔安排她与纪检组借口办理汪毓敏一案上门到农业银行摸底调查，遭到白无瑕刁难，为此白无瑕与晏秋彻底决裂，两人的小学班主任临终前劝和失败。第 15 章：曾红革在省城的空住房发生水管漏水事件，巨额受贿案东窗事发，搜查曾红革办公室，小官巨贪显形，高阳县城万人空巷，群众高呼"共产党万岁"。第 16 章：赵长青在西京大厦约见向荣华摊牌，要他放弃国光厂棚户区开发，二人多年的利益关系纠缠在一起，赵长青受到威胁，无法全身而退，见面不欢而散。第 17 章：紧接着爆发工人护厂风波，黑三挨打，省委召开会议给事件定性为国资流失导致的群体性事件。白无瑕连夜赶到省城找到赵长青承认向荣华的国光收购资金来自银行，自己从中收取贿赂。第 18 章：逃亡副厂长宋光昭秘密返回云都作证，受到检察院保护，贺鹏程被纪检组长执行双规，吕子风在关键时刻交出当年万昌一案的卷宗，里面供述了白无瑕指使给向荣华分期贷款和用不同人名分散贷款，同时证实赵长青干预万昌案交予贺鹏程办理，致使万昌脱逃以及插手荣华收购国光的情况。杨天翔安排检察官周海波和姚笑笑到万昌情妇欧燕家打探万昌下落，确定万昌藏身地点云南。第 19 章：白无瑕和向荣华感到万昌存在的威胁，合谋杀人灭口。向荣华打出在检察院最后一张王牌，施义和泄露到云南抓捕万昌机密，向荣华安排手下黑三在万昌返程途中制造车祸，情妇、荣华集团总经理柳絮妹妹柳眉出场，诱骗杨天翔外甥可儿挪用公司钱款，可儿被公安抓捕，以此要挟杨天翔但遭到拒绝。杨天翔最痛苦的时候得到省检察长秦汉民的坚定支持。第 20 章：晏秋去小月庵从向荣华出家妻子处取回荣华集团行贿名单，赵长青、白无瑕、曾红革、施义和、陈正宇、贺鹏程均在其中。向荣华制造车祸，与黑三约定暗语，后灭口失败，张立言为保护万昌身受重伤，向荣华大势已去跳楼自杀既遂。尾声：柳絮的妹妹柳眉被抓，赵长青、白无瑕接受审判。

《人民的名义》也是检察题材反腐长篇小说，也是以检察官调查为叙事主线，以案件侦破为叙事演绎，设置主线检察线、副线政治线，两条线交叉推进。具体来说：第 1 章：最高检反贪总局侦查处长侯亮平到 H 省抓捕京州副市长丁义珍。第 2 章：省政法委书记高育良召开紧急会议，听取省检察院检察长季昌明和反贪局长陈海案情汇报，散会后高育良留下公安厅长祁同伟单独说事。第 4 章：丁义珍在检察人员眼皮底下溜掉，抓捕任务失败，省检察院退休副检察长陈岩石（大学上下铺同学反贪局长陈海父亲）住在养老院，侯亮平前去看望。陈岩石向他转告了大风厂职工举报信，内容是大风厂因股权质押被法院判给山水集团，山水集团老总高小琴和丁义珍勾肩搭背，侯亮平由此猜测出里面存在问题，认为丁义珍背后有大家伙，临走时拜托陈海调查。（检察院的调查开始围绕着山水集团展开）第 6 章：侯亮平返回北京后，发小大风厂厂长蔡成功上门举报丁义珍、高育良、欧阳菁、李达康等一串贪官与山水集团老总高小琴。第 7 章：山水集团进驻拆迁，大风厂工人护厂，引发"九一六"事件，蔡成功挨打。第 9 章：省委召开常委会，给事件定性为腐败引发的恶性暴力事件，并听陈岩石讲岩台战役。第 10 章：陈海去见举报人途中遭遇车祸，被撞成植物人（车祸案成为案件突破口），车祸现场留下手机，里面的通话录音和提到账本成为破案线索（账本没有作用），最高检反贪局派侯亮平接任陈海职务。第 13 章：举报人大风厂厂长蔡成功东躲西藏，侯亮平找到他并给予保护，蔡成功举报京州城市银行副行长欧阳菁收受贿赂 200 万元银行卡 4 张。第 18 章：欧阳菁的丈夫李达康回到曾经主政地林城与省委书记沙瑞金参加环湖自行车赛事。第 20 章：侯亮平安排女检察官张华华借口了解部分企业贷款情况上门到城市银行摸底，遭到欧阳菁刁难。第 21 章：欧阳菁动用蔡成功贿赂的银行卡刷卡购物，侯亮平实施抓捕。第 26 章：侯亮平在医院看望陈海时被便衣警察"抓到"赵东来办公室播听通话录音，录音内容是向陈海"举报一批贪官"并要当面交一个账本（也无实际意义），赵东来向侯亮平透露山水集团会记刘庆祝在陈海被撞当天出国旅游一直未归，侯亮平一怔"那就是他了"，立马猜到录音举报人就是刘庆祝并被灭口。第 27 章：侯亮平在湖景茶楼请高育良喝茶，汇报陈岩石举报高育良秘书法院副院长陈清泉大风厂股权案司法腐败，高育良明确表示不管，观光游轮从湖上驶过。第 31 章：陆亦可提审欧阳菁，扯出油气集团董事长刘新建和山水集团高小琴往来密切、捞好处，而本书的刘新建正是赵立春的秘书。赵东来告诉侯亮平刘庆祝在岩台山旅游心肌梗死（费尽周折查清楚的），举报电话系刘庆祝所打，刘庆祝的老婆说赵立春子女有山水集团股份，年年分钱。第 32 章：侯亮平与陆亦可到刘庆祝老婆吴彩霞家了解刘庆祝情况，吴彩霞说山水集团火化了刘庆祝，刘庆祝的死是谋杀。第 34 章：侯亮平收网，对刘新建实施抓捕，刘新建跳楼自杀未遂。第 35 章：祁同伟、高小琴向侯亮主动承认在山水集团有股份，侯亮平确认山水度假村是官商勾结的"狼窝"。第 37 章：高育良出面劝和侯亮平失败。第 38 章：高育在国际会议中心大厅约见祁同伟摊牌，二人多年利益关系纠缠在一起，高育良受到威胁，无法全身而退。第 39 章：侯亮平办理刘新建案子，遭到赵立春利益集团的疯狂反扑，高育良找到隐藏在检察院的最后撒手铜京州市检察长肖钢玉查办侯亮平。第 40、41 章：侯亮平被诬告与丁义珍、蔡成功实名合伙开公司，做煤炭生意，有工商登记为证，沙瑞金为保护侯亮平停止其工作。第 45 章：陆亦可在邻县找到证人尤会记，侯亮平所谓受贿，是蔡成功用他的身份证在银行分散办卡。第 47 章：刘新建交代，肖钢玉被纪检双规带走，高小琴双胞胎妹妹高小凤出场，干扰办案，诱骗侯亮平，被识破抓走。第 48 章：祁同伟护送高小琴逃跑，两人约定暗语，在得到不好消息后，独自开车到孤鹰岭。侯亮平通过内部刊物《公安通讯》载文，猜到祁同伟藏身地点。第 49 章：实施抓捕祁同伟。第 50 章：侯亮平去高育良家中，高育良被某带走。

两部小说的故事发生、发展、高潮、结局体现在：1. 故事发生：分别发生在（云都市、H 省）反腐形势一派低迷的背景下，男主人公检察官（杨天翔、侯亮平）空降当地，通过接受一改制后的国企老厂（国光厂国资流失、大风厂股权丢失）的案情举报，发现了涉及其中的民营企业（荣华集团、山水集团）与以（常务副省长赵长青、老干部赵立春）为首的腐败官员暗中勾结的蛛丝马迹，进而展开案件调查。2. 故事发展：分别选择"4·5"清明爆炸案和"9·21"车祸案作为检察官案件查办的切口，两起案件中的反贪局局长一个被炸身亡，一个被撞成植物人，同为影子局长，在他们身后均留下了通话录音和账本的涉案线索，直接牵扯出腐败团伙的重要成员白无瑕（农行行长、赵长青情妇）、刘新建（油气集团董事长、赵立春秘书）和污点证人万昌（逃亡在外）、刘庆祝（旅游时死亡）成为破案的关键，两名污点证人的下落又同被检察官登门到其情妇（老婆）家中，打探虚实后锁定。同时穿插了荣华集团、山水集团因为拆迁开发，与工人矛盾不断加剧，引发了占厂风波，（副）厂长（宋光昭、蔡成功）受到威胁，一路逃亡举报，被检察院找回作证，施以保护。3. 故事高潮：随着案件查办的深入，老师劝和失败，晏秋与白无瑕，侯亮平与祁同伟彻底决裂，利益集团疯狂反扑，杨天翔、侯亮平办案受阻均被停职，赵长青、高育良分别找到向荣华、祁同伟摊牌已难抽身，隐藏在检察机关的内鬼施义和肖钢玉分别现身，施义和泄露办案机密，向荣华制造车祸灭口阻止万昌返回作证。肖钢玉查办侯亮平与丁义珍、蔡成功合伙开矿，中止侯亮平审讯工作，阻止刘新建作证。荣华集团柳絮妹妹柳眉、山水集团高小琴胞妹高小凤最后出现，干扰办案被识破。4. 故事结局：荣华集团、山水集团与官员的腐败窝案告破，副省长赵长青团伙核心成员荣华集团董事长向荣华跳楼自杀既遂，柳絮柳眉姐妹暴露，柳眉被抓捕归案，贺鹏程被纪委双规，赵长青、白无瑕接受法律审判。老干部赵立春团伙重要成员油气集团董事长刘新建跳楼未遂，高小琴高小凤姐妹暴露，高小凤被抓捕归案，祁同伟自杀身亡，高育良被中纪委带走。

（二）18处人物设置

1. 杨天翔与侯亮平；2. 吕子风与陈岩石；3. 段明仁与陈海；4. 施义和、贺鹏程与肖钢玉；5. 秦汉民与季昌明；6. 安毅与纪检组长；7. 周海波、姚笑笑与周正、张华华；8. 刘剑冰与赵东来；9. 陈正宇与陈清泉；10. 赵长青、叶知秋与高育良；11. 曾红革、关山与李达康、易学习；12. 白无瑕与欧阳菁；13. 万昌与刘庆祝；14. 向荣华与刘新建；15. 柳絮、柳眉与高小琴、高小凤；16. 杨天翔妻、张立言妻与高育良妻、祁同伟妻；17. 宋光昭与蔡成功；18. 祁同伟。

（三）50处具体情节

1. 故事背景；2. 机关刊物；3. 年龄问题；4. 医院（养老院）探望；5. 家访；6. 交换案情；7. 发小情深；8. 修路找矿；9. 讲述战役；10. 酒色之徒；11. 回乡省亲；12. 饭局；13. 村妇喝药；14. 录音·账本；15. 寺院拜佛；16. 师生情谊；17. 宴请老师；18. 赛事；19. 喝咖啡；20. 探访工厂；21. 查案受阻；22. 巴结跑官；23. 证人死亡；24. 家中下棋；25. 商场刷卡；26. 驾驶宝马；27. 围攻警车；28. 银行摸底；29. 不雅照片；30. 公安出手；31. 水管反腐；32. 银行点钞；33. 执行搜查；34. 百姓庆祝；35. 老师劝和；36. 双方摊牌；37. 征地拆迁；38. 占厂风波；39. 事件定性；40. 帮派山头；41. 威胁举报人；

42. 执行双规；43. 分散贷款（办卡）；44. 家中打探；45. 里应外合；46. 集体行贿；47. 熟读马列；48. 制造车祸；49. 约定暗语；50. 跳楼自杀。

（四）78 处文字表达

1.《生死捍卫》：p. 19 走在校园的林荫道上，白玉兰花的幽香沁人心脾。p. 67 夜色中暗香浮动，仍然是白玉兰花沁人心脾的芬芳。p. 69 天地间一片寂静，星光坠入草丛，只听到玉兰花开裂的声音。

《人民的名义》：p. 88 白色路灯映照着几棵高大的玉兰树，院内宁静安谧，一对石狮子蹲在台阶旁。p. 145 她（欧阳菁）经常站在花园里发呆，或抬头仰望玉兰树上皎洁的花朵。

2.《生死捍卫》：p. 67 杨天翔做了一口深呼吸，陶醉在校园的夜色中："多美的夜晚！静谧、安宁，睡了都透出文化的气息。""更是熟悉而亲切的气息"。

《人民的名义》：p. 16 省委大院草坪刚修剪过，空气中弥漫着浓郁的青草香气，这是陈海最喜欢的气息。

3.《生死捍卫》：p. 67 在地灯微弱光线的照射下，小草发出幽幽的绿。

《人民的名义》：p. 103 （李达康）幽幽地问了一句："怎么？你见到那位侯局长了？"

4.《生死捍卫》：p. 32 官逼民反，民不得不反。

《人民的名义》：p. 103 这是官逼民反，逼得我去拼命啊……

5.《生死捍卫》：p. 37 图书室的书架上则摆满了马、恩、毛全集和中外名著，一本本线装古书显衬出主人的儒商品位（荣华大厦）。

《人民的名义》：p. 107 书柜里摆着不少经典书、流行书和线装书，竟然还有一套马、恩全集。p. 243 办公室的书柜里也摆满了马列经典著作，抬眼望去，一排排精装本犹如闪光的长城。

6.《生死捍卫》：p. 37 此刻，向荣华正站在办公室的鱼缸前，目不转睛地盯着穿梭的鱼群，里面全是名贵的鱼种，仿佛一个微缩的海洋世界。

《人民的名义》：p. 31 陈海办公室养着一缸金鱼，各品种的鱼儿色彩绚丽，悠然自得地漫游。

7.《生死捍卫》：p. 37 黑三忙不迭地俯身拾起碎片，轻手轻脚地拉上窗帘，他那如半截黑塔般的身躯，把窗外金色丝绸一样的黄昏，变成了一大块黑布。

《人民的名义》：p. 49 这家伙（王文革）比一般人高半头，又黑又粗，浑身腱子肉，看上去像一座铁塔。

8.《生死捍卫》：p. 225 白无瑕不动声色，递过一张金灿灿的信用卡。

《人民的名义》：p. 150（欧阳菁）就在几分钟前此卡在名品商场刷走了五千零三十元。

9.《生死捍卫》：p. 245 晏秋刚一坐进白无瑕那辆乳白色的宝马车，还没来得及问一声"去哪儿"，白无瑕猛的一轰油门，车子发疯似的朝城郊方向驶去……

《人民的名义》：p. 150 欧阳菁在停车场上了自己的宝马车，开着车近乎横冲直撞，驶往大街。

10.《生死捍卫》：p. 256 赵长青对权力的依恋，远远胜过对金钱的追逐。

《人民的名义》：p. 252 你就是给咱老师一座金山，他也会把它转换为权力！

11.《生死捍卫》：p. 290 贺鹏程是从家里被带走的，对他的双规进行得很顺利，检察院方面抽出安毅参加此次行动。

《人民的名义》：p. 333 肖钢玉是在自家门口被带走的。纪检组长和几个省检察院干警前去敲门，肖钢玉还以为找他商量侯亮平的案子。

12.《生死捍卫》：p.147（向荣华）到小月庵，灵佛寺是必经之地。

《人民的名义》：p.279 这一走，就走到东郊高古幽静的佛光寺。

13.《生死捍卫》：p.147 位于半山腰中的灵佛寺，是一座始建于初唐的寺庙……烧完三炷高香，向荣华跪拜在千手观世音菩萨的金身塑像前，虔诚地磕头作揖，做完祷告，捐了功德，他一脸落寞地走出大殿。

《人民的名义》：p.281 高育良上了香，在佛前作揖，面色平静安详。肖钢玉也跟着胡乱作揖。礼毕，高育良虔诚地往募捐箱塞了一张百元钞票。

14.《生死捍卫》：p.145 雨，紧一阵，慢一阵，下了整整一个上午不停。P。147 一声惊雷乍响，天空突然放晴，一道雨后彩虹齐天横跨。

《人民的名义》：p.98 下了一上午的秋雨停了，一道彩虹横跨天际。

15.《生死捍卫》：p.112 骂累了，屠夫娘子又跟着上，武妻不堪凌辱，当晚喝农药自杀，一气之下武超提斧血刃了朱屠夫。案发后数百村民联名上书，请求免除武超死刑。

《人民的名义》：p.147 李达康为了修路，在全县搞强行摊派，村村掏钱，人人捐款，为五块钱，把一个农妇逼得喝了农药。农村家族势力大，一下子闹了起来，几百口子族人，披麻戴孝陈尸县政府门口。

16.《生死捍卫》：p.39 好个揣着明白装糊涂！《人民的名义》：p.9 他揣着明白装糊涂。

17.《生死捍卫》：p.208 姚笑笑跟着一口干："别，别，有本事谁欺负你你找谁去。"

《人民的名义》：p.144 别，别，这不是难为领导嘛。

18.《生死捍卫》：p.304（施义和）"杀人三千，自伤八百"。

《人民的名义》：p. 309（侯亮平）打仗有个说法，毙敌一千，自伤八百。

19.《生死捍卫》：p. 226 白无瑕长出一口气，突然骂了一句："贺鹏程这混蛋找死！"

《人民的名义》：p. 180 侯亮平低声骂了句：混账东西，找死啊！

20.《生死捍卫》：p. 227 看清是警车标志，更有人控制不住情绪，砰、砰、砰地击打车身……车子开出老远，一群小孩，还在对着车屁股方向扔石块。

《人民的名义》：p. 51 涌出厂门的工人便向假警车扔石头，假警车屁股冒着黑烟，狼狈逃窜。

21.《生死捍卫》：p. 272 一大清早黑三就通过高音喇叭将国光厂改弦易主的事播放出去。p. 273 随从们一律着黑色西服，黑超遮面……面对成百上千个拳头，这个亡命之徒第一次有了害怕。p. 7 一堆辨不清原样的碳化物。

《人民的名义》：p. 50 厂内树干上的大喇叭及时响了起来。p. 52 性急的人开始推推搡搡，蔡成功脚下一绊，摔了个大马趴。

p. 54 打手们穿着一色黑衣黑裤。p. 56（三毛）被当场烧死，最终变成了一截无法辨认的黑炭。

22.《生死捍卫》：p. 151 夜晚，一艘停泊在天香河上的豪华游轮雅间里，杨天翔设宴为叶知秋接风，请来晏秋作陪。晏秋举着酒杯，不依不饶："老师偏心，不在第一时间通知我。"

《人民的名义》：p. 198 酒不喝，喝茶总可以吧？侯亮平挑了光明湖畔湖景茶楼，带了老师爱喝的碧螺春，老师总算答应来了。p. 202 一艘观光游轮缓缓驶过，抛下一片欢声笑语……p. 267 侯亮平喝着酒，闷声抱怨高老师：这也太不公道了，偏心偏得都让人吃惊！

23. 《生死捍卫》：p. 153—154 门在这时被服务小姐推开了，猛地一阵香风，送进一个时尚性感的妙龄女子。女子大大方方地叫了一声杨检，又对着叶知秋嫣然一笑，算是打过招呼，便作自我介绍……说话间，柳絮的一对柳叶眉一挑一扬，桃花眼含着笑意，月牙口一咧，露出两排糯米牙。柳絮眼中放光："小女子见识虽少，却也懂师道尊严，尤其是杨检的老师，该尊为诗圣了，叶教授，我敬您一杯。"柳絮在场面上的应酬向来游刃有余，对杨天翔三人她显得热情主动，但不黏腻难缠。

《人民的名义》：p. 39 这是一位风姿绰约的女人，清雅秀丽，身材苗条，双眼顾盼生辉。书卷气与江湖气微妙的混合，使她显得不同凡响。李达康暗暗决定帮助她，不是因为她的美貌，而是为了自己这份宏图大业。p. 105 这样，侯亮平在检察院大门口第一次见到了高小琴。美女老总艳而不俗，媚而有骨，腰肢袅娜却暗藏刚劲，柳眉凤眼流露须眉之气，果然不同凡响！

24. 《生死捍卫》：p. 171 一条僻静的小街尽头，一个名叫"伊人吧"的咖啡屋里，赵长青与白无瑕相视而坐，两杯刚刚煮出的咖啡，缭绕着赭色的水雾，在俩人的眼前聚散离合，盘旋交织。白无瑕丰盈妙蔓的身体包裹在一袭黑色的纱裙里，皮肤白皙得可以挤出奶液，此时无论咖啡吧里如何的暗色，也压抑不住她的绝色风姿，只能一味暧昧地迎合。白无瑕本来心不在焉地啜着咖啡，此刻停下来，一下泪盈于睫。p. 36 荣华大厦是荣华集团的总部……，矗立在两街的丁字角街口上。

《人民的名义》：p. 142 二人来到街口拐角处，推门进入一家咖啡厅。灯光幽暗，音乐袅袅，咖啡香气四下弥漫。……街灯照着陆亦可的侧影，她低头搅拌饮品，神情忧郁。p. 18 办公桌上只留一盏台灯，师生二人（高育良和祁同伟）对面而坐，气氛就变得亲近而又多少有些暧昧了。

25. 《生死捍卫》：p. 76 都知道这个"皇城根儿"检察长有

两大爱好，一是酒，二是色，于是私底下又有人叫他"酒保检察长""蛇（色）胆检察长"。

《人民的名义》：p.71 就是喜欢泡女干部嘛，晚上经常拉扯着一帮女干部四处喝酒。只要一喝，肯定要把一两个女干部喝倒，送去挂水，影响非常不好，背地里大家都称他花帅。

26.《生死捍卫》：p.77 赵副省长晋升为市委秘书长那年，他特地回了一趟赵家凹，专程看望老贫协主席。那时老贫协主席已瘫痪在床好几个年头，见到赵副省长进来，老人抖抖索索地挣扎着想从床上坐起，可越想起来越是起不来，情急之下，一声"阿嚏"打了一个喷嚏，紧跟着鼻涕、口水、眼泪什么的全都出来了。

《人民的名义》：p.72 赵立春同志回乡上坟，我和祁同伟陪同。祁同伟真做得出来啊，到了赵家坟头跪倒就哭，眼泪鼻涕全下来了……

27.《生死捍卫》：p.259 杨天翔哈哈大笑："……大学时，我们是上下铺，他是室长，我的年龄最小，没少给我关照"。

《人民的名义》：p.33 陈海大喊胡扯，诉苦说："四年大学，这猴子总睡下铺，难道是我孔融让梨吗？……"最后只得自愿让出下铺。

28.《生死捍卫》：p.10 天香河在万家灯火的映照下宛如一条彩带，缠着、绕着，追着大路，缓缓流向远方。

《人民的名义》：p.105 银水河伴路并行。

29.《生死捍卫》：p.256 国有财产，其实是不知道产权属于谁的财产，也往往是经营得最糟糕的财产。

《人民的名义》：p.332 全民所有制，全民所有就是全民没有！

30.《生死捍卫》：p.43 你的脚下布满荆棘，你的前方将是变数和凶险。

《人民的名义》：p.130 小路不好走啊，有荆棘，有陷阱。

31. 《生死捍卫》：p.232 刘剑冰打了一个哈哈，"天翔，你是一个福将，什么事到你那里都是柳暗花明。"

《人民的名义》：p.190 这真是柳暗花明又一村啊！会审失败，线索断了，不承想赵东来突出奇兵，来了个中路突破。

32. 《生死捍卫》：p.232 刘剑冰和杨天翔早已成为一对心有灵犀的朋友。

《人民的名义》：p.188 赵东来心有灵犀，说已经开始查了。

33. 《生死捍卫》：p.208 夜啤广场，周海波、姚笑笑和院里的几个年轻人围坐在一个烧烤摊前。

《人民的名义》：p.218 这场酒喝得有意思，就在马路旁边的大排档吃烧烤，喝啤酒。p.183 领导反倒提出晚上请他吃烧烤。

34. 《生死捍卫》：p.210 一个帅气的小男孩脚踩滑滑板，在人群中灵巧地穿梭滑行，时而矫健如鹰，时而轻盈如燕，时而翘板，如一只涨满的风帆，时而速滑，闪过优美的弧线。

《人民的名义》：p.304 他时而倒立，时而腾挪，让矫健的身体上下翻飞。

35. 《生死捍卫》：p.233 一排保险柜占据了曾红革办公室的整整一面墙壁，打开柜门，里面的东西琳琅满目，足可以开一个小型百货超市。

《人民的名义》：p.5 侯亮平把目光投向靠墙放着的一大排顶天立地的铁柜上。赵德汉交出一串钥匙，干警们依次打开柜门，高潮暮然呈现在众人面前。

36. 《生死捍卫》：p.233 检察院的车子刚一驶出县府大院，老百姓开始燃放鞭炮，敲起锣鼓，这是一个比过年还快乐的日子，是一个让人尽情释放爱憎，表达心愿的时刻。一位白发老人突然跪在街边，眼噙泪水，口中大呼"共产党万岁！"当这个苍凉而衰老的声音一经喊出，犹如一颗火种再次点燃人们心中的热爱和激情。

《人民的名义》：p. 260 李达康口气极其严厉：你们不想升了就无所谓了，但党和人民有所谓啊，不能容忍你们浪掷国家崛起、民族复兴的宝贵时间和机遇！你们也别认为自己多了不起，地球离了谁都照样转动，照样坐地日行八万里！你们现在离开了各自的领导岗位，坐到这里来学习了，知道当地老百姓是啥反应吗？老百姓那是大放鞭炮，高呼苍天有眼啊！

37.《生死捍卫》：p. 8 会议室的气氛沉闷得令人窒息，很长时间没人开口讲话。市委书记钟良表面看来异常平静，但他的内心却翻涌着铺天盖地的波涛……"应该不会出错"，陈正宇一个转体，巧妙地把球踢给了杨天翔（检察院）。p. 10 众人纷纷起身，钟良单独叫住了杨天翔，但他说的却是市检察院副检察长张立言辞职一事。

《人民的名义》：p. 10 季昌明扼要汇报情况。高育良和李达康神情严肃地听着。气氛很重压抑。陈海清楚，每位领导肚子里都有一本难念的经，但表面上千篇一律，永远都是没有表情的表情。p. 11 但老师就是老师，绝不会直接表露自己的意思，便把球传到省检察院这边来了。p. 18 高育良叫住祁同伟："哦，祁厅长，我还有事和你说。"

38.《生死捍卫》：p. 31 无论是我们的审判机关还是检察机关，任何时候都不要忘记在我们名字的前面，惯有"人民"二字。p. 99 我们是人民检察院，我们的大门为什么不向人民敞开？p. 122 我得提醒你，赵省长是西京人民的省长，可不是专给你曾县长擦屁股的。p. 311 因为我手中的权力是人民给的，只能属于人民，只要人民不答应，它是金也不换，亲也不换！p. 336 只要还是人民当家做主，就绝不容许腐败有藏身之地！p. 342 从来没有绝对的权力，更没有拥有绝对权力的官员，因为真正的权力所有者是人民。

《人民的名义》：p. 202 亮平，你要给我记住，我们的检察院叫人民检察院，我们的法院叫人民法院，我们的公安叫人民公安，所以我们要永远把人民的利益放在心上，永远，永远！我们是人民当家做主的国家，一切权力属于人民，我们要把人民赋予我们的权力真正用来为人民服务。你死了，他们就安全了，他们就可以继续以人民的名义夸夸其谈了！老同学，你说你在这里找到了人民，那就请你以人民的名义想一想。

39.《生死捍卫》：p.311 向荣华掐灭手中的最后一支香烟，拨通了杨天翔的手机。

《人民的名义》：p.112 李达康把最后一支烟放进烟灰缸，用力掐灭，拿起电话通知保姆。

40.《生死捍卫》：p.203 双方炮马相争，相互捉吃，啪的一声一子卜去。

《人民的名义》：p.266 高育良"啪"地拍下一颗棋子，语调严厉地说。

41.《生死捍卫》：p.54 "行，没问题。"这一次刘剑冰主动伸出手来。

《人民的名义》：p.96 分手时，侯亮平凝视着赵东来的眼睛，主动伸出手来。

42.《生死捍卫》：p.22 主监区坐落在磨心，山脚那条自下而上的索道恰似磨槽，岗楼像矗立的磨柄，高出周边所有的山头，执勤的哨兵亦被称作"云中哨"。

《人民的名义》：p.41 厂区制高点上，一面巨大的国旗高高飘扬。国旗旁设有瞭望楼，一名工人胸前挎着望远镜，站在楼顶向他敬礼。

43.《生死捍卫》：p.57 这是她生命中的另一份庆幸，晏秋与无暇同岁，只小月份，这对自小长在一起的朋友，从认识的那天起就形影相随。p.58 女孩追了几步没追上，这才返回来，从衣兜里掏出一条雪白的小手绢，在晏秋的脸上、身上一点一点仔细地、轻轻地擦拭："别怕，有我在，今后他们再也不敢欺负你了。"……晏秋乖乖地被这个叫白无瑕的女孩牵着手向家走去。……一对天使般的女孩并肩走在一条童话般的小径上，一份童真的友谊在岁月的浓情中醇香发酵。

《人民的名义》：p. 44 一年级起两人就在一块儿厮混，他（侯亮平）是优等生，蔡成功是劣等生，却奇怪地成为好朋友。主要是蔡成功像狗皮膏药一样老黏着他，抄他作业，沾他点威信，好在同学们中间抬得起头来。小学期间顽劣无比的蔡成功只听侯亮平的话……两人虽没有多少来往，发小的感情还是挺深的。

44. 《生死捍卫》：p. 276 当年的云都第一个吃螃蟹、摸石头过河，既然是第一个，就存在经验不足，既然是改革，就必然会触动一些人的利益，历史遗留的问题应该站在历史的视角去审视和处理，绝不是某一个人的原因和责任。

《人民的名义》：p. 275 刘新建振振有词：没错有些投资是赔钱了，改革的失误嘛！当年赵立春老书记说过，可以失误，可以试错，但不能不改革！改革就是摸着石头过河，难免要摸不到石头呛一嗓子喝几口水。

45. 《生死捍卫》：p. 137 晏秋驾着车，缓缓驶过城郊接合部密密麻麻的民房。

《人民的名义》：p. 227 这对狗男女在京州城乡接合部租农民的房住。

46. 《生死捍卫》：p. 95 万丈阳光照在顶楼会议室两面巨大的玻璃墙上，金色的光点与室内空气中浮动的微尘，在热烈而活跃的氛围里一起跳跃，升腾。

《人民的名义》：p. 106 山下是一幢高层现代建筑，玻璃幕墙在阳光下闪闪发光。

47. 《生死捍卫》：p. 95 春日的午后，蓝天下，一面鲜艳的国旗飘扬在市检察院上空。

《人民的名义》：p. 259 只有那面旧国旗还高高挂在旗杆上，于初冬的北风中猎猎作响。

48.《生死捍卫》：p.284 好像检察系统出了一个什么学院派，什么师兄妹，我看今后凡在云都市检察院工作，都必须是同宗同门，简直乱弹琴！

《人民的名义》：p.21 作为秘书帮的头号人物，李达康对高育良不太服气。他从政的资历比高育良深，高是学院派，他是实干家。

49.《生死捍卫》：p.115 周海波的侦查小组秘密赶赴邻省，对油茶树种苗窝案重新取证。p.116 这次秘密赶赴邻省，是去寻找油茶树案件当年的行贿人。p.174 为了彻底打消蒋宣的侥幸念头，杨天翔决定将其秘密关押在邻市看守所。

《人民的名义》：p.323 岩台和邻省哪个县接壤？桥头县！这两个人应该是被桥头县法院司法拘留了。

50.《生死捍卫》p.306 张立言和周海波刚刚前来辞行，这会儿正在去机场的路上，即将赴云南执行抓捕万昌的任务。

《人民的名义》：p.56 侯亮平是在云南看到视频的，他带队在昆明调查赵德汉案的另几位行贿者，当晚在大排档吃夜宵。

51.《生死捍卫》：p.311 这场蓄谋已久的阴谋，便是向荣华逼杨天翔就范的撒手锏，在这最后时刻，给抛了出来。

《人民的名义》：p.279 现在，高老师高书记高育良同志就在等那把撒手锏了。

52.《生死捍卫》；p.318 茫茫白雪中有一点醒目的红在移动。

《人民的名义》：p.352 侯亮平身上落满了白雪，几乎成了一个移动的雪人。

53.《生死捍卫》：p.319 两个不同信仰相同智商的女人能凝神专注于一个话题，她们的心灵已经开始了会晤……

《人民的名义》：p.185 侯亮平和陈海进行着心灵的对话，并没注意到这一细节。

54.《生死捍卫》：p.246 晏秋没有立即上车，独自向不远处的一片荷田走去。

《人民的名义》：p. 134 李达康和沙瑞金下了车，立在湖滨举目远眺。此地也是一景，名为万亩香荷湖。

55.《生死捍卫》：p. 96 反方辩手周海波使劲地挥拳作答，浑身透出志在必得的豪气。p. 105 李万年点头作答。p. 131 "冬冬再见！"杨天翔挥手作答。p. 203 张立言以棋语作答。

《人民的名义》：p. 121 陆亦可仿用一句台词作答。

56.《生死捍卫》：p. 201 易竟凡拿起来粗略地看了一遍，又放下："哼哼，心肌梗死，真被说准了"。

《人民的名义》：p. 223 举报人刘庆祝，九月二十一日在岩台山旅游时死于心肌梗死。

57.《生死捍卫》：p. 294 什么"官场不倒翁"，一个十足的"官场油子"。p. 303 施义和不明白"不倒翁"吕子风怎么这时"一边倒"？

《人民的名义》p. 14 老师就是高明，要不怎么能成为 H 大学和 H 省官场的不倒翁呢？

58.《生死捍卫》：p. 15 他转身走到书橱前，打开橱柜门，从里面随手抽出一本近期的《人民检察》翻看。这是最高人民检察院的机关刊物。

《人民的名义》：p. 343 赵东来也挺感慨：亮平，看来你在祁同伟身上下了不少功夫啊！连内部刊物《公安通讯》都注意到了！

59.《生死捍卫》：p. 31 此刻更透露出一种压抑的威严。

《人民的名义》：p. 78 他（侯亮平）便压抑着兴奋。

60.《生死捍卫》：p. 210 空洞的道理一经你的嘴就变得诗情画意了。

《人民的名义》：p. 6 这人真他妈的奇葩一朵，竟然能把贪婪升华为田园诗意。

61.《生死捍卫》：p. 237 向荣华："……你在国外待久了，

的确不知道中国的国情,这是一个人情社会,一个血缘地域社会"。

《人民的名义》:p. 270 中国就是个人情社会嘛,咋说我也不能不管乡亲们!

62.《生死捍卫》:p. 82 接待地点在一楼大厅,大厅正对门处是一面影壁墙。第一个上访对象便是幼女于虹的父母。

《人民的名义》:p. 190 陈岩石这老头儿也真逗,本身就是离休老检察长,从季昌明到他们反贪局的大小头儿,没有不认识的,可他偏要到举报大厅登记举报。

63.《生死捍卫》:p. 325 在一段弯道地带,黑三开着一辆皮卡车从斜刺里冲出来,朝囚车撞过去……这是一场十分惨烈的车祸,黑三和司机当场死亡。

《人民的名义》:p. 79 事后得知,陈海和他通这个电话时,正沿着斑马线过马路,一辆卡车穿红灯直冲了过来!车头正撞中陈海,把陈海整个人都撞得飞了起来。

64.《生死捍卫》:p. 172 从一个黄毛丫头到权贵女人,除了自己的才智和机谋外,不能不说没从赵长青身上更汲取养分。

《人民的名义》:p. 235 李达康不失时机地点出问题要害:关键在"权贵"二字上。

65.《生死捍卫》:p. 314 言语中透出的那份悲怆,令秦汉民动容。

《人民的名义》:p. 68 陈岩石讲得动容。p. 69 常委们此时情绪激动,无不动容。p. 210 沙瑞金怔了一下,动容地道:好,说得好啊,太好了!

66.《生死捍卫》:p. 61 听支书说,近几年由于过度开采,矿层受到很大破坏。

《人民的名义》:p. 209 民力民资不可使用过度,得一步步来嘛!

67.《生死捍卫》:p. 62(耿顺开)挎一壶冷水,拎两块干馍，带上老黄狗，整天在山里转悠。

《人民的名义》：p. 209 李达康就是不听，开着县里唯一的一辆破吉普，在山里乱钻。

68.《生死捍卫》：p. 229 "杨检，贺鹏程出事了！"安毅将从网上下载的两张新闻图片递给了杨天翔，边说边瞅着杨天翔的脸色，"一个回乡大学生拍的，现在网上的点击率已达几十万次，跟帖数千人，而且还在不断攀升。"

《人民的名义》：p. 199 其中一张照片是陈清泉怀里搂着一个外国洋女人喝交杯酒。还有一张照片是陈清泉和高小琴一起在山水度假村打高尔夫球。

69. 山水度假村打高尔夫球。高育良戴上老花眼镜，仔细翻看着照片，问道：这是从哪儿下载的啊？侯亮平说：陈岩石最近从网上下载的。

《生死捍卫》：p. 299 前不久老公出了车祸，肇事司机缺德，撞了人，就跑了。

《人民的名义》：p. 187 现已查实，肇事司机有黑社会背景，四年前酒驾撞死过一个人，被判了两年刑。

70.《生死捍卫》：p. 64 杨天翔以一种超越虔诚的庄严，尽量弯腰。p. 44 两双手紧紧地握在了一起，在这个沉静的夜晚，完成了一个庄严的交接。

《人民的名义》：p. 61 李达康愣住了，片刻，近乎庄严地说。p. 250 祁同伟有些酒意，满脸庄严地吹捧赵家老爷子。

71.《生死捍卫》：p. 174 他们都是张立言亲自点将，从县区院抽调上来的办案骨干。

《人民的名义》：p. 223 季昌明表示说：从下面各市检察院抽调一些人员来帮忙吧。

72.《生死捍卫》：p. 329 一个对金钱以"万"为计数单位的人最终由一枚硬币来决定生死。

《人民的名义》：p. 7 侯亮平拍了拍赵德汉肩膀，能精确到百位数，你记忆力真好。

73.《生死捍卫》：p.71 杨天翔正在纳闷，以晏秋的条件怎么还不是中共党员。p.228 杨天翔随后转到了另一个话题，"我想知道，这么多年是什么原因你没有入党？"

《人民的名义》：p.360 吴老师是党外教授。

74.《生死捍卫》：p.254 两人长达近20年的交往，实质上就是一种政治和经济的双向渗透，虽然你中有我，我中有你，但既然现在变成了身上的一块瘤子，就必须毫不留情地摘去。

《人民的名义》：p.271 多年的利益关系把这对师生纠缠在一起，现在灾难临头，谁也无法独善其身。

75.《生死捍卫》：p.102 贺鹏程听出了话中的双关语，把杯子往桌上重重一扣："施检，我叫你一声大哥，还要怎么悠，我们都快成他妈的夹尾巴狗了，教育整顿、检务督察，姓杨的还要不要人活了？不但规定不能喝酒，连车也不能停饭店，你一个检察长，就今晚这顿饭，是走路来的？还是打的来的？有首歌叫什么来着，'十八不亲'，我看市检察院快成'十八不准'了，什么东西！高检院也才'八不准'呢!"

《人民的名义》：p.108 高老师为避嫌不能来，但很重视今天的接风。亲自规定了几条，一不准用公款，二不准吃老板，三不准喝名酒，还不准用公车……所以你侯亮平才因祸得福，享受了美女老总的专车待遇。

76.《生死捍卫》：p.329 （向荣华）死到临头，才发现自己犯下了一个致命的错误：作为商人，掺和政治。

《人民的名义》：p.109 侯亮平益发惊奇，一个商人，还这么关心政治啊？

77.《生死捍卫》：p.276 临近下班时间，突然接到紧急通知，召开省委常委会，在会上陆真通报了国光事件，并定性为因国资流失而导致的一起群体事件。

《人民的名义》：p.66 新书记调研回京州没几天，就主持召开了中共 H 省的省委常委会……一个经济大省有史以来第一次向全世界进行了一场群体事件的现场直播。

78.《生死捍卫》：p. 212 儿子滴答第一个冲了出来，"爸爸，生日快乐！"没等杨天翔反应过来，噌的一下，一个猴子上树，搂住了他的脖子。p. 259 杨天翔哈哈大笑："……大学时，我们是上下铺，他（西京市院公诉处长）是室长，我的年龄最小，没少给我关照。"

《人民的名义》：p. 3 卫生间的马桶在漏水，隔上三两秒钟"滴答"一声。p. 26—27 当年在 H 大学，他（陈海）和侯亮平、祁同伟被称为"政法系三杰"。虽然都是好朋友，陈海心底与侯亮平走得更近一些，猴子同学尽管毛病不少，但心眼正，为人实在。p. 33 咱们这位侯处长当年就是只活蹦乱跳的猴子，他上床不是上，是蹦！我只要睡了下铺，他就猴性大发，常把我从梦中蹦醒。这家伙晚上不回来我不敢睡，最后只得自愿让出下铺——猴子，求你别蹦啦，安静点在下铺躺着吧！

以上事实，有当事人提交的证据及当事人陈述等在案佐证。本院认为，根据《中华人民共和国著作权法》第四十七条第（五）项的规定，剽窃他人作品的，应当根据情况，承担停止侵害、消除影响、赔礼道歉、赔偿损失等民事责任。未经许可改编他人作品并在使用时没有表明原作者身份的行为属于据他人作品为已有的剽窃行为，侵犯了原作者的改编权和署名权。本案中，×某主张周梅森未经许可改编其小说《生死捍卫》且未注明其原作者身份反而署名作者为周梅森故而认为侵犯其改编权、署名权，实质上是主张周梅森创作小说《人民的名义》构成对其小说《生死捍卫》的剽窃。由于是否构成实质性相似是认定是否构成剽窃的前提，故判断《人民的名义》与《生死捍卫》是否构成实质性相似即为本案的焦点问题，这在一审和二审是一致的。对于两部篇幅较长的小说而言，认定是否构成实质性相似往往以当事人认可的抽查比对方式进行。此类案件的审理也通常依据主张构成实质性相似的一方当事人的举证进行梳理和比对。虽然×某在二审中主张两部小说的相似性体现在故事结构、18 处人物设置、50 处具体情节、78 处文字表达等方面与一审时其认为相似性体现在破案线索的推进及逻辑编排、角色设置、人物关系、情节、具体描写等方面有所不同，但是并未改变认定两部小说是否构成实质性相似这一焦点问题。因此，本院将以×某二审调整的比对内容为脉络进行审理认定。

著作权制度的目的在于促进文学、艺术和科学领域的创新与繁荣。为实现这一目的，著作权法应维护激励作者创作与满足社会对知识和信息的需求之间的平衡。为达到这种平衡，必须恰当确定著作权客体的范围，而著作权客体的范围取决于对作品的认定。为此，在司法实践中产生了思想表达二分法的法律原则，即著作权法只保护表达、不保护思想。这意味着只有表达才能构成作品，而思想不能构成作品。但是，并不是所有的表达都能构成作品，只有具备独创性的表达才能被认定为作品进而获得著作权法的保护。那些属于公有领域的表达不能被个人所独占，因而并不属于著作权法的保护范畴。

小说属于以文字形式表现的文字作品，由题材、主题、结构、人物、情节、背景等内容构成。小说中的表达不局限于遣词造句层面的文字性内容，故事结构、故事情节、人物设置同样是小说表达的组成部分。判断请求保护小说中的哪些表达属于具有独创性的表达是对两部小说进行实质性相似认定的前提。只有当被诉侵权小说中的相应内容与请求保护小说中的独创性表达部分构成过相同或相似时，才有可能认定为构成剽窃。

鉴于"表达"是著作权法领域的一个特定概念，是判断是否构成作品、应否受到著作权法保护的前提。而×某所述"78处文字表达"其实强调的是小说中直接呈现的文字描写。这些文字描写是否属于著作权法意义上具有独创性的"表达"正是本案认定的内容。为了避免产生概念混同，本院在阐述中将

"78 处文字表达"改为"78 处文字描写",以与著作权法意义上的表达相区分。基于此,对于《人民的名义》与《生死捍卫》在故事结构、18 处人物设置、50 处具体情节、78 处文字描写等方面是否构成实质性相似,分别阐述如下:

一、关于两部小说的故事结构是否构成实质性相似的认定

"开端、发展、高潮、结局"是小说故事结构的基本模式。×某在本案中请求保护的"故事结构"并非这种高度概括的故事结构模式,而是将包含着小说的线索设置与情节发展等具体内容的"故事结构"作为比对内容。对于这种"故事结构"是否受到著作权法的保护,取决于它是否构成具有独创性的表达。当小说中通过故事情节的前后衔接、逻辑编排呈现出了个性化的故事发展脉络、有独创性的谋篇布局展现时,这样的故事结构是受到著作权法保护的。结合本案,判断×某所主张的两部小说的"故事结构"是否构成实质性相似,有必要在梳理总结两部小说在故事脉络、主要故事情节、故事线索推演与逻辑编排等谋篇布局、整体构思上的具体内容之基础上进行认定。

小说《生死捍卫》是以检察官调查为叙事主线、以案件侦破为叙事演绎,设置了主线检察线、副线政治线,两条线交叉推进的故事架构。故事内容以爆炸案、田军军抢劫猥亵幼女案、高阳县苗木受贿案、国光厂国资流失案这四个案件为脉络进行谋篇布局,或展现人物形象、或推动情节发展、或烘托小说主旨。小说开篇的爆炸案作为引子,牵扯出的花石湾矿转让纠纷、法官枉法裁判、遗留磁带录音、揭发检举内容等为后续核心案件国光厂国资流失案提供了侦破线索的铺垫。在爆炸案推进的同时设置了用于刻画反派人物形象的田军军抢劫猥亵幼女案。小说前半段设置重点案件高阳县苗木受贿案,该案中检察院公益诉讼受阻、侦查突破之际证人猝死、房屋漏水暴露私藏巨款等情节设置逐渐揭露了全国样板"高阳模式"中复杂纠葛的政

商利益关系。小说核心案件国光厂国资流失案在开篇不久以匿名举报信埋下伏笔，在小说后半段逐渐铺展。该案中国光厂工人围堵、群体性突发事件爆发、知情人揭露内幕、老检察长交出卷宗、布局实施抓捕、恶势力设计反扑等情节设置将整部小说的人物矛盾和故事冲突推到高潮。最终政商勾结、行贿受贿、违法放贷、骗取国资的案件告破，"农业学高阳，工业学国光"的神话破灭，整个故事以犯罪分子得到惩处、反腐败斗争获得胜利而结束。而小说《人民的名义》在故事架构上同样设置双线线索，主线是检察官的案件侦查，副线是错综复杂的官场关系，两条线索交叉共进。但是，与《生死捍卫》不同，《人民的名义》在故事脉络上没有相对独立的案件阐述，整个故事推演与谋篇布局通过前后情节与线索的铺设，使人物塑造、主题表现、故事发展环环相扣、一气呵成。小说以查办小官巨贪开篇，受贿人检举揭发副市长行贿。抓捕副市长过程中有人通风报信致使行动失败。大风厂工人举报副市长与山水集团不正当利益、股权质押有黑幕。山水集团强拆大风厂、工人护厂引发"九一六"事件。反贪局局长侦查接近真相时遇害昏迷，男主人公临危受命。大风厂老板举报银行副行长受贿、刷卡锁定证据。三堂会审失利、线索中断之时，获知向反贪局长举报之人来自山水集团。对山水集团试探性扫黄，中院副院长被抓。前省委书记儿子斡旋捞人，与山水集团的利益链浮出水面。对银行副行长审讯突破，供出涉及银行、山水集团、省油气集团、大风厂的过桥款实情，窝案、塌方式腐败显现。省油气集团董事长被捕，贪腐犯罪团伙摆"鸿门宴"，设计陷害、阻挠侦查，将故事冲突和矛盾引向高潮。困局之际，三张照片揭露美色腐败往事。重新侦查违法乱纪行为，H省官场政治生态存在的问题得以揭露，整个故事以贪腐犯罪成员一一接受制裁而结束。通过比对可知，两部小说经由各自的故事发展脉络、侦破线索推演、前后逻辑编排、故事情节推进等设置内容呈现出了个性化的具体故事结构表达，有着较为明显的差异性。虽然《生死捍卫》在故事结构层面有其独创性表达，应当受到著作权法的保护。但是，《人民的名义》的故事结构与之相较并未构成实质性相似。尽管两部小说均采取了主线检查线、副线政治线的双线线索设置，但这是反腐题材小说常用的结构模式，并非《生死捍卫》的独创性表达内容，不属于《生死捍卫》这部作品著作权保护的射程范围。

二、关于两部小说的人物设置是否构成实质性相似的认定

人物塑造是小说创作的核心。情节设置和环境描写都围绕人物塑造而展开。人物与情节、环境相互交融，不可分割。人物设置构成实质性相似之所以会导致阅读体验中的雷同感，是由于与人物有关的特定故事情节和环境描写段落中的人物经历、人物矛盾、人物对故事情节发展的作用等具体内容所刻画、塑造、呈现出的具有独创性的人物设置表达构成了相似。×某在本案中主张两部小说存在 18 处构成实质性相似的人物设置，以三处为例：

（一）段明仁与陈海

《生死捍卫》中的段明仁作为云都市检察院反贪局长是一个反面形象，同时也是一个没有正式出场的背景人物。其参与的故事情节是在小说开篇的爆炸案中被村民耿顺开炸死。这一故事情节的推进为后续核心案件国光厂国资流失案埋下了重要的侦破线索：一方面，虽然耿顺开遗留的账册（花石湾矿的收支明细）对后续故事发展没有起到作用，但遗留的磁带录音提及段明仁让耿顺开去银行贷款的对话，将案件侦破线索引向了农业银行行长白无瑕；另一方面，在段明仁与耿顺开的花石湾矿转让纠纷中枉法裁判的云都市中院法官汪毓敏在服刑期间检举了携款潜逃的农业银行信贷处处长万昌给段明仁违法放贷的情形。由此，农业银行白无瑕、万昌涉嫌犯罪的事实昭然若揭。

而《人民的名义》中的陈海虽然也是反贪局局长，但其作为 H 省检察院反贪局长是一个正面形象，与男主人公最高检反贪总局侦查处处长侯亮平是老同学，父亲是 H 省检察院前常务副检察长陈岩石，与侯亮平、H 省公安厅厅长祁同伟并称"政法系三杰"，三人均是 H 省委副书记兼政法委书记高育良的学生。陈海在小说中参与了重要的故事情节，如参与抓捕京州市副市长丁义珍行动并亲历丁义珍逃跑过程，侦查获知丁义珍同山水集团与大风厂的股权风波存在牵连以及一批干部在光明湖畔腐败，在和举报人见面路上遭遇车祸被撞昏迷。这些都与《生死捍卫》中的段明仁仅仅作为小说情节发展背景及开篇线索的作用截然不同。而且，陈海被撞昏迷的情节有着重要的剧情推动作用：一方面，男主人公侯亮平临危受命接替陈海出任 H 省检察院反贪局代局长继续侦查工作；另一方面，为后续京州市公安局局长赵东来从陈海车祸现场被轧坏的手机中提取出山水集团财务总监刘庆祝要举报贪官并有账本要交给陈海的录音内容作出铺垫。通过比对可知，虽然《生死捍卫》中的段明仁这一人物设置有其独创性表达，应当受到著作权法的保护。但是，《人民的名义》中的陈海与其相比有着完全不同的人物形象、社会关系，参与不同的故事情节，有着不同的剧情作用。二人唯有相似的是同为反贪局局长、均涉及录音和账本元素。但这些相同的元素在各自小说中发挥着不同的作用，与不同情节、环境相联系产生了完全不同的读者阅读体验，并没有雷同感。

（二）白无瑕与欧阳菁

《生死捍卫》中的白无瑕是云都市农业银行行长。面容姣好、气质优雅、极具女人味的白无瑕在性情之中既有对情人常务副省长赵长青"敬之如父、尊之如兄、爱之如夫"的爱情向往，又有干练、机敏、泼辣、懂权谋、会手腕、心机重的一面。她作为贪腐犯罪集团的核心成员参与了众多核心的故事情节，如利用职务便利向段明仁违规放贷，给高阳县县长曾红革的油茶树项目贷款，在国光厂收购中与荣华集团董事长向荣华里应外合套取银行资金，指使云都区检察院检察长贺鹏程协助万昌成功逃脱并试图与向荣华合谋杀害万昌，利用与云都市检察院公诉处处长晏秋的姐妹情谊打听检察院侦查进展并向向荣华告密等，也曾在商场刷卡买包与招摇过市的田军军母亲显富斗气。而《人民的名义》中的欧阳菁则是京州城市银行主管信贷的副行长，京州市市委书记李达康的分居妻子，女儿留学美国。欧阳菁与白无瑕一样气质出众，但性情相对单纯，没有白无瑕的泼辣与权谋。她在工作狂丈夫李达康身上得不到梦想中的爱情转而将情感寄托于韩剧《来自星星的你》，受到大学同学王大路的很多帮助。作为反面形象的欧阳菁收受贿赂违法放贷、参与谋取大风厂，但其他核心案件并未参与，其在小说中主要起到作为案件侦破和情节发展的线索作用：因大风厂老板蔡成功举报、在商场使用受贿银行卡购物被抓现形，经审讯供出涉及京州城市银行、山水集团、省油气集团、大风厂的过桥款腐败窝案实情。通过比对可知，虽然《生死捍卫》中的白无瑕这一人物设置有其独创性表达部分，但《人民的名义》中的欧阳菁与其相比有着不同的社会关系、人物经历、形象刻画、故事情节，在剧情发展中起到不同的作用，有着差异化的人物设置内容和意义。两人相似之处是均面容姣好、气质出众，内心渴望与追求爱情，作为银行系统领导参与收受贿赂违法放贷、试图阻碍案件调查、曾在商场刷卡等。但是，上述层面的人物设置与选择编排并非《生死捍卫》的独创性表达部分，这些抽象出来的要素虽然是相同或者相似的，但当其与各自小说中的其他大量不同的表达融合在一起时，对于读者来说即有着完全不同的阅读感受，并未构成实质性相似。

（三）柳絮、柳眉与高小琴、高小凤

《生死捍卫》中的柳絮是荣华集团总经理、向荣华的情人。时尚性感、善于应酬的柳絮在小说中参与的故事情节并不多，仅在协助向荣华召开新闻发布会宣布茶油加工厂因火灾被烧毁关闭、在男主人公杨天翔和晏秋豪华游轮上宴请老师叶知秋时进包间寒暄应酬、陪白无瑕商场买包与招摇过市的田军军母亲显富斗气等场景中有所出现。《生死捍卫》中的柳眉是柳絮的亲妹妹，仅在小说接近结尾处出现，向荣华将其安排在杨天翔的外甥可儿身边、诱骗可儿落入圈套"侵占公款"被抓，以此威胁杨天翔停止对国光厂的调查。柳絮、柳眉仅是小说中的次要反面人物，核心事件均未参与，小说也没有对二人长相是否相似的描写。而《人民的名义》中的高小琴是山水集团老总、H省公安厅厅长祁同伟的情人。风姿绰约、艳而不俗的高小琴有着"阿庆嫂"风范，具有"书卷气与江湖气微妙的混合"，与祁同伟育有一子，两人台前幕后、巧取豪夺、聚敛财富，共同打造的秘密商业帝国山水集团成为从原省委书记赵立春、儿子赵瑞龙到京州市中院副院长陈清泉等一众贪腐成员利益输送、奢靡享乐的场所。作为贪腐犯罪集团的核心成员，高小琴在小说中有着较多情节描写、起到重要的情节作用，如在祁同伟指挥下安排京州市副市长丁义珍出逃，与省油气集团董事长兼总裁刘新建、京州城市银行副行长欧阳菁联合做局谋取大风厂股权，参与谋杀知悉山水集团秘密并试图向陈海举报的刘庆祝等。《人民的名义》中的高小凤是高小琴的双胞胎妹妹，二人长相出众，被赵瑞龙的前生意合伙人杜伯仲发现后进行培训，从土气的渔家姑娘塑造成为知书达礼、善解人意的小可人。赵瑞龙、杜伯仲设局将高小凤作为礼物送给高育良，高小凤后与高育良结为夫妻，二人育有一子。通过比对可知，虽然《生死捍卫》对姐妹花柳絮、柳眉的人物设置体现了一定的独创性，但《人民的名义》中的双胞胎姐妹高小琴、高小凤与之相比在人物形象的具体设置、故事情节的参与及剧情推动作用等方面存在显著差异。尤其是《人民的名义》对高小凤这一人物设置与其情节安排非常独特，如小说在描写了高小琴与祁同伟是情人关系但未铺垫高小琴有双胞胎妹妹高小凤且二人外貌完全相同的背景下，通过侯亮平收到三张高育良与高小琴（实为高小凤）的亲密照片设置疑问和悬念，后通过赵瑞龙、杜伯仲二人回忆当年如何利用高小凤的美色让高育良腐败的往事解答照片疑惑，并通过祁同伟与高小琴在穷途末路之时安排金蝉脱壳之计留下高小凤顶替高小琴拖住侯亮平而设法逃亡的情节，巧妙地运用了高小凤与姐姐高小琴外貌相同的特质，令读者获知真相后恍然大悟，感到既在意料之外、又在情理之中。两部小说中相应人物的相似之处在于美貌与气质俱佳的姐妹花均是反面人物，妹妹均出现在小说尾声、均曾利用美色设计权谋，但这些相同元素并非《生死捍卫》的独创性表达内容，不属于著作权法的保护范畴。

如上，虽然通过《生死捍卫》的具体故事情节和环境描写段落体现的人物经历、人物矛盾、人物对故事情节发展的作用等方面呈现出的其他 15 处具体人物设置表达有其独创性部分，属于著作权法的保护范围。但是，《人民的名义》的相应人物设置与之相较并未构成实质性相似。尽管两部小说在某些人物设置上选取了相同或相似的素材，但这些素材都属于日常生活中常见的，并非《生死捍卫》的独创性表达，不应被某一部作品所独占。当这些属于公有领域的素材被使用在不同小说中，与不同的人物、情节、环境相结合创作出给予读者完全不同阅读体验的作品时，并不会构成实质性相似。

三、关于两部小说的具体情节是否构成实质性相似的认定

故事情节除了在故事结构上的作用外，同时也为塑造人物、表现主题服务。特定故事情节构成实质性相似之所以会导致阅读体验中的相仿感受，是因为体现着作者独特的素材选取、人物安排、事件编排、逻辑关联等细节设置的具体情节表达呈现出了相似性。×某在本案中主张两部小说存在 50 处构成实质性

相似的具体情节，以三处为例：

（一）录音、账本情节

《生死捍卫》中的录音、账本情节由耿顺开的妻子和女儿将爆炸案中被炸身亡的耿顺开遗留的"一盘磁带和几本账册"交给云都市检察院公诉处处长晏秋引出，账册是花石湾矿的收支明细，磁带录音是段明仁与耿顺开的对话：段明仁让耿顺开去银行贷款，暗指白无瑕主管的农业银行成为段明仁的私家票号。《人民的名义》中的录音、账本情节出现在京州市公安局局长赵东来从陈海车祸现场被轧坏的手机中获得"一段举报人录音"，内容是举报人告知陈海他要举报一帮贪官、有一个账本要当面交给陈海。后经侦查获知该举报人是与陈海车祸同一天死亡的山水集团财务总监刘庆祝，录音中提到的账本没有找到。两部小说虽然都有录音、账本元素且账本在小说故事发展中未起到实质作用。但是，《生死捍卫》中的录音、账本情节是在重点描写田军军抢劫猥亵幼女案、高阳县苗木受贿案时出现，磁带录音指向的农业银行行长白无瑕线索为后续核心案件国光厂国资流失案的侦破埋下伏笔，也为后来晏秋与白无瑕二人发小情谊的决裂作出铺垫；而《人民的名义》中的录音、账本情节则在侯亮平三堂会审失败、线索中断之时提供了山水集团的线索突破，加深了侯亮平与赵东来的盟友关系，同时也与小说前文赵东来逼迫蔡成功录制举报电话的情节相呼应，而查清举报人的过程既制造悬念又增加了故事情节的跌宕起伏。由此可见，《人民的名义》对录音、账本情节的具体编排，该情节对人物形象的刻画和塑造作用、对其他情节发展的服务作用、在整体故事结构中的串联作用等内容与《生死捍卫》的独创性表达存在明显差异。两部小说在相关情节中的唯一相同之处是均选取了录音、账本元素，但这些元素本身不属于某一部作品的独创性表达，不受著作权法的保护。

（二）证人死亡情节

《生死捍卫》中的证人死亡情节出现在对高阳县苗木受贿案中涉嫌受贿的高阳县林业局长谢谦审讯之时，他因内心悔罪加之压力过大意外心肌梗死，但拼出生命最后一点力气供出高阳县县长曾红革涉嫌受贿。《人民的名义》中的证人死亡情节是赵东来在侦查陈海车祸当天试图向陈海举报贪官的举报人的真实身份时，获知该举报人是山水集团财务总监刘庆祝，且刘庆祝在陈海车祸同一天在旅游途中蹊跷死亡（后知被祁同伟谋杀）。两部小说虽然都有可证明贪腐犯罪团伙违法犯罪事实的证人在关键时刻死亡的设置。但是，《生死捍卫》中的证人死亡情节一方面表现了作为曾红革涉嫌受贿的关键证人谢谦的内心纠结与悔过心理，另一方面，由于谢谦猝死，市委决定停止对该案的一切侦查活动，杨天翔查案受阻，使故事情节波澜再起，展现出案件侦破的曲折和艰辛；而《人民的名义》中的证人死亡情节表现出祁同伟、高小琴的罪恶形象，展现了贪腐犯罪团伙的危险性，并引出从刘庆祝老婆吴彩霞处侦查得知封口费及山水集团秘密的故事情节，将案件侦破线索引向山水集团。由此可见，虽然《生死捍卫》结合其相应描写呈现的证人死亡情节是具有独创性的表达，但《人民的名义》中的证人死亡情节与之相较在具体情节安排、对人物的刻画和塑造作用、对案件侦破和整个故事发展的作用等方面截然不同。二者唯有相同的是均选取了证人死亡的素材。但是，当故事情节抽象到证人死亡的程度时，已经属于日常生活中的公有领域素材范畴而非《生死捍卫》的独创性表达，并不属于著作权法的保护范围。

（三）商场刷卡情节

《生死捍卫》中的商场刷卡情节是白无瑕、柳絮到商场买包，遇到田军军母亲（贺鹏程情人）购买名牌包时招摇过市的张狂嘴脸，故意提高音量高调刷金灿灿的信用卡买了名贵包，与田军军母亲显富斗气、压制其嚣张气焰的情节。《人民的名义》中的商场刷卡情节是欧阳菁因在商场购物时使用了受贿银行卡刷卡结账，从而被检察院成功锁定受贿证据的情节。两部小说虽然都设置了在商场购物刷银行卡的情节。但是，《生死捍卫》中的商场刷卡情节主要用于塑造人物形象，刻画了田军军母亲招摇过市、拜金显富的人物形象，表现了白无瑕、柳絮对田军军母亲的反感和厌恶，也侧面烘托出贺鹏程的反面形象，但对故事情节发展、主题深化没有作用；而《人民的名义》中的商场刷卡情节成为给欧阳菁定罪的关键，呼应了小说前文蔡成功举报欧阳菁但未有确凿证据的情节安排，也为后续欧阳菁乘坐李达康专车外逃途中被带走传唤、欧阳菁被捕后供述贪腐犯罪团伙黑幕的情节设置作出铺垫。同前述分析可知，在商场购物时刷银行卡的生活素材并不能被某一部作品所独占。而商场刷卡这一日常生活场景在两部小说中经过不同作者的描写呈现出了完全不同的表达，并未构成实质性相似。

如上，将×某主张的其他 47 处具体情节亦分别置于各自小说之中，通过《生死捍卫》中相应情节的具体描述、情节设置以及该情节在塑造人物、表现主题、推动故事发展等方面的作用可知，其中的特定情节表达有其独创性部分，应当受到著作权法的保护。但是，《人民的名义》的相应情节内容与《生死捍卫》相比并未构成实质性相似。

四、关于两部小说的文字描写是否构成实质性相似的认定

文字组合、遣词造句层面的形式表达是文学作品最直接的呈现样式。文字描写是展现不同语言风格和思想内容的基本载体，最能体现作品的语言魅力和作者的创作风格。×某在本案中主张两部小说存在 78 处构成实质性相似的文字描写，以三处为例：

（一）关于"幽幽"的文字描写

《生死捍卫》中的文字描写"在地灯微弱光线的照射下，小草发出幽幽的绿"与《人民的名义》中的文字描写"（李达

康）幽幽地问了一句：怎么？你见到那位侯局长了？"中都有"幽幽"一词。但两部小说使用了"幽幽"一词的不同含义、表现出不同的场景与氛围：《生死捍卫》中的"幽幽"含义是"声音、光线等微弱的样子"，使用"幽幽"营造出环境幽暗的氛围；《人民的名义》中的"幽幽"含义是"人物神态悠闲"，使用"幽幽"呈现了李达康悠闲地问话场景。两部小说相应文字描写段落的唯一相同之处就是都使用了"幽幽"一词，但"幽幽"这个词本身属于常用词汇，并非《生死捍卫》的独创性表达。

（二）关于"玉兰花"与"玉兰树"的文字描写

《生死捍卫》在"走在校园的林荫道上，白玉兰花的幽香沁人心脾""夜色中暗香浮动，仍然是白玉兰花沁人心脾的芬芳""天地间一片寂静，星光坠入草丛，只听到玉兰花开裂的声音"等文字描写中，选取"玉兰花"这一植物，用"白玉兰花的幽香（芬芳）"描绘校园里的独特气息，用"玉兰花开裂的声音"反衬周围环境的寂静，该文字描写段落有其独创性，可以受到著作权法的保护。但是，《人民的名义》中的文字描写"白色路灯映照着几棵高大的玉兰树，院内宁静安谧，一对石狮子蹲在台阶旁""她（欧阳菁）经常站在花园里发呆，或抬头仰望玉兰树上皎洁的花朵"与之并不相同。《人民的名义》使用"高大的玉兰树"描写省委大院的环境，使用"玉兰树上皎洁的花朵"烘托欧阳菁幻想、渴望爱情的人物形象。相比之下，两部小说文字描写中的相同之处仅是夜晚的玉兰花（树）或静谧的环境，而这并非《生死捍卫》的独创性表达部分。两部小说将相同的植物玉兰花（树）选取、编排、加工在不同的场景，烘托不同的环境氛围与人物形象，创作形成了完全不同的表达，并未构成实质性相似。

（三）关于"警车""车屁股""扔石块（头）"的文字描写

《生死捍卫》使用"看清是警车标志，更有人控制不住情绪，砰、砰、砰地击打车身……车子开出老远，一群小孩，还在对着车屁股方向扔石块"的文字，描写了贺鹏程在水库和美女裸泳引起民怨，村民看到贺鹏程开的是警车便愤而击打车身、扔石块以表达不满和气愤的场景，是具有独创性的文字表达。但是，《人民的名义》使用"涌出厂门的工人便向警车扔石头，警车屁股冒着黑烟，狼狈逃窜"的文字，描写的则是山水集团拆迁队冒充警察意图强拆大风厂，拆迁队被识破身份之后慌忙驾驶假警车狼狈逃窜，大风厂护厂工人愤而向警车扔石头追打的场景，与《生死捍卫》的相应文字描写并不相同。两部小说在文字描写中的相同之处仅是均出现了"警车""车屁股""扔石块（头）"这些词语。在完全不同的场景中，两部小说各自创作了含有"警车""车屁股""扔石块（头）"等词语的具有独创性的文字描写段落，并未构成实质性相似。

如上，将×某主张相似的其他75处文字描写亦分别置于各自小说之中可知，×某请求保护的文字描写中的一部分属于常用词汇、固定搭配、俗语俚语、生活语言、特定情境的常用表达等日常生活中的文字描写，其本身并不属于著作权法的保护范畴。结合日常生活中的常见文字描写，《生死捍卫》形成了一部分自己的独创性表达，但《人民的名义》中的相应文字描写段落与其相同之处仅是选取了相同或相似的公有领域素材或者出现了几处相同或相似的词语，二者相较并未构成实质性相似。

通过上述分析可知，小说《人民的名义》与《生死捍卫》在故事结构、18处人物设置、50处具体情节、78处文字描写等方面并未构成实质性相似，而且存在明显的差异性，并不会导致读者对两部小说产生相同或相似的欣赏体验。因此，周梅森创作小说《人民的名义》并不构成对×某小说《生死捍卫》的剽窃，并未侵犯×某享有的改编权和署名权。

关于周梅森创作小说《人民的名义》是否侵犯×某对小说《生死捍卫》享有的保护作品完整权，本院认为，侵犯保护作品完整权的前提是对原作品进行了有违作者本意并歪曲、割裂了作者"烙印"在作品中的精神这样的歪曲、篡改式的改动或使用。而根据《最高人民法院关于审理著作权民事纠纷案件适用法律若干问题的解释》第十五条的规定："由不同作者就同一题材创作的作品，作品的表达系独立完成并且有创作性的，应当认定作者各自享有独立著作权。"本案中，经前述比对可知，小说《人民的名义》与《生死捍卫》系由各自作者就检察反腐这一相同题材独立创作并各自享有独立著作权的作品，读者对两部小说不会产生相同或相似的阅读感受。因此，周梅森创作小说《人民的名义》并不构成对×某小说《生死捍卫》的歪曲、篡改，并未侵犯×某某享有的保护作品完整权。基于上述认定，北京出版集团出版小说《人民的名义》也并未侵犯×某的复制权、发行权。

综上所述，×某某的上诉请求不能成立，本院不予支持。依照《中华人民共和国著作权法》第四十七条第（三）（四）（五）项、《最高人民法院关于审理著作权民事纠纷案件适用法律若干问题的解释》第十五条、《中华人民共和国民事诉讼法》第一百七十条第一款第（一）项的规定，本院判决如下：

驳回上诉，维持原判。

二审案件受理费一万四千七百元，由×某负担（已交纳）。本判决为终审判决。

审判长　张晓霞

审判员　杨　洁

审判员　刘　辉

二○二○年五月二十六日

法官助理　杨　振

书记员　刘晓婉

10. 北京市高级人民法院裁定书

[(2020) 京民申 5814 号]

再审申请人（一审原告、二审上诉人）：×某，女。

被申请人（一审被告、二审被上诉人）：周梅森，男，作家。

委托诉讼代理人：金杰，北京市京都律师事务所律师。

委托诉讼代理人：杨文，北京市京都律师事务所律师。

被申请人（一审被告、二审被上诉人）：北京出版集团有限责任公司，住所地北京市西城区北三环中路 6 号。

法定代表人：康伟，董事长。

委托诉讼代理人：金杰，北京市京都律师事务所律师。

委托诉讼代理人：陈玉成，男，北京出版集团有限责任公司编辑。

再审申请人×某因与被申请人周梅森，被申请人北京出版集团有限责任公司（以下简称北京出版集团）著作权权属、侵权纠纷一案，不服北京知识产权法院（2019）京 73 民终 225 号民事判决（以下简称二审判决），向本院申请再审。本院于 2020 年 12 月 16 日受理本案后，依法组成合议庭进行了审查。本案现已审查终结。

×某申请再审称：一、二审判决认定事实错误。经过比对×某的小说《生死捍卫》与周梅森的小说《人民的名义》，两部作品在故事结构、故事情节、人物设置、人物关系、人物活动和文字描写方面均呈现出大量实质性相似或相同。两部作品中有 12 组人名相似，与其他证据相印证，明显看出抄袭端倪。实质性相似是认定作品是否侵权的标准，但本案二审审判的标准已超出"实质性相似"的要求，使用了"完全相同"的标准要求。二审判决对两部作品中相同或相似的文字描写笼统归于公有领域表达是错误的。《人民的名义》中存在胡编乱造情节，是东拼西凑的抄袭作品。二、二审法院审理程序存在问题，庭审内容不完整，庭审流程不规范，导致案件关键细节得不到充分展示。周梅森本人在一、二审审理中均未到庭。综上，请求撤销二审判决，依法改判支持×某的全部诉讼请求。

周梅森、北京出版集团同意二审判决。

本院认为：《中华人民共和国民事诉讼法》第二百条规定，当事人的申请符合下列情形之一的，人民法院应当再审：（一）有新的证据，足以推翻原判决、裁定的；（二）原判决、裁定认定的基本事实缺乏证据证明的；（三）原判决、裁定认定事实的主要证据是伪造的；（四）原判决、裁定认定事实的主要证据未经质证的；（五）对审理案件需要的主要证据，当事人因客观原因不能自行收集，书面申请人民法院调查收集，人民法院未调查收集的；（六）原判决、裁定适用法律确有错误的；（七）审判组织的组成不合法或者依法应当回避的审判人员没有回避的；（八）无诉讼行为能力人未经法定代理人代为诉讼或者应当参加诉讼的当事人，因不能归责于本人或者其诉讼代理人的事由，未参加诉讼的；（九）违反法律规定，剥夺当事人辩论权利的；（十）未经传票传唤，缺席判决的；（十一）原判决、裁定遗漏或者超出诉讼请求的；（十二）据以作出原判决、裁定的法律文书被撤销或者变更的；（十三）审判人员审理该案件时有贪污受贿，徇私舞弊，枉法裁判行为的。

本案的焦点在于判断两部作品是否构成实质性相似。具体而言，即×某主张的涉案两部小说在故事结构、角色设置、具体情节、文字描写方面存在一致性，故两部小说构成实质性相似的主张是否成立。判断作品是否构成实质性相似一般采用综合判断的方法，应比较作者在作品表达中的取舍、选择、安排、设计等是否相似，不应从主题、创意、情感等思想层面进行比较。判断两部作品是否构成实质性相似，一般考虑如下因素：人物设置、人物关系是否相似；具体情节的逻辑编排是否相似；是否存在相同的语法表达、逻辑关系、历史事实等错误；特殊的细节设计是否相同等。

第一，关于故事结构。在开篇方面，《生死捍卫》以云都市检察院发生爆炸案，反贪局局长段明仁被炸身亡开始，引出花石湾矿权转让纠纷等腐败案件。《人民的名义》以侯亮平查办赵德汉小官巨贪案，赵德汉举报 H 省京州市副市长丁义珍开始，引出丁义珍潜逃出境及 H 省的一系列腐败问题，两部小说开篇不同。在整体结构方面，《生死捍卫》以检察院爆炸案、田军军抢劫猥亵幼女案、高阳县苗木受贿案、国光厂国资流失案等案件为脉络，重点讲述云都市检察院检察长杨天翔带领张立言、晏秋等检察官冲破重重阻力，与赵长青等贪腐犯罪分子做斗争，同时，杨天翔等人开展公益诉讼，维护弱势群体利益，捍卫法律和社会公平正义。《人民的名义》中涉及大风厂股权纠纷，工人护厂与拆迁人员发生冲突等，但并未对独立的案件进行阐述，其故事结构重点在于侯亮平从最高人民检察院调任 H 省检察院反贪局局长，山水集团、省油气集团、银行等相关利益链逐步浮出水面，涉 H 省各级官员的官场政治生态问题得以揭露，最终高育良、祁同伟等贪腐犯罪成员接受制裁而结束。尽管两部小说均采取了检察院线、政治线的双线设置，但这是反腐题材小说常用的结构模式，并非《生死捍卫》的独创性表达内容；且经过比对，两部小说在故事结构方面亦存在明显差别。

第二，关于人物设置。×某主张两部小说存在多处构成实质性相似的人物设置，以其中两处为例进行分析：其一，《生死捍卫》中的吕子风与《人民的名义》中的陈岩石、吕子风为云都市检察院退休老检察长，在临近退休的时间里，明知检察院反贪、反渎等业务长期沉迷低谷，各类控告、信访案件攀升等问题，仍然未采取有效举措，回避矛盾，采取托病住院等方式度过检察长的最后任期；《人民的名义》中的陈岩石职务是退休副检察长，党性很强，一心为民，两袖清风，人称"老石头"，穷尽一生之力与贪腐分子做斗争。陈岩石在H省的省委常委会上讲述自己在革命战争年代火线入党，抢背炸药包的往事，充分展示了老一辈革命者不怕牺牲的精神，也进一步坚定了省委书记沙瑞金查处腐败的决心。吕子风与陈岩石虽然职务相似，但人物性格、人物作用等截然不同。其二，《生死捍卫》中的段明仁与《人民的名义》中的陈海、段明仁作为云都市检察院反贪局局长是一个反面形象，在小说中没有正式出场就被村民耿顺开炸死；《人民的名义》中的陈海作为H省检察院反贪局局长是一个正面形象，陈海在小说中参与了重要的故事情节，在办案过程中，和举报人见面路上遭遇车祸被撞昏迷。段明仁与陈海虽然职务相似，但在人物形象、人物作用方面截然不同。通过分析×某主张的构成实质性相似的其他人物设置，《生死捍卫》与《人民的名义》中的人物经历、人物矛盾、人物对故事情节发展的作用等内容均不相同，两部小说在人物设置方面的表达亦不构成实质性相似。

第三，关于具体情节。×某主张两部小说存在多处构成实质性相似的具体情节，以其中一处为例进行分析：两部小说中都出现了证人死亡情节，《生死捍卫》中的证人死亡情节出现在检察机关对高阳县苗木受贿案中涉嫌受贿的林业局局长谢谦进行审讯时，谢谦意外心梗，在临终前有悔罪之心，拼尽最后一点力气供出高阳县县长曾红革涉嫌受贿。《人民的名义》中的证人死亡情节出现在山水集团财务总监刘庆祝向检察机关举报山水集团违法行为后，于旅游途中蹊跷死亡，后查实其被谋杀。两部小说中的证人死亡情节在塑造人物、推动整个故事发展等方面均不同。关于×某主张的构成实质性相似的其他具体情节，两部小说中出现的下棋、喝咖啡、官商勾结、拜佛等情节属于公有领域素材范畴，两部小说在这些具体情节上的描述、细节设置以及在各自小说中推动故事发展的作用方面均存在差异。

第四，关于文字描写。×某主张两部小说存在多处构成实质性相似的文字描写，以其中两处为例进行分析：其一，两部小说中均出现了关于"猴子"的文字描写。《生死捍卫》中提到"猴子"的描写是"儿子滴答第一个冲了出来，爸爸，生日快乐！没等杨天翔反应过来，噌的一下，一个猴子上树，搂住了他的脖子"。《人民的名义》中提到"猴子"的描写是"（陈海说）咱们这位侯处长当年就是只活蹦乱跳的猴子，他上床不是上，是蹦！我只要睡了下铺，他就猴性大发，常把我从梦中蹦醒。这家伙晚上不回来我不敢睡，最后只得自愿让出下铺——猴子，求你别蹦啦，安静点在下铺躺着吧！"《生死捍卫》中关于猴子的描写是形容杨天翔儿子搂住爸爸的急切动作。《人民的名义》中关于猴子的描写是交代侯亮平外号"猴子"的来历。二者属于不同的表达。其二，两部小说中均出现了关于"幽幽"的文字描写。《生死捍卫》中的文字描写是"在地灯微弱光线的照射下，小草发出幽幽的绿"。《人民的名义》中的文字描写是"（李达康）幽幽地问了一句：怎么？你见到那位侯局长了？"《生死捍卫》中的"幽幽"是指"光线微弱的样子"，营造出环境幽暗的氛围；《人民的名义》中的"幽幽"是描写人物神态，呈现了李达康问话场景。二者在文字含义、作用等方面均不相同，且"幽幽"这个词本身属于常用词汇，并非《生死捍卫》的独创性表达。关于×某主张的构成实质性相似的其他文字描写，经比对亦未构成实质性相似。

综合分析涉案两部小说的故事结构、人物设置、具体情节、文字描写，二者在表达上均不构成实质性相似，×某关于周梅森、北京出版集团侵犯其著作权的相关主张不能成立。同时，周梅森本人虽未参加一、二审开庭，但其委托的诉讼代理人已参加庭审并发表意见。关于×某提出的二审审理程序违法等相关主张，缺乏事实及法律依据，本院不予支持。

综上，×某的再审申请不符合《中华人民共和国民事诉讼法》第二百条规定的人民法院应当再审的情形。依照《中华人民共和国民事诉讼法》第二百零四条第一款、《最高人民法院关于适用〈中华人民共和国民事诉讼法〉的解释》第三百九十五条第二款之规定，裁定如下：

驳回申请人×某的再审申请。

审判长　王东勇

审判员　郭　靖

审判员　郭　伟

二〇二一年三月十六日

法官助理　韩哲宏

书记员　王婉晨

后　记

　　电视剧《人民的名义》被诉侵犯著作权案，历时三年十个月终于尘埃落定了。回顾诉讼过程中发生的一些曲曲折折和故事插曲，不禁令人感慨，也值得回味。我忽然产生了要写一本书，写一写《人民的名义》著作权案始末，我把想法与周梅森老师说了，他表示非常赞同，也非常支持。我之所以要把这些点点滴滴写出来，主要是基于这样几点考虑：

　　其一，经典作品感染人。电视剧《人民的名义》是一部优秀的反腐大剧，震撼人心。《人民的名义》的播出，引起了社会各阶层的高度关注和热议，构成了一种罕见的文化现象。这种文化现象，说明了这部优秀作品具有极强的感染力，让人们看到了党中央惩治腐败的决心和力度，体现了党中央提倡的文化自信，堪称经典之作，发挥了优秀作品教育人和感染人的作用。

　　其二，倾力维护正义。这样一部优秀的作品居然遭到某些人的诋毁和"碰瓷"，激发了我作为一个法律人维护正义的内在动力。促使我全力以赴地投入全部精力，为《人民的名义》代理这场"碰瓷"的诉讼，诉讼的结果也证明了司法的公正和司法的公信力。作为一名律师，能代理这样一个经典作品的维权诉讼，成为著作权领域的经典案例，也有一种幸运感和成就感，在我的律师生涯中，也留下了浓墨重彩的一笔。

　　其三，值得总结与探讨。把这个诉讼经历写出来，也是对代理《人民的名义》著作权纠纷案的一个总结。代理这类案件，既涉及著作权诉讼的法律专业问题，又涉及文学欣赏和文学创作方面的知识储备，因为分析比对作品的叙事结构、人物设置、人物关系、故事情节等方面的问题，离不开文学创作方面的知识，具备这方面的素养才能分析得更到位，比对得更准确，诉讼中的谋略和技巧也更需要研究和探讨。

其四，为法治呐喊。这本书不仅仅是对诉讼过程的记录，更是一场正当维权的呐喊！是对如何维权，如何正当行使诉权，如何保护原创作家合法权益，如何激励作家原创动力，如何保护优秀经典文学作品不受侵犯，以及如何遏制恶意诉讼等问题的法治教育。

其五，借鉴与参考。书中的分析和见解，尤其是书后的诉讼材料和人民法院的生效裁判文书，如能给热心学习著作权诉讼的新人提供一种参照，给致力于著作权专业的法律人提供一种借鉴和参考，则是对我出这本书的最大慰藉。书中的表述和见解难免有疏漏和不当之处，还请业界专家雅正。只是由于出版字数所限，还有两场诉讼的作品比对材料（人物设置、人物关系、叙事结构、故事情节等），以及《民主与法制》周刊专刊发表的《人民的名义》著作权案系列报道，《从〈人民的名义〉到法律的正义》五篇纪实未能收录在内，忍痛割爱，视为遗憾。

在书稿即将出版之际，正值电视剧《人民的名义》播出五周年，我收到了周梅森老师刚刚出版的小说《人民的名义》（精装纪念版）。这部《为了人民的名义——电视剧〈人民的名义〉著作权案始末》一书，也算作献给电视剧《人民的名义》播出五周年的礼物吧！

在此，也衷心地感谢为这本书的出版鼎力相助的最高人民检察院影视中心专职副主任范子文，电视剧和小说《人民的名义》的编剧、作者周梅森老师，中华全国律师协会刑事专业委员会顾问、京都律师事务所创始人、名誉主任田文昌老师，中国民主法制出版社《法治时代》杂志编委会副主任（执行总编辑）、法宣在线总编辑、桂客学院院长刘桂明老师，金盾影视中心主任、电视剧《人民的名义》总监制、总发行人李学政，北京十月文艺出版社副总经理、小说《人民的名义》的编辑陈玉成，更要感谢为《人民的名义》的诉讼提供专家论证的郑胜利老师、冯晓青老师、张广良老师、杨明老师，那些在《人民的名义》著作权诉讼案中，热心支持、报道的媒体人，还有喜爱和为《人民的名义》鼓与呼的观众和广大网友……挂一漏万，在此一并致谢！

金 杰

2022 年 10 月 10 日于北京

作者其人

金杰，纯东北人儿，出生在沈阳那旮旯，豪爽耿直，经历丰富。从小喜爱文学和音乐，趴在被窝里打着手电偷看《水浒》《红楼梦》《三国演义》，拜著名琴师李刚为师拉京胡，拉琴拉到路人驻足欣赏。中学毕业进厂学习车工；下乡知青，在松山公社象牙山下种地放牛，参加公社演出队，节日慰问贫下中农，为能吃上一顿猪肉炖粉条子解馋，彼时颇感未来前途渺茫。1978年3月，"一颗红星头上戴，革命红旗挂两边"，一把京胡拉到部队，圆了参军梦，从此找到前进方向。当军械员比武，多种武器分解结合，手指磨出水泡变成茧子；奉命参加1979年2月紧急防御军事行动，挖战壕、修工事、搞爆破，与死神擦肩而过，累得吃饭拿不住饭碗，为此荣立三等功两次，当年入党，颇感荣耀，立功证书成文物级别；有幸赶上大军区保留报道骨干破格提干，从事军事新闻报道，业余摄影爱好者，京剧票友，上校军衔。

忽一日对法律产生浓厚兴趣，在中国人民解放军西安政治学院法律系镀镀金，一头扎进检察院，批捕起诉、反渎监所、反贪侦查处长、副检察长、高级检察官，一发不可收拾。热爱检察工作，大案要案，如鱼得水，被誉优秀公诉人、侦查能手。为补缺项，摇身一变钻进中级法院，审判长、庭长、研究室主任、高级法官。一路走来，心血伴着汗水，酸甜苦辣都在心里。

20世纪90年代拜著名"学者律师"中华全国律师协会刑事专业委员会主任田文昌老师门下，深受田大律师的风范和出庭魅力所吸引，心中长出"律师草"，抵挡不住田老师十年游说加"软硬兼施"，终于在田老师"威逼利诱"之下破防，一个突然转身，脱下法官袍，穿上律师袍，跟着"中国刑辩第一人"当起了一名无职无权的律师。从此，在律界发挥着法官、检察官、律师三种思维结合的优势，从事刑事辩护、民商事代理，尤其在金融犯罪、职务犯罪辩护和著作权诉讼上有自己独到的探讨和诉讼谋略。最大官衔，京都著作权保护与研究中心主任，曾应聘在国家法官学院培训法官授课，游走在中国法治建设的路上几十年，愿为法治倾注毕生。

最高人民检察院主办的《方圆律政》评价他为华丽转身的控、辩、审"三栖法律人"，田文昌老师麾下"京都刑辩八杰"之一。与人合作出版过两本小书：《中国法律全书》《新刑事诉讼法热点问题探讨》，收录在《中国律师年鉴》、《中国法律年鉴》年鉴人物。承办过的案件成千上万，有不起诉的，有无罪的，也有倾力辩护也不采纳的。代理著名作家、编剧周梅森老师电视剧和小说《人民的名义》被诉侵犯著作权案，为中国著作权领域留下了经典；代理胡某和廖某刑事申诉三十一年案，最高人民检察院向最高人民法院提出抗诉；代理宋某诈骗案，无罪当事人送来金匾——"德法双馨大律师"。办案低调极少拿案件去宣扬，总觉得作为法律人尽心、尽力、尽责即可，成功的不是自己，而是法治的胜利。几十年的法律生涯，深感势单力薄，唯一能做的就是坚持为公平正义奔走，为加强和完善法治建设呐喊！

北京市京都律师事务所高级合伙人律师

电话：010 – 57096035

手机：13911607716

信箱：jinjie@ king – capital. com

地址：北京市朝阳区景华南街 5 号远洋光华国际 C 座 23 层

郑重鸣谢

最高人民检察院影视中心专职副主任　　　　　　　范子文

著名作家、编剧，《人民的名义》电视剧和小说编剧、作者　　　　　　　　　　　　　　　　　　　周梅森

中华全国律师协会刑事专业委员会顾问，北京市京都律师事务所创始人、名誉主任　　　　　　　　　　田文昌

金盾影视中心主任，电视剧《人民的名义》总监制、总发行　　　　　　　　　　　　　　　　　　　李学政

北京十月文艺出版社副总经理　　　　　　　　　　陈玉成

中国民主法制出版社《法治时代》杂志编委会副主任（执行总编辑）、法宣在线总编辑、桂客学院院长　刘桂明

《民主与法制》杂志记者　　　　　　　　　　　　张志然

《民主与法制》杂志记者　　　　　　　　　　　　王　涵

《民主与法制》杂志记者　　　　　　　　　　　　张佑宁

《中国知识产权报》《维权周刊》主编　　　　　　孙芳华

《中国知识产权报》主任记者　　　　　　　　　　冯　飞

《江苏法治报》记者　　　　　　　　　　　　　　宋世明

中国新闻网记者　　　　　　　　　　　　　　　　宋宇晟

中国新闻网记者　　　　　　　　　　　　　　　　任思雨

《北京日报》记者　　　　　　　　　　　　　　　路艳霞

《国际金融报》记者　　　　　　　　　　　　　　吴斯洁

中国日报网记者　　　　　　　　　　　　　　　　周文婷

澎湃新闻记者　　　　　　　　　　　　　　　　　高　丹

腾讯新闻记者　　　　　　　　　　　　　　　　　曾　妮

腾讯新闻《一线》记者　　　　　　　　　　　　　邵　登

《法制晚报》记者　　　　　　　　　　　　　李　奎

《法制晚报》记者　　　　　　　　　　　　　周　蔚

中央电视台《法治天下》记者　　　　　　　　鹿　璐

《人民日报》记者　　　　　　　　　　　　　李福妃

中文在线记者　　　　　　　　　　　　　　　刘君贺

《新京报》记者　　　　　　　　　　　　　　王　巍

《时代周报》记者　　　　　　　韩佳鹏　吴　慧

《南方都市报》记者　　　　　　　　　　　　冯群星

《南方都市报》记者　　　　　　　　　　　　秦楚乔

《南方都市报》记者　　　　　　　　　　　　黄慧诗

财新网记者　　　　　　　　　　　　　　　　单玉晓

《财新周刊》记者　　　　　　　　　　　　　葛明宁

财新网记者　　　　　　　　　　　　　　　　刘小米

《财经》杂志记者　　　　　　　　　　　　　黄姝静

《北京青年报》记者　　　　　　　　　　　　朱健勇

《经济观察报》记者　　　　　　　　　　　　任小宁

《经济观察报》记者　　　　　　　　　　　　吴晓飞

《解放日报》记者　　　　　　　　　　　　　王闲乐

中央电视台社会与法频道记者　　　　　　　　郑玉焕

《扬子晚报》记者　　　　　　　　　　　　　蔡　震

《国际金融报》记者　　　　　　　　　　　　吴斯洁